MÄRTYRER DES HERZENS

Jürgen Claus Horst

novum pro

Bibliografische Information der Deutschen Nationalbibliothek:

Die Deutsche Nationalbibliothek verzeichnet diese Publikation in der Deutschen Nationalbibliografie. Detaillierte bibliografische Daten sind im Internet über http://www.d-nb.de abrufbar.

ISBN 978-3-99003-623-5
Lektorat: Mag. Petra Vock
Umschlagfoto:
Komleva | Dreamstime.com
Umschlaggestaltung, Layout & Satz:
novum publishing gmbh

Die vom Autor zur Verfügung gestellte Abbildung wurde in der bestmöglichen Qualität gedruckt.

Gedruckt in der Europäischen Union auf umweltfreundlichem, chlor- und säurefrei gebleichtem Papier.

www.novumpro.com

AUSTRIA · GERMANY · HUNGARY · SPAIN · SWITZERLAND

INHALTSVERZEICHNIS

KAPITEL 1

Pomadezopf

Gerd

Als sie die massive Holztür aufstießen, drang ihnen dichter Nebel entgegen. Ihre Augen mussten sich erst an die Rauchschwaden gewöhnen, bis sie in ein gemütliches Tanzlokal blickten. Halb gefüllt, zum Teil von jungen Niederländern, zum Teil von deutschen Soldaten. Diese musterten die Neuankömmlinge misstrauisch oder ließen nur einen kurzen, unfreundlichen Blick hinüberschweifen.

Der Raum fasste etwa zwanzig Tische, abgetrennt voneinander durch schön geschwungene, geschnitzte Spaliere. An den Wänden hingen Felle und Indianerschmuck. Das Ganze ähnelte einem Salon, der sich in einer langsam bewegten Spiegelkugel über der Tanzfläche in sich selbst drehte. Rhythmusverrenkte Gestalten wurden in ein rötliches Licht getaucht.

Gleichzeitig blitzten im Takt der Musik vereinzelt bunte Strahler auf. Aus den Boxen dröhnte gerade „Wild Boys". „Komm, da an der Bar scheint noch frei zu sein! Wollen sehen, ob wir was für unsere trockenen Kehlen kriegen", meinte Gerd und zog ihn mit sich. Ein mittelgroßer Mann stand dahinter. Er mochte etwa dreißig Jahre zählen. Sein kurzer, exakter Haarschnitt endete in dem Nacken eines menschlichen Stieres. In dem Diskothekenlicht wirkte er beinahe südländisch, sein gebräunter Teint und der kräftige Körper verrieten den eitlen Sportler. Beschäftigt, den nächsten Titel auszuwählen, betätigte er in gewohnten Griffen mehrere Hebel und Schalter des riesigen Mischpultes.

„Hallo, wollt ihr was trinken?", fragte eine hübsche kleine Rothaarige, die gleichfalls hinter dem Tresen erschienen war und ihr Tablett mit leeren Gläsern auf der Theke abstellte. „Und ob“, antwortete Mathes, „zwei Bier bitte!“

„Ihr seid neu hier? Auch Soldaten?“ – „Ja, unser erster Ausgang, aber wieso auch?“ – „Abends wimmelt es hier nur so von euch, und als ihr hereinkamt und an der Tür standet, machtet ihr nun ja nicht gerade einen militärischen Eindruck.“ – „Oha! Wie ist das denn zu verstehen?“, tat Mathes entrüstet. „Nein“, lachte sie, „ich wollte euch nicht beleidigen, nur, die meisten stürmen herein, als gelte es, eine Festung zu erobern. Soldaten halt.“ – „Aber genau das haben wir nicht vor. Wir sehnen uns einfach danach, wieder einmal Menschen zu sehen und zu sprechen, die nicht den ganzen Tag Uniform tragen und glauben, das Leben bestehe ausschließlich aus Befehlen und Gehorchen.“ Während er die letzten Worte sprach, legte sich ein offenes Lachen um seinen Mund: „Und ein paar Drinks helfen vielleicht auch, die Zeit hinter uns zu bringen.“ – „Das glaube ich gerne“, lächelte sie. „Zum Wohl, ich komme gleich wieder – muss die anderen bedienen, bevor einer verdurstet.“

Sie hatten ihre Biere. „Sakrament, eine nette Maus – was meinst du? Die wäre das richtige Betthupferl, meinst nicht, Mathes?“, dachte Gerd laut. – „He, bleib auf dem Teppich, schon dich lieber für deine Frau! Übermäßigen Eiweißverschleiß lässt das beschissene Essen bestimmt nicht zu. Und dein Schafkopfspiel am Sonntag im Zug ist nicht viel besser, wenn du kraftlos bist.“ – „Was soll denn das bedeuten?“ – „Sie arbeitet dich auf“, tat Mathes bedauernd. „Muss mal mit ihr reden, bevor mich deine Kontras ruinieren.“ – „So ein Blödsinn!“, schnauzte Gerd zurück. „Auf meinen Eiweißhaushalt lasse ich nichts kommen. Gehen wir flippern!“

Bald hatte sich ein ausdauernder Flipperwettkampf entwickelt. Mathes war wirklich gut, doch Gerd zuzusehen, wie er geschickt jede Kugel – und manchmal jagten gleich drei über die Schräge – in ihr Ziel kickte, war beeindruckend. Mit seinem gesamten Körper wippte er hin und her, als müsste er selbst über die Piste steuern, aber er verlor auch dann nicht seine Kugeln, wenn das Gewicht des Apparates ihm, niedergezwungen, nachgab. Der wuchtige Flipperkasten stand etwas eingezwängt in einer Ecke dicht bei dem Münzautomaten. Während Gerd das Gerät immer weiter verschob, beobachtete Mathes den Mann, der schon eine ganze Weile Münzen nachwarf und ein recht angeregtes Gespräch zu führen schien. Zweimal hatte er verärgerte Blicke auf ihr Spiel geworfen. Auch Gerd war es nicht entgangen, doch scherte er sich wenig darum. Mathes wusste, dass er ihn sogar absichtlich noch etwas mehr anstachelte durch sein ungehaltenes Lachen. Gerd war nicht der Typ, der einer möglichen Schlägerei aus dem Wege ging.

Aus einzelnen Wortfetzen konnte Mathes entnehmen, dass er deutsch sprach, wenn auch mit unüberhörbarem niederländischem Akzent. Gerd hielt gerade drei Kugeln auf der Rampe und Mathes betrachtete den Mann näher. Sein weiter, schwarzseidener Blouson ließ eine muskulöse Statur nur erahnen. In Kontrast dazu standen, wie Mathes fand, die hautenge weinrote Jeans und beschlagene Cowboystiefel. Sein dunkles, schulterlanges Haar hatte der Mann zu einem kurzen Zopf gebunden. Der Glanz ließ vermuten, dass es pomadisiert worden war. Desgleichen übrigens der zu intensive Friseurgeruch. Gerds Punktekonto wies bereits mehr als den vierfachen Umfang auf und noch immer kämpfte er gegen zwei der silbernen Kugeln. Mathes fragte sich, wie oft die Nase von Pomadezopf wohl gebrochen sei. Gelegentlich hatte er es sich zur Aufgabe gemacht, in Bahnhöfen oder Zugabteilen solche Dinge über seine Mitreisenden zu erörtern. Bei dem Holländer hätte er sofort auf mindestens zweimal gewettet. Schmale Lippen bildeten einen breiten Mund. Kurzzeitig hatte Mathes ein vollständiges, kräftiges Gebiss sehen können, das verunsicherte ihn etwas bezüglich der Nasenbeinbrüche. Die Augen des Fremden verschwanden in dunklen Höhlen über den typischen Udo-Lindenberg-Tränensäcken. Die Stirn war weniger ausgeprägt. Im Übrigen machte das ganze Gesicht einen unfertigen Eindruck.

„Mist, abgestürzt!“ Gerd unterbrach Mathes’ Gedanken. Mathes vermochte seine Kugel nur wenige Sekunden zu halten und erreichte trotz eines Overkills nicht einmal die Hälfte von Gerds Kontostand.

Pomadezopf gingen die Geldstücke aus und er hängte den Hörer mit einer Heftigkeit in die Gabel, als hätte dieser Schuld an seinem unverkennbaren Ärger. Er verschwand und Mathes hatte ihn schnell vergessen. Er ahnte nicht, wie bald er ihn wieder treffen würde und welche Rolle dieser Mann noch in seinem Leben spielen sollte.

Nun hatte sich ein ganzer Pulk begeisterter Zuschauer um Gerd gesammelt. Sie feuerten das lustige Grimassenschauspiel mit Klatschen und Rufen an. Er war in seinem Element. Mathes' Augen wanderten immer wieder zu dem Mädchen, das ihm, wie er meinte, zweimal zaghaft zugelächelt hatte. Er konnte nichts gegen dieses Gefühl tun. Die meisten der Gäste vergnügten sich bei Rhythmen unsterblicher „Queen"-Klassiker auf der Tanzfläche. Als er sah, dass sie sich hinter der Theke eine Zigarette gönnte, schlenderte er hinüber.

„Zigarettenpause?" – „Ja, heute geht's ganz schön rund. Magst du was trinken? Ich gebe einen aus." – „Danke, machst du mir einen Gin Tonic mit Eis?" Sie schenkte zwei Gläser ein, für sich ohne Eis. Er prostete ihr zu und sah in zwei betörende dunkle Augen, die einen ungewöhnlichen Kontrast zu dem rötlichen Haar bildeten. Ihre Frisur sollte einen verwilderten Eindruck machen. Das ungebändigte Haar wurde nur locker in einem weißen Band zusammengehalten und ein paar Locken fielen in ihre Stirn, doch glaubte man zu erkennen, dass jede eigensinnige Strähne geschickt so angeordnet worden war. Mathes fragte sich, ob die Haarfarbe echt sei. Unter ihrer schmalen Nase lächelte ein sinnlicher, zart orangerot geschminkter Mund. Die Lippen wölbten sich etwas nach außen, beinahe ein bisschen aufreizend. Sein Blick glitt so unauffällig wie möglich an ihrem Hals und Oberkörper hinab. Sie trug ein weißes, sehr eng anliegendes Stretchoberteil, das knapp oberhalb des Nabels abrupt aufhörte. In dem künstlichen Licht hob es sich phosphoreszierend von ihrer leicht gebräunten Haut ab. Die kleinen festen Wölbungen, dort wo man ihren Busen erahnen konnte, und die schöne schmale Taille zogen jedes Männerauge magisch an. „Bist du öfter hier?", war die wohl dümmste Frage, die Mathes in diesem Moment einfiel. Wieder ein Lächeln. „Und ob, der Laden gehört meinem Onkel. Er legt gerade Platten auf." – „Er ist dein Onkel? Mathes deutete verblüfft auf den Discjockey, der mit dem Kopfhörer gerade in den nächsten Song hörte. „Ich dachte immer, Onkels sind mindestens doppelt so alt wie ihre kleinen Nichten und sitzen um die Uhrzeit mit ihrer Pfeife vorm Fernseher." Jetzt lachte sie richtig: „Nein, er ist nicht viel älter als ich und eher ein Freund als ein Onkel. Der beste Freund und liebste Onkel der Welt." – „Wie gefährlich ist er?" Sie sah ihn verwirrt an. „Wieso gefährlich?" – „Meinst du, es ist anzunehmen, dass er mich sofort verhaut, wenn ich seine hübsche Nichte frage, ob sie mit mir tanzt?", flüsterte er geheimnisvoll. – „Ich glaube nicht, dass er so gefährlich ist, vielleicht solltest du es mal darauf ankommen lassen." Sie legte ihre Hand auf seinen Arm: „Ich komme gleich, dein Freund hat noch eine Runde bestellt – für dich noch mal dasselbe?" – „Ja."

Seine Augen folgten fasziniert ihren grazilen Bewegungen. Der schwarze Minirock und die weißen Leinenschuhe ließen ihre schlanken braunen Beine hervorragend zur Geltung kommen. – Nein, die Haarfarbe war nicht echt, wohl eher geschickt ausgewählt. Wie alt mochte sie sein? Mathes vermochte es schwer zu schätzen. Er beschloss, dass sie dreiundzwanzig sei. Wieder fühlte er die Wärme ihrer Hand auf seinem Arm. „Gilt dein Angebot noch? Ich liebe dieses Lied." – „Natürlich!"

Mathes warf einen flüchtigen Blick zu dem noch immer in seine Platten vertieften Discjockey und führte sie mit zaghaftem Griff um ihre Taille zur Tanzfläche. Sie wiegte sich in sehr abgerundeten, einnehmenden Bewegungen zu den gefühlvollen Klängen von Joe Cocker. Ihr Haar wehte jetzt befreit von dem Band in seiner vollen Pracht. Trotz der rauchigen Luft konnte er ihren angenehmen Duft wahrnehmen. Zeitweise schloss sie leicht die Augen und er durfte aus der Nähe jede wundervolle Einzelheit an ihr genießen. Er versuchte irgendetwas Unpassendes, etwas nicht Perfektes an diesem herrlichen Geschöpf zu entdecken. Ohne Erfolg, sie war schön …

Mathes tanzte gut, er verstand es, sein Gefühl in der Musik auszudrücken. Das phosphoreszierende Licht des Schwarzlichtstrahlers verlieh der Tanzfläche einen unwirklichen, verträumten Charakter. Der gebräunte Körper des Mädchens wirkte noch dunkler, und voller feinster Tröpfchen der Erregung glänzte ihre Haut. Ihre Lippen schimmerten feucht und ihr Mund öffnete sich nur ein klein wenig. Sehr einladend sah er aus, befand Mathes stillschweigend. Unwillkürlich musste er an Susanne denken und ein schlechtes Gewissen beschlich ihn. Sofort versuchte er diese Art unangenehmer Gedanken wieder loszuwerden. Auch Gerd stolperte nun über die Tanzfläche, an der Seite einer hübschen Wasserstoffblonden, deren piepsige Stimme und helles Lachen den ganzen Abend schon den Flipper übertönt hatten. Ein Top-Song löste den anderen ab. Der Onkel machte seine Sache wirklich prima. Gekonnte Musikübergänge sowie schöne Lichtspiele ließen trotz der einfachen Anlage keine Atempause zu. Die euphorisierten Körper erinnerten an einen stimulierten Ameisenhaufen. Gerade als Mathes sich am intensivsten wünschte, das Mädchen in die Arme zu nehmen, ihren Körper zu berühren, zu spüren, zeigte der Onkel Erbarmen. Ob beabsichtigt oder nicht, konnte und wollte Mathes nicht mit Gewissheit sagen. Die Liebesballade „Still loving you" der Scorpions erklang. Mathes zögerte keine Sekunde, ihre schmale Taille zu umfassen und den ersehnten Schieber zu tanzen. Er hatte von ihr einen kurzen fragenden Blick aufgefangen, der ihm Erwartung ausdrücken sollte. Ja, sie wollte diesen Tanz ebenso. Ihre schlanken Arme legten sich um seinen Hals. Ihr Duft beströmte ihn jetzt noch verführerischer als zuvor. Dann ließ der sanfte Druck ihrer festen Brüste, ihrer vollkommenen Rundungen das leichte Wiegen des Tanzes zu einer Sünde werden. Mathes strich zärtlich ihren Rücken entlang, ertastete mit seinen Fingerspitzen jeden Wirbel, jeden zarten Muskel, berührte den wohlgeformten Po. Sie drückte sich ein wenig fester an ihn und er konnte nicht mehr vermeiden, dass sich seine Hose ausbeulte. „Wie heißt du?", flüsterte er ihr fragend ins Ohr, und ohne dass sie zu ihm aufsah, vernahm er ein „Anja", aber dieses Anja klang in seinen Ohren eher wie „Ich will dich". Es war das samtene Flöten einer Schwalbe, das liebliche Rauschen eines Wasserfalles, eben Anja. Mathes schob sie fast unmerklich etwas von sich, und als sie den Kopf anhob, küsste er ihre verführerischen warmen Lippen. Einen Moment lang versuchten ihm erneut seine Gedanken an Susanne einen bösen Streich zu spielen und auf sein geschundenes Gewissen einzuprügeln, doch er war stärker und genoss ihren jetzt etwas fordernden Kuss. Es öffneten sich ein wenig ihre Lippen und er erwiderte das süße Spiel ihrer Zunge. Gerd tat sich eindeutig schwerer, den wirklichen Takt einzuhalten. Zum einen lag ihm das Tanzen von Haus aus nicht richtig – er meinte immer, dazu seien seine Beine zu kurz –, zum anderen hing die kleine Blonde inzwischen so an ihm, dass wohl baldige Atemnot zu befürchten war. Ein anhaltend wohlwollendes Grinsen, das Mathes kurzzeitig erhascht hatte, bestrafte er mit verachtender Ignoranz. Mathes empfand diesen Tanz als besonders. Er wusste, es handelte sich nicht um den Aufriss eines vereinsamten Wehrpflichtigen. Ihm gefiel Anja wirklich. Eben daran lag es ja, dass sein Gewissen, dieses lästige, egoistische Geschöpf, ihn unentwegt quälen wollte. Er hätte diesen erregenden Tanz ewig weitergeführt, doch im Ausklang des Liedes nahm sie ihn an der Hand: „Ich muss meine Abrechnung machen. Trinkst du noch etwas?" – „Ja, mach mir noch ein Pils – bitte! Macht durstig, mit dir zu tanzen, ist das Absicht?" – „Vielleicht", lächelte sie wieder dieses reizvolle Lächeln. Mathes blickte rein zufällig auf die Uhr über der Eingangstür – und erschrak. Viertel vor elf. Ausgang hatten sie bis drei viertel zehn! „Hat dir die Mieze die Sprache verschlagen?", frotzelte ihn Gerd mit seinem unwiderstehlichen Grinsen und der Wasserstoffblonden im Arm, bei der Mathes nun nicht sicher entscheiden konnte, ob ihr schwindlig vom Tanzen war oder ob es einfach nur der berühmte Monroe-Blick war. Unwillkürlich musste er an einen Blondinenwitz denken, verwarf diesen gehässigen Gedanken jedoch sofort wieder – was für ihn sprach. „Nein, aber eine andere Frage, wer hat heute *GvD*?" – „Ach so, du machst dir Sorgen um diese verflixte Uhr und unseren lieben *Uffz*", erwiderte Gerd verständnisvoll. „Da sei mal froh, dass sich Flieger Huber immer voraussehend um alles kümmert! Eisele ist dran und der raucht gerade die Zigaretten, die ich dir noch schulde, womit wir dann wohl quitt wären, oder? Mathes lachte: „Gibt es in dieser ehrenwerten Kompanie eigentlich jemanden, der sich von dir nicht bestechen lässt – mit meinen Zigaretten?" „Mmh", winkte Gerd ab, „nur der Spieß ist noch ein wenig schwierig, aber ich arbeite daran." Gerd hüpfte mit seiner Eroberung gleich wieder auf die Tanzfläche und Mathes fand Anjas verschmitztes Lächeln mit jedem weiteren Glas verführerischer. Erst gegen 24 Uhr wurden die beiden Männer von ihr und Sylvia, der Blondine, als letzte Gäste hinausbefördert, nachdem sie fest versprochen hatten, am Wochenende wieder zu erscheinen.

Mathes schmeckte noch den fruchtigen Geschmack von Anjas Lippenstift, als sie den Weg zurück in die Kaserne antraten. Immer mit umsichtigen Blicken, in der Befürchtung, von Vorgesetzten geschnappt zu werden – für diese oft beliebter Jagdsport –, schlichen sie die spärlich beleuchteten Gassen entlang und erörterten dabei ausführlich ihr Erlebnis mit dem weiblichen Geschlecht.

Gerd hatte wohl einige Drinks mehr erwischt als sein Freund und der hatte alle Mühe, ihn in einer Lautstärke zu halten, die wenigstens noch die Anwohner mit festerem Schlaf von seiner Euphorie verschonen würde. „Psst, da kommt jemand!", ermahnte Mathes ihn plötzlich. Er zog Gerd am Ärmel in einen Hauseingang. Mathes hatte Schritte gehört. Das Geräusch wurde lauter. Er schielte um die Ecke. Zwei Gestalten kamen mit schnellen Schritten den Gehsteig entlang. „Die kommen genau hier vorbei …", flüsterte er und drückte Gerd tiefer in den Torbogen.

Der Gestank von überquellenden Abfalltonnen und allerlei Unrat stieg in seine Nase. Gerd hatte sich eine Zigarette angezündet, die er jetzt in der hohlen Hand versteckt hielt. Die zwei schienen keine Soldaten zu sein. Trotzdem wäre es wohl kaum ratsam gewesen, um diese späte Uhrzeit in einem fremden Hauseingang aufgegriffen zu werden. Wortlos einigten sie sich darauf abzuwarten. Mathes glaubte die Luft anhalten zu müssen, als die beiden Männer dieselbe Toreinfahrt betraten. Im Halbdunkel des Mondlichts und einer dürftigen Straßenlaterne konnte er einen Mann mit kräftiger Statur in wahrscheinlich olivfarbener Bomberjacke und Springerstiefeln ausmachen. Sein kahl rasierter, breiter Schädel und der bullige Kopf ließen ihn gerade in jener schummrigen Atmosphäre gefährlich erscheinen. Das Gesicht verdeckten die Schatten. Mit ruhiger, halblauter Stimme redete er zu dem anderen, der nur im Vergleich etwas untersetzter wirkte. Mathes' Augen gewöhnten sich an das spärliche Licht. Woher kannte er den Zweiten? Wo hatte er ihn schon einmal gesehen? Fast hätte er sich durch einen Aufschrei verraten. Der Mann aus der Bar! Es war Pomadezopf. Kahlschädel sprach noch immer auf ihn ein: „Ich verlass mich auf dich, von Freitag an, wenn die Kleine kommt, hast du zwei Tage Zeit. Am Montag nehme ich sie dann mit. Du zahlst Harry aus. Kannst ihn um 23.00 Uhr erwarten." – „Ist er in Amsterdam dabei?" – „Ja … warum?" – „Den schmierigen Typ hab ich satt, könnte ihm jedes Mal eine in die Fresse hauen!" – „Mach bloß keinen Unsinn! Auf die Weiber wirkt er ja – und solange alles hinhaut, hältst du dich gefälligst zurück. Übrigens … – Jan will dich sprechen, du sollst mal vorbeischauen und zwar gleich am Montag. Findest ihn am Hafen."

Die Glatze nestelte ein Päckchen Zigaretten aus der Tasche und zündete sich eine an, bevor er dem anderen die Schachtel gab: „Hier ist alles drin, wir sehen uns dann auch in Dam. Guten Fick!" Mit diesem Gruß und einem freundschaftlichen Schlag seiner riesigen rechten Pranke gegen die Schulter von Pomade wandte er sich um und verschwand. Die Schritte waren längst verhallt, trotzdem verhielt der Mann noch in dem Hauseingang. Er rauchte und schien nachzudenken. Ein plötzlicher Hustenreiz wollte Mathes überfallen. *Oh Gott, bitte nicht! Nicht jetzt! Lass es vorbeigehen!* Es war dieser Reiz, der sich leicht befriedigen ließe, mit einem kurzen kräftigen Räuspern, einem einzigen lauten Aufhusten. Aber es durfte nicht sein. Nicht solange *er* da war. *Luft anhalten! Es wird schlimmer.* Ein unausstehliches Jucken im Hals, bis tief in die Lungen. *Atmen, nur durch die Nase, ganz vorsichtig und ruhig. Bis zehn zählen – nur nicht husten! Gott, lass es vorübergehen!* Mathes spürte, wie ihm die Luft knapp wurde, wie ihm vor verkrampfter Anstrengung die Schläfen pochten. Die Mundhöhle war mit einem Mal wie ausgetrocknet. Mathes konzentrierte sich darauf zu schlucken, vorsichtig mit geschlossenen Lippen. Schlucken – unmöglich. Wie viele Male hatte er in seinem Leben geschluckt! Alles Mögliche. Jetzt erschien es unmöglich. Er hatte vergessen, verlernt, wie man schluckt. *Atmen! Wenigstens atmen. Gott, lass mich nicht auch noch vergessen, wie man atmet!* Nicht schlucken, nur atmen. Man muss nicht schlucken, aber atmen. Gleichmäßig und ruhig. Atmen, ohne sich darauf zu konzentrieren. Ganz automatisch. Sich auf die rote Zigarettenglut des Fremden konzentrieren, die in ihrem Aufglühen sein nachdenklich nervöses Gesicht erhellte. Nein, der Hustenreiz, der teuflische, verräterische, heimtückische Hustenreiz schien unbezwingbar. *Wieder Luft anhalten!* In einer schnellen Handbewegung schnippte der Holländer die Kippe zwischen die Mülltonnen. Wie der Schweif einer Sternschnuppe suchte sie ihren Weg und blieb langsam verglühend, beleidigt liegen. Endlich aus seinen Gedanken herausgerissen, überquerte Pomadezopf den verwachsenen Hinterhof und verschwand im Schatten des Stützgerüstes an der Hauswand. Im Nachhall der Geräusche durfte Mathes endlich erlöst dem Drang nachgeben sich zu räuspern, zu hüsteln. Auch das Schlucken gelang wieder wie gewohnt, als hätte er es nie vergessen.

Düstere Treppenbeleuchtung schaltete sich ein. Einige Momente später erhellte sich ein Fenster im ersten Stock. „Pscht!", meldete sich Gerd. „Warte!", unterbrach ihn Mathes. Er zählte die Sekunden, bis die automatische Aufgangsbeleuchtung erlöschen würde. Bei siebzig sahen sie nur noch das Wohnungslicht. „Was denkst du?", flüsterte Gerd. „Das war wohl ein etwas seltsames Gute-Nacht-Gespräch." „Ja, und es hat mich ziemlich neugierig gemacht. Bleib hier, bin gleich wieder da!", raunte Mathes.

Leise überquerte er den Hof. Die schwere, verblichene Holztür war nur angelehnt. Im Aufflammen seines Feuerzeugs registrierte er acht von Schmutz überzogene Klingelschilder. Nur zwei davon ließen eine undeutliche Schrift erkennen. „Van Maatens", las er links unten. Oben an der rechten Seite stand der Name „Vokousen". Mathes betastete das morsche Holzgerüst. Es fungierte als Schutzbau vor herabfallenden Schneemassen oder Dachziegeln, wahrscheinlich vor vielen Jahren errichtet und schließlich in seiner Massivität als Krücke des Hauses angenommen. Etwa drei Ellen über Mathes' Kopf befand sich die erste Ebene. Im Dunkel des Hofes befühlte er die unteren Pfosten. Er wurde schnell fündig. Ein kurzer, durch den Rost aufgerauter Nagel ragte aus dem Stempen. Die Tritthilfe erleichterte ihm, das Gerippe zu erklimmen. Beinahe geräuschlos hob er sich in den Schatten unterhalb des erleuchteten Fensters. Jegliche Befürchtungen bezüglich der Tragfestigkeit waren verschwunden. Im Moment des Verharrens versuchte er Gerd auszumachen. Einen kurzen Augenblick bemerkte er dessen schnelle Handbewegung, dann herrschte wieder völlige Dunkelheit im Schatten der Einfahrt.

Vorsichtig lehnte Mathes sich in den schwachen Lichtkegel. Dünne, rauchverhangene Gardinen erlaubten etwas Einsicht. Der karg eingerichtete Raum schlummerte im Licht einer altmodischen Stehlampe. Eine Pritsche mit zerwühlten Decken, ein einfacher Holztisch, überladen von verbrauchten Zeitschriften. An der gegenseitigen Wand ein Regal, Baseball-Handschuhe, ein Schläger. Der Holländer saß in der Mitte des Raumes auf einem dreibeinigen Hocker. Dem Fenster leicht abgewendet bückte er sich dem verschlissenen Bretterboden zu. Plötzlich richtete er sich jäh auf. Instinktiv drückte sich Mathes tiefer in den Schatten. Doch musste es ein Ding der Unmöglichkeit sein, aus dem Licht heraus nach draußen sehen zu können. Mit ausholender Armkehre wischte Pomade den Tisch leer, breitete sorgfältig ein sauberes Tuch darüber und – zerlegte säuberlich eine Pistole. In stoischer Ruhe dessen, der sich unbeobachtet wähnt, wog er den Griff in der Hand, streichelte den mattschwarzen Lauf. Unwillkürlich musste Mathes an die abgegriffenen Verse denken: „Das Gewehr, die Braut des Soldaten." Doch der Holländer vermittelte eher die Zuneigung, die der Gerichtsmediziner zu seinen Leichen empfindet. Diese beinahe liebevolle Behandlung kalten, toten Materials! Geschickt setzte er sie in wenigen Sekunden wieder zusammen, zog einige Male den Abzug und wickelte sie schließlich säuberlich in das Tuch. Da Pomade ihm nun den Rücken zuwandte, konnte Mathes nicht erkennen, worin er sie verstaute. Nirgends war irgendeine Tasche oder dergleichen zu sehen. Es musste ein Versteck im Boden geben. Mathes prägte sich die Stelle genau ein. Als der Holländer sich wieder aufraffte, hielt er eine Flasche Jim Beam in der Hand, die er ansetzte und der er einen kräftigen Schluck entnahm. Dann begann er sich zu entkleiden. Mathes nützte die Gelegenheit, um wieder hinunterzusteigen. Dabei fragte er sich, was er eigentlich an diesem Ort tat. Aber instinktiv wusste er, dass hier etwas Schwerwiegendes im Gange war.

Gut eine Viertelstunde hatte Mathes benötigt. Gerd empfing ihn ungeduldig: „Mensch, was war los? Wir müssen zurück! Hoffen wir, dass noch keiner was bemerkt hat …"

Beide fühlten sich vollständig nüchtern und beeilten sich die Kaserne zu erreichen, während Mathes schilderte, was er gesehen hatte. Sie durften sich dem Kasernentor nicht von vorn nähern, auf der freien Fläche würden sie für die Wachen schon von Weitem zu sehen sein. Ihren Rückmarsch durch das unwegsame, sandige Gelände hatten sie sich leichter vorgestellt. Wäre Budel auf der Straße in fünfzehn Minuten zu erreichen gewesen, so benötigten sie jetzt beinahe eineinhalb Stunden, bis endlich der abgrenzende Stacheldraht vor ihnen aufragte. Sie hatten sich äußerst vorsichtig angeschlichen, obwohl die Wachstreife nicht bis unter die dicht stehenden Kiefern vordringen würde. Vorsichtshalber verharrten sie noch eine Weile, beobachteten das militärische Terrain, bevor sie möglichst geräuschlos den Zaun überstiegen. Die oberen Reihen Stacheldraht erforderten einige Geschicklichkeit, doch trotz der Höhe von über drei Metern wussten sie ja, dass sie bedenkenlos in den weichen sandigen Boden hinunterspringen konnten. Dahinter galt es doppelt umsichtig vorzugehen, da Zeitplan und Weg der Streife sich regelmäßig änderten. Auch wenn die Wache nur aus Soldaten der Grundwehrausbildung bestand, die meisten schon Schiss hatten, wenn ein Feldhase ihren Weg kreuzte, durften deren entsicherte G3s nicht unterschätzt werden.

Erst gegen vier Uhr erreichten die beiden das Gebäude der zwölften Kompanie. Es lag in vollkommener Finsternis. Gerd äußerte plötzliche Bedenken, ob der GvD das verhängte Fenster der Wachstube tatsächlich offen gelassen hatte. Als sie direkt unter dem vorstehenden Dach kauerten, berührte er sanft den Rahmen und spürte beruhigt, wie dieser nachgab. Eisele reagierte sofort auf Gerds leisen Pfiff, verdunkelte das Licht und schob den schweren Asbestvorhang zur Seite. „Ja, heida nei Gerd, so um zwei hascht g'sagt! Jetzt isch glei vier – bischt net ganz sauba?" Gerd grinste: „Die Hasen waren zu scharf und wir sollen dich schön grüßen. Hast was gut … bist ein Pfundsschwabe!" Damit waren beide auch schon verschwunden. Als sie auf ihrer Stube angelangt waren, fand alle Erschöpfung doch nicht den verdienten Schlaf. Sie fühlten sich völlig aufgewühlt. Auch Piduch und Lauber standen wieder hellwach in den Betten. Grund genug, noch ein paar Biere zu köpfen, bis der verhasste Weckruf durch die Gänge hallen würde. Ein kurzer verständigender Blick hatte genügt, beide über ihr ungewöhnliches Erlebnis schweigen zu lassen. Umso ausgelassener schmückten sie ihren Bistro-Besuch aus und mussten feststellen, dass ihre abenteuerlichen Beschreibungen der Mädchen nicht zu übersehende Veränderungen in Piduchs viel zu enger Pyjamahose auslösten.

Das Novemberwetter schenkte milde Tage und die Märsche, deren nun einer auf den anderen folgte, ließen dünne Bekleidung und hochgekrempelte Hemdsärmel zu. Mathes und Gerd hatten sich neben fünf weiteren Kameraden unter Oberfeld Göbbel zu einer kleinen Eliteeinheit herauskristallisiert. Bei Wettkämpfen zählten sie stets zu den sportlich Stärksten und bei den Orientierungsmärschen glänzten sie durch Schnelligkeit und Gewandtheit. So war aus dem anfänglich harten Drill mehr und mehr ein Überlebenstraining in Abenteuerstimmung geworden. Oberfeld Göbbel, der während seiner Laufbahn schon zweimal aufgrund von Schlägereien mit Untergebenen degradiert worden war, liebte seine Truppe – wie er die sieben nannte. Er genoss die Nächte am Lagerfeuer, wo ihn vor allem Gerds Erzählungen über Freising brennend interessierten, denn dort hatte er selbst seine Rekrutenzeit hinter sich gebracht. In diesen Nächten galten besondere Regeln. Einheitliche Kleidungszwänge wurden genauso aufgehoben wie das sonst übliche Alkoholverbot. Ganz im Gegenteil erwies es sich beinahe als Ehrenkodex, einen gut gefüllten Flachmann im Gepäck zu haben. Möglichst kriegsrealistische Ausrüstung und Verhalten nannte dies der Oberfeldwebel. Vor solchen „Kampfeinsätzen" erhielt die Gruppe immer einen Plan, wo der imaginäre Feind verschanzt lag und wie das Ziel aussah. Die Aufgabe bestand in der Regel darin, dass der größere Teil der Männer dasselbe anging und dort ein Lager errichtete. Wachen mussten aufgestellt werden. Zwei Angreifer sollten nun ihre Befestigung mithilfe des ungenügenden Planes ausfindig machen. Sämtliche örtlichen Gegebenheiten, Mondlicht, Geräusche aufgescheuchter Tiere, Windrichtung – sie lernten diese wertvollen Signalmöglichkeiten einzubeziehen. Der Verteidigungslinie stand ein Nachtsichtgerät zur Verfügung, doch schon ein leicht hervorlugender Mond verwischte das Bild in grünweißen Nebel. Zudem benötigt das menschliche Auge einige Minuten der Gewöhnung, erst dann ist es fähig, Bewegungen wahrzunehmen. Daher ist ein Nachtsichtgerät, wenn überhaupt, eher den Verteidigern eine Hilfe. Entsprechend weit erstreckte sich das zu bewachende Terrain. Mathes und Gerd mussten es unbemerkt zu durchbrechen suchen und bis an das kleine Lagerfeuer gelangen. Dann wäre die Überwältigung gelungen. Ohne Schusswaffen, mit geschwärzten Gesichtern stellten sie Saboteure dar. Der Oberfeld agierte als Schiedsrichter und befand sich hauptsächlich im Verteidigungskreis.

Die zwei bayrischen Kämpfer strotzten trotz ihres nächtlichen Ausfluges von Wachheit, als sie in abgeschätzten 1500 Metern

Entfernung den schwachen Schein des Feuers ausmachten. Bis auf etwa 200 Meter konnten sie sich in geschütztem Unterholz nähern, dann erstreckte sich ein kleiner See vor ihnen. In Erinnerung an ausgelassene Seefeiern mancher Starnberger Sommernächte entschlossen sie sich kurzerhand das Wasser zu durchschwimmen. Das würde der Feind wohl am allerwenigsten erwarten bei der Kühle der Nacht! Die windgekräuselte Oberfläche musste als nötige Deckung genügen. Ihr Gepäck teilten sie so auf, dass sich jeweils eine Garnitur in Mathes' Rucksack befand, den er gut verschnürt hochhalten wollte, indem er rücklings schwamm. Alles andere Gerät verstaute Gerd in dem seinen und behielt ihn auf dem Rücken. Die schweren Springerstiefel erwiesen sich beim Schwimmen als weniger hinderlich als befürchtet. Beinahe zwölf Minuten dauerte ihre waghalsige Unternehmung. Die mit 14 Grad Celsius der Luft etwas überlegene Wassertemperatur ließ sich leicht ertragen. Trotzdem fielen beide später doch ziemlich erschöpft in das Gestrüpp des sandigen Seeufers. Bisher hatte ihr Angriff noch keine 40 Minuten gedauert. Das Zeitlimit betrug zwei volle Stunden. Kaum mehr als weitere zehn Minuten würden sie für das letzte Stück an Land benötigen, so beschlossen sie hier die Kleidung zu wechseln und möglichst zu trocknen. Einige Schluck wärmenden Whiskys und eine verdiente Zigarette, deren Rauch der ablandige Wind davontrug, brachten sie schnell wieder in Form. Um genau 00.44 Uhr schossen sie neben dem Feuer die rote Signalpistole ab. Exakt eine Stunde und vierzehn Minuten hatten sie benötigt – für ihren Sieg. Die Mannschaft, die den See als nicht zu überwindendes Hindernis angesehen und so nur ihre vordere Linie geschickt abgedeckt hatte, stand vor einem Rätsel. Eisele stotterte verblüfft: „Sell isch bi Gott it normal!" Der Oberfeld grinste nur. Später am Lagerfeuer, bei Grillwürsten und Bier, erklärte er ihren Überfall zum Meisterstück. Stolz sei er auf die gesamte Truppe, die, wie er gesehen hatte, auch auf sich allein gestellt keine Unbequemlichkeiten scheute und gelernt hatte, strategisch zu denken. Als er seine schwärmerische Rede über Kampfgeist und Kameradschaft schließlich ausbaute, glaubte Mathes Tränen in seinen Augen zu sehen. Fast tat er ihm ein bisschen leid und er wusste, dass er ihn mochte, auch wenn Göbbel etwas verrückt sein mochte und Mathes alles andere als ein Bewunderer sogenannter Kriegshelden war – und derer, die es gerne wären.

Erst gegen Mittag des nächsten Tages brachen sie zu ihrem Rückmarsch auf. Ein warmer, beinahe spätsommerlicher sonniger Tag. Mathes träumte mit offenen Augen, als er die von Pilzen übersäten Kiefernhaine sah. Fast ausschließlich Maronen, in für einen begeisterten bayerischen Schwammerlsucher unvorstellbarer Menge und Schönheit. Nur schweren Herzens widerstand er seiner Leidenschaft. Grundsätzlich war es in den Niederlanden verboten, irgendetwas in den Wäldern zu hinterlassen oder etwas aus ihnen mitzunehmen. Wahrscheinlich ein die Natur schützendes sinnvolles Gesetz, wenn auch ein sehr grausames. Daran hätte sich Mathes wohl weniger gestört – bei dieser Pracht, in der Nähe befand sich jedoch ein berüchtigtes Zinkwerk, dessen schwermetallische Auswirkungen fürchtete er eher und vergaß seinen kurzen, nicht ganz gesetzlichen Gedanken schnell wieder.

Die anstrengenden Übungen hatten den sieben einen freien Tag eingebracht, der normalerweise Karten spielend verbracht worden wäre, doch Mathes und Gerd zogen es vor, den längst benötigten Schlaf nachzuholen. Der Kalender zeigte bereits Donnerstag und sie waren sich einig, am morgigen Freitag herauszufinden, welchen Geschäften der Holländer nachging. Der Freitag galt bei allen Rekruten immer als der heiß ersehnte Tag. Nach dem Frühstück schloss das Sportprogramm die erledigte Ausbildungswoche ab. Die Vorfreude auf das Wochenende in den Armen der Frau oder Freundin konnte durch den noch zu bestehenden Großputz kaum noch getrübt werden. Jeder legte jetzt besonderen Wert auf tadellose Spindordnung und eine blitzsaubere Stube. Die Launen des alten Spieß waren gefürchtet! Nachsäuberungen und Nachkontrollen bedeuteten unwiederbringliche Verzögerungen. Für Zugfahrer – und das waren sie fast alle – war damit der Bus, der sie aus der Kaserne bis nach

Mönchengladbach brachte, weg. Eine Stunde Verspätung wirkte sich durch bei Weitem umständlichere Verbindungen bis nach München leicht um das Fünffache aus. Zudem fehlten das kurzweilige Kartenspiel und die vielen hübschen weiblichen Mitreisenden! Als Gerd den Kameraden ihren Entschluss mitteilte, über die freien Tage in der Kaserne zu bleiben, grinste Piduch nur: „Mensch, die holländischen Häschen haben euch ja sakrisch den Kopf verdreht, dass ihr sogar das Wochenende lieber in der Pampa verbringt als in Mamas Schoß", während Eisele grübelte: „De zwoi kenne doch koi liebs Mädle von a Waschmaschine underscheide! Woischt, de werde alde Uhus dahoim habe und lurga jetzt do nach de kloina Spätzle!"

„Magst nicht einmal dein schwäbisches Lästermaul halten?", brauste Gerd gereizt auf, denn in diesem Punkt war er empfindlich. „Und wenn ich jeden Tag mit einer anderen vögle, geht es dich einen verdammten Dreck an. Nennst du noch einmal meine Frau einen Uhu, poliere ich dir die Schnauze, bis du selbst ausschaust wie ein Uhu nach dem Rasieren!" Eisele wollte keine Ruhe geben: „Ach je, in Bayern gibt's ja koine Uhus, no werdes wohl a Wolpertinga sei mit Hörndl wia a Gams und an Maul wie a Karnickel." Mathes hatte auf seiner Pritsche gelegen und nur beiläufig amüsiert zugehört, doch er kannte Gerd und wusste, dass dieser jetzt keine Worte mehr gebrauchen würde. Als Mathes aufsprang, um die mit Sicherheit folgende Rauferei zu verhindern, konnte er sich gerade noch vor dem Abfalleimer retten, der als Geschoss durch die Luft flog. Geistesgegenwärtig duckte sich Eisele ebenfalls und scheppernd schlug die blecherne Müllbombe in die halb geöffnete Tür – dem Spieß genau vor die Füße. „Stillgestanden!", brüllte sein vor Wut hochroter Kopf. „Stillgestanden!" „Hoffentlich platzt er nicht", dachte Mathes. Ruckartig standen alle kerzengerade vor dem Stabsfeldwebel, der aussah wie ein Gott der Halde. Nur seine streng nach oben gerichteten Augen ersparten ihm wohl den Anblick, den Mathes gerne in Ruhe genossen hätte, wenn nicht gerade die absolute Katastrophe zu befürchten gewesen wäre. Er fragte sich, wie viele Sekunden der matschige gelbe Klecks Joghurt am

Stiefelschaft des Spießes wohl bräuchte, bis er langsam in seinen Müllberg zurückgefunden hätte. Mit leiser, vibrierender Stimme zischte der Spieß zwischen den Zähnen hervor: „Sie haben genau zwei Möglichkeiten und exakt drei Sekunden Zeit, mir entweder das Subjekt zu benennen, das hierfür verantwortlich ist, oder die ganze beschissene Stube kann sich in fünfzehn Minuten mit Kampfanzug und Gerät im Hof präsentieren!“ Einen Schritt vortretend meldete sich Gerd: „Es ist meine Schuld!“ – „Name?“ – „Huber.“ – „Ihren vollständigen Namen, Dienstgrad, Einheit! Und reden Sie mich an, wie Sie es längst gelernt haben sollten, zum Donnerwetter, oder hat es Ihnen die Stimme verschlagen!“ – „Flieger Huber, drittes Regiment, zwölfte Kompanie meldet, dass er hat Schuld an diesem Unfall … äh, Ungeschick!“ – „Ungeschick nennen Sie das? Erklären Sie mir den Vorgang und jeden Beteiligten! Und ein bisschen plötzlich, dies ist ein Verhör und keine Plauderstunde!“ – „Also, ich war gerade dabei …“, fing Gerd verzweifelt an zu stammeln. – „Reden Sie mich mit Dienstgrad an, Sie abgeschnittenes Etwas!“

Mathes sah das Aufblitzen in Gerds Augen. Er wusste, wie sehr es diesen kränkte, wenn man ihn auf seine geringe Größe hinwies, und er betete: „Gerd, halt's Maul, bitte reiß dich zusammen, er will dich nur provozieren!“

Ohne zu stottern, schrie Gerd jetzt beinahe: „Herr Stabsfeldwebel Roßmann, ich, Flieger Huber, war dabei, die Oberseite meines Spinds zu kehren, als ich auf dem Stuhl, den ich wegen meiner Kleinwüchsigkeit benutzen musste, das Gleichgewicht verlor. Dabei schleuderte ich den Abfallkübel, den ich in der Hand hielt, von mir. Dummerweise traf er genau die Tür. Flieger Huber bekräftigt, dass seine Kameraden in keinster Weise beteiligt waren, und ist bereit, jegliche Konsequenzen allein zu tragen!“

Während Gerd seine geringe Körpergröße selbst noch betonte, begriff Mathes, dass er Roßmann hassen würde, abgrundtief hassen, sein Leben lang. „Gut, Sie geben mir recht, dass Sie noch etwas unsicher sind bei der Stubenreinigung?“ – „Jawohl, Herr Stabsfeldwebel!“ – „Und dass Sie noch üben müssen?“ –

„Jawohl, Herr Stabsfeldwebel!" – „Gut, gut …" Er ging jetzt auf den eineinhalb Metern verbliebener Fläche auf und ab, als habe er einen schweren Gedankengang.

„Arschloch!", dachte Mathes. Ein flüchtiger Blick zu Eisele ließ ihn dessen Haltung nach vermuten, dass dieser Gleichgewichtsverlagerungen im Darmbereich vorgenommen hatte. Gerd dachte gar nichts. Seine Augen blickten fest und gleichgültig. „Sie werden um zwölf Uhr beginnen die Stube zu putzen, als wäre es eine Salatschüssel!" – „Jawohl, Herr Stabsfeldwebel!" – „Und dann den Flur, meinen Sie, das genügt für Ihre Übung?" – „Jawohl, Herr Stabsfeldwebel!" Die Stimme des Vorgesetzten hatte beschwichtigender, fast mitfühlend geklungen, nun brüllte er erneut los: „Nein, das genügt nicht, Sie Schwachkopf! Sie werden den gesamten oberen Bereich fegen, bohnern und blockern, sodass er glänzt wie Ihr Arsch nach einer Rutschpartie, verstanden?!" Mathes fand den Vergleich unpassend, doch er zog es vor, das für sich zu behalten. „Jawohl, Herr Stabsfeldwebel!" Wieder mit ruhiger Stimme: „Gut, gut – um vierzehn Uhr erwarte ich Meldung, dann entscheiden wir, ob wir im Hof weiterüben. Sie haben doch Zeit, oder?" – „Natürlich, Herr Stabsfeldwebel!" – „Gut, den anderen Kameraden wünsche ich ein schönes Wochenende. Rühren! Abtreten!" Damit drehte er sich auf dem Absatz um und schritt selbstzufrieden davon.

„Pffh!", schnaufte Eisele auf. „Huber, es tut mir leid, des wollt i net, tut mir wirklich leid!" – „Ach was, Eisele, bin dir nimmer böse … bin froh, dass ich noch ein bisschen Bewegung kriege, hau schon ab!" – „Danke, des vergess i dir nit, bischt wirklich okay!" Damit verschwanden Piduch und Eisele in ihr Wochenende. Gerd grinste Mathes an: „Junge, ich hab da noch ein paar wunderbare Fläschchen Warsteiner im Schrank, was hältst du von einem Schlückchen?" – „Na, und ob! … Auf den großen Stuhlakrobaten und größten Schlawiner zwischen Freising und Amsterdam – Flieger Huber! Prost!" – „Prost, Flieger Held!" Sie stießen die Flaschen zusammen, dass es klirrte, rieben sie dann kurz senkrecht aneinander, ließen mit dem

Daumen ein ploppendes Geräusch ertönen und taten einige kräftige Schlucke. Dabei warfen sie sich jenen Blick zu, den es nur unter Männern gibt, diesen Blick ehrlicher Freundschaft und Kameradschaft. Gerd war ein Mann, mit dem man ohne Worte Freund sein konnte, ein wirklicher Freund, der beste. Sie waren fast fertig damit, den Flur zu bohnern und ihre Hemden hatten sie durchgeschwitzt, als Roßmann den Gang betrat. Schon fürchteten sie, er würde erneut losbrüllen, weil Mathes seinem Freund geholfen hatte und damit der Befehl glatt missachtet worden war. Doch diesmal schüttelte Roßmann nur den Kopf: „Na, eines muss man euch Bayern lassen, zusammenhalten könnt ihr wie Pech und Schwefel! Da lässt der wegen einem verdammten Flur sein Wochenende sausen." „Nicht wegen einem Flur, Herr Stabsfeldwebel, sondern für einen Freund und Kameraden", antwortete Mathes trocken. „Schon gut, um vierzehn Uhr beide in Privatkleidung antreten! Ich brauche noch Ihre Meinung über einen Cognac, den ich im Ort erstanden habe. Ihre Reinigung ist hiermit abgenommen." – „Aus dem soll einer schlau werden", flüsterte Mathes. „Zuckerbrot und Peitsche, Scheiß-Barras", zischte Gerd, doch wussten beide, dass sie einen kleinen Sieg errungen hatten.

Um 18.00 Uhr standen sie unter der Dusche, in der Hoffnung, ihre Köpfe mit Wechselbädern wieder einigermaßen klar zu bekommen. Die zwei hatten mit Roßmann eine ganze Flasche guten französischen Cognac geleert und bald die Absicht des Vorgesetzten durchschaut, dass er Ansprache suchte. Ziemlich schnell hatte der Alkohol seine Wirkung erreicht und Mathes und Gerd erfuhren die vollständige glorreiche Lebensgeschichte eines Stabsfeldwebels mit 55 Jahren, der in seinem berufenen Soldatensein wohl alle Möglichkeiten eines Weiterkommens ausgeschöpft sah und Einsamkeit fühlte. Sehr viel Einsamkeit unbestätigt in seinen jahrefressenden Idealen. Er war von seiner Frau nach zwanzigjähriger Ehe wegen eines Jüngeren, eines Tanzlehrers, verlassen worden! Ausgerechnet wegen eines tänzelnden Schlagerfuzzis. Sein Sohn hatte den Wehrdienst verweigert und studierte schon seit Ewigkeiten. Betriebswirt wollte er werden oder Soziologe oder REFA-Fachmann, was zum Teufel das auch sein mochte. Dieser Sohn verachtete alles, was sein Vater tat oder dachte, nur sein verdammtes Geld nicht. Seine Tochter, gerade siebzehn, ging mit einem Langhaarigen. Sie plante mit ihm nach Amsterdam zu ziehen, weil dort das Leben geil sei. Den Starrsinn hatte sie wohl von ihrer Mutter! Mathes hatte es mehrmals einige Mühe gekostet, bei dem weinerlichen Anblick des sonst so autoritären Alten nicht in Gelächter auszubrechen. Doch tat er ihm irgendwie leid. Und die Tochter auch!

Dann hatte Roßmann anhaltend für seine Kompanie geschwärmt. Gerd konnte sich nicht verkneifen unschuldig zu fragen, warum er sie denn dann schinde, wenn doch alle ihr Bestes gäben. – „Sie sind unsere Jugend, die Zukunft unseres schönen Landes. Was Ihnen fehlt, sind Moral und Disziplin! Jawohl, Disziplin, und die werden Sie hier lernen, junger Mann. Meine ehrenvolle Aufgabe besteht darin, aus Ihnen anständige und tapfere Männer zu machen, den Stolz unserer Republik! Später werden Sie mir dankbar dafür sein.“ Seine Stimme war angeschwollen. Gerd glaubte die Rede eines Nazioffiziers zu hören, außerdem hasste er es, mit „junger Mann“ angeredet zu werden. Er wollte zum Widerspruch ansetzen, aber Mathes zwinkerte ihm verneinend zu. So hatten sie sich dankend bei dem Alten verabschiedet und ihn in seinem Monolog mit dem Cognac-Glas zurückgelassen.

Bis acht verbrachten sie die Zeit auf der Stube und pokerten um Groschen. Dann meldeten sie sich bei der Wache ab, diesmal in dem angenehmen Gefühl, dass sie zu jeder beliebigen Nachtstunde das Haupttor wieder passieren dürften. Der Soldat hatte ihnen selbstverständlich ein Taxi gerufen. Zwanzig Minuten später betraten sie zum zweiten Mal ihr Pub. Anja lächelte Mathes an, als er auf sie zukam. Sie bediente an der Theke und sah noch schöner und einnehmender aus als in seinen unentwegten Gedanken der vergangenen Tage. „Du hast dein Versprechen gehalten“, flüsterte sie, als sie ihm einen flüchtigen Kuss auf die Wange drückte. Prickelnd empfand Mathes ihren Hauch und den zarten Duft. Er atmete ihn süchtig ein und musste sich eingestehen, dass sie ihm mehr gefehlt hatte, als er es zulassen wollte. Sie entschwand sofort wieder, tauchte in dem gefüllten Lokal unter. Mit einem kurzen Zunicken begrüßte er den Discjockey, der ihn freundlich angrinste: „Na, da hast du dir wohl einige Feinde geschaffen, sie ist der Schwarm von Budel!" – „Sie gefällt mir, hast du was dagegen?", konterte Mathes etwas aggressiv. – „Nein, meine Kleine macht sowieso, was sie will. Wollte dich nur warnen, denn die meisten sind ziemliche Deutschenhasser … Ihre Freunde sind auch meine, okay?" Dabei stellte er zwei Schnäpse auf den Tresen. – „Deutschenhasser, warum?" – „Keine Ahnung, war immer so, ist wohl noch das Leid der Eltern und Großeltern wegen der Nazis." – „Was hat das mit uns zu tun? Das ist fünfzig Jahre her!" – „Holländer sind nachtragend und stur!" – „Und du, bist du nicht auch einer?" – Er lachte: „Bin in Aachen geboren, hier aufgewachsen, aber so oft drüben, dass ich selbst nicht genau weiß, ob ich mich als Deutscher oder Niederländer fühle. Ist auch egal, trinken wir auf Deutschland!" – „Trinken wir auf Holland!", prostete Mathes zurück. Aus der Nähe hatte der Onkel ein raues Gesicht, und seine kräftige Figur wirkte fast grobschlächtig, doch blickte Mathes in zwei ehrliche, beinahe gütige Augen. Er wusste, dass er einen Freund gefunden hatte. Irgendwie spürte er, dass diese Freundschaft noch einmal bedeutend sein würde. Dieser Mann, der ein wirklicher Freund sein konnte oder ein erbitterter Feind …

Mathes spendierte die nächste Runde und stellte sich vor: „Mathes, Mathes Held." – „Ich heiße Nicolai Senteere. Sag einfach Nick, alle nennen mich Nick!" – „Okay, Nick." – „Cheers, Mathes!" Anja war unentwegt beschäftigt damit, Getränke zu bringen und leere Gläser abzuräumen, die Gäste drängten sich um die Tische. Doch jedes Mal, wenn sie in Mathes' Nähe kam, empfing er einen süßen Blick, der in sein Herz fuhr und unweigerlich einen halben Meter tiefer. Bis zu diesem Augenblick hatte er es nicht wahrhaben wollen, nun plötzlich wurde ihm klar, dass er sich entsetzlich verliebt hatte. Aber er liebte doch Susanne! Nein, er liebte jetzt Anja … oder Susanne …

oder doch Anja. Es konnte nicht sein, dass er beide liebte. Er liebte beide! Ist es möglich, zwei Frauen gleichzeitig zu lieben und leidenschaftlich zu begehren? Verdammt noch mal, ja, es ist möglich. „Scheiße", dachte er, „ich bin verrückt!" Er musste seine Gedanken beiseiteschieben, sie beunruhigten ihn zu sehr. Sein Blick schweifte umher, so als würde er nur mit beiläufigem Interesse die ausgelassene Stimmung der Tanzenden oder Lachenden verfolgen, trotzdem suchte er jemand Bestimmten: Pomadezopf. In der Ecke des Flipperautomaten lehnte Gerd, eng umschlungen mit der Wasserstoffblonden. In Anbetracht ihres immerwährend bewundernden Augenaufschlages konnte sich Mathes belustigt vorstellen, welche Heldengeschichten ihr Gerd aus seinem Leben wohl erzählte. Als dieser Mathes' Blick kurzzeitig auffing, schüttelte er unmerklich den Kopf. Mathes begriff, dass Gerd gleichfalls erfolglos nach dem Holländer Ausschau gehalten hatte und dieser mit Sicherheit nicht da war. Seine Augen wanderten weiter zu dem Tisch am Fenster, der von jungen Leuten umringt war – wohl aus dem Dorf. Einer führte das Reden an, worauf die anderen in grölendes Gelächter ausbrachen.

An den Tischen links der Theke wurde in kleinen Grüppchen geredet oder gewürfelt. Vereinzelt saßen Liebespärchen an ihnen, die Gesichter im romantisch flackernden Licht kleiner Tafelkerzen. Auch mehrere Soldaten, die Mathes flüchtig kannte, feierten und tranken sich in ihr Wochenende. Die meisten umgarnten die wenigen kokettierenden ansässigen Mädchen auf der Tanzfläche wie läufige Hunde. Mathes versuchte unter den Niederländern vielleicht den Zweiten auszumachen, den sie im Hausgang belauscht hatten. Auch er schien nicht anwesend zu sein. Mathes verwandte seine Zeit darauf, sich Gesichter einzuprägen, wobei er fortwährend durch die faszinierend schönen Beine von Anja abgelenkt wurde, die in einer silbrigen, hautengen Satinhose und weißen, hohen Damenschuhen vortrefflich zur Geltung kamen. Ab und zu konnte er das Glitzern eines zarten Kettchens an ihrer Fußfessel wahrnehmen. Es schien ihm, als beginne jeder Zentimeter, den ihr Fuß berührte, zu knistern. Nach einer Weile kam Gerd herüber, die Blonde im Arm. Mathes konnte sich nicht mehr erinnern, ob sie ihm ihren Namen genannt hatte. Erst jetzt fiel ihm auf, dass sie etwas größer war als Gerd. Er ärgerte sich darüber, dass sie es nicht für nötig gehalten hatte, ihn vorher schon zu begrüßen. „Junge, vergiss unser Interview nicht! Ich habe Sylvia erzählt, dass wir heute noch mal in die Kaserne müssen, um die Wachabnahme zu überprüfen. Sie sieht ein, dass sie da nicht mitdarf, und wird mich sehnsüchtig erwarten. Stimmt doch, Mathes, oder?" – „Ja, er hat recht, und es wird nicht lange dauern." Gerd hatte ihn von dem Problem befreit, sich eine Ausrede für die Mädchen zu überlegen. Obwohl es ihm widerstrebte, Anja anzulügen, war diese kleine Ausrede wohl das Beste. Allerdings hielt er Anja nicht für so blöd, zu glauben, zwei unbedeutende Soldaten wie sie würden Wachabnahme halten. Er musste schmunzeln über Gerd, der in Syllis Augen wohl längst ein großer Kriegsheld war.

Bereits gegen 21.30 Uhr brachen sie auf, damit genügend Zeit blieb sich zu verstecken. Anja war etwas verwundert gewesen, doch hatte sie nicht nachgefragt, als Mathes ihr erklärte, sie müssten nochmals weg. Die Rechnung wollte sie derweil offen lassen, darauf hatte sie bestanden. Vermutlich wäre sowieso bis mindestens drei Uhr geöffnet, da keine Sperrstundenzwänge bestanden. Mathes nahm sich fest vor, schnellstmöglich zurück zu sein, und ihr Vorhaben kam ihm plötzlich reichlich blöd vor. Bestimmt war alles ganz in Ordnung, was gingen ihn die nächtlichen Gepflogenheiten anderer an? Doch dann wieder sah er die Waffe in der Hand des Fremden vor sich, eine ungute Vorahnung keimte in ihm und die sollte ihn nicht getäuscht haben.

Kurze Zeit später duckten sie sich wieder in ihr Versteck. Dabei gewährten ihnen die Kisten, die wohl irgendjemand weiter aufgetürmt hatte, zusätzliche Deckung. Der Himmel war von Wolken verhangen und leichter Nieselregen hüllte die im Laternenlicht einsam gelegene Gasse in einen ewigen trüben Nebel. Nur ein einziges Fenster in dem verwachsenen Hinterhof spendete matten Lichtschein – das Fenster des ersten Stockes, welches Mathes schon einmal näher inspiziert hatte. „Alles verlassen und unbewohnt“, flüsterte Gerd. Mathes nickte: „Kann uns nur recht sein.“ – „Willst du?“ – Mathes ergriff überrascht den Flachmann, den ihm Gerd entgegenhielt: „Du hast auch wirklich an alles gedacht, merci.“ – „Klar, Kamerad, gehört doch laut Göbbel zur Grundausstattung im Einsatz.“ Mathes lachte leise und nahm einen kräftigen Zug. Er genoss das wohlig warme Gefühl, das ihn durchströmte, setzte die Flasche nochmals an, behielt den Asbach – vermutlich war es Asbach – etwas in der Mundhöhle, gurgelte, atmete seinen scharfen Geruch durch die Nase und ließ ihn langsam hinunterrinnen. „Beinahe ein Liebesakt“, dachte er und verstand diejenigen, die in ihrer Verzweiflung Erfüllung fanden in einer Flasche Alkohol. Zärtlicher, betörender, tückischer, tödlicher Rausch! Anja berührte seine Sinne und er reichte Gerd die Pulle zurück. Er wollte nicht trinken, nein, er wollte alsbald wieder bei ihr sein in dem Pub. Sie ansehen, nur ansehen … diesen schmutzigen Hinterhof vergessen. Er kam sich sehr töricht vor.

Gerd stupste ihn an: „Da … es sind zwei!“ Sie hatten niemanden kommen hören, jetzt standen plötzlich zwei Personen im Torbogen, zum Greifen nahe. Den Umrissen nach nur eine männliche Gestalt. Er trug einen Pullover oder ein Sweatshirt mit Kapuze. Den rechten Arm hatte er um die zweite, schmale Person gelegt. Ein Mädchen mit langen, glatten Haaren, den Kopf gesenkt, sodass sie über ihr Gesicht fielen. Gekleidet war sie in einen viel zu großen Trenchcoat. Der Mann blickte nochmals hastig um sich, dann überquerte er den Hof. Er stieß einen kurzen schrillen Pfiff aus und wartete dann an der alten Holztür. Die Klingel schien nicht zu funktionieren, das musste er wissen. Sie würde weiterhin unbeobachtet und unbetätigt in ihrem verblichenen, von Staub bedeckten Messingrahmen schmachten. Es dauerte nicht lange, bis die Tür sich einen Spalt breit öffnete. Sie konnten ein leises, nicht zu verstehendes Flüstern vernehmen. Eine pechschwarze Katze schlich über das von Unkraut verwilderte Pflaster. Aufmerksam geworden, blieb sie stehen. Die Ohren steil aufgestellt und eine Pfote angehoben, richtete sie ihre Sinne auf den Hauseingang. Ihr senkrecht stehender Schwanz vibrierte elektrisiert in der Spitze und ließ ihre Angespanntheit erahnen. Eine unmerkliche Bewegung von Gerd genügte, dass sie herumschrak. Sie starrte zu ihrem Versteck zwischen Mülltonnen und Kisten. Trotz der Dunkelheit funkelten die Tieraugen wie zwei glühende Diamanten. Endlich erkannte sie ihre unsichere Position und beendete die verräterische Habachtstellung. Ohne das kleinste Geräusch zu verursachen, flüchtete sie in einen schützenden Kellerschacht. Die schwere Holztür schnappte metallisch klickend ein. Allein geblieben, wandte der Fremde sich um, schob einen Briefumschlag oder eher eine schmale Mappe unter sein Oberteil und verschwand mit schnellen Schritten durch den Torbogen auf die Straße.

Immer noch erhellte das Licht in dem Fenster matt die Fassade. Mathes flüsterte: „Pass auf, dass er nicht noch mal kommt, ich steige auf das Gerüst … muss wissen, was hier abläuft! – Schnalz kurz mit der Zunge, falls jemand auftaucht …" – „Okay, Flieger Huber hält die Stellung. Mach bloß nichts Unbedachtes! Ich glaube, wir stochern gerade in einem Wespennest."

Mathes huschte über den Hof. Gleich darauf rückte er eine vergessene Weinkiste unter den Aufbau. Mit einem Klimmzug erreichte er die Plattform. Er wusste, dass er bedenkenlos auftreten durfte, da das von Sand und Moos bedeckte Bretterwerk jedes Geräusch dämpfen würde. Vorsichtig erhob er sich aus seiner kauernden Stellung und blickte in das von der Stehlampe hell erleuchtete Zimmer. Eine Hälfte des Flügelfensters verdeckte wieder der nikotingelbe Vorhang. Doch ließ sich der gesamte Raum lückenlos durch die andere Hälfte überblicken. Das Mädchen lag halb nackt auf der Pritsche. Die zwei Knöpfe ihrer verschmutzten Stonewashed-Jeans waren geöffnet, der Reißverschluss heruntergezogen. Das weiße Höschen war zu sehen. Ihre junge Brust wurde nur knapp von einem roten Trägertop bedeckt. Mathes schätzte sie auf kaum älter als sechzehn Jahre. Sie hielt die Augen geschlossen, ihr Kopf lag seitlich auf einem Kissen. Pomadezopf hatte seinen Stuhl gedreht, saß, die Arme auf die Lehne gestützt, mit dem Rücken zum Fenster und blickte auf das Mädchen herab. Eine Zigarette qualmte zwischen seinen Fingern. Seine weiße Jeans stülpte sich über grobe Cowboystiefel, die Beine hatte er angewinkelt um die des Stuhles gelegt. Sein Oberkörper war nackt. Eine Tätowierung umschloss ringförmig seinen linken Oberarm. Sie stellte das Geflecht von Stacheldraht in Rosenblüten dar. Das glänzende glatte Haar hielt ein rotes Frotteeband zusammen. Ganz ruhig saß er da und sah auf sie hinunter. Eine Mathes ewig erscheinende Zeit verstrich und fast wollte er schon wieder seinen Platz verlassen, als Pomadezopf aufstand und den Stuhl schroff zur Seite stieß. Er stand jetzt breitbeinig direkt vor der Pritsche. Das Mädchen bewegte sich nicht. Zweimal schlug er ihr mit dem Handrücken grob ins Gesicht. Mathes zuckte zusammen. Sie verzog schmerzhaft das Gesicht, öffnete die glasigen Augen, wimmerte. Er lachte: „Los, kleine Nutte, wir werden uns jetzt etwas amüsieren!“ Sie blickte verängstigt zu ihm hoch, kniff die Augen zusammen, schien ihn nicht richtig sehen zu können. Es konnte wegen des hellen Lichts sein, doch hatte Mathes einen anderen Verdacht. Der Rohling streichelte beinahe zärtlich ihre Wange. Etwas Blut lief ihr über die Unterlippe. Seine Hand glitt hinab zu ihrer jungfräulichen Brust. Mit einem Ruck riss er ihr Oberteil herunter. Instinktiv wollte sie die Arme schützend darüberlegen, doch er hielt ihre schmalen Gelenke mit einer Hand zusammen und schlug ihr mit der Rechten nochmals heftig ins Gesicht. Dann ergriff er die Whiskyflasche, die neben dem Bett gestanden hatte, und schüttete ihr hämisch lachend die bernsteinfarbene Flüssigkeit ins Gesicht. Ihre Hände waren noch immer gefesselt von seinen Pranken und ein Knie hatte er in ihren Bauch gestemmt. Sie schrie vor Schmerz, als der brennende Alkohol in Augen, Nase und blutende Lippe drang. Er lachte bösartig, drückte ihre kraftlosen Arme nach hinten. Brutal betatschte er den aufkeimenden Mädchenbusen und drückte die zarten Knospen, dass sie sich gequält aufzubäumen versuchte. Der Branntwein hatte sich mit den Tränen vermischt, die sie verzweifelt herausschluchzte. Gerade als er ihr erbarmungslos die Hose herunterzureißen versuchte, fuhr er jäh herum.

Lautstark krachend schlug das Fenster auf, die Scheibe zersprang klirrend, der morsche Rahmen gab unter der Last seiner Jahre nach. Mit den Beinen voraus schwang sich Mathes über den schmalen Sims und erreichte leicht strauchelnd den Boden. Aus der Hocke heraus nützte er den Schwung, sprang die zwei Schritte durch den Raum, schmetterte Pomadezopf die rechte Faust in das glatt rasierte Gesicht und spürte, wie der Knochen der Nase unter dem Hieb brach. Sein gesamtes Körpergewicht hatte in dem Schlag gelegen. Unbändige Wut hatte ihn zuvor erfasst bei dem Anblick des grausamen Mädchenschänders, und ohne noch groß auf Deckung zu achten, hatte er seine Möglichkeit gesucht, das Fenster zu öffnen. Vergeblich. Schließlich hatte er kurz entschlossen die Verstrebungen des Gerüstes umfasst, war mitten in das Fensterkreuz gesprungen und dann mitsamt dem Rahmen im Zimmer untergetaucht. Instinktiv wich der Holländer dem nächsten Hieb aus. Die Liege fiel aufgrund des Ungleichgewichts in sich zusammen. Mathes' Fuß verdrehte sich schmerzhaft unter dem Metallgestell. Ein paar Sekunden nur benötigte er, sich zu befreien, wenige Sekunden zu viel. Er nahm nur noch den Schatten der leeren Whiskyflasche schemenhaft wahr. Die bedrohliche Gefahr zu spät erkennend, konnte sein Kopf nicht mehr ausweichen. In einem dumpfen Schlag traf sie ihn an der Schläfe. Ein stechender Schmerz durchfuhr ihn. Blendendes Licht aus einer Schwärze heraus; grelle, unzählige Sterne rasten auf ihn zu. Das ganze Farbspektrum wechselte in Bruchteilen von Sekunden. Dieser irrsinnige Himmel drehte sich um Mathes wie ein rasendes Karussell. Er versuchte zu atmen, es drängte ihn zu husten, doch seine Kehle war wie zugeschnürt, und es schien unmöglich zu sein. Es *war* unmöglich!

Mathes' Bewusstsein kehrte allmählich zurück und er spürte die todbringende Bedrohung um seinen Hals. Mit beiden Händen drückte ihm der Holländer erbarmungslos die Luft ab. Nach Befreiung ringend ergriff Mathes dessen Handgelenke. Über ihm eine Fratze, Blut tropfte ihm auf die Lippen, Blut einer entsetzlich zugerichteten Nase, das Nasenbein war zertrümmert. Hasserfüllte, mordgierige Augen und ein zu einer Grimasse verzerrter Mund, Blut und heißer Atem, keuchend über Mathes. Schrecklicher Druck lag auf seiner Kehle. In panischer Todesangst krallte er seine Finger um das fremde Handgelenk. Er konnte die Umklammerung nicht lösen. Mit den Handballen stieß er mit letzter Kraft in das blutig aufgeschwollene Gesicht. Er hörte trotz des Rauschens und Dröhnens in seinem eigenen Kopf das Aufheulen des Gegners, doch der Schraubstock um seinen Hals lockerte sich nicht. Mathes verspürte ein spastisches Zucken durch den ganzen Leib, sein Arm fiel wie ein Fremdkörper herunter. Die Fratze lächelte plötzlich. Es war keine Fratze mehr, sondern ein wunderschönes Gesicht mit dunklen Augen und einem herrlich roten Mund. Mathes fragte sich, wer diese Schönheit sei, er kannte sie, Anja, ja, Anja war es, oh, Anja, wie schön, dass du hier bist! Oder war es Susanne? Sie hatte die Augen von Susanne, ihr süßes Lächeln, er hörte ihr klingendes Lachen, das schöne dunkle Haar fiel ihr in die Stirn. Er liebte diese niedlichen kleinen Fältchen um ihre Nase, wenn sie lachte, und den ein klein wenig schiefen Schneidezahn, den sie selbst an sich hasste. Er hatte ihn immer geliebt, dieser Zahn schenkte ihr etwas Unvollkommenes, etwas, was ihre Schönheit nur unterstreichen konnte. „Mäuschen, eine Frau mit einem vollkommenen Gesicht wie eine Puppe ist hübsch, eine schöne Frau aber darf sogar eine Narbe quer über ihre Wange haben, es wird sie nicht entstellen. Gerade diese Unregelmäßigkeit ist das Geheimnis eigenartiger Schönheit." Das hatte er ihr einmal gesagt. Sie hatte ihn daraufhin geküsst und dann hatten sie sich geliebt, ja, sie war ungeheuer zärtlich gewesen. Mathes spürte keinerlei Schmerz mehr. Es war ein angenehmes Gefühl. Er fühlte sich warm und befreit. Hinter Susanne standen ihre Geschwister, ihre Eltern, ihre Oma – sie war auch Mathes' Oma. Seine eigentlichen Großeltern waren schon lange verstorben. Alle hielten sich an den Händen. Mathes' Freunde, sein Bruder, seine Schwester, ganz hinten seine Eltern, alle waren gekommen, nur Gerd nicht. Wo war Gerd? Mathes suchte nach Gerd, er fragte sie, doch Anja, die Susanne an der Hand gefasst hatte, flüsterte lieblich: „Er kommt noch, warte nur, er kommt bestimmt!“ Alle schwangen ihre Hände, sie sangen unglaublich schön und die Sonne schien. Immer heller wurde es, aber es war kein blendendes Licht. Es strahlte wie ein warmes, unbeschreiblich schönes Weiß. Kein Dröhnen war mehr zu hören, nur noch das zarte Rauschen eines Baches und der klare, klingende Gesang der Menschen. Eine junge, schöne Frau in der Kleidung einer anderen Zeit kam auf ihn zu. „Mein Kind, komm mit mir!“, sprach sie. „Ich bin deine Großmutter, gehst du mit mir?“ Mathes fühlte unendliches, von Menschen nicht gekanntes Vertrauen zu ihr und wollte ihre Hand sehnsuchtsvoll ergreifen, doch plötzlich zog sie dieselbe zurück. Mit einem Mal wurde sie von der Menge eingesogen, der Bach begann zu tosen, zu brausen … Die Gesichter der Freunde verschwammen, alles drehte sich. Donner und Blitze erwachten. Bäume schlugen auf Mathes ein. Verzweifelt suchte er die Hand der anmutigen jungen Frau, doch sie wich verneinend immer weiter zurück. „Geh fort, du musst wandern, geh, vertraue mir und wandere!“, sprach sie besänftigend und winkte …

Mathes wurde von entsetzlich schmerzbringenden Händen zurückgerissen in das Rauschen, in ein Gewitter dröhnenden Hämmerns, in die Schneiden bunter, schrecklich greller Blitze. Er spürte erneut einen Schlag auf die Backe. „Mensch, Mathes, mach keinen Scheiß! Junge, Freund, wach auf, bitte, Gott, lass ihn aufwachen!“ Es kostete unsägliche Anstrengung, die Augenlider zu öffnen. Neben ihm saß Gerd, der erleichtert grinste: „Hab ich doch gewusst, der Kerl ist zäh wie Elefantenleder! Mich lässt du die ganze Arbeit machen und du träumst süß von deiner Anja, nennst du das Kameradschaft?“ Mathes lehnte sich auf die Ellbogen und krächzte: „Gerd, ich glaube, du bist keine Minute zu früh gekommen! … Wo ist der Holländer?“ – „Ah der? Den hab ich sauber verschnürt –, den Saukerl, hast ihn ja böse zugerichtet, meinen Respekt!“ – „Die Kleine?“ – „Ich bin hier.“ Mathes drehte den Kopf in Richtung der leisen Mädchenstimme. Sie saß an der Kante der wieder aufgerichteten Pritsche, beide Arme um die nackte Brust geschlungen, frierend wie ein junges Kätzchen. Mathes versuchte aufzustehen, doch alles drehte sich, und Gerd musste ihn stützen. Langsam wich der Schwindel unbändigen Kopfschmerzen und großer Übelkeit. Wie trunken stolperte er zur Tür, klinkte sie auf. Ein enger Flur erhielt durch die schwache Glühbirne an der Decke etwas Licht. Mathes hielt Gerd zurück, schritt auf eine weitere Tür am Ende des Ganges zu und hatte Glück: Es war ein kleines, verschmutztes Bad, In einem erleichterten Schwall übergab er sich. Sein geschwollener Hals schmerzte unsäglich. Dann zog er den zerrissenen Blouson aus und ebenfalls sein Sweatshirt und hielt den Kopf einige Minuten unter den eiskalten Strahl der Brause. Erst jetzt kam er wieder völlig zu sich. Die Kopfschmerzen waren betäubt und sein Magen beruhigte sich. Er benutzte ein halbwegs sauberes Handtuch, das nach billigem Rasierwasser stank. Auf dem Bord lagen ein paar handgeschriebene Zettel und Visitenkarten. Ohne sie näher zu betrachten, schob er sie in seine Hosentasche. Er fuhr sich mit den Fingern durch das nasse Haar und befand, dass er in dem Wandspiegel wieder einigermaßen okay aussah. „Danke!", wisperte er und meinte damit Gott, der es ihm nochmals gestattet hatte, auf dieser Welt zu kotzen. „Wäre schade gewesen um dich", sprach er leicht zynisch zu seinem Spiegelbild und betätigte den Lichtschalter. Gerd hatte dem Mädchen seine Jacke umgehängt, es kauerte teilnahmslos am Rande der Pritsche. „Mathes, ich glaube, die ist high, sie reagiert nicht, und schau dir nur mal die Arme an!" Mathes sah mehrere Nadeleinstiche. Er kniete sich neben Pomadezopf, dem Gerd mit dessen Gürtel die Arme an das Tischbein gebunden hatte. Er suchte seinen Puls. Erst hielt er Pomadezopf die Fingerspitzen an den Hals, dann ließ er die Hand einige Sekunden auf dessen Herz liegen. „Mensch, Gerd, der ist tot!" Mathes öffnete ihm ein Augenlid. Das Auge blickte starr, die Pupille blieb unverändert. Ein schmales Rinnsal dunkelroten Blutes lief langsam aus dem linken Ohr. Der geschundene Kopf hing seltsam verdreht auf der Seite. „Scheiße!", raunte Gerd. „Ich hab ihm sauber eins übergebraten. Als ich dich da halb tot liegen sah, habe ich nur noch ausgeholt und zugeschlagen." – „Ich mach dir keinen Vorwurf, du hast mir das Leben gerettet, aber dieser Ratte hast du das Genick gebrochen." Gerd war aschfahl geworden. „Was tun wir? Polizei?", fragte er mit brüchiger Stimme. „Nein, auf alle Fälle erst in die Kaserne! Und die Kleine müssen wir wegbringen, sie ist jetzt unser Zeuge. Los, lass uns verschwinden!" Gerd brauchte in diesem Moment jemanden, der ihm die Entscheidungen abnahm, Mathes spürte das. „Ich trage das Mädchen, du machst das Licht aus und schaust dann, ob jemand kommt." Automatisch flüsterten sie nur noch. „Und zieh endlich den Vorhang zu, wir nehmen das Treppenhaus!" – „Wohin willst du mit ihr? Doch nicht in die Kaserne?", fragte Gerd, der sich mit der neuen Erkenntnis, den Mann umgebracht zu haben, gar nicht wohlfühlte. – „Nein, zu Anja, ich krieg das schon hin. Vertraue mir, Gerd, es wird dir nichts passieren, ich glaube, sie hilft uns. Und jetzt los!" Sie schlichen durch das stille Treppenhaus in den Hof. Die ächzenden Stufen zerrten an ihren Nerven, doch alles blieb ruhig. Immer noch lagen alle Fenster in gewohnter Dunkelheit. Gerd huschte voraus, um einige leere Konservendosen wegzuräumen, die er im Torbogen als Warnsignale platziert hatte. „Gar nicht dumm", dachte Mathes und grinste. Seine Gedanken waren wieder klar und auch das Gewicht des Mädchens kostete ihn wenig Mühe. Trotz seiner schlanken Statur war Mathes kräftig. Gerd winkte ihm zu, dass die Straße frei sei. „Das Beste ist, sie in der Mitte unterzuhaken, das fällt am wenigsten auf." Mathes nickte: „Okay, wagen wir es!" Sie begegneten niemandem. Es war ein Uhr, und die Nachtschwärmer würden wohl bis in den Morgen durchtanzen. Ohne Hast erkennen zu lassen, beeilten sie sich. Das Mädchen lief eher apathisch in ihrer Mitte. Doch hatte Mathes den Eindruck, sie komme langsam zu sich. Ihre Hände schwitzten und er spürte einen leichten Griff. Die Luft tat ihr gut. Obwohl sie verwahrlost wirkte in ihrer zerrissenen Kleidung und mit den langen Haaren, die wild und nass in ihrer Stirn klebten, vermutete Mathes ein hübsches Gesicht darunter.

Hinter dem Pub drückte Mathes Gerd mit dem Mädchen in eine dunkle Einfahrt. Rasch zog er den am Ärmel zerrissenen Blouson aus, gab ihn Gerd und betrat wieder das Lokal. Anja spülte gerade Gläser. Die meisten Gäste tanzten im Lichtspiel der phosphoreszierenden Strahler. Sie erblickte ihn und erkannte sofort, dass etwas vorgefallen sein musste. Mit einer Geste des Kopfes deutete sie ihm, die Tür zu benutzen, die an der Theke vorbei zu den Privaträumen führte. Wortlos betrat er eine neonerhellte, kleine Küche. Erst jetzt übermannte ihn die Erschöpfung der vergangenen Stunden. Er setzte sich an den niedrigen Tisch neben den Herd und suchte in seiner Hosentasche nach der halb zerknüllten Schachtel Zigaretten. Er benutzte die Streichhölzer, die auf dem Tisch lagen, und sog den Rauch des trockenen Tabaks tief in seine Lungen. „Was für ein angenehmes Gefühl!“, dachte er und betrachtete bewundernd die willkürliche ruhige Säule des blauen Dunstes. Wenige, lange Minuten verstrichen, bis sich die Tür öffnete und Anja eintrat, eine dreiviertelvolle Flasche Scotch in der Hand. Sie strich ihm beinahe mütterlich über die Wange. Erst bei ihrer Berührung spürte er, dass sein Ohr blutverkrustet war, und auch das monotone Pochen in der Schläfe meldete sich zurück. „Mathes, wo warst du, was ist passiert?“ Ihre Stimme klang besorgt und Mathes fand, dass diese Sorge ihr stand. Er wollte ihr sagen, wie süß er sie fand und wie sehr es ihn verlangte, sie zu küssen, tatsächlich aber riss er sich zurück in die Wirklichkeit. Er musste sich um Gerd kümmern und die Kleine, schlecht kam er sich vor in seinen erotischen Wunschgedanken, während die zwei da draußen warteten und bangten. „Mathes, sag doch was, wo ist Gerd?“ – „Anja, es ist etwas Furchtbares passiert … ich brauche deine Hilfe. Gerd wartet draußen, ein Mädchen ist auch dabei, doch es darf sie vorerst niemand sehen. Gibt es einen Hintereingang?“ – „Natürlich, ist sie verletzt?“ – „Ich weiß nicht genau“, antwortete er zögernd. – „Komm mit!“ Sie nahm seine Hand. Er zog sie mit einem Ruck an sich und drückte ihr einen Kuss auf die Lippen. Sie erwiderte den Druck seines Mundes. Sekunden, die ihm wieder Kraft gaben wie ein Aphrodisiakum. Die

Ermüdung wich den dumpfen Schmerzen in jedem Knochen, in jedem Muskel, doch beachtete er sie nicht. Sie kamen ihm unbedeutend vor, ja er genoss sie beinahe. Sie verschmolzen zu einem einzigen Schmerz, dem Begleiter, dem ewigen Bruder von Gefühl und Leben.

Anja führte ihn über eine kurze Steintreppe in einen Raum voller Getränkekisten und Regale. Sie waren angefüllt mit Konserven und Gemüse. Dann öffnete sie eine Stahltür. „Oben musst du links herum, du kommst direkt zur Straße. Ich warte, die Tür lässt sich von außen nicht öffnen." Mathes nickte. Er nahm jeweils zwei Stufen und befand sich in einem kleinen Hof, der wohl als Lieferantenparkplatz benutzt wurde. In der Einfahrt lehnte Gerd. Er hatte dem Mädchen Mathes' zerrissene Jacke umgehängt, und sie suchte Wärme und Halt in seinem Arm. Ihr Kopf lag leicht an seiner Schulter, fast hätte man den Eindruck gewinnen können, es handelte sich um ein Liebespaar, das die Einsamkeit gesucht hatte in seiner Glückseligkeit.

Gerd hatte das Geräusch gehört und folgte Mathes' Wink.

Etwas später saßen sie in der Küche, tranken von dem Scotch und rauchten. Mathes war der Blick nicht entgangen, mit dem Anja das Mädchen abschätzend betrachtet hatte. Sie hatte sofort erkannt, dass es high war. „Ich muss wieder ins Lokal, ihr könnt euch im Kühlschrank bedienen. Nebenan ist ein Zimmer mit einem Bett, ich glaube, es ist das Beste, wenn sie sich erst mal hinlegt. Legt sie auf die Seite und bleibt auf jeden Fall bei ihr, bis sie eingeschlafen ist! – Tut das weh?" Anjas Frage richtete sich an das Mädchen und sie berührte sanft dessen geschwollene Backe. Ihre Stimme klang sehr fürsorglich. Das Mädchen schüttelte fast unmerklich den Kopf. „Sie spricht kein Wort, ich glaube, sie hat einen Schock", wandte Gerd mitfühlend ein. Zu Mathes fuhr er fort: „Anja hat recht, lass uns beraten, was zu tun ist …" „Ist Sylvia noch da?", fragte er Anja. „Nein, aber sie hat dir ihre Nummer dagelassen, du kannst sie heute Nacht noch anrufen – hier ist der Zettel." Sie zog ein gefaltetes Stück Papier aus ihrer Geldtasche und gab es ihm. Er las lächelnd die Zeilen. Anja zwinkerte Mathes unmerklich zu und verschwand wieder im

Gastraum. Noch immer drangen gefühlvolle Rockmusik und das gleichmäßige Rauschen durch die Tür, das entsteht, wenn viele angeregte Stimmen miteinander spielen. Manchmal unterbrochen von fröhlichem Lachen oder dem Klirren von Gläsern, die aneinanderstießen. „Ich habe versucht mit ihr zu reden, doch nicht einmal ihren Namen sagt sie. Ihre einzige Reaktion ist ängstliches Anklammern bei dem kleinsten Geräusch", begann Gerd ernst. Mathes hatte seinen sonst so übermütigen und fröhlichen Freund noch nicht so erlebt. Sehr viel Mitgefühl lag in seiner Art. Zum zweiten Mal an diesem Abend fühlte Mathes großen Stolz und Dankbarkeit für seine Freundschaft.

Er sah dem Mädchen in die glasigen Augen. Blaue Augen, ein ungewöhnlicher Kontrast zu den dunklen Haaren. Bestimmt schöne Augen, doch jetzt blickten sie ins Leere. Die Pupillen waren nicht größer als Stecknadelköpfe, jedes Leben war aus ihnen gewichen. Immer noch lag kalte Angst oder nur ein entsetzlicher Gedanke in diesen unergründlichen Seelenfenstern. Abwesend und dennoch unentwegt kratzte sie sich, Mathes begriff das nicht und ließ es einfach geschehen. „Lassen wir sie schlafen!" Er leerte sein Glas in einem Zug und nahm sie behutsam an der Schulter. Sie zuckte sichtlich zusammen, ließ sich aber willenlos aus dem Raum führen. Überhaupt hatte sie bisher sehr demütig gewirkt. Das spärlich eingerichtete Zimmer beherbergte nur ein schmales Bett und eine alte Kommode. Trotzdem strahlte es Gemütlichkeit aus. Den Bezug des einladenden Federbettes schmückte ein Muster von vielen kleinen Sonnen. Ein durch Kinderhände verschlissener Teddy lag auf dem Kissen. Als wenn es hier immer gewohnt hätte, ging das Mädchen zielstrebig zu dem Bett. Es streifte nur die Schuhe ab und streckte sich mit dem Gesicht zur Wand aus. Mathes breitete die Decke über den kindlichen Körper. Mit dem Stofftier im Arm schlief sie sofort ein.

Mathes betrachtete sich für einen Moment in dem Spiegel oberhalb des Waschbeckens. Er fand, dass ihn die Schramme an der Schläfe und auch das noch immer blutverkrustete Ohr männlicher erscheinen ließen. Er wusste, dass er eitel war.

Es machte ihm nichts aus. Gerd schenkte beiden Scotch nach, zündete zwei Zigaretten an, reichte eine davon Mathes: „Komisch, ich habe heute einen Menschen erschlagen und fühle mich trotzdem wohl dabei." – „Er war eine Ratte und ohne dich hätte ich nie wieder Scotch trinken können. Ich stehe in deiner Schuld. Danke, Gerd ... Weißt du, dass ich fast hinüber war?" – „Liebst du sie?" – „Wen? Anja?" – „Anja." – „Ich weiß es nicht. Wie kommst du darauf?" – „Es waren deine letzten – äh ... ersten Worte. Du hast mich angelächelt, dass ich schon befürchtete, du hättest deine warme Ader entdeckt. Erst als du ‚Anja' zu mir sagtest, wurde mir klar, dass du mich wohl verwechselt hast." – „Sie hat die gleichen Augen wie Susanne ... Ich glaube, ich liebe sie." – „Susanne?" – „Anja. Verdammt, ich weiß es nicht!" – „Susanne ist weit weg", fügte Gerd beiläufig hinzu. – „Was meinst du damit?" – „Ach, nichts." – „Ich will wissen, wie du das gemeint hast. – Susanne ist weit weg!" – „Och, nur, dass du dir keine Sorgen machen solltest. Du hast Zeit, und wenn du sie betrügst – blödes Wort –, so ist es ein süßer Betrug." – „Ich habe sie schon betrogen!" – „Du hast schon? Vorhin, hier in der Küche?" – „Blödsinn!" – „Und ich friere mir draußen mit dem ängstlichen Kindchen den Arsch ab, schöne Freundschaft." – „Blödsinn, sag ich!" – „Wann dann?" – „Indem ich ihr meine Liebe gezeigt habe, ich glaube, sie mag mich auch." – „Versteh ich nicht!" – „Was, dass sie mich mag?" Gerd drückte kopfschüttelnd seine bis auf den Filter herabgerauchte Zigarette aus. „Nein, das mit dem Betrügen." – „Du betrügst deine Frau schon, wenn du eine andere wirklich begehrst." – „Aber sie reden doch unentwegt von Appetitholen und Essen zu Hause." – „Es ist gelogen! Sie belügen sich selbst, keiner Frau ist es egal, wenn man eine andere auch nur anschaut." – „Aber du kannst dich darauf berufen, soll'n sie sich doch belügen." – Mathes führte weiter aus: „Es wird nicht bei Appetit bleiben, ich will sie!"

„Tsss ..." Gerd pfiff scheinbar tief erschüttert durch die Zähne. „Mmmh, da hast du freilich ein Problem. Soll ich dir wieder mal helfen?" – „Du? Wie willst du mir helfen?" – „Ich könnte Anja erzählen, du wärst ein schnarchendes, furzendes, altes Nilpferd und nachts unerträglich!" – Mathes grinste: „Du spinnst!" – „Stimmt aber!" – „Was stimmt?" – „Das mit dem Schnarchen und dem anderen." – „Es wäre eine üble Verleumdung." – „Wie erklärst du dir dann meine schlaflosen Nächte in der Stube?" – „Eisele!" – „Der schnarcht schwäbisch." – „Das kannst du unterscheiden?" – „Und ob!" – „Und furzt schwäbisch?" – „Jawoll." – „Wie hört sich das an?" – „Oh, es ist ein Gurren, ein gurgelndes Schnurren." – „Aha." – „Ja, bei dir ist es irgendwie ein fröhliches Furzen." – „Wieso fröhlich?" – „So wie bei der Blasmusik." Er spielte eine imaginäre Tuba. – „Wenn du ihr so was erzählst, werde ich es dir nicht verzeihen!" – „Werd ich nicht." – „Danke!", sagte Mathes in ironischem Tonfall. Nach einer kurzen Pause hakte er nach: „Warum redest du dann solchen Schrott?" – „Ich wollte nur Gewissheit, ob du es tatsächlich bist." – „Bestimmt nicht." – „Du hast nicht widersprochen." – „Wie kann ich?" – „Eben!" – „Und was ist mit dir und der Blondine?" – „Du meinst Sylvia?" – „Ja." – „Ich werde sie vögeln." – „Betrug!" – „Nein, nur vögeln." – „Wie nennst du es, wenn du eine andere liebst, während deine Frau daheim sitzt?" – „Nicht Betrug, sagen wir Erweiterung des Lebenshorizonts." – „Ach ja?" – „Ja, Betrug geht da los, wo das Herz mitspielt, nicht nur die Beule in deiner Hose." – „Wenn du recht hast, betrüge ich Susanne, wenn ich mit Anja ins Bett gehe, weil ich sie liebe. Liebte ich sie nicht, wäre es okay?" – „Richtig." – „Dann werde ich sie betrügen." – „In vollem Bewusstsein?" – „In vollem Bewusstsein." – „Gut." – „Nicht gut!" – „Ich kann Susanne sagen, dass du beruflich nach Holland umsiedeln musst und mal wieder anrufst." – „Du hältst dich da raus!" – „Okay."

Gerd schenkte die Gläser nochmals voll. „Wir sollten endlich mal überlegen, wo wir die Ratte vergraben", schlug er vor. – „Gar nicht so abwegig." – Gerd blickte überrascht auf: „Wie meinst du das?" – „Ich habe die ganze Zeit darüber nachgedacht. Überleg doch mal: Wir haben in einer fremden Wohnung einen Mann umgebracht. Das Fenster eingeschlagen, ihn überfallen und abgemurkst – in einem fremden Land. Mit der Wahrheit werden wir nicht weit kommen, denn sie werden uns vorwerfen, wir hätten schon am Dienstag zur Polizei gehen sollen. Unser einziger Zeuge ist ein Mädchen, vermutlich nicht mal volljährig, bekifft, das momentan nicht einmal seinen Namen sagt. Glaubst du vielleicht, wir kriegen einen Orden?" Gerd sah ihn ziemlich ratlos an. „Egal was mit der Kleinen abgelaufen sein mag, es wird ihnen nicht gefallen, dass der Kerl stumm ist wie ein Fisch. Mausetot!" – „Wahrscheinlich hast du recht, aber dann haben wir einen Fehler gemacht." Gerd zündete sich eine Zigarette an. „Wir hätten sie niemals hierherbringen dürfen." Mathes schüttelte den Kopf, der Rauch, den er ausatmete, verflüchtigte sich. „Nein, alle Zeitungen werden voll davon sein und sie hätten uns verdächtigt, mit dem entscheidenden Unterschied, dass sie vielleicht Heimlichtuereien als ein schlechtes Gewissen gewertet hätte. Wenn wir ihr vertrauen, können wir es nicht schlimmer machen. Sie kann uns helfen." – „Du willst ihn wegschaffen?" – „Nein! Ich will nur den Fehler wiedergutmachen, den wir wirklich begangen haben, und dann abwarten." – „Der wäre?" – „Wir müssen unsere Spuren verwischen. Ich habe ein Meer von Fingerabdrücken hinterlassen, du bestimmt auch. Ich habe einen Plan." Mathes lehnte sich gegen das Küchenbord, hatte sein Glas in der Hand. „Anja weihe ich in alle Einzelheiten ein, ihrem Onkel wird es ebenfalls nicht zu verheimlichen sein." – „Ihrem Onkel?" – „Dem Discjockey. Die Kleine werden wir gleich morgen früh in einem Hotel oder sonst wo unterbringen, am besten in Deutschland, vorausgesetzt, sie hat Papiere. Sie darf nicht mitbekommen, dass wir nochmals in die Wohnung gehen. Dann erledigen wir das und zwar gründlich." – „Warum nicht noch diese Nacht?" – „Lieber bei Tageslicht, vielleicht ist sogar die Polizei schon dort … lass uns die ersten Nachrichten abwarten! Auch deswegen brauchen wir Anja, oder sprichst du Holländisch?" – „So viel wie Hebräisch!" – „Du kannst Hebräisch?" – „Nein!" Gerd dachte laut: „Ich glaube nicht, dass uns jemand gesehen hat." – „Ich auch nicht, und ohne Spuren wird uns auch niemand finden. Ob wir ihn dann einfach liegen lassen oder wegbringen, kann ich noch nicht entscheiden. Auf jeden Fall machen wir uns mit jedem Schritt strafbar, ist dir das klar, Gerd?" – „Scheiße!" – „Was ‚Scheiße'?" – „Dass du recht hast, es klingt vernünftig."

Gerd stieß sein Glas gegen das von Mathes und sie leerten sie. Eine ganze Weile saßen sie wortlos da, jeder allein mit seinen Gedanken und den skurrilen Figuren des fortwährend aufsteigenden Qualmes. Mathes durchbrach als Erster die Stille: „Erzähl mir, wie du erkannt hast, dass ich Hilfe brauche, und was geschah!" Gerd begann: „Erst hatte ich nur die Straße im Blick, als ich das Krachen des Fensters hörte und gerade noch deinen werten Arsch darin verschwinden sah. Ich wusste gar nicht, was los war. Als akustische Stolperfalle verteilte ich schnell ein paar Dosen in der Einfahrt …" – „War klug", unterbrach ihn Mathes. – „Dann sprang ich dir hinterher. Als ich das Fenster erreichte, hatte er dich schon! Ich wollte nicht abwarten, wie lange du durchhältst ausgepresst zu werden wie eine reife Zitrone, und habe das Erstbeste ergriffen, was sich bot, um ihm eins überzubraten." – „Was war es eigentlich?" – „Dein zertrümmerter Fensterstock! Muss ihn wohl ziemlich blöd getroffen haben, wusste ja nicht, dass wir uns noch mal mit ihm unterhalten wollten – du rührtest dich erst gar nicht und ich dachte mir: ‚Mensch, hat der Kerl eine schlechte Kondition!'" – „Wirklich, das dachtest du?", unterbrach ihn Mathes. – „Nein, ist gelogen. Schiss hatte ich, aber nach ein paar saftigen Ohrfeigen kamen endlich deine sehnsüchtigen ‚Anjas'. Hätte ruhig noch ein halbes Dutzend draufsetzen sollen." – „Was?" – „Ohrfeigen!" – „Warum?" – „Dafür, dass du in fremden Wohnungen fensterlst, ohne mich zu holen."

„Er wollte sie vergewaltigen." – „Na und, hättest mich erst holen sollen." – „Er hat sie geschlagen." – „Mieses Schwein!" – „Ich weiß, dass ich zu schnell reagiert habe, dachte, ich hätte alles im Griff. Er hat mir die Flasche übergezogen, mein Schädel klopft jetzt noch – einen Moment lang war ich wohl total weg, und als ich wieder halbwegs zu mir kam, sah ich schon himmlische Lichter."

„Du kommst nicht in den Himmel!“ – „Was?“ – „Hölle, du wirst in der Hölle braten!“ – „Wieso?“ – „Zocken, saufen, vögeln mag er nicht, der Himmelvater.“ – „Sind aber genau die Dinge, die alles erst lebenswert machen“, entgegnete Mathes. – „Eben. Alles, was lebenswert ist, ist verboten.“ – „Wer sagt das?“ – „Niemand konkret, aber jeder wird es bestätigen.“ – „Das ist Philosophie, Gerd, und zwar deine kleine sehr umstrittene Philosophie.“ – „Kann sein und doch ist es so! Schau, nirgends in der Bibel steht: ‚Du sollst nicht vögeln‘, sondern es steht drin: ‚Du sollst Kinder zeugen‘, und das schließt Vögeln aus.“ – „Wo ist der Unterschied? Vielleicht kannten sie das Wort ‚vögeln‘ nur noch nicht.“ – „Die Lust ist der Unterschied“, fuhr Gerd beschwörend fort. „Die Lust an der Sache, das Schlimmste für uns wäre doch, wenn sie tatsächlich jedes Mal schwanger werden würden. Ebenso ist es mit dem Zocken und dem Betrinken, wohlgemerkt nicht dem Trinken. Immer wenn es aus Lust geschieht, ist es verboten. Das Großartige an der Bibel ist, dass sie nicht konkret verbietet, jeder Pfaffe wird mir aber bestätigen, dass es trotzdem verboten ist.“ Mathes schüttelte ungläubig den Kopf: „Und die zehn Gebote, sind es denn nicht zehn Verbote?“ – „Oh nein! Nehmen wir den heutigen beschissenen Tag: ‚Du sollst nicht töten‘, heißt es, aber es heißt nicht: ‚Du sollst dich töten lassen‘, da ist das Hintertürchen. ‚Du sollst nicht‘, ist die saure Soße, die über Lust gegossen wird.“ Mathes schwieg. Gerd schwieg. Mathes hob den Kopf, sah Gerd in die Augen. Er wollte ihn mit seiner nächsten Frage ergründen, wollte die Wahrheit wissen: „Gerd, mal ganz ernst und ganz ehrlich, glaubst du, es war Sünde, was heute passiert ist?“ Gerd hielt Mathes’ durchdringendem Blick stand, er schüttelte langsam den Kopf. „Ich weiß es nicht, Mathes, aber wenn es eine war, so kann ich damit leben. Hätte ich abgewartet, bis du hin gewesen wärst, ich hätte nicht damit leben können. Ich glaube, unser Gott, wenn es ihn gibt, ist menschlicher als die Menschen. Vielleicht will er, dass du noch ein paar Mädchen deinen niedlichen Arsch zeigen kannst.“ – „Du sollst ernst bleiben!“ – Gerd tat entrüstet: „Es ist mein Ernst. Er ist niedlich!“

Die Tür ging auf und Anja stand im Raum. Unwillkürlich blickte Mathes auf seine Uhr: Viertel nach drei. Mit ihrem Gespräch war die Zeit verflogen. Nur noch leise Musik war zu hören, die letzten Gäste hatten das Lokal verlassen.

„Endlich geschafft!" Anja stapelte die gläsernen Aschenbecher. „Es ist euch lang geworden, nicht?", fragte sie und Mathes fand, dass sie immer noch so frisch und schön aussah wie am frühen Abend. Gerd lachte: „Nein, aber ich fühle mich wie ein geräucherter Schinken." – „Kann ich mir vorstellen", nickte sie lächelnd. Sie hatte kleine Grübchen. „Setzen wir uns an die Bar, Nicki ist noch da." Sie ging voraus. „Nicki?", fragte Gerd flüsternd. „Der Onkel", gab Mathes zurück.

Nick und Anja hörten Mathes zu, ohne ihn zu unterbrechen. Er erzählte alles: ihr Erlebnis, als sie notgedrungen in der Einfahrt abgewartet hatten, die Einzelheiten, die an diesem Abend geschehen waren, und was sie weiter zu tun gedachten. An der Stelle, an der er seine Bewusstlosigkeit erwähnte, hatte Anja zärtlich ihre Hand auf seine gelegt. Seine unwirklichen Gedanken an sie verschwieg er und war Gerd dankbar, dass auch dieser nichts dazu sagte. Nick hatte ihre gefühlvolle Geste mit einem erstaunten Lächeln verfolgt. „Da steckt ihr ja schön in der Patsche", nickte er, als Mathes seine Erläuterungen beendet hatte.

Einen kurzen Moment überlegte er, dann fuhr er herum: „Meine Wohnung steht derzeit leer, die könnt ihr erst einmal benutzen, um das Mädchen unterzubringen. Hier sind die Schlüssel." Er reichte Mathes einen Ring mit drei Schlüsseln. „Anja, ich nehme an, du fährst mit, ich schlafe hier, heute früh kommt sowieso der Getränkelieferant", fuhr er fort. – „Ja, natürlich, sie wird ein paar Sachen brauchen, die kann sie von mir haben", nickte sie. „Die Wohnung ist in Budel?", fragte Mathes bedenklich. – „Nein, in Eindhoven, eine knappe Dreiviertelstunde von Budel, ich habe mein Auto hier." – „Gut, lass uns bald aufbrechen, sodass wir möglichst bis zu Mittag zurück sein können, um alles zu erledigen." Mathes wandte sich an Gerd: „Ich halte es für das Beste, wir setzen dich bei der Kaserne ab. Du suchst zusammen, was wir brauchen, und wir treffen uns heute um –

sagen wir dreizehn Uhr wieder hier …" – „Okay … was soll ich mitnehmen?" – „Für mich neue Wäsche, Rasierzeug, Trainingsanzug und Turnschuhe, ich denke, du benötigst dasselbe. Außerdem etwas Putzmittel, ein paar Lappen, Taschenlampen und vielleicht eine Decke. Wenn ich was vergessen habe, fällt es dir bestimmt noch ein, hier ist der Spindschlüssel." Er fischte ihn aus der Hosentasche und gab ihn Gerd.

Wie besprochen setzten sie Gerd vor dem hell erleuchteten Kasernentor ab. Das Mädchen lehnte im Rücksitzpolster und döste vor sich hin. Sie hatte sich willenlos mitführen lassen und völlig abwesend ihren Platz in dem kleinen Golf eingenommen. Nur zuvor, als Anja sie vorsichtig geweckt hatte, waren wenige unverständliche Wortfetzen ihren Träumen entronnen und über ihre Lippen geglitten. Jetzt schwieg sie wieder, so wie seit ihrer Befreiung. Sie zitterte merklich und fror. Anja hatte eine Decke über ihren schlaffen Körper gebreitet und die Heizung aufgedreht. Ein leichter Schneeregen ging nieder. Der Scheibenwischer taktete in Intervallen und sein monotoner Rhythmus bestimmte das Schweigen der Fahrt. Anja konzentrierte sich auf die verschneite, tückische Straße. Sie wirkte immer noch aufmerksam und wach. Mathes fragte sich, ob sie die späten Stunden wohl gewohnt war. Musste sie wohl in ihrem Job. Heimlich betrachtete er manchmal ihr Profil, ja, er hatte sich sehr in sie verliebt, das schlechte Gewissen und ein flaues Gefühl in seinem Magen fochten mit seinem unverstandenen Herzen. Wie klar erschien ihm diese verlangende Liebe, jetzt, während er schweigend neben ihr saß!

Wie oft hatte er eine haargleiche Situation erlebt! Doch diesmal saß nicht Susanne neben ihm auf dem Fahrersitz, die fuhr, weil er bei irgendeiner Feier zu viel getrunken hatte. Nein, eine andere Frau, von der er noch wenige Tage zuvor nichts gewusst hatte und die nun massiv sein Innenleben in ein Chaos zu verwandeln begann. Irgendwie war die Situation sehr ähnlich und gleichzeitig vollkommen fremd. „Wie grotesk!", dachte er, aber er genoss ihre Nähe …

Zeitweise blickte er für einige Sekunden in den Rückspiegel. Die Kleine war eingenickt. Sie hatte das unschuldige Aussehen eines übernächtigten Kindes nach einem aufregenden Tag. Nur die schweren dunklen Ringe, die sich unter ihren Augen abzeichneten, beeinträchtigten den Gesamteindruck des jungen Gesichtes. Mathes entdeckte erstmals so etwas wie ein väterliches Verantwortungsgefühl in sich. Er würde sie beschützen, für sie da sein, was auch in ihrer Vergangenheit geschehen sein mochte. Mit seinen dreiundzwanzig Jahren begann diese Empfindung als etwas Ungekanntes, Wunderbares in ihm zu keimen. Irgendwie entwickelte ein Mann gegenüber seiner Freundin, seiner Frau immer eine beschützende Haltung, oder früher schon gegenüber seinen Geschwistern. Nun gerade erweiterte sich dieser Instinkt spürbar in ihm. Seine Gedanken schweiften weit zurück. Einmal, so erinnerte er sich lächelnd, hatte er sich sogar vor seine Mutter gestellt, als sie in einem Supermarkt von einem fremden Mann angerempelt und beschimpft worden war. Er war damals neun Jahre alt gewesen und sehr zornig. Nein, er hatte keine Angst verspürt. Er musste etwas tun, um Mutter zu beschützen! Vater hätte schon gewusst, wie zu entgegnen sei, aber jetzt war er der Mann an ihrer Seite. So schrie er den Fremden an, er solle seine Mutter in Ruhe lassen, sonst passiere etwas. Der Mann lachte ihn schallend aus, das hätte er nicht tun dürfen. Mathes stieß ihm mit aller Kraft den Einkaufswagen gegen das Knie. Der Fremde jaulte herrlich schmerzvoll auf. Schnell zog ihn seine Mutter weg, zu schnell, wie Mathes fand. An den Kassen trafen sie den Mann wieder und er war nicht mehr böse. Er sprach dummes Zeug, wie „kleiner Beschützer" und „lebhaftes Kind". Mathes wollte seinen Ohren nicht trauen, als sich seine Mutter verlegen bei dem Mann für den winzigen Blutfleck an dessen Hose entschuldigte. Sie hatte es tatsächlich geschafft, dass er sich damit wirklich dumm und klein vorkam. Er schwor sich niemals mehr mit ihr zu sprechen wegen dieser Demütigung, die sie ihm zugefügt hatte. Doch am Abend erzählte sie Vater die Geschichte und er spürte, dass sie stolz auf ihn war. Er nahm sich vor, ihr nochmals zu verzeihen. Nächstes Mal würde er sie wieder beschützen, da sie bei Weitem schwächer war als er selbst. Ja, an diesem ereignisreichen Tag hatte er erkannt, wie hilflos sie eigentlich war, und er fühlte sich wieder sehr gut. Er verspürte beinahe einen Hauch von Macht …

KAPITEL 2

Die Tränen Dianas

Diana

Mathes' Blick schweifte zurück auf die Straße. Anja parkte das Fahrzeug am Rande des Bürgersteigs einer hell beleuchteten Wohnsiedlung. Das Mädchen war aufgewacht. Als sie die Türen öffneten, stieg sie selbstständig aus. Es schien ihr besser zu gehen. Mathes wollte sie stützen, doch sie stieß ihn rüde fort. Erst als Anja sie unterhakte, ging sie bereitwillig mit. „Lass nur", flüsterte Anja ihm zu, denn er musste wohl ziemlich belämmert dreingeschaut haben, „sie steht sichtlich unter Schock!" Über einen Weg zwischen den Grünanlagen hindurch, die von Regen frei gespült in der Müdigkeit des Winters farblos und welk erschienen, erreichten sie den Eingang eines der mehrstöckigen Häuser, die mit ihren gelb gehaltenen Fassaden etwas menschenfreundlicher wirken sollten. Mathes probierte die Schlüssel, der dritte passte. „Vierter Stock", erläuterte Anja kurzatmig. Es gab keinen Fahrstuhl. Wenige Minuten später betraten sie den Flur einer nicht allzu kleinen Zweizimmerwohnung. Obwohl Anja anmerkte, dass Nick nur selten hier nächtigte, wirkte diese gemütlich und bewohnt. Überall an den Wänden hingen beleuchtete Werbespots, sogar verschiedene Lauflichtschriften fanden ihren stummen Rhythmus. Der Schalter für das Wohnzimmer ließ dieses ganze Lichtspektakel zum Leben erwachen. Die Fensterseite war dicht bewachsen mit Grünpflanzen, vor allem Palmen. Als Mathes sie näher betrachtete, erkannte er sie als täuschend echte Mumienpalmen. Den ungewöhnlichen Raum prägte das verschiedenartige Glas der Einrichtungsgegenstände. Hinter den Scheiben eines ebenfalls beleuchteten Vitrinenschrankes boten mehrere geschwungene Vasen und Kristallgefäße ein prismenartiges Schauspiel. In den Ecken türmten sich mannshohe Musikboxen aus Plexiglas, wohl mit handwerklichem Geschick künstlerisch selbst entworfen. Vor einer von Kissen überhäuften Couch stand oder vielmehr lag ein gläserner, getönter Tisch auf einem Fuß, der aus mehreren geometrischen Messingfiguren gebildet wurde. In ihnen waren unzählige bunte Murmeln verschiedener Größen angehäuft. Mathes war fasziniert. Doch der Höhepunkt dieser behexenden Einrichtung befand sich in der Ecke neben der Tür: Drei unterschiedliche Röhren bis fast unter die Zimmerdecke waren angefüllt mit gefärbtem Wasser, das in leisem Rauschen seine Blasen sprudelte, und warfen willkürliche zarte Schatten an die Wand. Anja hatte das Mädchen in irgendeinem anderen Zimmer einquartiert und ihn allein gelassen, nun betrat sie den Raum. Sie bemerkte Mathes' Bezauberung: „Schön, nicht? Glasdesign ist seine Leidenschaft. Er möchte eine Diskothek eröffnen, die durch solche Licht- und Wasserspiele unvergleichlich werden soll." – „Er macht das alles selbst?" – „Das meiste! Er ist ein Künstler." – „Wunderschön", bestätigte Mathes. – „Magst du etwas trinken? Ich kann einen Kaffee machen", schlug sie vor. Er blickte sie an. „Lieber wäre mir ein Drink, ich bin nicht müde, du?" – „Nein, ich auch nicht." Sie öffnete eine kleine Hausbar und schenkte zwei Gin Tonic ein. „Ich habe sie schlafen gelegt, sie braucht bestimmt noch etwas Zeit", begann sie, den Rücken ihm zugewendet. „Du wirst vielleicht heute noch nichts aus ihr herausbekommen, sie hat sichtlich Angst vor dir." – „Aber warum sollte sie?", entgegnete er verunsichert. „Ich habe sie doch da rausgeholt." – „Sie scheint dich nicht wiederzuerkennen, wir müssen abwarten", fuhr sie fort. „Meine eigene Wohnung ist in der Nähe, später hole ich etwas für sie zum Anziehen und ein paar andere Dinge. Sie kann jedenfalls hierbleiben, bis es ihr besser geht."

Der Tonic schmeckte zu warm. „Wer soll bei ihr bleiben?", widersprach Mathes. „Ich muss die ganze Woche in die Kaserne." – „Am Montag habe ich frei, dann sehen wir weiter", sagte sie und drehte sich um: „Eiswürfel?" – „Und Zitrone, bitte – wenn du hast", bat Mathes. Sie brachte beides aus der Küche. In ihrem Glas schwamm kein Eis, das konnte Mathes nicht begreifen, aber er sagte nichts. Dann stellte sie die Musikanlage an. Er kannte die Platte. „Westernhagen höre ich sehr gerne“, raunte er, ohne dass sie ihn gefragt hätte. Anja wandte sich zu ihm und lächelte ihn an. Ihr offenes rötliches Haar flirrte in dem bunten Licht der Wassersäulen. Ihre Lippen in abgeschminkter Röte waren begehrenswerter denn je. Mathes setzte sein Glas auf dem Tisch ab. Er ergriff ihre Hand, nahm das ihre, stellte es neben seines. Mit der anderen Hand umfasste er ihre Taille, zog sie an sich. Sie sträubte sich nicht. In ihren Augen lag dasselbe Verlangen, das solche Macht über ihn gewonnen hatte. Langsam berührten seine Lippen ihren herrlichen Mund. Jeder Zentimeter, den er ihrem Gesicht näher kam, bedeutete eine Veränderung, eine Intensivierung ihres Geruches, ihres Wärme ausstrahlenden, blumigen Duftes. Er spürte den sehnsuchtsvollen Gegendruck ihrer verführerischen Lippen. Ihr Körper berührte den seinen anschmiegsam, sie legte einen Arm um seinen Hals, wollte die Leidenschaft des Kusses niemals mehr enden lassen. Sein leicht geöffneter Mund erlebte das zärtliche Spiel ihrer Zunge. Ihre feuchten, heißen Lippen brannten in ihm wie tausend kleine, herrliche Nadeln. Er zog sie mit sich hinunter auf das Sofa, ohne den Kuss zu unterbrechen, sie ließ es hingebungsvoll geschehen. Seine süchtigen Lippen suchten ihren Weg über die Wange zu den kleinen Ohrläppchen. Als seine Zungenspitze zart ihren Hals kitzelte, legte sie den Kopf in den Nacken und gab sich seinen Liebkosungen vollkommen hin.

Schließlich stieß sie ihn sanft zurück, erhob sich ein wenig und streifte ihr Oberteil ab. Die Schultern leicht zurückgeneigt, blickte sie von oben auf ihn herunter. Ihre Augen waren verschleiert vor sinnlicher Hingebung, ein unbestimmter Glanz lag in ihnen. Und ihr duftendes Haar berührte sein Gesicht, streichelte seinen Hals wie Schmetterlingsflügel …

Irgendwann hatte beide ein leichter Schlaf in seinen Bann genommen. Es schien bereits das Sonnenlicht ins Zimmer, als Mathes erschreckt durch ihre Bewegung erwachte. Er fror, sein ganzer Körper schmerzte und er registrierte wieder das anhaltende Pochen in seiner Schläfe, die Bekanntschaft mit einer Flasche gemacht hatte. Ein erbarmungsloser, monotoner Schmerz. Anja war ebenfalls hellwach, blickte auf ihre Armbanduhr: „Acht Uhr! Gehen wir duschen, mein Schatz?“, fragte sie unbekümmert. „Mein Schatz“ – es hörte sich aus ihrem Mund seltsam an. Mathes rief die leidenschaftliche Nacht zurück in sein Bewusstsein. Unwillkürlich überfielen ihn Gewissensbisse unerträglicher Art. Gewissensbisse Susanne gegenüber. „Kümmerst du dich um die Kleine?“, fragte er, um ihre Frage zu ignorieren. „Natürlich, ich sehe gleich nach ihr.“

Sie stand auf, nahm ihre Kleider und ging nackt durch das Zimmer. Mathes' Augen wollten sich nicht von dem verführerischen Anblick ihres wohlgeformten Pos lösen. Im Türrahmen drehte sie sich nochmals um: „Das Bad ist hinten links, ich bringe dir Handtücher.“ Sie warf ihm eine flüchtige Kusshand zu, die Mathes mit einem gequälten Lächeln beantwortete.

Der kräftige Strahl der heißen Dusche massierte seinen schmerzenden Nacken, die Schultern und seine sich träge und stumpf anfühlende Wirbelsäule.

Seine Gedanken spielten mit dem Dampf, der das Badezimmer in einen dichten Nebel hüllte. Die Tropfen an der Duschkabine suchten gemütlich ihren Weg in den Abgrund. Es waren die Tränen, die Mathes selbst gerne weinen wollte, die ihm vielleicht Klarheit verschaffen konnten. Es ging nicht um seinen Entscheidungszwang, was mit dem Toten geschehen sollte, nein, es war dieser unlösbare innere Konflikt seines Herzens. Er wusste keinen Ausweg mehr aus der Doppellebigkeit seiner Liebe. Er versuchte angestrengt die Liebesnacht mit Anja zu bereuen, er wollte sich schuldig fühlen, es gelang ihm nicht. Er bereute es nicht. Doch nicht nur diese Frau hatte sein Leben verändert, es gab noch etwas anderes. Er hatte die Schwelle des Todes berührt, ihre heimliche Sanftheit erfahren, ein verführerischer Hauch hatte sie begleitet. Seine Erinnerung schweifte zurück zu der zauberhaften jungen Frau, seiner Großmutter und ihrer gütigen Stimme, ihrer mütterlichen, zärtlichen Hand. Und dieses unbeschreiblich schöne Licht. Mathes erkannte den Tod als einen Freund, etwas Vielversprechendes und Vollkommenes. Ein paradiesischer Fortgang, der dieser Welt jede Wirklichkeit, jede Wichtigkeit nahm. Ja, erst auf seinem Rückweg waren die Schmerzen und Grausamkeiten dieser illusionären Gegenwart wiedergekehrt. Dieser Zeitraum des Sterbens und des Zurücksterbens, sie beinhalteten quälende Momente, doch rechtfertigte sich diese Pein selbst durch das Danach, das wirkliche, wahre Glück. Er war vollkommen sicher. Mathes war zweimal gestorben. Das Zurücksterben hatte er als weitaus schrecklicher empfunden. Er hatte keine Angst mehr vor dem Tod. Das nächste Mal wollte er um keinen Preis zurücksterben, das schwor er sich. Sein bestehendes Leben hatte mit dieser Erfahrung viel gewonnen, er lebte eigentlich recht gerne und war doch ziemlich froh, dass er nicht gestorben war, aber nun wusste er mehr. Das menschliche, scheinbar so lange Dasein gaukelte seine Wichtigkeit nur vor! Das wirkliche Leben würde danach beginnen. Er formte seine Gedanken in Worte: „Man lebt nicht, um zu sterben, man stirbt, um zu leben …"

Doch das Prasseln der Brause riss seine Worte mit sich, schluckte sie mit einem Gurgeln, einem Rülpsen in den Schlund des Ausgusses, so wie der See den Wasserfall trinkt und für immer in sich verschwinden lässt.

Er drehte den Hahn ab. Ein Badetuch hing über dem Waschbeckenrand. Anja musste es hingelegt haben, er hatte sie nicht gehört. Susanne machte es genauso, erinnerte er sich. Nie musste er um ein Handtuch bitten, welches er grundsätzlich vergaß. Sie huschte ebenso in das sonnige Bad, hängte es nicht anders über das Waschbecken. Er musste lächeln und er wusste, warum er Anja liebte. Ganz verschieden mochten sie sein und doch sehr ähnlich. Er zog sich an. Als die Tür zuschnappte, empfing ihn das angenehme Aroma frischen Kaffees. Durch die offene Küchentür sah er Anja geschäftig das Frühstück zubereiten. Sie trug einen viel zu großen Herrenbademantel, die Arme hochgekrempelt, den Gürtel um ihre schmale Taille gebunden. Nur die Knöchel ihrer nackten Füße sahen unten hervor. Auf einem Hocker saß das Mädchen, in einen Pyjama gekleidet, wohl gleichfalls von Nick. Die Beine hatte sie angewinkelt, die Arme darum geschlungen. Ihr zerzauster Kopf lag auf ihren Knien. „Guten Morgen!“, begrüßte Mathes sie, als er eintrat. Nur ihr kurzer Blick verriet, dass sie ihn wahrnahm. Sie zitterte und Schweißperlen bedeckten ihre Stirn. Eine Tasse mit einem Teebeutel stand unberührt vor ihr. „Ihr Entzug beginnt“, sagte Anja mit gefühlvoller Stimme. „Du kannst nachher das Auto nehmen, ich kümmere mich um sie – es wird ihr bald besser gehen.“

„Wie heißt du?“, fragte Mathes etwas zu barsch. Sie blickte ihn nicht an. Anja legte eine Hand auf ihr Handgelenk, sie zog es nicht zurück. Mathes ließ sie in Ruhe. Während er sein Ei löffelte und den angenehm starken Kaffee schlürfte, fing er das zärtliche Zwinkern von Anjas schönen Augen auf. Sie liebte ihn ohne eine Berührung. Er lächelte so, wie es bei einem Liebespaar üblich ist, und fühlte sich unwohl dabei. Schließlich stand er auf, ergriff den Autoschlüssel, den sie neben den Teller gelegt hatte, gab ihr einen bedeutungslosen Kuss auf die Wange: „Gut, wann muss ich wieder hier sein?“ – „Ich werde mich im Pub vertreten lassen“, erwiderte sie.

Es war erst halb zehn Uhr und er hatte Zeit, doch Mathes fühlte sich erleichtert, als er in dem kleinen Golf saß und ohne Eile in Richtung Budel fuhr. Vereinzelte Gehöfte blieben zurück, jedes für sich einzigartig. Der Mittelpunkt meistens ein prächtiges Herrenhaus in dem Ziegelrot gebrannten Klinkers. Die äußeren Gebäude lagen im Schatten hoher Erlen, als Windbett, wie ein mächtiger lebender Zaun. Manchmal entdeckte er kleinere und große Windmühlen. Sie sangen ihr leises Lied in den Himmel. Ihre Türme waren mit weißen und roten Fassadenkacheln kunstvoll gestaltet. Eine Weite und eine Stille beherrschten das Land. Zum ersten Mal empfand Mathes so etwas wie Zuneigung für Holland. Welch eigenartige, postmoderne Lieblichkeit breitete hier ihren Mantel schweigsam aus! Gewohnheitsgemäß langte seine Hand zu dem Schalter des Radiogerätes, aber er hielt in der Bewegung inne. Eine warnende Stimme wollte die Zerstörung seiner sentimentalen Eindrücke nicht zulassen. So erreichte er in guter Stimmung Budel.

Diesmal betrachtete er auch den Ort näher, fuhr langsam durch die Gässchen. Das gemütliche Treiben der Menschen läutete den Wintertag ein. Hausfrauen mit kleinen Häubchen trugen ihre Körbe und Taschen gefüllt nach Hause. Kinder lachten bei ihrem Ballspiel oder tobten in dem wenigen Schnee. Mathes bewunderte die Gepflegtheit, die Anmut des reizenden Städtchens. Wie anders lebte es sich hier im Vergleich zu dem stressträchtigen, stickigen München! Er liebte die Altstadt von München, den Viktualienmarkt, die Stadttore, die mächtigen alten Kirchen; die Schönheit und Vielfalt des Englischen Gartens; die Isar, die jungfräuliche mit ihren Auen, und die Biergärten im Sommer. Trotzdem fand er hier etwas, was München fehlte: das Zueinander, das Miteinander idyllischer Kleinstädte.

Vielleicht konnte es diese Dinge in einer Großstadt nicht mehr geben, oder erlag Mathes dem Trug seiner Sinnlichkeit? Er wusste es nicht, er wollte es nicht ergründen, nur in sich aufnehmen.

Zweimal durchfuhr er die Rosenstraat, versuchte hinter dem Hauseingang ihres einschlägigen Abends eine Veränderung festzustellen. Alles schien ruhig und verlassen. Bis zum Ortsende führte ihn die Straße. Ein alter Gasthof stand am Wegrand, Mathes fand ihn sehr einladend und entschloss sich, hier den Mittag abzuwarten. Der Wirtsraum wirkte gemütlich, war in dunklem alten Holz gehalten. Er war gut gefüllt von Männern, die sich bei ihrem Frühschoppen Neuigkeiten erzählten oder politische Diskussionen führten. Mathes verstand nur vereinzelte Brocken. Doch glaubte er diese Sprache zwischen dem Deutschen und dem Englischen schnell entschlüsseln zu können. Er fand einen einzelnen unbesetzten Tisch, bestellte ein dunkles, malziges Bier für sich und leerte seine Taschen. Noch immer hatte er darin die Visitenkarten und Notizen des Toten aufbewahrt. Wohl belanglose Adressen. Ein Friseur, Geschäfte für Kfz-Bedarf. Ein Zettel mit zweistelligen Zahlen, Mathes hielt sie für Tippzahlen, vielleicht Lotto. Die Visitenkarte einer Kneipe in Amsterdam: „Bulldog" – auf der Rückseite ein Herz unter einer Telefonnummer. „Catharina", stand daneben in weiblicher

Handschrift. Mathes konnte das in den meisten Fällen bestimmen. Er hatte ein Gefühl dafür entwickelt, Menschen anhand ihrer Handschrift näher zu charakterisieren, es trog ihn selten. Ein weiterer kleiner Zettel nahm ihn mehr in Beschlag. Wieder eine Telefonnummer, sie begann mit der Vorwahl nach Deutschland. Darunter ein gekritzelter Name: „Harry." In derselben schrägen Handschrift so etwas wie eine Quittung.

„8 000 Gulden. Am 17. Nov. erhalten."

„Der 17. November, der gestrige Tag", überlegte Mathes laut, „was ist hier verkauft worden – das Mädchen?"

Sie würden es bald wissen. Die Unterschrift des Unterzeichners ließ sich nicht entziffern. Ob der Mann, der sie gebracht hatte, dieser Harry war? Nun, sie besaßen wenigstens eine Telefonnummer – und einen Namen.

Mathes leerte sein Glas und deutete dem Wirt, es nochmals zu füllen. „Und bitte einen Fernet-Branca!", rief er. Er hatte einen schlechten Magen, der Kräuterschnaps würde ihm guttun. Mathes wusste, was ihm half. Mit dem freundlichen Grinsen eines neugierigen Gastwirts stellte der Holländer beides ab: „Ferien?" Mathes nickte unlustig, er wollte kein Gespräch zustande kommen lassen. „Sie müssen unbedingt unser Museum besichtigen", fuhr der Wirt unbeeindruckt fort. „Werde ich bestimmt", versicherte Mathes kurz angebunden. Der vollbärtige, dicke Zapfer ließ nicht locker: „Mein Schwager ist dort an der Kasse, kommt nicht hierher – hat 'ne kaputte Leber und 'ne grantige Alte …" Er beugte sich beschwörend über den Tisch: „Meine Schwester – ist nicht gut Kirschen essen mit ihr." Er hustete ein schadenfrohes Lächeln heraus. „Er ist ein gutmütiger Trottel." – „Ich werde Ihren Schwager von Ihnen grüßen", versprach Mathes und versuchte nicht, seinen Gesprächsunmut zu verbergen. „Gut, gut, tun Sie das, ja, grüßen Sie ihn – tun Sie das, sehr nett von Ihnen!" Während er das geleerte Bierglas nahm und über den Tisch wischte, grunzte er eine vollständige Dankeslitanei aus seinem wippenden, üppigen Graubart hervor. Mathes trank noch ein Bier, der Wirt spendierte ihm einen weiteren Schnaps. Sein Magen hatte sich wieder beruhigt, auch dieses verdammte Pochen in der Schläfe störte ihn kaum noch, er akzeptierte es, so wie er den Wirt akzeptierte. Mathes schien in die Wochenendausgabe der niederländischen Tageszeitung vertieft, konnte sie aber nur bruchstückhaft verstehen. Seine eigentliche Aufmerksamkeit galt den Gesprächen an den anderen Tischen. Er musste herausfinden, ob der Tote gefunden worden war. Nichts deutete darauf hin. Mathes fühlte angenehme Überlegenheit, eine Art Sherlock-Holmes-Zufriedenheit. Nur die Pfeife ersetzte er durch den gewohnten Halt an seiner Stuyvesant. Nach dem Mittagsläuten einer alten Standuhr bezahlte er, gab wie immer ein großzügiges Trinkgeld und verließ die Gaststätte.

Er parkte den Wagen vor der Eingangstür von Nicks Pub. Sie stand offen, ließ die sauerstoffreiche Luft hinein. Nick saß mit Gerd an der Theke. Sie würfelten und tranken. „Hallo, Mathes!“, begrüßten sie ihn. „Alles in Ordnung?“, wollte Nick wissen. – „Alles okay.“ – „Wie geht es unserer Diana? Spricht sie?“ – „Sie spricht nicht, Anja meint, sie sei auf Entzug, aber sie kommt schon wieder auf die Beine.“ Er wandte sich an Gerd: „Hast du alles?“ – „Klar, eine komplette Totengräberausrüstung.“ – „Witzbold!“ Mathes ergriff den zusammengeschnürten Seesack, auf den Gerd zeigte. Gerd hatte an alles gedacht. Mathes musste schmunzeln, sogar der Flachmann war neu gefüllt, also wieder ein Einsatz. Sie wechselten ihre Kleidung in dem Zimmer, das dem Mädchen als Nachtquartier gedient hatte. Nichts erinnerte mehr an ihre Anwesenheit. Zu den unauffällig wirkenden Bundeswehrtrainingshosen zogen sie dunkle Pullover an. Nick schenkte noch eine Runde Pils ein, sie befanden sich in angespannter Stimmung. Würden sie erwischt bei ihrem Vorhaben, hätten sie es strafrechtlich zu verantworten. Was wäre, wenn man sie dort erwartete? Was sollten sie mit der Leiche tun? Insgeheim planten beide, ihn einfach liegen zu lassen – nur die Spuren müssten verwischt werden, nichts dürfte auf sie hindeuten. Mathes empfand keinerlei Gewissensbisse. Er zweifelte nicht im Mindesten an der Notwendigkeit ihres erneuten Auftritts, trotzdem verursachte ihm der Gedanke an die möglichen Konsequenzen eine Gänsehaut. Er leerte sein Glas, spülte seine gärenden Bedenken, die heimliche Angst mit einem Schluck hinunter. Seine Augen nickten Gerd auffordernd zu. Er zerdrückte den Zigarettenstummel wie ein Insekt in dem schwarzen, glänzenden Aschenbecher. Hässliche Reste von Asche und Tabak schickten noch ihre letzten Qualmschwaden empor, bis sie sich in ihr porzellanenes Grab ergaben. Mathes war fasziniert von diesem kurzen Augenblick, der seine Todeserinnerungen wachrief. Er sah eine Art des Sterbens, wie sie uns an jedem Tag unzählige Male begegnet – in der Veränderung. Bedeutete nicht schon das Verglimmen einer Zigarette Sterben? Oder das Versiegen eines einzigen Wassertropfens? Jeder Abend, der den Tag in den dunklen Tod schickte …

Unser Älterwerden – bestand es nicht aus Millionen kleinen Toden? Es starben Zellen, die Platz machten für neue, für junges wachsendes Leben. Ein Haarschnitt, eine Rasur, ein auswachsender Zehennagel – jede Veränderung verkündete Tod und neues Leben. Wir nehmen unser Leben zu wichtig, ja, zu wichtig!

Wie oft hatte er die Vorwürfe seines Vaters gehört: „Ihr jungen Leute glaubt, mit euch fange die Welt erst an." – „Und die Alten? Sie denken, mit ihnen höre die Welt auf", hatte er geantwortet. Ja, wir nehmen unser jämmerliches Leben zu wichtig. Mathes wusste seit jener schrecklichen Nacht, dass es weiterging. Danach folgte etwas Neues, etwas Bedeutungsvolleres. „Schade", dachte er und lächelte in seinen erotischen Gedanken, „schade wäre es schon gewesen, wenn ich diese heiße Nacht mit Anja nicht mehr hätte erleben dürfen. Danke, Himmelvater, hast was gut bei mir!" Mathes redete oft mit seinem Gott. Sie verband eine gewisse Freundschaft.

Kleine Missgeschicke oder verlorene Schellen-Soli beim Schafkopf, dafür machte Mathes ihm manchmal nicht wirklich ernst gemeinte Vorwürfe. Ein Hauch von Karl-Valentin-Humor kam dabei zum Vorschein. Die Mitspieler amüsierten sich über solche kleinen Episoden. Vielleicht hatte es manchmal ein wenig lächerlich gewirkt, doch dieser Eindruck kümmerte Mathes gar nicht. Sie hatten ein ungewöhnlich offenes und gutes Verhältnis – er und der Himmelvater. Vor kirchlicher Demut schraken beide zurück. Sie hielten diese Demut für eine Art von Hochmut.

Gerd schob ein paar Putztücher, Gummihandschuhe, Taschenmesser, zwei Taschenlampen und den Flachmann in eine Stofftasche. Nick wünschte ihnen Glück. Die Straßen waren menschenleer. Obwohl ihr Gang schlendernd wirkte, waren ihre Nerven äußerst angespannt. Jedes Fenster der Häuserfassaden, jedes der wenigen geparkten Autos nahm ihre unauffällige Aufmerksamkeit in Beschlag.

Etwa zwanzig Meter vor dem bestimmten Eingang flüsterte Mathes: „Warte hier, tue so, als würdest du deinen Schuh binden – ich gebe dir ein Zeichen, wenn alles klar ist!" Er setzte seinen Weg fort. Ein flüchtig abschätzender Blick in den Hinterhof ließ nichts Ungewöhnliches erkennen. Auch die Haustür der gegenüberliegenden Straßenseite lag ruhig und leblos in ihrem Schlaf. Die meisten Fenster waren durch Läden verriegelt. Waren diese blind, so schienen andere aufmunternd zu zwinkern aus schrägen, zeitvergessenen Jalousien – geduldige Augenlider, deren Lack mehr und mehr abgeblättert war und die müde über die Straße wachten. Mathes winkte Gerd, ihm zu folgen. Nichts schien verändert seit dem vergangenen Abend. Am Tage wirkte der Hof weitaus verwilderter und verkommener. Mathes kannte inzwischen jeden nötigen Griff, um das Gerüst möglichst lautlos zu erklimmen. Am Eingang neben der Klingelleiter hatten sie die Handschuhe übergezogen, Gerd hängte sich die Tasche über die Schulter. Sie beschlossen, beide den Weg des Gerüstes zu nehmen. Das morsche Holz des Treppenaufganges hätte sie unweigerlich verraten. Sollte sich wirklich jemand in der Wohnung befinden, galt es sofort ungesehen und lautlos zu verschwinden. Auch das eingeschlagene Fenster schien unberührt. Kein Laut drang aus dem Zimmer. Mathes hob vorsichtig den Kopf, seine Augen spähten über den Rand des verrosteten Fensterblechs. Ein schneller Blick in den halbhellen Raum genügte.

Erschrocken wich er zurück, duckte sich wieder in seine Lauerstellung.

„Mensch, was ist?“, raunte Gerd, der wegen Mathes fast den Halt verloren hätte. Unerträglich dröhnten die Sekunden, denn er sah nichts außer Schrecken in Mathes' Gesicht. Hitze stieg sichtlich in seine Wangen, und seine Pupillen hatten sich verengt. „Es war jemand hier! Die gesamte Einrichtung gleicht einem Trümmerhaufen.“ Gerd starrte ihn entgeistert an. „Der Tote ist weg!“ – „Verdammte Scheiße, verdammte gequirlte Scheiße, was jetzt?“ Gerd blickte Mathes Hilfe suchend an. „Wir müssen rein, im Zimmer ist niemand. Ich gehe voraus und schleiche zur Tür. Erst wenn ich dir sage, dass die Wohnung verlassen ist, kommst du nach – okay?“

„Scheiße, ja!“ Noch einmal vergewisserte Mathes sich, dass er nichts übersehen hatte, dann schwang er sich über das geborstene Holzsims. Er vermied jedes Geräusch. Nur auf den Zehenspitzen balancierte er über den scherben- und splitterbedeckten Boden. Die wenigen Möbelteile lagen verstreut herum. Selbst das Regal hatte man unsanft aus seiner Verankerung gerissen. Die Tür war geschlossen. Er legte sein Ohr an ihr dünnes Holz. Völlige Stille. Ein Blick durch das Schlüsselloch verlor sich in Finsternis. Mathes verharrte mehrere Sekunden lauschend. Eine kurze, zermürbende Ewigkeit. Es herrschte Totenstille. Er wagte die Klinke hinunterzudrücken. Gleichzeitig zog er die Tür fest in ihren Rahmen – bedacht, die Stille nicht zu gefährden. Das leise Geräusch des Schnappers empfanden seine Ohren als überlaut. Es war finster im Flur. Ruckartig drückte er die Tür auf und hielt abrupt inne. Er verbot ihr das leiseste Knacksen oder Quietschen. Sie gehorchte ihm widerwillig. Gleichzeitig hatte seine Linke die Taschenlampe aus der Hosentasche gefischt. Ihr heller Strahl bewegte sich über ein ähnliches Trümmerfeld hinweg. Die Badezimmertür stand offen, sie hing nur noch in einer Angel. Das Porzellan der Toilettenschüssel lag zerbrochen im Gang. Mathes betätigte den Lichtschalter. Die nackte Birne blendete auf. Die Wohnung war leer. Er ging zum Fenster zurück und beachtete die Scherben nicht mehr, sie wurden unter seinem Tritt zermalmt. „Alles in Ordnung, Gerd – du kannst kommen." Gerd hievte sich in den Raum. „Was ist denn hier passiert – Polizei?" – „Glaube ich nicht", antwortete Mathes. „Der Besuch hier war kein offizieller." Sie betrachteten die Stelle, wo der Tote gelegen hatte. Das Holz des verblichenen Bodens unterschied sich in seiner Farbe, es war feucht. Mathes fühlte darüber. „Er hatte geblutet, wahrscheinlich ist hier ein Blutfleck weggewaschen worden, vielleicht auch Exkremente." – „Exkremente?" – „Tote scheißen gewöhnlich – ihre letzte menschliche Handlung. Der Schließmuskel öffnet sich. Mit Sicherheit hätte sich die Polizei nicht um seine Hygiene bemüht, uns hat jemand anders die Arbeit abgenommen."

„Warum dieses Durcheinander?", fragte Gerd verwundert. – „Sie haben etwas gesucht." Mathes beugte sich hinunter. Seine Augen hafteten auf dem strähnigen Parkett, dort wo nun der Stuhl lag – dreibeinig wie ein Krüppel. „Und wenn sie es nicht gefunden haben, was immer es auch sein mag, so weiß ich, wo es ist." Gerd blickte ihn verdattert an. Mathes stieß den Stuhl zur Seite, dann die Scherben und befühlte den Boden. Eine Holzbohle stand etwas hervor, er konnte sie in ihren Fugen bewegen. Mathes hob sie vorsichtig mit seinem Taschenmesser aus ihrem sandigen Bett. Ein längliches, handtiefes Versteck eröffnete sich. Gerds Augen folgten Mathes angespannt, als er das Tuch aufschlug und die Waffe in dessen Hand lag. „Eine Tokarev, jene, die Pomadezopf so liebevoll zerlegt hatte", erläuterte Mathes. Er langte nochmals in die kleine Höhle. Ein Bündel Ausweise, Reisepässe, Visa, eine zweite Handfeuerwaffe kamen zum Vorschein. Ein braunes Kuvert. Mathes öffnete es: „Mensch, Gerd, schau dir das an!" Gerd pfiff leise durch die Zähne: „Da kann ich mir vorstellen, dass das jemand vermisst!"

Mathes fächerte einen dicken Packen Geldscheine auf. Niederländische Gulden und Deutsche Mark, säuberlich nach ihrem Wert sortiert. „Das sind mindestens 30 000!" – „Gib mir die Tasche!", forderte Mathes. Er löste sie von seiner Schulter. Mathes verstaute die Gegenstände und das Geld. Mit etwas belegter Stimme sagte er: „Lass uns alles abwischen, was wir gestern berührt haben könnten! Ich übernehme das Bad – und dann nichts wie weg!“ Dann ergriff er den Flachmann, tat einen langen Zug, reichte ihn Gerd. Sein Gesicht verzog sich in genussvollem Ekel. Herrlich wohliger, betäubender Scotch brannte durch seine Kehle, erlosch in dem dankbaren Muskelspiel seines Magens. Die innere Sonne schickte ihre hochprozentigen Strahlen durch seinen ganzen Körper. Gerd grinste sarkastisch: „Na, dann lass uns mal Putzfrau spielen – der Stundenlohn ist in Ordnung!“

Sie versuchten jeden ihrer Schritte und die Handgriffe in ihr Gedächtnis zurückzuholen. Wie Radiergummis fuhren die Lumpen, die sie mitgebracht hatten, über alle Schalter und die blanken Armaturen im Badezimmer. Mathes ließ längere Zeit die Wasserhähne laufen. Im Ausguss sammelte sich ein filziges Büschel Haare. Mit zwei Fingern packte er es angeekelt und seine Augen verfolgten schadenfroh seinen Sturz aus dieser Welt den Schlund der abgerissenen Toilettenschüssel hinab. Sogar seine Schuhabdrücke – er hatte auf dem schmutzigen nassen Fliesenboden verräterische Konturen hinterlassen – verschwanden in dem suppigen Schlick des verwüsteten, nach Urin stinkenden Bades. Als sie ihren Einsatz zufriedenstellend beendet und dies mit Scotch bekräftigt hatten, verließ Gerd die Trümmerbude über das Treppenhaus, und fand nichts mehr, was auf sie hinweisen würde. Mathes kletterte rücklings das Gerüst hinab – auch hier ein spurloser Abgang. Die Straße lag weiterhin leblos in ihren Schatten. Sie wandten sich nach rechts, wählten bewusst einen Umweg durch mehrere enge Gässchen, bis sie nach einigen Minuten endlich wieder das Pub erreichten. Beide fühlten sich unsäglich erleichtert.

Mathes hielt Gerd an dessen Ärmel und sagte: „Ich fahre gleich zu Anja, muss versuchen das Mädchen auszuquetschen – erzähle Nick vorerst nichts von unserem Fund!“ Er wartete eine Zustimmung erst gar nicht ab, sondern fragte weiter: „Bleibst du bei Nick? Vielleicht taucht ja der andere auf, der sie gebracht hat.“ – „Okay“, überlegte Gerd, „um neun wollte sowieso Sylvia kommen, doch dann“, fuhr er listig lächelnd fort, „bin ich privat verhindert – nehme an, dass sie eine vielversprechende Briefmarkensammlung hat." Mathes lachte: „Recht so, ich rufe dich später mal an. Halt die Augen offen!" Er warf die Tasche in den Kofferraum des Golfs, verabschiedete sich zwinkernd von Gerd, der im schon erleuchteten Pub verschwand, und erreichte bald die Hauptstraße, die ihn nach Eindhoven führte. Den Lautstärkeregler hatte er bis zum Anschlag aufgedreht. Er brüllte mit Herbert Grönemeyer um die Wette dessen Song „Männer": „Männer mit harter Schale, weicher Kern ..." Ja, er besaß auch einen weichen Kern. Mathes fühlte sich als Mann stark, wenn es hieß zu kämpfen, schwach in den Armen seines Mädchens. Es war ihm ganz egal, ob er jetzt zu Susanne fahren würde oder eben zu Anja. Er hatte sich mit seinem Schicksal abgefunden – beide zu begehren, zu lieben. Konnte nicht sowieso jeder das Wort „Liebe" so auslegen, wie es ihm in den Kram passte? Liebe konnte man nicht definieren oder als ein starres Gefühl einengen wie Wärme, Berührung oder Hunger. Sie bedeutete für jeden Menschen etwas ganz Eigenes, etwas Individuelles, ja wahrscheinlich existierte sie aus einer wunderbaren Mischung dieser Zutaten – dieser drei wahrnehmbaren Gefühle. Doch seltsamerweise beinhaltete die Liebe für Mathes vor allem ein suchtvolles Hungergefühl und gleichzeitig selige Sattheit. „Sein Aftershave liegt in der Luft, warum hat er nicht gleich meins benutzt?", sangen Grönemeyer und Mathes weiter. Seit Mathes dieses Lied zum ersten Mal gehört hatte, vermochte er sich bei dieser Zeile einer gewissen heimlichen Angst nicht zu entziehen. Inständig hoffte er, diese entsetzliche Situation niemals selbst erleben zu müssen. Unerträgliche Machtlosigkeit einem anderen Mann gegenüber, der sich einnistete wie ein Virus in das Herz von Susanne, seine Zunge in ihren süßen Mund schob. Und das in der Wohnung, die er doch mit ihr teilte. Welch schrecklicher, im wahrsten Sinne des Wortes – mörderischer Gedanke!

„So weit darf es nie kommen!", schrie er in den Text von Grönemeyer. „Verdammt – ich würde es nicht ertragen! Durchdrehen, ja durchdrehen müsste ich, es wäre unumgänglich, rumms – und wahnsinnig ... so richtig durchgedreht wahnsinnig." Er versuchte das Gesicht eines Irren nachzuahmen, betrachtete sich gespannt im Rückspiegel. Zufrieden nickte er. Einen vortrefflichen Irren würde er abgeben. Mathes wusste nicht, dass diese heimliche Angst ihm als schicksalhafte Ahnung geschickt worden war. Sehr viel später würde er sich an diese Fahrt erinnern – an dieses Lied. Er ahnte nicht, dass Grönemeyer allein für ihn sang. Diesen Text, er hatte ihn wahrscheinlich nur für ihn geschrieben, geschrieben, um ihn zu quälen, jahrelang vorzuwarnen, um ihn dann schallend auszulachen.

Erst als Mathes den Wagen parkte, an derselben Stelle, an der er am Morgen gestanden hatte, bemerkte er, dass die Dämmerung bereits mit der Nacht spielte. Auf der hell erleuchteten Bundesstraße war er ohne Betätigung der Scheinwerfer gefahren. Licht schimmerte aus den Fenstern im vierten Stock. Mathes sehnte sich nach Anjas Lippen. Er wollte sich entschuldigen für seine abweisende Art am Morgen, was konnte sie dafür, dass er ein Schwein war? „Schwein!", sagte er zu sich selbst. Es klang zu hart. Was konnte er dafür? „Armes Schwein, armes verliebtes Mathes-Schwein!", milderte er es ab, als er langsam die Treppe hinaufging, mit der Tasche über seiner Schulter. Er drückte die Klingel und vernahm ihr „Ja?" „Bin schon da, unten ist offen gewesen", brummte er durch die geschlossene Tür. Sie öffnete, lächelte ihn an und sah sehr sexy aus. Vermutlich hatte sie Kleidungsstücke aus ihrer Wohnung geholt. Die eng anliegende Jeans betonte ihre tadellose Figur, das aprikotfarbene Sweatshirt spielte raffiniert mit den Spitzen ihres rötlichen Haares. Er küsste sie und sie erwiderte seinen Kuss heftig. Ihr zarter Lippenstift schmeckte fruchtig, ein angenehmer, frischer Duft umhüllte ihre Locken. „Du bist schön", flüsterte Mathes und streichelte ihr Gesicht. Sie lächelte über sein Kompliment. „Und du bist süß", gab sie zurück.

Sie führte ihn ins Wohnzimmer. Nur die Wasserspiele waren eingeschaltet. Eine Kerze auf dem Tisch verbreitete romantischen Lichtschein. Das Mädchen saß zwischen den Kissen auf der Couch. Ihre Beine lagen seitlich angewinkelt auf der Sitzfläche. Ruhige Musik drang aus den Lautsprecherboxen. Genussvoll vernahmen Mathes' Ohren die sanfte Soulstimme von Sade. „Darf ich vorstellen?", begann Anja, leichter Stolz lag in ihrem Tonfall. „Das ist Diana. Es geht ihr schon viel besser. Diana, das ist Mathes, er hat dich von diesem Scheusal befreit." Mathes blickte sie an. Er war freudig überrascht. „Hallo, Diana!" Ein verschämtes „Hallo!" kam über ihre Lippen. Eine kurzzeitige, unausgefüllte Stille lag zwischen ihnen. Mathes hatte gehofft, dass sie endlich sprechen würde, notfalls hätte er sie dazu gezwungen, doch jetzt wusste er nicht, was er sagen sollte. „Danke, Mathes … und dem Gerd auch, so heißt er doch, dein Freund, oder?", fand sie einen zaghaften Anfang. „Ja, er heißt Gerd", antwortete er. Ihm fiel auf, dass sie einwandfreies Deutsch mit einem fast nicht zu bemerkenden Akzent sprach, doch wollte er bei dem ersten Gespräch vorsichtig und langsam vorgehen, um ihren zugänglichen Zustand nicht gleich wieder durch übereilte Fragen zu gefährden. „Diana, ich hole uns noch einen Tee, ja?", unterbrach Anja sie umsichtig. „Du auch?", wandte sie sich an Mathes. „Für mich lieber ein Bier – wenn eines da ist."

Anja verließ das Zimmer. Mathes begann ein belangloses Gespräch über die vielen Pflanzen und die Wasserröhren, sie sollte Vertrauen zu ihm gewinnen. Das fiel ihm einigermaßen schwer, denn die Neugier trieb ihn an, er wollte alles erfahren. Je eher, desto besser. Immer noch befürchtete er, sie könnte ihm wieder hinwegdämmern. Ohne dass sie es bemerkte, betrachtete er sie sehr genau. Wahrscheinlich hatte sie gebadet. Ihr langes, glänzendes Haar war geföhnt und Mathes hatte Anja im Verdacht, dass sie ihr sogar ein paar Wellen eingedreht hatte. Sie trug eine Leggings und ein T-Shirt. Beides passte ihr, sie schien Anjas Größe zu haben, war nur etwas dünner. Sie hatte ein hübsches Gesicht, vielleicht war sie sogar die halb geöffnete Knospe einer Schönheit. Bestimmt vermochten diese blauen Augen bezaubernd zu lachen, auch wenn sie jetzt in tiefen Höhlen lagen und müde wirkten. Die Fahlheit ihrer Lippen hatte Anja mit einem zartrosa Lippenstift besiegt, aber trotzdem lebten sie nicht. Ihr Mund glich einem geraden, schmalen Strich, der so gerne lachen wollte, schmunzeln und vielleicht mädchenhaft schnattern in unbekümmerter Jugendlichkeit. Es schien ihm unmöglich. Ihr Seelenschmerz verhinderte es. Sie tat Mathes leid. Wie froh war er, dass Anja für sie da war! Zu ihr hatte sie wohl etwas Vertrauen gefasst.

In diesem Augenblick kam Anja mit einer dampfenden Kanne Tee. Mathes stellte sie eine Flasche Bier hin und ein Glas dazu. Durstig nahm er einen kräftigen, erfrischenden Zug. Das Glas benutzte er nicht. Er trank sein Bier am liebsten direkt aus der Flasche – immer schon. Angewöhnt hatte er sich das, weil es so vielleicht etwas länger kühl bliebe und weil sein Vater es hasste.

Mathes genoss es, auf diese Art das Spießbürger-Denken, diese verlogene Etikette aus der Welt seines Vaters gewaltsam zu durchbrechen. Eine Welt, in der vorn Benehmen und Anstand gepredigt und hinten gefurzt wurde. Nun, in Mathes' Familie herrschte zwar stets ein selbstgefällig anmaßender Ton – seine Eltern verstanden es prächtig, in jeden Satz Vorwürfe, Ratschläge oder versteckte Unverschämtheiten zu packen, den Umgang miteinander prägte die meiste Zeit eine gewisse Spannung und nicht Herzlichkeit –, eines aber musste unangefochten stimmen: die Tischetikette. Wirklich wichtig war, wo die Gabel lag und wie sie dort lag. Wichtig waren der Bast-Untersetzer für das Glas, das Set und die Stoffserviette. Gäste, die öfter als zweimal im Monat aufkreuzten – was äußerst selten geschah, da auch eine telefonische Voranmeldung unter diese Gesetzmäßigkeiten fiel –, besaßen sogar einen eigenen Serviettenring! Eine der Tischdecken zu beklecksen galt so ziemlich als das schlimmste Vergehen, das man sich leisten konnte – viel schlimmer, als aus einer Flasche zu trinken.

Mathes durfte die Launen seiner ersten Jahre und Jugend neben zwei Geschwistern erleben, vor allem in Gegenwart seines jüngeren Bruders. Und solange Mathes zurückdenken konnte, war Mutter als pedantische Hausfrau niemals mit ihrem fünfköpfigen Haushalt zurechtgekommen, geschweige denn fertig geworden. Seit seiner frühesten Kindheit war ihm ihr ständiges Gejammer ziemlich auf die Nerven gegangen. Schon damals besaß er große Begabung in allen handwerklichen Dingen und ersetzte Vater, wenn dieser nicht da war, hoch motiviert bei den kleineren Reparaturarbeiten. Besonders die Gartentätigkeiten hatten es ihm angetan, diese Arbeiten beflügelten sein Kinderherz und beide Eltern waren stolz auf ihn. Mit elf Jahren hatte er seine Mutter endlich so weit, dass sie begriff, welche Wichtigkeit solchen Dingen zukam und dass sie somit auch Lärm und Schmutz verursachen durften. Nein, er hinterließ ihn nicht unnötigerweise, doch ebenso wenig erlaubte er ihr die Zweifel, dass Schmutz in ihren Aufgabenbereich fiel. Eine unausgesprochene Abmachung zwischen ihm und seiner Mutter. Nur bei Tischdecken hatten seine und die Autorität seines Vaters ihre Grenzen. Tischdecken fielen allein in die unangefochtene Herrschaft von Mutter. Ein Besudeln hieß ihre Arbeit zu verachten, sie bewusst quälen zu wollen, sie zutiefst zu kränken. Ein ganzes Glas umstoßen – mein Gott, dies zog lange Reuebeteuerungen nach sich, glaubwürdigste Schuldbekenntnisse. Das Beste war, sich selbst als tölpelhaft, töricht und unbedacht zu bezichtigen. Jeder erneute Griff an das Glas musste von da an wohlüberlegt sein, denn eine Wiederholung der Tat konnte des Schuldigen redlichen Ruf für immer zerstören. Mathes war dies längst passiert. Exakt sieben Mal hatte er sein Glas umgestoßen während seiner Kindheit, Jugend, bis zu diesem Tag. Irgendwann würde er wohl sterben müssen, ohne geläutert zu sein.

„Mathes, was denkst du?", riss ihn Anja aus seinen Erinnerungen. „Ach, nichts Wichtiges", log er und sah Diana an. „Diana, weißt du, was passiert ist an diesem Abend?", begann er mit ruhiger, klarer Stimme. Sie nickte. „Dieser Mann, kanntest du ihn?" Sie verneinte mit einer Kopfbewegung. „Er ist tot." Mathes ließ die drei Worte auf sie einwirken. „Gerd wollte ihn nicht töten, doch es ist geschehen, als er mir das Leben rettete. Hast du es gesehen?" Sie schüttelte erneut den Kopf, hielt die Augen gesenkt. „Diana, bitte schau mich an! Du hast es nicht gesehen?" – „Ich habe es gesehen", kam es leise über ihre Lippen. Mathes fuhr fort: „Du brauchst keine Angst zu haben, vor niemandem. Wir sind noch nicht bei der Polizei gewesen, weil wir erst wissen wollten, wer du bist, wer der Mann war und was er mit dir gemacht hat." – „Nicht die Polizei!", schrak sie auf. – „Warum hast du Angst vor der Polizei?", fragte er verwundert. – „Meine Eltern", flüsterte sie beschämt. – „Was ist mit ihnen?" – „Sie würden mich verstoßen …" Mathes war zufrieden. „Vielleicht müssen wir nicht zur Polizei, aber du musst mir alles erzählen, alles über dich und jede Einzelheit von dem, was passiert ist."

Sie nickte – eine Träne lief über ihr gesenktes Gesicht. Anja wollte Mathes unterbrechen, er bedeutete ihr zu schweigen. „Sag mir deinen ganzen Namen und woher du kommst – du bist keine Deutsche, hab ich recht?" Mit zittriger Stimme antwortete sie: „Ja, ich bin erst seit einem Jahr in Deutschland. In Hagen habe ich mit Nena gewohnt – meiner Freundin. Meine Familie wohnt in Pula, das ist in Istrien. Meine Eltern, meine kleine Schwester und die Großeltern." – „Wie alt bist du?" – „Achtzehn", sagte sie verhalten. Mathes sah sie ungläubig an. Nachdem sie die Wirkung ihrer Altersangabe durch einen kurzen Blick überprüft hatte, fügte sie schnell hinzu: „Im Juni, im Juni werde ich achtzehn. – Nena und ich haben bei ihrer Oma in Hagen gewohnt. Wir wollten ihr helfen, denn sie ist schon sehr alt. Arbeiten konnten wir in der Küche eines jugoslawischen Restaurants. Wir verdienten nicht viel, aber es reichte, dass wir abends tanzen gehen konnten und sogar ein bisschen nach Hause schicken. Mein Vater ist Fischer und verdient so wenig, dass es fast nicht für alle ausreicht. In einer Disco lernten wir einen Mann kennen, der uns etwas spendierte. Anfangs war er sehr nett und Nena verliebte sich in ihn. Harry heißt er – seine Mutter ist von Porto Rosz, das liegt an der slowenischen Küste. Wir konnten mit ihm Serbokroatisch sprechen." Mathes zuckte bei diesem Namen unmerklich zusammen. „Er versprach uns eine andere Arbeit in einem Musikcafé, wo wir gut verdienen könnten. Am selben Abend nahm er uns mit. Es war ein kleines Bistro, das einem Freund von ihm gehörte – einem Deutschen, der auch sehr nett war. Harry erzählte ihm von uns und er sagte gleich, dass er eine Hilfe brauche. Eigentlich nur eine Bedienung, aber trotzdem sagte er, wir könnten beide abends abwechselnd bei ihm arbeiten. Uns war es recht, weil wir so unsere Arbeit in dem Restaurant nicht aufgeben mussten. Das Bistro war jeden Tag voll. Es wurde Backgammon gespielt oder gewürfelt, oft auch gepokert – in der Nacht, wenn schon abgeschlossen war. Rolf, der Besitzer, spielte immer mit und er war froh, dass Nena oder ich da war und Getränke brachte oder Snacks zubereitete. Auch Harry spielte manchmal mit. Er hatte mit Nena Sex und brachte uns immer was zum Rauchen mit …" – „Was?", wurde sie von Mathes unterbrochen. „Doch keine Zigaretten?" – „Nein, Hasch. Später dann meistens fertige Zigaretten, die besonders törnten. Anfangs war er sehr lieb, nur wenn er beim Kartenspiel verlor, wurde er böse. Einmal schlug er Nena, nur weil sie ihn fragte, wann sie fahren würden. Er wurde sehr wütend, schlug ihr ins Gesicht und schrie sie an, er werde ihr sagen, wann sie fahren würden, sie solle nicht wagen ihm Vorschriften zu machen. Die anderen lachten und fragten ihn, wann Hochzeit sei. Wenn Rolf nicht dazwischengegangen wäre, hätte er sich geprügelt. Nena und ich, wir rauchten viele von seinen Zigaretten, manchmal in der Nacht im Bistro oder bei ihm zu Hause." – „Wusstest du, dass es keine normalen Zigaretten waren?" – „Ja, er stopfte sie oft vor unseren Augen, er selbst schnupfte." – „Was war in den Zigaretten?" – „Ich weiß nicht genau. Heroin, glaube ich, das haben wir später auch immer von ihm bekommen." – „Erzähl weiter!", sagte Mathes, der seine Anspannung kaum verbergen konnte. „Wir waren sehr lustig, tanzten in seiner Wohnung und tranken Bacardi …" Sie senkte ihre Stimme und errötete etwas, die Worte klangen beinahe wie eine Entschuldigung: „Irgendwie ist es passiert, dass wir uns zu dritt liebten – er sieht sehr gut aus. Am nächsten Tag wachten wir erst zu Mittag auf, Nena und ich hätten in dem Restaurant arbeiten sollen. Als wir zwei kamen, warf er uns beide raus, es war uns egal. Am Abend bedienten wir zusammen bei Rolf. Ich hatte schreckliche Bauchschmerzen und die Beine taten so weh, dass ich fast nicht stehen konnte. Nena ging es noch schlechter. Wir warteten verzweifelt auf Harry, wir wussten, mit seinen Zigaretten würde es uns sofort besser gehen. – Vergeblich, er kam nicht. Erst am Abend. Diesmal rauchten wir von einer Folie, es war viel besser als jemals zuvor. Obwohl wir uns übergeben mussten, fühlten wir uns sehr gut."

Mathes blickte verständnislos zu Anja. Sie nickte bezeichnend, so als seien ihr die Zusammenhänge völlig einleuchtend. „Bei Heroin ist das so", bekräftigte sie, an ihn gewandt. Das verwirrte ihn noch mehr. Sie würde ihm ihr offensichtliches Wissen darüber sehr bald erklären müssen!

„Harry sagte, er sei leider knapp bei Kasse und wir müssten den Stoff diesmal bezahlen. Gleichzeitig beruhigte er uns, dass er es mit Rolf regeln werde. Die nächsten Tage war er wieder da. Er schien wie ausgewechselt, so besonders lieb und nett zu uns beiden. Wir bekamen von dem Stoff so viel, wie wir wollten. Rolf hatte uns bis dahin immer freitags ausgezahlt, doch diesmal sagte er, er habe es Harry gegeben und wir schuldeten ihm noch 700 Mark. Als ich am Abend Harry fragte, meinte er, dieses Zeug sei sehr teuer und er werde Rolf sein Geld geben. Wir waren erleichtert. Doch als wir um neue Zigaretten baten, verneinte er. Nena bettelte ihn richtig an. Er erklärte schließlich, er wisse eine Möglichkeit, wie wir mehr verdienen könnten. So viel, dass wir immer genug zu rauchen hätten und sogar wieder Geld nach Hause schicken könnten. – Den Monat zuvor hatte ich meinem Vater geschrieben; ich hätte eine Arztrechnung bezahlen müssen. Wir sollten an jenem Abend eher mit der Arbeit aufhören, Rolf versicherte, er schaffe es allein. Wir fuhren zu Harry. Er gab uns zu trinken. Es kamen noch drei Männer – ein Holländer und zwei Deutsche. Harry sagte, es seien Freunde. Die Zigaretten lagen auf dem Tisch, doch wir durften keine nehmen. Ich trank viel, wollte dieses Verlangen nach ihnen betäuben, nach diesen Zigaretten, die so nah waren und doch unerreichbar blieben …"

Mathes bemerkte, dass Diana sich während ihrer unglaublichen Ausführungen unentwegt kratzte, und zwar beinahe genussvoll. Er verstand das nicht. Er verstand die Sucht nicht … „Einer der Männer küsste mich und fasste mir an die Brust – ich ließ ihn gewähren. Harry nickte mir lächelnd zu und ich dachte, ich dürfe ihn nur nicht verärgern. Ein anderer streichelte Nena. Plötzlich meinte Harry, er müsse nochmals weg. Er sah unsere erschrockenen Blicke. Zu Nena sagte er: ‚Rainer wird euch zu rauchen geben, aber nur, wenn ihr ihm folgt, alles macht, was er verlangt – ist das klar?‘ Nena versprach es ihm. Er ging …“

Diana wischte sich die Tränen aus dem Gesicht, sie fing erbärmlich an zu schluchzen. Mathes reichte ihr ein Taschentuch. Anja setzte sich neben sie, nahm sie in den Arm. Auch in ihren Augen standen Tränen. Mathes dankte Gott für ihre Gegenwart in diesem Moment. Ihn selbst berührte dieser Anblick ungleich tiefer, als er sich eingestehen wollte. Er zündete sich mit zitternden Händen eine Zigarette an und blies den Rauch gegen die Decke. Er wartete, bis sie sich beruhigt hatte. Ihr Kopf lag an Anjas Schulter. Mathes bewunderte diese kleine Diana, dass sie alles so offen erzählte. Es musste ihr irgendwie guttun, darüber zu reden, es half, den Schmerz zu ertragen. Wie sehr musste sich Anja den Tag über um sie bemüht haben, um dieses Vertrauen zu erlangen! Mathes blickte Anja an, die immer noch feuchte Augen hatte. Er warf ihr einen liebevollen Kuss zu, sie lächelte ihn an, streichelte dabei über Dianas Haar. „Geht es wieder?“, fragte sie sanft. Diana nickte und fuhr nun eher teilnahmslos fort: „Der Mann, der bei mir war, zog seine Hosen herunter. ‚Nimm ihn in den Mund!‘, sagte er. Ich hatte so etwas vorher noch nie getan, doch ich küsste seinen Penis und nahm ihn in den Mund, bis er kam. Es war eklig, aber ich dachte an nichts anderes als an die Zigaretten. Tatsächlich gab er mir eine, die ich gierig anzündete. Doch nach einigen Zügen drückte er sie aus und grinste. ‚Wir sind noch nicht fertig‘, meinte er, ‚aber bis jetzt warst du ganz gut.‘ Der zweite Mann stellte sich vor mich. Ich hatte noch den widerlichen Geschmack des Ersten in meinem Mund und fing an auch ihm einen zu blasen … Nena lag auf dem Bett und der Holländer bumste sie. Als endlich der Zweite fertig war, wollte ich seinen Samen ausspucken, doch er verlangte, dass ich ihn schlucke und ihm sage, dass er sehr gut schmeckt. Ich tat es und durfte endlich rauchen. Sie gaben mir drei Zigaretten. Erst nach der dritten fühlte ich mich gut und fand alles nicht mehr so schlimm. Danach bumsten sie mich. Ich weiß nicht, ob zweimal oder dreimal. Es war mir egal! Ich fühlte nichts dabei. Dann bin ich eingeschlafen … Als ich am nächsten Tag wieder erwachte, lag Nena neben mir auf dem Bett. Es hatte mich wohl das Geräusch des Türschlosses geweckt – Harry kam. Er schimpfte furchtbar, wir sollten duschen. „Dreckstücke!", schrie er und dass er so was nicht mehr durchgehen lassen würde. Dann machte er Frühstück für uns – und er war wieder freundlich.

Später ging er mit uns einkaufen, er gab sehr viel Geld aus. Wir bekamen beide schöne Kleider und Schuhe, sogar Ohrringe. Er war wunderbar und ich verdrängte die schreckliche Nacht. Nena lachte, als seien wir die glücklichsten Menschen der Welt. Dann kaufte er Blumen und wir fuhren zu Nenas Oma, er schenkte sie ihr. ‚Ich möchte, dass Sie wissen, mit wem Ihre zwei Mädchen verkehren, dass Sie sehen, dass sie nicht in schlechter Gesellschaft sind', sülzte er. Er stellte sich als ein Freund unseres Arbeitgebers vor – ein Restaurant, wo wir angeblich arbeiteten. Ich schämte mich unbeschreiblich. Nenas Oma freute sich sehr und bot selbst gebackene Kekse an, die er immer wieder lobte. Sie erzählte ihm, dass sie zu denjenigen älteren Leuten gehöre, die nicht glaubten, die heutige Jugend sei schlecht. Nein, die meisten seien sehr arbeitswillig, freundlich und hilfsbereit. Uns ermahnte sie, wir sollten unsere Arbeit gut erledigen, wenn sich dieser Herr und sein Freund schon so nett um uns kümmerten. Harry versprach ihr uns anzuhalten, für sie kleinere Besorgungen zu erledigen, wenn sie etwas brauchte, und sie bat ihn, doch mal wieder auf einen Kaffee vorbeizuschauen, wenn er in der Nähe wäre und es seine gewiss begrenzte Zeit zuließe. Wenn er vorher anrufen würde, wollte sie sogar ihren berühmten Apfelstrudel backen. Harry tat sehr gerührt und meinte, so eine Oma habe er sich immer gewünscht …"

Diana schüttelte selbstironisch den Kopf: „Komisch, ich hatte beinahe ein schlechtes Gewissen, weil ich Harry hasste. Irgendwie fühlte ich wie ein Kind, das sich im Recht glaubte und plötzlich erkennen muss, wie sehr es im Unrecht ist. Als wir später in seinem Jeep saßen, auf dem Weg zu Rolf, lachte er fast die ganze Zeit, aber schließlich wurde er streng: ‚Ich werde euch jetzt die Regeln erklären', begann er. ‚Zuerst die Fakten: Ihr wollt Stoff, ihr wollt was Schönes zum Anziehen, ihr wollt Geld für eure Sippe. Das alles bekommt ihr von mir. Ich kann sehr großzügig sein und ihr werdet viel verdienen. Doch ab heute ändert sich euer Arbeitsverhältnis. Ihr werdet zwar vorläufig weiter bei Rolf bedienen, aber nur auf Abruf, für die Kunden, an denen wir wirklich Kohle machen. Wenn ich es sage, tut ihr genau das, was ihr wirklich könnt und euch, wie ich letzte Nacht gehört habe, auch am meisten Spaß macht.' Ich wollte ihn durch einen Einwand unterbrechen, doch er drehte sich mit erhobener Hand zum Rücksitz um. ‚Halts Maul!', schrie er mich an. ‚Diese Regeln werden ein einziges Mal erklärt, dann nie wieder – und wenn du nicht ganz genau zuhörst, prügle ich sie dir rein, klar?', brüllte er. Ich nickte erschrocken und Nena völlig verängstigt ebenso." Dianas Stimme zitterte. Ihr mattes Haar verdeckte kaum die glänzenden Schweißperlen.

Die letzten Sätze hatte sie nur noch unter einer Flut von Tränen hervorgestammelt. Jetzt brach sie endgültig zusammen und schluchzte hemmungslos in Anjas Armen. Diese hielt ihr eine Tablette hin: „Hier, Diana, nimm noch eine, gleich hast du es geschafft! Es wird wieder gut." Anja hatte Mühe, nicht selbst loszuheulen. Mathes warf einen Blick auf die Arzneipackung. Das Medikament hieß „Valeron", ein sehr starkes Beruhigungsmittel, und Diana schluckte schon die dritte Tablette.

Er fragte sich, ob es richtig war, was Anja tat, was er tat, was sie hier eigentlich taten. Er wollte keine Verantwortung übernehmen, für nichts und niemanden. Er fühlte sich mit einem Mal hilflos und allein. Am liebsten hätte er alles vergessen, doch hielten ihn die Ereignisse unbarmherzig in ihrer Gewalt gefangen. Es ging nicht mehr nur um diese Taten. Es ging um Harry, ein Individuum, das er in diesem Moment abgrundtief zu hassen begann. Trotz seines ausgeprägten Ekels gegen jenes Monster fragte er sich sofort, ob er sich denn nicht selbst betrüge.

Vielleicht konnte er gar nicht richtig hassen. Vielleicht durfte er es auch nicht. Doch, er durfte!

Von Sternzeichen war er Skorpion und in jedem Horoskop stand, dass Skorpione Hass und Rachegefühle empfinden können. Ja, als Skorpiongeborener musste man hassen. Ein Befehl, der einen erst berechtigte, als solcher zu existieren. Diese Gedanken spielten sich in seinem überforderten Gehirn innerhalb weniger Sekunden ab. Beinahe unbewusst. Sie fielen ihm auch nur deshalb auf, weil es ihm wieder etwas besser ging. Sein gesamtes inneres Gleichgewicht hatte zu wanken gedroht. Zu viele Mädchentränen tropften auf sein heißes Gemüt und verdampften zischend in ihm.

Mathes holte sich nach kurzem Blickkontakt mit Anja selbst noch ein Bier aus der Küche. Dann ließ er sich wieder in den Sessel fallen, der sich ihm schon sehr angepasst hatte. Kleine, kühle Schlucke trank er und wartete, dass Diana weitererzählen konnte. Schließlich richtete sie sich wieder auf. Die wenige Schminke lief als schmales dunkles Rinnsal über ihre Backen, die Mundwinkel hingen trübselig in dem anziehenden, jungen Gesicht. „Ihr fuhrt zu Rolf …", brachte Mathes sie wieder auf den Faden zurück. Als habe sie jede Regung ausgeschaltet, erzählte sie emotionslos weiter: „Jeden Tag arbeiteten wir von nun an bei Rolf – doch nur bis zum Abend, dann fuhr uns Harry entweder in seine Wohnung oder zum Bahnhof, wo wir auf Freier warteten. Ein anderes Mädchen bediente dann im Lokal. Das Geld gaben wir immer Harry, der uns morgens um drei Uhr immer abholte. Jede Nacht waren es über 500 Mark, nur einmal, als Nena schon Schmerzen hatte, weil sie ihre Regel bekam, da hatte sie nur 200 Mark. Harry schlug sie furchtbar und drohte sie umzubringen, wenn sie versuchen sollte, ihn zu linken. Von da an teilten wir das Geld genau so, dass jede genug mitbrachte. An einem Abend gab er uns keine Zigaretten mehr. Er sagte, er müsse uns bestrafen, weil wir zu viel davon rauchten. Ich bettelte ihn auf Knien darum an – sagte, dass ich alles für ihn tun würde, für ihn, wenn er sie uns nur weiter geben wollte. Die Schmerzen wurden immer unerträglicher, wenn wir länger nichts bekamen. An diesem Abend setzte er mir eine Spritze. Danach ging es mir unglaublich gut und mir machte die Arbeit sogar Spaß. Ich lieferte ihm beinahe 1 000 Mark ab. Seitdem bekamen wir die Spritzen." – „Weißt du, was es war?", wurde sie von Mathes unterbrochen. – „Heroin. Rolf hatte ihn mal ermahnt, uns nicht zu viel zu geben, und dabei von ‚H' [sprich: ‚Aitsch', Anm. d. Autors] gesprochen", antwortete sie. – „Wie lange geht das schon, wann fing alles an?", fragte Mathes weiter. – „Ziemlich genau sechs Monate. Er sagte, er würde uns nach unserer Probezeit von einem halben Jahr nach Holland schicken, wo wir in einem Club arbeiten dürften und selbst viel verdienen, dass wir bald reich sein würden.

Tatsächlich hat er uns jeden Monat 500 Mark gegeben, die wir nach Hause schickten. Kleidung und alles andere bezahlte er uns sowieso immer. Manchmal brachte er uns sogar Parfüm mit oder ging mit uns ins Kino. Er konnte wirklich lieb sein und wir hatten uns damit abgefunden, auf den Strich zu gehen. Ich wollte nach einem Jahr zurück nach Pula, das Geld musste bis dahin reichen, um ein kleines Café zu eröffnen. Eines Abends fuhren wir mit ihm nach Budel und er sagte, wir würden ihn nicht mehr sehen. Sollten wir versuchen ihn zu finden oder die Polizei seinen Namen erfahren, werde er erst Nenas Oma umbringen und dann uns selbst. Wir versprachen nichts zu verraten. Er drohte, wenn er im Gefängnis wäre, könnte uns niemand mehr beschützen, wir wären verloren. Dann kamen zwei Männer. Der eine nahm Nena mit und gab Harry sehr viel Geld. Auch der andere zahlte ein dickes Bündel und brachte mich in die Wohnung, in der du mich gefunden hast." – „Kanntest du außer Harry einen der Männer oder den in der Wohnung?" – „Nein, ich habe noch keinen vorher gesehen." – „Wie sah der aus, der Harry das Geld gegeben hat?", wollte Mathes wissen. Sie beschrieb vage den Mann, den sie selbst in der Nacht beobachtet hatten, doch sie hatte fast nichts behalten. Mathes erinnerte sich an ihren apathischen Zustand und versuchte sich in Harrys Lage zu versetzen. Er hätte ihr etwas mehr von dem Rauschgift gegeben als sonst, sie ruhiggestellt. Der Überbringer mochte nur ein Kurier sein, ohne Namen und ohne Gesicht.

Mathes stellte sich schon seit einigen Minuten die Frage, die er jetzt aussprach: „Diana, du hast Harry versprochen, du erzählst nichts von ihm, und hast es soeben trotzdem getan – keine Angst mehr?“ Sie blickte ihn fest an und es waren die Augen einer Erwachsenen. „Ich brauche eure Hilfe … ich muss Nena finden! Allein hält sie das nicht durch. Ihr habt dieses Schwein umgebracht, nur um mich da rauszuholen. Ich vertraue dir und Gerd – und Anja ist so lieb.“ Sie weinte wieder. „Helft ihr mir weiter?“ Mathes antwortete nicht.

Sie schrak auf: „Du gehst doch nicht zur Polizei? Mathes, sag, dass du bestimmt nicht zur Polizei gehst – bitte! Er bringt Nena und meine Familie um. Er weiß, wo sie leben! Er hat Leute in Porto Rosz. Bitte, Mathes, versprich, dass ihr nicht zur Polizei geht!“, schluchzte sie – es war Mathes in diesem Moment egal. Sie ahnte nicht, wie sehr ihn ihre Angst vor der Polizei beruhigte. Vernehmungen müssten ihn und Gerd zwangsläufig in eine äußerst prekäre Lage bringen.

„Diana, es gibt eine, wirklich nur eine einzige Möglichkeit ohne Polizei“, begann er langsam. Sie blickte ihn hoffnungsvoll fragend an.

„Wir, das heißt Gerd und ich, holen Nena raus. Dich verstecken wir, bis alles vorüber ist. Du musst tun, was ich sage, und auch dort bleiben, wo wir dich verstecken. Sie dürfen nicht ahnen, was ich vorhabe und wo du bist. Du musst eine Zeit lang unsichtbar bleiben, nicht einmal deiner Familie darfst du schreiben.“ Sie nickte erleichtert: „Ja, ich mache alles, was du sagst.“ – „Wir müssen dich von dem Heroin wegbringen – ohne Arzt, meinst du, du schaffst das?“ – „Ja, ich schaffe alles, wenn nur Nena bald wieder da ist“, beteuerte sie. Anja hielt ihre Hand: „Ich helfe dir, wir werden das gemeinsam durchstehen.“ Mathes bewunderte ihre ungeheuer beruhigende Art, er unterdrückte sein tiefes Gefühl, seine Liebe nicht mehr. Er ließ sie zu. Längst hatte er erkannt, dass jede innere Gegenwehr sinnlos sein würde. Die Zeit mochte ihn weiterbringen. Und die Zeit sollte ihn weiterbringen.

Es gab noch mehrere Fragen, die Mathes auf der Zunge lagen, doch er fühlte sich müde. Es war keine Müdigkeit im Sinne von Schläfrigkeit, von einem qualvollen Gähnen begleitet, nein, eher eine zufriedene Müdigkeit, die sich nach einem anstrengenden Arbeitstag einstellte, nach vollbrachter, letztlich von Erfolg belohnter Leistung. Ein Sichzufriedengeben, beinahe eine Fairness dem Tag gegenüber, ein Ihm-das-Recht-Geben aufzuhören, sich der Nacht zu ergeben.

In kleinen Schlucken ließ Mathes die Erlebnisse und Eindrücke der vergangenen Stunden seine Kehle hinunterrinnen.

Diana war eingeschlafen. Anja löste sich vorsichtig aus ihrem Arm und Mathes trug sie ins Schlafzimmer. Er ließ Anja mit ihr allein und begab sich mit seiner Tasche ins Wohnzimmer. Eine Neugier auf seine Beute hatte ihn erfasst, doch als er gerade im Begriff war, den Inhalt auf dem Flokati auszuschütten, hielt er inne. Es fehlte noch etwas, um ihn diesen wertvollen Augenblick voll auskosten zu lassen. Erst musste das besondere Ambiente geschaffen werden, welches diesem Moment zweifellos gebührte. Kurz entschlossen betätigte er wahllos alle Schalter der Lichtreklamen und Lauflichter. Wie ein raffinierter Schaufensterdesigner knipste er diesen wieder aus, jenen regelte er etwas in seiner Geschwindigkeit. Dabei betrachtete er seine Attraktionen einige Sekunden sehr kritisch. Er hypnotisierte ein Lichtband – und es ihn, welches fortwährend „AJAX AMSTERDAM" schrieb: erst blutrot, dann orange, mangofarben, zartgelb, zitronengelb, minzgrün, sommergrün, welches sanft überspült wurde von einer Welle Ozeanblau, bis in das tiefe, undurchdringliche Azurblau. Dieses kühle, stille Licht wurde anfangs ganz unmerklich von einem Schimmer lebenden, blutenden Rots durchdrungen – wie durch die scharfe Schneide eines Messers. Der reifende Übergang von dem Blau zu dem Blutrot erschien als ein Zauber unendlich vieler Zwischentöne …

Mathes nickte voller Zustimmung, dies war er, er war nicht blau und nicht rot, nicht violett oder gar lila – keinesfalls war er lila! Mit Sicherheit hatte seine Seele einen Farbton innerhalb dieses Farbspektrums. Rote-Bete-farben war sie, ja, in einem weiten unerreichbaren Blau, das in der Intensivierung urplötzlich umschlug in ein kräftiges Dunkelrot. Eine undurchdringliche, waschfeste Seele. Kaliumpermanganatfarben, voller Sauerstoff und Eigenwillen, lackmusfarben. Mathes drehte den Kopf fragend zu den glucksenden Luftblasen der Wassersäule und sie widersprachen ihm nicht, ihr fortwährendes Zunicken versprach ewiges Wohlwollen. Dieses Lichtspiel, jene tanzenden guten Dämonen an der Zimmerdecke, sie verlangten ihre Melodie, und Mathes wagte es nicht, sie zu erzürnen mit seiner Wahl. Er griff eine CD aus dem Regal: „Oxygène" von Jean-Michel Jarre. Die handtellergroße, silberne Scheibe verhalf dem Zauber zu seinem Höhepunkt. Das ganze Spektakel artete zu einem prächtigen ozeanischen Maskenfest aus. Mathes schloss die Augen, streckte die Arme aus und drehte sich im Strudel der Musik. Fantasie und Wirklichkeit verschwammen ineinander. Mathes hätte jeder Illusion das Recht zugebilligt, einzudringen in die strengen Grenzen der Physik, der Wissenschaft. Er durchschwamm den See zwischen Tag und Traum, zwischen Realsinn und Wahnsinn, er liebäugelte mit dem Wahn, dem Geschöpf, das zu Unrecht so gefürchtet wurde, nur weil es eigensinnig sich selbst zu behaupten suchte und die Menschen es mit ihrer beschränkten Ratio nicht begreifen konnten. Mathes fragte sich lächelnd, ob es wohl eine exakte Grenze gebe zwischen Verstand und Irrsinn. Er wäre bereit, sie einmal kurzzeitig zu überschreiten, um sich dort umzusehen und sagen zu können: „Aha, so sieht es hier also aus!"

Mathes mochte Verrückte – von den sogenannten Normalen weg Verrückte. Vielleicht beabsichtigte er auch nur, sich zu ihrem Bruder zu machen, um sie ihm geneigt zu stimmen – für den Notfall. Falls er irgendwann ganz dazugehören sollte, also wirklich nur für den Notfall!

Schließlich entzog er sich seinem eigenen kleinen Irrsinn und leerte endlich den Inhalt der Tasche auf den Teppich. Er fühlte sich nach diesen wenigen Minuten gut, erholt und wach. Solche Momente gab es in seinem Leben, er betrachtete sie als Spiegel der Meditation.

Vor ihm breitete sich ein Haufen aus, ein Eintopf von Ausweisen und Geldscheinen. Er betrachtete die Waffe näher. Es war eine Tokarev CC 27 Kleinkaliber. Erst jetzt beschlich ihn der Gedanke, dass sie geladen sein könnte. Den Sicherungshebel hatte er schon in der Wohnung ganz automatisch geprüft. Das Magazin fand seinen Platz vor dem Abzug an der Unterseite des langen Laufes, es war geladen. Mathes zog es heraus. Er wusste, dass sich eine Patrone im Lauf befinden musste. Vorsichtig öffnete er den Schlitten und ließ das kalte, glatte Ding in seine Hand fallen. Mathes bewunderte diese elegante Waffe, sie musste als Einzelstück geschmückt worden sein. Den schlanken Griff umspannte ein glänzender Messingrahmen, der geschwungene elfenbeinerne Abdeckungen einfasste. Deren Mitte zierten eingeschnitzte Ornamente, die schmalen Notenschlüsseln ähnelten. Der lange mattschwarze Lauf verlieh der Waffe etwas Edles, eine todbringende Grazie. Mathes erschrak heftig, als Anjas Hand seinen Arm berührte, und als er sie über die Schulter ansah, erschrak er beinahe abermals, weil sie beim Anblick der Waffe eben nicht erschrak. „Aus der Wohnung?“, fragte sie. „Ja, Pässe und eine Menge Geld, das keiner mehr will“, antwortete Mathes. „Anja, der Typ ist weg und die ganze Wohnung durchwühlt.“ – „Hat man ihn gefunden?“ Es klang mehr wie eine Aussage als wie eine Frage. „Mit Sicherheit nicht die Polizei“, entgegnete er, „irgendwer hatte Interesse, dass er eben dort nicht gefunden wird, und vermutlich haben sie das hier gesucht.“ Mathes deutete auf die Gegenstände. „Ihr Pech nur, dass ich das Versteck kannte, sie nicht.“ Mehr zu sich selbst fuhr er fort: „Wir haben alle unsere Spuren sorgfältig beseitigt und nach dem, was uns Diana erzählt hat, haben wir das Problem Polizei aus der Welt.“ – „Was hast du vor?“ Anja bewunderte ihn, er konnte das in ihren schönen Augen lesen, es in ihrer schmeichelnden Stimme hören. Er genoss es, er bewunderte sich selbst auch irgendwie.

„Ich werde diesen Harry besuchen und hiermit kann ich ihn vielleicht ziemlich unter Druck setzen.“ Er deutete auf die Papiere. Die Musik war längst verklungen und Mathes vertiefte sich in die Ausweise. Die zweite Waffe hatte er fast unbeachtet in die Tasche geschoben, es handelte sich um einen Revolver. Während Anja in der Küche Spaghetti kochte, hantierte er wieder an den verschiedenen Lichtreglern, doch diesmal mit einer ganz anderen Absicht. Er hatte alle Lichtquellen abgeschaltet, bis auf zwei schlanke Neonröhren, deren Anschlüsse er mühelos umgeklemmt hatte, sodass sich der Raum nun ohne rhythmisches Fieber in ein in Schwarzlicht getauchtes Labor verwandelte. Acht Reisepässe, drei Personalausweise, dazugehörige Visa und Aufenthaltsgenehmigungen aus Jugoslawien, Polen, der Tschechei und zwei Führerscheine enthielt die seltsame Beute. Nur die beiden Führerscheine stammten von männlichen Personen. Dianas Reisepass war ebenfalls dabei. Eine gültige Aufenthaltsgenehmigung für Deutschland besaß sie seit drei Monaten nicht mehr, hatte sie erzählt. Einzig in ihrem Pass befand sich ein Lichtbild. Aus den anderen waren sie säuberlich herausgetrennt worden. Allerdings entdeckte Mathes zwischen jenen ein bisher nicht bemerktes, durchsichtiges Papiertäschchen mit mehreren losen Passfotografien. Vorerst sagten ihm diese Bildchen nichts, nur seine üblen Vorahnungen fanden weitere Nahrung, denn auf allen waren junge Mädchen zu sehen.

Mathes durchleuchtete jede Seite der Ausweise, achtete auf jegliche Unregelmäßigkeiten. Das Wasserzeichen und jeder noch so kleine Knick setzten sich deutlich von dem hellen Papier ab. Beinahe wollte er schon aufgeben, als ihm endlich etwas Entscheidendes ins Auge stach. Bei einem Pass, ausgestellt auf eine Jana Sercevic, fehlte zwischen den Geburtsdaten ein winziger Bindestrich, das heißt, nicht wirklich, sondern er schien nachträglich von einer geschickten Hand eingetragen worden zu sein. Bei normalen Lichtverhältnissen ließ sich die grauschwarze Tusche nicht von dem Druck unterscheiden, doch das kurzwellige Licht verlieh ihr einen hellen Schatten. Mathes verglich die Geburtsdaten der anderen Ausweise. Er entdeckte noch etwas Interessantes: Bei zwei der tschechischen Pässe waren die Zwischenräume zwischen Geburtstag und Geburtsmonat unmerklich kleiner als bei dem dritten.

Mathes empfand Faszination für diese Fälschungen, denn darum musste es sich handeln. Sehr bemerkenswerte Fälschungen oder zumindest Abänderungen. Er begann eine gewisse Überlegenheit diesen Leuten gegenüber zu verspüren, die Mädchen Heroin spritzten, sie prostituierten, Leichen verschwinden ließen und Pässe fälschten. Es beherrschte ihn ein immer stärkeres Verlangen, dieses angestochene Wespennest auszuräuchern – seinen keimenden Hass gegen das Insekt Harry auszuleben. Wahrscheinlich raubte ihm dieser kleine detektivische Erfolg erstmals ein Stückchen seiner Selbsteinschätzung, seiner Umsicht, denn genau in jenem Moment fasste er den festen Entschluss, Harry bei dem Kneipenwirt Rolf in Hagen zu suchen – ihn zu konfrontieren, ihn zu selektieren, ihn zu sezieren, bis er Harry dessen Eier auf einem silbernen Tablett präsentieren würde. Gleichzeitig wäre wohl Nena gefunden.

Auch das Geld betrachtete er Schein für Schein in seinem abstrakten Licht. Zweifellos war es echt. „Eine schöne kleine Summe", sinnierte er. „32 000 Deutsche Mark und 6 300 Niederländische Gulden." Mathes dachte keinen Augenblick daran, dieses Geld für sich selbst oder für Gerd zu verwenden – es stieß ihn ab. Auch wenn er meistens pleite war, dieses Geld hatte keinerlei Reiz, es stank! Er kannte Dianas leidvolle Geschichte und es stammte wohl aus solchen Geschäften. Mit Sicherheit würde es ihm bei seinem Vorhaben von großem Nutzen sein und auf diese Weise löste sich eben das Problem, Diana irgendwo unterzubringen.

„Kommst du?", weckte ihn Anja aus seiner Beschäftigung. Wieder ein „Kommst du?", wie er es von Susanne gewohnt war, so als lebte er mit dieser Frau in dieser Wohnung schon ein Leben lang zusammen. Er wunderte sich kaum noch über die Ähnlichkeiten. Vielleicht liebte er ja doch nur eine einzige Frau, eine, die in zwei Engeln gleichzeitig existierte. Mathes erschrak, als er zufällig auf die Wanduhr blickte. Bereits kurz vor neun Uhr zeigte sie an. Er wählte die Nummer von Nicks Bistro und betrachtete, während es am anderen Ende klingelte, den romantisch gedeckten Küchentisch. Sie hatte eine Kerze angezündet und eine Flasche Valpolicella geöffnet. Sich gegenüber standen zwei Teller goldgelber Spaghetti, die sich weigerten, in der leuchtend roten Tomatensoße zu ertrinken. Das Ganze ähnelte dem Bild eines ästhetischen Urlaubswerbespots und er freute sich auf den Abend – den Abend mit ihr …

Eine weibliche Stimme meldete sich in niederländischer Sprache. Kurz darauf ertönte heiser Gerds bayerischer Dialekt: „Hey, Mathes, wenn du gute Nachrichten hast, lass sie durch, schlechte erzähl deinem Friseur, bin nämlich gerade dabei, Syllis heiße Lippen zu erforschen, und brauche keine Bitterstoffe – okay?" Mathes lachte: „Werd ich dir nicht verderben. Die Kleine spricht wieder und eine ganze Menge dazu. Ich wollte dir nur mitteilen, dass du heute auf meine Gegenwart verzichten musst, weil ich hierbleibe." – „Gott sei Dank!", schrie Gerd lauter als nötig in die gequälte Muschel. „Ich nehme mir heute frei. Bis Sonntagabend löse ich mich in Luft auf – habe mich an Sylli verspielt." – „Was hast du?" – „Mmh, sie flippert besser als ich und wir haben um meine Manneskraft gespielt. Sie hat gewonnen …" – „Sie flippert besser als du?" – Er lachte: „Nein, natürlich habe ich sie gewinnen lassen." – „Ich werde es ihr sagen", drohte Mathes. – „Kannst du ruhig, bis dahin wird sie den Hauptgewinn schon in ihrer kleinen Muschi versteckt haben." – „Viel Spaß dabei! Trotzdem wäre es sehr freundlich von dir, wenn du mir noch mitteilen würdest, ob dir bei Nick irgendjemand aufgefallen ist, außer Sylvia?" Mathes konnte nicht sehen, dass Gerd heftig den Kopf schüttelte und den Hörer und beinahe das ganze Wandtelefon.

„Nein, alles anständige Leute hier, habe schön aufgepasst." – „Gut, ciao, Gerd – Teufelskerl!" – „Ciao, Mathes – Himmelhund!" Mathes legte schmunzelnd auf und kurz darauf hatte er Gerd vergessen und Nick und Diana, auch Harry und seine Leiche samt deren falschen Papieren. Seine Augen galten nur noch dem schönen Mädchen ihm gegenüber. Ihre dunklen Augen spiegelten das Kerzenlicht, und ihr Kuss vermischte sich in seiner Süße mit der schweren Frucht des herrlichen Weines. Bald nach dem Essen waren beide unbekleidet, und Mathes gab sich den Liebkosungen ihrer Lippen hin, deren sanfte Berührungen kaum eine Stelle seines Körpers ausließen. Er schloss die Augen und genoss das Prickeln, das ihn durchströmte. Nichts anderes um sie herum existierte mehr. Die Gegenwart bestand nur noch aus ihr und aus ihm. Die im Kerzenlicht glänzenden Körper verschmolzen ineinander, als wären sie eins. Sie wiegten sich zu der Melodie der Zärtlichkeit – immer heftiger …

„Ich liebe dich, ich liebe dich“, flüsterte sie und knabberte zärtlich an seinem Ohrläppchen. Zum ersten Mal vernahm er es aus ihrem Munde und wusste, dass er ihr von Susanne erzählen musste. Unter der Dusche nahm er sich fest vor, ihr bald alles zu beichten. Die meisten seiner lebenswichtigen Entscheidungen traf er unter einer Dusche. Aber was sollte er ihr sagen? Dass er sie liebte? Es stimmte. Dass er Susanne liebte? Es stimmte auch. Für wen er sich entscheiden würde? Er wusste es selbst nicht. Wollte er sich überhaupt entscheiden? Bestimmt nicht. Musste er sich entscheiden? Lieber nicht. Er würde erst das Orakel der Luftblasen in Nicks Wasserröhren befragen, es schien ihm wohlgesinnt zu sein. Außerdem konnte man es jederzeit abschalten. Täuschen konnte er es wohl nicht. Die Leuchtschrift an der Wand würde ihn verraten. Mit Sicherheit würden die Lettern jede kleine Lüge sofort entlarven, sie würden ihn outen, etwa mit den dauernd wiederkehrenden Worten „MATHES – SCHWANZGEILER – HERZENSBRECHER –“, und in jedem Glas würden sich die Beschuldigungen widerspiegeln, bis er ertrunken wäre in dem Rote-Bete-Saft seiner Seele, bis sein Herz in geriffelte Scheiben geschnitten wäre – eingelegt in sauren Zwiebelessig. Konserviert und kaltgestellt. Nein, dem Orakel könnte er gewiss nichts vorgaukeln, er musste selbst einen Ausweg finden!

Anja hatte die Couch zum Bett umgebaut. Sie schlief schon tief in seinen Armen, als ihn noch immer die verwirrten Gedanken wach hielten. Endlich dämmerte er dahin, der Duft ihrer Blume trug ihn in lebhafte Träume. Träume, in denen alle Götter und Orakel, die es jemals gegeben hatte, durcheinanderschwatzten, ohne irgendeine sinnvolle Lösung zu offenbaren.

Draußen war es noch dunkel, als Mathes erwachte. Ein schreckhaftes Erwachen ohne ersichtlichen Grund, und für einen Moment wirkte alles fremd: die Umgebung, die schwere Luft des Raumes, der eigenwillige Schatten in dem Lichtkegel, der durch die halb angelehnte Zimmertür spähte, und Mathes sich selbst. Ihm fehlten das Wie und Wo – es kostete ihn einige Sekunden, bis er sich wieder zurechtfand. Seine Hand suchte Anja, doch nur ihre Körperwärme war in den Laken zurückgeblieben. Er folgte seinen Beinen, die sich selbstständig von der Couch schwangen und ihn zur Tür trugen. Jeder Fuß ganz für sich allein, doch glücklicherweise schlugen beide die gleiche Richtung ein. Mathes fügte sich ihnen gerne, denn er musste urinieren und sie nahmen ihm die Entscheidung ab, ob er diesem Drang nachgeben oder einfach weiterschlafen sollte.

Im Flur brannte Licht und auch die Schlafzimmertür war angelehnt. Gerade wollte er die Klinke zum Bad niederdrücken, als ihn ein Wimmern zurückhielt. Sein linker Fuß führte Zwiegespräch mit dem rechten Nachbarn und sie entschieden sich gegen das Pinkeln. Mathes stieß leise die Schlafzimmertür einen Spalt weit auf und fast hätte ihn der beißende Gestank wieder zurückgeworfen. Diana lag nackt auf dem großen Bett, zusammengekrümmt wie ein Embryo. Sie schlotterte, während Anja ihre Stirn mit einem Handtuch abtupfte. Eine kleine Wanne mit Erbrochenem stand auf dem Boden. Dianas Kopf lag in einer Hand von Anja. Das Haar klebte ihr in der Stirn, grau und schlaff erschien ihre Haut. Die Augen drohten aus ihren dunklen Höhlen auszubrechen. Sie sah Mathes, das heißt, sie sah ihn an, ohne ihn wirklich zu erkennen. Ihre Lippen bebten, ihre Zähne schlugen fiebrig aufeinander …

Anja blickte sich um – Mathes wusste nicht, ob Dianas glasige Pupillen die Bewegung an der Tür widergespiegelt hatten oder ob es nur eine Ahnung gewesen war. „Es geht los“, sagte sie, ohne ihn direkt anzublicken. „Der Entzug beginnt, die nächsten Stunden werden die schlimmsten sein.“ Diana stöhnte schmerzvoll und würgte erneut. Ein gelber Saft rann ihr zähflüssig über das Kinn. Reine, ätzende Galle. Anja wischte das sofort weg, wie einem Kind seinen hervorquellenden Brei. Mathes versuchte seinen Ekel und aufkeimenden eigenen Brechreiz zu besiegen. Er schluckte mehrmals und zwang sich zu atmen, ohne den Gestank zu inhalieren.

„Anja, meinst du wirklich, wir schaffen das ohne ärztliche Hilfe?“, fragte er und fühlte sich elend. Sie wich seiner Frage aus: „Sie muss sehr stark sein und es muss die nächsten Tage immer jemand bei ihr bleiben. Das Wichtigste ist, den Kreislauf stabil zu halten. Ich habe ein paar Medikamente, die es ihr leichter machen. So ein Entzug ohne Programm ist die Hölle, aber es ist die schnellste Art.“ – „Wie lange wird es dauern?“ – „Zwei Tage, vielleicht vier – dann geht es ihr besser. Bis sie ihr Essen wieder behält und wieder durchschlafen kann, wird es wahrscheinlich zwei Wochen dauern.“ – „Wieso kannst du dir so sicher sein?“, fragte er fast aggressiv, und sogleich tat es ihm leid. Nach längerer Pause flüsterte sie: „Mein Bruder starb an einer Überdosis …“ Trotz der Festigkeit ihrer Stimme hörte Mathes ihre Traurigkeit heraus. Er schwieg. Er wollte nichts wissen, er hatte es satt, alles zu wissen. Diese ewigen Höhen und Tiefen seiner Stimmung aufgrund neuer Erkenntnisse machten ihm zu schaffen. Anja schien seine plötzliche Kraftlosigkeit zu spüren: „Schatz, ich schaff das schon, es ist nicht das erste Mal – schlaf noch, du musst mich später ablösen!“ Mathes nickte und versuchte, seinen ersehnten Rückzug nicht allzu schnell erscheinen zu lassen. Er nahm sich vor, langsam ins Bad zu gehen. „Pinkeln muss ich, pinkeln – deswegen bin ich aufgestanden“, dachte er verzweifelt, doch seine Füße liefen schneller als er. Sie wussten, dass sie und ihn nur noch zwei wackelige, weiche Kniescharniere trennten. Der Klodeckel zeigte Mitleid und hatte sich schon vorher geöffnet. Mathes übergab sich und erleichtert nahm er zur Kenntnis, dass sein Mageninhalt nicht gallenfarben, nicht giftig gelb war, sondern tomatenrot – beruhigend valpolicellafarben. Er fand eine Flasche Mundwasser und spülte ausgiebig.

Im Flur entschied er sich spontan für ein kühles Bier – er wusste doch immer, was ihm guttat, außerdem würde er sowieso nicht mehr schlafen können. Er schaltete den Fernseher ein und verfolgte scheinbar interessiert eine Quizshow – froh, dass er kein Wort verstand – und genoss den Schmerz, der sich über seiner Zunge ausbreitete im Kampf der Kohlensäure gegen die Pfefferminze.

Die Sonne schien schon warm ins Zimmer, als ihn Anja weckte. Die ganze Nacht hatte sie an Dianas Bett Wache gehalten. Sie hatte ihn nicht geweckt. Nun sah sie erledigt und müde aus, jedoch nicht weniger reizend. Während des Frühstücks bestand er darauf, dass sie ihn ebenso für Dianas Pflege einteilte, und sie erklärte ihm den Ablauf des kalten Entzuges. Die Entgiftung des Körpers würde sich innerhalb weniger Tage vollzogen haben. Dieses schmerzende Erbrechen sei wichtig, es entzog beinahe neunzig Prozent des Giftes. Gleichzeitig mussten aber unentwegt Salze zugeführt werden, viel Flüssigkeit und Traubenzucker. Traubenzucker konnte Dianas Kreislauf einigermaßen stabilisieren. Wadenwickel und heißer Tee, der zudem das Übergeben erleichterte, hielten das Fieber niedrig. Die größten Belastungen mussten Herz und Magen ertragen. Es war notwendig, auf ihren Puls zu achten, der in den kurzen Schlafphasen fast unmerklich schwach wurde, um später wieder zu rasen. Für den äußersten Fall hatte Anja Valerontabletten und vor allem Codeinsäfte bereitgestellt, die er sehr vorsichtig dosieren sollte, da sie eine erneute, weitaus qualvollere Süchtigkeit hervorrufen würden. Anja nannte das Suchtverlagerung. Diese fast handelsüblichen Medikamente hatten Diana über die ersten schmerzlichen Stunden geholfen, nun musste sie allmählich auch von diesen wieder herunterdosiert werden. Die Hauptarbeit schließlich bestand darin, ihren ständigen Schweiß abzutrocknen, ihr Erbrochenes und ihre Ausscheidungen abzuwaschen. Die endlosen Gänge zur Toilette würden ihren Kreislauf überbeanspruchen. Anja hatte sämtliche Bettbezüge zusammengesucht und der Wäschetrockner arbeitete ohne Unterbrechung. Mathes übernahm seine erste Schicht. Er verspürte keinen Ekel mehr, den er nicht bezwungen hätte. Sehr gefühlvoll umsorgte er seine kleine Patientin, nur anfangs empfand er eine Art der Befangenheit, ein männliches Unbehagen, als er über ihren Unterleib, ihre Scham und ihren Anus, wischen musste. Unwillkürlich sah er die Pfleger und Sanitäter der Krankenhäuser und Altenheime vor sich. Welcher Stärke bedurfte solch ein Dienst an den Menschen! Für einen Mann sicherlich eine ungleich größere Überwindung als für eine Frau oder gar Mutter. Er verachtete sich bei dem Gedanken, der Anblick ihres freien Schoßes könnte männliche Erregung in ihm auslösen. Die Antikonzentration darauf machte es ihm nicht unbedingt leichter. Er begann tatsächlich zu zittern vor Angst. Niemals zuvor hatte er Unsicherheit gegen sich selbst verspürt. Bis in welche Tiefen kannte er sich? So sehr, dass er sich selbst ganz vertrauen konnte? Wie weit musste der Blick nach dem Inneren gehen – nur bis zu dem Punkt von Angst und Scham? Nein, in beiden bestehen die Masken des wirklichen Seins … ihre Gesichter sind die der Dämonen und Teufel! Gefährlich sehen sie drein, die verbrüderten Horden – sie versuchen dich mit all ihren mentalen Mitteln aufzuhalten. Je tiefer du in dich gehst, desto größer ist ihre Macht. Fratzen schienen Mathes aus dem Brechnapf, den er Diana unter das Kinn hielt, entgegenzustarren. Er befahl ihnen zu verschwinden. „Ihr besteht nur in meinem pochenden Schädel – haut ab!", zischte er entnervt. Sie verschwanden augenblicklich, sie zerplatzten wie Seifenblasen. Nichts blieb zurück. Mathes hätte jubeln können, denn er empfand schlagartig die Tragweite seiner Entdeckung. Diese Dämonen in ihm, die dort standen an den Grenzen und Wache hielten, damit er nicht seine tiefere Suche fortsetzen könnte, gehorchten bedingungslos, sobald sein Bewusstsein erfasste, dass sie nur ätherisch existierten, geboren aus seinem eigenen Geiste – nicht materiell, nicht stofflich. Er hätte wirklich jubeln können, während er einen Mädchenarsch ausputzte!

Sie ließ sich ohne jegliche Scheu von ihm berühren und waschen, und Mathes fragte sich, ob sie es überhaupt mitbekam. Er konnte das nicht mit Gewissheit beantworten, vermutlich aber hatte sie in ihrem schrecklichen Entzug, in ihrem Schmerz jeden Stolz, jede Scham verloren. Noch nie war ihm so klar geworden, wie sehr ein Mensch sein Selbstwertgefühl herabsetzen konnte, besser es herabsetzen ließ durch eine Droge …

Anja und Mathes lösten sich gegenseitig in dreistündigem Rhythmus ab. In ihren Pausen wusch sie oder brühte neuen Tee – erst am Nachmittag legte sie sich schlafen. Mathes übernahm ihre letzte Schicht mit, die Nacht über würde sie allein sein, er musste zurück in die Kaserne.

Viele Stunden an diesem Tag hatte Mathes Dianas bebende Hand gehalten, sie gestreichelt und ihr Gesicht mit feuchten Tüchern abgetupft. Während der wenigen Momente, in denen sie fieberfrei gewesen war, hatte sie ihn vertrauensvoll angelächelt. Er würde diesen Tag nie vergessen, denn zu oft hatte er die Hitze der Rührung und des Mitgefühls in seinen eigenen Augen gespürt. Als er ging, drückte sie kraftlos seine Hand und kaum vernehmbar sagte sie: „Danke, Mathes, du bist sehr lieb … bitte komm wieder!“ Er nickte und da war sie wieder, diese Hitze, doch sie konnte auch von seiner Mattheit herrühren. Die Türglocke signalisierte ihm, dass er gehen musste. Noch einmal küsste er Anja voller Zärtlichkeit. Diese Nacht hatte sie noch mehr miteinander verbunden, nicht nur wegen ihres erotischen Abendessens, ihrer leidenschaftlichen Verschmelzung.

Der Taxifahrer versuchte zweimal ein Gespräch zu beginnen, doch Mathes ließ es verkümmern und so gab er schließlich auf. Vielleicht hielt er ihn für einen arroganten jungen Deutschen, Mathes konnte es ihm nicht verdenken. Dieser Mann wusste nichts. Vielleicht verstand er noch weniger, als ihm sein Fahrgast vor dem Kasernentor ein sehr großzügiges Trinkgeld gab und ihn fragte: „Darf man aus Liebe weinen? Ich meine, darf ein Mann …?“ Mathes sah ihn direkt an, er brauchte jene Antwort. Er blickte in ein vom Leben gegerbtes Gesicht, ein gütiges Gesicht, eingerahmt von grauen Schläfen. Der Fahrer nickte ernst. „Man darf …“, sagte er und schielte Mathes verwundert nach, als dieser, ohne sich noch einmal umzuwenden, hinter dem Kasernentor verschwand.

Auf der Rückfahrt drehte er das Radio an. „Harte Schale, weicher Kern …“, sang eine männliche Stimme. Der niederländische Taxifahrer hatte dieses Lied schon mehrere Male gehört, doch zum ersten Mal hörte er richtig zu – und lächelte …

Diese Nacht vermochte Mathes nicht zu schlafen, das monotone Klopfen seiner Schläfen hämmerte unaufhörlich gegen dünne Wände. Sein Gehirn glich einem Minenfeld. Als um Punkt vier Uhr dreißig die gellenden Weckrufe erschallten, entschloss er sich, sich krankzumelden. Den bevorstehenden Gewaltmarsch wollte er nicht durchstehen müssen. Den Abend zuvor hatten ihn die Kameraden mit Fragen nach der Ursache seines verkrusteten Ohres gelöchert. Er hätte ihnen keinesfalls irgendeine belanglose Geschichte erzählt. So erfand er eine sensationelle Schlägerei im Zug. Gerd setzte belustigt noch ordentlich eins drauf und schließlich hatten sie wohl eine halbe Football-Mannschaft verprügelt. Mathes nahm sich vor, diese Version in gemäßigter Form Oberfeld Göbbel und dem Stabsarzt gegenüber beizubehalten.

Seine anfängliche Erleichterung in der Ruhe des Warteraumes, der einem Gefängnis glich, änderte sich schlagartig, als der Kompaniedoktor die Röntgenbilder erläuterte: „Ihr Jochbein und der Jochknochen sind viermal angebrochen. Sie haben wirklich Glück gehabt, ein weiterer Schlag hätte den Knochen wahrscheinlich in das Gehirn gestoßen. Haben Sie schon Anzeige erstattet?“ Mathes verneinte nachdenklich. „Ich befreie Sie erst einmal von der Helm- und Gasmaskenpflicht. Ob wir operieren müssen, wird eine Untersuchung in der Koblenzer Klinik ergeben.“ Niedergeschlagen trottete Mathes in das Mannschaftsheim und telefonierte. Er sprach mit Susanne und es tat ihm unendlich weh, Lügen über dieses ereignisträchtige Wochenende zu erfinden. Ihre zärtlichen Worte, dass sie ihn sehr liebe und Sehnsucht fühle, bohrten sich tief in sein Herz. Mit belegter Stimme sagte er ihr, dass er sie mehr brauche und liebe als alles auf dieser Welt, und er log sie in diesem Moment nicht einmal an …

Dann rief er Anja an. Er erzählte ihr von der Diagnose, doch sie war zu sehr mit Dianas Entzug beschäftigt, als dass sie richtig zugehört hätte. Er vermied es, ihr zu versichern, dass er sie liebte. Gleich nacheinander zu beiden Mädchen, das konnte er nicht. Ihm wurde schon übel, wenn er sein eigenes Spiegelbild in der Scheibe der Telefonzelle betrachten musste, doch seine Augen suchten es immer wieder. Nachdem er aufgelegt hatte, beschloss er sich zu betrinken. Warum auch nicht, besoffen wäre die ganze Scheiße ein bisschen leichter zu ertragen. Vielleicht lag darin überhaupt die einzige medizinische Möglichkeit. Doch selbst das gelang ihm nicht. Nach einigen Bieren gab er es schließlich auf, schlenderte in das Kompaniegebäude zurück und zwang sich, Susanne einen Brief zu schreiben. Bisher hatte er fast jeden Tag einen an sie geschickt. In Worten auf dem Papier konnte er seine Gefühle leben und sterben lassen, vor allem in Gedichten. „Das Glas", hieß jenes, das er diesmal für sie verfasste, es endete mit den Zeilen: „Und wie das Glas bricht, überlebt auch die Liebe nicht, wirfst du sie achtlos zu Boden …" Es sollte Susannes Lieblingsgedicht werden. Mathes ahnte nicht, dass er über sein Schicksal schrieb.

KAPITEL 3

NL–D: Gefühlssumpf

Susanne

Beinahe zwei Wochen fand Mathes keine Gelegenheit, die Kaserne zu verlassen, nur der Bundeswehrbus chauffierte ihn für einen Tag in die Koblenzer Klinik. Glücklicherweise schien ein operativer Eingriff nicht notwendig zu sein. Kaum merklich würde das linke Jochbein etwas verschoben zusammenwachsen, doch das war Mathes völlig gleichgültig.

Die meiste Zeit seiner dreiwöchigen Krankschreibung durfte er auf der Stube verbringen, denn Roßmann hatte sich für ihn eingesetzt, sodass ihm ein stationärer Aufenthalt in der Krankenabteilung erspart blieb. Stattdessen reinigte er fast den ganzen Tag Gewehre, bis die Schmieröle klebrige Schlieren in seinen Träumen hinterließen. Wann immer es möglich war, telefonierte er mit Anja – und mit Susanne. Dianas Genesung nahm Anja sehr in Anspruch und Nick hatte eine feste Aushilfe eingestellt. Aber es hatte sein Gutes, denn Diana schaffte ihren Entzug, und die Freundschaft der zwei Mädchen hatte sich sehr vertieft. Jedes Mal sprach Mathes am Telefon auch längere Zeit mit ihr, denn es drängte ihn, jede Einzelheit über Harry zu erfahren. Diesen selbst beschrieb sie sehr gut, die Lage von Rolfs Bistro und die Straßennamen jedoch wusste sie nicht.

Nick bat er, ihm die Wohnung für einige Wochen zu vermieten, so lange, bis er Diana allein lassen und sie in ein anderes Versteck bringen konnte. Der liebenswerte Onkel wollte kein Geld und Mathes wollte ihre Freundschaft nicht überbeanspruchen, also einigten sie sich auf einen Betrag von 600 Gulden für die Monate Dezember und Januar. Dann würde Mathes eine neue Unterkunft gefunden haben, in der Diana sicher wäre und wo sie sich endlich freier bewegen könnte, denn er hatte Anja verboten, sie mit in die Stadt zu nehmen. Das Risiko wäre unabsehbar. In Kürze wollte Mathes sie nach Köln bringen, dort wohnte ein Bekannter von ihm, den er gebeten hatte, sich nach einem Appartement für sie umzusehen.

Klaus wohnte eigentlich in einem Vorort von München, doch die überwiegende Zeit befand er sich als Korrespondent einer auflagenstarken süddeutschen Zeitung in Köln. Er pflegte über geheimnisvolle Wege besten Zugang zu den Computersystemen delikaterer Behörden. Mathes' unbegründete Bitte genügte, um seine Mühen in Anspruch zu nehmen. Keiner der ausländischen Passinhaber fand irgendwo in Deutschland eine namentliche Erwähnung, die Visa entpuppten sich eindeutig als Fälschungen. Keine der beiden Waffen war registriert. Mathes bewahrte sie inzwischen ebenso wie das Geld in dem verschlossenen Fach seines Spinds auf. Dies durfte nur eine kurzzeitige Lösung sein. Klaus hatte seine Kontakte zu allen niederländischen Verlagen genutzt, um etwas über den Holländer in Erfahrung zu bringen – Mathes hatte ihm von den schrecklichen Geschehnissen erzählt, denn er vertraute ihm und brauchte seine Hilfe.

Der Tote war einfach tot, ohne irgendwo bekannt, vermisst oder gefunden worden zu sein – absolut tot. Die vermeintliche Wohnung in der Rosenstraat galt seit Jahren als unbewohnt. Das Haus gehörte einem Blumengroßhändler in Amsterdam, der es verrotten lassen wollte – aus steuerlichen Gründen, erklärte Klaus. Den Abriss verhinderte nur noch ein einziger Mieter im obersten Stockwerk. Pläne für einen modernen Wohnblock gab es bereits. Das Problem bei der ganzen Sache bestand darin, dass dieser verfluchte Mieter Peter Vorkousen hieß und der Stiefvater jenes Blumenhändlers war. Er genoss Mietrecht auf Lebenszeit. Frans Vorkousen hatte es im Guten versucht, ihm großzügige Summen angeboten, dann hatte er mit Entmündigung gedroht, um den lästigen Alten endlich loszuwerden, doch der lachte ihn nur aus. Er hasste ihn – allein dieser Hass hielt ihn vielleicht überhaupt noch am Leben. Irgendwann hatte der junge Vorkousen seine Bemühungen, den greisen Parasiten hinauszuwerfen, aufgegeben, er würde geduldig auf dessen unvermeidlichen Tod warten. Damals hatte er bereits achtundsiebzig Jahre gezählt. Nächstes Jahr sollte er neunzig werden. Woher dieser unsägliche Hass gegen sein adoptiertes Kind kam, wusste niemand ganz genau. Es züngelte das Gerücht, Frans sei das Erzeugnis seines eigenen Großvaters. Andere behaupteten, er handele nur mit Blumen, um dem Alten eins auszuwischen, dieser hasste jegliches Grünzeug, wie er seine Frau in den Tod gehasst hatte. Das jedoch lag viele Jahre zurück. Heute sah man den ekelhaften Eigenbrötler nur noch selten. Er galt als fast taub und verließ kaum das Haus. Keiner konnte eine Erklärung dafür finden, wie er sich überhaupt ernährte, es interessierte auch keinen. Einmal im Monat besuchte ihn der Pastor. Diesen ließ Vorkousen jedes Mal ein, um ihn nach einiger Zeit, fluchend und ihn wüst beschimpfend, doch wieder hinauszubefördern. Der bejahrte Priester lächelte immer schelmisch nach solchen Besuchen. Die Frau des Fleischers behauptete, er würde an diesen Nachmittagen geweihten Wein mit dem Alten trinken, eine Art, den Berg zu dem Propheten zu tragen, wenn dieser nicht zu dem Berge gehe. Schließlich tat der Griesgram dann jedes Mal wieder überrascht und warf den Priester hinaus, um die Tage genau abzuzählen bis zu dessen nächstem heimlich erhofften Besuch.

Mathes faszinierten die detaillierten Recherchen von Klaus, doch darin bestand dessen Klasse. Das Syndikat der kleinen Provinzjournalisten, es funktionierte. Sie waren bereit, sich mit den Fleischersfrauen, Zeitungsausträgern, dem Kaschemmenwirt, der Wäscherin, der Pfarrhelferin zu verbünden – den Leuten, die wirklich Bescheid wussten. Diese Informationen, fein säuberlich sortiert und akribisch ausgewertet, fütterten die Archive der Großen. Selbst bodenständige Kriminalbüros unterschätzten bei Bedarf die heimliche Weisheit der Verlage nicht!

Die Tage vergingen, Mathes und Gerd wurden ehrenvoll vereidigt.

Ein militärischer Festtag, an dem sich die Soldaten drei volle Stunden stillstehend von ihren gerührten Angehörigen begaffen lassen durften, als interessante Gattung der zivilisierten Gesellschaft. Anja und Silly standen unter den zu Tränen gerührten Schaulustigen – für Mathes bedeutete es eine letzte Möglichkeit, die Geliebte vor seiner Versetzung nach Freising zu sehen. Während der eifrigen Prozession gelang es ihm nicht, sie in der Menge ausfindig zu machen, da seine Augen tränten, weil sie sich bewegen wollten, ohne dass der Kopf es durfte. Gerd schien den nachzusprechenden Text des Eides auf das geliebte Vaterland völlig falsch zu verstehen, denn er schimpfte. Ab seinem vierzehnten „Scheiße“ zählte Mathes nicht mehr mit. „Was ist denn?“, fragte er aus dem Mundwinkel heraus. „Siehst du was auf meinem Rücken?“, flüsterte Gerd verzweifelt. „Da muss eine riesige Spinne sitzen, es juckt entsetzlich!“ – „Ich sehe nichts, das Ding muss unter deiner Jacke sein!“ – „Ich hör mit dem Saufen auf, wenn sie a Ruh gibt – ich schwör's!“ – „Das glaubt dir keiner, der da oben schon gar nicht.“ Gerd schwieg vier weitere kräftige „Scheiße“ lang. „Hast du sie gevögelt?“, begann Mathes. – „Ja, meinst du, es ist der Tripper?“ – „Blödsinn, den kriegt man nicht auf dem Rücken.“ – „Gott sei Dank!“ – „Hast du?“ – „Mmh, es war der Hammer … aber sie hat mich reingelegt.“ – „Wieso?“ – „Ihre Muschi ist brünett.“ Mathes hatte nicht richtig verstanden, seine Kameraden schworen zu laut – irgendetwas von Treue und Vaterland, der Text kam ihm bekannt vor.

„Sie ist doch nicht fett.“ – „Brünett, brünett! Oben blond wie ein Engel, unten dunkel wie eine Bärenmama. Du hast das Gefühl, du vögelst zwei Frauen gleichzeitig.“ – „Toll!“, entfuhr es Mathes. – „Zu verteidigen bis in den ehrenvollen Tod –“, schrie Gerd mit. „… Blonde schmecken süßer“, vollendete er leise. – „Glaub ich nicht.“ Beinahe hätte Mathes den Kopf geschüttelt, auch wenn es verboten gewesen wäre: „Die Süße hängt davon ab, ob sie es wirklich genießt, wenn du sie mit dem Mund liebkost.“ – „Mag es Anja? … Wie auch im Frieden.“ „Oh ja, ich glaube, ja.“ – „Dann bist du ein guter Liebhaber.“ – „Danke, du bist zu freundlich.“ – „Nein wirklich, Mathes, normalerweise besitzen nur Schwulis die absolute Zungenfertigkeit – … gewissenhaft zu dienen.“ – „Spinnst du, was soll das heißen?“ – „Das heißt, wenn man Oralsex betreibt – oder besser gesagt treibt, befriedigt man die weibliche Seite in sich." – „Wer sagt das?" – „Hab ich gelesen." – „Das kann nur eine Tunte geschrieben haben ... Mit Stolz die Waffe in der Hand ..." – „Vielleicht, aber denk darüber nach!" – „Scheiße!" – „Was?" – „Jetzt ist das verdammte Vieh bei mir", brummte Mathes. „Schau mal, ob du was an meinem Kinn siehst, es juckt fürchterlich!" – „Nein, ich sehe nichts, aber Gott sei Dank bin ich es los, ohne mit dem Saufen aufhören zu müssen." – „Rührt euch!", schrie der Oberleutnant. – „Puh, geschafft, Mathes, jetzt samma vereidigt! Suchen wir unsere Hasen!" – „Selbst Schwuli ...", beendete Mathes ihre vereidigte Auseinandersetzung und schlug Gerd freundschaftlich auf den Rücken.

Im Mannschaftsheim feierten sie mit den Mädchen, was das Zeug hielt. Sie lachten, tanzten und sangen Soldatenlieder. Einer spielte Gitarre und allmählich ging die ausgelassene Stimmung in leise Melancholie von Countrymusik und Gospels über. In Mathes breitete sich eine Art sinnlicher Lagerfeuermentalität aus.

Viele waren am frühen Abend aufgebrochen zu dem Zug nach ihrer Heimatstadt. Gerd und er hatten ihre Entscheidung zur Abreise immer wieder hinausgezögert, bis sie übereinkamen, dass sie den ersten Frühzug nehmen würden.

Mathes hielt Anja in seinem Arm, sie schmiegte sich an ihn, streichelte ganz zart seine Hand. Erst jetzt wurde ihm wirklich bewusst, dass es ein Abschied war. Auch wenn er in wenigen Tagen, vielleicht ein paar Wochen nochmals hier sein würde, um Nena zu suchen und den Mann, der Dianas und längst auch sein Leben verändert hatte. Wie würde es mit ihm weitergehen? Er musste es Anja sagen. Jetzt! Was erwartete sie eigentlich? Sie liebte ihn, er wusste es, er spürte es so stark wie schon lange nicht mehr. Aber diese Liebe hätte Bedingungen! Wäre sie bereit mit ihm zu gehen? Wäre er bereit zu ihr nach Holland zu gehen? Wollte er alles hinschmeißen für sie? Mathes verwarf diese Fragen wieder. Entscheidend war, dass Anjas ehrliche

Liebe ein Recht darauf hatte, von seinem inneren Konflikt zu erfahren, egal wie es für ihn ausginge!

Er hatte in die romantischen Gitarrenklänge hinein geträumt, sie musste gespürt haben, dass etwas in ihm vorging, etwas, was sie beide betraf.

Anja blickte ihn an und es waren traurige Augen. Lag es an dem Schein der Kerzen auf dem geduldig schweigsamen Tisch, oder glänzten Tränen in ihren schönen, unergründlichen Augen? Wusste sie alles? Unmöglich. Gerd? Nein, niemals hätte er irgendeine Silbe von Susanne erzählt. Mathes wich ihrem Blick aus, obwohl er sich immer selbstsicher gebrüstet hatte jedem standzuhalten, ihn zu bezwingen, ihn gefügig zu machen. Seine Augen wanderten Hilfe suchend zu der kleinen Kerze, doch diese tat, als ginge sie das Ganze nichts an. Die anderen Soldaten sangen mit ihren Mädchen „Country road, take me home …", und als Mathes Anja wieder ansah, schienen sie ganz allein zu sein. „Anja, ich muss dir was sagen … etwas sagen, eben weil ich dich liebe und ehrlich sein will." Am liebsten hätte er seinen unförmigen Anfang sofort wieder zurückgenommen, gleich sein erster Satz strotzte nur so von Entschuldigungen und Begründungen. Worte wie „aber" und „weil" verabscheute er. Wie gerne hätte er einfach gesagt: „Ich liebe dich. Ich bin ehrlich. Ich sage dir alles."! Diese kurvigen Weils und Abers verschleimten und verfälschten für sein Empfinden jede Aussage: *Normalerweise bin ich die Lüge in Person, aber weil ich dich liebe, bin ich ausnahmsweise mal ehrlich!*

„Anja", begann er von Neuem, „ich habe in München ein Mädchen. Susanne. Wir sind seit über vier Jahren zusammen …" Sie unterbrach ihn nicht. Nur ihre Augen veränderten sich. Mathes schien es fast, als hätten sie kurzzeitig aufgeleuchtet, beinahe glücklich. Doch er musste sich wohl geirrt haben. „Ich habe mich die letzten Tage sehr gequält", fuhr er fort. „Ich wollte mir klar werden, ob ich dich nur begehre oder wirklich liebe. Ich fragte mich, ob ich Susanne wirklich liebe. Mit mir ist etwas geschehen, das ich vor wenigen Wochen noch für absurd gehalten hätte. Diese beiden Fragen, ich komme immer zu einer

Antwort, zu einem Ja … Vielleicht, weil ihr euch so ähnlich seid, vielleicht weil ihr so verschieden seid. Ich habe mich in dich verliebt in dem Moment, als ich dich sah, und mit jeder Minute mehr …" Einige Sekunden verstrichen. Sie ließ ihn schweigen. „Anja, ich weiß nicht mehr weiter. Verzeih mir, ich hätte es schon längst sagen müssen!" Diese Entschuldigung tat ihm nicht weh, sie existierte von nun an selbstständig und gerade, damit vermochte jede Faser seines Körpers und seines Unterbewusstseins dieselbe zu akzeptieren. „Ich möchte mich entscheiden für dich oder für sie – und mir fehlt die Kraft." Während seiner letzten Worte hatte Anja seine Hand gehalten, nicht mehr er die ihre und sie streichelte sanft darüber. „Danke, Mathes, ich liebe dich auch – so sehr wie noch niemanden zuvor … ich wusste es." Er blickte sie fragend an. „Du hast im Schlaf von ihr gesprochen, schon in unserer ersten Nacht. Ich liebe dich dafür, dass du es mir gesagt hast." Eine Pause entstand – wie sie zuvor, so zerstörte er auch ihr Schweigen nicht. „Nein, Mathes, du musst dich nicht jetzt entscheiden … Fahr zurück und werde dir klar über deine Gefühle! Ich nehme dich ihr nicht weg. Wenn du wiederkommst, schenke ich dir mein Herz, all meine Liebe! Bleibst du bei ihr, leben trotzdem in meiner Erinnerung unsere zärtlichen Stunden weiter – in der Liebe, die ich immer für dich empfinden werde." Sie lächelte, aber eine kleine Träne rann über ihr liebliches Gesicht. Mathes drückte sie zärtlich an sich und küsste sie. Ein Kuss, der alles beinhaltete: Leidenschaft, Traurigkeit, Schmerz, Sehnsucht, tiefe Liebe. Sie erwiderte ihn voller Hingabe. Mathes fühlte heiße Feuchtigkeit an seiner Wange. Er wusste nicht, ob die Träne von ihr war oder von ihm.

Aus Liebe weinen …

Die Tränen verschmolzen lautlos ineinander. Es gab nur noch sie beide. Die sonst so rauen Soldaten wagten nicht durch eine abfällige Bemerkung ihre Romantik zu zerstören oder sich gar an Mathes' Tränen zu belustigen. Wie oft entwickelten gerade die einfachen Gemüter ein feinfühligeres Gespür für den Augenblick als unsere so taktvolle, gehobene, oberflächliche Gesellschaft!

Im Angesicht der langen Zugfahrt hatten Mathes und Gerd ein leeres Abteil erobert, in dem sie sich für die nächsten Stunden ausbreiteten. Sie schwiegen. Gerd hielt die Augen geschlossen, doch er schlief nicht. Sein Zeigefinger kreiste langsam über den Rand der Bierdose in seiner Hand. Wahrscheinlich hatte er sie nur aus Gewohnheit geöffnet. Zu einer Zugfahrt gehörte ein Amstel oder Becks ebenso wie das ständige Holpern der Waggons. Er trank es nicht. Mathes fühlte Müdigkeit. Sein Kopf pochte – mechanisch, wie Augenzwinkern oder sein Herzschlag. Er ließ die dämmrige, verschlafene Landschaft an sich vorüberziehen. Die aufgewühlte, schlammige Strömung des Rheins – der geduldig ihren Weg begleitete – schien stillzustehen. Mathes hätte gerne gewusst, wer länger durchhalten würde, der Mensch oder der Rhein. Wie lange versuchten sie schon, ihn zu vergiften, zu vernichten! Irgendwie verblüffte Mathes die Taktik, niemals auszulaufen, als wollte der Fluss jeder Logik trotzen. Er lachte alle aus, wirklich alle. Manchmal überflutete er die Ufer in seinem Spott. An manchen Tagen hieß es, man hätte ihn endgültig geschafft. Hätte ihm seine letzte Phosphor- oder Sulfatdroge eingeflößt, die scheinbar in den Fabriken nur für ihn produziert wurden. Doch dann wieder fischte irgendjemand kleine Guppys aus seinen Fluten. Bunte Fischchen, die eigentlich im Amazonas beheimatet waren. Zähe kleine Schönheiten, wahrscheinlich zäher als Mathes. Natürlich beruhte alles nur auf Behauptungen und es konnte leicht Anglerlatein sein, oder war das Politik, damit man getrost weitere Todesspritzen setzen konnte? Anglerlatein und Politik hatten so viel gemeinsam, fand Mathes.

Die dampfenden Schornsteine der Industrie passten gut in die Landschaft. Sie verhinderten einen zu deutlichen Kontrast zwischen dem schlammigen, graubraunen Wasser, den vergessenen farblosen Häusern und dem Bleigrau des dumpfen Himmels. Bestimmt wäre es möglich, die Rauchsäulen in jeder beliebigen Farbtönung aufsteigen zu lassen, aber ein zu lebendiges Grün oder morgendlich frisches Rot hätte diese einträchtig trübe Idylle gestört. Zu viel Farbe erzeugte Aufmerksamkeit, das wollte man nicht – war auch Politik!

Wie entsetzlich, wenn jedes Gift, all die gegenwärtige Chemie in eingefärbter Weise Entfaltung fände! Die ganze Welt gliche einem einzigen Zirkus. Gesichtsfarben würden plötzlich umschlagen, unentwegt in alle denkbaren Spektren – schon beim Schlucken. Und keiner könnte mehr sagen, er stehe auf Blondinen oder Rothaarige. Nein! „Gestern hatte ich was mit einer Violetten", hieße es. Die Schockfarbenen sind die Besten! Ebenso würden sich die Menschen manch unsinnige Fragerei ersparen: „Wo kommst du her?" Man wusste einfach: Rot ist Hamburg, Grün Köln, Rosa Stuttgart, Braun Berlin, Schwarzblau München. Er ließ sie kommen und gehen, ohne sich daran festzuklammern. Er hatte nichts mehr gegen sie, er würde sie in Ruhe lassen und sie ihn. Der gleichmäßige Dreivierteltakt des Zuges hypnotisierte ihn langsam in einen wohlsamen Schlaf.

Keiner hatte sich für die Waffen in seinem Rucksack interessiert …

München hatte sich unter einer unschuldigen Decke Schnee versteckt.

Als Mathes sich am Bahnsteig von Gerd verabschiedete, spiegelte das tumbe Treiben der vereinzelten Obdachlosen oder übernächtigten Reisenden eine eigene Stimmung wider. Ihr Abschied würde nur für vier kurze Tage gelten, bis sie sich gemeinsam in der neuen Stellung in Freising einzufinden hätten, trotzdem beendete er drei Monate eines wichtigen Lebensabschnittes und tief greifende gemeinsame Erlebnisse einer ehrlichen, männlichen Freundschaft. Während Mathes gemächlich seinen Weg suchte durch die neonbeleuchteten Gemäuer der heimischen Untergrundbahn, fühlte er fast so etwas wie Sentimentalität. Er hatte nicht geahnt, wie sehr er diese seine Welt vermisste. Genauer als sonst beobachtete er die Münchener, die an diesem Samstagabend die Auslagen in den Schaufenstern der vielen Souvenirgeschäfte und Kaufhäuser betrachteten – Händchen haltend mit ihrer Liebsten. Oder jene, die mehr oder weniger geschäftig in der rot gekachelten U-Bahn-Station warteten. Mathes hätte einen Direktanschluss nehmen können, doch er zog es vor, das Ambiente, den heimlichen Geruch der U-Bahn und ihrer schweigenden Menschen in sich aufzunehmen. Gegensätzliche Menschen im Bann ihres Alltags. Kassiererinnen, die ermüdet nach Hause strebten, Pärchen, die an ihrem freien Tag gemütlich durch die Stadt flanierten – sie sahen müde aus an diesem Abend. Oder jene, die in das Nachtleben Münchens hinausflüchteten, ein durch das Verwaltungsreferat rigoros klein gehaltenes, spärliches Nachtleben.

Die Bahn rauschte durch ihre Röhren. Automatische Türen schlossen sich zischend hinter ihm. Er sehnte sich nach Susanne. Umständlich versuchten seine Gedanken an Anja diese Sehnsucht zu verdrängen. Doch er weigerte sich dies zuzulassen und er hatte großes Mitleid. Mitleid mit sich selbst – genau jenes Mitleid, das er verabscheute bis in den Tod. „Märtyrer des Herzens", flüsterten seine Gedanken und er wusste nicht, dass seine Lippen es deutlich vernehmbar aussprachen. Und er bemerkte nicht das Lächeln der jungen Verkäuferin, die ihm gegenübersaß.Vielleicht amüsierte sie sich auch nur über seine ungewöhnliche Erscheinung. Der olivgrüne Kampfanzug klebte an ihm wie eine gequälte Haut. Das schmale Schiffchen hatte er tief in die Stirn gezogen, als könnte er sich darunter verstecken, und selbst wenn sich die kleinen Fältchen über seiner Nasenwurzel dagegen sträuben wollten, er nahm es eigentlich gar nicht wahr. Am Ostbahnhof stieg er aus und nickte nur verwirrt, als das Mädchen ihm ein freundliches „Ciao!" hinterherrief. Durch das leicht beschlagene Fenster blickte er in zwei hübsche, kokett lächelnde Augen und er zwinkerte ihr entschuldigend zu, als ob er damit sagen könnte: „Leider nicht, hab schon genügend Probleme am Hals und Herzen."

Es blieben ihm noch zwanzig Minuten Zeit. An einem Stand kaufte er zwei Dosen Bier und Zigaretten. Bis die S-Bahn surrend einfuhr, hatte er seine Gefühle wieder von allen Wolken befreit – für die ersehnten Tage mit Susanne. Der angewiderte Blick zweier Punkmädchen im Abteil, der ihm als Soldaten der BRD galt, verwandelte sich in interessiertes Wohlwollen, als er die drückende zweite Dose Bier aus der Seitentasche seiner Hose zog und sie ihnen kommentarlos reichte. Er stieß mit ihnen an und registrierte das belustigte Kopfschütteln zweier älterer Damen am anderen Fenster, während die Punks mehrmals „Echt cool, Mann!" grölten. Als er am Fasanenpark ausstieg, verabschiedeten sie sich mit: „Mach's gut, Alter!", und Mathes hoffte es.

Eine Viertelstunde später betrat Mathes die kleine Mansardenwohnung. Würziger Duft von Braten umströmte ihn, lächelnd sah er sich um. Der Tisch wartete liebevoll gedeckt, mehrere kleine Kerzen verbreiteten ihr warmes Licht über schwarzem, glänzendem Porzellan. Bunte Salate streckten ihre Blätter über die Ränder achteckiger Schalen. Mathes suchte den Korkenzieher und öffnete die Flasche Valpolicella – sein liebster Roter, sogar daran hatte sie gedacht. Er goss einen Schluck in das hohe dünne Glas. Befriedigt schlürfte er ihn. Nach seiner selbst entwickelten, von absoluter Überzeugung geprägten Erkenntnis musste man diesen Wein der im Zimmer herrschenden Temperatur vollkommen angleichen. Das Kerzenlicht ließ den edlen Saft tiefrot erstrahlen, als er beide Gläser zur Hälfte füllte. Noch immer vernahm Mathes das leise Prasseln der Dusche. Scheinbar geduldig suchte er zwischen den Schallplatten. Peter Cornelius, entschied er. Es war ihre Musik, so wie alle Liebenden irgendeine Musik hatten, die nur für sie spielte, mit ihrer Liebe lebte und litt. Versunken betrachtete Mathes die von Schnee beladenen, formvollendeten Arme des alten Walnussbaumes vor dem Fenster. So viel Ruhe und Weisheit strahlte dieser Baum aus und er versprach wieder sein mächtiges Blattwerk und Grün für das nächste Frühjahr. Später die ungewöhnlichen, öligen Früchte, würdevolle Gedanken an ein Jahr. Mathes verehrte diesen König, der Generationen Jahr für Jahr seinen Menschen behütenden Schatten schenkte. Vor langer Zeit den Großeltern Susannes, dann ihren Eltern, später den Kindern und heute schon den ersten Urenkeln, die im Herbst in seinem Laub spielten. Er war der allwissende, duldsame Patron einer großen Familie und er wusste, dass jeder, der in einer Wiege schon in seinem Schutze geschlafen hatte, immer wieder zurückkehren würde – bis der Tod riefe …

Das Rauschen der Dusche hatte aufgehört. Mathes hatte in seinen Gedanken nicht das Öffnen der Tür bemerkt, doch jetzt spürte er Susanne im Zimmer. Als er sich umdrehte, flog sie in seine Arme. Das feuchte, lockige Haar fiel anmutig über ihre weiblichen Schultern. Er küsste sehnsüchtig ihre Lippen, ihren Hals und atmete in der Lust aller Entbehrung den Duft ihrer samtenen, gecremten Haut. Sie streichelte sein Gesicht und flüsterte zärtliche Liebesworte, in ihren Armen verloren sich mit einem Mal gänzlich seine Unruhe und Unsicherheit. Sie war sein Ruhepol, sein Ort wunderbarer innerer Stille, seine lebendige Seele. Dieser gute tragende Mantel des alten Walnussbaumes gewährte jedem seiner Kinder ein Tuch von sich, um es weiter auszubreiten.

Als Mathes dankbar zu seinem Freund vor dem Fenster lächelte, blickte sie ihn fragend an und schien zu verstehen, denn sie flüsterte: „Du bist endlich zu Hause, bei mir – wie sehr liebe ich dich!“ Ihr Liebesmahl dauerte den ganzen Abend lang und sie benötigten fast keine Worte für das, was ihre Augen sprachen. Mathes beobachtete sie, wie die beneidenswerten Häppchen hinter den süßen Lippen verschwanden, wie grazil sie ihre zärtlichen Finger bewegte. Die eichkätzchenbraunen Augen verrieten wilde Leidenschaft ebenso wie romantische Tiefe. Er liebte ihre kleine, etwas frech in den Himmel stehende Nase, die sie selbst verfluchte. Und wenn sie lachte, verbreiteten winzige Grübchen erotisch süßen Schalk. Ihre vollen Lippen verlangten zärtliche Küsse. Wie wundervoll faszinierend ihre Schönheit strahlte, selbstbewusst und doch natürlich, löwenherzig und zahm! Mathes erkannte in diesen Momenten, dass er niemals, niemals von ihr lassen könnte – niemals! In ihr durfte er seine Göttin lieben …

Ein letztes Mal dankte er dem Nussbaum huldvoll für die gnädig gewährte Hilfe, seine Gefühle wieder zu ordnen.

Kurzzeitige Gedanken an Anja verblichen ohne Wehgefühl. Als er einen Blick zum Fenster hinaus warf, schien der Baum völlig unbeteiligt, er tat, als habe er genug daran zu tun, seine schwere Schneelast zu tragen.

Die wenigen freien Tage verrannen im Fluge, ausgefüllte Stunden von Zärtlichkeit und Liebe. Stunden verbrachten sie im Bett und in ihrer Lust – sie wollte kein Ende finden. Mit Susanne gab es keine akrobatischen Kunststücke, aber der Höhepunkt und sein Nachklang waren unvergleichlich. Er zitterte in ihren Berührungen und seine Muskelstränge wollten zerbersten. Kein Gefühl der Welt konnte die körperliche Liebe mit ihr übertreffen – süße Göttin …

Gut aufgelegt, in aufgebügelter Bundeswehr-Kleidung und voller freudiger Hoffnung, von nun an jeden Abend mit ihr verbringen zu dürfen, nahm er am frühen Dienstagmorgen die erste S-Bahn nach Freising. Es sollte anders kommen …

Er wurde als SEA-Mech. in die Raketensicherheitsstellung Schweinersdorf eingeteilt. Noch am selben Tag beförderte ihn und sechsundzwanzig weitere Soldaten ein Planen-Lkw in den gesonderten Kasernenbereich. Das Thermometer sank immer weiter, bis es sich für die nächsten Wochen bei –15 Grad Celsius einpendelte.

Gerd saß neben Mathes auf der harten Holzbank im Laderaum. Er würde Funker werden. „Schöner Mist, jetzt wird's richtig Winter und wir frieren uns in der Pampa den Arsch ab!", brummelte Gerd. – „Mmh", erwiderte Mathes einsilbig, er hatte die Augen geschlossen und beobachtete interessiert, wie allmählich seine Zehen steif froren. – „Wie geht's weiter?" – „Was?" – „Na, mit Diana und ihrer Freundin?" – „Wir fahren so bald wie möglich nach Hagen und besuchen diesen Harry", antwortete Mathes und seine Stirn verfinsterte sich bei dem Gedanken. Gerd wollte sich unterhalten: „Wird's mehr mit Anja?" – „Nein! Ich habe kapiert, dass es so nicht weitergeht, und mich für Susanne entschieden … In den letzten Tagen ist mir klar geworden, dass ich sie will – für immer!" – „Hast du es ihr gesagt, das mit Anja?" – „Hältst du mich für ganz blöd?" – „Nöö, aber für masochistisch!" Mathes blickte zu Gerd, der mit seiner Stiefelspitze Kreise in den Staub zeichnete: „Wieso das denn?“ – „Weil du dich in die Sache mit Anja viel zu sehr hineingesteigert hast, hätte gewettet, dass du deiner Susanne alles beichtest – bist viel zu ehrlich für richtigen freien Sex.“ Mathes wurde zornig: „Mensch, kapierst du nicht, dass ich bei Susanne bleibe? … Anja war eben mehr als irgendein guter Fick. Jede andere hätte ich ohne Gewissensbisse längst vergessen, doch außerhalb eines Puffs habe ich halt das Problem, dass ich treu bin – oder verliebt.“ Er hasste es, sich rechtfertigen zu müssen. „He, wollte dich nicht wütend machen, nur gefühlvoll darauf hinweisen, dass du genau der Typ bist, dem so was immer wieder passiert.“ – „Sehr gefühlvoll“, beteuerte Mathes ironisch. Gerd machte nur eine kurze Pause, dann fuhr er unbeeindruckt fort: „Außer du lernst endlich nach der G.-H.-Theorie zu leben, nämlich das Vögeln deinem Schwanz zu überlassen, nicht deinem Herzen.“ – „G.-H.-Theorie? Was ist das denn?“ – „Gerd-Huber-Theorie“, grinste Gerd. Mathes schüttelte den Kopf: „Wahrscheinlich hast du recht, aber jetzt hab ich erst mal die Nase voll. Brauche zurzeit eher Liebe als Sex.“ – „Okay“, tat Gerd scheinbar verständnisvoll, „aber wenn du Hilfe brauchst, wende dich vertrauensvoll an mich, ich hätte da eine kleine Therapie für dich im Auge – in einer netten kleinen Bar in Freising … Zic Zac heißt sie“, antwortete Gerd schläfrig, ohne gefragt worden zu sein. „Versprochen“, lachte Mathes.

Schweinersdorf glich einer Mondgefangenenstation.

Hinter hohem Stacheldrahtzaun, sorgsamst garniert von gefährlichem Natogeflecht, lagen flache grüne Bunker. In ihrer Mitte auf einem Hügel drehte sich langsam die riesige Antenne des Highpowers. Halbkreisförmig angeordnet ragten mehrere runde Zeltkuppen aus dem Boden heraus, skelettierte Planen, welche die Raketenrampen verdeckten. Gelangweilt horchten sich die Soldaten ihre Einweisungen in die Sicherheitsvorschriften durch den Major an. In Erinnerung an Budel suchte Mathes zwangsläufig nach einer Möglichkeit, eventuell auch von hier nachts zu verschwinden. Doch nicht nur die scharf bewaffneten Wachstreifen würden sehr viel sorgfältiger sein, auch ein zusätzlicher ziviler Sicherheitsdienst machten solche Anliegen undurchführbar. Die Schichteinteilung ließ ihn die Hoffnung, täglich nach Hause zu kommen, verwerfen. Achtundvierzig Stunden beinahe durchgehender Dienst bedeuteten einen freien Tag. Zehn Einheiten dieser anstrengenden Schicht ließen eine Urlaubswoche folgen. Ende Januar wäre der erste Urlaub, sieben Tage und damit genug Zeit, um nochmals nach Budel zu fahren. Er musste sechs Stromerzeuger warten und in regelmäßigen Abständen in Betrieb nehmen. Obwohl seine Jungfernschicht mit technischen Einweisungen und kleineren Reparaturen der Geräte ausgefüllt war, fühlte Mathes ständige Unruhe, denn es bestand keinerlei Möglichkeit, Susanne telefonisch zu benachrichtigen. Nur eine Funkverbindung zur Stein-Kaserne Freising wurde aufrechterhalten. Die Verpflegung und bestelltes Material beförderten sämtlich der KvD oder die Lastkraftwagen der nächsten Schicht. Eine wahrlich abgeschottete Militärinsel in der karg besiedelten Landschaft!

Die Tage vergingen langsam. Mathes' Arbeit war eintönig, grässlich lärmend und vor allem schmutzig. Er hatte das Gefühl, den Dieselgestank und die Reinigungsöle nie wieder von seinem Körper zu bringen. Doch das weitaus Schlimmste war die eisige Kälte. Tagsüber startete er immer wieder die großen, treibstofffressenden Maschinen, die schnell die erhoffte, angenehme Wärme in die Garagen brachten. Dabei achtete er gewissenhaft auf die ordnungsgemäße Anbringung der Abgasschläuche an den trichterförmigen Essen. Die Gase würden tödlich sein. Obwohl er sich unentwegt Schaumstoffpölsterchen in die Ohren stöpselte, dröhnte auch noch am Abend der Lärm in seinem Kopf – und der pochte von sich aus. An Mathes' zweitem Arbeitstag hatte er sich an der Zugschnur eines kleinen Aggregats die Hand aufgerissen. Der Schmutz brannte sich seitdem in die Wunde. Der Helm, den er bei den Wartungen stets tragen musste, verursachte verstärkt das unaufhörliche Klopfen in seinem Kopf und immer wieder verfluchte er den Holländer, der ihm den Schlag versetzt hatte. Gerd sah er nur abends, wenn ihre gemeinsame Wache begann.

Jede Wacheinteilung bestand aus drei Mann. Gerd ging mit Schindler die dritte Streife. Ein Rundgang dauerte auf Befehl genau sechzig Minuten. Dabei hatten sie sich von allen fest stehenden Feldtelefonen im Wachhaus zu melden. Mathes lehnte währenddessen in dem winzigen, rauchgeschwängerten Häuschen über einer Zeitung und wartete mit müden Augen auf die sechs bevorstehenden Anrufe, um sie minutiös in ein Buch einzutragen. Im Alarmfall oder bei Kontrollen durch den Wachobersten musste er den letzten Standpunkt der beiden wissen. Die Angelegenheiten liefen wirklich ernsthaft ab und das empfand Mathes nur teilweise als angenehm. Eine zweite Dreiergruppe schlief im Nebenraum und sollte bei jedem Besucher am einzigen Tor geweckt werden, den hieß Mathes so lange zu warten – ohne Rücksicht auf den Dienstgrad, Befehl ist Befehl!

Der Erste sicherte dann mit angeschlagenem G3 einige Meter dahinter den unbewaffneten Zweiten. Der Dritte kauerte versteckt zwischen den Sandsäcken und gab den beiden anderen ebenfalls mit entsicherter Waffe Deckung. Einlass wurde trotz allem ausschließlich nach telefonischer Genehmigung des Wachobersten gewährt. Keine Wühlmaus hatte die geringste Chance einzudringen, wenn Gerd und Mathes Wache hielten – vorausgesetzt, sie nähme den Vordereingang!

Die undankbarste Aufgabe hatte der Zweite, er musste kontrollieren und würde wohl im Ernstfall erschossen, gesprengt oder zumindest in den Schwitzkasten genommen – wirklich ein Scheißjob!

Mathes war erster Wachhabender und koordinierte das Ganze. Zudem verantwortete er die Waffenausgaben und Sicherheitsüberprüfungen. Ein kraterähnliches Loch in der Tür des Stahlschrankes zeugte von der übermüdeten Wahnsinnigkeit eines Vorgängers. Mathes nahm sich vor, sich nicht selbst ins Knie zu schießen. Halb erfroren und fluchend beendeten Gerd und der dicke Schindler aus Landshut um 00.00 Uhr ihre vorerst letzte Streife. Der nachfolgende Wachhabende übernahm von Mathes das gegengezeichnete Buch und die Waffen. Nun musste der jede Patrone abzählen und die Gewehre überprüfen. Als die Freunde sich dann endlich für drei Stunden in ihre Schlafsäcke einrollen durften, schliefen sie mit dem Gedanken ein, nur noch eine einzige verhasste Wache abhalten zu müssen, bis die ersehnte freie Woche kam. Glücklicherweise blieben nächtliche Zaungäste aus und niemand störte ihre unbeachteten Träume.

Weniger angenehm traf es die andere Dreiergruppe. Mathes bemitleidete die Kameraden, denn dreimal musste er sie wegen ankommender Offiziere wecken. Obwohl die gesamte Crew die Erschöpfung der letzten Tage fühlte, weil sie ihnen, übungsintensiv und reich an Lehrgängen, kaum Schlaf gelassen hatten, herrschte bei dem Henkersfrühstück des abschließenden Morgens fröhliche Stimmung. Mathes und Gerd beschlossen, den Tag in Freising zu bleiben, um ihre geplante Fahrt nach Budel zu besprechen. Das liebliche kleine Städtchen frömmelte im Schutze eines Klosters, dessen Gemäuer weithin sichtbar, stattlich und schön darüber hinausragten. Die berühmte ansässige Brauerei galt als älteste der Welt. Und die engen, stufigen Gassen, die sich einem Sonnengeflecht gleich von der Stadtmitte ausbreiteten, verliehen dem Städtchen einen romantischen Charakter. Jahrhundertealte, künstlerisch verzierte Häuserfassaden vermittelten den Menschen das Gefühl friedvoller, mittelalterlicher Idylle. Abgeriebenes Kopfsteinpflaster vollendete den Eindruck der anmutigen Altstadt. Selbst die längst eingedrungenen Kaufhäuser und Kinos ergaben sich dem lebendigen Charme des Brunnens und des alltäglichen Blumen- und Gemüsemarktes um ihn herum.

Gegen elf Uhr erreichten die beiden Gerds Stammwirtschaft im Schatten einer der Gassen unterhalb des Friedhofs. Ein patinagrünes Kupferschild, bereichert von geschnörkelten Holzintarsien, erzählte die Geschichte einer stolzen Familientradition. Altdeutsche Lettern schrieben

„ZUM SCHMIEDEWIRT“.

Als sie die Wirtschaft betraten, musste Mathes unwillkürlich an die reizvolle Gaststätte des Zapfers in Budel zurückdenken.

Der um einiges kleinere Raum lag in düsterem Licht schwerer, rauchgegilbter Vorhänge. Naturbelassene, massive Eichentische und Holzgebälk an Wänden und Decke trotzten in ihrer bäuerlichen Gemütlichkeit aller modernen Kurzlebigkeit. Nur die Wirtin, die Gerd mit einem breiten Grinsen begrüßte, welches voller Würde etliche Zahnlücken hinter dem rot geschminkten Mund freilegte, hatte nichts mit dem Besitzer aus Budel gemein. Langes üppiges Haar reichte über ihre Schultern, und das bunte, weit ausgeschnittene Kleid ließ jede Einordnung zwischen einer eigenwilligen Bayerin und einer sesshaft gewordenen Zigeunerin zu. „Hallo, Schmiedin!“, begrüßte Gerd sie, und während sie ihn eifrig mit einem Schwall urbayrischer Worte überhäufte, stand Mathes etwas unsicher daneben.

Sie schloss Gerd in ihre festen, ärmellosen Arme und ihre fleischlosen, riesigen Hände schlugen ihm kumpelhaft auf die Schultern. Dabei spreizte sie die Finger wie eine Xanthippe, vermutlich um ihre langen, knallroten Fingernägel nicht ineinander zu verhaken, dachte Mathes. Erst jetzt stellte Gerd Mathes vor und er durchlief dieselbe Prozedur, während er noch unendlich mehr von ihrem Wesen aufnehmen durfte. Als sie seinen Kopf mütterlich gegen ihren quellenden Busen presste und immer wieder trällerte: „Meine Buam san da, ja, meine Buam – so was und hübsch fesch sans in der Uniform, meine Buam, so was …“, erlebte Mathes die seltsame Duftmischung von süßem, stark aufgetragenem Parfüm, abgestandenem Bier und stechendem Körperschweiß. Doch wenigstens war die Zeremonie schnell überstanden, da sie sich beeilte, beiden ein schäumendes Moybier vorzubereiten.

Die Freunde setzten sich an einen der freien Tische und die Schmiedin hatte die Neuankömmlinge fast schon wieder vergessen. Zwischen fluchtartigen Hebelbewegungen am Zapfhahn, um einmalige Schaumkronen auf ihre dunklen Biere zu zaubern, wischte sie unentwegt über die blitzblanken Messingarmaturen. Gerd beantwortete Mathes’ zweifelnde Blicke: „Sie spinnt ein bisschen, ist aber die herzensgute Mama von allen, die zu ihr kommen. Außerdem bekommst du nirgends so vortreffliche Weißwürste wie bei ihr!" An den anderen Tischen saßen vereinzelt Kartenspieler, die beim Watten ihre Kreidestriche auf eine Schiefertafel rieben. Um den Stammtisch tranken andere ihr Bier und sie hatten Gerd und ihn mit einem freundschaftlichen Kopfnicken begrüßt, hier kannte jeder jeden. Mathes hatten sie anfänglich etwas misstrauisch beäugt, fast wie einen Eindringling, doch als sie seinen bayrischen Dialekt hörten und feststellten, dass er Gerds Freund war, begannen sie ihn in ihrer kleinen Welt zu akzeptieren. Mathes kannte ihre Mentalität und wusste, dass sie ihn zukünftig als dazugehörig behandeln würden. „Zum Wohl!", gurrte die Schmiedin, als sie die Biere servierte und zusätzlich zwei doppelte Obstler abstellte. „Geht aufs Haus – als Begrüßung", lächelte sie korrupt. Gerd wartete, bis sie wieder an ihren Hähnen fummelte, dann begann er ohne Umschweife: „Wann fahren wir?" – „Übermorgen. Ich muss vorher noch ein paar Dinge erledigen." – „Suchen wir die andere – wie heißt sie doch gleich?" – „Nena – ich denke schon, auf jeden Fall werden wir uns diesen Harry kaufen! Morgen besorge ich Zugfahrkarten bis Köln, dort mieten wir uns einen Wagen ... ich werde eine Verabredung mit Klaus treffen." – „Willst du ihn einweihen?" Mathes zog ein Päckchen Zigaretten hervor und steckte sich eine zwischen die Lippen: „Hab ich teilweise schon, wir brauchen seine Hilfe." Gerd gab ihm Feuer und zündete sich ebenfalls eine an. Er sog den Rauch tief in die Lungen und wartete auf Mathes' Erläuterungen. „Er bleibt unser Kontakt zum Polizeicomputer – wäre schlecht, wenn die uns plötzlich in Holland festnehmen würden." – „Meinst du denn, dass da noch was rauskommen kann?" Mathes drehte die glimmende Zigarette zwischen den Fingern: „Nein, aber unterschätzen dürfen wir das Ganze auf keinen Fall." Nachdenklich tranken sie einige Schlucke, dann fuhr Mathes tonlos fort: „Harry wird nicht sehr erfreut sein, wenn ich ihn erpresse." – „Erpressen?", fragte Gerd verwundert. – „Freiwillig wird er uns Nena nicht geben, wir werden behaupten, Diana schwöre, dass er den Holländer umgebracht hat."

Gerd pfiff leise durch die Zähne: „Gefällt mir." – „Mir noch nicht ganz", widersprach Mathes, „damit wird Diana für ihn gefährlich, und er wird sie suchen." – „Meinst du nicht, das tut er jetzt schon?" – „Nein, ich glaube, er nimmt an, *sie* hätte Pomadezopf umgebracht – damit würde sie niemals zur Polizei gehen." Er nahm erneut einen kräftigen Zug von dem schweren, dunklen Bier und wischte sich den Schaum von der Oberlippe. „Wir werden Diana verstecken, bis alles vorüber ist, und dabei kann uns Klaus eine große Hilfe sein. Alles andere wird sich ergeben, wenn wir mit Harry gesprochen haben." – „Wo hast du das Geld und die Kanonen?", unterbrach ihn Gerd. – „In einem Schließfach am Hauptbahnhof." – „Nehmen wir sie mit?", hakte Gerd nach. – „Ja, aber ich muss mir noch was einfallen lassen, um sie dauerhaft über die Grenze mitzubringen – die Kontrollen sind manchmal sehr genau." Mathes leerte sein Glas. „Brauchst du Geld?", fragte er. Gerd verzog Mitleid erregend sein Gesicht: „Wollte heute meinen Spatz ausführen – bin pleite!" – „He, wir sind Freunde!", beendete Mathes Gerds Gestotter. „Ich hab noch nichts von der Kohle verbraucht, verschmähen werden wir sie trotzdem nicht." Er zog zwei Hundertmarkscheine aus seinem Portemonnaie. „Hab nicht viel mehr dabei, langt es dir?" – „Klar!" Gerd war sichtlich erleichtert. Sie stießen mit dem Obstler an und prosteten sich zu. Mathes erhob sich: „Okay, um Viertel nach zwölf geht mein Zug, ich ruf dich morgen Mittag an." Gerd nickte: „Alles klar." Mathes verabschiedete sich noch überschwänglich am Tresen bei der wischenden Wirtin, lud sie auf ein Rüscherl ein und versprach, sie bald wieder zu beehren. Schließlich beglich er die Runde samt einem großzügigen Trinkgeld und sie raunte völlig hingerissen: „Naa, so ein guter Bub und charmant, so was, so was! Der weiß aber, wie man mit einer Dame umgeht." Dabei warf sie unter verdammenden Falten auf ihrer Stirn einen bösen Blick auf die lachenden Handwerker am Stammtisch. Mathes grüßte sie scheinbar ernsthaft und diese bedankten sich mit einem Augenzwinkern für das kleine Amüsement …

Mathes wechselte an einem Kiosk einen Schein in Münzen und ärgerte sich über die unfreundliche Verkäuferin. Hätte er nicht gleichzeitig ein Päckchen Zigaretten gekauft, hätte sie ihn zum Teufel geschickt. In einer Telefonzelle suchte er sein Notizbüchlein aus dem BW-Sack. Zweimal wechselte er fluchend die Kabine, da der Apparat entweder die Münzen durchfallen ließ oder nur mit einer Telefonkarte bedienbar war. Schließlich versuchte er Anja zu erreichen. Er ließ es lange klingeln, niemand hob ab. Mathes drückte die Gabel hinunter und sagte sich laut die Nummer von Klaus vor, während er die Wahlscheibe drehte. „Ja, Riedl", hörte er dessen Stimme. Klaus sagte, er sei in Eile, und Mathes fasste sich kurz. Sie verabredeten sich für den übernächsten Abend in einem kleinen Hotel der Kölner Altstadt. Klaus wollte Zimmerreservierungen vornehmen und er bat Mathes, für ihn aus seinem Münchner Büro noch ein paar Unterlagen mitzubringen. Wieder drückte Mathes die Hörergabel, wartete auf das Freizeichen und rief Susanne in der Kanzlei an. Sie arbeitete als Steuergehilfin, glücklicherweise stand ein eigener Apparat auf ihrem Schreibtisch. Susanne freute sich sehr, als sie hörte, dass er frei hatte und einen Tisch bei ihrem Lieblingsgriechen bestellen wollte. Obwohl ein Passant zwischenzeitlich mehrmals ungeduldig gegen die Scheiben geklopft hatte und Mathes ihn wiederholt gestenreich hatte beschwichtigen müssen, fühlte er sich frei und in bester Stimmung, als er den Hörer endgültig zurückhängte. Den schimpfenden Wartenden in dem ungebügelten Flanell-Anzug und mit der bunten Krawatte lächelte er überlegen an und lud ihn auf ein Bier in die Bahnhofskneipe ein – falls er nur wollte. Während Mathes auf diese zusteuerte, war er sich völlig sicher, dass der Banker – einen solchen Eindruck hatte der Fremde erweckt – der Einladung nicht nachkommen würde. Vor allen Dingen fühlte er Zufriedenheit mit sich selbst angesichts des verblüfften Gesichtes des Zornigen. Kurz darauf hatte er ihn vergessen. Nach einer schnell vergangenen Stunde bezahlte er seine Zeche und überlegte, ob er einen Bankomaten aufsuchen oder etwas von dem Geld aus dem Schließfach holen sollte. Er hielt es für besser, die große Summe und vor allem die Waffen vorerst noch darin zu belassen, um irgendwelchen dummen Zufällen vorzubeugen, die ihm Schwierigkeiten bringen könnten. Folglich entschied er sich für den Geldspender. Er steckte die abgehobenen vierhundert Mark ein, verwundert darüber, dass der Filialleiter seine Drohungen, die Karte zu sperren, noch nicht wahr gemacht hatte. Fast genussvoll kleidete er sich in einem Kaufhaus neu ein und suchte für Susanne hübsche Ohrringe aus. Mathes' Herz pochte bei dem Gedanken an den Abend mit ihr, vor allem würde er abschalten …

KAPITEL 4

Der Zuhälter

Harry

Zwei Tage später stand Mathes erneut am Schalter für die Fahrkarten, nichts erinnerte mehr an den Soldaten von zuvor.

Die beigefarbene Leinenhose straffte sich über blanken Cowboystiefeln, den Reißverschluss seiner schweren büffelbraunen Lederjacke hatte er nur ein Stück weit zugezogen. Das weiße Baumwollshirt darunter trug er bis zur Brust aufgeknöpft. Er roch nach Rasierwasser von Aigner. Die dunkelblonden Haare waren locker zurückgekämmt, eine Strähne fiel ihm in die Stirn. Wohlwollend versunken betrachtete er das riesige Camel-Trophy-Plakat an der Werbefläche unterhalb der großen Bahnhofskuppel. Handwerker – lauthals streitend über die aktuellsten Eishockey-Ergebnisse. Gerd verbreitete eine leicht abenteuerliche Exotik. In der Hand hielt er eine Tasche mit Kleidungsstücken und den nötigsten Reiseutensilien, über der Schulter hing der Stoffsack mit dem Geld und der Waffe. Allein die gefälschten Papiere waren in dem Schließfach hinterblieben. Er redete sich ein, im Begriffe zu sein, seinem ewigem Traum zu folgen und in die Welt zu ziehen – bereit für die Camel-Dschungel. Doch zugleich kämpfte sein Herz verzweifelt dagegen an, denn derzeit gehörte es zwei Mädchen. In solchen nicht seltenen Momenten fühlte Mathes stets quälend die Gitter und Zäune, die allein dieses Herz um ihn legte. Es hielt ihn gefangen und der Ruf konnte nie ganz zu ihm durchdringen, zu lärmend waren die Gefühle …

Unwillkürlich fragte er sich, ob eine Sehnsucht, ein unerbittlicher Lebenstrieb aus tieferen Gefühlen geboren wurde oder diesen widersprach, gar gegen sie kämpfte?

Musste, konnte, durfte es so sein?

„Woll'n Sie hier Wurzeln schlagen?", riss ihn die Stimme des Schalterbeamten aus seinen Gedanken, er war an der Reihe.

„Um Gottes willen, nein", antwortete er prompt, „ein Bahnhof sollte bloß eine Zwischenstation sein, finden Sie nicht?"

„Genau", schnauzte der Uniformierte, der sich die Mühe ersparte, den doppelten Sinn der Worte zu verstehen, „also halten Sie hier nicht alles auf!" Ohne dem Mann seine Unfreundlichkeit übel zu nehmen – wohl alltäglich an diesem Bahnhof –, kaufte Mathes zwei Zugtickets und verließ pfeifend den Schalter. Gerd erwartete ihn bereits an einem der Stehtische in der großen Halle.

Nun blieb noch eine Stunde Zeit, sie tranken Bier, redeten und lachten.

Um 12.05 Uhr stotterte der Zug langsam aus dem Münchner Bahnhof auf die gewohnte Strecke. Der junge Schaffner, der nach einer Weile das Abteil betrat, grinste, als er Mathes und Gerd wiedererkannte. Sie hatten ihn auf einer ihrer späten Heimfahrten zu einem Dosenbier eingeladen, seitdem mochte er sie. „Na, Jungs, wieder im Einsatz?" – „Fronturlaub", lachte Gerd, „werden Köln ein bisschen unsicher machen." Mathes nickte beiläufig, so hatte er die Fahrt noch gar nicht betrachtet und Gerds Auslegung gefiel ihm zunehmend. Der Billettzwicker riss ein Stück Papier aus seiner Mappe und kritzelte etwas darauf, dann gab er es Gerd: „Solltet ihr Lust haben, ruft mich an, habe auch Urlaub und vielleicht führe ich euch mal ein bisschen ins Kölner Nachtleben ein! Kann mir gut vorstellen, dass ihr unser Kölsch mögt." Lachend schob er die quietschende Tür zu. „Überall gute alte Bekannte", witzelte Gerd, „einen Fremdenführer in Köln, was kann uns Besseres passieren!" – „Hoffentlich hast du recht", grinste Mathes, „mit dem Urlaub, meine ich", vervollständigte er den Satz, als Gerd ihn verständnislos ansah. „Och", tat der abfällig, „mit dem Harry werden wir schon Tacheles reden, dann legst du deinen Gefühlssumpf in Holland ordentlich trocken, wir nehmen Diana – und wie heißt das andere Vögelchen gleich wieder?" – „Nena." – „,... und

Nena unter den Arm und verprassen die ganze Kohle im Pott. Die Faschingsbräute dort sollen irrsinnig lange Beine haben und riesige Titten." – „Hört sich alles ganz gut an, hoffentlich hast du recht", gab Mathes herzhaft lachend zurück, denn Gerds große Augen und sein aufgezwirbelter Schnurrbart bei Ausführungen solcher Art reizten seine Lachmuskeln. Die Bierdosen zischten, als sie sie aufrissen. Dann stießen sie miteinander an und ein dumpfer, wohlig blecherner Ton erklang. Schäumend plätscherte eine Fontäne des gärigen Getränks auf den Boden. Ein wenig vorgebeugt sahen sie einander mit schuldbewusster, hochgezogener Stirn in die Augen, bis sie unter prustendem Gelächter in die Sessel zurückfielen. Mathes vermochte jeden ernsten oder gar melancholischen Gedanken in Gegenwart seines unbekümmerten Freundes abzulegen. Das Wunderbare an Gerd war, dass sich bei ihm Unbekümmertheit eindeutig von Oberflächlichkeit unterschied …

Die weitere Fahrt verlief beinahe schweigsam und trotzdem in der Atmosphäre bester Laune. Mathes trank, rauchte und ließ die Landschaft unbeachtet vorüberziehen. Gerd war eingeschlafen, Mathes fühlte keinerlei Müdigkeit, die vergangenen kurzen Nächte hatten keine Macht über ihn. Er zog die Vorhänge zum Gang zu und verriegelte. Dann öffnete er die Stofftasche und breitete den Inhalt neben sich auf dem Sitz aus. Fünftausend Mark und eintausend niederländische Gulden zählte er von dem Geld ab und schob sie in sein Portemonnaie, den Rest bündelte er sorgfältig mit einem Gummi und steckte ihn zurück in die Tasche. Nacheinander nahm er beide Waffen, zerlegte sie in ihre Einzelteile. Es drängte ihn, ihre Technik ebenso zu verstehen wie die der G3s und P1, mit denen sie sich während ihrer Grundausbildung intensiv beschäftigt hatten. Im Vergleich zu letzterer Waffe, der üblichen Pistole der Bundeswehr, musste die Tokarev eine ungleich präzisere und größere Reichweite aufweisen. Das Magazin fasste zwölf Geschosse. Das erste würde durch den Federhub des Schlittens in den Lauf geschoben werden, sobald man ihn zurückzog. Mathes tat dies mehrere Male und drückte ab. Der Abzug erkannte nicht, wann das Magazin geleert sein würde. Indem er das faszinierende Gerät genauestens betrachtete, machte er eine interessante Entdeckung. Die elfenbeinerne Abdeckung des geschwungenen Griffes ließ sich abschrauben. Irgendeine Eingebung hieß ihn dies zu tun. Sein Taschenmesser erfüllte die Aufgabe mühelos. Beinahe hätte er sie übersehen, die Vertiefung eines kaum erkenntlichen Schriftzuges innerhalb des Rahmens. Das kärgliche Licht des Abteils ließ ihn die Buchstaben nicht entziffern. Er nahm sein Feuerzeug zu Hilfe. Kyrillische Zeichen stachen ihm entgegen und darüber – die Initialen CSSR. Damit hatte er wenigstens die Herkunft dieser Waffe herausgefunden. Mathes war zufrieden mit sich selbst, auch wenn ihm mehr und mehr klar wurde, dass der ehemalige Besitzer und wahrscheinlich auch Harry einem Milieu entstammten, mit dem man sich lieber nicht anlegte. Spätestens seit dem verschwundenen Toten, dessen Wiederauftauchen ihm Nick oder Klaus sofort mitgeteilt hätten, vermutete er, dass Harry mehr war als irgendein kleiner Zuhälter. Mathes entzündete eine neue Zigarette und zerdrückte die leere Packung und die dünne Hülle in seiner Faust, bis ihm das Blut aus den Fingern wich. Er würde diese Sache zu einem Ende bringen. Er musste es, egal wen oder was sie auch aufscheuchen würden. „Ein Mann muss seinen Weg immer zu Ende gehen" – dieser Satz, den er in einem Bestseller von Martin Grey gelesen hatte und der seitdem ein Leitsatz von ihm geworden war, kam ihm in den Sinn. Wie einfach wäre es doch, Diana fortzubringen, das Geld auszugeben und alles zu vergessen! Er konnte es nicht. Er dachte an sie und ihr Leid, an all das Menschenverachtende und Grausame, das sie hatte erleben müssen und unter Tränen erzählt hatte.

Was hatten sie in der Zwischenzeit Nena angetan? Aber da war noch etwas anderes. Dieser Scheißkerl hatte ihn erwürgen wollen wie einen jämmerlichen Sack Mehl – und wahrscheinlich wäre er ebenfalls nie mehr aufgetaucht. Das kränkte ihn. Mathes konnte die eiskalten, tötenden Augen nicht vergessen und die Klammer seiner mordenden Pranken.

Zornig stieß er den Zigarettenrauch aus und schleuderte die zusammengeknüllte Schachtel unter die Sitzbank. Fachmännisch präzise setzte er die Tokarev wieder zusammen und lud ihr Magazin. Auch den Revolver, eine Police Python 38 von Smith und Wesson, zerlegte er, ersparte es sich aber, die glatten Schalen des Knaufes ebenfalls zu entfernen. Nur die Trommel ließ sich aushebeln. Sie fasste sechs Geschosse in neun Millimeter Großkaliber. Der Lauf roch schwach und betörend nach Pulver. Bläulich verfärbt schimmerte sein Stahl. Fasziniert befühlte Mathes den mähnenartigen Aufsatz des schlanken Rohres, ähnlich den Rippen eines Kühlbleches, und genau diesen Zweck musste er wohl erfüllen. Mathes stellte sich die Frage, welche Art von Verhören auf ihn zukommen mochte, sollte man diese Waffe bei ihm finden. Mit welchen Verbrechen konnten sie ihn in Verbindung bringen? Während er den bisher unbeachteten Ledersäckchen sechs Patronen entnahm und sie nacheinander in die Trommel schob, fühlte er trotzdem keinerlei Unbehagen. Irgendwie würde er diese Sache zu Ende bringen. Bevor er nochmals zum gewürgten Mehlsack werden sollte, würde er ohne Zweifel schießen! Erneut sah er die widerliche Visage des Holländers deutlich vor sich. Mathes packte alles in die Stofftasche. Unwillkürlich zog er die Python wieder heraus und schob sie in den Hosenbund unter seiner Lederjacke. Die Tasche verstaute er unter der Sitzbank. Bevor er leise die Schiebetür von außen zuzog, hatte er einen Blick auf den schnarchenden Gerd geworfen.

Dann schlenderte er den schmalen Gang entlang bis zum Speisewagen. Im hinteren Teil fand er einen freien Tisch, der gerade für zwei Personen genügte. Mathes bestellte einen Gin Tonic. Der Kellner servierte und Mathes suchte den handgeschriebenen Zettel mit der Telefonnummer heraus, unter der „Harry“ stand, und betrachtete ihn nachdenklich. Sein Kopf begann einen Plan zu entwerfen, wie er vorgehen würde. Mathes nippte hin und wieder an seinem Glas, spürte die angenehme Härte des Stahls in seinem Hosenbund. So musste sich James Bond fühlen, allein eine attraktive Brünette fehlte – dachte er.

Zwangsläufig sah er sich um. Einige Tische weiter entdeckte er eine vielleicht Dreißigjährige mit langen welligen Haaren und einer Brille im Stile der 60er. Sie trug ein leuchtend rotes, hautenges Kostüm und ein breiter goldener Reif zierte ihren solariumgebräunten Hals. Sie schien in eine Zeitschrift versunken und ein Kännchen Kaffee stand neben ihr. Nicht unbedingt eine Schönheit, aber mit interessanter Ausstrahlung, dachte Mathes. Sie passte vortrefflich in den James-Bond-Film, der gerade vor ihm ablief. Er winkte dem Kellner. „Herr Ober", flüsterte er in vertraulichem Ton, „bitte bringen Sie mir noch einen Gin Tonic und der Dame da drüben einen Piccolo!" Der Kellner lachte aus einem weibischen Gesicht und in der melodiösen Stimmlage eines Szeneschwulen zählte er mehrere Sorten des prickelnden Getränkes auf. Mathes unterbrach ihn mit einer ungeduldigen Handbewegung: „Pommery, bitte!" – „Ja, gerne, der Herr, sonst noch einen Wunsch? Soll ich Sie der Dame vielleicht empfehlen?" Mathes hatte nicht gewusst, welch gepflegter Umgangston in einem Speisewagen herrschte, wo man doch sonst durchgeschüttelt wurde wie in einer Sardinendose und auch so behandelt wie der ölige Inhalt. Aber dies fügte sich ebenfalls vortrefflich in seine Stimmung. „Sagen Sie nur, dass er von mir ist!" Der Kellner nickte mit einer leichten Verbeugung und wollte gehen. „Herr Ober, bitte, ich möchte telefonieren, wo ist das möglich?" – „Ich bringe Ihnen sofort das Telefon." Der Ober war wirklich sehr freundlich. Er scharwenzelte davon. Einige Augenblicke später kehrte er mit einem schnurlosen Apparat zurück, den er vor Mathes ablegte, einen frischen Gin Tonic stellte er daneben und diskret klemmte er den Bon unter den Aschenbecher. Auf dem Tablett balancierte er den Champagner zu dem Tisch des Mädchens. Mathes tat beschäftigt, als er die Nummer wählte. Es klingelte lange, bis jemand den Hörer abhob. Vor dem Hintergrund tiefer Männerstimmen und lautstarker Hardrockmusik vernahm er eine Mädchenstimme rheinischen Dialekts: „Bistro Pilsquelle, guten Abend!" Mathes stockte für einen Moment und suchte den Kugelschreiber aus seiner Jackentasche. „Hallo?", rief die ungeduldige Stimme erneut. „Hallo“, erwiderte Mathes, „ist Harry da?“ Am anderen Ende der Leitung kam keine Antwort, sie schien mit jemandem zu sprechen.

Dann eine barsche Männerstimme: „Wer spricht da?“ – „Peter“, antwortete Mathes kurz entschlossen, „ich muss Harry sprechen.“ – „Ist nicht da. Welcher Peter? Hast du keinen Nachnamen?“ Mathes spürte, wie ihm das Blut in den Kopf schoss: „Nein, Mann, hab ich nicht. Und jetzt hör mal gut zu! Ich möchte sofort diesen Harry an die Strippe bekommen, bevor es jemandem einfällt, ihm gehörig den Arsch aufzureißen!“ – „Ich sag doch, dass er nicht da ist. Hat sich ein paar Tage nicht gemeldet.“ – „Wie viele Tage?“, fragte Mathes in dominantem Ton. „Zwei, vier, zehn, zwanzig – wie du willst“, höhnte der andere, der seine Sicherheit zurückgewonnen hatte, und Mathes versuchte sich das Bild einer fiesen, grinsenden Visage vorzustellen. Im selben Maße wuchs sein Zorn: „Pass auf, Rindvieh, oder soll ich Rolf sagen? Da deine Hirnmasse sehr beschränkt zu sein scheint, sage ich dir jetzt etwas, was du bestimmt ausrichten wirst: Es geht um Diana – du bist doch Rolf, hab ich recht?“ – „Ja, schon …“ Deutlich war zu hören, dass sich der Mann schlagartig äußerst unwohl fühlte. „Du richtest ihm aus, dass ich ein Geschäft vorzuschlagen habe und mich morgen Abend um neun wieder melde. Ich denke, du tust dein Möglichstes.“ Mathes’ Stimme veränderte sich auf sehr freundliche, scheinbar mitfühlende Weise: „Willst doch nicht wegen Mädchenhandels in den Knast, oder, Rolfi?“ „Scheißkerl, dreckiger!“, empfand Mathes als ungerechte Antwort und scheinbar verwundert starrte er in die Hörmuschel, aus der das Tuten der abgebrochenen Verbindung ertönte. Innerlich fühlte er sehr große Zufriedenheit, denn er hatte den ersten Stich in ihr Wespennest getan. Dieser Rolf hatte Angst und die würde ihm nächste Nacht den Schlaf rauben.

„Ist hier noch frei?“ Mathes hatte die Dunkelhaarige nicht bemerkt, nun stand sie vor ihm, das Tablett mit dem Piccolo in der Hand, und lächelte ihn fragend an. „Ja, natürlich, gerne“, stammelte er, während ihm allmählich bewusst wurde, welchen selten dämlichen Eindruck er machen musste mit dem Telefon in der einen und dem Kugelschreiber in der anderen ausgestreckten Hand. Er legte beides etwas zu heftig weg und erhob sich, um ihr das Tablett abzunehmen. Noch immer lächelte sie reizvoll und kokettierte: „Ich liebe Champagner, woher wussten Sie das?" – „Vielleicht eine Eingebung. Ein ungewöhnlicher Ort, eine ungewöhnliche Frau, ein ungewöhnliches und edles Getränk." Mathes roch den sanften Atem ihres Parfüms. Er mochte es. Zweifellos musste es DIVA sein, der wertvollste und angenehmste Duftstoff, den er kannte. Nur ein verschwindender Hauch davon durfte eine Frau umschwärmen, um ihre ganze Umgebung in eine betörend zarte Wolke zu hüllen. Es hatte Süße und doch keine Bitternis, war erfüllt von blumiger Schwere und doch schwebte es getragen wie die Samen des Löwenzahns in des Windes leisestem Spiel. Ein einziges Milligramm zu viel am Handgelenk oder Halsansatz einer schönen Frau konnte sich desaströs auswirken. Gleich einem guten Wein würde alles Edle umkippen in die Aufdringlichkeit eines bizarren Essigs. Susanne benutzte dieses wundersame Parfüm. Für Mathes bedeutete es, fasziniert die Unentrinnbarkeit der magischen Anziehungskraft des Duftes zu entdecken. Ein sonnenerhelltes, olfaktorisches Gefängnis.

Er akzeptierte es beileibe nicht an jedem weiblichen Wesen. Dieses Odeur gebührte ausschließlich einer selbstbewussten Schönheit voller Tiefe und Charme. Das attraktive Mädchen an seinem Tisch erfüllte jeden Anspruch dieses betörenden Duftes. Sie verstand es, über ihn zu herrschen. Ihre Katzenbrille hatte sie abgenommen und Mathes sah in zwei große, unergründliche Augen. Ihre Iris wirkte fast schwarz, glänzend schwarz wie ihr seidiges Haar und die aufgestellten, langen Wimpern. Diese Augen übten vom ersten Moment an eine ungewöhnliche Kraft auf Mathes aus. Es lag etwas in ihnen, das ein Gefühl völliger Durchschaubarkeit in ihm erweckte. Wären es nicht gleichzeitig zärtlich lächelnde Augen gewesen, hätte Mathes beschwören können, einer Hexe gegenüberzusitzen. „Danke für das Kompliment! So etwas gibt es zu selten im Leben." – „Dass

Ihnen jemand einen Drink spendiert?", fragte Mathes, obwohl er annahm, dass diese Frau selten selbst bezahlte. „Nein", lachte sie und ihre blutrot geschminkten Lippen entblößten eine Reihe blendend weißer Zähne. „Ich meine diese unerwartete, etwas abenteuerliche, ein klein wenig romantische Einladung." Mathes fand keinen geeigneten Platz für seine Hände und suchte nach einer Zigarettenschachtel. Auffordernd hielt sie ihm eine Packung schwarzer Dunhill entgegen. „Da bleibe ich lieber bei meinen eigenen", lehnte er beinahe verlegen ab. „Reiß dich doch zusammen!", befahl er sich stillschweigend. „Jean?", rief sie, indem sie über Mathes' Schulter hinwegblickte. Verwundert nahm Mathes zur Kenntnis, dass der Kellner prompt reagierte und ohne Umschweife an ihrem Tisch erschien. Sein Benehmen erinnerte immer mehr an den Bediensteten eines Nobelrestaurants. Ihr Tischchen gewann zunehmend das Flair einer kleinen, komfortablen Privatsuite, denn die Gäste ringsherum verloren jede Bedeutung. „Sie wünschen, Frau Hegel?" – „Jean, bitte bringen Sie uns ein Dutzend Schnecken! Sie mögen doch Schnecken?", fragte sie Mathes. Er nickte, nicht ohne sie zu bewundern.

Sein Traum von dem Express, in dem Bond sein Unwesen trieb, schien Wirklichkeit geworden zu sein. Er spannte seine Bauchmuskeln an und spürte mit Genugtuung den gebogenen Stahl der Python. „Sofort, Frau Hegel, so wie immer?" – „Ja, so wie immer." – „Jean, bringen Sie mir bitte eine Stuyvesant mit!", hielt Mathes den sich galant Hin- und Herwendenden zurück, indem er dessen Namen betonend hervorhob. Jean tänzelte in seiner roten engen Uniform davon. „So wie immer, Frau Hegel", äffte Mathes ihn nach. „Sie sind Stammgast in einem Intercity?" – „Beinahe." Sie legte ihre schlanken Hände über die Ellbogen. Die bemerkenswert langen Fingernägel leuchteten in der Farbe ihrer Lippen auf ihrer gebräunten Haut und sie lehnte sich über den Tisch. Ihr Mund lächelte immer, oder waren es die Augen? „Ich fahre sehr oft mit diesem Zug." Mathes wartete, bis sie fortfuhr, nur wenige Zentimeter trennten ihre Gesichter. „Ich arbeite als Assistentin für ein Journalbüro, eigentlich bin ich ein Kurier zwischen München und Köln." – „Der hübscheste Kurier, den ich mir vorstellen könnte." Sie nahm sein Kompliment mit einem süßen Lächeln entgegen, ihr Kopf neigte sich flirtend zur Seite. Bevor sie etwas erwidern konnte, tauchte Jean mit zwei Schüsselchen Weinbergschnecken auf sowie einer Schale mit Knoblauchsoße, garniert mit Dillfedern und Lemonenscheibchen. Einen extra Teller bedeckten große schwarze Oliven. Mathes bedeutete ihm, seiner schönen Tischnachbarin noch einen Piccolo zu servieren, ohne sie vorher gefragt zu haben. Ihr anfänglich kleiner Imbiss wurde zu einem verschwenderischen Diner. Sie bestellten zum dritten Male Champagner, endlich eine große Flasche, und genossen den zarten Mandelgeschmack eisigen Tiramisus.

Sie sprachen und lachten, ohne eine einzige unausgefüllte Minute zu erleben. Gabi hieß sie. Mathes duzte sie nicht, obwohl er das sonst sehr schnell tat, und glücklicherweise beließ sie es dabei. Alles passte haarklein in das würdige Ambiente, das die Python erschaffen hatte. Jean bediente sie sichtlich angetan, auch ihn hatte ihre ungewöhnliche Stimmung mitgerissen. Gabi stand auf alten Rock'n'Roll. Auf Mathes' Bitte hin und einen bekräftigenden Geldschein, der in Jeans Zirkusjackett verschwunden war, erklangen Songs von Elvis aus der unscheinbaren Musikbox. Beide beachteten nicht, wie die Zeit dahinschritt, und das Prickeln des Champagners hatte sie erfasst. Irgendwann kündigte der Lautsprecher sonor die in Kürze bevorstehende Einfahrt in den Kölner Hauptbahnhof an und Mathes gab ihr die Telefonnummer seines Hotels. Er ließ es sich nicht ausreden, die hohe Rechnung zu begleichen, und schenkte Jean ein letztes großes Trinkgeld. Dann blickte er ihr nach, wie sie, einen sündigen Hintern unter ihrem roten Kostüm wiegend, im mit Gepäck verstellten Gang zu den Abteilen entschwand. Als Mathes Jean dankend zuwinkte und in die entgegengesetzte Richtung ging, atmete er noch immer ihr herrliches Parfüm und den Duft ihres Lippenstiftes, denn ihr schöner Mund hatte ihn beim Abschied geküsst. Er spürte etwas Hartes in seiner Hose und war sich nicht ganz sicher, ob es sich um toten oder lebendigen

Stahl handelte. Dann betrat er wieder sein Abteil. Das Quietschen der Schiebetür musste Gerd geweckt haben. „Sauf nicht so viel, wenn du dauernd zum Pinkeln musst!“, begrüßte dieser ihn schroff. Mathes öffnete zwei Bierdosen, gab ihm eine und sagte nichts. Erst nachdem er sich hingesetzt und die Python in der Tasche verstaut hatte, wiederholte er Gerd gegenüber die in wenigen Minuten zu erwartende Ankunft. Der Zug fuhr bereits in minderer Geschwindigkeit, die sie immer als Anflug bezeichneten. „Anschnallen und das Rauchen einstellen!“, brummte Gerd und knallte seine Dose gegen die von Mathes.

Die antike Standuhr schlug gerade acht Mal in tiefen, weichen Tönen, als der Portier mit den grau melierten Schläfen und der schmalen Lesebrille, über die er mit gerunzelter Stirn hinwegsah, ihnen ihre Zimmerschlüssel reichte. Ein Taxi hatte sie in kurzer Zeit zu dem gemütlichen, kleinen Hotel gebracht. Die Kölner Altstadt war von einer dünnen Decke glitzernden Schnees überzogen, und schön geschwungene Straßenleuchten ließen die Gassen in einem liebenswürdigen Licht erscheinen. Klaus hatte ihnen zwei Einzelzimmer reserviert und die Nachricht hinterlassen, dass er sich ab halb zehn Uhr in der Hotelbar einfinden würde. Mathes nahm eine schnelle Dusche. Er fühlte sich wohl in dem einfachen, doch behaglichen Zimmer. Als Gerd klopfte, hatte er bereits ein frisches, weißes Hemd angezogen und seine einzige weinrote Krawatte umgebunden. Gemeinsam gingen sie die Treppe hinab in die Kellerbar. Klaus war Mitte vierzig und nicht nur seinem Erscheinungsbild nach das, was man leichthin als Playboy bezeichnete. Seine ehemals schwarzen welligen Haare waren längst gleichmäßig von glänzend grauen Strähnen durchzogen. Auch die Stirn war ein bisschen höher geworden, doch in seiner Art war er jung geblieben. Glatt rasiert spiegelte sich seine immer goldgebräunte Haut im Schein der Halogenstrahler des Tresens. Obwohl er meistens moderne Anzüge trug, wirkte er leger mit einem Touch sportlicher Eleganz. Mathes kannte ihn als ausdauernden und kräftigen Sportler, er schätzte ihn seit Längerem als guten Tennispartner. Doch nicht allein über den Sport hatte sich eine Freundschaft entwickelt. Irgendwie empfand Mathes in seiner Gegenwart das Vertrauen eines väterlichen Freundes, reine Wärme ohne erzieherische Dominanz. Ebenso war Mathes für Klaus der Sohn, den dieser sich immer gewünscht hatte. Nein, es war nicht so, dass Klaus seine beinahe erwachsenen Töchter weniger geliebt hätte, trotzdem vermisste er die enge Freundschaft zwischen Vater und Sohn. Eine Freundschaft, die ihm seine eigene Jugend vor Augen führte, ihn in und mit dem Jungen vieles nochmals erleben lassen könnte. Verbundenheit, Vertraulichkeit, Gespräche, sportliches Kräftemessen, alles das, was eine solch wunderbare Beziehung erfüllte. Gegenseitigen Stolz und Liebe. Mathes bewunderte Klaus' unerschöpfliche Energie, den Humor, der ihn immer umgab, ebenso dessen Spontaneität perfektionierter Redefertigkeit, eingefasst in einen etwas frechen Charme. Vor allem dieser erhob in Mathes' Empfinden jegliche Art und Weise des Erfolges. Mathes wollte nicht grundlegend anders sein als er in seinen späteren Jahren. Er spürte dieses Charisma der Unbeschwertheit, seine Flora, die sich einer angenehmen Welle gleich überall dort verbreitete, wo sie miteinander gewesen waren. Klaus hatte Macht. Ja, Mathes nannte es eine Art von Macht, wenn man Menschen geschickt unterhalten und interessieren konnte, wenn die Sorgen plötzlich zu verkümmern schienen und ein klein wenig Leichtigkeit ihren Platz einnahm. Verwundert hatte Mathes manchmal beobachtet, wie Klaus eigene Regeln aufstellte, wenn es um Themen ging, die andere nicht auszusprechen wagten. Die gewandte Rhetorik versäumte nie ihr Ziel unter dem Mantel des Charmes. Es war schon vorgekommen, dass Klaus einer schönen Unbekannten in einem Bistro direkt gestand, dass ihr Busen ihn verrückt mache. Was von anderen eine plumpe Anmache war, wurde aus seinem Mund zu einem Kompliment. Aufdringlichkeit verwandelte sich in Aufmerksamkeit, Unverschämtheiten zu süßen Geständnissen. Mathes wusste, dass er in Klaus' Nähe die Kunst der Menschenmanipulation erlernte. Aber es war eine Manipulation hin zum Lachen, zum Optimismus, dadurch verschwanden viele Hindernisse ohne irgendein weiteres Zutun. Es war etwas Schönes, etwas Kluges – etwas Gutes! Klaus winkte dem Barmann, drei Pils zu zapfen, dann reichte er Mathes die Hand: „Hallo, Mathes, schön, dich zu sehen. Dein Freund Gerd?“ Er gab Gerd die Hand. Mathes stellte sie einander vor. Einige belanglose Worte und Späße genügten, um die gewohnte lockere Stimmung zu schaffen. Mathes wartete bewusst, dass der Ober die zweite Runde servierte, bis er begann: „Klaus, ich werde dir die ganze Geschichte von Anfang an schildern, einen Teil weißt du ja bereits – ich denke, du kannst uns helfen.“ Klaus unterbrach ihn nur mit kurzen Zwischenfragen, die Anja betrafen, als er verwundert feststellte, dass Mathes sich in sie verliebt hatte. Mathes erzählte von ihren nächtlichen Ausflügen außerhalb der Kaserne, von dem belauschten Gespräch. Der Freund nickte zustimmend. Auch er hätte es nicht bei der ersten Nacht belassen. Selbst der unglückliche Teil, da ihm Gerd das Leben gerettet und den Holländer erschlagen hatte, fand in Klaus' ernster Miene Verständnis. Innerlich atmete Mathes auf, er hatte Angst gehabt vor dem Moment dieses Geständnisses. Ausführlich berichtete er von Diana und dem, was sie erlebt hatte, von ihrem eigenen Aufräumversuch in der Wohnung, dem Geld, den Waffen und seinem nachmittäglichen Anruf bei Rolf. „Davon weiß ich ja gar nichts!“, fiel Gerd ihm verdutzt ins Wort. – „Ich war nicht nur pinkeln, wie du mir vorgeworfen hast, sondern beinahe drei Stunden im Speisewagen.“ – „Saubere Freundschaft!“, tat Gerd beleidigt. – „Wollte dich schlafen lassen.“ Mathes fuhr unbeirrt fort, das kleine romantische Intermezzo erwähnte er nicht. Schließlich verstummte er und wartete auf Klaus' Reaktion. Nicht weniger gespannt starrte Gerd diesen an. Erneut ließ Klaus die Pilsgläser füllen und bestellte außerdem drei Rüscherl. Dabei bedurfte es einiger Umstände, dem Barkeeper die Herstellung derselben zu veranschaulichen. Kopfschüttelnd servierte er endlich die Schwenker mit Wodka, Orangensaft und Eis. Nachdem sie angestoßen und die Gläser geleert hatten, nickte Klaus bedächtig. Seine lebhaften Augen glänzten dunkel und ernst, so wie immer, wenn er schwerwiegende Entscheidungen treffen musste. „Gut, es ist wirklich eine schlimme Sache und nichts lässt sich mehr ändern. Ich weiß nicht, ob ich zu irgendeinem Zeitpunkt anders reagiert hätte, ist auch ohne Belang. Es gilt zu überlegen, wie es weitergehen soll – keine Frage, ich helfe euch, wo ich kann."

Mathes atmete unmerklich die angehaltene Luft aus. „Heißt das, du kannst irgendetwas für Diana tun?" – „Nach Holland kann ich nicht mitkommen, um ihre Freundin zu suchen, aber ich kann weiterhin meine Beziehungen zu den Zeitungen dort nützen. Und hier habe ich schon mehr getan, als du weißt. Ich habe ihr eine Unterkunft besorgt." – „Du hast schon etwas, wo sie wohnen könnte?" – „Ja, ein kleines Apartment mit allem, was sie braucht, die Sache hat allerdings einen kleinen Haken." – „Welchen Haken?" – „Sie kann es nur beziehen, wenn sie gleichzeitig eine Stelle als Zimmermädchen annehmen will, es gehört zu einem Hotel in der Innenstadt." – „Das wäre in Ordnung. Ich habe mir schon Sorgen gemacht, wie wir sie beschäftigen könnten; wie du weißt, darf sie vorerst nicht zurück nach Kroatien." – „Hab ich mir doch gedacht – spricht sie einigermaßen gut Deutsch? Hat sie Papiere?" – „Mmh", bedachte Mathes, „nur ihren Ausweis – soviel ich weiß, arbeitete sie in der Kaschemme ohne Anmeldung." – „Karl wird sie als Lehrling anstellen, zumindest für die Probezeit sind die Papiere kein Problem." Mathes sah ihn fragend an. „Karl ist ein Bekannter von mir, und er leitet das Hotel. Wenn es ihr Spaß macht und sie nicht auf den Kopf gefallen ist, kann sie Hotelfachfrau werden." – „Wie lange ist die Probezeit?" – „Drei Monate." – „Das genügt jedenfalls erst einmal", nickte Mathes zufrieden, „danke, Klaus! Wann können wir sie bringen?" – Sofort! Karl sagt, er brauche dringend Hilfe, und das Zimmer steht leer." – „Gut, morgen Abend besuchen wir Rolf und dann fahren wir nach Holland und holen sie." – „Du willst morgen in diese Kneipe, in der sie gearbeitet hat?" – „Richtig, ich freue mich schon darauf." Ein zynisches Lächeln legte sich über Mathes' Gesicht und seine Augen stierten entschlossen durch das halb leere Pilsglas, das vor ihm stand. Das jämmerliche Bild der kleinen Diana während ihres Entzugs schien sich widerzuspiegeln …

Mathes hatte sich um sieben Uhr wecken lassen. Zwei weich gekochte Eier und eine Kanne Kaffee bestellte er sich aufs Zimmer. Nach dem Frühstück ließ er sich von dem Mädchen am Empfang einen Stadtplan geben und bat es, Gerd auszurichten, dass er bis Mittag zurück sein werde. Dann begab er sich zu Fuß in die Innenstadt. Seine erste Adresse suchte er aus dem Prospekt heraus. Ein geschniegelter Unsympath überreichte ihm nach kurzen Formalitäten die Schlüssel für einen nicht mehr ganz neuen, dunklen Opel Kadett. Der Gebrauchtwagenhändler verstand nicht, warum sich Mathes nicht für den neuen 520er-BMW entschieden hatte, den er ihm zum selben Preis überlassen hätte. Doch Mathes hatte die Fahrzeuge im Hof nach anderen Gesichtspunkten begutachtet. Niemandem war es aufgefallen, dass sein Hauptaugenmerk dem Bodenblech gegolten hatte. Mit gefülltem Tank fuhr er in die Parketagen des Hertie-Kaufhauses. Zielgerade betrat er die Heimwerkerabteilung. Als er zur Kasse kam, hatte er alles, was er benötigte. In seinem Einkaufswagen lagen ein tragbares Schweißgerät, eine kleine Flex mit verschiedenen Scheiben, eine Kabeltrommel und Kleinwerkzeug. Zudem eine Dose Unterbodenschutz, zwei Pinsel und ein Arbeitsoverall. Der Verkäufer empfahl ihm eine Schlosserei, die er als Nächstes aufsuchen wollte. Auch dort fand er, was er suchte. Die etwa vierzig Zentimeter lange Stahlschatulle war ein wenig zu hoch, doch das würde er mithilfe der Flex ändern. An der Deckelinnenseite ließ er gleich fünf kleine, aber umso stärkere Magnete als Verschluss anbringen. Bevor er auf die Autobahn abfuhr, die sich südlich in Richtung Siegburg wandte, hielt er nochmals. In einem unscheinbaren Juweliergeschäft erstand er ein Armkettchen für Anja und silberne Ohrringe für Diana. In einem Spirituosengeschäft erhielt er eine Flasche Hennessy für Klaus. Schließlich folgte er zufriedengestellt den Straßenschildern der A 36, die ihn beinahe bis zu dessen Häuschen geleiteten. „Du bist ja überpünktlich“, begrüßte ihn Klaus, nachdem er den dicken Rauhaardackel beruhigt hatte. „Willst du gleich anfangen?" – „Ich glaube, ich könnte erst einmal ein Bier vertragen", gestand Mathes und setzte sich in den angebotenen Sessel des pedantisch sauber gehaltenen, aber doch anheimelnden Wohnzimmers. „Da gehe ich glatt an meine Reserven", lachte Klaus und stellte zwei Flaschen Schneider-Weiße auf den flachen Marmortisch. Sie tranken Bier und Cognac, bis Mathes endlich aufstand und bedauerte, dass er mit der geplanten Arbeit beginnen müsse. Klaus führte ihn in eine kleine Garage und brachte ihm noch eine Handlampe.

Geschickt bearbeitete Mathes, der in dem Overall jedem Mechaniker gerecht geworden wäre, die Stahlkassette. Er schnitt den Boden heraus, allein die Seitenwände blieben als vier Zentimeter hoher Steg stehen. Nachdenklich betrachtete er sein Werk. Schließlich bockte er vor dem Garagentor den Opel auf. Sorgfältig flexte seine Maschine die Beschichtung des Bodens vor der Wölbung für den Ersatzreifen ab. Als die Fläche glatt und blank hervorschimmerte, begann er den Rand des Stahlrahmens anzupunkten. Trotz größter Mühseligkeit wegen der Enge, die der Wagenheber bestimmte, schweißte er geduldig. Dies war der wichtigste Teil seiner Arbeit. Nach über einer Stunde Schinderei ließ sich die Kassette öffnen und schließen, wobei ihre Unterseite nun das Bodenblech darstellte. Dann trug Mathes mit fahrigen Strichen den klebrigen Unterbodenschutz auf. Bis weit in die Mitte des Fahrzeuges arbeitete er sich vor und das neue Gefäß unterschied sich kaum noch als Fremdkörper von seiner Umgebung. Klaus staunte, da er es nicht entdecken konnte, bis Mathes direkt darauf hindeutete.

Mathes widerlegte die Gebrauchsanweisung des Teeranstriches, indem er entschied, dass die Trocknungszeit nach zwei weiteren Bieren abgeschlossen sei. Schließlich betupfte er die gesamte Fläche gleichmäßig mit einer dünnen suspensionsartigen Masse aus Gartenerde, Lehm und Wasser. Vortreffliche Arbeit hatte er ausgeführt. Das Werkzeug ließ er vollständig bei Klaus. Stattdessen bat er um einen Kopfkissenbezug und eine große Decke. In Ersteren wickelte er einen Stein von mittlerer Größe und verstaute ihn probeweise in dem geschaffenen Geheimfach. Mit einem freundschaftlichen Händedruck verabschiedete er sich von Klaus, der Dackel ignorierte ihn beleidigt. Am nächsten Tag, wenn sie Diana bringen wollten, würden sie sich wiedersehen. Schneematsch bedeckte die Straßen, aber obwohl er nur schleichend vorankam, war es Mathes recht, da der Schmutz sein Übriges tun würde zur Tarnung seiner Arbeit. Er achtete genauestens auf irgendwelche schlagenden Geräusche, doch alles hielt seiner Prüfung stand.

Die antike Uhr begrüßte ihn wie in der Nacht zuvor, allerdings nur mit einem einzigen müden Ton. Gerd saß im Restaurant des Hotels und bearbeitete eine riesige Bachforelle. „Guten Appetit, Gerd!" – „Danke", erwiderte dieser kauend, „hast du alles?" – „Na klar, jetzt können wir getrost den Abend abwarten." – „Du willst wirklich gleich zu diesem Rolf fahren?" – „Ja, hoffentlich ist es nicht schon zu spät!" Gerd vergaß seine Kaubewegung. „Zu spät?" – „Was ist, wenn sie Nena dorthin gebracht haben, wo der Holländer ist?" – „Du meinst, sie haben sie vielleicht …" – „Ja, Gerd, genau das meine ich. Wenn sie annehmen, dass Diana ihn erschlagen hat, müssen sie nichts befürchten. Was ist aber – und das ist mir heute in den Sinn gekommen –, wenn sie ahnen, dass es uns gibt?" – „Mathes, ich versteh kein Wort!" – „Bisher glaubten sie wahrscheinlich, Diana hätte ihn umgebracht und sich mit dem Geld, das sie nicht gefunden haben, aus dem Staub gemacht. Aber mein Anruf gestern – hoffentlich war er kein Fehler!" Gerd schob den Teller weg. „Schmeckt es nicht?" – „Jetzt nicht mehr, rede weiter!" –„Sie wissen seitdem, dass Dritte, nämlich wir, im Spiel sind." Mathes griff fragenden Blickes nach der Gabel und aß von dem fast unangetasteten Salat auf dem Beiteller, während er über sich selbst verurteilend den Kopf schüttelte: „Ich hätte sie nicht warnen dürfen!" Gerd blies ihm den Rauch der eben angesteckten Zigarette ins Gesicht und starrte ihn durchdringend an. „Du meinst, sie sehen in Nena jetzt eine unbequeme Zeugin ihrer Machenschaften?" – „Richtig. Keiner hätte Diana, einer kleinen Heroinabhängigen, auch nur ein Sterbenswörtchen geglaubt, vor allem, da wohl keine Beweise existieren – so dachten sie. Aber was ist, wenn wir Nena ausfindig machen? Dann bestehen glaubwürdigere, sich deckende Aussagen und das müssen sie mit allen Mitteln verhindern." – „Glaubst du denn, Nena ist noch in Deutschland?" Mathes wartete, bis der Kellner, der ihren Tisch ansteuerte, die Geste, zwei Bier zu bringen, mit seiner Kehrtwendung bestätigte. Ein hartes Lächeln spielte um seine Lippen, als er fortfuhr: „Nein, sie ist irgendwo in Holland oder sonst wo – in irgendeinem Puff, wo wahrscheinlich Diana ebenfalls gelandet wäre." Gerd lehnte sich zurück und schwieg einige Sekunden. „Schmarrn!", brummte er plötzlich. Mathes' Augen blitzten zornig auf. „Was ist ein Schmarrn?" – „Wenn sie weg ist, können sie ihr auch nichts mehr tun, oder?" – „Hoffen wir es!"

Der Kellner stellte zwei Pils auf den Tisch. Als wenn er etwas Verbotenes vorhätte, sah ihm Mathes nach, bis er in der Küche verschwunden war, dann setzte er sein Glas an und leerte es in einem Zug. Zu hastig stieß er seinen Stuhl zurück und blickte ein älteres Ehepaar herausfordernd an, das sich in seiner nachmittäglichen Zeremonie, eine Prinzregententorte ehrfurchtsvoll zu sezieren, gestört fühlte und ihn wegen seiner Ruhestörung mit verächtlichem Kopfschütteln strafte. Erst als die beiden wieder in ihr gewohnt verlegenes Rentnergeflüster verfielen, sah er zu Gerd herunter und befahl jetzt mit unpassend ruhiger Stimme: „Weck mich um sechs!" Ohne eine Antwort abzuwarten, verließ er den Raum.

Der Fahrstuhl trampelte gefährlich auf seinen Nerven herum, indem er sich absichtlich besonders träge auf das Erdgeschoss zubewegte. Bei jedem Erreichen eines der vier Stockwerke grinste ihn die Etagenanzeige überlegen an. Das Mädchen an der Rezeption schien Verständnis für Mathes zu haben. Außer den interessierten Blicken, die ihm spürbar in den Rücken bohrten, ließ sie ihn gewähren, während er ungeduldig gegen die sture Stahltür boxte. Endlich nahm ihn das widerwillige Gefährt in seine Kabine auf. Mathes reagierte erstaunlich gefasst, als er diesen schwerelosen Zug verspürte, der ihn zu allem Überdruss erst einmal in das Untergeschoss trieb. In Anbetracht der weinroten, ledergepolsterten Zellenwände wusste er, dass er gegen dieses Ungetüm keine Chance hätte. „Ha, selbst die Deckenleuchten haben sie verglast in dieser Gummizelle!" Niemand stieg im Keller zu. „Ich wusste es, du Scheißkerl! Ich wusste es", zischte er zwischen den Lippen hervor und stach seinen Finger in die Augen der Etagenknöpfe. Mit einem harmlosen Gong öffnete sich die Innentür. Die Anzeige seines Zielbahnhofs leuchtete in selten arrogantem Rot. Voller angestauter Wut stieß er die Außentür auf. Doch die hatte das geahnt und fing seinen Hieb wie ein Stoßdämpfer ab. Einer Mauer gleich stand sie im Ring und setzte plötzlich zu einem linken Schwinger an, der Mathes den Türgriff mit aller Kraft als einen Schlag gegen die Stirn verpassen sollte. Mathes sah den hinterlistigen Angriff früh genug kommen und duckte sich seitlich weg. Seine Sehnen spannten sich und sein ganzes Körpergewicht verlagerte sich auf sein rechtes, leicht angewinkeltes Schlagbein. Im richtigen Moment schoss der als unausweichlicher K.-o.-Tritt angesetzte Fuß in die Höhe. Ähnlich einem Kickboxer streckte er sein linkes Standbein durch, das als fester Hebel mit dem griffigen Teppich verwachsen schien. Die völlig überraschte Tür schlug berstend auf und fiel ächzend in die Seite. „Mach das nie wieder!", schnaubte Mathes seinen Gegner an, ohne ihn noch eines Blickes zu würdigen, und verließ überlegen den Ring. Dass sein Tiefschlag außerhalb jeder Regel gelegen hatte, berührte ihn nicht im geringsten. Leise wich die Federspannung aus den Scharnieren, der Verlierer schob sich zurück in den dunklen Rachen des Schachtes.

Mathes fand den Zimmerschlüssel in seiner Hosentasche. Er schloss auf und ließ die Tür zufallen. Längst nicht mehr wissend, warum er eigentlich so verärgert war, riss er an dem Reißverschluss seiner Lederjacke und warf sie auf das Bett. Aus dem Päckchen, das auf dem Nachtkästchen lag, zog er eine Zigarette hervor, zündete sie mit einer fahrigen Bewegung an und tat erst einmal ein paar tiefe Züge. Er tippte eine Nummer in den modernen Telefonkasten. Es klingelte mehrmals, bis sich Anja meldete. „Hallo, Süße, ich bin es!" – „Mathes? Mathes! Endlich höre ich dich, mein Schatz! Ich erwartete schon sehnsüchtig deinen Anruf! … Bist du hier?" – „Nein, Liebling, aber auf dem

Weg zu dir." Mathes wunderte sich, wie zärtlich seine Worte in seinen eigenen Ohren klangen, und Anjas Stimme legte sich wie ein Balsam um sein Herz. „Wann kommst du?" Sie machte eine kurze Pause. „Bist du okay?" – „Natürlich bin ich okay, süße Anja, ist denn bei dir alles in Ordnung – und bei Diana?" – „Ja, du wirst sie nicht wiedererkennen, sie ist richtig aufgeblüht." – „Schön, hör mir zu", Mathes sprach in größerer Hast als nötig, „ich bin noch in Köln und habe inzwischen eine Wohnung, sogar eine Arbeit für Diana besorgt. Wir werden sie morgen herbringen." – „Wir? Du kommst nicht allein?" – „Gerd ist auch hier." – „Oh, da wird sich Sylvia aber freuen, sie hat seine Rosen bekommen und kann seine Rückkehr gar nicht mehr erwarten." – „Er hat Rosen geschickt?", fragte Mathes erstaunt. – „Ja, einen riesigen Strauß", lachte sie. – „Und du?" – „Für mich sind keine gekommen." – „Nein, ich war zu blöd, an so etwas zu denken, ich meine, ob du erwarten kannst, dass ich komme?" – „Ich kann nicht mehr atmen, nicht mehr essen und schlafen ohne dich! Ja, du fehlst mir wahnsinnig, mein lieber, zärtlicher, süßer Matz – morgen?" Mathes überlegte kurz: „Nein, schon heute Nacht irgendwann, vorher muss ich noch etwas erledigen." Sie drang nicht weiter in ihn und er war froh darüber. „Bist du bei Nick?" – „Soll ich dort sein?" – „Ja, wir kommen dort hin, wenn es nicht später als ein Uhr wird, sonst bei dir daheim, okay?" – „Mmh, gut. Ich liebe dich, mein lieber, lieber Matz." – „Ich liebe dich auch, süße Maus – und, Anja?" – „Ja?" – „Nimm Diana nicht mit, sie soll bei dir zu Hause warten, ja?" – „Ja, ciao, mein Schatz!" Langsam legte er den Hörer zurück. *Matz!* Er schüttelte lächelnd den Kopf. Seine Hand lag noch auf dem Apparat, als es klingelte. „Ja?" – „Hast du dich beruhigt?" – „Nein!" – „Wollte dir nur noch vor deinem seligen Schläfchen sagen, dass du das ekligste Scheusal bist, das ich kenne." – „Danke, war das alles?", fragte Mathes unwirsch. Er wollte nicht zugeben, dass er längst nicht mehr so gereizt war. „Nicht ganz! Ein Fax von Klaus ist eben angekommen. Die Adresse des Hotels steht drauf, in dem Diana arbeiten soll, und die Telefonnummer eines Zeitungsfritzen in Holland." – „Wozu denn das?“ – „‚Ruft ihn an, wenn es Schwierigkeiten gibt‘, hat er daruntergeschrieben, ‚er kann euch helfen!‘“ – „Brauchst du mich unten?“ – „Dich? Wozu wärst du schon zu gebrauchen?“, frotzelte ihn Gerd. – „Was störst du mich dann? Geht deine Uhr falsch?“ – „Keineswegs. Ich sage doch, dass man Scheusale alle halben Stunden wecken muss, um zu schauen, ob die Hosen voll sind. So vermeidet man Wutanfälle.“ – „Scheißkerl!“ Mathes knallte den Hörer auf die Gabel, trotzdem grinste er. Vielleicht, sagte er sich, glich er wirklich manchmal einem launischen alten Esel. Gerd war ihm nie irgendwie böse deswegen. Die Arme im Nacken verschränkt, lag er auf dem Bett und streckte die Beine aus. Gerade wollte er eindösen, als erneut überlaut das Telefon in seinen Ohren schrillte. Erschreckt schnellte sein Oberkörper in die Höhe. Noch vor dem Verhallen des ersten schmerzhaften Geräusches schrie er beißend in die Sprechmuschel: „Jetzt langt's aber, du, du – promillestrotzender, niederbayerischer, halbschwacher Waldschrat! Geht nicht in deinen eigensinnigen, terrorisierenden Schädel eines Halbwilden, dass ich schlafen will, schlafen muss? Hab ich dich vielleicht gestört, als du den ganzen Tag auf dieser Zugfahrt genüsslich gepennt hast? Nein, ich hab dich schlafen lassen!“ – „Weil du dich lieber in ein romantisches Abenteuer stürztest!“ – „In ein was? Bist du mein Kindermädchen, du, du …?“ Seinen Lungen fehlte die nötige Luft und er wagte nicht den tiefen Atemzug, nach dem es ihn verlangte. „Wer spricht da?“, pressten sich die nächsten Worte kaum noch hörbar heraus. – „Das romantische Abenteuer!“ Es entstand kurzzeitige Stille, alle Gedanken purzelten wild durcheinander. Jemand hatte ihm einen Vorschlaghammer gegen die Stirn gedonnert. „Gabi?“ – „Jaa?“, antwortete sie fragend, indem sie das kurze Wort unschuldig in die Länge zog. Er warf ruckartig beide Beine über die Bettkante. „Oh Gott, Scheiße, ich meine: Entschuldigung!“, verbesserte er sich völlig unbeholfen in seiner schlimmen Lage. Stammelnd begann er von Neuem: „Gabi, das tut mir leid, wirklich leid – Gabi?“ Sie antwortete einfach nicht, die Sekunden erschienen ihm absolut unerträglich. Sie ließ ihn tatsächlich leiden, er konnte es nicht glauben.

Er atmete wieder und mit dem ersten kräftigen Luftstrom stieß er hervor: „Würde es dir was ausmachen, wenn du mal irgendetwas sagtest?" – „Machst du das mit jedem, der dich anruft?", schimpfte sie, lachte aber glücklicherweise dabei, als habe sie sich köstlich unterhalten. „Aber was frag ich denn, natürlich, eben habe ich es ja selbst erlebt. Ein – was bin ich? Ein Wald... Waldschrott?" – „Schrat, ein Waldschrat, das ist ein liebliches Wesen, das in den Wäldern heimisch ist", lächelte Mathes, der sich endlich wieder einigermaßen gefangen hatte, in den geschundenen Hörer. – „Hat sich aber nicht so angehört." – „Ich dachte, man könnte bei mir nicht direkt durchwählen, nimmst du, äh, Sie meine reumütige Entschuldigung an?" – „Wer mich einen, einen ..." – „Waldschrat", unterbrach Mathes sie hilfreich. – „Richtig, einen Waldschritt nennt, der kann ruhig Du sagen." – „Du willst mich doch nicht um den Kuss betrügen, den es dafür gibt?" – Sie lachte herzlich: „Wer küsst schon ein jähzorniges Scheusal?" – „Höre ich heute nicht zum ersten Mal", brummelte er. Zur Zimmerdecke blickend gestand er trocken: „Sie hat mich durchschaut, der ganze gute Eindruck beim Teufel! Du hast mich angerufen, um mich fertigzumachen, hab ich recht?" – „Nun, eigentlich wollte ich mich für dieses schöne Diner revanchieren – heute Abend?" – Deutliches Bedauern lag in Mathes' Stimme: „Gabi, ich muss heute noch nach Holland, es geht nicht." Er stockte eine kurze Weile, doch nicht lange genug, dass sie etwas erwidern konnte. „Morgen bin ich wieder zurück, wie kann ich dich erreichen?" – „Mmh, ich ruf dich an. Tschüss, Mathes!" – „Halt, warte, so warte doch ... Gabi?" Sie hatte aufgelegt. Verdattert und kopfschüttelnd sah er in den tutenden Hörer. „Das darf doch nicht wahr sein", brummte er. „Das gibt's doch nicht – die legt einfach auf!" Er streifte verärgert die Telefonschnur von seinem Arm und legte vorsichtig auf, sich selbst gestenreich beschwichtigend, nicht erneut auszurasten.

Die Uhr zeigte erst kurz nach halb fünf Uhr, aber jede Müdigkeit hatte sich verflüchtigt und er zog sich langsam aus, um zu duschen.

Die Fahrt über Remscheid nach Hagen verlief zähflüssig im regen Berufsverkehr. Gerd wollte reden und Mathes wollte schweigen. Mathes versuchte sich mental auf den bevorstehenden Abend vorzubereiten, an dem er diesen Harry erstmals zu Gesicht bekommen würde. Immer wieder erstand das Bild der kleinen, tränenerschütterten Diana vor seinen Augen. Die Erinnerungen an ihre Geschichte schaukelten seinen Zorn hoch, aber er durfte sich nicht zu etwas Unbedachtem hinreißen lassen. Klar und überlegen musste er bleiben. Jede Einzelheit des Bistros oder dessen Lage konnte wichtig sein. Vielleicht würden sie auch die Wohnung suchen müssen, in der Harry seine grausamen Spielchen trieb. Würden sie möglicherweise Nena dort finden? Nein, unwahrscheinlich – sie war nicht mehr in Hagen. Als so unvorsichtig schätzte er diesen Zuhälter und seine Brut nicht ein. Alles schien genauestens durchdacht gewesen zu sein. Selbst die Oma hatte Harry für seine Zwecke benutzt. „Die Oma!“, durchfuhr es Mathes, sodass er beinahe das Lenkrad verriss. Sie mussten sie besuchen. Irgendetwas könnte sie wissen. Die zwei Mädchen konnten nicht plötzlich verschwunden sein, ohne dass die alte Frau sich Sorgen gemacht hatte, möglicherweise sogar zur Polizei gegangen war. Nein, Gerd neben ihm hatte die heftige Reaktion nicht bemerkt. Diese Blitze hatten Mathes nur von innen heraus durchzuckt, so wie man öfter aus dem Halbschlaf aufschrak. Aber er schlief nicht. Er war hellwach, sein Geist stand unter absoluter Anspannung. Seine Stirn lähmten nachdenkliche Falten, beide Hände lagen bewegungslos am oberen Rand des riefigen Lenkrades. Zwischen den Fingern verrauchte allmählich eine Zigarette, wobei die Qualmsäulen sich hektisch gegen den Luftzug wehrten, um am Himmel des Fahrzeuges langsam breite Ruhe zu finden. Gerd beschäftigten detaillierte Gedankengänge über den vortägigen Morgen, den er seiner Frau sexuell verschönert hatte.

Gegen halb acht Uhr erreichten sie den Hagener Bahnhof. Mathes hielt in einer von Bäumen beschatteten Parklücke am Straßenrand. Er stellte den Motor ab und langte nach der Tasche auf dem Rücksitz. Die Grundrisse seines Planes standen fest, als er sich an Gerd wandte: „Besorg bitte einen Stadtplan und sieh im Telefonbuch nach, ob du die Pilsquelle findest!“ Gerd stieg ohne weitere Fragen aus und verschwand zwischen den Autos und dann in der großen Glastür, die zur Bahnhofshalle führte. Mathes zog die Tokarev aus der Tasche und drückte das geladene Magazin in die Vorrichtung. Schließlich zwängte er die gesicherte Pistole hinter seinen vorderen Hosenbund. Dann fasste er nach dem Revolver. Erheblich gewichtiger lag er in seiner Hand. Sechs Patronen glitten in die Trommel. Zweimal musste Mathes sie unter den Sitz schieben, als Scheinwerfer das Innere des Wagens hell erleuchteten. Metallisch klangvoll rastete die Trommel ein. Bedächtig wickelte Mathes die elegante Waffe in sein Taschentuch und verbarg sie im Handschuhfach. Schließlich entnahm er seinem Portemonnaie mehrere Geldscheine, die er auf die Innentaschen seiner Lederjacke verteilte. Den Geldbeutel legte er gleichfalls in das verdeckte Fach. Nun drehte er nur noch das Radio an, lehnte sich zurück und erwartete Gerds Rückkehr. Dieser erschien wenige Minuten später. Er stieg ein, reichte ihm den Faltplan hinüber und öffnete zwei Bierflaschen aus einem Sixpack, das er mitgebracht hatte. Er fühlte längst dieselbe Anspannung wie Mathes. Seine Stimme klang ruhig und fest, wie immer vor einer schwierigen Aufgabe, vor einem ihrer Einsätze: „Krügerweg 5.“ – „Bist du sicher, dass es die richtige ist?“ – „Besitzer: Rolf Hösl, Öffnungszeiten: 18.00–1.00 Uhr“, protokollierte Gerd weiter. „Ich habe die Nummer aufgeschrieben.“ Er zeigte Mathes einen Fetzen des abgerissenen Telefonbuchrandes. – „Ja, es ist dieselbe“, nickte Mathes und blickte Gerd von der Seite an. „Wenn wir dort sind, suche ich einen Parkplatz, der in unmittelbarer Nähe ist, jedoch von der Kneipe nicht einsichtig. Ich werde reingehen, du bleibst im Wagen.“ – „Glaubst du nicht, es wäre besser, ich ginge mit? Was ist, wenn du Ärger bekommst?“ Wortlos öffnete Mathes den Reißverschluss seiner Jacke. Die unheimliche Pistole glänzte matt im Dunkel, an das sich ihre Augen gewöhnt hatten. „Die andere liegt im Handschuhfach! – Geladen! Sollte ein Schuss fallen, was ich möglichst vermeiden werde, wartest du exakt drei Minuten. Erst dann stürmst du hinein." – „Und wenn es zu spät ist?" – „Ich passe schon auf. Vielleicht ist es für uns ein Vorteil, wenn sie dich erst mal nicht zu Gesicht bekommen. Außerdem muss das Auto startklar sein; je schneller wir verschwinden, desto besser. Du fährst!" – „Alles klar", lachte Gerd oberflächlich und schnalzte mit der Zunge: „Wie der Teufel, da kannst du Gift drauf nehmen." – „Ich werde mich anfangs wie ein gewöhnlicher Gast benehmen. Mein Anliegen", betonte er spöttisch, „erfahren sie erst, wenn ich mir den Laden ein wenig näher angesehen habe. Studiere du den Stadtplan, damit wir keine Probleme bekommen, schnellstmöglich die Autobahn zu erreichen! Los jetzt!"

Er drehte den Zündschlüssel. Gerd entfaltete umständlich die dünne Karte und wies ihm mit kurzen „Rechts!" und „Links!" den Weg. Das Lokal lag keine drei Kilometer vom Bahnhof entfernt. Nur die hemmenden Ampelschaltungen störten Mathes. Sie könnten eine eventuelle Flucht gefährlich verzögern. Viermal durchfuhren sie in Schrittgeschwindigkeit die beidseitig zugeparkte Einbahnstraße, an deren linker Häuserfassade ein neues Messingschild hing. „ZUR PILSQUELLE", stand in gotisch kantigen Buchstaben darauf – dürftig beleuchtet von den teilweise blinden, bunten Lampions. „Da!", deutete Gerd auf eine Stelle etwa fünfzig Meter hinter der Kneipe, wo eine leichte Biegung die Straße uneinsichtig werden ließ. Mathes parkte mühelos rückwärts ein. Die Schnauze des Wagens blieb in einer Position, die es ihm ermöglichen würde, mit eingeschlagenen Rädern sofort wieder anzufahren. „Pass gut auf dich auf!", sagte Gerd, und als er sich seines wirklich besorgten, auf gewisse Weise liebevollen Blickes plötzlich bewusst wurde, fügte er unnötig peinlich berührt schnell hinzu: „Ich weiß nicht, mit wem ich sonst meine Sexerlebnisse durchdiskutieren sollte." Mathes hatte den tragenden Augenblick ihrer Freundschaft trotz der folgenden Verharmlosung deutlich gespürt. „Wenn ich nicht genau in einer Stunde zurück bin, habe ich ernsthafte Probleme", sagte er schlicht und drückte die Hand, die auf seinem Arm lag. Die Tür ließ er ohne Grund geräuschlos hinter sich einschnappen. Kalte, sauerstoffreiche Winterluft kam ihm entgegen. Der Gehweg schlief unter einem zarten Hauch glitzernder Schneekristalle. Neben dem Lokal grenzte rechter Hand ein breites Eisentor an, das offen stand. Kurz entschlossen betrat Mathes den düsteren Hinterhof. Ein einziger dunkler Mercedes stand vor der Hauswand geparkt. „Wohl ein Lieferanteneingang", dachte Mathes. Mehrere schwere Stahltüren zum Hinterhaus bestätigten diesen Eindruck. Vielleicht panzerten sie verschiedene Kühlräume gegen die eindringende Wärme. Der Himmel klarte auf und der Mond bildete eine verschwommene Silhouette. Mathes blickte die Fassade hinauf. Aus hohen Altbaufenstern strömte kärgliches Licht. Kurzzeitige Schatten entwuchsen den Fernsehbildern hinter grauen Gardinen. Irgendwoher erschallte lautes Gelächter in den dumpfen Rhythmus, der von der „Pilsquelle" herrührte. Mathes wandte sich wieder auf den Gehsteig. Aus keinem der Kneipenfenster drang Licht, sie waren mit schillernder Aluminiumfolie beklebt. Er drückte die quietschende Eichentür auf. Dichter Qualm, der jedes Licht schluckte, stand in dem länglichen Gastraum. Nicht nur die schmalen Bänke und Barhocker, sondern auch die Wände zierten beinahe gänzlich Jeansfetzen. Ärmel, Beine, Kragen und Ärsche hatte man willkürlich aneinandergenäht. Ein raffinierter Teppich in allen Blauschattierungen war entstanden. Gewiss eindrucksvoll. In die linke Ecke presste sich eine Art Stammtisch. Motorradwimpel und Klubabzeichen bereicherten die ausstaffierten Wände. Dazwischen hingen mehrere Fotografien bunter Tattoos. Angrenzend blinkten fortwährend zwei Spielautomaten. In regelmäßigen Abständen ertönte ihre auffordernde Melodie, doch sie ging beinahe gänzlich in dem allgemeinen Lärm unter. Sie erstreckten sich bis zu dem offenen Durchgang, durch den man wohl in die Küche und zu den Toiletten gelangte. Zwei Drittel der Höhle beanspruchte eine rechteckige Bar. Über ihr befand sich ein tief hängendes Bord, von dem unzählige Pilsgläser wie schlafende Fledermäuse herabhingen. Vor den aluminiumversilberten Fenstern standen in den Boden verankerte, kleine, eckige Tische und erhöhte Sitzbänke. Der gesamte Raum wirkte gedrungen. Etwa zwanzig Gäste füllten das Pub. Mathes steuerte zielstrebig einen unbesetzten Barhocker im hinteren Teil an. Unwillkürlich richtete er sich ein klein wenig auf, als er eine laut grölende Gruppe Altrocker passieren musste, die ihn sämtlich um einen halben Kopf überragten. Trotz der kalten Jahreszeit hingen an ihnen nur ärmellose, ausgefranste Jeansjacken, die wohl irgendwann ein Teil der Sitzbezüge werden würden. Um ihre Stiernacken wanden sich breitgliedrige Silberketten. Über kräftige Oberarme schlängelten sich mehr oder weniger kunstvoll tätowierte Drachen und anderes fantastisches Ungetier, oder Totenköpfe starrten aus Höhlenaugen in die Gegend. Von prächtigen, blanken Schnallen verzierte Gürtel hielten abgetragene Lederhosen, diese wieder zwängten sich über Cowboystiefel der verschiedensten Formen und Muster, mit seltsamen silbernen Beschlägen. Aus der Musikanlage dröhnte Heavy Metal. „Servus, ist da frei?", fragte er einen dicken, vollbärtigen Kaugummischmatzer, der neben dem freien Stuhl am Tresen lümmelte und der Bedienung gierig in den Ausschnitt lugte. „Wird wohl frei sein." Die junge, hellblonde Schankkellnerin, die nach Mathes' Meinung kaum in diese Umgebung passte, sah ihn fragend an. Unwillkürlich musste er an Diana denken und fragte sich, ob sie die Nächste auf Harrys Liste war. In ihren Augen suchte er nach Anzeichen der Heroinsucht. Doch solche Erwägungen vergaß er augenblicklich, als sie ihn mit rauchiger Stimme anschnauzte: „Ist irgendwas? Vielleicht würdest du mir mitteilen, was du trinken willst!" Mathes drehte sich zu dem ranzigen Dicken neben ihm, der noch immer seine tätowierten Arme breit ausgestreckt auf der Theke kleben hatte: „Auch ein Bier?" Eine schwarzgelbe Zahnruine strahlte ihm aus dem struppigen Antlitz entgegen. – „Du gibst eine Runde aus?" – „Bestell, bevor die Dame ungeduldig wird!", antwortete Mathes fast so schroff, wie er es beabsichtigte. – „Zwei Bier, mir bringste zwo – ist mein Geburtstag!", grinste der Dicke frech. „Bring ihm fünf! Für mich langt eins", bestimmte Mathes beherzt. „Fünf", bestätigte sie, wobei es eher wie eine Frage klang. „Ja, hast du nicht gehört, dass es sein Geburtstag ist?"

Die Schultern gelangweilt hochziehend schenkte sie die Gläser vor. Parallel der Türöffnung zur Küche warfen drei andere ihre Pfeile in die Scheibe eines Darts-Automaten, der wohl dahinter aufgestellt war. Mathes beschloss sich dort umzusehen. Er drehte sich auf dem Hocker und wollte gerade hinübergehen, als er die schwere Hand des Dicken auf seiner Schulter spürte: „He, du willst doch nicht abhauen?" Mathes blickte verärgert in das Pärchen aufgequollener Schweinsaugen. Langsam wuchs die Wut in ihm. „Nein, Mann, ich muss zum Pissen! Mitnehmen kann ich dich nicht, weil ich nicht weiß, ob du ein Schwuli bist. Allerdings, wenn du Wert darauf legst, pinkel ich dir in die Stiefel." Die Hand hatte ihre Lage nicht verändert, trotzdem schien sie nun leichter zu sein. „Is schon gut, Kumpel, mag es nur nicht, dass du dich aus dem Staub machst und ich dann selbst blechen darf." – „Wenn ich sage, du bist eingeladen, dann bist du es", beteuerte Mathes, ihm jetzt ebenfalls auf die gewichtige Schulter tippend. Ohne noch eine weitere Äußerung abzuwarten, stieß er die Pranke von sich und ging zu den Darts-Spielern. Er wartete ihr Können abschätzend ab, bis die Lücke entstand, die ihm den ungehinderten Weg zur Toilette freigab. Verächtlich den Kopf schüttelnd schritt er zwischen den für dieses Spiel viel zu brutalen Schützen hindurch.

Niemandem fiel es auf, dass er sich all die herumstehenden oder herumhängenden Gestalten genau einprägte. Er versuchte Harry zu erkennen oder Rolf, doch keiner passte in das Bild, das er sich durch Diana geschaffen hatte. Ebenso akribisch studierte er die Örtlichkeiten. In der linken Ecke, nahe der Abstandsmarkierung der Werfer, bezeichneten zwei Nullen die schmale Tür, die er suchte. Sie fiel hinter ihm ins Schloss. Bevor er die offene Schüssel bestieg, die einem Urinsteinschiff gleich zwischen schmutzigen Kacheln emporwuchs, vergewisserte er sich, dass er allein war. Das Licht aus einem winzigen, eisenvergitterten Fenster würde am Morgen die nackte Glühbirne an der abbröckelnden Decke ablösen. Nur einen schmalen Spalt weit ließ es sich öffnen. Mathes hielt seine Hände trichterförmig an das Glas. Seine Augen benötigten einige Sekunden, bis sie sich an das Dunkel gewöhnt hatten, dann identifizierten sie den Mercedes im Hof. Er entsann sich einer der Stahltüren, die ihm von außen aufgefallen waren. Sie musste aus den angrenzenden Räumlichkeiten ins Freie führen. Als er die stinkenden Toiletten wieder verlassen hatte, schien es so, als würde er erneut rücksichtsvoll warten. Eigentlich aber galten seine unauffälligen Blicke ausschließlich der kleinen Küche. Einladend stand auch diese Tür offen, Mathes wagte dennoch keinen weiteren Schritt. Er wollte einem frühzeitigen Rauswurf tunlichst vorbeugen. Das Wohlgefühl der ständig greifbaren Waffe und vor allem seine absolute Entschlossenheit vermittelten ihm Sicherheit und bewahrten ihn vor Unbesonnenheit. Stirnseitig registrierte er die lackierte Stahltür. Grobe Riegel waren vorgeschoben, lose Vorhängeschlösser hingen etwas hilflos aufgrund ihrer ungenutzten Lage in ihren Bügeln. Befriedigt suchte er seinen Weg zurück. Eben als er wieder auf den gepolsterten Hocker rutschte, öffnete sich die Eingangstür. Während der Dicke klirrend ein Pilsglas gegen seines stieß und ihm nuschelnd zuprostete, erspähte Mathes aus dem Augenwinkel heraus zwei Neuankömmlinge. Schlagartig erhöhte sich sein Adrenalinspiegel. Hitze begann in seinen Kopf zu steigen – unaufhaltsam. Gedehnt, beinahe zeremoniell trank er sein Glas leer, bis nur noch eine Traube weißen Schaums den trichterförmigen Boden ausfüllte. Seine Augen folgten jetzt ausschließlich den beiden Gestalten, die allseits lauthals begrüßt wurden. Ohne den Blick abzuwenden, zündete er eine Zigarette an. Der Größere hatte ein schmales, eindeutig südländisches Gesicht, bestimmt nicht sonnengebräunt, so wirkte der dunklere Hauttyp in dem düsteren Licht erdfarben. Hohe Wangenknochen und der geschwungene Mund verliehen ihm beinahe etwas Weibliches. Der kräftige Körper jedoch, die breiten Schultern und vor allem das pockennarbige Gesicht wirkten umso grobschlächtiger. Die an der Stirn bereits lichteren dunkelblonden Haare fielen eine Handbreit auf den Rücken. Er trug hohe Cowboystiefel und schwere, ausgefranste Lederkleidung und erschien riesenhaft. „Du bist es, elende Ratte", dachte Mathes, wobei seine Lippen die Worte lautlos formten. Der um einen ganzen Kopf Kleinere musste Rolf sein. Er mochte etwa vierzig sein und damit vielleicht acht Jahre älter als sein Spießgeselle. Ein von dem Gaststättenleben gefurchtes Gesicht, in der Mitte ein fülliger Schnauzbart. Unterhalb der kurz gelockten, schwarzgräulichen Haarpracht blitzte ein Brillant aus dem Ohrläppchen hervor. Einfältig muteten der rostbraune Seidenanzug von bester Qualität an und Krokodillederschuhe, die auffällig mit ihrer Einzigartigkeit protzten.

Gerade verschwanden beide hinter den Darts-Spielern, als die Bedienung Mathes schroff anfuhr: „Von dir bekomme ich sechsundzwanzig achtzig!" – „Ich habe nicht gesagt, dass ich zahlen will." – „Bei mir wird gleich bezahlt!" Mathes schob ihr das leere Glas hin: „Schenk mir noch eines ein!" Der verschwitzte Rocker neben ihm rempelte ihn mit dem Ellbogen an, als er sein fünftes Bier mit einem Schluck hinunterkippte. „Dem Dicken gibst du auch noch eins!" Der Fettwanst setzte das Glas heftig ab und stieß seinen kurzen, wulstigen Zeigefinger gegen Mathes' Oberarm: „Nenn mich nicht dick, sag nicht ‚Dicker' zu mir, du Hühnerbrust!" Mathes beachtete ihn nicht. Er lächelte dem Mädchen mit der rauchigen Stimme unnatürlich freundlich zu, seine Worte klangen wie ein Befehl: „Du schenkst jetzt noch zwei Bier ein, dann rechnest du alles zusammen und schließlich richtest du Harry aus, dass ich ihn sprechen will – alles verstanden?" – „Kann mir nicht vorstellen, dass Harry für dich Zeit hat." – „Hat er, keine Sorge, er hat Zeit", erwiderte Mathes entschieden. – „Wie heißt du?", fragte sie verunsichert. – „Sag ihm, ein Freund von Diana will ihn sehen, da wird er sich sehr freuen." Sie wurde zunehmend neugierig. „Bist du ein Freund?" Sie klang nun etwas zu freundlich, als sie die Biere mit dem schnelllebigen Schaum vor ihm hinstellte. „Etwas Ähnliches." Achselzuckend balancierte sie auf hohen Pumps in die Küche. Mathes tastete unauffällig an seiner Jacke herunter, schob beiläufig den Reißverschluss ein klein wenig zurück. Seine Fingerspitzen berührten den körperwarmen Griff der Tokarev. Wie zufällig sah er einen Moment lang zu Boden. Sein Rücken war frei. Harry zwängte sich rücksichtslos durch die Spielergruppe und blickte ihn aus der kurzen Entfernung mit zornblitzenden Augen an. Hinter ihm schlich Rolf zum Tresen. Die Schwingtür wippte einige Male nach. Der Riese bezwang merklich seine Stimme, während er Mathes fast akzentfrei anfuhr: „Was willst du?“ – „Mit dir reden … Harry!“ – „Woher kennen wir uns?“ – „Über eine gemeinsame Freundin.“ – „Ich wüsste nicht, wer das sein sollte.“ – „Ach, du hast Diana schon vergessen? Schade!“ Eine sekundenlange Pause entstand, glühend von dem Hass in Mathes' Augen, dessen Pupillen sich verengt hatten. Er spürte keinerlei eigene Angst, allein die Nervosität des Mannes, der sich in einer ungreifbaren Gefahr fühlte, knisterte zwischen ihnen. „Was willst du?“ Mathes saß nur noch auf der äußeren Kante des verankerten Barstuhles, nun stand er gänzlich auf. „Sagte ich doch schon, bist du etwas schwer von Begriff?“ – „Was fällt dir ein?“ Sein Schädel stieß drohend unter dem Hängeregal hervor. Mathes wich keinen Millimeter zurück, nur die aufgestützten Pranken des Hünen behielt er fest im Auge. Er reizte ihn absichtlich weiter. Wie ein Machtkampf war das, den er gewinnen musste, und nicht zuletzt durch die leichte Alkoholisierung seines Blutes fühlte er ungehemmte Entschlossenheit. „Gut, für dich nochmals“, fuhr er scheinbar gelangweilt fort und starrte Harry aus kürzester Distanz unerschrocken in die funkelnden Augen. Jedes einzelne Wort betonte er nachdrücklich: „Ich will mit dir etwas besprechen, was nur uns beide angeht.“ Täuschend ruhig nickte Harry: „Okay, okay, fang an!“ – „Ich sagte, nur uns beide, schick den Fettwanst weg!“, befahl Mathes ungerührt. „Jetzt langt's aber!“, brauste der Dicke auf, der verwundert zugehört hatte. Mathes hatte ihn keineswegs aus den Augen gelassen. Als die kurze Faust wie ein Vorschlaghammer die rauchige Luft durchbohrte, trat Mathes einen halben Schritt zurück. Gleichzeitig schoss seine linke Hand mit dem vollen Bierkelch dessen Gesicht entgegen. Die kohlensäuregenährte Flüssigkeit brannte ihm in den weit aufgerissenen Augen. Instinktiv wich der kurzzeitig erblindete Angreifer ein wenig zurück und stieß unvermeidlicherweise an seinen Hocker. Seine geballten Fäuste hatten die Augenhöhlen noch nicht berührt, um sie von dem quälenden Schmerz zu erlösen, als Mathes ihm mit aller Kraft seine in den Knöcheln spitz angewinkelte rechte Hand unterhalb der letzten Rippe in den Bauch wuchtete. Der harte Schlag gegen die Leber verstärkte sich um ein Vielfaches durch den Widerstand des unbeweglichen Hockers. Erst jetzt bewegte sich Mathes gewandt in die Ausgangsstellung eines wachsamen Kämpfers. Totenstille beherrschte die Kneipe. Der Tonarm des Plattenspielers rutschte über die Scheibe, es knisterte in den Musikboxen. Der Dicke schien säulenartig erstarrt, die Augenlider immer noch fest zusammengekniffen, die Finger beider Hände weit gespreizt, als er im Zeitlupentempo laut polternd zwischen den Stühlen zusammensackte. Mathes stand bewegungsfrei in der Schmalseite der Höhle. Wenige Meter links von ihm drängten sich bedrohlich sämtliche Ledergestalten mit ihren langen Haaren und aufgedunsenen Fratzen. Rolf nickte ihnen aus dem sicheren Hintergrund bedeutend zu, den Eindringling zu erledigen. „Halt!“, schrie Mathes heiser und legte seine Hand zu allem entschlossen auf den Pistolengriff, den Harry nun zweifelsfrei als solchen erkennen konnte. „Schick sie zurück auf ihre Plätze, bisher habe ich nur etwas Spaß gemacht!“, peitschte seine Stimme durch den Raum. Gleichzeitig griff er langsam in seine Jackentasche und fischte einen Fünfzigmarkschein hervor. Er warf ihn auf die Theke: „Gib den Leuten was zu trinken, der Dicke hat heute Geburtstag!“

Die folgenden Sekunden schienen ihm endlos. Würde die Lage eskalieren, hätte er kaum eine Chance. Doch nichts geschah, Harry winkte die Kerle zurück. Mathes’ Fassung hatte nur einen unwirklichen Moment lang gewankt. „Wir reden da hinten!“, sagte er und deutete in die äußerste Ecke der Bar, denn von dort könnte er den Überblick wahren. Die finsteren Mienen erhellten sich zusehends, und Mathes glaubte sogar ein anerkennendes Lachen herauszuhören. Er setzte sich auf den letzten Hocker. Zwei Typen zogen das geschundene Geburtstagskind unter den Stühlen hervor und brachten den allmählich zu sich Kommenden zu einem der Tische. „Du machst einen riesigen Fehler", begann Harry mit zornvibrierender, brüchiger Stimme, „deine Show ist nichts wert! – Ein Wink von mir und sie zerlegen dich wie ein Stück Vieh." – „Du blöde Kanaille, wink doch, los, wink!", zischte Mathes. „Ich habe genau sechs Kugeln und die erste ist für dich! Also, was ist? Man kann ins Hirn ballern oder nur in die Schulter, in die Knie oder in die Hüfte." – „Vielleicht", sinnierte er, „in die Eier! Ja, dir die Eier wegpusten, das wäre wirklich etwas Herrliches!" Harry zog es vor zu schweigen. „Ehrlich gesagt glaube ich, dass diese Sandkastenrowdys hier lieber ihre Schnäpschen schlürfen, als zu testen, wozu ich fähig bin, meinst du nicht? Willst du winken? Na los, Junge!" – „Komm endlich zur Sache!", fauchte der Riese, dessen Augen ungebändigte Mordlust verrieten. – „Nur zu gern, also spitz die Ohren! Unterbrich mich, wenn ich etwas Falsches sage, aber verarsche mich nicht – ich bin sehr nachtragend und vor allem jähzornig! …

Du hast Diana und Nena an die Nadel gebracht und beide – vermutlich nicht nur sie – auf ekelhafte Weise abhängig gemacht, damit sie für dich auf den Strich gehen. Schließlich hast du sie nach Holland verkauft. Das nennt man Menschenhandel!" – „Bist du etwa von den Bullen?", fragte Harry sichtlich nervös. – „Nein", lachte Mathes freudlos, „nein." – „Was gehen dich dann diese Weiber an?" – „Halt die Schnauze, ich bin noch nicht fertig! In Holland wurde jemand umgebracht und Diana schwört, dass du es warst, damit hockst du lebenslang!" – „Ich habe niemanden umgebracht, was redest du für eine Scheiße?" – „Hast du auch nicht, aber Diana schwört es, wenn ich es will, und ein Alibi kannst du gar nicht haben, weil du dort warst." – „Wer bist du?" – „Ist doch völlig unwichtig." Harry schenkte sich mit zittrigen Händen einen Whisky ein. „Für mich nicht?", fragte Mathes gekränkt. Wütend füllte Harry ein zweites Glas und stellte es so energisch auf den Tresen, dass es überschwappte. Mathes wischte die Lache einfach über die Anrichte, auf der die Abrechnungsbücher lagen. Diese sogen die dunkle Flüssigkeit sofort gierig auf. „Ich will Nena!" – „Was weiß ich, wo die ist!", wand Harry sich. – „Wohin kommen die

Mädchen?" – „Ich kann es dir nicht sagen, bin nur ein … ein Helfer." – „Was du bist, ist mir längst klar, du hast nur eine einzige Chance, die heißt Nena, verstanden?" – „Was ist, wenn ich sie – sagen wir mal: finden kann?" – „Dann schließen wir einen Vertrag." – „Vertrag? Was für einen blöden Vertrag denn?" – „Ich lass dich in Ruhe!" – „Und?" – „Nichts ‚und' – das ist doch eine ganze Menge, oder?" Harry überlegte einen Moment, dann zischte er zwischen den schmalen Lippen hervor: „Du hast den Holländer umgebracht, du warst es, richtig?" – „Sagte ich etwas von einem Holländer?" – „Verdammt, ich war es nicht und du weißt das. Du warst es!" – „Nein, aber das spielt keine Rolle, entscheidend ist, dass du gestreifte Hemden trägst, wenn ich mit Diana zu den Bullen gehe. Für lange Zeit, verlass dich darauf! Dass sie dich zutiefst hasst, kannst du vielleicht begreifen … – Ich will Nena und dass du für immer verschwindest, dafür vergesse ich dich. Diana macht, was ich ihr sage. Es ist ein Geschäft." Harry sah ihn nachdenklich an, plötzlich erhellten sich seine Augen beinahe unmerklich: „Okay", sagte er, „in Ordnung, komme gleich wieder." Er wandte sich um und wollte gehen, Mathes ergriff ihn fest am Ärmel: „Du bleibst, bis ich gehe!" – „Ich muss mit Rolf darüber sprechen", tat Harry unschuldig. Mathes deutete zu der Bedienung. „Die Kleine soll ihn holen." – „Ich will unter vier Augen mit ihm reden!", schnaubte er. – „Kannst du", nickte Mathes, „aber hier am Tresen!" Kurz darauf erschien der Wirt. Schweißperlen glänzten auf seiner Stirn. Abgewandt begannen sie zu flüstern. Mathes war es egal. Gemächlich trank er den Whisky, der ihm angenehm im Magen brannte. Nach einer Weile drehte sich Harry wieder herüber: „Gut, du bekommst sie – wo kann ich dich erreichen?" – „Ich melde mich wieder, da kannst du sicher sein, und zwar morgen!" – „Unmöglich, ich sagte doch, dass ich nicht weiß, wo sie ist – vierzehn Tage brauch ich." Die Worte klangen echt, trotzdem schüttelte Mathes den Kopf. „Fünf Tage, keine einzige Minute länger!" Selbst diese Frist bereitete ihm Schmerzen, denn er fürchtete um das arme junge Mädchen. Wer weiß, was sie zwischenzeitlich erleiden musste? Mathes beachtete nicht das Geflüster der Bedienung und des Wirts, während dieser ein Pils zapfte. Sie hielt ein Tablett voller Schnapsgläser in den Händen, als sie kurz darauf zwischen den Lederjacken um den Darts-Automaten verschwand. Etwas später schnappte die stählerne Hintertür leise zu. Eine mittelgroße, bullige Männergestalt schlich über den Hof. Sie schritt wenige Meter den Gehsteig entlang und überquerte dann zielbewusst die dunkle Straße. Schließlich wurde sie ungesehen von den Schatten eines Hauseingangs geschluckt. Keine zwei Minuten nachdem die Bedienung ihr Tablett in die Küche getragen hatte, lag die Häuserfront wieder still wie zuvor in ihrem Schlaf. Nichts hatte sich verändert. Mathes blickte auf die Ziffern seiner Uhr. Genau zweiundfünfzig Minuten waren seit seinem Eintreten verstrichen. In acht Minuten würde Gerd auftauchen und das galt es zu vermeiden. Er legte einen Geldschein auf die Theke, doch Harry schob ihn zurück. „Heute geht's aufs Haus", zischte er, „wir rechnen nächstes Mal ab." Mathes ignorierte die Drohung, die Zeit drängte. Flüchtig spähte er zum Ausgang. Beruhigt stellte er fest, dass dieser arglos auf ihn wartete. „Harry, wenn du versuchst mich reinzulegen, bringe ich dich um", sagte er und sein Tonfall ließ keinerlei Zweifel zu. Dann ging er festen Schrittes zwischen den Rockern hindurch, die ihm keine Beachtung mehr schenkten. Der vereinsamte Dicke kauerte über ein Bierglas gebeugt an einem der Tische. Im Vorbeigehen schlug ihm Mathes freundschaftlich auf die Schulter. „Bist nicht dick", brummte er grinsend, „etwas bullig vielleicht", entschied er, aber da hatte sich die Holztür hinter ihm schon geschlossen. Hastig lief er die Straße entlang. Seine Augen fixierten umsichtig die finsteren Hausflure. Nichts bewegte sich. Gerd erschrak, als er gegen die Scheibe klopfte. „Mensch, hat lange gedauert, alles klar?" – „Bestens", antwortete Mathes, „los, hau'n wir ab! Lass das Licht aus, bis wir auf der Hauptstraße sind!" Während Gerd anfuhr, blickte Mathes angespannt zurück. Der Eingang der Kneipe hinter der Kurve ließ sich nicht einsehen. Alles blieb ohne Bewegung und Leben. Fünf Minuten später ordneten sie sich in dem versprengten, nächtlichen Verkehr Richtung Grenzübergang Arnheim ein. Nachdem er zwei Bierdosen geöffnet hatte, lehnte Mathes sich erleichtert in den Sitz. Gerd hörte ihm erregt zu, als er berichtete. Endlich erreichten sie die Autobahn, doch bereits den ersten Rastplatz steuerte Gerd wieder an und hielt an einer weniger beleuchteten Stelle am Straßenrand. Sie blieben sitzen und beobachteten den Verkehr. Menschenleere in der kleinen Bucht, allein die Plastikgestalten der Tonnen tanzten zaghaft im Wind. Mathes beförderte die Decke aus dem Kofferraum und breitete sie neben dem Fahrzeug aus. Die Miniaturtaschenlampe von Gerds Schlüsselbund leuchtete ihm, als er das versteckt angebrachte Fach öffnete. Geräuschlos plumpste der eingewickelte Stein in seine Hand. Das Tuch benutzte er, um die Pistole zu polstern. Er fluchte leise, als er feststellte, dass die Schatulle sich nicht mehr schließen ließe, wenn er beide Waffen verstaute. Den Trommelrevolver musste er am Grenzübergang unter der Jacke tragen. Bei der Rückfahrt wäre das zu gewagt wegen der strengen Kontrollen und sporadischen Durchsuchungen, die der rege Rauschgiftfluss von den Niederlanden her mit sich brachte. Die Python würde er bei Nick lassen müssen. Seine Arbeit dauerte exakt sieben Minuten. Kraftvoll schnappten die Magnete, mithilfe seines Feuerzeuges hatte Mathes sogar die Teermasse erneut etwas gelöst und die Ränder des Kästchens verkleistert. Um 22.38 Uhr schleusten sie sich wieder in den relativ regen Verkehr ein. Gerade als sie die fünf Kilometer entfernte, hell erleuchtete Autobahntankstelle passierten, ließ ein sehr großer Mann, dessen rötlich blondes Haar strähnig in der Struktur seiner ausgefransten Lederjacke verlief, die Motorhaube eines alten 230 SE heftig zuknallen. Er hatte sich mehr für die vorbeirauschenden Fahrzeuge interessiert als für das erregte, knackende Metall der heißen Antriebsmaschine unter ihm. Kaum merklich nickte er den beiden anderen zu, die Zigaretten qualmend im Wagen warteten. Der Fahrer trat das Gaspedal durch, sodass die Reifen quietschten. Die nervöse Tachonadel drehte bereits über die 130-km/h-Markierung, während der Tankwart ihnen noch immer verärgert nachschimpfte und die glimmende Kippe austrat, die funkenstiebend von dem

Großen unweit der Zapfanlage in den Rinnstein geschnippt worden war. Der Mercedes holte schnell auf und hielt sich nun in einigem Abstand hinter Gerd. Die lautlosen Grenzer winkten beide Pkws ebenso wie den protzigen Caravan samt Anhänger, der zwischen ihnen trudelte, gnädig durch. Das Verfolgerfahrzeug fiel erneut weit zurück, ohne jedoch den dunklen Opel jemals aus den Augen zu verlieren. Mathes lehnte seitlich über der Rückenlehne und hatte ein Bein untergeschlagen. Genüsslich nippte er an seiner Bierdose, die Kohlensäure brannte angenehm auf seiner Zunge. Nachdenklich betrachtete er Gerd. „Woran denkst du?", fragte dieser nach einer Weile. „Woran ich denke? Ich frage mich, ob wohl dieser verrückte Bayer neben mir nicht doch ein heimlicher Romantiker ist." – „Um Gottes willen, nein, es langt, wenn einer von uns spinnt!" – „Oh doch, doch, doch", grinste Mathes verdächtig. „Es ist mit Sicherheit so, ich kann es beweisen." – „Beweisen? Dass ich nicht lache!" – „Ich sag nur ein Wort: Rosen." – „Aha, Rosen. Woher weißt du denn das schon wieder?" – „Habe mit Anja telefoniert." – „Schön, aber wo ist der Beweis, das romantische Indiz?" – „Ja, eben die Rosen", bekräftigte Mathes etwas verunsichert. – „Nein, mein Freund, sie sind genauso romantisch wie ein Salat oder Krautkopf!" – „Du bist tatsächlich übergeschnappt", entgegnete Mathes nach ein paar Sekunden und schüttelte entsetzt den Kopf. – „Nein, Mathes – ich erkläre es dir, denn das ist genau der Punkt, in dem wir total verschieden sind. Der Punkt, der dich einmal zerstören wird." – „Ich höre." – „Man kann schenken, was man will, einen Salatkopf, ein Unkraut, einen krummen Christbaum, alles ist romantisch, wenn man melancholische, erinnerungsschwere Gefühle hineinlegt, wenn sie irgendetwas bedeuten." – „Und das ist schlecht?" – „Ja, denn immer dann liegt eine Art unglücklicher Liebe, ich betone: unglücklicher Liebe darin. Ich möchte wetten, du hast noch nie irgendetwas verschenkt nur aus sich selbst heraus, einfach nur, weil es schön ist." Mathes überlegte verbissen. Das Gespräch hatte eine seltsame Wendung genommen. Ohne es erklären zu können, fühlte er sich gekränkt und gleichzeitig irgendwie wütend. „Kann sein", sagte er, „du hast recht, ich bin anders als du. Ich schenke nicht, weil etwas schön ist, sondern damit es dem anderen mit dessen Augen gefällt." – „Nicht ganz, alles, was du verschenkst, bekommt einen symbolischen Charakter – es soll verbinden ... Weißt du, warum Menschen schon immer Ringe und Ketten schenken? Um sich an den anderen zu ketten, sich unbewusst in eine Gefangenschaft zu begeben und den anderen ebenso." Mathes dachte unwillkürlich an das Armkettchen, das er für Anja gekauft hatte, er sagte nichts davon. Scheinbar beiläufig, aber doch zutiefst gespannt fragte er: „Und Ohrringe zum Beispiel, was ist mit denen?" – „Schenk ich genauso wie die Rosen, weil sie schön sind – ausschließlich schön." – „Ich habe Susanne schon etliche Ohrringe geschenkt." – „Ja, und jedes Mal wahrscheinlich eine goldene Träne oder sonst irgendetwas ‚Romantisches'", unterbrach ihn Gerd ein wenig herablassend. – „Du sagtest, das würde mich irgendwann zerstören, ich verstehe das nicht." Bedächtig fischte Gerd eine Camel aus dem Päckchen, mit derselben Hand zündete er sie an. Auch als die Flamme wiederholt in dem Luftzug erlosch, verlor er nicht die Geduld. Mathes wollte ihm nicht helfen. Nachdem er einen tiefen Lungenzug getan hatte, fuhr Gerd fort. Der Rauch brach sich schartig über seinen Lippen, während er sprach: „Mathes, du suchst nicht die Liebe, sondern die Sehnsucht nach der Liebe. So wirst du niemals glücklich, nicht mit Susanne – und auch nicht mit Anja." – „Woher willst du das wissen?", brauste Mathes spürbar in die Enge getrieben auf. „Vielleicht weißt du gar nicht, was Liebe ist – bei dir steht sie nur mit dem Schwanz!" – „He", fuhr Gerd herum, „ich wollte dich nicht kränken, warum tust du es? Unter Freunden kann man über alles sprechen und wir sind doch Freunde, oder?" – „Klar, habe es auch nicht so gemeint, entschuldige!" Wieder sah Mathes ihn von der Seite an und er nippte an der Bierdose. Aber diesmal saß da nicht mehr der kleine, witzige Bayer, nein, ein Mann, der tiefer dachte und fühlte, als es sonst den Anschein hatte. „Was rätst du mir?", fragte Mathes und vermied es, überheblich zu klingen. „Ich kann dir kaum etwas raten, es ist dein Schicksal, dass du jedes Gefühl exzessiv empfindest. Alles, ob Liebe oder Hass, tiefe Leidenschaft prägt dich und die schafft bekanntlich Leiden! Du lebst die Fähigkeit, alles, absolut alles zu tun, was dein Herz verlangt, selbst wenn du weißt, dass es dich zerstört." Er ließ eine kurzzeitige Stille entstehen, die nur vom Rauschen der Straße untermalt wurde. Mathes sagte nichts, er hörte zu. Gerds Worte taten weh, weil sie so zu ihm sprachen, wie er selbst es nie vermocht hatte. Erschüttert ahnte Mathes seine unermessliche Unwissenheit und Selbsttäuschungen. Völlig hilflos. Diesen Moment ließ er allein deswegen zu, da er es als wärmend empfand, wie die tiefsten und unbewussten Ebenen in ihm ein wenig Erlösung fanden. Fragen, die das Unterbewusstsein seit seiner Kindheit flehentlich gerufen hatte. Die Antworten waren ausgeblieben, denn Mathes war taub und störrisch gewesen …

„Du bist ein Märtyrer deines Herzens. Deine Art, Selbstmord zu begehen, ist emotionaler Natur, das ist nicht schwer zu erkennen." Der Fahrtwind fauchte heftig, nur die hell erleuchteten Straßenbegrenzungen begleiteten sie – und zwei trübe Scheinwerfer ein gutes Stück hinter ihnen. „Warum sagst du nichts?" – „Weil du vielleicht recht hast, Gerd", antwortete Mathes ziemlich kleinlaut und er drehte den Radioknopf an, wie um etwas von sich abzuschütteln. Wieder erinnerte er sich an das goldene Armkettchen. Wollte er Anja an sich binden? Er sehnte sich nach einem Leben mit Susanne, da gab es keinerlei Zweifel. Trotzdem wollte er Anja irgendwie an sich fesseln. Nein, das durfte er nicht! Wie benebelt langte er zurück in die Tasche und zog eine Schachtel Zigaretten heraus. Eigentlich aber hatte der arglose Griff etwas anderem gegolten, das nun versteckt in der Höhle seiner Hand lag. Dem samtigen Kästchen mit der Kette. Seine Finger umfassten es verkrampft, bis eine ganze Zigarette verraucht war. Beinahe einem Ritual gleich öffnete er dann einen Spalt breit das Fenster. Das Kettchen rutschte in seine Hand. Die kleine Schachtel behielt er in der anderen. Zwischen den Fingern seiner Rechten klemmte die verglühende Zigarettenkippe. Seine Hand ballte sich zu einer Faust und langte in den kalten Luftstrom. Der Stummel schoss kometenhaft in die Dunkelheit. Die Faust blieb noch fest geschlossen. Er spürte die Wärme des begrabenen Goldes. Langsam öffnete sich die Hand, wie eine Schlangenhaut über seinem Knöchel glitt es in die Nacht. Lautlos kurbelte er die Scheibe wieder nach oben. Warum gerade jetzt dieser verdammte kitschige Song von Teddybär, dem rollstuhlfahrenden kleinen Jungen, der sich mit dem schmalzigen Trucker unterhält? Er hasste dieses Lied, oder waren es nur die Tränen, die es ihm unweigerlich in die Augen trieb? Selbst wenn sie unsichtbar blieben, taten sie weh. Er hatte alles verstanden, was Gerd gesagt hatte – und auch wieder gar nichts. „Wieso kümmerst du dich überhaupt darum?", fragte eine Stimme in ihm. Bevor er näher darüber nachdenken konnte, antwortete eine zweite: „Weil es der Schlüssel zu deinem Schicksal ist, du Narr!" „Trottel!", schimpfte sie hinterher. Kurz entschlossen verstellte er den Sender. Die Stimme entschwand schlagartig in einem Hit der EAV. Er öffnete die nächsten Bierdosen und zündete zwei Zigaretten an. Bald wippten sie, angesteckt von dem unaufhaltsamen Rhythmus, mit und grölten: „Ich bin der Märchenprinz …" Dem Mercedes, der wie sie die Ausfahrt Budel nahm, schenkten sie keinerlei Beachtung. Erst als sie vor Nicks Bistro parkten, sah Mathes flüchtig das Fahrzeug in der nächsten Seitenstraße verschwinden. Nur sein argwöhnisches Unterbewusstsein registrierte die deutschen Anfangsbuchstaben auf dem Nummernschild.

Die Tür fiel hinter ihnen zu, sie standen im Eingang und beide erinnerten sich ein wenig melancholisch an den ersten Abend. Wie vor über drei Monaten stand Nick mit dem Kopfhörer hinter der niedrigen Plexiglasscheibe und bediente mit sicheren Handgriffen die Anlage. Und dort war Anja, die gerade die hohen Gläser auf dem Tablett mit Apfelkorn füllte. Ihr Blick traf die Neuankömmlinge und sie lächelte freudig. „Ihr seid neu hier, auch Soldaten?", fragte sie neckisch und um ihren Mund bildeten sich verführerische Grübchen. „Ja, unser erster Ausgang, aber wieso auch?", fragte Mathes. – „Weil ich Soldaten liebe." Mathes verzog entrüstet das Gesicht: „Alle?" – „Alle vielleicht nicht, aber einen ganz bestimmt", flüsterte sie, während sie sich über den Tresen beugte und ihn küsste. „He, he und ich?", protestierte Gerd. „Du bekommst deine Küsse gefälligst von mir!", kreischte jemand hinter ihm und Sylvia flog in seine ausgebreiteten Arme. – „Da ist ja mein Spatzerl, da werd ich mir doch ein paar Busserl holen, gell, hast mich recht vermisst?" Wie am ersten Abend tranken sie, tanzten mit den Mädchen, küssten sie mehr als einmal und flipperten. Wenige Minuten nach ihnen war ein weiterer Gast eingetreten. Der etwa vierzigjährige Mann mit kurz geschnittenen, angegrauten Haaren ließ sich schwer einordnen. Sein Gesicht wäre nicht unsympathisch erschienen, wenn nicht eine riesige Nase es verunstaltet hätte. Seine Augen blickten gutmütig und ein bisschen müde. Die schäbige Jeansjacke und seine helle geschnürte Lederhose verliehen ihm eher das Flair eines etwas schrägen Cowboys. Er trug abgeflachte Stiefel. Vielleicht einer der Trucker, die hier manchmal auf einen Kaffee abstiegen. Er setzte sich an einen einzelnen kleinen Tisch am Fenster. Schon nach kurzer Zeit war er wieder verschwunden. Nur noch etwas Kleingeld lag neben seinem Pilsglas.

Nachdem die letzten Gäste gegangen waren, verschloss Nick die Tür und köpfte eine Magnumflasche Sekt. Ausführlich erzählte Mathes nun von den Geschehnissen des vergangenen, aufregenden Tages. Über den Dicken ließ er sich besonders aus, da die Geschichte im Nachhinein äußerst belustigend klang. Sylvia lachte ununterbrochen in allen erdenklichen Tönen und Gerd lachte über ihr Lachen. Erst gegen vier Uhr früh verabschiedeten sich Mathes und Anja von den anderen. Mit ihrem Wagen fuhren sie nach Eindhoven. Sie küsste ihn lange und zärtlich, bevor sie die Treppen zu Nicks Wohnung hochstiegen. Diana hatte sich wirklich sehr verändert. Sie wirkte glücklich. Aus eigenem Antrieb hatte sie die Wohnung blitzblank geputzt, aus den verschiedensten Gefäßen ragten herbstgelbe Getreideähren heraus, geschickt geflochtene Gräser bildeten Kränze darum. Auf dem Tisch standen drei Sektkelche und eine Flasche daneben. Von dem Lichtspiel der Wassersäulen bestrahlt, lag Diana auf der Couch – und schlief. Anja lächelte liebevoll und auch ein bisschen stolz, als wäre jenes Mädchen ihre umsorgte kleine Schwester. Ohne dass sie irgendein Geräusch verursacht hätten, erwachte Diana plötzlich, sprang auf und umarmte Mathes stürmisch. Mit ausgestreckten Händen stand er da und wusste nicht, was er tun sollte. Sie küsste ihn arglos auf den Mund und es war ihm etwas peinlich. Schließlich drückte er sie ein wenig zaghaft an sich, so wie ein Kind, das er in ihr irgendwie auch sah. Sie ergriff seine und Anjas Hände und führte beide zu dem Sektgedeck. Als sie die Flasche packte wie ein Teigholz, nahm er sie ihr lachend ab. Es handelte sich wohl um den billigsten Erdbeersekt, der in irgendeinem Supermarktregal die Lücken füllte. „Wo hast du denn den her?", fragte er scheinheilig. – „Ach, da habe ich einer Frau gesagt, ich trage ihr die Taschen, wenn sie ihn für mich kauft." – „Und sie hat sich darauf eingelassen?" – „Nein, nicht gleich. Ich habe ihr noch einen Strauß von meinen Getreideblumen gegeben, da war sie einverstanden." Mathes war gerührt. Tatsächlich leerten sie die Flasche warmen, fruchtigen Schaumweins, dann verabschiedete sich Diana taktvoll, als habe sie gespürt, dass sie allein sein wollten. Er hatte beiden von der Arbeitsstelle für Diana und der neuen Stadt erzählt, in der sie sich endlich frei bewegen dürfte. Sie schien hellauf begeistert. Ein wenig wehmütig freute sich auch Anja, wehmütig, da sie das Mädchen richtig lieb gewonnen hatte. Diana drückte ihr einen sehr zärtlichen Gutenachtkuss auf die Lippen und Mathes sah deutlich die Zuneigung, die schon zwischen ihnen bestand.

Wieder sprudelten die Säulen in ihrer rauschenden Schönheit. Auf dem Plattenspieler knisterte die Scheibe und in Bruce Springsteens rauer Stimme vibrierte unendlich viel Gefühl. Anja setzte sich bei Mathes auf den Schoß, ihr Gesicht war ihm ganz nahe. Ihr Minirock spannte sich reizvoll über den schlanken Beinen. Sie küssten sich eng umschlungen und ihre süße Zunge suchte seinen Mund. Er genoss es und doch fühlte er sich etwas unwohl, denn er hatte sich fest vorgenommen, ihr heute seine Entscheidung mitzuteilen. Ihre Lippen lösten sich von den seinen und sie zog ihren Pullover über den Kopf. Ihre herrlichen Brüste reckten sich ihm entgegen. Die harten Knospen drängten leidenschaftlich auf Entfesselung von den weißen Spitzendessous. Zart zeichneten ihre dunklen Höfe begehrliche Schatten in den fliehenden Stoff. Anja sah ihm weiblich dominierend in die Augen, während sie sich herausfordernd entkleidete. Er wollte etwas sagen, er musste! Er konnte nichts sagen. Sein Mund öffnete sich nur ein klein wenig, doch sofort lag ihr Zeigefinger auf seinen Lippen – und hieß ihn schweigen. Als er irgendwann entkräftet ausatmete, sank ihre Hand langsam wieder und ihr Rock glitt zu Boden. Das verträumte Licht der edlen Röhren strahlte in ihren Rücken. Der wundervolle Schein streichelte ihr Haar und legte ihr Gesicht in ein prickelndes Dunkel. Der blütenweiße Einteiler zauberte liebliche Blumenkelche und Blätterspitzen auf ihre immer noch gebräunte Haut. Ihre ebenso weißen Pumps hatte sie anbehalten. Und während sie Mathes entkleidete, während ihre zarten Hände über seinen Rücken, die Schultern und seine Brust strichen, streifte ihr süßes Dreieck, nur von dünner Seide bedeckt, ganz nahe an seinem Gesicht vorbei. Bei ihrem verführerischen Anblick, ihrem weiblichen Duft und unter den zärtlichen, streichelnden Händen wuchs seine Erektion, bis ihm der gesamte Unterleib zu glühen begann. Sie setzte sich auf ihn, umschloss ihn, wiegte sich flügelleicht, ließ ihn immer wieder beinahe frei, um ihn dann erneut ganz in sich aufzunehmen. Die Absätze ihrer Damenschuhe stemmten sich gegen seine Waden, aber er genoss den Schmerz. Immer heftiger, immer gleichmäßiger stöhnte die Tiefe ihrer Lust heraus. Mathes fühlte, wie sich mit einem Mal sein Körper verkrampfte, um dann in einer aufbäumenden, unendlich langen Sekunde herrlichste Erlösung zu erleben. Ihr süßer Schrei verebbte in leiser werdenden Atemzügen. Erschöpft sank sie in seine Arme …

Mathes' schlechtes Gewissen suchte nach Worten, alles drehte sich um ihn. Flehend sah er zu den Gasblasen der Röhren, die sich spiralförmig an die Oberfläche wanden, um in Unsichtbarkeit zu zerbersten. „Du hast dich für sie entschieden", flüsterte sie in sein Ohr und noch immer war ihr Atem nicht ganz zur Ruhe gekommen. Kaum merklich nickte er und er drückte sie noch fester. Sie umschlang seinen Hals, ihr Kopf lag an seiner Schulter. Schweigend hielten sie sich so, jeder in seinen Gedanken, und er spürte, wie leise eine ihrer Tränen von der Hitze seines Körpers schmolz und über seinen Rücken schlich. Noch nie war er so traurig, so hilflos, so maßlos verzweifelt gewesen.

Irgendwann bemerkte er den seichten Atem ihres Schlafes. Vorsichtig löste Mathes ihre Arme und trug sie zur Couch. Er legte die flaumige Decke über sie, setzte sich auf den Teppich und lehnte sich gegen den Sessel, nackt und mit geschlossenen Augen. Bald fiel er in einen unruhigen Schlaf, dessen morgendliche Kühle gefährliche Wildwasserjagden in seine tosenden Träume brachte.

Wieder stand er lange unter der heißen Dusche. Durch die milchige Glasscheibe des Fensters wirkte der Himmel grau und vergreist. Wasserdampf belegte allmählich den Spiegel, an den orangeroten Kacheln hingen unzählige winzige Tröpfchen. Wieder drängten Mathes' Gedanken nach einem lautlosen Gespräch mit dem glucksenden Ausguss. Als dieser jedoch höhnisch zu lachen begann, drehte er ihm einfach den Zufluss ab. Röchelnd erstarb sein grauenvoller Spott.

Bedrückte Stimmung herrschte zwischen Anja und Mathes an diesem Morgen. Sie lächelte ihn an, aber ihre Augen schienen zu weinen. Mathes küsste sie fast ohne Berührung. Diana verstaute die Kleidungsstücke, die ihr Anja geschenkt hatte, reisefiebrig in einem Koffer. Dann lenkte Mathes den Wagen stillschweigend nach Budel. Mit einem Ohr lauschte er dem Gespräch der Mädchen, so wie dem fröhlichen Zwitschern von Spatzen, das Sonnenstrahlen auf die Seele warf, ohne dass man es ganz bewusst wahrnahm. Die vergangenen, leidvollen Wochen hatten die beiden liebevoll verbunden. Anja versprach, Diana baldmöglichst in Köln zu besuchen. Mathes überlegte sinusförmig, ob er Anja überhaupt wiedersehen wollte. Unbedingt wollte er! Nein, er wollte nicht! Er würde nicht. Er ahnte nicht, wie bald er sie wiedersehen sollte.

Gerd wartete bereits im Bistro. Mathes gab Nick den Revolver und nannte ihm den Grund, dann musste er das tun, wovor er die ganze Fahrt über Angst gehabt hatte. Ein letztes Mal küsste er zärtlich Anjas Lippen. Statt des beabsichtigten „Lebe wohl!“ flüsterte er nur ein spärliches „Bis bald!“ Die Tränen in ihren Augen brannten sich in sein Herz wie Schwefelsäure. Noch einmal drückte sie seine Hand, dann drehte sie sich abrupt um und verließ das Bistro, ohne zurückzublicken. Mathes sah Hilfe suchend Nick an und dieser zog nur seufzend die Schultern hoch. „Du musst es wissen, Mathes“, sagte er, „du musst es wissen.“ Vier anklagende Worte, die schmerzten wie eine unsägliche Dummheit, die man bewusst beging.

Wortlos schenkte Nick vier doppelte Korn ein. Diana winkte ab. Die drei Männer prosteten sich zu und kippten den scharfen Alkohol hinunter. Mit einer Bewegung ließ Mathes sein Glas über den Tresen gleiten, bis es knapp vor dem Rand zu stehen kam, und mechanisch schüttete er den für Diana bestimmten Schnaps hinterher. Er hatte es bitter nötig.

Gleich darauf fühlte er sich ein klein wenig besser. Er umarmte Nick: „Wir sehen uns bestimmt wieder!“ – „Ich weiß“, antwortete Nick, „du bist hier immer willkommen, auch wenn ich dich eigentlich in den Arsch treten sollte.“ Mathes verstand die Andeutung, die Anja betraf, sofort. „Vielleicht.“ Während Gerd sich verabschiedete, saß Mathes schon im Wagen und sog gierig den heißen Rauch einer Zigarette ein.

Während der Fahrt nach Deutschland verlief das dauernde Gespräch an Mathes vorbei. Gerd wollte ihn in Ruhe lassen und Diana strafte ihn mit Verachtung. Zu gern hätte sie wohl die Liebe zwischen Anja und ihm erfüllt gesehen, oder gab es da noch etwas anderes? Er war es leid, darüber nachzusinnen. An gar nichts wollte er denken – verdammte Welt der Erinnerungen! Nur einmal unterbrach er kommentarlos die Fahrt und überprüfte flüchtig sein Waffenversteck im Fahrzeugboden. Alles in Ordnung. Ein mulmiges Gefühl im Magen machte sich bemerkbar, während sie sich dem Grenzübergang näherten. Seine Knie fühlten sich an wie Pudding, als er dem kaltschnäuzigen Beamten den Kofferraum öffnete. Zwei weitere standen mit Schäferhunden daneben. Diesen Auftritt sichtlich auskostend, studierte der Beamte gründlich ihre Papiere und fragte dann noch sämtliche Daten im Computer ab. Diana sei seine Freundin, behauptete Mathes, was den Grenzer aufgrund ihres Alters nicht unbedingt freundlicher stimmte. Dann leuchtete er mit einer Taschenlampe die Radläufe aus. Mathes schluckte fassungslos und glaubte, jeder könnte es überlaut hören. Gerd versuchte nervös eine Zigarette anzuzünden. Das Feuerzeug versagte mehrmals unter seinen unruhigen Fingern. Mathes fühlte bereits imaginäre Handschellen um seine Gelenke. Gerade schien der eingebildete Zöllner nächste Quälereien erwogen zu haben, als glücklicherweise eine Gruppe Motorradfahrer die Schranke erreichte und den Mann mit der jagdlustigen Gesinnung ablenkte. Unwillig reichte er Mathes die Pässe zurück und winkte ihm überheblich durchzufahren, ungefähr so, als würde er ihn zum Teufel schicken. Mathes konzentrierte sich auf die Pedale, die ihm vollkommen neu und ungewohnt gegen die Schuhsohlen tippten. Erst einige Hundert Meter weiter pfiff er erleichtert den angehaltenen Atem durch die Zähne. Gerd beförderte drei Bierdosen ans Tageslicht und das helle Schnappen der Verschlüsse klang wie feierliche Korken von Champagnerflaschen. Die Stimmung in dem dunklen Opel unterschied sich nun deutlich von den anderen Nutzern der Autobahn. Ausgelassen wippten alle drei im Rhythmus des rockigen Radiosenders. Kurz nach Mittag erreichten sie Köln. Mathes hielt vor einem jugoslawischen Restaurant. Er wollte Diana eine Freude bereiten. Sie ließen sich reichlich auftischen und schlemmten die Genüsse aus ihrer Heimat. An dem Münzapparat wählte Mathes die Nummer von Klaus. Er bedauerte seine momentane Unabkömmlichkeit und diktierte ihm das Nötige über Dianas neue Arbeitsstelle. „Rufst du mich noch einmal an, wenn du in deinem Hotel bist? Wäre schön, wenn wir uns heute Abend sehen – bei mir oder in Köln." – „Mach ich, Klaus, bis dann!" – „Bis dann!"

Vor siebzehn Uhr würde der Besitzer des Hotels „Vier Kronen" nicht anwesend sein, hatte Klaus gesagt. Mathes blickte auf seine Armbanduhr. Es blieben noch beinahe drei Stunden

Zeit und er beschloss mit Diana einen Einkaufsbummel in die Innenstadt zu unternehmen. Sie verabschiedeten sich von Gerd, der eine Kneipentour beginnen wollte. Dianas Augen leuchteten glücklich, als sie sich in unzähligen neuen Kleidungsstücken vor den Kaufhausspiegeln rekelte und drehte. Anfangs wählte sie bescheidener und zurückhaltend. Doch Mathes versicherte ihr, dass sie sich aussuchen könne, was ihr gefiel. Die meiste Zeit saß er in irgendeinem Sessel und beobachtete keineswegs gelangweilt die amüsante Modenschau, die sie bot. Jeden Rock, jedes Oberteil, die verschiedensten Schuhe an ihren kleinen Füßen musste er ausführlich und mit männlichem Kennerblick kommentieren. Schließlich sah sie ihn nur fragend an und er nickte oder schüttelte den Kopf. Auch zwei Dessous durfte sie auswählen, er gönnte sich diesen kleinen Höhepunkt seiner privaten Modenschau. Unumwunden musste er sich eingestehen, dass diese Knospe zweifellos zu einer schönen Frau erblühen würde. Der peppige Verkäufer in einem Glitzeranzug zwischen der üppigen Faschingsdekoration merkte schnell, welch selten gutes Geschäft sich hier ankündigte, und überschüttete Diana freigebig mit Schmeicheleien. Irgendwann winkte ihm Mathes mit Gönnermiene, er solle eine Flasche Sekt heranschaffen lassen. Verdutzt schickte er einen Kollegen, der den Wunsch spontan erfüllte. Diana empfand viel zu viel Aufregung, als dass sie die Situation genießen konnte wie er. Zwischen ihren Verkleidungen schüttete sie das prickelnde Getränk durstig hinunter, als wäre es Wasser. Bald hatten sich ihre Wangen beschwipst gerötet und sie kokettierte mit ihrem Spiegelbild, drehte Pirouetten auf den hohen Schuhen. Längst beobachteten mehrere andere Kunden die ungewöhnliche Szene. Den am Sektkelch nippenden Mathes konnten sie nicht einschätzen, er musste ein sehr wohlhabender Mann sein, noch jung, aber doch eine gesellschaftliche Persönlichkeit, ja, zweifellos. Vielleicht ein Schauspieler aus irgendeiner Fernsehserie – die verdienten unverschämt mehr, als sie ausgeben konnten. Oder einer dieser Söhne, die noch nie arbeiten mussten, nein, für einen solchen Tunichtgut hatte er zu raue Hände. Möglicherweise ein Sänger. Aber sosehr sie sich auch anstrengten, keiner konnte sich erinnern, woher er ihn wirklich kennen wollte. Natürlich warteten sie geduldig ab, bis er den beachtlichen Betrag bezahlte. Ein Trinkgeld eingeschlossen, blätterte er elf Hundertmarkscheine auf die Kassenablage. Den Sekt nahm er absichtlich als selbstverständliche Geste des Hauses an. Der befriedigte Verkäufer wagte nicht, ihn auf diese kleine Unterlassung hinzuweisen. Säuberlich packte er drei große, werbungsträchtige Tüten der Kaufhauskette voll und verabschiedete sich lächelnd, nicht ohne Stolz über dieses Aufsehen, von dem er sofort brühwarm seinem Kollegen aus der anderen Abteilung erzählen würde. Die scheinbar nachhaltig in Warenbeschauung vertieften Leute rundherum machten Diana fast ehrerbietig Platz, die nun einen knielangen schwarzen Rock trug, darüber eine lindgrün gemusterte Seidenbluse, von einem eleganten, breiten Ledergürtel figurbetonend in der Taille gebunden. Ebenso lindgrün waren ihre Pumps, und die schwarze Jeansjacke von Anja verlieh ihrer Erscheinung schließlich den entscheidenden Pfiff. Mathes spürte die verstohlenen Blicke der Leute. Er fühlte genüssliche Verachtung für diese Individuen, die mit etwas großmännischer Protzerei so sichtlich zu beeindrucken waren. Ja, er lebte in einer käuflichen Welt. Wenn es ihm selbst nur gelänge, die Knoten in seinem Herzen zu entwirren, er würde endlich Harmonie empfinden dürfen, wirkliches, schwebendes Glück. Dafür wäre er bereit alles Geld der Welt zu geben, log er sich vor. Diana verheimlichte nicht ihre Rührung über die reichlichen Geschenke von ihm und umschlang dankbar seinen Hals. In ihrer temperamentvollen Heftigkeit drückte sie ihm mehrere Küsse ins Gesicht, dann hakte sie sich ein, als wäre es immer so gewesen. Er ließ es geschehen, beglückt, dass sie bei Weitem nicht mehr das bemitleidenswerte Geschöpf war, das er vor einiger Zeit kennengelernt hatte. Während der kurzen Fahrt lief die kroatische Musikkassette, die sie von einem Straßenhändler in der Fußgängerzone erstanden hatten, und auf gewisse Weise fühlte auch Mathes das Heimweh, das die schweigende Diana ergriffen hatte, nur dass er nichts wusste von dem Ziel seiner inneren Suche, von der ewigen Sehnsucht der Sonnenkinder. „Du darfst erst wieder nach Hause, wenn wir Nena gefunden haben und ihr vor Harry sicher seid“, sagte er plötzlich zu ihr, ohne sie anzublicken. „Du musst es mir versprechen.“ – „Ich weiß es, Matz.“ – „Versprich es – und sag nicht Matz!“ – „Ja.“ – „Wovon handelt das Lied?“, fragte er in die gefühlvolle Melodie hinein, die sie leise mitsummte. – „Von einem Fischer“, begann sie, „der aufs Meer hinausfährt, um nie wieder zurückzukommen.“ – „Warum?“ – „Seine Liebste muss den heiraten, dem sie versprochen ist, obwohl sie ihn nicht liebt und er sie nicht.“ – „Werden bei euch die Mädchen versprochen?“ – „Ja, in vielen Familien.“ – „Wie geht das Lied aus?“, fragte er wieder. – „Das Mädchen erfährt, was er getan hat, dass er aus Liebe zu ihr sterben wird ... und sie sucht ihn. Alle Fischer helfen ihr.“ – „Finden sie ihn?“ – „Ja, weit draußen, und sie geben ihnen Brot, Fisch und Wasser in das kleine Boot, mit dem sie dann in den Sonnenuntergang segeln.“ – „In einem kleinen Boot über das Meer? Was wird aus ihnen?“ – „Man sagt, sie seien nach Krk gelangt und hätten dort viele Kinder bekommen. Mit ihnen soll auf der felsigen, unbewohnten Insel Leben entstanden sein. Wenn heute ein Mädchen bei uns unglücklich verliebt ist, singt es dieses Lied. Oft sind dann die Eltern nicht mehr so streng, weil sie wissen, was das Lied bedeutet oder sie es vielleicht selbst einmal gesungen haben.“ – „Ein sehr schönes Lied.“ Schweigend lauschten sie dem nächsten Stück, dessen fremdländische Melodie Mathes berührte. „Zeigst du mir irgendwann einmal deine Stadt, dein Land?“ – „Wie gerne! Du wirst mir und meiner Familie immer willkommen sein wie ein Bruder! Du hast so viel für mich getan, du und Anja – auch der lustige Gerd ...“ Mathes sagte nichts. „Ich verstehe nicht, dass du nicht mit Anja lebst, du liebst sie und sie liebt dich ...“ – „Ich liebe ein Mädchen in München, Diana“, erwiderte er bestimmt, konnte aber kaum das Vibrieren in seiner Stimme beherrschen. „Dieses Lied, das Boot und die Insel – man kann es auf alle Liebenden übertragen“, antwortete sie, seinen letzten Einwand völlig unbeachtet lassend. Noch als er den Wagen in die Hoteleinfahrt lenkte, klangen ihre Worte in seinen Ohren wie bohrende Nadelstiche. Bewundernd betrachtete er das junge Mädchen, das ihn schmerzhaft scharf, wahrhaft philosophisch zerstückelt hatte. Von nun an musste er sich besser in Acht nehmen.

KAPITEL 5

Der Freund

Klaus

„Ihr zwei dämlichen Idioten!“, schrie der Riese mit den blonden Haaren. „Wozu habe ich euch mitgenommen?“ Er schlug zornig mit der flachen Hand auf das Autodach, dann drehte er sich plötzlich um, lief mit großen Schritten einige Meter die verlassene Straße entlang. Wie ein wildes Tier bewegte er sich in seiner rasenden Wut. Im Scheinwerferkegel drehte er sich um, riss die Beifahrertür auf und ließ sich in den Sitz fallen. Das flache Geräusch des heftigen Zuschlagens verhallte nachhaltig in der klaren Nacht. „Ich kann es einfach nicht glauben“, schimpfte er weiter, „wir verfolgen ihn bis nach Holland, finden die Kneipe, in der er verkehrt, und ihr verliert ihn! Weg, er ist weg!“ – „Mensch, Harry“, begann der vermeintliche Fahrer vorsichtig, sein vernarbtes Gesicht schien in dem spärlichen Licht verzerrt, seine Mundwinkel hingen lefzenartig herunter und verrieten Angst vor dem, mit dem er sprach. Die Adern an den Schläfen seines kahl rasierten Schädels traten pochend hervor. „Er muss in dem Wagen abgehauen sein, der aus dem Hinterhof fuhr – mit dem Mädchen.“ – „Das fällt dir reichlich spät ein!“ – „Sie ist seine Freundin und …“ – „Was ‚und‘? Du ausgesprochener Blödmann!“ – „Er wird wiederkommen“, stotterte er kleinlaut weiter. – „Ich habe keine Zeit, verdammt noch mal! Wenn wir nicht schnellstmöglich diese Hure finden, bin ich erledigt. Aber ich schwöre euch, dass ihr genauso draufgeht.“ Seine Stimme wurde etwas ruhiger, doch nicht weniger bedrohlich: „Wisst ihr, was der Kapitän mit Leuten macht, die solchen Mist bauen, wie es geschehen ist?“ Einige bedrückende Sekunden mussten verstreichen. Der Bärtige auf dem Rücksitz, ein schmales, von einer riesigen Nase beherrschtes Gesicht, deren hässliche Verkrümmung von manch harter Auseinandersetzung Zeugnis ablegte, überließ dem anderen das Reden. Seine feuchtnassen Hände öffneten und schlossen sich ständig um die Metallhalterung der Kopflehne. Er starrte scheinbar zwischen den Sitzen hindurch in die spiegelnde Windschutzscheibe, aber die Unterwürfigkeit, die er Harry entgegenbrachte, zwang seine Augen in dauernde Unruhe. „Ich war das letzte Mal dabei", zerschnitt Harry die unbehagliche Stille. „Zwischen Containern und Mülltonnen hat man ihn in eine Grube gesteckt und diese mit Zement gefüllt." Er redete mehr zu sich selbst als zu seinen Knechten. „Ich dachte, jetzt schütten sie ihn zu. Er wird ersticken. Doch sie waren viel grausamer." – „Was, was haben sie mit ihm gemacht?", fragte der Hintere nun zum ersten Mal. – „Du willst es wissen? Ich erzähle es dir, damit du kapierst, dass du erst wieder schlafen wirst, wenn wir diese elende Diana haben. Als er bis zum Hals in Zement steckte, schnitten sie ihm die Zunge heraus. Das Blut quoll aus seinem Mund, die Zunge lag vor ihm wie ein blutiges Steak. Er war bei vollem Bewusstsein, keine hundert Meter vom Hafen entfernt, ohne um Hilfe rufen zu können. Zwei Nächte später sollten wir die Grube bis zum Rand zubetonieren. Der Anblick war grässlich. Die Zunge hatte die Ratten angelockt. Überall sah man die Spuren ihrer kleinen Füße und ihren Kot. Sie hatten ihm die Haut, die Lippen, die Augen ausgebissen …" Harry schwieg.

Die Fensterscheiben beschlugen immer mehr und glänzten wie die Stirn des Bulligen. Fahrig fingerte er eine Zigarette aus dem zerknautschten Päckchen und schnippte fluchend das Feuerzeug an. Dann inhalierte er gierig den heißen Rauch. „Was sollen wir tun?" – „Wann macht der Schuppen auf?", fauchte Harry. – „Abends um sechs." – Harry deutete auf den Langen: „Du gehst jetzt in die Wohnung, wo wir sie damals hingebracht haben, und siehst nach, ob wir dort bleiben können. Los! Und halt verdammt noch mal die Augen offen!", befahl er wütend, als die Tür schon einrastete. Dann lamentierte er fort, als würde der Kleine gar nicht existieren: „Wir müssen morgen – besser gesagt: heute seine Wohnung finden. Dort ist wahrscheinlich auch die kleine Nutte versteckt. Wenn nicht, prügeln wir alles aus ihm heraus." Ohne weitere Worte warteten sie. Beide rauchten. Der rot glühende Zigarettenanzünder war im Dauereinsatz. Eine Dreiviertelstunde später stieg Hakennase endlich wieder ein. Er nickte nur. „Fahr den Wagen in eine andere Straße!", befahl Harry.

Später in dieser Nacht schlichen drei unheimliche Gestalten den schlafenden Gehweg der Rosenstraat entlang. Ein schattiger Toreingang verschluckte sie. Kurzzeitig ließ sich das singende Geräusch eines Steinchens, das auf Metall schlug, hören. Schließlich kehrte völlige Stille ein. In dem Innenhof blieben alle Fenster dunkel. Nur das Aufglühen einer Zigarette hätte man für einen Moment sehen können. Die kleine schwarze Katze, die zwischen den überlaufenden Mülltonnen hindurch angespannt nach oben starrte, hatte als einziges wachsames Lebewesen die ungewöhnlichen Gäste wahrgenommen.

Schon das Foyer des Hotels „Drei Kronen" wirkte imposant. Der erste Blick fiel auf eine die ganze Breite einnehmende kurze Treppe, auf ihren Stufen befand sich ein leuchtend roter, in Messing gefasster Teppichboden. Üppige Grünpflanzen umgaben in reizvoller Art eine offene Bar, überall glänzten die polierten Blätter von Gummibäumen und Philodendren. Unzählige, raffiniert angeordnete Halogenstrahler ließen Urwaldschatten entstehen. In den römischen Brunnen hingen dünne Luftwurzeln und lianenähnliche Gewächse. Von dieser lebenden Wand verborgen, konnten die wohlhabenden Gäste ungestört ihr Abendvergnügen genießen. Am Fuße der Treppe links stand eine Sitzgruppe Samtsessel mit niedrigen Mahagonitischen davor. Gegenüber herrschte das rege Geflüster mehrerer in weinrote Hosen und Jacketts gekleideter Bediensteter. Hin und wieder huschten die kurzen Röckchen und weißen Spitzenschürzchen der Zimmermädchen vorüber. Mathes schritt zur Rezeption. Die nicht weniger beeindruckte Diana schob er mit der Hand in ihrer Taille vor sich her. Er fragte den lächelnden

Angestellten, der würdevoll eine ganze Wand von Zimmerschlüsseln bewachte, nach Karl Lederer, dem Hotelführer, den ihm Klaus genannt hatte. Wenige Minuten später erschien ein groß gewachsener Mittfünfziger bei der Sesselgruppe, wo sie ihn erwarteten. „Guten Abend! Herr Held?“, fragte er und streckte Mathes eine manikürte Hand entgegen, an der ein prächtiger Brillantring funkelndes Feuer versprühte. Mathes erhob sich und erwiderte den festen Händedruck: „Es ist mir eine Freude, Sie kennenzulernen, Herr Lederer“, antwortete er, „Ihr Hotel ist wirklich eindrucksvoll.“ – „Danke“, lachte dieser mit offener Miene, „das Kompliment gebührt unserem gesamten Team. Wir sind hier alle wie eine große Familie und ich wage zu behaupten, dass meine Mädchen und Jungs gerne bei mir arbeiten.“ Mit den letzten Worten hatte er sich Diana zugewandt. Mit Genugtuung stellte Mathes fest, dass ihr erst vor ein paar Stunden verwandeltes Äußeres der beinahe unmerklichen, jedoch sehr genauen Prüfung eines Auges standhielt, das darin geübt war, Menschen einzuordnen. „Klaus Riedl hat mir ein bisschen von Ihnen erzählt, Fräulein Diana, allerdings hat er verschwiegen, wie hübsch Sie sind.“ Schüchtern reichte sie ihm die Hand. Sie lächelte einnehmend. Eine halbe Stunde lang erzählte Karl Lederer von seinem Hotel. Zwanglos belustigte er sie mit der einen oder anderen amüsanten Begebenheit seiner Gäste und lockte so Diana immer mehr aus der Reserve. Ohne dass es aufgefallen wäre, erfuhr er nach und nach in seinem lockeren Einstellungsgespräch alles, was er wissen wollte. Angefangen bei ihrer Lieblingsbeschäftigung bis hin zu den Künsten der Küche erzählte Diana ungezwungen von sich. Ihr Vertrauen zu dem sympathischen Mann und dem stilvollen Ambiente hatte sich schnell eingestellt. „Nun, Diana, ich darf Sie doch so nennen?“ Sie nickte. „Ich glaube, Sie würden recht gut zu uns passen. Sie können bei uns wohnen, wie die meisten meiner Mitarbeiter auch. Vielleicht zeige ich Ihnen erst einmal unser Haus und Ihr Appartement, es ist ganz oben. Die Förmlichkeiten des Ausbildungsvertrages und Ihrer Arbeitspapiere ersparen wir uns heute. Gewinnen Sie zuerst einmal einen Einblick!“ Mathes wartete, bis er sich erhob, und tat es ebenfalls. „Ich werde mich dann für heute verabschieden", sagte er, „und möchte Ihnen danken, Herr Lederer. Es ist wirklich eine große Erleichterung für mich zu wissen, wie gut Diana bei Ihnen aufgehoben ist. Morgen werde ich mich dann um alles kümmern, was sie noch braucht." – „Gut, Herr Held, wäre es Ihnen recht, mich am Nachmittag", er überlegte kurz, „sagen wir gegen dreizehn Uhr in meinem Büro aufzusuchen, damit wir noch ein paar Einzelheiten besprechen können?" – „Es passt mir", bestätigte Mathes. – „Also dann bis morgen!", verabschiedete sich der Hotelmanager. Mathes streichelte liebevoll Dianas Wange: „Pass auf dich auf, ja, und nimm das hier, falls du irgendetwas brauchst!" Er schob ihr zwei gefaltete Hundertmarkscheine in die Hand. Lächelnd blickte Mathes den beiden nach. Der stattliche Mann hakte Diana bei sich unter und redete in seiner angenehmen Art auf sie ein. Das Treiben um ihn herum beachtete er nicht, während er ihr wohl ein Ölgemälde der korsischen Stadt Bonifacio näher erläuterte, das an der Wand zwischen zwei lautlosen Fahrstuhltüren prächtig und lebensfroh erstrahlte. Die Zimmerkellner, die an ihnen vorbeirauschten, grüßten ihn alle, herzlich und lächelnd erwiderte er ein jugendliches „Hallo, Georg!" oder „Hallo, Timo!" Das vortreffliche Betriebsklima war zweifellos echt.

Die gläserne Drehtür schloss hinter Mathes und ein ungewöhnlich lauer Wind strich über seine Wangen. Er fühlte sich ausgesprochen gut. Ein Lächeln spielte um seine Lippen. Ohne Eile lenkte er den Wagen durch die abendlich geschäftigen Straßen und pfiff laut vor sich hin. Die sinnlichen kroatischen Melodien schenkten ihm Gedanken, die ihn erreichten, ohne sich drückend einzunisten, solche, die leicht vorüberflogen.

Er blickte zu der schweigenden alten Uhr neben dem Empfang des Schlosshotels und bedachte die Dame dahinter mit einem freundlichen Gruß. Sie hätte wohl einen erneuten Wutanfall von ihm erwartet. Er enttäuschte sie. Der Fahrstuhl war heute sein Freund. Selbstverständlich nahm er dieses Mal den kürzeren Weg. Die Innenausstattung wirkte ruhig, das Rot harmonisch warm – keinesfalls bedrohlich. Selbst die Tür erweckte nicht den Anschein, als plane sie irgendeine tückische Kampfhandlung. Behutsam ließ Mathes sie in den Schoß ihrer stoßgedämpften Scharniere gleiten.

In seinem Zimmer betätigte er das Nachttischlicht und zog seine Jacke und das Hemd aus. Dann spendierte er sich einen Campari Soda aus der Minibar. Genussvoll sog er den warmen Zigarettenrauch in seine Lungen. Schließlich nahm er den Telefonhörer und tippte eine Nummer ein. „Hallo, Klaus, ich bin es. Wie steht es mit unserer Verabredung?“ – „Mathes, ich grüße dich. Du, ich fahre in die Stadt, bringe aber noch meine Sekretärin und einen Verleger mit – du hast hoffentlich nichts dagegen?“ – „Nein, keineswegs, hast du einen Vorschlag?“ – „In der Goethestraße gibt es einen prima Italiener, meinst du, dass du ihn findest? ‚Bei Giovanni‘ heißt das Restaurant.“ – „Klar, ich werde sowieso ein Taxi nehmen.“ – „Um halb neun?“ – „Um halb neun, bis dann, Klaus!“ Mathes legte auf.

Nach einer Stunde und zwei weiteren Campari Soda schlüpfte er in seine Jeans und das Hemd, das er vom Hotelpersonal aufbügeln hatte lassen. Ein wenig zu viel des herben Aftershaves von Cerutti klatschte er sich nach seiner Rasur mit den flachen Händen auf die brennende Haut. Ein blutroter schmaler Schnitt an seinem Kinn hinterließ eine kleine Wunde, gegen die er einen Wattebausch drückte, bis dieser festklebte. Mit gespreizten Fingern verteilte er ein pflaumenkerngroßes Stück Gel in seinen Haaren. Seine dunkelblonden Strähnen glänzten rötlich im Spiegellicht des Badezimmers. Er stieg in seine Cowboystiefel und spuckte gekonnt etwas Speichel auf die Lederkappen. Kurz entschlossen polierte er mit einem abstehenden Zipfel der langen Stores vor dem Fenster nach. Zufrieden bewunderte er seinen Stiefelglanz. Ein Blick auf seine Armbanduhr erlaubte ihm noch eine Zigarette, endlich löschte er das Zimmerlicht. Er nahm die Treppe. An der Rezeption telefonierte dasselbe Mädchen, das er zuvor schon gesehen hatte. Ein Mädchen mit einem kurzen, geflochtenen Haarschopf und rosaroten Lippen, auf Ende vierzig schätzte er sie. Sie legte in der Weise den Hörer zurück, als müsste sie unbedingt laute Geräusche vermeiden.

Nicht anders pflegte sie zu sprechen. Zudem war Mathes über ihren ausgeprägten rheinischen Dialekt befremdet. Fragend blickte sie ihn an. „Wenn jemand für mich anrufen sollte, würden Sie ihn bitten, dass er eine Nachricht hinterlässt?" – „Aber selbstverständlich", nickte sie beflissen. – „Sind Sie die ganze Nacht hier?" – „Bis ein Uhr." – „Gut", konstatierte er. „Ich erwarte einen Anruf und wende mich dann zwischendurch an Sie, darf ich?" – „Gewiss dürfen Sie", flüsterte sie vielsagend auf sein nichtssagendes Lächeln hin. – „Danke, guten Abend!" Er wollte gehen. „Warten Sie!", rief sie ihm zu laut nach. Verwundert blickte er zurück. Sie deutete auf sein Gesicht. – „Ist noch was?" Wieder schoss ihr langer Zeigefinger einen Pfeil auf ihn ab. Er strich sich mit der Hand über die Backe. Auf dem Ärmel seines Lederblousons landete der Wattepfropf. Von Verlegenheit überhaupt keine Spur empfindend, musste er plötzlich lachen. Und wie eine Chinesin fiel sie nickend ein. Ihr langatmiger Abend hatte ein wenig Aufheiterung erfahren und der männlich frische Duft seines Rasierwassers hinterließ ihn noch einige Zeit in ihren Gedanken. Wahrscheinlich lag darin der Grund, dass sie etwas später auf umständliche Art unter ihrem Empfangstisch ein spätreifes Rosa auf ihre schuppigen Fußnägel lackierte.

Um die belebte Hauptstraße zu erreichen, musste er seinen Weg durch mehrere Gässchen nehmen. Eine Weile wollte sich sein Blick nicht abwenden von dem mächtigen, zweitürmigen Dom, der herrlich beleuchtet in den dunklen Himmel emporragte. Weicher Nieselregen befeuchtete sein Gesicht und er genoss es. Nicht die einzelnen Tropfen ließen sich spüren, sondern angenehm kalter Dampf. Als geschähe es allein für ihn, ertönten mit einem Mal die sonoren, erhabenen Turmglocken. Diese wundervolle dreiklängige Melodie erfasste ihn bis in sein Innerstes. Mehrere Taxis fuhren vorüber. Sie vermochten ihn nicht gefangen zu nehmen in ihren weltlichen Bann. Erst als der letzte Ton der alten Kupferglocke verklungen war und die helleren Glöckchen nach länger gezogenen Pausen schwiegen, löste sich auch diese summende Vibration in ihm wieder. Ehrfürchtig wanderten seine Augen ein letztes Mal zu dem prächtigen Gemäuer, als er in dem nächsten freien Taxi Platz genommen hatte. Der dumpfe Glockenschlag war dem Schnarchen des trocken gelaufenen Scheibenwischers gewichen. „Zu Giovanni, bitte, Goethestraße", sagte er auf gut Glück zu dem Fahrer. Der nickte und ordnete sich wieder ein in das verwirrende Spiel bunter Blechkarossen. Dafür, dass sein Chauffeur ihn schweigend beförderte, gab Mathes ein hohes Trinkgeld. Bevor die Hure der Straße dann doch noch gesprächig zu werden drohte, hatte Mathes die Tür längst hinter sich zugeschlagen.

Giovannis Trattoria galt als eines jener Restaurants, die es in jeder Weise verstanden, ihre Gäste einzunehmen. Die perfekte Synchronisierung von ländlicher Tradition, Luxus und südländischer Freundlichkeit verschaffte ihm seinen vortrefflichen Ruf. Ausschließlich italienische Kellner und Bedienungen erfüllten die lukullischen Wünsche. Sie hoben sich geschmackvoll von der steifen Kleiderordnung anderer deutscher Nobelrestaurants ab. Umso eleganter erschienen die gerüschten Folklore-Hemden und -Blusen. Schmal geschnittene Hosen mit samtroten Nähten und blumige Röcke sorgten für fremdländische Romantik in der mitteldeutschen Narrenstadt. Mathes sah Klaus an einem der hinteren Tische sitzen. Er winkte ihm zu. An seinen Seiten saßen zwei weitere Männer, ihm gegenüber eine Dame mit langem, tiefschwarzem Haar. Ihr zarter Rücken wandte sich dem Eingang zu. Im Hintergrund der weiß gedeckten Tische, die von kunstvoll gefalteten roten Servietten gekrönt waren, zupften drei Musiker gitarrenähnliche Instrumente. Klaus erhob sich und streckte Mathes die Hand entgegen. Die andere legte er ihm freundschaftlich auf die Schulter. „Ich möchte euch einen lieben Freund vorstellen und halte mich einfach gleich an die Vornamen. Mathes leistet zurzeit seinen Wehrdienst ab, aber er ist auch ein vortrefflicher Handwerker und ein nicht zu unterschätzender Tennisspieler. Mathes, meine Seele der Firma kennst du noch nicht, wahrscheinlich wäre ich ohne sie verloren, das ist …" – „Der zauberhafte Kurier Gabi", fiel ihm Mathes ins Wort und nahm ihre Hand, die sie ihm graziös anbot. Eine Minute zuvor hätte ihn sein erster abschätzender Blick über die

Runde beinahe umgehauen, so sehr hatte ihn ihr schicksalhaftes Wiedersehen überrascht. Glücklicherweise hatten die einleitenden Worte von Klaus genügt, ihm seine Fassung wiederzugeben. Sie lächelte wie er und es befriedigte ihn ungemein, dass ihre Freude über die unerwartete erneute Begegnung nicht geringer zu sein schien. Dieser Moment knisterte förmlich. „Ihr kennt euch doch nicht etwa?“, fragte Klaus sichtlich verwirrt. Mathes hielt noch immer ihre Hand in der seinen. „Ich habe dir gestern von meiner sehr kurzweiligen Zugreise erzählt, Klaus“, begann sie. „Weißt du noch, dass du gelacht hast, als ich sagte, mich hätte wieder mal jemand Hexe genannt?“ – „Natürlich! Und jetzt sag bloß, dieser Jemand war Mathes? Das hätte ich mir fast denken können.“ Er blickte ihn an. Mathes nickte schelmisch: „Ist dieses zufällige Treffen nicht der beste Beweis? Sie kann hexen – ich bin sicher.“ Klaus sinnierte laut: „Wahrscheinlich hast du recht, es gehen hier seltsame Dinge vor sich.“ Dabei zog er die Stirn in Falten und blickte die drei Sitzenden verschwörerisch an, bis alle in schallendes Gelächter ausbrachen. „Eben ist eine Fliege ohne irgendeinen sichtbaren Grund in der Luft stehen geblieben und dann mausetot in die Weinkaraffe geplumpst“, klärte Gabi achselzuckend Mathes auf. „Hexerei! Du hast ihnen gerade die Schuldige präsentiert! … Aber noch besser eine Hexe als ein Waldschrank.“ – „Schrat“, verbesserte er und fiel nun ebenfalls in ihr Lachen ein. Leo und Kucky betätigten sich beruflich in der Werbebranche und arbeiteten mit Klaus, trotzdem verkörperten sie krasse Gegensätze. Ersterer, um die fünfzig, ähnelte mit seinem weißgrauen Vollbart und dem schulterlangen, kräftigen Haar einem gepflegten Seebären. Er hinkte. Wie Mathes später einmal erfuhr, hatte ein Motorradunfall in seiner Jugendzeit den rechten Fuß zu einem Klumpfuß entstellt. Wenn er redete, hörte man gerne zu. Seine weiche tiefe Stimme mit leichtem Düsseldorfer Akzent bewirkte ein gewisses Wohlgefühl, eine Sanftheit. Seine Wortwahl ließ einen hohen Intellekt erkennen. Sie vermittelte unaufdringliche Lebenserfahrung. Kucky war bestimmt nicht dumm, aber auch nicht weise – eher schlau. Die Hürden seines Lebens hatte er wohl mithilfe von

Kühnheit und seinem einnehmenden Charme gemeistert, den er gewiss in unangenehme Lästigkeit verwandeln konnte. Etwas zu selbstsicher schien er auf sein attraktives Äußeres zu vertrauen. Man neigte wirklich dazu, ihn als einen schönen Mann zu bezeichnen. Ebenmäßige Gesichtszüge, hohe sanguinische Backenknochen und leuchtende, türkisblaue Augen, die immer lächelten. Seine Haut schimmerte solariumgebräunt und der akkurat gestutzte Eineinhalbtagesbart stand ihm vortrefflich zu Gesicht. Er trug einen modisch legeren, herzroten Maßanzug und dazu eine bunte Seidenkrawatte. Es gehörte einiger Mut zu dieser seltenen Kleiderwahl, befand Mathes, doch Kucky verkörperte das männliche Idealbild aus irgendeinem Modejournal. Mathes nahm sich vor, später darauf zu achten, welche Schuhwahl Kucky wohl zu diesem Anzug als passend erachtet hatte. Allerdings sollte er, bis er dazu Gelegenheit gehabt hätte, dieses Interesse längst vergessen haben.

Mathes hatte nur zu gern den freien Platz neben Gabi eingenommen. Ohne irgendwelche Anlaufschwierigkeiten erlebten sie alle einen sehr amüsanten Abend. Nachdem die Antipasti, unvergleichliche Frutti di Mare und hausgemachtes Tiramisu ihre Gaumen gehörig verwöhnt hatten, nutzte Mathes, während die anderen drei sich in ein fachliches Gespräch vertieften, die Gelegenheit, um Klaus zu berichten, was in Rolfs Bistro und später vorgefallen war. Bewusst hob er Klaus' Verdienst an der tollen neuen Unterkunft von Diana besonders hervor. „Ja", pflichtete Klaus ihm bei, „Karl Lederer ist ein ganz ungewöhnlicher Mensch, der größte Idealist, der mir je begegnet ist. Seine Angestellten nennen ihn liebevoll ‚Onkel Karl'. Er ist uneingeschränkt für sie da. Nur wenn jemand wagt halbherzig oder linkisch zu arbeiten, kann er eisenhart werden. Wer sein Vertrauen nicht ausnützt oder gar missbraucht, genießt voll und ganz seinen Schutz. Er gilt als Schrecken jeder Behörde, vor allem das Bauamt treibt er zum Wahnsinn, weil er jede Vorschrift, die er nicht akzeptiert, ganz einfach ignoriert." Klaus schmunzelte über eine aufkeimende Erinnerung. „Einmal hatte ein Gast behauptet, der Whiskey wäre verdünnt. Der Barkeeper schwor, dass es nicht wahr sei. Den nächsten schenkte Karl selbst ein – und der Gast maulte wieder. Daraufhin hat er vor versammeltem Publikum die ganze Flasche in das Becken unter die Palmen geschüttet …" – „Hast du es gesehen?" – „Ja, und den Meckerer schickte er gleich hinterher! ‚Schmecken Sie ihn?', fragte er. ‚Das ist verdünnter Whiskey.'" Mathes lachte. „Was ist dann passiert?" – „Nun, der Nörgler schlich mit hochrotem Kopf und triefenden Kleidern auf sein Zimmer und packte. Eine Stunde später war er mit der Polizei da. Die versuchten Karl zu verhören – ‚Körperverletzung' nannten sie die unfreiwillige Taufe und in Karls situationsnaher Schilderung lag prompt der Nächste im Becken." Klaus erzählte die Geschichte dermaßen trocken, dass Mathes lauthals prustete und Gabi, die zugehört hatte, ebenfalls. „Sie haben ihn verhaftet?", vermutete Mathes. – „Nein", entgegnete Klaus, „aber eine Geldstrafe von eintausend Mark versuchten sie ihm einige Wochen später abzuknöpfen, das Gewerbeaufsichtsamt wollte sein Becken aus hygienischen Gründen verbieten und der Gast sollte ein Schmerzensgeld erhalten." – „Und?" – „Natürlich hat ihn das nicht im Mindesten tangiert, es ging vors Gericht." – „Die haben die Sache eingestellt?" – „Nicht direkt. Er sagte dem Richter, dass er die Strafe im Gefängnis absitzen würde, außer er dürfe die Verwendung der Geldsumme selbst bestimmen. Der Richter fragte, wie er sich das denn vorstelle, und Karl meinte, er wolle mit dem Kölner Waisenhaus einen Tag in den Zirkus gehen und mit den Kindern – wörtlich – mal richtig die Sau rauslassen. Unter dem Beifall der Zuhörer ging der Richter schmunzelnd auf seinen Vorschlag ein." – „Was wurde aus dem Tag?" – „Mhm, Karl hat einen ziemlichen Namen in Köln und so betitelten ihn schon vorher alle Zeitungen als einen Helden der Stadt. Dieser Samstag wurde ein riesiges Fest. Er hat den gesamten Zirkus gemietet und ein Volksfest daraus gemacht. Der zusätzliche Erlös kam dem Waisenhaus zugute, beinahe zwölftausend Mark." Mathes lachte herzhaft: „Ein fabelhafter Mann, wirklich spitze!"

Die Stimmung in dem Restaurant steigerte sich, als einer der Musiker zu singen begann. „Tanzen wir?", fragte Gabi, die nicht weiter mit Leo über die Arbeit sprechen wollte. „Hier?“, stutzte Mathes. Niemand sonst tanzte, auch wenn sich alle zu der romantischen Musik wiegten. „Warum eigentlich nicht? Gern“, antwortete er mehr sich selbst und nahm ihre Hand. Genussvoll nahm er die verdutzten Blicke seiner Tischnachbarn und die unzähliger Augenpaare wahr, die auf ihnen hafteten. Gabi trug einen glänzend schwarzen Tüllrock und ein tiefrotes Damenjackett, das ihren Nabel nicht ganz verdeckte. Bei ihren Bewegungen blinzelte unter ihrem Revers schwarze Spitze hervor, die reizvolle Brüste verbarg. Wenn Mathes sie drehte, schwebte das leichte Gewebe ihres Minirocks schwerelos und ein zarter Streifen goldbrauner Haut über verführerischen Strapsen wurde entblößt. Bestimmt hielten manche neidischen männlichen Gäste oder eifernden Damen sie für etwas verrucht, doch Mathes erbebte beim Tanz mit dieser wundervollen kleinen Hexe in roten Pumps. Nur sie allein wusste, dass nicht er den Schritt führte. Mathes erinnerte sich, dass sie im Speisewagen von ihrer Nebenbeschäftigung als Rock 'n' Roll-Tanzlehrerin erzählt hatte. Die Blicke der Gäste wirkten ausnahmslos beeindruckt, aus welchen Gründen auch immer. Die Musiker schätzten das große Kompliment, das ihnen durch die beiden entgegengebracht wurde, und gaben alles. Irgendwann tanzten noch zehn oder zwölf weitere Paare. Tische wurden verrückt und die Kellner servierten ganze Tabletts voller Grappa auf Kosten des Hauses. Die Bewegungen klärten ein wenig den nicht unangenehmen Nebel in Mathes' Kopf, genährt von schwerem Wein und öligem Grappa. Zwischendurch hatte er die freundliche Empfangsdame des Schlosshotels angerufen und hatte erfahren, in welcher Diskothek Gerd die Nacht zu verbringen gedachte. Leo zog es vor, nach Hause zu fahren, doch die anderen drei ließen sich gern zu heißen Partyrhythmen überreden. Es hätte nicht viel gefehlt, dass der Taxifahrer seine Nachtschicht geschwänzt und mit der angeheiterten Gesellschaft in der Musikhöhle untergetaucht wäre. Nicht nur Gerd und Miss Busenwunder, die er in irgendeiner Kneipe aufgegabelt hatte, stießen zu ihnen, sondern zudem der von Mathes herbeizitierte Schaffner aus dem Zug.

Es dämmerte draußen bereits, der wolkenlose Himmel und ein gesättigter Morgendunst versprachen einen wunderschönen Sonnentag. Es würde der schwärzeste und schrecklichste Tag in Mathes' bisherigem Leben sein. Ein Tag, der sein Leben endgültig verändern sollte.

KAPITEL 6

Unerbittliche Grausamkeit

Anja

Die zwei Freunde hatten sich die Arme gegenseitig um die Schultern gelegt und damit etwas mehr Standfestigkeit erreicht, als sie ihr Hotel betraten. „Herr Held? Es ist eine Nachricht für Sie hinterlegt!“ Der Empfangschef hielt ihm einen Zettel hin. Zögerlich nahm er den gefalteten Fremdkörper entgegen. In kleiner, deutlicher Handschrift las er eine Telefonnummer. Darunter stand eine Adresse:

Hospital Eindhoven
Unfallchirurgie
Nick Senteere
Anruf: 2.50/3.48/4.30

Dringender Rückruf wird erbeten!!!

Schlagartig wich die Farbe aus Mathes’ Gesicht. Dem Hotelbediensteten nickte er dankend zu, ohne ihn wirklich wahrzunehmen. Eine schreckliche Vorahnung pochte dröhnend in seinen Schläfen. Nick? Anja? Was war so wichtig, so dringend – so schrecklich? Unnatürlich steif wankten seine trunken schweren Beine zu der offenen Aufzugtür, in der Gerd wartete. Das Papier hielt er wie ein zerbrechliches Pergament mit den Fingerspitzen weg von seinem Körper. Gerds stimmungsvolles Lächeln erstarb zu einer grotesken Maske beim Anblick des Schreckens, der sich in dem aschfahlen Gesicht des Freundes spiegelte. Er nahm ihm das Blatt wortlos aus der kraftlosen Hand.

„Das muss nichts bedeuten. Es muss nichts Schlimmes heißen! Es gibt … gibt jede Menge Erklärungen – für so einen Anruf …“ Zum Schluss versickerte seine Stimme. Mathes hörte ihn nicht. Es rauschte und rauschte und rauschte. Der Zimmerschlüssel wollte sein Ziel nicht finden. Beinahe gewaltsam umfasste Mathes' Hand das andere Handgelenk, und der kalte Bart des verchromten Stahles stieß wiederholt gegen das Schloss, bis er endlich tief in die verzahnten Innereien drang. Die Lederjacke fiel über das Bett und rollte sich verängstigt auf dem gerippten Teppich zusammen. Nur ein Ärmel schlängelte sich noch über das Laken. Zittrig tippte Mathes die Nummer ein. Zweimal musste er den Vorgang abbrechen, die Gabel niederdrücken und von vorn beginnen. Vergebliche Versuche. Schließlich ertönte weit entfernt das bedrohliche Tuten. „Bitte, ich möchte Herrn Nick Senteere sprechen.“ Er presste seine Stimme in einen Rahmen äußerer Ruhe. Die Schwester des Krankenhauses fragte nicht näher nach, sie versprach den Gesuchten sofort an den Apparat zu holen. „Sie holt ihn – er ist nicht der Patient“, konstatierte er in Gedanken erleichtert, trotzdem wuchs seine innere Panik. Was war geschehen? *Oh Gott, lass mit Anja alles okay sein!* Endlich erklang Nicks tiefe Stimme. „Hallo, Nick, Mathes hier – was ist passiert?“ Gerd stand vor seinem Freund. Er starrte ihn an, versuchte in dessen Augen zu lesen. Die gerade angesteckte Zigarette schob er zwischen Mathes' widerstandslose Lippen. Der blaue Dunst quälte sich zögerlich in die Wölbung der Zimmerdecke. Die Glut schien zu verblassen, als fehlte ihr der Atem. „Oh mein Gott, wie geht es ihr?“, flüsterte er in den Hörer. Seine Schultern wurden schlaff, graues Fleisch hing ihm in den Wangen, jedes Lächeln war erstorben in den tief eingegrabenen Mundwinkeln. Gerd sah, wie innerhalb von Sekunden dunkle Augenringe das sonst fröhliche Gesicht beherrschten. Mathes nahm seine Umgebung kaum noch bewusst wahr, ein trüber Schleier legte sich über seine Pupillen. Zwei Minuten lang hatte er schweigend die Schläge von Nicks Worten ertragen, als er alle Verzweiflung, seinen ganzen Schmerz hinausschrie: „Neiiin! … Warum hat sie es mir nicht gesagt? Warum hast du es mir nicht gesagt? – Verdammt, antworte!"

Er ließ sich erschüttert auf das Bett fallen. Sein Oberkörper bebte heftig. Mit dem Daumen und Zeigefinger seiner Hand drückte er in die ätzend brennenden Innenseiten seiner Augenhöhlen. Nick versuchte ihn zu beruhigen, er hatte ihm keinerlei Vorwürfe gemacht. Mathes flüsterte tonlos: „Entschuldige, Nick, es ist meine Schuld – ich habe dieses Schwein unterschätzt. Sag, wann kann ich zu ihr?" Gerd wartete wieder ungeduldig die Pause der Antwort ab und zündete sich zitternd erneut eine Zigarette an. Die Ungewissheit über das Schreckliche nagte an ihm, er fühlte sich hilflos. Unbewusst legte sich seine schweißnasse Hand auf Mathes' Schulter. In Zeitlupe glitt der Hörer fast lautlos in die Gabel. Der Blick, der Gerds Gesicht streifte, sprach von tiefstem Schmerz, von Entsetzen und unsterblichem Hass …

Nick ließ den Wagen neben dem Gehsteig ausrollen und drehte den Schlüssel im Zündschloss. In den vergangenen Wochen hatte er das Bistro immer allein geöffnet. Das Mädchen, das Anja an den meisten Tagen vertreten hatte, war fleißig gewesen, trotzdem freute er sich wieder auf die Arbeit mit seiner lieben Nichte. Sie war traurig und er verstand sie. Er wusste, dass er sie schweigen lassen würde, sie brauchte Zeit, die vergangenen Monate zu bewältigen. Noch nie war ihm so klar geworden, dass sie nicht mehr sein kleines Mädchen war, sondern längst eine erwachsene junge Frau. Anfangs hatte er eine Art von Eifersucht verspürt, als er ihre Verliebtheit erkannte. Aber Mathes mochte er, das bohrende Gefühl, er hätte ihm etwas weggenommen, verflüchtigte sich schnell. Die Liebe der beiden war sichtbar gewesen wie ein klares, schönes Bild, und doch hatte Mathes sich für die andere entschieden. Alles war wie eine schimmernde Seifenblase zerplatzt. Nein, er konnte Mathes nicht böse sein, von Anfang an war er ehrlich gewesen. Dieses Mädchen in München, Nick verdammte es. Nun, Anja würde die Geschehnisse bald verwunden haben und auch Diana vergessen, die sie lieb gewonnen hatte. Er würde sie verwöhnen, versuchen, ihr alles ein bisschen zu erleichtern. Nick schloss seinen Wagen ab. Anja wartete an der Tür des Bistros. Sie nahm sich vor, an diesem Abend jeden Gedanken, der nicht die Arbeit beträfe, zu verdrängen. Vielleicht würde sie eine Flasche Sekt trinken in der Hoffnung zu vergessen. Mathes fehlte ihr. Er war in der letzten Zeit nicht so oft da gewesen, aber immer hatte sie gewusst, dass er wiederkommen würde. Diesmal war alles anders. Seine Hand hatte Abschied genommen, ihre Herzen auseinandergerissen. Warum bedeutete ihm das andere Mädchen mehr als sie? Hätte sie kämpfen sollen? Versuchen ihn zu halten? Plötzlich erschien ihr die Entscheidungsfreiheit, die sie ihm gelassen hatte, wie eine große Dummheit. Aber er hatte ihr etwas geschenkt. Sie lächelte und leises Glück erhellte ihre kastanienbraunen Augen. Ihre Hand streichelte unmerklich über ihren Bauch. Sie trug ein Kind von ihm …

Am oberen Ende der Straße beobachteten drei schweigende Gestalten durch die getönte Heckscheibe eines älteren, lehmverschmutzten Mercedes, wie Nick und Anja ihr Lokal betraten. Der riesenhafte Mann auf der Beifahrerseite blickte abschätzend auf seine protzige Armbanduhr. „Wir warten noch fünf Minuten." Die beiden anderen nickten devot. Der Bullige mit dem vernarbten Gesicht neben dem Hünen grinste gedankenverloren. Nervös wie vor jeder Schlägerei wippte sein Oberkörper vor und zurück. Nichts vermochte ihn mehr zu faszinieren als Zerstörung – blanke, grausame Zerstörung. Es ging ihm gut, wenn er zertrümmern durfte, für irgendeine verdammte Sache. Auch der auf dem Rücksitz mit der unnatürlich verkrümmten Nase war ein Zerstörer, doch für ihn bedeutete es eher einen Job, einen miesen Job, der sich eben ohne Gewalt nicht erledigen ließ. Sie nannten ihn Wolf – nicht nur wegen seines starken Bartwuchses, der sich bis über die Wangenknochen verirrte, sondern vor allem weil er bei einer Schlägerei zum gefühllosen Tier mutierte. Er ließ von seinem Opfer nicht mehr ab, wie ein irrsinniger Kampfhund, Schmerzen verspürte er scheinbar immer erst hinterher. Den entscheidenden Moment prägte ausschließlich Wut, unbändige, nicht zu bezähmende Wut.

„Los jetzt!“ Harry riss an dem Hebel. Dreimal konnte man in kurz aufeinanderfolgenden Abständen das flache Zuschlagen der Türen vernehmen. Er marschierte mit ausholenden Schritten das schmale Trottoir entlang, beide Hände in den Taschen der abgeriebenen Lederhose vergraben. Wolf und Burli hielten sich knapp hinter ihm. Die finsteren Gesichter, die den Frust der vergangenen kalten Nacht widerspiegelten, verkündeten gefährliche Entschlossenheit. Die schweren, beschlagenen Stiefel hämmerten auf das stumme Pflaster. Ein klirrendes Geräusch mischte sich darunter, verursacht von einer kurzen, blanken Eisenkette, die gegen die Gürtelschnalle des Kleinen schlug. Harry stieß die schwere Holztür auf, als wäre sie aus Sperrholz.

Anja erstarrte in ihrer Bewegung, ihre Finger krallten sich um das Pilsglas, das sie gerade polierte. Nick befand sich gerade im Begriff, die Tische herzurichten. Er spürte die Bedrohung, die im Raum schwelte, und drehte sich langsam um. Ein Blick genügte, um die Situation zu erfassen. Unmerklich suchte er nach einem Gegenstand, der ihm als Waffe dienen konnte. Die Aschenbecher standen noch auf der Spüle. Mathes’ Revolver kam ihm in den Sinn, doch der lag in der untersten Schublade des Diskothekenschrankes, und selbst wenn er ihn erreichte, müsste er ihn erst laden. Diese Möglichkeit ließ sich kaum realisieren. Er hatte eine einzige Chance und die bestand im Überraschungseffekt – er musste agieren: „Ich nehme an, ihr schaut nicht wegen einem Bier vorbei?“, brummte er gewitzter, als ihm zumute war. „Richtig, Schlaumeier“, nickte Harry langsam. „Ich habe nur zwei Fragen an die kleine Schlampe da hinten. Einmal, nur ein einziges Mal stelle ich sie! Wenn ich das erfahre, was ich wissen will, drehen wir uns um und gehen wieder. Wenn nicht …, zerlegen wir hier alles!“ Mitleid heuchelnd hob er die breiten Schultern. Nick schluckte unwillkürlich, als er die abartig großflächigen Hände betrachten musste. „Das Erste wärst leider du selbst, ich regle deinen Stuhlgang neu. Glaub mir, ich hau dich, bis du scheißt, glaubst du das?“ – „Wanner ik net zeg, meteen gooi een glas vor mij", erwiderte Nick so laut, dass Anja es verstehen konnte, seine Augen hielten dem durchdringenden Blick des Hünen stand. „Red deutsch, du Arschloch!" Er trat zornig einen halben Schritt vor. „Schon gut, schon gut", versuchte Nick ihn zu beschwichtigen und bemühte sich um ein Grinsen, obwohl ihm kalter Schweiß im Nacken stand. „Deine wichtigen Fragen, stelle sie!" Harry winkte Wolf: „Verriegle die Tür!" Wortlos folgte dieser dem Befehl. Das Schnarren des Schiebeschlosses hallte in dem Vorraum wider. Sie waren gefangen wie in einer schrecklichen Gefängniszelle. Der Lange baute sich wieder neben seinem Anführer auf. Gleich den Flanken eines Rollkommandos markierten er und der Bullige die Schenkel eines bedrohlichen Dreiecks, dessen Spitze Harry darstellte. Nick mochte ziemlich hilflos wirken gegen diese Masse an Zentnern und augenscheinlicher Gewaltbereitschaft, aber er war nicht ängstlich, nur ärgerlich. Er hasste es, in seiner eigenen Kneipe bedroht zu werden. Seine Gedanken rasten unaufhörlich, sie kreisten um Anja. Die Hintertür war noch abgesperrt, sonst hätte er ihr längst befohlen zu verschwinden. „Der kleine Glatzkopf sieht aus wie ein plumpes, dummes rosa Schweinchen", dachte er. Vielleicht lag hier die schwache Seite des Dreiecks! Ohne Unterlass zog er den Schleim durch seinen knolligen Riecher. Nick sah die Meerrettichwurzeln der Marktweiber vor Augen. Bis in seine Gehirngänge raffte jener den hervorquellenden Nasenrotz. Schniefendes, hässliches Schweinchen!

„Ich will wissen, wer der Typ ist, mit dem die Kleine vögelt!" Die indirekte Frage richtete sich in beinahe verständnisvollem Ton an Nick, trotzdem beobachtete der Eindringling ihn nur aus den Augenwinkeln heraus. Seine Aufmerksamkeit galt einem Erschrecken oder Erkennen in Anjas Gesichtszügen, über die sich markant eine angstvolle Blässe gelegt hatte. Anjas Gedanken tanzten wild umher. Vom ersten Moment an hatte sie gewusst, dass er dieser Harry war. Die berührenden Erzählungen Dianas hatten das schreckliche Gespenst in ihr wachsen lassen, das jetzt vor ihnen stand. Sie fühlte Angst, unbändige Angst zitterte durch ihren Körper. Die groben Stiefel polterten. Harry schritt nahe an ihren Schutz gewährenden Tresen. Sie wich nicht zurück. „Wie heißt der Kerl, wo ist er?“, flüsterte er, aber es klang in ihren Ohren wie ein Brüllen. Nein, sie würde Mathes niemals verraten. Für diese Liebe könnte sie sterben, dachte sie und die Kräfte glitten zurück in ihren Körper. Unaufhörlich plätscherte das kalte Wasser in die große Gläserspüle. Welch dünnes Rinnsal! Der Spiegel erreichte allmählich den Rüssel des erhöhten Ausgusses. Einen Moment lang wehrte er sich mit aller physikalischen Anstrengung, seine Oberflächenspannung zu erhalten, bis sie doch der Macht stöhnend erlag und das Wasser glucksend durch das silbrige lange Rohr stürzte. In ebendieser Sekunde schrie Nick: „Jetzt, Anja!“ Es konnte keinen günstigeren Augenblick geben. „Wenn mehrere Gegner dich bedrohen, trenne sie“, hatte Nicks Trainer ihn gelehrt, „und greife dann zuerst den vermutlich Schwächeren an!“ Harry stand jetzt etwa fünf Meter entfernt und der Lange schien abgelenkt, denn dauernd schweiften seine Blicke durch das Fenster auf die Straße, in der das abendliche Leben erwachte.

Der Pilskelch flog in einem Bogen durch den Raum. Nick fing ihn geschickt auf und schlug aus der gebückten Haltung heraus den oberen Rand des Glases auf den Boden. Der schwerfällige Dicke hatte seine gefährliche, gliedrige Waffe noch nicht aus seiner Gürtelschlaufe gezogen, als sich das scharfe Glas in seinen Unterarm bohrte. Sofort ergoss sich ein dunkles Rot über den blanken Holzboden. Pulsierend schoss ein Blutstrom aus der Wunde. Der Arm des Überraschten verhielt jäh erstarrt wie eine Säule in der Luft, als ihm Nick mit aller Wucht seinen Fuß in die Leiste rammte. Stöhnend sackte der Koloss zusammen. Der nächste unerbittliche Schlag sollte den Langen treffen, zwei Dinge jedoch wurden Nick zum Verhängnis: Die Blutlache verweigerte seinem Fuß den Halt. Im Rutschen streifte seine Faust nur die Schulter des Riesen. Diesen hatte Nick wohl unterschätzt. Unerwartet wendig parierte er den Angriff und sein stählerner Stiefel grub sich tief in Nicks Magen. Die Luft entwich pfeifend aus seinen Lungen. Bevor er sich nur halbwegs wieder besinnen konnte, stach der schwere Schuh schmerzvoll in seine Nieren. Sterne und Blitze zuckten ihm vor Augen, während er die grobe Hand spürte, die ihn am Hemdkragen zu Boden riss. Kraftlos versuchte er sich zu befreien. Seine Fäuste schlugen wild ins Leere. Der folgende Hieb traf ihn am Hals unweit des Kehlkopfes. Sich beinahe überschlagend polterte Nick in die nächsten Tische. Alles hatte sich in wenigen Sekunden ereignet. Harry hatte sich kurzzeitig von Anja abgewendet und sie hatte die Situation wild entschlossen genutzt, ihm einen Sodakrug über den Kopf zu schlagen. Wäre jenes Ungetüm ihr nicht von der Körpergröße weit überlegen gewesen, hätte sie ihm vielleicht die Schädeldecke zertrümmert. So riss der kantige Glasboden nur über sein Ohr, das nun auch gleich heftig zu bluten begann. Unter einem wütenden, tierischen Aufschrei griff der Mann mit seinen kräftigen Armen über die Theke. Dass seine linke Augenbraue dabei hart an das Pilsregal stieß und sofort aufplatzte, registrierte er gar nicht. Seine Faust erfasste das lange Haar des Mädchens und ließ es nicht los, während er um die Theke stürmte. Anja schrie erbärmlich, das Untier drohte sie regelrecht zu skalpieren. Mehrere der dünnen Gläser zerplatzten wie klirrende Eiszapfen, als sie vom Regal fielen. Der Tresen glitzerte unter Tausenden winziger Scherben und Splitter. Die Augen des brutalen Mannes schienen aus den Höhlen zu treten. Sein harter Griff nah an ihrer Kopfhaut lockerte sich nicht im Mindesten. Er schrie in Anjas tosende Ohren: „Wie heißt dieser Kerl? Wo ist er?“ Gleich einem Wahnsinnigen wiederholte er seinen Satz monoton und tauchte dabei ihren Kopf tief in das sprudelnde Wasser. Nach unendlichen Sekunden riss er die in Todesangst Zappelnde wieder heraus, doch bevor sie richtig Atem schöpfen durfte, drückte er ihren Kopf abermals hinunter: Er schien völlig wahnsinnig, denn er ließ ihr kaum genügend Luft für eine befriedigende Antwort, die sie vielleicht erlöst hätte. Stattdessen wuchs seine Raserei ins Unermessliche. Anja verlor fast das Bewusstsein. Ihre sich verkrampfenden Lungen ersehnten die Befreiung. Beinahe lockte es sie schon, unter der Wasseroberfläche nachzugeben. Noch einmal bäumte sich aller Lebenswille in ihr auf. In letzter, reflexartiger Verzweiflung ihres Todeskampfes stieß sie beide gespreizten Hände in das Ungewisse über ihr. Ein Finger fuhr in das Auge ihres grausamen Peinigers. Erneut aufschreiend ließ er einen Moment von ihr ab. Ihr Oberkörper schoss aus der Wasserhölle. Instinktiv versuchte sie sofort den offenen Raum zu erreichen, um nicht mehr den Atem verlieren zu müssen.

Ihre verschwollenen Augen machten sie halb blind. Sie stolperte über einen Stuhl. Harry fasste das Rückenteil ihres Sweatshirts, aber er behielt nur ein Stück Stoff zurück. Wieder strauchelte sie und diesmal umklammerte seine Faust ihren schlanken Oberarm. Er riss sie herum.

„Wie heißt das Schwein? Los, du Miststück, sag es!", brüllte er sie an. Anja blickte in ein hasserfülltes Gesicht, in Augen, die keine Wärme kannten. Sie hatte ihre Kraft und ihren Mut zurückgewonnen und spuckte ihm verächtlich ins Gesicht. Im nächsten Moment schlug seine Faust in ihren zarten Bauch. Diesmal verlor sie endgültig das Bewusstsein. Harry kniete mit immer noch erhobener Pranke über ihr, als Wolf ihn zurückhielt: „Hör auf, Mann, du bringst sie um! Wir müssen schleunigst weg. Burli braucht einen Arzt!"

Nick hatte die brutale Misshandlung seiner geliebten Nichte nur halb bewusst miterlebt und verzweifelt gekämpft: Der Lange hielt ihn unerbittlich am Boden.Verteidigungshiebe und Tritte prallten an dem Mann in Leder ab wie an einer eisenharten Mauer. Dem letzten Angriff widerstand Nicks Brustkorb nicht mehr und er hörte mehr das hohle Krachen seiner eigenen Rippen, als dass er den Schmerz verspürte. Schließlich verschwamm sein Gegner vor seinen Augen, der Raum hüllte sich in einen Strudel rauchigen Nebels. Er verlor die Besinnung.

Exakt sechzehn Minuten hatte der erschreckende Überfall gedauert. Die massive Holztür quietschte unter erleichtertem Ächzen in ihren alten Angeln. Das Bistro glich einem Schlachtfeld. Gerinnendes Blut befleckte und unzählige Scherben übersäten den Boden …

Keiner der vereinzelten Autofahrer oder gar der Passanten nahm Notiz von den drei Kreaturen, die gehetzt den Gehweg überschritten. Den Mittleren hatten sie untergehakt. Er schien betrunken. Sein Kopf lag schwer vornübergebeugt. Sein Gesicht versank in der Blässe der Dämmerung. Etwas später hallte das gequälte Quietschen von Autoreifen an den Häuserwänden wider. Nach dem letzten Aufheulen eines starken Motors sank die kleine Stadt wieder in ihre klagende Stille …

Apathisch starrte Mathes an die Zimmerdecke. Die Zigarette zwischen seinen Fingern verrauchte allmählich. Unbeachtet wurde der weißgraue Holm der Asche länger. „Was ist passiert? Junge, erzähl!“, drängte ihn Gerd unnachgiebig. Stammelnd flüsterte Mathes: „Er hat die beiden zusammengeschlagen. Anja –“ Die Pause schien unerträglich. „Was ist mit ihr, mit Anja?“ – „Sie ist schwanger.“ Gerd schwieg. Voller Mitgefühl ruhten seine Augen auf dem Freund, der mit einem Mal so armselig vor ihm lag. „Lass mich schlafen, Gerd, ich möchte schlafen, nur schlafen …“ Gerd blickte auf Mathes' Hand. Langsam löste sich die lange, skurrile Asche des verbrannten Tabaks. Ihrem unerträglich gewordenen Eigengewicht nachgebend, suchte sie Erde. Lautlos zerbarst sie auf Mathes' Hemd. Aus dem unmerklichen Sog ihres Verlangens hatte sich ein Gluttropfen befreit, der sich jetzt mit in ihr Grab legte. Wie der flehende Same eines erloschenen Vulkans begann er sich auszubreiten. Gebannt und doch völlig abwesend betrachtete Gerd diese schwarze Geburt, die zögerlich einen rissigen Krater in Mathes' Hemd brannte. Zugleich entsprang einer bis zum Äußersten angespannten inneren Feder in ihm all ihre Kraft. Nach einem entschlossenen, schnellen Schritt stand er vor seinem Freund und verpasste ihm zwei schallende Ohrfeigen. Mathes riss die Augen auf. „Mathes, mein lieber, lieber Freund, bitte nimm dich doch zusammen … wir schaffen das alles!“ Er kniete vor dem Hotelbett. Allmählich wich die Entgeisterung aus Mathes' Augen, während aus Gerd die Worte hervorsprudelten. Mathes' Backen begannen zu brennen und er fühlte in diesem Feuer die Rückkehr des Lebens.

„Du darfst jetzt nicht schlafen und aufgeben, wir bringen alles zu Ende, es wird alles gut …“

Die Worte verendeten in einem verzweifelten Schluchzen. „Ich bin doch dein Freund …“ Mathes hatte sich aufgesetzt und er blickte in tränengefüllte Augen. Schlagartig fühlte er sich wieder vollkommen wach und unendlich stark. Diese Tränen eines Mannes, eines wirklichen Mannes und Freundes, vermochten es, ihm all seine Kraft zurückzugeben. Sie umarmten sich und schwiegen. Wie eine unvergleichliche Melodie enthüllte sich dieser Moment. Wieder ein wundersames Schweigen, das sie nur noch mehr verband, so verschieden sie auch sein mochten.

Vierzig Minuten später lag Mathes in der Wanne des kleinen Hotelbadezimmers. Weißer Schaum bedeckte das ölige, dampfende Wasser. Auf dem minzgrünen Fliesenboden war ein Dutzend aufgerissener Päckchen der verschiedensten Badeessenzen verstreut. Ihre Beschreibung versprach ewige Belebung. Ein dreibeiniger Hocker bildete das Tischchen für zwei eisgekühlte Cocktailgläser, an denen Kondenswasser herabtropfte. Ihr flüssiger Inhalt leuchtete hellrot. Gerds herbeibestelltes Geheimrezept einer Bloody Mary bestand aus 5cl Wodka, einem rohen Ei, etwas Salz, Tabasco und dem Saft einer halben Zitrone, aufgefüllt mit Tomatensaft. Diese rassige Mixtur verlangte er gut geschüttelt und mit Eis. Nun saß er rittlings auf einem Stuhl vor der sabbernden Badewanne und benutzte die Lehne wie ein Pult, während er eifrig notierte, was Mathes ihm diktierte. Hin und wieder wechselte eine halb erstickte Zigarette von einem zum anderen. Mathes' Gesicht schien in den wenigen Stunden gealtert zu sein. Seine sonst lachenden Augen zeugten von der Ernsthaftigkeit des Geschehens. Beharrlich starrte er auf sein Spiegelbild in der blanken Armatur. Die geringste Bewegung veränderte seine imaginären Augen zu schmalen Schlitzen oder wulstigen Säcken. Susanne liebte diese Augen. Er hatte sich damals zuallererst in ihr strahlendes Lächeln verliebt.

Es war am Silvesterabend des Jahres 1984 gewesen. Erst am Vormittag hatte er beschlossen, eine Party zu geben, und irgendjemand hatte sie mitgebracht. Es spielte keine Rolle, dass er bereits eine nette Freundin hatte und diese natürlich ebenso mitfeierte. Vom ersten Augenblick an war er Susanne verfallen gewesen. Niemals zuvor hatte er diese plötzliche totale Unordnung in sich empfunden. Ein völliges Chaos und ein Beben und Erzittern, als hätte das Leben erst in diesem herrlichen Moment begonnen. Wunderschön sah sie aus. Mathes' flehende Augen hatten ihren Mund liebkost, diese vollen und unvergleichlichen Lippen, die selbstbewusst verlockend spielten und jedes belanglos gewordene Wort zauberhaft veredelten. Was hätte er dafür gegeben, eines dieser Worte zu sein, das durch ihre Lippen entrinnen durfte! Ihre leuchtenden, tief dunklen Augen vervollkommneten das Gesicht des süßesten Mädchens, das er jemals gesehen hatte. In ihren Mund hatte er sich zuerst verliebt, nicht in ihre Augen oder ihren Hintern, wie seine Mutter Mathes' Blicke an diesem Abend missdeutete. „Sie hat den Hintern einer Göttin", dachte Mathes.

Das Panoptikum seines Spiegelbildes hatte sich verändert. Nichts erinnerte mehr an das Glitzern, das sein Leben umgeben hatte, sein wirkliches Leben. Was er Gerd zu schreiben hieß, geschah in solch monotoner Bestimmtheit, dass dieser es ohne Einwände entgegennahm. Irgendwie spürte er, dass jener erschütternde Telefonanruf den Beginn eines unerbittlichen Kampfes heraufbeschworen hatte, der Mathes' Leben entscheidend verändern würde. Er stand in dem Labyrinth einer Arena, deren sandigen Boden Blut tränken musste, dort, wo es kein Entrinnen geben konnte!

Gerd hatte den Freund in den wenigen Monaten sehr genau kennengelernt. Vielleicht bestand in dem wirklichen Kennen überhaupt die Voraussetzung für Freundschaft. Erst jetzt begann tatsächlich Mathes' Einsatz. Harry hatte sich einen Todfeind geschaffen. „Es ist nicht schwer für ihn zu töten", dachte Gerd, „ich würde es wieder tun, wenn es sein müsste …"

„Ich darf ihn nicht tiefer hineinziehen in das, was ich tun muss", dachte Mathes. Die Bloody Mary schmeckte bitter.

Eineinhalb Stunden darauf beglich Mathes an der Rezeption ihre Hotelrechnung. Das Mädchen bestellte ihnen ein Taxi, seinen Mietwagen wollte er zu einem späteren Zeitpunkt abholen. Als Ziel nannte er den Hauptbahnhof, doch gleich änderte er seinen Plan wieder. Der Fahrer hielt vor dem Hotel Vier Kronen, Mathes bedeutete Gerd zu warten. Die Bediensteten in ihren roten Livrees winkten ihm von allen Seiten zu wie einem alten Bekannten. Ja, hier konnte Diana sich bestimmt wohlfühlen. Das beruhigte ihn, denn er würde nicht mehr viel Zeit für sie haben. Karl Lederer befinde sich außer Haus, bedauerte die hübsche Angestellte. Auf Mathes' Bitte hin reichte sie ihm einen Notizblock, um eine Nachricht zu hinterlassen. Bei der Anrede stockte er, denn „Sehr geehrter …" klang in seinen Ohren immer ähnlich einem unpersönlichen Bankbrief. Ein persönliches Verhältnis konnte man ihr erstmaliges Treffen nun aber auch nicht gerade nennen. Oder doch? Irgendwie schon, denn er tat etwas für Diana und sie gehörte zu Mathes' persönlichen Angelegenheiten. Schließlich begann er:

Herrn Karl Lederer,

leider muss ich Köln schneller als geplant verlassen.
Ich bin sehr froh, dass ich Diana, die mir sehr am Herzen liegt, bei Ihnen in den allerbesten Händen weiß!
Sollte sie noch irgendetwas benötigen, bitte ich Sie, beiliegenden Betrag für sie zu verwenden.

Ich danke Ihnen herzlich und melde mich wieder.
Freundlichst, Ihr Mathes Held.

Er faltete das Papier, entnahm seiner Jackentasche ein dünnes Bündel Geldscheine und schob sie mit in eines der Kuverts, die an der Rezeption auslagen. Nachdem er den Umschlag zugeklebt hatte, griff er nochmals in seine Tasche. Neben einem Zwanzigmarkschein überreichte er ihn dem Mädchen und bat es, ihn persönlich zu übergeben. Sie bedankte sich herzlich, doch seine Gedanken hatten diesen Ort bereits verlassen. Abwesend nickte er ihr zu.

Kurz darauf befahl er dem gesprächigen Chauffeur nun die Richtung zum Bahnhof einzuschlagen. „Warum sind wir nicht selbst gefahren?", fragte Gerd. „Ich bin nicht nüchtern", antwortete Mathes, aber das war nicht die ganze Wahrheit. Seine Hände waren schweißnass und zitterten und das Pochen in seinem Kopf hämmerte unerträglich, trotzdem wäre er selbst gefahren. Der eigentliche Grund bestand in etwas anderem. Er wollte zu Anja und auf dem Rückweg den Trommelrevolver über die Grenze schmuggeln. Seinem mühselig geschaffenen Versteck vertraute er nicht mehr. Der Wagen fädelte in der Taxibucht des Kölner Bahnhofes ein. Mathes beglich den Fahrpreis großzügig. „Würden Sie mich nach Holland fahren?", fragte er den grau melierten Mittfünfziger. „Eigentlich wollte ich Feierabend machen, habe eine Nachtschicht hinter mir", zögerte er. „Nach Eindhoven", fuhr Mathes unbeirrt fort. „Sie hätten den ganzen Tag für sich, am Abend muss ich zurück. Sind vierhundert Mark genug?" – „Lässt sich machen, wann geht's los?" – „In einer Stunde." – „Alles klar, muss sowieso noch meine Alte anrufen." – „Tun Sie das!"

Die zwei Bayern drängten sich durch den rheinländischen Menschenstrom der Pendler und Reisenden hin zu den Zugauskünften. Vierzig Minuten verblieben, bis Gerd nach München aufbrechen würde. Mathes durchwühlte seine Taschen. „Hier ist der Schlüssel für das Schließfach, nimm alles mit und vergiss nicht Kopien der Pässe zu machen!" – „Vergesse ich nicht, hab doch jede Kleinigkeit genau aufgeschrieben." – „Du hast nur zwei Stunden in München, um den Nachtzug nach Düsseldorf zu erreichen, langt dir das?" – „Ich denke schon, vorausgesetzt, ich kann um diese Uhrzeit noch irgendwo unauffällig kopieren." Mathes kritzelte eine Adresse auf einen Zettel. „Hier, das ist das Studio von Klaus – es ist in der Implerstraße, circa fünfzehn Minuten mit dem Taxi. Es wird jemand auf dich warten. Die Telefon- und Faxnummer sind von Klaus, über ihn bleiben wir in Verbindung. Ich werde ihm gleich Bescheid geben." –

„Okay, mach's gut, Junge, richte liebe Grüße aus!" – „Ja." Sie umarmten sich. Mathes suchte eine Telefonzelle. Er musste genervt die langatmige Ansage von Klaus' Anrufbeantworter abwarten. Wie oft hatte er mit ihm gestritten, weil sie, so unendlich ausführlich, doch die meisten Geschäftspartner von vornherein abschrecken musste! Klaus meinte, darin bestehe die erste Selektierung. Ja, so drückte er sich aus. Als er seinen Namen nannte, hob Klaus sofort ab. „Mathes, ich grüße dich, bist du schon auf?" Die durchzechte Nacht schien bei ihm keine Spuren hinterlassen zu haben. „Ich war noch gar nicht im Bett, Klaus, es ist etwas Schreckliches passiert." Ohne ihn zu unterbrechen, hörte Klaus sich an, was ihm Mathes in steigender Erregung erzählte. Schwerer Zigarettenqualm vernebelte zunehmend die stickige Zelle. Kippen bedeckten den Boden. „Was hast du vor?", fragte der ältere Freund schließlich vorsichtig. Eine sekundenlange, Unheil heraufbeschwörende Stille entstand, nur Mathes' schneller Atem ließ sich vernehmen. Endlich presste er gequält hervor: „Ich muss ihn finden, jetzt erst recht! Klaus", stammelte er, „ich weiß nicht, was ich tue, wenn das Kind … wenn er … wenn er das Kind getötet hat …" Seine Stimme klang schmerzvoll und war fast unhörbar. Ein Knistern beherrschte die Leitung. „Ich bleibe den ganzen Tag zu Hause, du kannst mich hier erreichen. Im Münchner Studio wird Leo den Gerd erwarten – er fliegt mittags zurück, das geht schon in Ordnung", erwiderte Klaus aufmunternd. Mathes vermochte aus der Art seines Freundes Kraft zu schöpfen. „Noch etwas, Klaus", fuhr er ein wenig befangen fort, „du hast doch gute Kontakte nach Holland?" – „Ja?" – „Ich brauche ein paar Informationen." Den Hörer zwischen Kinn und Schulter geklemmt, durchblätterte er fahrig seinen Geldbeutel, dann hielt er die Visitenkarte in den müden Schein der Beleuchtung über ihm. „Hast du was zum Schreiben?" – „Ich höre." – „In Amsterdam muss es eine Kneipe oder irgendetwas Ähnliches geben mit dem Namen ‚Bulldog', was ist das für ein Etablissement, wem gehört es, worum geht es dort? Schreibst du mit?" – „Ja, sprich nur weiter!" „Eine Telefonnummer: 55420, vermutlich in Amsterdam. Vielleicht ist es der Anschluss einer Catharina.“ Er buchstabierte den Namen. „Wer ist sie, wo wohnt sie? Außerdem möchte ich den Besitzer des Hauses in der Rosenstraat kennenlernen.“ – „Ist das dort, wo alles passiert ist?“ – „Richtig, irgendjemand muss diesen Holländer vermissen, ich will wissen, wer er war! Vielleicht bekomme ich heute selbst etwas heraus. Ich werde seinen griesgrämigen Vater besuchen.“ – „Du machst jetzt wirklich Nägel mit Köpfen, was?“ Es lag Anerkennung in Klaus' Frage, fast ein bisschen Stolz. Beinahe wie eine auffordernde Ermunterung. „Ich darf nicht noch einen Fehler machen, dieses Schwein habe ich eindeutig unterschätzt. Oh, Klaus, wie konnte ich nur so leichtsinnig sein? Wenn Anja etwas Ernsthaftes abbekommen hat oder …“ Er flüsterte wieder eher zu sich selbst als in den Apparat: „Ich bringe ihn um, dieses miese, feige Schwein!“ – „Mathes, sei vorsichtig, ich weiß, dass ich dich nicht von etwas abbringen kann, was du glaubst tun zu müssen, aber wir sind Freunde, vergiss das nie!“ – „Danke, Klaus, ich weiß es.“ – „Diese Ausweise und Fotos, Gerd soll mir beides faxen. Möglicherweise kann ich über die Mädchen irgendetwas in Erfahrung bringen.“ – „Ich bin sicher, dass diese Pässe Fälschungen sind“, wandte Mathes zweifelnd ein. – „Mhm, wahrscheinlich, doch zu irgendeinem Zweck. Und wer sonst als die Mädchen auf den Fotos sollte sie benötigen?“ – „Warte mal, meinst du, du könntest Vergrößerungen davon machen, von diesen Lichtbildern, meine ich?“ – Klaus überlegte: „Die Frage ist nur, ob ich eine gute Qualität erreiche. Bis wann brauchst du sie?“ – „Bis heute Abend!“ – „Bist du verrückt? – „Gerd faxt sie.“ – „Damit kann ich gar nichts anfangen!“ – „Also morgen?“ – „Bleib auf dem Teppich, Mann! Wenn sie einigermaßen gut werden sollen, dauert das mindestens ein bis zwei Tage.“ Mathes ließ nicht locker: „Alles andere bekomme ich aber heute noch, oder kannst du nicht arbeiten beim Anblick von Gabis schönen Beinen?“ – „Aha, du wirst schon wieder unverschämt, es geht dir besser. Gut, dann sage ich dir gleich mal etwas: Erstens geht dich mein Intimleben rein gar nichts an, verstanden?“ – „Und zweitens?“, hakte Mathes nach, der sich wirklich besser fühlte. – „Hast du erstens begriffen?" – „Begriffen." – „Sehr gut, zweitens lässt du deine Finger von Gabi, vor allem von ihrem Unterleib! Ich lasse mir nicht meine Sekretärinnen von dir versauen." – „Ich dachte, du stehst auf versaute Mädchen?", schmeichelte Mathes. – „Und ob, aber wenn, dann versaue ich sie selbst – verstanden?" Jetzt lachten sie beide. „Du beschaffst mir heute noch meine Informationen?" – „Ich denke schon, Mathes." – „Und, Klaus?" – „Ja?" – „Danke!" Er drückte den Hörer in die Gabel. Dann kramte er sein letztes Kleingeld aus den Taschen und wählte Susannes Nummer. In der kleinen Steuerkanzlei am Tucherpark war sie meistens sofort am Apparat. Es schmerzte ihn, dass er sie wieder anlügen musste. Ein übler Geschmack, wie er ihn noch unzählige Male verspüren sollte, belegte seine Zunge, als er über seine angeblich verlängerte Schicht schimpfte. Vielleicht würde er sie am Abend noch einmal anrufen und sie spüren lassen, wie sehr er sie liebte.

Der Taxifahrer hatte schon ungeduldig gewartet. „Dachte fast, Sie haben's sich anders überlegt." – „Hab ich aber nicht", antwortete Mathes trocken. – „Bezahlung bitte im Voraus." – „Klar." Mathes zog provokativ sein Bündel Banknoten aus der Tasche und schob ihm zweihundert Mark hin. „Den Rest, wenn wir zurückfahren." In unmissverständlicher Endgültigkeit lehnte er sich zurück und zündete sich eine Zigarette an. „Auch eine?" – „Dies ist ein Nichtrauchertaxi! – Ja, ich will auch eine, verdammt! Bin Eberhard." – „Freut mich, Mathes." Es wurde eine ruhige, verkehrsfreie Fahrt, selbst der Grenzübertritt ging komplikationslos vor sich. Eberhard war ein sympathischer Mann. Er hätte ebenso gut ein Bayer sein können, gutmütig und stur, brummend, aber herzlich, ein richtiger Grantler eben. Mathes mochte ihn.

Der Himmel wollte sich an diesem Tag nicht öffnen. Stimmungslos hing ein weißgrauer Schleier über Eindhoven. Mathes sah die gesichtslosen Menschen, die sich träge durch die Straßen quälten. Sogar die Kinder an den ziehenden Händen ihrer Mütter schienen voller willengeschwächter Freudlosigkeit. Jeder Meter durch die graue Stadt steigerte noch das Elend, das

Mathes ergriffen hatte. Er fürchtete sich immer stärker vor dem, was ihm im Krankenhaus bevorstand. Es begann ihn zu frieren und die singende Lüftung des Wagens brannte in seinen Augen. Anja bekam sein Kind. Erstmals wurde ihm bewusst, dass er Vater werden würde. Dieses Baby war seines – er war ganz sicher, dass es ein Mädchen war. Sie würde Papa zu ihm sagen und er durfte sie liebend und voller Stolz berühren, ihr zartes, kleines Gesichtchen streicheln …

Verträumt erinnerte er sich an die süßen Zwillingsmädchen von Susannes Bruder. Sabrina und Karola. „Wie meine eigenen Kinder liebe ich sie“, dachte er lächelnd. Zwei Juwelen in seinem Herzen. Wie ihre niedlichen Händchen nach seinen Fingern gegriffen hatten, damals hatte er einen Stich im Herzen verspürt. Er hatte gefühlt, dass sie ihn nicht mehr loslassen würden für ein Leben. Und er hatte es ihnen geschworen, stillschweigend und heimlich. Seine Hand sollte immer da sein, wenn sie nach ihr suchten. Vielleicht gibt es nichts Reineres als solche Liebe, die dieses Wunder zu begreifen sucht, das aus den kleinen Kinderaugen strahlt. Wie kleine Glückssternchen.

Ein vernebeltes Straßenschild wies die Richtung zum Kreiskrankenhaus und seine entschweiften Gedanken kehrten in einem logischen Salto zu Anja zurück. Was würde werden? Dieses Mädchen, das er immer noch liebte, trug sein Kind in ihrem Bauch. Jene Frage, die er die ganze Zeit verdrängt hatte, ging ihm jetzt nicht mehr aus dem Kopf: Änderte das Baby etwas zwischen ihm und Anja – und Susanne? Anklagende Stimmen dröhnten in seinen Ohren. Fäuste hämmerten gleichmäßig dumpf gegen seine Schläfen, die Lüftung stöhnte, der Motor surrte fiebrig wie ein Schwarm entsetzlicher Stechmücken. Dieses Pochen, längst gehörte es zu ihm. Jeder Schlag verlor sich nachhallend in einem weiten Rauschen. Mit aller Gewalt presste er den Druck aus seinem Trommelfell. Adern an Hals und Schläfen traten hervor. Die Anstrengung nahm ihm den Atem. Ein erlösender Donner sprengte seinen Kopf. Warme Luft und weiche Geräusche durchflossen salbend das Labyrinth seiner Gehörgänge. Nein, Susanne gehörte zu ihm, zu seinem Leben.

Er glaubte an Bestimmung. Fünf Jahre dauerte jetzt schon ihre Liebe zueinander an, vulkanisiert mit seinem Körper. Er schüttelte den Kopf. Zigarettenrauch, der zwischen seinen zusammengepressten Lippen hervorbrach, prallte wirbelnd gegen die Windschutzscheibe. Mathes war verwundert, weil alles plötzlich so klar und eindeutig erschien, erst an jenem Silvesterabend hatte er wirklich zu leben begonnen. Ihre Augen strahlten in ihn, heller, wärmer, als die Sonne es jemals könnte. Jede ihrer Berührungen ließ ihn erschauern, elektrisierte ihn und nein, das war nicht nur Lust, es war wunderbares, unerschöpfliches Leben. Leben, Leben, Leben! Lust, sexuelles, lustvolles Verlangen erschien ihm mit einem Mal noch als das geringste aller Gefühle. Das konnte nur der niemals zu sättigende Versuch sein, die Geliebte für immer in sich aufzunehmen. Sich an ihr zu kühlen, sie zu trinken, in den herrlichen Schirm ihrer Flora einzutauchen. Ohne Susanne würde er sterben. Innerlich. Der innerliche Tod ist das Schlimmste. Zurück bliebe nur noch ein jämmerliches Dahinvegetieren seiner vertrockneten Hülle. Ihre Worte, ihre Gesten, selbst ihre Gedanken bedeuteten ihm nichts Fremdes. Wie perfekte Zahnräder fügten sie sich ineinander, erst miteinander fanden sie Lebenssinn und Antrieb. Jeder würde ohne den anderen ganz einfach stehen bleiben. Es gäbe die Zeit nicht mehr. Zeit! Welch ekelerregend nichtssagendes Wort für Zustände, welche die Menschen nicht verstehen konnten! Genauso wie Licht, Liebe – Gott. Nein, gegen diese Worte hatte er keineswegs etwas einzuwenden, nicht viel mehr als gegen andere Worte. Was ihn tatsächlich abstieß, war, dass die rationale Menschheit alles unentwegt definieren, zerlegen, gefangen nehmen musste. Manchmal nur durch Worte, aber das genügte bei Weitem. Die Menschen erwogen nicht einen Moment, dass zukünftige Zeit nicht immer in die Zukunft gehen müsste. Sie wussten nichts über Zeitlöcher und ein Gestern, das morgen beginnt, über Handlungen, deren Ursachen zukünftig geschehen mochten. Mathes schon. Liebe mussten sie definieren. Warum eigentlich, Himmelherrgott? Chemische Reaktionen im Gehirn! Dass ich nicht lache! Verdrehten nicht gerade diese

Leute unentwegt die Kausalitäten? Bei der Sache mit dem Licht verhielt es sich beinahe noch schlimmer, da vermuteten und stocherten sie nicht, sondern behaupteten geradewegs: Hell – dunkel! Kirschen sind rot, der Himmel ist blau. Rot? Blau? Am Tag ist es hell, in der Nacht dunkel. Mathes wusste, dass es nicht stimmte. Er hatte dieses Pochen. Wenn er sich darauf konzentrierte, vermochte er in wiederkehrendem Takt auch nachts das komplette Farbspektrum zu sehen. Zeit, Liebe, Licht, war das nicht Gott? Diese Liebe, so unbeschreiblich und wunderbar, sie sollte genau das bleiben: Ein Wunder, das man nicht beschreiben muss, nur leben!

„Alles in Ordnung?", fragte der Taxifahrer argwöhnisch, als Mathes wiederum den Kopf schüttelte, doch er hörte ihn nicht. Nein, für Susanne hatte er sich entschieden, als er noch nichts gewusst hatte von dem – dem Baby, es würde nichts ändern. Warum nur hatte Anja es ihm verschwiegen? Sie wusste, dass sein innerer Kampf nicht fair gewesen wäre. Vielleicht hätte er gegen sich selbst verloren. Wie viel Mut hatte dieses Schweigen sie wohl gekostet? Er durfte es ihr nicht vorwerfen, aus Liebe hatte sie geschwiegen, nur aus Liebe! *Ich werde Vater.* Ein süßes, kleines, duftendes Baby. Aber wie? Wie sollte er bei Susanne bleiben und gleichzeitig Vater sein von Anjas Kind, verdammt noch mal? *Ich werde eine Lösung finden, unser Kind wird nicht allein sein. Nein, niemals. Es gibt eine Lösung – bestimmt!*

„Wir sind da!" Mathes erschrak. Der Motor verstummte brummend. Die breite Eingangstür des Krankenhauses war überdacht wie ein Hotel. Mathes' Herz pochte heftig. Was erwartete ihn? Wortlos nahm er einen Schreiber von der Ablage und kritzelte die Adresse von Nicks Bistro auf den Notizblock. Er drückte dem Fahrer einen weiteren Hundertmarkschein in die Hand. „Um acht Uhr, diese Adresse, geht das in Ordnung?" – „Alles klar, mein Junge." Mathes hatte die Tür bereits geöffnet. „Bis dann, Eberhard!" – „Bis dann!" Noch bevor Mathes die Pforte des Hospitals erreichte, war das Taxi verschwunden. Zögernd blickte er durch die von Händen verschmierten Scheiben, nach einer Weile trat er entschlossen ein. Der Platz der

Empfangsschwester war unbesetzt. Mathes konnte nicht mehr warten. Innerlich rasend stieg er gezwungen langsam die steinernen Treppen hinauf, die zu den einzelnen Stationen führten. An den hohen gelb getünchten Wänden hingen verblichene Ölmalereien. In dem Licht kleiner, willkürlich angeordneter Strahler wirkten sie rissig und alt. Stille Motive einer niederländischen Stadt. Über die langen Gänge schlichen kranke, bejahrte Menschen auf ihren Krücken und Stöcken. Mathes nickte ihnen zu. Sie schwiegen. Ein drückendes Gefühl übermannte ihn, er konnte nichts dagegen tun …

Hohe Decken, runde Gewölbe eines alten Gemäuers. Seine ängstlichen Kinderaugen blickten traurig nach oben zu der schon ergrauten, freundlichen Schwester. Sie brachte ihm immer etwas mit. Manchmal als Spielzeug ein kleines Jojo, diesmal eine Einwegspritze. Er hatte sie inständig darum gebeten, denn man konnte sehr weit spritzen damit. Die andere Schwester schimpfte ihn deswegen, sie durfte nicht wissen, dass er die Spritze von Monika hatte. Es machte sie zu Verbündeten. Nachts hatte er sich aus seinem Zimmer geschlichen, wie ein Indianer war er an den Nachtschwestern vorbeigekrochen. In dem unbewachten Verbandsraum lagen unzählige Spritzen in allen Größen. Nur die schönste schob er in den Bund seiner Schlafanzughose. Der Rückzug verlief genauso unentdeckt und es machte ihn sehr stolz, denn es ist nicht leicht, diese knisternde Zellophanverpackung geräuschlos an den wachsamen Uhus vorbeizutransportieren. Es gehörte eine Menge Geschick dazu. Ein wenig plagte ihn doch sein Gewissen. Irgendwie erschien ihm sein Beutezug wie ein Vertrauensbruch gegen die nette Monika. In ein paar Stunden würde sie wiederkommen. Den nächsten Tag durfte er wieder nichts essen und alle zwanzig Minuten stachen sie ihm dieses scharfe Dreieck mit einem Ruck in den Finger. Das war nicht schlimm, sie mussten sein Blut untersuchen. Er verstand das. Er fühlte mit dem kleinen Daumen über den Wundschorf an seinen Fingerkuppen. Mama würde morgen wieder kommen, anfangs hatte er nicht mit ihr gesprochen, denn sie war froh, dass er hier war, er wusste es. Es konnte ihn nicht täuschen, dass sie lieb war, ihn streichelte und mit ihm spielte, wenn sie ihn besuchte. Jetzt musste sie nicht mehr schreien und sich ärgern, wenn ihm schwindelig wurde und er nur schlafen wollte zu Hause. Ja, irgendetwas war mit ihm los, das verstand er schon. Die Schwestern ließen ihn baden oder lasen ihm aus seinem Lieblingsbuch, seinem Wichtelbuch, vor. Das war nett von ihnen. Ein bisschen konnte er trotz seiner gerade mal sechs Jahre schon lesen, und sie hatten liebe Gesichter und bunte Mützen. Schokolade bekam er nie von Mama und sie wurde manchmal böse, wenn er vor dem Schlafengehen den widerlichen gelben Käse oder den Quark nicht aß. Der Käse war schlimmer. Fröstelnd erinnerte er sich an den pelzig bitteren Geschmack, den das gelbe Zeug immer in seiner Backentasche hinterließ, in der er es geduldig versteckte, bis er es endlich würgend loswerden konnte durch den Spalt, den die freundliche Matratze ihm freigab zwischen der Wand und seinem Bett. Schokolade würde er morgen Abend von Monika bekommen – hatte sie ihm versprochen. Er liebte Schokolade. Mit Mama sprach er wieder, aber sie sollte nicht mehr merken, dass er sich doch so sehr nach daheim sehnte. Nur das Nötigste sprach er mit ihr, zum Beispiel, ob er seine aufziehbare Blecheisenbahn haben konnte, mit der er so gerne spielte. Sonst würde er wieder still neben ihr sitzen und an dem bunten Fisch aus Kreppkugeln basteln, als wäre sie gar nicht da. Nach einer Stunde oder zwei – das wusste er nicht so genau – gab sie ihm jedes Mal einen Kuss und ging wieder, ohne ihn. Danach würde er weinen, erst danach bestimmt. Ganz für sich allein, denn das ginge niemanden etwas an. „Es kann sein, dass ich bei Monika bleibe“, dachte er. „Ich werde Mamas angenehmen Duft vermissen, der immer im Zimmer bleibt, wenn sie da war …“

„Kann ich Ihnen helfen?“, fragte die freundliche Stimme der ergrauten Schwester. Es war ihm übel. Sie führte ihn engelsgleich bis an das Ende des künstlich gelben Ganges. Es roch steril. An der Tür stand Anjas Name. Die Schwester nickte ihm auffordernd, noch immer lächelnd zu. Auf der kühlen Klinke hinterließ seine kalte Handfläche einen leichten Schweißfilm. Eine ältere Dame blickte aus mütterlichen Augen über ihre Lesebrille hinweg, als er leise die Tür hinter sich schloss. Unsinnig deutete er auf Anja, die in dem Bett am Fenster zu schlafen schien. Die Frau nickte ihm freundlich zu. Anjas Gesicht lag zur Seite gedreht in dem Federkissen. Die Wangen hingen ihr schwer herab. Ihre geschlossenen Augen versanken blutunterlaufen in einem fremden, aufgeschwollenen Gesicht. Geräuschlos hob Mathes einen Stuhl neben ihr Bett. Zaghaft nahm er ihre Hand in seine. Ihre Finger umfassten ihn kaum merklich und ein erleichterter, tiefer Atemzug durchströmte sie. Sie wachte nicht auf. Mathes beobachtete aus tränenverschleierten Augen das unentwegte Ticken des Tropfes über ihr. Ein Film spulte sich vor ihm ab, doch er wusste nicht, wovon er handelte. Lange Minuten vergingen, vielleicht eine Stunde, bis Anja ihre Augen öffnete. Mathes hätte es nicht gleich gemerkt, doch sie streichelte seinen Handrücken. Immer noch unfähig zu sprechen, suchte er ihre Augen. Ein verzerrtes Lächeln glitt wie eine zaghafte Welle über sie. Entstellt durch zwei entsetzlich blaue Blutergüsse. Lange sah sie ihn schweigend an. Er blieb ebenso still und er fühlte sich elend. Langsam löste sich seine Hand aus der ihren. Zögerlich strich sie über die weiße Bettdecke und blieb auf ihrem Bauch liegen. Stockend quollen die Worte aus ihm hervor. „Es tut mir so leid – so unendlich leid … warum hast du nichts gesagt?“ Nun hatte er die Frage, deren Antwort er schon kannte, doch gestellt. Nach gequälten Sekunden schüttelte sie kaum merklich den Kopf: „Es hätte nichts geändert, Mathes. Deine Entscheidung für das Mädchen bei dir zu Hause ist ehrlich gewesen, ich wollte, dass du ehrlich sein kannst.“ „Ist … ist alles in Ordnung mit ihm?“ Er streichelte sanft ihren befruchteten Bauch. Ihre Augen schweiften in die Ferne, die es in dem kleinen Raum nicht gab. „Sie sagen, ich hätte Blutungen in der Gebärmutter, die Kleine auch an ihrem winzigen Köpfchen.“ Die nächsten Worte erstickten beinahe. „Ich soll mir keine Sorgen machen, es muss nichts bedeuten.“ Mathes weinte, während ihr seine Fingerspitzen liebevoll die Tränen aus den Augen streiften. „Es ist ein Mädchen? Ein kleines Mädchen? Anja, ein süßes, liebes Mädchen?" Sie streichelte seine Wange, ihre Gesichter berührten sich fast, in ihren geflüsterten Worten lag Glück: „Ich wusste, Mathes, dass du nicht verlangst, dass ich es wegmache. Ich möchte es kriegen." – „Ja, ich tue alles, dass es leben wird, unser kleines Mädchen, aber … und…" Schnell hatte sich ihr Finger auf seine Lippen gelegt. „Nicht, Mathes, sprich es nicht aus! Ich liebe dich so sehr, weil du ehrlich warst, mach es jetzt nicht kaputt! Du darfst jetzt nicht an deinem Entschluss zweifeln." Seine Schultern senkten sich, als er tief ausatmete. Dieses Pochen, es pulsierte wieder beinahe unerträglich, gleich schubweisen Druckwellen wie aus einem Karpfenmaul. „Anja, ich liebe dich auch." Erneut pressten sich ihre Finger auf seinen Mund. Es durchzuckte ihn in der Berührung. „Nein, Mathes, bitte nicht!"

Viele Minuten sagten sie nichts mehr, keiner von beiden, und doch fanden sich ihre Gedanken. Mit einem Mal verfinsterten sich Mathes' Gesichtszüge. Sie erschrak, als sie die plötzliche Entfremdung verspürte.

„Erzähle mir alles, Anja, alles, hörst du – ich muss es genau erfahren!" Nach über einer Stunde hatte sie ihm leise erzählt, was seit seinem Abschied von ihr geschehen war. Ohne sie einmal zu unterbrechen, prägte er sich jede Einzelheit für immer ein. Langsam füllte sich die Spule in seinem Gehirn, die wie ein Tonband weiterlief, immer weiter. Jeder Millimeter, jede Umdrehung des winzigen Rädchens vertiefte sein Ziel und seinen Hass. Schließlich endete Anja. Ein Schatten des Erschreckens grub tiefe Falten in seine silbrig glänzende Stirn: „War die Polizei hier?" Sie nickte: „Ein paar Mal schon, ich habe nichts gesagt. Erst wollte ich reden, aber Nick hat mich beschworen es nicht zu tun. Du und er, hat er gesagt, werdet diese feigen Schläger finden." Trotz seiner gärenden Wut, dieser unaufhaltsamen Zerstörungswut, verwunderte ihn der harte Klang der Worte aus ihrem lieblichen Mund. „Ja, Anja, ich werde sie finden, ich schwöre es bei unserem kleinen Mädchen … Diesen Harry bringe ich um. Das ist mein Schwur!" Unwiderrufliche Härte funkelte tief in seinen eng gewordenen Pupillen. Seine Stimme vibrierte. Ihr trotz der Blessuren schönes Gesicht überschwemmte eine Woge der Angst. Angst um ihn, er wirkte plötzlich so fremd. Der Hass entfaltete seine ersten Distelblüten. Sie spürte förmlich die Sinnlosigkeit eines jeden Widerspruches. „Wo ist Nick, wie geht es ihm?" – „Er hat zwei Rippenbrüche, einen Darmriss und unzählige Prellungen, aber er will sich nicht in ein Bett verfrachten lassen, sagt er. Die ganze Zeit sitzt er hier bei mir. Wenn ich schlafe, geht er meistens in den Raucherraum." – „Gut, ich gehe gleich zu ihm." In diesem Moment betrat eine junge, dunkelhäutige Schwester das Zimmer. Sie servierte ein kärgliches Diätessen. Mathes küsste Anja vorsichtig auf die Lippen. Er verspürte kaum eine Erwiderung, nicht einmal seine eigenen Lippen spürte er. Ein letztes Mal streichelte er ihre Hand. Ohne sich umzudrehen, schritt er dann zur Tür hinaus. Den Aufenthaltsraum fand er gleich. Nick lehnte am Fenstersims, das Gesicht in die Handbeuge gestützt. Allein, zeitvergessen in seinen Gedanken und dem schweren Nebel unzähliger Zigaretten. Er trug sein Hemd offen wie eine Jacke. Eine dicke Verbandsschicht über der Brust ließ seinen Oberkörper aufgebläht erscheinen. Als er Mathes bemerkte, stand er auf. Sie umarmten sich wortlos. Noch einmal ließ Mathes sich alles erzählen, dann begann er mit seiner wohl schwierigsten Aufgabe, nämlich Nick davon zu überzeugen, dass er in Budel bleiben musste. In Anjas Nähe und seinem Bistro, beinahe so, als wäre nichts geschehen. Dieser Einsatz gehörte Mathes ganz allein. Es war eine Sache zwischen ihm und diesem Harry. Nick sollte Anja beschützen, es war wichtig, dass Mathes sie in Obhut wusste. Nick verstand Mathes, obwohl es ihm widerstrebte, untätig zu sein. Die bestimmte Art des Jüngeren ließ keinen wirklichen Widerspruch gelten. Nick hatte eine Gehirnerschütterung davongetragen, doch kein Arzt hatte ihn aus dem Verkehr ziehen können. Der Hass blühte längst auch in ihm. „Seit wann weißt du, dass Anja schwanger ist?", fragte Mathes erregt. – „Einige Tage vor deiner Abreise hat sie es mir gesagt." Mathes' anklagender, finsterer Blick machte Nick nervös, unbewusst hatte sich dessen Faust geballt und die Sehnen seines Unterarmes angespannt. „Sie hat mir verboten, es dir zu sagen, Mathes“, schrie er beinahe, „was sollte ich denn tun?“ Mathes nickte ohne das geringste Verständnis, drehte sich grußlos um und verließ das erstickende Zimmer. Er musste einfach raus, es war nicht auszuhalten. Nicht weniger aufgeheizt versuchte er Anjas Arzt zu erreichen. Schließlich unterbrach dieser sein sowieso schon verspätetes Mittagessen für den aufdringlichen Besucher. Erst nachdem Mathes massiv verständlich gemacht hatte, dass er als Vater des Kindes auf jegliche ärztliche Schweigepflicht pfeife, und nachdem er eine Beruhigungstablette nachdrücklich abgelehnt hatte, hielt der Professor sein Referat: „Fräulein Senteere ist in der vierzehnten Woche und in diesem Stadium ist ein Kind bereits vollständig entwickelt …“ Mathes bezwang sich den seichten Redefluss des Arztes nicht zu beschleunigen. „Das Kind hat ein nicht unbedenkliches Hämatom im primären sensorischen Zentrum des Gehirns davongetragen, das im Mutterleib nicht behandelt werden kann. Für Mutter und Kind bestehen wenigstens derzeit keine lebensbedrohlichen Gefahren – bei dem Kind kann sich das jederzeit ändern. Eine Abtreibung käme in jedem Fall in Anbetracht der Indikation infrage – in den Niederlanden noch leichter als in Deutschland.“ – „Ich habe Ihnen nicht die Frage gestellt, ob man das Kind töten kann, sondern wie es am Leben bleibt!“, unterbrach Mathes ihn scharf. – „Natürlich, trotzdem erwarten Sie doch eine ärztliche Stellungnahme von mir, oder nicht?“ – „Ja, bitte entschuldigen Sie!“ Der Ausdruck des Arztes löste sich ein wenig, seine Stimme nahm einen persönlicheren Klang an. „Sehen Sie, ich verstehe Ihre Aufregung und Angst sehr wohl, auch wenn Fräulein Senteere und Sie angeblich nicht wissen, was passiert ist, ich glaube es nicht. Meine Aufgabe besteht darin, das Leben der Mutter und des Kindes zu erhalten, dafür tue ich alles mir Mögliche, da können Sie völlig sicher sein. Das andere interessiert mich nicht.“ – „Ich danke Ihnen, Herr Doktor, bitte – ich werde Sie nicht mehr unterbrechen.“ – „Nun, wie angedeutet, muss über das gesamte Stadium der Schwangerschaft genauestens beobachtet werden, wie sich dieses Hämatom entwickelt. Sollte es auswachsen und schlimmstenfalls platzen, besteht die Gefahr eines Gehirnschlages, das Kind würde sterben. Die Wahrscheinlichkeit dieser tragischen Möglichkeit liegt bei zwanzig Prozent. Im Falle einer gut verlaufenden Geburt – der Gehirnschlag könnte mit weiteren etwa zwanzig Prozent Wahrscheinlichkeit auch bei der Geburt ausgelöst werden – müssen spätere Untersuchungen ergeben, ob es keinen Schaden des angesprochenen sensorischen Rindenfelds erlitten hat." Mathes versuchte zu verstehen: „Können Sie mir näher erklären, was diese Blutung bedeuten kann?" – „Es ist ein schwieriges Thema, das ich Ihnen ein wenig verständlicher erläutern möchte: Dieses Gehirnfeld gehört zu dem äußeren Teil des Großhirnes. Umfasst wird es von der Cortex, einer wichtigen Schicht, die für bewusstes Denken und Wahrnehmungen zuständig ist. Während das motorische Zentrum Botschaften an alle Muskeln des Körpers übermittelt, erkennt das sensorische – die Sinnesreize. In diesem Frühstadium der Entwicklung kann der Druck jenes Hämatoms den angesprochenen Gehirnzweig verkümmern lassen. Die Folgen wären möglicherweise Verlust von Temperaturwahrnehmungen oder Unterentwicklung von Schmerzempfinden oder Berührungsgefühl in einzelnen oder sämtlichen Körperregionen. Der Lage des Gerinnsels nach zu urteilen, sind solche Funktionsstörungen eher im Bereich des Mundes und der unteren Gesichtshälfte wahrscheinlich …

Ganz bewusst erläutere ich Ihnen vorrangig die zu befürchtenden Situationen, denn Sie und Ihre Freundin sind jung. Über eventuelle Behinderungen eines Neugeborenen muss man sich den heutigen wissenschaftlichen Erkenntnissen entsprechend sehr genau im Klaren sein." Mathes' Stimme war kleinlaut geworden: „Besteht denn eine reelle Chance, dass unser Mädchen gesund ist?" – „Ja, eine nicht allzu geringe sogar und ich möchte Ihnen trotz der traurigen Umstände auch Mut zusprechen und meinen Beistand für diese Zeit anbieten." – „Es ist doch ein Mädchen?" Der Arzt lächelte: „Es ist ein Mädchen – Herr Held, machen Sie sich nicht zu viele Sorgen, mit einer Wahrscheinlichkeit von geschätzten sechzig Prozent kommt es zu einem natürlichen Rückfluss des Blutes, da die Schädeldecke und das

Gewebe noch nicht fertig ausgeprägt sind. Damit könnte Ihre Freundin ein gesundes Kind gebären, gar keine Frage. Zudem gibt es sehr aufschlussreiche Methoden, im Säuglingsalter neurale Aktivitäten zu untersuchen. Unser Krankenhaus arbeitet seit Jahren intensiv im Bereich der Positronen-Emissions-Tomografie als auch in der Kernspintomografie. In jedem Fall wären damit auch operative oder läsionstechnische Eingriffe möglich. Es besteht vorerst noch nicht allzu viel Grund zur Besorgnis, bis auf einen einzigen Punkt …" Nachdenklich ließ er eine Pause. „Ja?", fragte Mathes, der sich fast wieder hatte beruhigen lassen, argwöhnisch. „Nun, Anja selbst hat leichte innere Blutungen erlitten, die noch nicht gänzlich gestillt scheinen. Es könnte zu einem Fruchtwasserverlust führen und in diesen frühen Wochen zu einem Abgang. Dieser Fall kann momentan jederzeit eintreten, meine weitaus schlimmere Befürchtung allerdings wäre eine Entzündung im Bereich der Eierstöcke. Sollte das passieren, müssten wir das Kind unweigerlich frühzeitig operativ entbinden und Anja könnte mit hoher Wahrscheinlichkeit keine weiteren Kinder gebären." – „Oh nein, Herr Doktor, was können Sie tun? Ich bitte Sie, so etwas darf nicht geschehen!" Der Arzt legte seinen Arm um Mathes' Schulter. – „Ich tue bestimmt, was in meiner Macht steht. Beten Sie für sie! Können Sie beten?" Mathes schlug die Augen nieder: „Ich konnte es." Mit einem dankenden Händedruck verabschiedete er sich von dem Professor und ergriff die Klinke. „Und, Herr Held!" Mathes blickte über die Schulter zurück. „Besuchen Sie mich jederzeit wieder, jedoch bitte zu meinen Arbeitszeiten, ja?" Mathes nickte lächelnd und verließ das nach Pfeifentabak riechende Zimmer. Bevor er nochmals zu Anja ging, erledigte er alle Formalitäten in dem Verwaltungsbüro. Sie sollte sofort erstklassige Verpflegung und Unterbringung erhalten. Geld spielte keine Rolle. Eine Überweisung würde er gleich am nächsten Morgen tätigen. An einem Kiosk kaufte er zwanzig langstielige Baccararosen. Diesmal befand sich Nick bei ihr, sie hatte ihr Kopfteil ein wenig hochgestellt. Er streichelte ihre Hand, wie zuvor Mathes es getan hatte. Die ruhige Bettnachbarin zwinkerte Mathes wiedererkennend zu. Aus dem schönen Blumenstrauß zog er eine einzelne Rose heraus und legte sie auf ihr Bett. Sie lächelte glücklich und Anja lächelte ebenfalls. Mathes liebte es, Menschen lächeln zu sehen. Es bedeutete ihm tausendmal mehr als überschwängliche Dankesbezeugungen. Die Schwester würde später die Blumen versorgen, er legte sie auf Anjas Bett. Dann beugte er sich in die Hocke und ergriff ihre Hand. „Ich habe mit dem Arzt gesprochen", begann er, „es wird alles gut, ja, alles wird gut", bekräftigte er. „Anja, heute fahre ich wieder nach Köln, ich darf keine Zeit verlieren. Ein paar wichtige Dinge erledigt gerade schon Gerd, von dem ich euch beide ganz lieb grüßen soll." Er spielte die Rolle des Optimisten fabelhaft.

Wie betäubt verließ er das Krankenhaus, vorbei an den gespensterhaften modernen Gestalten. Der Fahrzeugschlüssel von Anjas Golf in seiner Hosentasche kämpfte mit stumpfen Zähnen gegen nervöse Hände. Die ersehnte Ausgangstür brachte keine Erleichterung. Bewusst schob er das auf das beängstigende Arztgespräch, auf Anjas bemitleidenswerten Zustand und sein eigenes beißendes Gewissen. Unbewusst wusste er, dass ihn dieses unterdrückende Gemäuer wieder und immer wieder in seine quälenden Fänge nehmen würde. Er hatte sein Zuhause verloren. Mutter hatte ihn gestreichelt und dann fortgestoßen, in den Arm genommen und doch allein zurückgelassen. Der erbitterte Kampf hatte begonnen, ein Lebenskampf gegen Schmerz und unbestimmte Einsamkeit. Ein Todeskampf für die unerschöpfliche Lust und blühende Freiheit. Der lebendige Hedonist in ihm gab ihm alles, alles, alles! Von diesem Moment an würde er ihm bedingungslos folgen. Wo mochte die Ferne sein, deren Horizont niemals greifbar war, deren warme Winde unaufhaltsam duftend wehten? Welches Mädchen würde seine zarte Hand in die seine legen, während er lief und lief, atmete und atmete, ohne nach dem Ziel zu fragen, dessen Licht er selbst nicht kannte? Nichts in seinem Leben konnte ihm jemals wichtiger und wertvoller erscheinen als dieses unbekannte Ziel. Sechs Wochen müssten noch vergehen, bis er eingeschult werden würde. Er freute sich wirklich auf seine Kasteiung, auf das Karomuster, das man ihm aufzwingen würde in einer wohlfunktionierenden Ordnung. Vielleicht begann der Gleichschritt einer modernen, fantastisch intellektuellen Gesellschaft gerade am ersten Schultag eines jeden – spielend und heimtückisch. Vielleicht auch schon in dem Nest, dessen Laken man zuallererst besudelte. Wo ist die Freiheit? Sie kann doch nicht nur ein verträumtes Gebilde unseres Inneren sein, wie ein fabelhaftes Trugbild aus einer anderen Zeit, oder ist es so?

Der Wagen raste über den grauschwarzen Asphalt der breiten Straße. Die Tachonadel zitterte Budel entgegen. Der große Zeiger der Uhr legte sich über den kleineren wie eine Sonnenfinsternis. Noch nicht einmal halb vier Uhr war es, dennoch dämmerte der Nachmittag schläfrig dahin. Nick beabsichtigte das Bistro schon am nächsten Tag wieder zu öffnen, wenn die Polizei ihre Spurensicherung abgeschlossen hätte. Sie fahndeten nach zwei zweifelhaften niederländischen Fußballrowdys. Mit einer frei erfundenen Geschichte waren sie abgespeist worden. Ihre nichtssagenden Gesichter hatten eifrig Nicks Aussage aufgenommen, ohne auch nur ein einziges Wort zu glauben. Ihre Wut darüber hatte sich deutlich in einem geschmacklosen Scherz widergespiegelt, der das Scherbeninferno als Kristallnacht bezeichnete. Dann waren sie zu ihren Fahrzeugen zurückgetapst und schließlich verschwunden. Zweifellos wollte Mathes sich in den nächsten Stunden betrinken. Mit schlafwandlerischer Sicherheit fand er sein geeignetes Ziel, die alte Wirtschaft am Ortsende. Bereits wenige Minuten nach seinem Eintreffen bildete er den Mittelpunkt des dortigen Geschehens, denn man ließ sich allzu gern von seiner überdrehten Stimmungslage mitreißen. Niemand ahnte, dass er ein Ventil suchte, durch das der unsägliche Druck entweichen konnte, dem er sich immer unerbittlicher ausgesetzt fühlte, als würde sein inneres Gefäß enger und enger. In diesem Moment hätte ein einziges sehnsuchtsvolles Lied der flimmernden Wurlitzerbox genügt, um ihn in Tränen ausbrechen zu lassen. Jenes Lied schwieg seine schwarzen Rillen bis zuletzt. Der unmäßige, erlösende Alkohol schenkte ihm seine Wahrheit, das sicherste und angenehmste Gefühl überhaupt. Gegen acht Uhr erst verließ Mathes die grölende, zechfressende Gesellschaft und verachtete sie.

Eberhard, der Taxifahrer, erwartete ihn mit laufendem Motor. Als Mathes den Golf einparkte, erkannte jener seinen Fahrgast. Ein Beobachter hätte den Eindruck gewonnen, dass Mathes noch irgendetwas im vorderen Fußbereich ordnete, dabei entnahm er dem Handschuhfach den Revolver, den Nick dort seit dem Überfall aufbewahrt hatte. Dann verließ er das Fahrzeug und niemand konnte auch nur ahnen, was sich unter seiner nicht unnatürlich aufgeblähten Lederjacke befand. Der angenehm kalte Lauf drückte noch eine Weile gegen seine Leiste, während ihre Rückfahrt begann.

KAPITEL 7

Gnadenlos

Rolfs

„Und hier siehst du die Auflistung all der Ehrenämter, die er innehat“, kommentierte Klaus sachverständig die Sammlung seiner kopierten Zeitungsausschnitte und verschiedener gefaxter Unterlagen. Obwohl es bereits nach Mitternacht war, trug er immer noch die hellviolette Krawatte, die allerdings, im Knoten gelockert, längst eine schräge Lage eingenommen hatte. Der Aschenbecher drohte an verendeten Zigarettenkippen zu ersticken. Während Mathes das nicht unbeachtliche Sortiment durchzuarbeiten begann, füllte Klaus erneut die kelchförmigen Weißbiergläser. An ihren Rändern perlten schimmernde Wassertröpfchen.

Die Überquerung der Grenze hatte einen glücklichen Verlauf genommen, obwohl Mathes kurzzeitig beinahe das Herz stehen geblieben wäre, denn die Zollbeamten arbeiteten gründlich. Ihre Schäferhunde hatten gierig schnüffelnd die Radläufe und dann sogar den Innenraum des Fahrzeuges durchforstet, völlig an Mathes' vorausgegangenen Erwägungen vorbei. Gott sei Dank schienen sie kaum etwas für den Duft eines Trommelrevolvers übrig zu haben. In Köln-Altstadt hatte er den Fahrer bezahlt. Mehrere Telefongespräche von dem kleinen Hotel der vergangenen Tage ließen erneut eine lange Nacht erahnen. Gerd befand sich bereits wieder in einem Abteil des IC Düsseldorf und würde sein Ziel in den frühen Morgenstunden erreichen. In Düsseldorf sollte er ein Taxi nehmen und mit diesem zu Klaus weiterfahren. Schließlich hatte Mathes noch etwas länger mit Susanne telefoniert, ihre geliebte sanfte Stimme hatte ihm auf der ganzen Fahrt zu Klaus so angenehm süß in den Ohren geklungen. Er sehnte sich nach ihr. Sicherer denn je wusste er in diesem Moment, dass er sie liebte für sein Leben, mehr als sein Leben. „Halt mich nur ein bisschen, dass ich schlafen kann …“, trällerte es aus dem Radio.

Das Baby in Anjas Bauch, sein kleines Mädchen, er liebte es ebenso stark, aber auf eine andere Art. Er war ganz sicher, dass es eine Möglichkeit geben musste, alles miteinander zu vereinbaren. Doch neben dieser zweifachen verträumten Liebe hatte todsicherer Hass, einem verfluchten Fötus gleich, endgültig seine schwarze Geburt gefunden …

„Bulldog“, las Mathes den Text des Faxes, das, in Stichworten abgefasst, ausführliches Material bot. „Klub und Animierlokal mit vortrefflichem Ruf in Freiers- und Behördenkreisen, wobei diese oftmals ineinander verschwammen. Saubere, gesunde, sämtlich volljährige Mädchen, alle durch entsprechende Papiere ausgewiesen. Ständig wechselnd, jedoch stets mindestens zwölf an der Zahl. Verschiedene Nationalitäten, ganz nach dem Geschmack des zahlenden Kunden.“ An dieser Stelle verwies die Aufstellung auf mehrere Zeitungsausschnitte, die niederländische prominente Persönlichkeiten darstellten. Politiker, Industrielle, geschätzte Fernsehdarsteller, abgelichtet in freundschaftlichen Gesten mit dem Besitzer des Lokals. Vor der etwas zu farbenprächtigen Häuserfassade Hände schüttelnd und dämlich in die Kamera grinsend. Eine Fotografie zeigte die rötlich schimmernden Räumlichkeiten und konservative Herren der Gesellschaft, die sichtlich gebannt einer schwarzen Sängerin lauschten. Die handschriftlich beigefügten Erläuterungen über den Eigentümer dieses Etablissements erklärten die ungewöhnlichen Darstellungen. „Jan Van der Gracht, in Milieukreisen einfach Käpten genannt, gebürtiger Amsterdamer, 61 Jahre alt, Geschäftsführer des Bulldog seit 1984. Geschieden. Er hatte es verstanden, nicht nur die Umsätze, sondern auch den Ruf des vormals heruntergekommenen Bordells innerhalb kürzester Zeit erblühen zu lassen. Ungewöhnlicherweise für jenes Gewerbe suchte er regelrecht die Öffentlichkeit. Aktives, keineswegs kleinliches Mitglied und vielfach Sprechwerkzeug der verschiedensten sozialen

Verbände. Da wären: „Ja, ich habe Aids" – „Gruppe vergewaltigter Frauen" – „Richy ist mein Name" (eine Stiftung für mongoloide Kinder) – „Unser Venedig" (ein Stadterhaltungs- und Restaurationsprojekt Amsterdams). Jan Van der Gracht tat alles nur Erdenkliche für den Anschein des weißen Engels unter den schwarzen Schafen. Das Rotlichtmilieu fürchtete ihn, denn seine Macht schien unbegrenzt, kooperatives Verhältnis zur Polizei. Seit seiner Regentschaft herrschte spürbar Ruhe im sündigen Teil der Stadt." Ein weiteres Papier listete etliche Immobilien, Cafés und sogar Boutiquen auf, die sich in seinem Besitz befanden. Interessiert bemerkte Mathes, dass in den meisten Zeitungsberichten deutlicher Argwohn lag. Die Medien trauten diesem Mann krampfhafter Ehrwürdigkeit nicht. Äußerst vorsichtig behauptete ein Zeitungsblatt, dass regelmäßig Geschäfte zwischen Jan Van der Gracht und der Polizei stattfänden. Die unbegründete Darstellung, hieß es auf einer anderen Seite, musste gänzlich dementiert werden. Es fehlten konkrete Anhaltspunkte und Beweismittel. Eine Illustrierte beschrieb ihn als Chamäleon der Unterwelt. Er lebte die meiste Zeit gut bewacht – wie sollte es anders sein? – auf einer luxuriösen Jacht am Sloter Kanaal, einem Stadtteil venezianischer Schönheit, herausragend wie das Grünwald von München oder die Außenalster Hamburgs. Der attraktive Unterschied bestand allein darin, dass in Amsterdam die herrlichen Villen ehemalige, irgendwann fest verankerte Jachten und Segler darstellten.

Fasziniert blickte Mathes auf. Klaus deutete einladend zu dem nächsten Stapel. Zurückgelehnt nippte er an seinem Cognac. Die Telefonnummer gehörte zu Catharina Dante. Mathes verschlug es beinahe die Sprache, er las laut: „‚Verdeckte Ermittlerin des Drogendezernats, CRJ beordert nach Amsterdam, da konkrete Hinweise auf riesige Kokainlieferungen aus Südamerika, vermutlich Kolumbien, hindeuteten.' Wie kommst du nur an solches Material, Klaus?" Dieser hob selbstbewusst grinsend die Schultern. „Hast du eine Ahnung, wie der Holländer zu ihrer Nummer kam?" – „Ich nehme an, dass sie den Kontakt gesucht hat, er wohl kaum." Mathes nickte nachsinnend. „Ja, so wird es wohl sein … vielleicht weiß sie etwas über Nena?“ – „Glaub ich nicht.“ Mathes wartete ab, bis Klaus fortfuhr: „Drogendezernat, Mathes, wahrscheinlich verschmelzen da verschiedene kriminelle Machenschaften ineinander.“ Mathes drückte seine Zigarette aus und zündete sofort die nächste an. Er hätte das ebenso an der Glut der letzten tun können, doch er verachtete Kettenraucher. „Du, ich befürchte“, sagte Klaus, „dass du dich immer näher an etwas herantastest, in irgendetwas hineinstocherst, dem du nicht gewachsen bist. Ich habe das alles heute sehr genau studiert und nachgedacht. Das ist kein Spiel! – Du musst zur Polizei!“ „Spinnst du vollkommen?“, brauste Mathes auf. Seine Pupillen verkleinerten sich, Hitze, die in ihm aufzusteigen begann, verbreitete ihre wallende Röte. „Glaubst du, ich spiele? Du meinst, alles ist ein Spiel für mich?“ Sein Atem ging heftig. „Kapierst du nicht, was er mit Anja gemacht hat? Sie ist schwanger, Mann – und es ist noch immer fraglich, ob mein Kind eine Chance hat!“, schrie er regelrecht und seine zornigen Augen glänzten. „Reiß dich gefälligst zusammen, so lass ich nicht mit mir reden!“, konterte Klaus verärgert. Mathes registrierte es nicht. Weiße Ränder bildeten sich um seine Handknöchel, als er sie auf den Tisch stützte. Vornübergebeugt starrte er in die Augen seines Freundes. Seine flüsternde Stimme vibrierte und sie hatte plötzlich einen tiefen Klang: „Kein Spiel, Klaus, ich bringe ihn um, das schwöre ich dir! Willst du mich davon abhalten?“ Einige Sekunden herrschte völlige Stille. „Du hast dich verändert, Mathes. Noch niemals habe ich in Augen gesehen, in denen so tief der Hass liegt wie in den deinen.“ Unwillkürlich senkte Mathes den Blick. „Ich verstehe dich, ich verstehe dich wirklich, aber ich habe Angst. Angst um dich! Du kennst nur noch ein einziges Ziel. Mord ist das, was du vorhast, selbst wenn du es Rache nennst, und es ist ein schlimmes Verbrechen … Du zerstörst dein Leben – und Susanne, denkst du auch mal an sie? Sagtest du nicht, du hättest dich ganz für sie entschieden?“ Kleine Schweißperlen hatten sich auf Mathes’ Stirn gebildet, er sah Klaus wieder gerade in die Augen. „Diese Entscheidung ist mir sehr sehr ernst. Aber ich kann nicht anders, ich kann es nicht. Das, was geschehen ist, ich muss es zu Ende bringen, alles in mir verlangt danach. Dafür gibt es nur einen einzigen Weg, vorher werde ich niemals frei sein können – wirklich frei für die Frau, die ich liebe. Verstehe doch, Klaus, wie könnte ich jemals Ruhe finden, die doch das Wichtigste ist, um sie für ein Leben glücklich zu machen." – „Es ist etwas, was ich wirklich verstehe, und doch ist es nicht der richtige Weg … Du wirst deine Vergangenheit – danach, meine ich – nicht einfach begraben können. Sie wird dich marternd begleiten, wie eine Tätowierung, so unauslöschlich!" – „Ich habe daran gedacht, zur Polizei zu gehen, aber da ist der getötete Holländer. Und was würde diesen Harry erwarten? Vielleicht Körperverletzung – ich sehe es direkt vor mir: zwei Jahre auf Bewährung! Nein, ich muss es tun, ich selbst, es gibt keinen Zweifel." Mathes blickte auf: „Warum hilfst du mir, wenn du es für falsch hältst?" – „Nur, weil du es auch für falsch hältst, für falsch, und dennoch siehst du keinen Ausweg, keine andere Möglichkeit. Ich sehe ebenso wenig einen. Er würde ungeschoren davonkommen, darin gebe ich dir recht." Irgendwann war Klaus schlafen gegangen, Mathes saß allein in seinen Gedanken. Die schwarze Acrylscheibe auf dem Plattenspieler drehte immer wieder ihre Runden, ganz ohne Zeit. Den traurig schönen Balladen der Dire Straits gehörte die Nacht. „Brothers in arms, brothers in arms …" Die geduldig schwebenden Sekunden im Ausklang der klaren Gitarrensaiten ließen das rotierende Gerät leise, aber deutlich wahrnehmbar auf so wunderbare Weise seinen Atem finden. Dieses unbeschreiblich weiche, gemütsstreichelnde Knistern und Rauschen, das Wispern eines flüsternden Blätterwaldes. So augenscheinlich erwuchs alle Sinnlichkeit, diese sanfte Schönheit von Klängen aus einem Diamanten heraus, dem Wunder der ewigen Natur an sich. Mathes versuchte bis in die Tiefen des feurigen Kristalles hinein zu lauschen, hungernd, doch ohne Gier. Welche Herrlichkeit, diesen Samen der Farben, den Spiegel der Sonne zu betrachten als erleuchteten Pfad zur Muse, der Mutter des Gemüts …

Mathes lebte in seiner eigenen Welt, er wusste das. In diesem Moment, der lange Minuten überdauerte, empfand er all die komplizierte Technik, jene faszinierenden Wissenschaften, den evolutionären Fortschritt bis in die Gegenwart nur als ein einziges Medium, den Menschen selbst zu erreichen; als nichts anderes. In diesem unscheinbaren, unbeachteten Diamanten existierte schlummernd das Tor, das keines war. Groß, prächtig und schillernd wurde er in Mathes' Cognacschwenker reflektiert. Er strahlte aus dem öligen See des bernsteinfarbenen Getränks. Mathes bewegte sein Wunder langsam vor seinen Augen. Die schlierende Oberfläche vibrierte, rauchgeschwärzter Atem blies über die Strudel der behäbigen Flüssigkeit. Sein Wind prallte gegen die goldene Decke, entspannte und löste seine Nebel in samtenen Wolken des Nichts. Den Kopf in der Armbeuge vergraben, fiel Mathes zwischen all den Zeitungsberichten in einen traumlosen Schlaf. Der Spiegel der bauchigen Flasche hatte sich weit gesenkt. Auf dem Hügel ihres gläsernen Grundes fand die Nacht nur noch kurze Zeit der Ruhe …

Der Duft von schwerem, erweckendem Bohnenkaffee stieg reizend in seine Nase. Ein schaler Geschmack verbreitete sich ekelerregend über Mathes' pelzigem Gaumen. Beides hätte er einfach so hingenommen, wenn nicht die geschäftigen Küchengeräusche ihn in die Wachheit befohlen hätten. Außerdem fror ihn, ein empfindlich kalter, widerwärtig sauerstoffreicher Luftzug ließ die Härchen seiner Arme aufstehen. Als er vorsichtig die Augen öffnete, kam es noch schlimmer. Entsetzlich helles Licht drang unerbittlich durch die offenen Fenster. Das erste Schlucken schmerzte höllisch, er entschied sich gezwungenermaßen, es ab sofort zu unterlassen. Sein Schädel dröhnte wie ein pumpender Ballon, den irgendjemand mit Quecksilber und Schrotkugeln gefüllt hatte. Der zahme Versuch einer Halsbewegung entartete zu einem Inferno. Man trieb ihm glühende Nadeln in den Nacken. Lächelnd stellte Gabi eine Tasse dampfenden Kaffee vor ihn hin. „Frühstück?" Mathes schüttelte entsetzt den Kopf. In kleinen Schlucken wagte er das nussige Getränk einzunehmen. Zwei-, dreimal begann Gabi, die immer noch lächelte und viel zu hübsch und frisch für diesen Morgen aussah, ein Gespräch. Anscheinend bezog es sich auf die Cognacflasche, die weiterhin Spalier stand. Der übergequollene Aschenbecher hatte die Szene bereits verlassen. Mathes verstand kein Wort. Schließlich stand er auf, bemüht, seinen Schwindel zu beherrschen. Er konnte ihre Fröhlichkeit nicht länger ertragen, ihr schadenfrohes Gekicher quälte ihn bis in den ersten Stock. Aus der offen stehenden Schlafzimmertür von Klaus drang dessen lautes Schnarchen. Mathes flüchtete in die Dusche. Sämtliche Kleidungsstücke beförderte er direkt in die Waschmaschine. In vertrauter Umgebung zwischen Dusche und Ausguss fing er den Tag nochmals ganz von vorn an. Die erste wichtige Entscheidung trieb ihn nur mit einem Handtuch um die Hüften an der scheinbar vollkommen gleichgültigen, jedoch eindeutig belustigten Gabi vorbei zur Haustür. Ein Blick zurück befahl ihr zu schweigen, außerdem bestätigte er Mathes, dass ihr nicht zu trauen war, so nahm er vorsichtshalber den Schlüssel mit. Ohne die der Kälte entsprechende Eile grüßte er mit einem höflichen, nicht mehr so schmerzhaften Kopfnicken den verdatterten Nachbarn. Mit der Tasche aus seinem Wagen über der Schulter und mit einer Hand das störrische Handtuch zusammenhaltend, grüßte er auf seinem Rückweg nochmals. Wie jämmerlich die Menschen doch waren, dachte er. „Wenn nur diese verdammte Tür endlich aufginge! Na also!" Im Vorbeigehen nahm er genüsslich einen Schluck Kaffee, schnalzte beifällig mit der Zunge, tippelte eine kurze Sambaschrittfolge. Dabei wackelte er rhythmisch mit seinem frotteebedeckten Hinterteil. Auf dem Absatz der Treppe warf er Gabi eine gehauchte Kusshand zu und entstieg schließlich in die erste Etage, die hinter den Kulissen lag. Einen Moment lang stellte er sich vor, wie es wäre, wenn sie plötzlich in das Badezimmer käme. Aber es blieb bei der heimlichen Träumerei. Jäh gestand er sich ein, dass er solchen Fehlern nicht wieder unterliegen würde. Wäre es ein Fehler? So hatte er es eigentlich noch nie betrachtet! Nein, eher Schicksal. Schicksal – Fehler, wie verhielt es sich? War ein Fehltritt, eine Waghalsigkeit Teil und Folge von Schicksal? Oder existierte zuerst der

Fehler als Urbeginn einer Schicksalslawine, die alles überrollen würde? Eine Frage, die sich gefälligst der Herrgott mal hätte stellen sollen, bevor er die arme Eva mit der Schlange zusammenbrachte! Menschen ohne Schicksal vegetierten in ihrer leeren Hülle dahin, blutleer und blass.

Noch vor Gerds Rückkehr verließ Mathes das Haus. Sein Zeitplan für diesen Tag ließ ihm keinen Spielraum. Schon die Trägheit des schleichenden, allgegenwärtigen Berufsverkehrs spannte die leicht reizbaren Nervenstränge des übernächtigten Mathes Held gefährlich an. Einmal bewahrte ihn nur noch eine reflexartige Blitzreaktion vor einem Blechkuss auf das unschlüssige Hinterteil eines Mercedes 190. Gerade jener farblose Wagentyp, den er besonders verachtete. Sein erster Weg führte ihn in die Innenstadt von Düsseldorf. Abgesehen von der prächtigen „Kö" mit ihren edlen Boutiquen und glitzernden Juweliergeschäften, umschwärmt von bepelzten Damen und ihren seidigen Drohnen, die selbst an diesem frühen Vormittag ihrem flanierenden Alltag frönten, als wäre Arbeit etwas Unsinniges und Menschen Entwürdigendes; außer den in der Frühlingsblüte prangenden, herrlichen Grünanlagen, die in riesigem Ausmaße angrenzten, konnte Mathes dieser Stadt wenig abgewinnen. Trotzdem strahlte an jenem sonnigen Morgen auch die Fußgängerzone eine menschenwarme Idylle aus. Dieser Teil, den man liebevoll als längste Theke der Welt bezeichnete, ließ die Ahnung der Nächte nie gänzlich vermissen. Zwischen den unzähligen Pilskneipen, Ausschanks und Kellerlokalen fand Mathes ein kleines Hotel, wie er es liebte, und reservierte für diese Nacht erneut zwei Einzelzimmer. Klaus' Angebot einer Übernachtung hatte er abgelehnt. Der Kebapstand am Rande des erwachenden Treibens besaß die Freundlichkeit, seinen Magen wieder etwas zu regenerieren. Aufgrund der entsetzlichen Dürre in ihm musste er nach jedem Bissen kräftig nachtrinken. Die Fleisch- und Zwiebelscheibchen schwammen schließlich großflächig auf einem schwarzen Cola-See. Dem Penner, der fünf Red-Beagle-Welpen in einem mit Zeitungen ausstaffierten Einkaufswagen liebevoll umsorgte, schenkte er zehn Mark.

Gestärkt bestieg er wieder sein Fahrzeug. Den Strafzettel für Falschparken zerriss er nicht, so wie er es normalerweise immer tat. In einem Leben der Geheimnisse durften keine Spuren hinterlassen werden.

Er fuhr weiter nach Köln. Im Vier Kronen erlaubte ihm der immer gegenwärtige Portier, seinen Wagen für einige Minuten im Rundbogen der Anfahrt stehen zu lassen. Diana sah sehr niedlich aus in dem schwarzen Kleidchen, sie küsste ihn freudig auf beide Wangen. Sie war ein völlig neuer Mensch geworden. Mathes genoss das Gefühl, dass ihr Leben endlich begonnen hatte. Nur als sie nach Anja fragte und ob er schon etwas von Nena wisse, verdüsterte sich sein Gesicht. Anja betreffend belog er sie ohne das geringste Wimpernzucken, das hatte er längst genial erlernt, denn auch Susanne würde wieder die Lügen hören. Über Nena sagte er die Wahrheit, nämlich, dass er leider immer noch nichts wusste, aber zuversichtlich sei, dass sich dies bald ändern würde. Sie nannte ihm ihre Bank und den Namen ihres Ansprechpartners. Zehntausend Mark wollte er einzahlen, die nach der Lehrzeit zu ihrer freien Verfügung ständen. Sie vermochte es nicht, ihn davon abzubringen, auch nicht die Tränen der Rührung in ihren dunklen Augen. Dieses Geld, es lag schwer in seinen Taschen, er musste sich davon befreien.

Karl Lederer schüttelte ihm nach einem zwanglosen Gespräch die Hand, in dieser Geste lag ehrliche Anerkennung, beinahe gleich einer wohltuenden Auszeichnung. „Sie sind ein Mann, Mathes, Menschen wie Sie wachsen heraus aus dieser lächerlichen Gesellschaft“, sagte er, „ein erbärmlicher Haufen Clowns ist das! Wenn ich jemals etwas für Sie tun kann, lassen Sie es mich wissen!“ – „Sie tun gerade sehr viel für mich, Herr Lederer, ich danke Ihnen. Auf Wiedersehen!“ – „Auf Wiedersehen, Mathes, Sie lassen sich doch mal wieder sehen?“ – „Natürlich.“ „Er kennt mich fast nicht“, dachte Mathes, als er bereits wieder hinter seinem Lenkrad saß, „und doch schenkt er mir so viel Vertrauen. Er glaubt an mich. Warum hat Vater das nie getan?“ Mathes wunderte sich selbst darüber, dass seine Gedanken solche Vergleiche zogen, und es passte ihm ganz und gar nicht.

Punkt zwölf verließ er den bundfaltengeordneten Filialleiter der Deutschen Bank. Unwillkürlich schüttelte er den schmeichelnden Gestank des geschniegelten Strebers von sich ab. Nachhaltig tönte das Klicken des unaufhörlich betätigten Cartier-Kugelschreibers in seinen Ohren. Vorerst betrug Dianas Kontostand eine Mark. Beinahe wäre er der verlockenden Versuchung erlegen, sein eigenes Konto mit dem Geld aufzufüllen, denn nur noch sein derzeitiger ehrenwerter Soldatendienst sicherte ihm in der heimischen, verhassten Sparkasse überhaupt ein geringes Verständnis. Doch das Bewusstsein der Selbstbereicherung, während sein Freund für ihn getötet hatte, während Anja und sein Kind litten und Nena, die vielleicht gerade irgendwo schreckliche Qualen erlitt, auf Hilfe hoffte, verbot ihm das sofort. Den Unsinn vom schmutzigen Geld hatte er noch nie geglaubt. Kein Schein unterschied sich irgendwie von dem anderen. Die Großen legten gekonnt legalisiertes Schweigen über ihre politischen Weltgeschäfte. Man bezahlte Macht und Waffen, die Industrie ihre Rüstung und Kriege nicht mit Erbsen! Nein, dieselben Scheine segnete die Kirche in ihren Klingelbeuteln, ebendieses Geld hortete sich in all den sozialen Fonds oder auch nur in der Kasse einer einfachen Backstube. Wie also sollte der risikoreich erarbeitete Gewinn aus einem kleinen Pokerspiel, die im Schoße einer Hure entlohnten Blauen oder die verzweifelten Scheine eines Süchtigen schmutziger sein als das geglättete Bündel, das sich in irgendeiner Nappalederbrieftasche befand? Das Geheimnis der Geldwäsche war reine Illusion, jeder beteiligte sich daran – unentwegt! Das Geld aus der Wohnung außerhalb seines Einsatzes anzurühren hätte jedoch die Bedeutung, als würde er einfach alles vergessen. Es wäre Verrat an den geliebten Menschen. Verrat an seiner und Anjas Tochter. Verrat! Giftiger Verrat an Susanne, denn er müsste die Augen senken, wenn er ihr eine Rose schenkte, deren Blütenblätter von Blut und Tränen dunkel gefärbt waren. Voller Liebe wäre ihr Dank, unwissend, sonst müsste sie ihn zutiefst verachten. Er sich selbst!

Freundlich, kojotenhaft freundlich konnte der Autohändler Mathes abermals behilflich sein. Sie vereinbarten, dass er den

Mietwagen am nächsten Abend in München-Riem zurückgeben würde. Damit erhöhte sich der verbleibende Mietpreis um exakt siebzig Prozent und Mathes' Geldvorräte schrumpften empfindlich. Die Zeitspanne müsste genügen, der verpflichtende Kasernendienst rückte immer näher.

Erstmals verlief der Grenzübertritt Mönchengladbach ohne die geringsten Gewissensbisse, denn Mathes hatte beide Waffen bei Klaus deponiert. Sein leichter Alkoholspiegel schien ein Teil seines Selbst geworden zu sein, dieses sanfte Öl der Seele machte alles so viel erträglicher, das Lieben, ebenso das Hassen. An einem Blumenstand außerhalb des Krankenhauses ließ er einen Frühlingsstrauß zusammenstellen, für einen Moment hatte ihn die Verkäuferin für einen Studenten gehalten. Das mächtige Gebäude umfasste Hospital, Schwesternschule und Universität in einem, wie oftmals in den Niederlanden. Keineswegs empfand Mathes dadurch größere Sympathie. Der Flachmann in seiner Jackentasche verlieh ihm einige Sicherheit und half ihm, dem Grausen dieses gelben Gemäuers vorzubeugen. Anja fühlte sich schon sehr viel besser, die Ergebnisse der regelmäßigen Ultraschalluntersuchungen ihres Bauches erlaubten Zuversichtlichkeit. Lange hielt Mathes ihre Hand und sie redeten. Ohne seinen Worten wirklich zuzuhören, nahm sie seine Stimme in sich auf – belanglose Worte. Das tatsächliche Gespräch fand in ihren Augen statt. Wie stark sie war! Was in aller Welt bedurfte größerer Stärke und Ausdauer als versagte Liebe? Sarah sollte ihr kleines Mädchen heißen. Sie war ein Kind der Liebe …

Später kam auch Nick. Anja durfte nicht beunruhigt werden, so begleitete er Mathes auf den Gang. Es roch nach Urin. „Ich habe meine Leute, wo treffen wir uns?", fragte er und niemand konnte ahnen, dass er gegen ärztlichen Rat überhaupt auf den Beinen stand. „Wie viele?" – „Fünf, ich, du, Gerd. Insgesamt sind wir sieben." – „Kannst du jedem vertrauen?" – „Ganz und gar, sie sind meine engsten Freunde." – „Was, bitte was hast du ihnen erzählt?" – „Nun, nur den Teil der Wahrheit, der inzwischen sowieso Stadtgespräch ist, dass Rocker mein Pub überfallen haben und wir wissen, wo sie zu finden sind." – „Gut", nickte Mathes, „um zehn am Rastplatz hinter dem Autobahnkreuz Neuss. Ihr solltet mit zwei, besser drei Fahrzeugen die Grenze passieren." – „Kein Problem." – „Wie seid ihr ausgestattet?" – „Nur Baseballschläger, ist Standardausrüstung in einem niederländischen Kofferraum." Mathes überhörte die Aggressivität, wie er sie bisher an Nick nicht gekannt hatte, in sich selbst kaum erkannte. „Unauffällige Kleidung, Sturmhauben. Sollte etwas schiefgehen, könnt ihr erst am Morgen zurück, muss ich mich darum kümmern?" – „Nicht nötig, mein Vater besitzt ein Gartenhäuschen bei Hagen, ich habe die Schlüssel. In jedem Fall werden wir die Nacht abwarten." – „Okay, ich belade meinen Wagen mit Verpflegung, sonst noch etwas?" – „Nein, Mathes, sonst nichts."

Aufsteigende Nebel drängten das weite Blau dieses vergehenden Sonnentages, als Mathes Siegburg wieder erreichte. Winterliche Stille umwarb den herabsinkenden Abend. So wunderbar und voller Leben der Beginn einer zirpenden und duftenden Sommernacht sein konnte, so einzigartig betörte doch auch die kalte, leise Jahreszeit. In ihrer Klarheit hauchte sie den Menschen Gefühle von lauschender Friedsamkeit ein. Gedanken liebkosten mit der Einsamkeit. Der verbleichende Tag schenkte sich unvergleichlich in einem Hort von Mathes' Gemüt …

Klaus und Gerd spielten Karten, Gabi verbreitete aus der Küche verführerischen Pizzageruch. Mathes nahm ein Bier aus dem Kühlschrank und betrachtete sie. Er konnte spüren, dass sie es genoss, in jeder ihrer Handbewegungen zwischen Tomaten und Käse prickelte Erotik. Die glänzend schwarzen Haarspitzen streichelten ihre zierlichen Schultern. Die ausgewaschene Jeans spannte sich über ihrem festen Po wie eine zweite, beneidenswerte Haut. Sie trug Pumps – sogar in der Küche, dachte Mathes. Es wurde zu viel. Mit der Bierflasche in der Hand entrann er ihrem züngelnden Fegefeuer. Minuten später schlug er voller Wut auf sein ausgedient habendes Geheimfach unter dem Mietwagen ein. Die Flex sprühte Funken über seinem Overall und schmerzhaft gegen seine Unterarme. Es sollte so sein. Die Demontage verlief dementsprechend heftig. Ein erneuter Unterbodenanstrich über die silbrige Wunde beendete sein Werk. Alle Geräte verstaute er im Kofferraum.

Später saßen sie mit gesättigten Bäuchen und ihrem Bier am Tisch, der Mathes' Nachtlager gewesen war. Er erzählte von dem Tag. Irgendwie missfiel es ihm, dass sie ebenso gespannt zuhörte. Seine Verabredung mit Nick erwähnte er nicht. Nur beiläufig bemerkte er, dass er mit Gerd diese Nacht nochmals Rolfs Bistro aufsuchen wollte. Es erschien ihm vernünftiger, auch Klaus nicht zu viel mitzuteilen. Gerd bedeutete ihm zwinkernd, dass er verstanden habe.

Mathes' Kleidung lag gebügelt und säuberlich zusammengelegt auf dem Treppenabsatz.

Um 21.00 Uhr verabschiedeten sie sich. Diesmal war es ein anderes Parfüm, er schmeckte es noch auf seinen Lippen. Chanel untrüglich! Doch als er Gewissheit darüber erlangte, rauschten bereits die leuchtenden Katzenaugen der Straßenbegrenzungen an ihnen vorüber. Bei einer Raststätte hielt er und belud den Kofferraum mit zwei Trägern Bier, Asbach und Chips. Sein Kopf vermied jeden Gedanken, der nicht ihre bevorstehende Aufgabe betraf, bis er bei der Suche nach seinem Geld einen kleinen Zettel fand. „Ruf mal an!“, stand in zierlichen Buchstaben dort, eine Telefonnummer und ihr Name. Das würde er bestimmt nicht tun, dachte er, aber er war nicht sicher, ob er sich vertrauen konnte. Am Neusser Autobahndreieck musste er eine Schleife fahren, um auf die Gegenfahrbahn zu gelangen. Kurz darauf stoppten sie und erwarteten im Dunkel zwischen vermodernden Sitzbänken und überquellenden Müllsäcken in körperlosen Metallgestängen Nick. Vier Scheinwerfer tasteten sich langsam durch die Finsternis der Schneise. Forschend durchdrangen sie den Dunst der Büsche und Bäume. Gerd zertrat die stiebenden Reste seiner Zigarette. Sie standen in dem unangenehmen Licht der Strahler.

„Fühlst du dich genauso nackt?“, fragte Gerd brummend, ohne den Blick aus der künstlichen Sonne abzuwenden. „Irgendwie schon, ein mieses Gefühl, so … so … machtlos irgendwie. Wie bei einer mündlichen Prüfung, bei der du total ahnungslos bist, oder wie bei einer Schlägerei, wenn dir einer die Hosen geklaut hat. Du kannst nicht zuhauen, willst nur deine Eier schützen und betest zu Gott: ‚Schick mir eine Unterhose!‘ Der dünne, unsinnige Stoff würde dich sofort wieder verwandeln.“ – „Nackt bin ich am mächtigsten“, grunzte Gerd. – „Na klar, weil du dich für unwiderstehlich hältst, eine pfauenhafte Exhibitionistennacktheit ist das! Aber diese Art von Nacktheit haben wir jetzt beide bestimmt nicht gemeint, oder wolltest du vielleicht gerade die Hose runterlassen?“ – „Naa, besser nicht.“ Die Lichter schlichen näher, das entblößende Blenden ließ nach. Während der Winkel zwischen Mathes’ Pupillen und den Fahrzeugen sich veränderte, schienen sich Lider über die gläsernen Augen zu legen. „Noch eine dritte Art des Nacktseins gibt es“, flüsterte Mathes eher zu sich selbst als zu Gerd, „wenn man alles von sich wirft, sich öffnet, um die Sonne, den Wind und Berührungen ganz ohne Hindernisse einzusaugen …“ Seine Lippen bewegten sich nunmehr lautlos fort: „Das ist Freiheit, wirkliche, wundersame Freiheit – trotzend den Mauern, entgegen ihrer idiotischen Moral …“

Gerd sah nicht die Wangen seines Freundes, wie sie mit einem Mal glühten. Er hätte nichts verstanden, keiner hätte verstehen können, welchen unschätzbaren Wert jener Gedankenflug für ihn hatte. Solange er zurückdenken konnte, schlief er nackt, anders fand er nie die Stille für das Tor zu seinen Sehnsüchten. Nach ihnen müsste er fragen, das begann er nun zu begreifen. Schwimmen in der Schwerelosigkeit einer geräuschlosen Wunderwelt, einem Land der Träume. Ungezwungene Blöße, die keinen Schutz erflehte, denn fantastisch würde das Schilf um sie erwachsen. Geflochtener Zaun zwischen blühender Lebenssüße und trister Koordinatenwelt. Er empfand tiefe Klarheit wie nie zuvor darüber, dass sein Leben, sein Glück fortwährend nur aus Suche bestand. Es musste sie geben, die Welt der Sonnenkinder.

Die Sonne nicht mehr reflektieren, sondern sie trinken, ertrinken in ihr. Nicht versuchen dem Wind zu widerstehen – richtungsfrei verwehen in seinen Armen, selbst Wind sein. Laufen, ganz ohne Ziel – nur um seiner selbst willen. Die Sohlen berühren kaum den Boden, der Körper trägt sich … In der Zeitlupe stürzen all die physikalischen Gesetze gleich einem morschen Gerüst in sich zusammen. Wie leicht lässt es sich Atem finden ohne Zeit und ohne Raum …

Das Schlagen mehrerer Autotüren riss seine Augen aus der Hypnose der Scheinwerfer zurück in die Wirklichkeit. Einige Sekunden verstrichen, bis seine Pupillen sich ausgependelt hatten und Mathes wieder völlig auf sich selbst kalibriert war. Dann schüttelte er Hände. Nick stellte nacheinander vor: Jan, Lars, Bobby, Randy, Harold. Fünf Gesichter mit einer Gemeinsamkeit: Entschlossenheit. Mathes versuchte jeden zu ergründen in ihren Augen. Jan mochte wohl der Älteste sein, etwas über dreißig. Er strahlte die Sympathie des Besonnenen aus. Bobby und Lars, nicht zu unterscheidende Zwillinge mit beinahe albinohaftem Äußeren, stellten sich, wie wahrscheinlich stets, selbst vor. Ihre Wesen unterschieden sich in der Stimmlage. Lars näselte etwas – oder Bobby. Beide waren von hünenhafter Gestalt. Harold, der Kleinste unter ihnen, lächelte als Einziger freundlich. Er sprach mit starkem Akzent. Randy wirkte schlaksig, aber dennoch sehr kräftig. Vielleicht der Jüngste von allen, schien er auch der Unberechenbarste zu sein. Die Mimik seines Gesichtes wechselte unaufhörlich. Mathes mochte ihn nicht. Er blickte auf seine Uhr. Dreißig Minuten verblieben noch bis zur Abfahrt. Gegen 24 Uhr sollte der Einsatz beginnen. Er öffnete den Kofferraum seines Wagens. Alle nahmen Bier. Dann standen sie halbkreisförmig vor Mathes und Nick. Gerd lehnte abseits an einem der Fahrzeuge und achtete auf die Straße. Mathes' Bierflasche stand vor ihm auf dem silberglänzenden Teerbelag, die Arme hatte er vor der Brust verschränkt. Kurzatmig wiederholte Mathes Nicks Version, die weitgehend den Tatsachen entsprach, dann fuhr er fort: „Anja ist meine Freundin, dieses Schwein hat sie übel zugerichtet. Doch nicht genug, sie bekommt von mir ein Kind, der Arzt sagt, es sei nicht sicher, dass es gesund zur Welt kommen wird.“ Die Worte pressten sich rachsüchtig zwischen seinen Lippen hervor. Die Männergesichter verfinsterten sich, Fäuste ballten sich in den Hosentaschen. „Die zwei Schläger, die Nick so zugesetzt haben, sollen heute ihre Abreibung bekommen, der schmierige Wirt Rolf nicht weniger …“ – „Vorausgesetzt, sie sind da!“, warf Nick ein. – „Richtig.“ Die Wut brach aus Randy hervor, wie Mathes es befürchtet hatte. Nach einem flinken Griff in die Jackentasche seiner Bomberjacke blinkte einen Moment das silbrige Metall eines Butterflymessers, das er scherenartig und blitzschnell in seiner rechten Hand schnappen ließ. Die zwei Schneiden und der schmale Schaft schienen zu rotieren wie ein Rad.

Völlig ruhig, jedoch mit übertönender Stimme wendete sich Mathes an Nick: „Dieser Mann wird nicht mitfahren! Ich möchte nicht, dass wir durch seinen Übereifer heute Nacht wegen einer Messerstecherei auf einem Polizeirevier landen.“ Ohne Nicks Zustimmung abzuwarten, befahl er: „Gerd, gib ihm hundert Mark! Danke trotzdem für dein Kommen, ciao!“ Gerd griff zögerlich nach seinem Geldbeutel. Randy stand mit weit aufgerissenem Mund da, ohne ein Wort hervorzubringen. Die Autorität des Jüngeren hatte ihn überwältigt. Das Messer hing schlaff zwischen seinen Fingern. Die anderen schwiegen. „Warte!“, unterbrach ihn Nick und schob sich an Mathes vorbei. Er stellte sich vor Randy. Seine breite Gestalt warf einen dunklen Schatten. Seine ausgestreckte Hand lag flach im Kegel der Scheinwerfer. Mit scharfer Stimme forderte er: „Das Messer!“ Vorsichtig und widerstandslos legte der andere es hinein. Nick warf es Gerd zu, der es geschickt auffing und sofort begann, die Klapptechnik zu üben. „Du hast gesagt, dass du dabei bist, oder?“ Randy nickte geschunden und er wusste nicht, ob er sich gegen die Demütigung wehren sollte oder sie lieber erdulden. Er entschied sich für Zweiteres. „Habe ich mich unklar ausgedrückt, als ich jegliche Waffen verboten habe?“ – „Das ist keine Waffe“, maulte Randy nicht sehr überzeugend. – „Ich diskutiere nicht darüber", antwortete Nick barsch, „wenn ich mich nicht auf dich verlassen kann, schadest du eher, als dass du von Nutzen wärst – fahre also jetzt zurück! Der Schlüssel." Nick hielt ihn an einem Finger baumelnd ins Licht. Hilfe suchend blickte Randy um sich. Keiner regte sich im Mindesten. Schließlich stammelte er unterwürfig: „Tut mir leid, mir sind nur die Nerven ein bisschen durchgegangen … ich will mitkommen, ehrlich, Nick, es passiert nichts!" Einen Augenblick lang reagierte Nick nicht, er sah ihn nur durchdringend an. Dann schlug er ihm auf die Schulter. „Ist in Ordnung, Randy." Ohne wirklichen Blickkontakt stellte er sich wieder neben Mathes. „Er wird ruhig bleiben, ich garantiere dafür", flüsterte er diesem zu. Mathes wendete sich wieder der Gruppe zu: „Harry gehört mir, ganz und gar!" Mathes suchte bei diesen Worten vor allem Nicks Augen. Dieser erwiderte seinen Blick starr. Ein stummer Kampf tobte zwischen den beiden. „Mein Gott", dachte Nick, „welch unauslöschlicher, alles vernichtender Hass hat sich wie ein zehrendes Feuer in seine Eingeweide gefressen!" Mathes merkte dasselbe Glänzen wie in Klaus' Augen die Nacht zuvor. Reiner Schrecken stand in ihnen, doch das berührte ihn nicht. Die zwingenden Gefühle in ihm kannten kein Erbarmen und keine Grenzen. Die Gedanken in Nicks Kopf überschlugen sich: „Wie weit ist jemand von tiefer Liebe entfernt, der so hasst wie er, oder wie nah ist er ihr? Er geht geradewegs auf seinen Scheiterhaufen zu und weiß es nicht einmal … Nichts und niemand wird ihn von seinem Weg abbringen …"

Nicks Augen ergaben sich. Zwischen dem Jochbein und einem der Lider flackerte kurzzeitig ein gereizter Nerv. Wortlos nickte er. Mathes atmete auf. Der letzte Gegner war besiegt, Nick würde ihm nicht mehr im Wege stehen. Die Männer konnten die Entschlossenheit des jungen Deutschen in seinen vibrierenden Worten deutlich spüren, seine Art ließ jenes Vertrauen erwachsen, das die Meute dem Rudelwolf entgegenbrachte. Schon ihr bloßes Erscheinen hatte sie zu seinem Werkzeug gemacht, jeder Rückzug bedeutete Feigheit, denn er nährte sie mit seinem Hass wie junge Welpen. Die Oberfläche des Geschehens genügte sie zu motivieren, sie in seine Macht zu zwingen. Er hatte ihnen eine Art Ehrgefühl eingeflößt; ohne den Gedanken zuzulassen, hielt er sie genau für das, was sie darstellten: seine gefügigen Helfer und Handlanger, törichte, lechzende Hunde. Er verachtete sie, während er freundlich ihre Hände schüttelte. Nick war keinen Deut besser, man sollte ihm ins Gesicht spucken, denn er war unfähig die Steilhänge zu überwinden hin zu der Rache, nach der die Gefühle zeitlebens schreien würden. „Nein“, dachte Mathes, „er kann nicht wirklich lieben …“ „Ich will“, führte er laut zu Ende und seine Worte verschluckte der Hall jener Nacht, „dass dieses Schwein mit uns kommt – und zwar freiwillig!“ Er erwartete keine Antwort, als lasse er keinen Einwand zu. „Der Jugoslawe wird mit mir, Nick und Gerd fahren, ihr folgt uns! – Das Lokal dürft ihr auseinandernehmen. Der Wirt wird sich hüten nach der Polizei zu schreien, ich habe ihn in der Hand. Bobby und Lars werden den Eingang und die Hintertür in der Küche bewachen. Keiner darf während unseres Einsatzes die Gelegenheit bekommen zu verschwinden.“ Die Zwillinge nickten eifrig. „Ich hoffe, jedem ist klar, dass als einzige Waffe die Baseballschläger benutzt werden. Randy?“, schoss seine Stimme scharf. – „Ja, völlig!“, nickte dieser hastig. – „Auch wenn ihr mit den Sturmhauben unkenntlich bleiben werdet, wird niemand totgeschlagen – was Nick mit den beiden Schlägern vorhat, ist mir egal. Es ist allein seine Sache, Harry ist meine. Sollten unvorhergesehene Probleme auftreten – hinterher, so habe ich euch nie gesehen und ihr mich und Gerd nicht. Ich schwöre das bei meinem Leben und erwarte das Gleiche von euch.“ Wieder blickte er fragend in die Runde. Sie nickten zustimmend. „Jeder, der jetzt Nein sagt und zurückfahren will, erhält von Gerd einen Hunderter und es ist in Ordnung. Für die, die dableiben, gibt es kein Zurück mehr.“ Ausnahmslos stiegen sie in ihre Wagen. Nick setzte sich auf den Beifahrersitz neben Mathes. Zurück blieben nur ein Dutzend unterkühlter Bierflaschen – sie schwiegen unaufhörlich.

Auch die Fahrt verlief beinahe wortlos. Keinerlei Beeinflussungen mehr durch irgendwelche passend unpassenden Stimmen, Texte oder Melodien. 23.26 Uhr: Die drei Wagen suchten ihren Ruheplatz in der nächtlichen Stille. 23.35 Uhr: Gerd zog eine Schachtel Camel aus dem zerbeulten Automaten im Vorraum zwischen der Eingangstür und dem Bistro. Um 23.39 Uhr berichtete er, dass sich im Sichtbereich der Rockerkneipe fünf Männer und zwei Mädchen befänden, hinter dem Tresen außerdem eine Bedienung und vermutlich Rolf. 23.43 Uhr: Nick begab sich zu den zwei wartenden Wagen, die unweit voneinander entfernt eingeparkt hatten. Er sprach durch die Schlitze der Beifahrerfenster, worauf sich die Insassen ihre Sturmhauben überzogen. In den nächsten Sekunden fielen leise mehrere Fahrzeugtüren zu, wurden dumpf zwei Kofferraumdeckel zugeschlagen. 23.52 Uhr: Sechs dunkel gekleidete, maskierte Gestalten bewegten sich lautlos den Gehweg entlang. In den Armbeugen lagen keulenartige Schläger. Der Atem der Häuserfassaden schien stillzustehen. 23.53 Uhr: Nick, Jan und Harold betraten das Lokal. Mathes' Gesicht vergrub sich hinter tiefen Falten, seine Pupillen leuchteten katzengleich. Der Holländer entschwand seinen Blicken. Um 23.54 Uhr schloss seine Tür und die von Gerd. Keine zehn Sekunden später stürmten sie in das Chaos des Schlachtfeldes. Lars oder Bobby hatte neben dem Ausgang bereits seine Stellung eingenommen – breitbeinig, einem Sühnegott gleich. Der andere Zwilling war wohl inzwischen am Hinterausgang in der Küche, denn er ließ sich nicht ausmachen. Die vermummten Niederländer boten eine Schrecken verbreitende Erscheinung. In dem schmutzigen Licht führten ihre Schatten unerbittlich, voller monotoner Gewalt die stumpfen Keulen. Einzig das phosphoreszierende Weiß ihrer Augen blitzte aus den schmalen Sehschlitzen heraus. In einem Eck kauerten zwei verängstigte, spärlich bekleidete Mädchen. Ihre grell geschminkten Gesichter wirkten grotesk wie Faschingsmasken. Einer hing die schlaffe Brust aus ihrem zerrissenen Oberteil. Es ging Mathes nichts an. Der Kleinste, vermutlich Harold, bewachte die beiden und eine bleichgesichtige Lederjacke, die sich in ihrer Angst am liebsten zwischen den Brüsten verkrochen hätte. Von seinen Händen rann Blut. Ein Finger hatte zum letzten Mal versucht, die Zigaretten auf dem Tisch vor dem drohenden Gewitter zu retten. Der Blitz aus Harolds Schläger hatte erbarmungslos eingeschlagen. Völlig gefühlskalt betrachtete Mathes die matschige Masse blutenden Fleisches. Ein anderer schien liegend Darts zu spielen, denn nur noch riesige Cowboystiefel streckten sich in den Raum. Bobbys Durchmarsch oder der von Lars hatte diesen Zustand herbeigeführt. Zwischen zwei umgekippten Barhockern lehnte jemand im eigenen Erbrochenen. Gerade erhielt er einen weiteren Tritt von Randy, den Mathes an seinen Schnürstiefeln erkannte, in die Leiste. Stöhnend bäumte er sich nochmals auf und sackte dann mit der gesamten Breitseite in seinen Schmutz. Nick focht unaufhörlich auf einen Riesen ein, der die Schläge immer wieder mit den Resten eines Hockers parierte. Seine Rippenverletzung schien er in diesem Moment kaum zu spüren. Eben hob einer der Rocker, der sich durch kräftige Faustschläge von Jan befreit hatte, den geschmiedeten Schirmständer, um ihn todbringend über Nicks Schädel zu hämmern. Mathes wuchtete ihm seinen ausgestreckten Fuß in die Achsel. Wie eine leichte Uhrenfeder knallte der Rocker in das arglose Blinken und Rasen der Spielautomaten. Klirrend zerbarst eine Glasscheibe. Das Gerät erblindete fast. Nur noch röchelnd hauchten einige grüne und rote Leuchtdioden ihr Lied. Bevor der Mann sich erneut aufrichten konnte, schmetterte Mathes' Faust mitten in das dämliche Rockergesicht. Die Kinnlade brach knackend wie eine Oblatenscheibe. Eine ganze Zahnreihe bröckelte in die Rachenhöhle. Das krachende Geräusch erstarb in dem mörderischen Lärm, doch Mathes fühlte die Vibration deutlich, als hätten seine Nervenfasern den Gegner durchbohrt. Dieser rührte sich nicht mehr. In diesem Moment erfasste Gerd das Stuhlbein des vehementen Verteidigers und hängte sein gesamtes Gewicht in dessen Rücken. Nicks Baseballschläger platzte gegen das linke Ohr. Sofort spritzte Blut, Hautfetzen klebten an der Backe des Riesen, aber er fiel nicht. Gerd stemmte sich unter aller Kraftaufwendung in sein Kreuz. Endlich gelang es ihm, die kämpfenden Arme zu umfassen. Nick entledigte sich seiner Keule und drosch jetzt mit den Fäusten auf den Kerl ein. Er bearbeitete abwechselnd das mehr und mehr zu Brei werdende Gesicht und die Magengrube. Gerd erzitterte jedes Mal mit, so gewaltsam prasselten die Schläge. Niemand musste Mathes erklären, dass es dieser Mann gewesen war, der Nick wenige Tage zuvor halb tot geprügelt hatte. Schließlich versagten die Knie des Wehrhaften. Nicks zu einer einzigen Faust geballte Hände fielen ein letztes Mal auf den groben Schädel herunter. Der Hüne polterte zu Boden. Seine zerschundene Wange landete auf den Bohlen. Dann rührte er sich auch nicht mehr. Randy hatte sich an der Bar platziert und seine Mütze etwas nach oben geschoben, um in kurzen Abständen eine Flasche Jack Daniels anzusetzen. Die ganze Zeit über, diese kaum sieben Minuten, war Rolf zwischen seinen ungespülten Gläsern verharrt. Das vollbusige Barmädchen neben ihm zitterte. „Schaff sie zu den anderen!“, befahl Mathes Gerd und deutete auf die Bedienung. Irgendjemand hatte die Musik leiser gedreht. „Ist das einer von ihnen?“, fragte er den heftig schnaufenden Nick und zeigte auf den Riesen. „Der war's!“, stöhnte er. Seine Hand lag über den verletzten Rippen und er taumelte. „Alles in Ordnung mit dir?“ – „Geht gleich wieder.“ Randy gab ihm die Flasche. „Was wollt ihr?“, flüsterte der eingeschüchterte Wirt. „Hab ich dich nicht gewarnt?“, pressten Mathes' Lippen schneidend hervor.

Alles spiegelte sich in diesen Sekunden wider, die Schreie seines Kindes tönten erbärmlich in dem Rauschen seiner Ohren. Anjas Tränen tropften blutrot von den Gläsern. Die Grausamkeit ihrer gerade ausgeführten Tat lag in dem warmen Licht seiner eigenen Gerechtigkeit. Seine innere Moral, seine ethische Führung widersprach nicht diesem erbarmungslosen Geschehen. Er beneidete Nick, der seine Rache leben durfte. Der dieses Gesicht, das ihn gedemütigt hatte, zerschlagen hatte. Oh, wie sehr beneidete er ihn! Befreiend schön musste solche Empfindung sein, was war dagegen die blinde Zerstörungswut der anderen?

Harry war nicht da! Mathes fühlte sich unendlich traurig. Jede Berührung müsste ihn ein Stückchen zermalmen. Warum konnte er ihn nicht greifen? Das Feuer der Tränen von Wut und

Verzweiflung wollten seine Augen überschwemmen. Es züngelte gefährlich über seinen Nerven. Susannes Gesicht erwachte in seinem Geist, er wandte sich ab. Er konnte ihre Züge nicht erkennen. Seiner Erinnerungen beraubt, gelang es ihm nicht, sie sich vorzustellen. Mit jeder verzweifelten Anstrengung entfernte ihr Bild sich mehr in einen verschwommenen Nebel …

„Den Schlüssel für die Tür!", befahl Mathes ungehalten. Rolf legte ihn, ohne zu zögern, auf die Theke. Bobby verschloss den Eingang – oder Lars. Der andere lehnte im Durchgang zur Küche, die Arme ineinander verschränkt. Neben ihm seine Keule. Mathes' Helfer saßen im Raum verteilt auf den Tischen. In ihrer schweigenden Vermummung verbreiteten sie noch immer einen düsteren Schrecken. Jan hielt sein Gesicht, als Einziger schien er ernsthaft angeschlagen. Allmählich erwachten die Bewusstlosen wieder und krochen auf ihre Barhocker. Der Riese, dessen Gesicht bis zur Unkenntlichkeit angeschwollen war, stemmte sich stöhnend mit dem Ellbogen vom Boden. Er lehnte unter dem getöteten Spielautomaten an der Wand. Neben ihm der hässliche Kerl, der nun kaum noch Zähne besaß. Er spuckte und betastete seinen Unterkiefer. Beinahe Zufriedenheit übermannte ihn, als er wohl feststellte, dass nichts weiter gebrochen war. Den Fuß auf eine Hockerstrebe gestellt, überschaute Mathes die Szene. Aus der hinteren Ecke ertönte leises Schluchzen. Die Mädchen hielten einander umklammert. Fast taten sie ihm etwas leid, aber sogleich entriss er sich wieder seinen unwillkommenen Gefühlen. „Es wird dich verwundern, Rolfi", begann er leise und dennoch schneidend, „aber wenn jetzt die Polizei käme, wären wir alle im Knast. – Wir bis morgen früh, du und der da", er deutete auf den aufgeschwollenen Riesen, „sehr lange." Mathes war völlig sicher, dass es nicht stimmte, aber wer würde ihm widersprechen? Mit der spürbaren Kompromissbereitschaft eines schlechten Gewissens schüttelte der Wirt angewidert den Kopf. „Keine Bullen, wir regeln unsere Angelegenheiten immer selbst, es ist …" Mathes unterbrach ihn wütend: „Du hast danebengestanden, als ich mit Harry eine Abmachung traf. Er hat sie nicht eingehalten. Stattdessen versuchte er aus meinem Mädchen herauszuprügeln, wo ich zu finden bin, einem Mädchen – hörst du zu, Rolf?" – „Ich weiß nichts davon, ehrlich … Es ist doch nicht meine Schuld." – „Dieses Mädchen ist schwanger …" Bevor er fortfuhr, ging er vor dem Großen in die Hocke: „Hast du gehört, du Schwein?" Der Verletzte fühlte sichtliches Unwohlsein, erst jetzt begriff er, wer ihre Gegner waren. Nick zog langsam seine Maske herunter, es wäre nicht mehr nötig gewesen. Starr blickte ihn Wolf an. Mechanisch sprach Mathes weiter: „Ihr habt ein schwangeres Mädchen zusammengeschlagen und beinahe mein Kind getötet."

Immer bedrängter rutschte der Riese in der Enge seines vermeintlichen Zwingers umher. „Woher, woher sollte ich das wissen? Es sollte doch nichts passieren, aber du hast uns plötzlich angegriffen." Er sah Hilfe suchend zu Nick. Mathes ergriff beschwichtigend die Hand seines Freundes, die sich erneut ballen wollte. Er wandte sich abwechselnd an den Riesen und Rolf: „Wo ist er?" – „Ich weiß es nicht, ehrlich nicht!" Rolfs Augen ließen keinen Zweifel an der Wahrheit seiner Worte, er weinte fast: „Ich suche ihn doch selbst, er schuldet mir Geld, er hat jeden beschissen. Verschwunden ist er, einfach weg!" – „Das stimmt", meldete sich der andere näselnd, „er ist abgehauen." – „Was heißt abgehauen?", schrie Mathes ihn an. – „Ich weiß sonst nichts … Am Samstag, nachdem wir aus Holland zurück waren, sind wir zu ihm gefahren. Er bekam einen Anruf, danach war er sehr erregt. Er sagte, er müsse weg. Ich bin dann zu Rolf, seitdem hat ihn keiner mehr gesehen." – „Wo kann er hin sein?" – „Keine Ahnung, vielleicht Amsterdam oder Jugoslawien, da ist er her." – „Wo ist der Dritte, der mit dabei war?", fragte Nick. – „Oh, den hast du ziemlich zugerichtet, der liegt noch im Krankenhaus. Hör mal, tut mir echt leid das mit eurem Pub, vor allem mit deiner Freundin, wirklich, das wollte ich bestimmt nicht. Ob du es glaubst oder nicht, ich habe ihn zurückgehalten von dem Mädchen, er hätte sie sonst umgebracht. Mensch, hast du das nicht gesehen?", fragte er Nick zunehmend erregter. Nach einiger Zeit nickte der: „Wir sind quitt!" Diese drei Worte brachen den Bann der Angst in dem schimmernden

Lokal wie ein gespanntes Drahtseil. Die Freunde flüsterten miteinander, dann führte Nick seine Leute hinaus. Gerd und Mathes blieben zurück. Die Uhr stand auf 0.18 Uhr. „Sperr wieder ab", sagte er zu Rolf, „ich will mit dir über Harry reden!" – „Okay, jetzt da ich weiß, was los ist, werde ich euch helfen, wenn ich kann", antwortete Rolf, „aber ich muss jemanden anrufen, die brauchen einen Arzt." – „Du willst hierher einen Arzt holen?", argwöhnte Mathes. – „Er ist einer von uns, kommt öfter mal vor, dass es eine Keilerei gibt, und wie gesagt, stehen wir nicht besonders auf Bullen." – „Gut, Rolf, ruf an und gib zuerst allen was zu trinken!" Kurz darauf hielt jeder ein Glas scharfen Alkohol mit klirrendem Eis in der Hand und der Plattenspieler leierte weiter, als wäre nichts gewesen. Rolfs Bedienung und eines der Mädchen versetzten in Kürze die Einrichtung wieder in ihren Urzustand und kehrten die Scherben zusammen. Die mit dem zerrissenen Hemdchen tupfte das Blut von den rauen Gesichtern. Als ein lautes, taktendes Pochen an der Tür das Eintreffen des Arztes ankündigte und darauf ein blutarm wirkender Mann in Jeans und dunkler, wallender Haartracht erschien, saß Mathes mit Rolf am Tresen. Unbeeindruckt versorgte der kaum Fünfundzwanzigjährige die Verprügelten. Zuallererst ließ er sich Whisky geben. „Er ist Medizinstudent und in unserem Klub", erläuterte Rolf. Später kam er zur Bar. „Wolf muss ins Krankenhaus, die Nase und mindestens zwei Rippen. Chicco habe ich den Finger genäht. Der andere, den ich nicht kenne, soll morgen selbst zum Zahnarzt gehen. Zweihundert!" Ohne zu zögern, gab ihm der Wirt zwei Scheine. „Danke, mach's gut!" – „Bis dann, Doc!" Er stützte den schmerzvoll stöhnenden Riesen und beide verschwanden. Mathes versuchte das Vertrauen von Rolf zu gewinnen, ihn interessierten nicht dessen Machenschaften, die Einzelheiten jedoch über Diana, Nena und vor allem über Harry interessierten ihn brennend. Die Drinks lösten Rolfs Zunge allmählich, im gleichen Maße ernüchterten sie Mathes. Gerd saß die meiste Zeit wortlos neben seinem Freund. Mathes fand in seiner Gegenwart auf unerklärliche Weise emotionale Ruhe, notwendige Ruhe, um alles in seinem Kopf sachlich zu sortieren. Angeblich hatte Rolf angenommen, die Mädchen würden in irgendwelchen Restaurants in Amsterdam untergebracht werden, das war eindeutig eine Lüge, die Mathes jedoch akzeptierte. Geschickt erwähnte er Dianas Drogenabhängigkeit, um Druck gegen Rolf auszuüben, ohne ihn direkt zu kompromittieren. Er hatte nur ein einziges Ziel vor Augen, wie ein hungernder Raubvogel. Rolf bemühte sich zusehends. Bestimmt war er von Haus aus ein redseliger Mensch, wie jeder Wirt. Trotzdem erfuhr Mathes nicht viel Neues. Die ihm genannte Adresse der Wohnung schien kaum mehr vielversprechend. Er müsste sich tiefer in der Szene umhören. Erstmals vernahm er den Namen Gremium, der für einen bedeutenden Motorradklub Deutschlands stand. Diese in der Zwischenzeit beinahe hierarchisch geordnete Vereinigung von Bikern hatte wohl vor Jahren als einer der gefürchtetsten Haufen von Straßenrockern gegolten. Ein Großteil der Altmitglieder, die damaligen Schläger, lebte heute von Zuhälterei, Dealerei oder Spielgeschäften. Alles unter dem Schirm derer, die ernsthafte Ehrbarkeit damit verbanden, den Cowboys des Asphalts. In den dunkleren Gefilden bewegte sich zweifellos Harry. Mehrere Hundert Mitglieder verteilten sich derzeit vorwiegend auf die Großstädte Deutschlands. Allerdings mochten es im Randbereich weitaus mehr Leute sein, Sympathisanten ohne das nötige Kleingeld für eine eigene Maschine. Harry hatte sich ein paar Mal auf einer Harley Davidson sehen lassen, meistens aber in kostspieligen Wagen. Früher hatte ein erbitterter Bandenkrieg zwischen dem Gremium und den Hells Angels geherrscht, doch das war längst Vergangenheit. Trotz der Härte zählte heute moralisches Streben. Zielgerichtet ihrem kriminellen Ruf abzuschwören bedeutete das Klubzeichen, eine geballte Faust, eine Ehrung. Nicht jeder durfte einfach seine Kutte damit verschönern. Provozierte ein Mitglied unter dem Banner der Faust eine Schlägerei oder gar eine Straftat, hatte er das Ansehen des Klubs schändlich besudelt und man nahm ihm sein Abzeichen. Das konnte wirklich Ächtung bedeuten. Verstoß aus der Familie! Harry galt als Ehrenmitglied, denn er hatte sich verdient gemacht für die Freundschaft zu einem Amsterdamer Motorradklub, das schien interessant. Bestand etwa hierin seine Verbindung nach den Niederlanden, oder war es nur ein Deckmantel? Denn oft hatten Harry bei Rolf von dort Anrufe erreicht, ihr vermeintlicher Zweck diente dem Klub – absolut unverdächtig. Die Seele des Gremiums lag in Mannheim, aber ihr derzeitiger zweiter Vorstand lebte in München. Mathes erschrak beinahe, als Rolf seine Heimatstadt erwähnte. Dort führten sie eine Art Vereinsheim, es hieß einfach „Der Bunker". Es musste sich tatsächlich um einen ehemaligen Bunker handeln, der noch irgendwo in der Stadtmitte stand. Mathes fand zwei solche geschichtsträchtigen Gemäuer in seinem Gedächtnis. Rolf kannte den Namen der Straße nicht, doch dies herauszufinden dürfte keine Schwierigkeit bedeuten. Harry galt als Einzelgänger und er wurde gefürchtet, weil er Macht besaß, jene Macht, die aus dem Zusammentreffen von Geld, brutaler Kraft und Kaltblütigkeit erwuchs. Niemand vermochte ihn wirklich einzuordnen, umso schmeichelnder umschwärmten ihn jene, die immer nach einem Führer suchten. Während Rolf erneut Getränke mixte und auffordernd eine Flasche Whisky und einen Kübel Eis vor Gerd hinstellte, betrachtete Mathes den schmächtigen Wirt durch die Schwaden seines Zigarettendampfes. Dumm war Rolf nicht und bestimmt auch nicht herzlos. Vielleicht lag die Schwäche seines Lebens in der Gier, die ihn manchmal erblinden ließ. Ob Geldgier es wohl vermochte, den Pfad der Seele zu zerstören? Ja, dachte Mathes, nichts anderes als Habsucht besaß jene unsägliche Gewalt, die einen Menschen verachtend, vernichtend werden ließ. Oder im Beginn die ethische Fährte belegte wie ein grauer Star das Augenlicht. „Sucht, Sucht, Sucht", spiegelten seine Gedanken. Drogensucht, Alkoholsucht, Spielsucht …

Welche Süchte beherrschten noch die Welt? – Sex? Mit Sicherheit Sex! Verdammte nicht jede Art von Sucht und Gier? Unbedingt – es besteht eine verknüpfende Faser zum Seelenkauf, zum hinterhältigen Seelenraub, welch zarter, spinnengewobener Faden! Mathes sah ihn ganz deutlich. Er zog sich durch den milchigen Eiskeil in seinem Glas. Die Eiswürfel klirrten, der

Faden blieb. „Was ist meine Sucht?“, fragte sich Mathes. *Nach diesem weichen, warmen, brennenden, so unendlich öligen Whisky? Gar nicht. Ich brauche ihn nicht im Geringsten, morgen nicht. Jetzt schon, morgen widert er mich an, jetzt nicht. Dummer Gedanke.* Der zweite Spielautomat funktionierte nicht richtig. Die Mädchen bearbeiteten zwölf Sonderspiele. Vertraute Geräusche in Mathes' Ohren. Er musste nicht hinsehen. Jetzt steht die erste Scheibe. Sie startet sofort wieder und steht erneut. Die zweite Scheibe rastet klickend ein, die mittlere ebenso. Es ist ein zahlendes Feld. Im hysterischen Takt einer anschwellenden Melodie rast der Zähler, bis weitere drei Mark gewonnen sind. Nicht irreführend! Wieder eine große, musikalische Serienausspielung! Das Gerät gewährte einige Sekunden, den Vorgang glücksverheißend zu stoppen. Das Mädchen nutzte die Chance nicht. Der traurige Ton verriet wieder nur drei Sonderspiele. Sie drückte nach oben. Sechs Spiele. Zwölf! Sie halbierte und versuchte es nochmals. Abgestürzt. „Bin ich süchtig?“ Die Frage ließ ihm keine Ruhe. *Damals suchte ich verzweifelt nach jeder Fluchtmöglichkeit von zu Hause, weg von all dem Horror. Es war immer so, als gäbe es die Atemluft erst draußen ... Dieser tonnenschwere Stein, den er auf meine Brust drückte, und Mutter? Sie hatte verlernt zu denken und zu fühlen, aber sie wusste es nicht. Nur noch sein Sprachwerkzeug. Nun sind es schon wieder acht Monate ohne Kontakt. Weihnachten ist sehr traurig gewesen, obwohl Susannes Familie so herzlich mit mir gefeiert hat, ihre Liebe habe ich gespürt, so unendlich stark ...*

Jenes Weihnachten hatte einen Schnitt bewirkt zwischen ihm und seinen Eltern – für immer. Das war keineswegs ein erbitterter Entschluss gewesen, eher ein unbewusster Schwur. Ein Gefühlseid, wie ihn nur Messer hervorrufen, so scharf und schneidend. Es war sehr schmerzhaft. Es konnte nicht anders sein! Viele Abende hatte er an den blinkenden Automaten zugebracht. Unfähig, dieses Spiel zu beenden, bis er musste. *Wie viel habe ich hineingeschmissen? Das Scheißkonto ist achttausend Mark in den Miesen, aber es war mehr. Bin ich süchtig? Nein, denn diese Dinge berühren mich nicht mehr, ich bin nicht länger verführbar, ich habe meinen Whisky. Susanne weiß, dass ich gespielt habe, ich habe sie damals angelogen, aber das ist vorbei, vorbei. Sie ist meine Sucht.* „Ich bin süchtig, so richtig süchtig nach dir", summte er Cornelius' Lied. *Sechs Jahre sind es schon, sechs wundervolle Jahre mit ihr,* sinnierte er. *Ich will sie mehr als jede andere. Manchmal ist es ihr zu viel. Ich bin sexsüchtig. Aber nicht nur das, noch lange nicht! Jeder Hauch eines Duftes, jeder Geschmack von ihr ist meine Droge. Mag es noch eine einzige winzige Stelle ihres bezaubernden Körpers geben, die meine Lippen unberührt gelassen haben? Fällt mir keine ein, könnte ich mir auch kaum verzeihen! Sogar ihren Atem, ihren Blick trinke ich. Welche Liebe! Oder welche Sucht? Gut oder schlecht – schlecht oder gut? Ohne sie sterbe ich, gewiss. Ja, ganz gewiss! Sind solche Gefühle also gefährlich, schädlich, schlecht? Durch sie lebe ich wirklich, also muss es doch gut sein, oder? Was weiß ich!*

Wieder sah er den Faden, er hatte sich verändert, fest und durchsichtig schien er jetzt in dem abgestumpften Eis. Selbstvernichtung – Sucht war eine persönliche, ganz eigene Angelegenheit, man lebte sie oder eben nicht. Selbstvernichtung, ohne sie lebte man überhaupt nicht! Mathes konnte es sich wenigstens kaum vorstellen. Habsucht und Giersucht unterschieden sich maßgeblich von all dem, sie trafen und zerstörten immer erst die anderen, dann einen selbst, darin lag der entscheidende Unterschied!

Die Namen oder Lokalitäten in Amsterdam, die Rolf nannte, sagten Mathes nichts. Trotzdem oder gerade deswegen würde Harry vielleicht dort zu finden sein. Erst nach zwei Uhr verließen die beiden die Pilskneipe, diesmal fast freundschaftlich. Rolf beteuerte glaubwürdig, dass er es ihnen mitteilen werde, wenn er etwas von dem Gesuchten erfahren sollte, Mathes müsste nur anrufen oder er sollte bedenkenlos wiederkommen. Die Zeche wollte er von Mathes nicht annehmen. Die Bierkisten und den Weinbrand hatte Nick aus dem Kofferraum ihres Wagens herausgenommen. Gegen drei Uhr erreichten sie das Hotel in Düsseldorf. Niemand hatte sie diesmal verfolgt. Nach einem letzten Trunk aus der Minibar schliefen sie gleich. Den Weckdienst orderten sie für acht Uhr. Wenigstens ein bisschen Schlaf …

Bevor sie Düsseldorf völlig übernächtigt hinter sich ließen, hatte Mathes nicht vergessen, die Überweisungen zu tätigen. Langsam schwand der Geldvorrat. Ein Anruf im Krankenhaus verschaffte ihm etwas Ruhe. Anja lag inzwischen in einem Einzelzimmer mit bestmöglichem Komfort, das war er ihr schuldig gewesen!

Ihre Genesung schritt voran. Bezüglich des Babys erfuhr Mathes nichts Neues und dies deutete er als gute Nachricht, denn unentwegt fühlte er Angst.

Bis Mittag beabsichtigte er selbst zu fahren. Wenn die Autobahn einigermaßen frei sein würde, müssten sie dann über Frankfurt beinahe Würzburg erreicht und damit mehr als die Hälfte der Strecke hinter sich haben. Er saß gern hinter dem Steuer. Die Assoziation von Musik, Geschwindigkeit und Windrauschen schenkte seltsame Friedlichkeit, es kam einem ausgiebigen Duschen gleich und die Gedanken schwebten in ihrer eigenen Welt. Als Gerd, der später das Steuer übernommen hatte, ihn weckte, lenkte er gerade in die Ausfahrt Sulzemoos. Dort hatte Mathes vor einiger Zeit eine Scheune angemietet und als dürftige Autowerkstätte eingerichtet. Nun fanden das Schweißgerät, die anderen Dinge und auch die zwei Schusswaffen ihr Versteck zwischen ölverschmierten Motoren und Blech.

Nur einige Minuten dauerte ihr Aufenthalt und sie erreichten schließlich am späten Nachmittag das Flughafengelände München-Riem. Die Rückgabe des Mietwagens verlief reibungslos. Ein Taxi brachte sie in die Stadt. Fast wären sie in einem Stehausschank versumpft, doch trieb es Mathes nach Hause. Er sehnte sich nach Susanne. Am frühen Abend endlich schloss er sie wieder in seine Arme. Wie unendlich weit fort schienen mit einem Mal all die Sorgen und der Hass! Sie strahlte auf ihn wie eine Sonne, zärtlich und warm. Als sie einschlief, lag ihr Kopf an seiner Brust. Ruhe und Vergessen, tiefe vertrauensvolle Liebe flößte ihr leiser Atem ihm ein. Süße Erschöpfung ließ nun auch ihn für die wenigen Stunden in einen erholsamen Schlaf versinken.

KAPITEL 8

Ruhelos

Mathes

Die nächsten Wochen verliefen voller Regelmäßigkeit und Trägheit. Ein Zustand, der Mathes innerlich zu zerreißen drohte. In der Sicherheitsstellung Schweinersdorf hatte man ihn befördert. Als KvD versorgte er von da an die Kameraden mit den Essensrationen, die er mit einem Kleinbus aus der Freisinger Kasernenküche heranfuhr. Manchmal chauffierte er belaubte Vorgesetzte. Nur noch die höchste Alarmstufe rief ihn an seine Stromgeneratoren zurück, zu seinen stinkenden Monstern, außer in solchem Falle folgte er dem angenehmen Befehl, sich seine Schlafzeiten zwischen den Fahrten selbst einzuteilen. In jener isolierten Sperrzone verdarb es sich keiner mit ihm. Selbst die Hauptfeldwebel zogen Vorteile aus seiner Kooperation, wenn es um Zigaretten, Alkohol oder Grillsteaks ging. Alles Dinge, zu denen es während der Schichten keinerlei Zugang gab. Beinahe jeden zweiten Tag wurde Mathes abgelöst, durfte nach Hause fahren. Susanne schenkte ihm all ihre Liebe, sie verwöhnte ihn und abends gingen sie aus.

Glücklich und zufrieden hätte er sein können, aber seine Gedanken marterten ihn unaufhörlich. Jeder vergeudete Tag bedeutete für Nena vielleicht tieferes Leid, wo war sie? Lebte sie noch? Niemand anderer als er konnte etwas für sie tun, niemand wusste von ihr. Wie erbärmlich kam er sich vor, wenn er auf seiner Pritsche lag, die Arme müßig unter dem Kopf verschränkt! Dann rasten die Gedanken. Diese beißenden Gewissensbisse, wenn es ihn lockte, einfach mit dem Jeep zum Flughafen zu fahren, und er doch nur immer wieder die Schilder zu seinen jämmerlichen Blechcontainern befolgte. Doch nicht allein darin bestand die Ursache seiner heimlichen Qualen. Die wachsende Bewusstheit seiner Vaterschaft sendete zunehmend ihre beängstigenden Strahlen aus. Die Konflikte bedrohten ihn wie ein ansteigendes Hochwasser, er konnte keinen Ausweg finden. Anfangs hatten ihm ein paar heimliche Biere geholfen abzuschalten, aber dann wurde es noch viel unerträglicher, denn sein Unterbewusstsein, das verzweifelt nach einem befreienden Ventil suchte, erkannte die Täuschung und sein tiefer Hass fand fruchtbaren Nährboden. Allein Susannes Nähe und Zärtlichkeit streichelten über ihn, sodass die lodernden Feuerzungen nicht gänzlich Macht über ihn gewinnen konnten, doch an manchem Abend war die Zeit zu knapp für die Heimfahrt. Dann zog er durch die Kneipen und Bars. Ruhelos, einem hochexplosiven Pulverfass gleich, bewegte er sich durch den Ort. Die ersten Gläser seines Wodkagetränks wirkten, als wollte man ein Feuer mit Benzin löschen, zunehmend ersichtlich staute sich zerstörende Aggression in ihm. Ließ man ihn in Ruhe, jagte er stundenlang wutverzerrt die silbernen Kugeln durch einen Flipperkasten. Das Gerät bebte zwischen seinen Fäusten. Immer wieder tillte die grinsende Fratze. Es machte ihn rasend. Er kämpfte gegen Harry! Später, nach einigen Drinks begann er zu tanzen, die Tanzfläche wurde zu seiner Arena. Während die meisten Gäste ihn scheinbar unbeachtet ließen, in der Art, wie man der Unberechenbarkeit eines Irrsinnigen instinktiv weicht, zog er andere magisch an. Die Ausgeflippten der Szene hängten sich in den Sog seiner Überreiztheit. Sie erkannten nicht die Gefährlichkeit seines Lachens, oder umschwärmten sie ihn, eben weil sie diese erkannten? Mädchen der Nacht rekelten sich auf den Hockern, wenn er mit dem Würfelbecher jonglierte wie ein italienischer Papagallo.

Sein Gegner an diesem Abend war wieder einmal der Barmann. Sie spielten Chicago. Mathes' Würfel fielen beinahe wie vorausgesagt. Der Becher überschlug sich in seiner Hand und behielt seinen Inhalt auch dann, wenn die Öffnung nach unten stand. Die Fliehkraft verbrüderte sich mit Mathes' Geschicklichkeit. Ein Mädchen mit blonden strähnigen Haaren neben ihm äußerte immer ausdrucksvoller ihre Begeisterung über diese Show. Wie unbeabsichtigt schlich sich der winzige Stoff ihres Minis weiter und weiter nach oben. Ihr Schuh stand auf der Strebe von Mathes' Hocker und mit jedem ihrer lautstarken Bewunderungsrufe berührte sie seinen Arm. Es wäre nichts geschehen, rein gar nichts, hätte nicht ihr bloßgestellter Begleiter plötzlich überreagiert!

Er hatte den Hocker an ihrer anderen Seite eingenommen und wortlos an seinem Drink genippt. Mit einem Mal packte er sie am Arm und tönte: „Schatz, gehen wir tanzen, der Kaspar langweilt mich!" Die Eleganz des Würfelbechers verlor sich im selben Augenblick! Alle drei Steinchen kullerten über die Theke und sprangen fluchtartig in den Raum. Mathes' hoher Sitz drehte sich um hundertachtzig Grad. Bruchteile einer Sekunde später klatschte seine flache Hand zweimal in das verblüffte Schnauzergesicht. Gleichzeitig zog seine Linke ihn an der zu bunt gemusterten Krawatte in den Schwitzkasten. Gleich einem störrischen Rindvieh trieb Mathes ihn so an den Gästen der langen Theke vorbei. Die angelehnte Eingangstür stellte das erste wirkliche Hindernis dar. Dem zu einem Rammbock umfunktionierten Schädel gab sie sofort nach. Die nächste Kollision verlief etwas gewaltiger. Ähnlich einem chinesischen Gong schlug der Kopf in eine blecherne Abfalltonne ein. Der leblose Behälter überstand dieses ungewöhnliche nächtliche Zusammentreffen weitaus standhafter als der Kavalier …

Ein wenig außer Atem ging Mathes zurück und setzte sich wieder, als wäre nichts geschehen. Das Mädchen bemühte sich nicht vor die Tür, um nach ihrem Helden zu sehen, stattdessen bestand sie darauf mitzuwürfeln.

Schließlich schüttelten alle am Tresen den Würfelbecher. Unzählige gelbe, braune oder eben Mathes' Gin-Tonic-Rüscherl klirrten gegeneinander. Mathes' Aggressivität verflachte in der sich unaufhaltsam steigernden ausgelassenen Stimmung, die sich strudelförmig um ihn verbreitete. Die Langbeinige neben ihm begann zu lallen, ihre Flirts gewannen von Glas zu Glas an Direktheit. Rote Fingernägel strichen über Mathes' Oberschenkel. Ihre Haarspitzen berührten seinen Unterarm in erotisierender Weise. Transvision Vamp pur. Irgendwann rief sie ein Taxi. Mathes beglich eine hohe Rechnung. Sie schmiegte sich katzengleich an ihn, als sie die Szene verließen. Auf den Spuren ihres Lippenstiftes glitt er tiefer und tiefer. Die Überreiztheit schlug schlagartig in manische Depression um, ohne irgendeinen bestimmten Gedanken zu erklammern. Ihr fordernder Mund veränderte sich in seinen Sinnen und ließ nur Ekel zurück. Ekel, Fett und Feuchtigkeit …

Irgendwo hielt der Wagen und sie versuchte ihn krampfhaft mit sich zu reißen. Er schüttelte den Kopf und sagte irgendetwas. Dem Unsinn nach handelten seine Worte wohl davon, dass sie sich doch nicht einfach wegwerfen solle. Ihre kaum damenhafte Antwort, die zweimal das Wort „impotent" beinhaltete, verhallte im Türeinschlag. Minuten später schmeckte Mathes nur noch den schalen Geschmack der Nacht …

Der Wachhabende erwiderte uninteressiert seinen Gruß. Gegen halb fünf Uhr zog Mathes die raue Decke bis unter sein Kinn. Über die Wände der großen, vereinsamten Stube warf das Außenlicht die Schatten der Fenstergitter. Noch zwei Stunden Schlaf in dieser erbärmlichen Gefängniszelle. Ohne dass er einer Erinnerung fähig war, sollten seine Träume wieder für Übellaunigkeit und Reizbarkeit am nächsten Tag sorgen.

Die Tage wurden länger. Vor allem die Morgendämmerung und die ersten Sonnenstrahlen schenkten Mathes immer Gemütswärme. Er liebte die Zartheit des allmählich erwachenden Landes. Wenn die Kameraden noch schliefen, die Wachen fast ihre Nacht hinter sich gebracht hatten, verließ sein Wagen die Stellung, um Frühstück zu holen. Hemdsärmelig spürte er empfindlich die Kälte des Tagesbeginns. Surrend brachte der Motor mit den Kilometern die prickelnde Wärme. An den kaum noch weiß gesprenkelten Waldrändern ästen Rehe. Fasane saßen in den ergrünenden Feldern und beobachteten ihn. Manchmal protzte ein prächtiger Auerhahn mit seiner geblähten Schönheit. Bussarde drehten über den Dörfern ihre Kreise. In allen Vorgärten sprossen bereits Frühlingsblumen. Staudenholz streckte sich vor den schlafenden Fenstern. Es mussten Rosen sein, und wenn es Sommer wäre, müssten sie blühen. Diese Momente idyllischer Gegenwart ließen keine abschweifenden Gedanken zu, nicht einmal irgendwelche Gedanken. Man stand inmitten eines Lebenserwachens, einer Geburt, man selbst war Geburt. Anders als die schweigsame Melancholie eines Abends, voller Sehnsucht nach Unendlichkeit und Freiheit, erweckte der Morgen Ehrfurcht vor der wunderbaren, nicht zu erfassenden Kostbarkeit der Natur. Oh, du unbeschreibliche Kraft!

Die letzte Märzwoche war angebrochen. Nur noch zwei Tage und Nächte, dann hätte er wieder Urlaub. Sein Kopf plante bereits die Reise nach Amsterdam, alle Einzelheiten ordneten sich während der Schichten, Fahrdiensten oder Funkwachen in dem sauerstoffarmen Radarcontainer. Zwischen den blinkenden Geräten, Monitoren und Kopfhörern herrschten derselbe Lärm, das gleiche Chaos wie in Mathes' Gehirn. Gerd hatte sich nicht um Urlaub bemüht. Irgendetwas stand seit einigen Wochen zwischen ihnen, zwischen Susanne und Mathes. Doch dafür hatte Mathes vorerst keine Zeit, vorerst! Zuallererst wollte er ein gemeinsames, von Zärtlichkeit beflügeltes Wochenende mit ihr verbringen. Er sehnte sich unentwegt nach der Geliebten, eingeschnürt in das Korsett seiner Rache …

Wieder genoss Mathes die zwei herrlichen Tage in Unterhaching sehr. Susannes Eltern hatten ihn von Anfang an wie ihr fünftes Kind aufgenommen. In den vergangenen Jahren waren sie sein Zuhause, seine Familie geworden. Für Susannes drei ältere Brüder wäre er durch das Feuer gegangen, ebenso diese für ihn. Er war sicher. Zu jedem bestand eine besondere Art von Verhältnis. Der neun Jahre ältere Peter bildete in gefühlvoller Weise eine Brücke zwischen den Generationen. Während seiner langen, ungezwungenen Studentenzeit hatte er die Freiheiten und Lebensfreude, den Übermut und die Flucht gelebt, in der Mathes' Lebenssuche noch trieb. Peter verstand ihn, und die Liebe zu seiner kleinen Schwester legte sich auch spürbar über Mathes. Peter vermochte es, in natürlichen Worten den Menschen Selbstbewusstsein zu geben, wie es nur der kann, der es selbst in sich trägt. Auch Susannes Eltern und sogar die Großeltern hielten ein, wenn er bei kleineren Streitigkeiten vermittelte. Größere, ungleiche Auseinandersetzungen, wie sie Mathes so oft verbittert hatten, gab es in dieser Familie nie. Die gegenseitige Achtung war verwurzelt mit der Liebe. Bernd war siebenundzwanzig, er ähnelte Mathes am ehesten. Vielleicht verbündeten sich ihre sternzeichenbedingten Charaktereigenschaften am meisten, diese ewigen Hochs und Tiefs, Gemütswellen – willkürlich wie ein Orkan. Manchmal führten sie stundenlang voller Begeisterung naturwissenschaftliche Gespräche über Tiere oder Pflanzen, aber auch nach einem Streit mit Susanne rief Mathes ihn an, um sich irgendwo mit ihm gemeinsam zu betrinken. Manchmal vermittelte Mathes zwischen Bernd und dessen Mutter, die seine scheinbar unbegründeten Stimmungsschwankungen oft zum Wahnsinn treiben wollten. Dieter war nur drei Jahre älter als Susanne, er liebte jeden Sport. Egal ob mit dem Rennrad, auf dem Tennisplatz oder an der Tischtennisplatte, auch wenn Mathes meistens unterlag, ließ er sich gerne mitreißen. Neben dem Leistungssportler in ihrem unterschwelligen Konkurrenzkampf erreichte Mathes' Körper ungewohnte Kräfte und Ausdauer – sein ständiger Partner das Adrenalin. Dieter lebte mit seiner Freundin, Peter würde im Sommer heiraten, Bernd war bereits verheiratet und seit Januar hatten sie zwei süße Zwillingsmädchen. Seit ihm bewusst war, dass er nun selbst Vater wurde, betrachtete Mathes die lieblichen Kinder mit ganz anderen Augen. Ihre rosa Gesichtchen, ihre kleinen Händchen, ihre drolligen Bewegungen berührten ihn unsagbar. Er durfte nicht sprechen über Gefühle, die ihn so sehr quälten …

Auch zwischen ihm und Susannes Schwägerinnen oder Fast-Schwägerinnen bestand eine wundervolle nahe Beziehung. Ja, diese Menschen bedeuteten ihm alles. Seine liebe, vertraute Familie. Niemals konnte sich verändern, was er fühlte, sein Leben lang. So wie der Streuner, der irgendwann sein Zuhause findet, er spricht nicht von Treue, er beschwört sie nicht, er lebt sie. Was sollte jene ewige dualisierende Wichtigtuerei der Menschen, indem sie Treue und Untreue ständig unterschieden wie zwei Farben? Treusein bedeutete doch etwas ungleich Tieferes! Das zwischen ihm und Anja hatte er irgendwie nicht beeinflussen können, trotzdem war er doch in jeder Sekunde zweifellos Susanne treu geblieben. Man musste das mentaler betrachten. „Du belügst dich selbst“, erhob sich eine unangenehm zweifelnde Stimme. „Und die Blonde von vorletzter Woche?“ – „Was soll denn mit der sein? Ich kenne nicht einmal ihren Namen!“ – „Du hast sie geküsst.“ – „Sie hat mich geküsst!“ – „Das spielt keine Rolle, zum Küssen gehören zwei!“ – „Ja, ich gebe zu, dass es ein Fehler war – ein kleiner Ausrutscher sozusagen. Es wird nicht mehr vorkommen. Bist du nun zufrieden?“ – „Vergessen wir die Sache.“ – „Vergessen wir die Sache!“ – „Mathes?“ – „Was ist denn noch?“ – „Du verdienst Susanne nicht!“ – „Ach, Schnauze jetzt!“

Entnervt schenkte er sich ein Weißbier ein. Dass es überschäumte, schien ihn nicht zu kümmern. Er schloss wieder die Augen. Kein Windhauch regte sich in der sonnigen Ecke der Terrasse. Wie herrlich warm sich der Frühling ankündigte! Wie würde er am nächsten Tag nach Amsterdam kommen? Er beschloss einen Flug zu buchen, wohl das Vernünftigste. Eine Waffe brauchte er nicht, diesmal nur ein Aufklärungseinsatz. Er döste ein …

KAPITEL 9

Amsterdam

Catharina

Die Maschine rollte auf der weiten Landebahn langsam aus. Ihre Düsen wehrten sich unter dröhnendem Rauschen gegen die mächtige Schubkraft. Hinter den dunstigen Scheiben des überdimensionalen Geländebusses betrachtete Mathes staunend dieses riesige, eindrucksvolle Areal. Der Schiphol von Amsterdam dürfte die dreifache Fläche des Münchner Flughafens Riem einnehmen. Die lange Gangway, die Abfertigungshallen und selbst die endlos scheinenden Rolltreppen und Gehbänder faszinierten ihn. Beinahe ziellos ließ er sich in dem Menschenstrom treiben. Mit einem Mal befand er sich auf einem Bahnsteig. Eine breitflächige schwarze Tafel blätterte rasend schnell ihre weißen Buchstaben auf, bis Mathes ungläubig lesen konnte, dass sie den nächsten Zug nach Deutschland – Arnheim ankündigten. Eine direkte Verbindung zwischen Schiphol und seinem Land. Was für eine Stadt! An einem der vielen Serviceschalter mietete er einen Wagen. Zusätzlich erstand er einen Stadtplan in deutscher Sprache. Bald folgte er in einem dunkelblauen Saab den Schildern nach Amsterdam. Auch dieser Flughafen lag etwas außerhalb. Irgendwann befand er sich auf dem Stadtring, München kaum ähnlich, denn alles wirkte breiter und weiter. So musste es in New York sein, dachte er beeindruckt. Als er das erste City-Schild entdeckte, folgte er diesem Zeichen achtsam. Mehrmals hupten ihn andere Autofahrer an, entnervt durch seine zögernde, suchende Fahrweise. Hupen galt hier also nicht wie in Budel als schnell geahndetes Vergehen. Befriedigt stellte er fest, dass es wohl nicht auf den ersten Blick zu erkennen war, dass er in einem Mietwagen saß. Das konnte vielleicht von Vorteil sein.

Etwas später parkte er sein Fahrzeug inmitten des touristischen Zentrums von Amsterdam. Vor ihm erhob sich im prunkvollen Glanze der Königspalast. Zum ersten Mal wurde ihm bewusst, dass dieses Land nicht ganz von seinen Monarchen gelassen hatte, und irgendwie ergriff ihn Ehrfurcht. Sein Stadtverzeichnis erklärte, dass nicht weit entfernt Madame Tussauds berühmtes Wachsfigurenkabinett sei und dass diese Kopfsteinpflaster rechts und links der Straße tagsüber und abends das Leben hüteten. Hier pochte das Herz der Szene, geprägt von multikulturellen Essenzen und Künstlerständen in unvergleichlicher, vielfältiger Pracht. Trotz der frühen, kühlen Jahreszeit beherrschten vereinzelte Aquarell- und Ölmaler, Scherenschnittkünstler, Blumenbinder und Schmuckverkäufer das Bild. Wie traumhaft musste es sein, hier mit ihr zu bummeln, ganz frei die Blicke schweifen zu lassen, mit ihrer Hand in der seinen! Sie würden bei irgendeinem Händler eine Flasche Wein, Käse und Brot erstehen und dann an einem Brunnen die Zeit der Sonne schenken, die Gedanken dem Wind, die Gefühle einander …

Seltsame Berührtheit erfasste ihn in den ersten Stunden der Begegnung mit jener Stadt. Nicht allein die architektonischen Schönheiten faszinierten ihn, sondern vor allem das interkontinentale, charmante Flair der Menschen. Und doch sah er nicht wirklich mit seinen Augen, hörte nicht wirklich mit seinen Ohren. Irgendwie spähte und horchte sein ganzer Körper.

Der Kellner eines Straßenrestaurants servierte ihm ein Fleischgericht und Amstelbier. Mathes wusste nicht mehr, was er eigentlich bestellt hatte, doch als er in die reale Gegenwart zurückgerissen wurde, sah es gut aus. Es war bereits später Nachmittag und er zürnte mit sich, dass er den Tag so gedankenlos hatte vergehen lassen. Er versuchte sich selbst zu beobachten, denn jeder der anderen Gäste, jeder einzelne der zahllosen flanierenden Passanten schien ihm normaler als er selbst. Es erleichterte ihn, als er begriff, dass es nicht einen Ort gab auf dieser Erde, der nicht seine eigene Sensitivität, eine innere Akklimatisierung verlangte. Er hatte damit begonnen, sich in diese wunderbare Stadt hineinzufühlen. Mit der Vertrautheit würde er Sicherheit finden, jene einzig sinnvolle, lebenswerte Art der Sicherheit. „Was bist du nur für ein Idiot!“, dachte er laut. „Das Einzige, was du bisher gesehen hast, sind ein paar Straßen, einige Stände und die schlurfenden Kellner. Du hast ganz einfach die Stunden vertrödelt!“ Plötzlich hatte er es eilig. Nachdem er die Rechnung beglichen hatte, ließ er sich das Telefon zeigen. Mehrmals wurde er verbunden, immer wieder musste er warten, bis er endlich die Stimme des Zeitungsreporters am anderen Ende der Leitung vernahm, dessen Nummer ihm Klaus auf einen Zettel gekritzelt hatte. Dieser Mann sprühte schon während des Telefongesprächs regelrecht vor witternder Aufmerksamkeit eines Journalisten. Sympathisch und dennoch künstlich modulierte er seine Sätze alle Tonleitern hinauf und hinunter. „Lento“, dachte Mathes, als er eine nicht beeinträchtigende Pause ließ. „Alegrante – Mezzo, das reinste Orchester!“

Er ließ sich ein Hotel in der Nähe empfehlen, dort verabredeten sie sich in zwei Stunden. Als er den Hörer schon wieder eingehängt hatte und er gerade gehen wollte, kam ihm ein Gedanke. Kurz entschlossen durchwühlte er abermals seine Taschen, dann wählte er die abgelesene Nummer. Es tutete lange, schließlich meldete sich eine schläfrige, niederländische Frauenstimme. „Ja?“ – „Catharina Dante?“, fragte Mathes. – „Ja, ik ben aan de telefoon“, antwortete sie abwartend. – „Mein Name ist Mathes …“, er stutzte kaum merklich, „Helmer, ich spreche leider kein Niederländisch, sprechen Sie Deutsch?“ – „Ja, kennen wir uns?“ Die Stimme klang angenehm. – „Nein“, antwortete Mathes, indem er versuchte, ein unbeschwertes Lachen über seine Worte zu legen, „aber ich müsste mit Ihnen sprechen, können wir uns treffen?“ Für einen kurzen Moment herrschte Stille. Als sie wieder sprach, empfand Mathes förmlich ihre Spannung. „Worum geht es denn?“ – „Ich möchte nicht am Telefon darüber reden“, sagte er. – „Warum sollte ich Sie treffen wollen? Geben Sie mir einen Anhaltspunkt, sonst wird nichts daraus!“ Wieder entstand eine Pause. „Es geht um Harry.“ Jede Antwort hätte er erwartet, nur diese nicht, vor allem weil sie spontan wirkte: „Kenne ich nicht, wer soll das sein?“ Langsam und verunsichert fuhr er fort: „Sehr groß, dunkelblond, kräftig, Jugoslawe ..." – „Sie meinen Mirco?!", unterbrach sie zu bestimmt für eine Frage. Beinahe hatte Mathes schon befürchtet, sein Anruf wäre ein unverzeihlicher Fehler gewesen. Vielleicht kannte sie Harry ja gar nicht, ihre Karte hatte er bei dem Holländer gefunden. Fast hätte er einfach aufgelegt, aber nun spürte er, dass seine intuitive Idee ins Schwarze getroffen hatte. Harry konnte kaum sein wirklicher Name sein. „Ich glaube, wir sprechen von derselben Person!" – „Wo treffen wir uns?", fragte sie unüberhörbar interessiert. Mathes überlegte nicht lange, die Visitenkarte des Restaurants hing werbesüchtig im Schild des Telefonkastens. „Kennen Sie das Sluizer?" – „Ein Café im Stadtzentrum?" – „Ja, Utrechtsestraat 45, morgen Vormittag gegen elf Uhr?" – „Gut", sagte sie, „ich werde dort sein. Wie erkenne ich Sie?" – „Der Kellner wird wissen, wer ich bin. Bis dann!" – „Warten Sie, wo kann ich Sie erreichen?" – „Nirgends, ich habe noch kein Hotel", log Mathes. – „Woher haben Sie meine Nummer? Sind Sie ein Freund von Mirco?" – „Nein, ich bin bestimmt kein Freund von ihm. Bis morgen dann!" Er legte auf, sehr zufrieden mit sich selbst. Noch einmal sprach er mit dem Kellner, der ihm versicherte, dass er auch am nächsten Tag servieren würde. Mathes drückte ihm einen Zwanzigguldenschein in die Hand. Für eine kleine Gefälligkeit versprach er ihm einen weiteren bei ihrem Wiedersehen. Kellner sind sehr gefällig – mehr als Friseure, nicht ganz so gefällig wie Portiers und Concierges.

Obwohl das Hotel in Kürze zu Fuß erreichbar gewesen wäre, zog Mathes es vor, erst den Mietwagen zu holen. Gegen drei viertel sechs schrieb er sich in das samtene Gästebuch des Krasnapolsy ein. Zuerst erschreckte ihn der unvergleichliche Luxus seiner Unterkunft, aber dann beschloss er, sich diesen für die voraussichtlich zwei Tage zu leisten. Er wollte ihn nicht unterbrechen, den bisherigen guten Lauf der Dinge. Die Dienste des jungen Pagen lehnte er höflich ab, stattdessen bat er ihn, ihm eine Flasche Campari und Eis zu besorgen. Er badete ausgiebig. Schließlich lag er von der Wärme erschöpft nackt auf dem Bett und folgte teilnahmslos den Bildern des Fernsehers. Der Bitterstoff seines Getränks sendete angenehm verlangende Schlieren durch seinen Körper. Allmählich erfassten sie auch seine Gedanken. Sie schwebten in der Trägheit des Sirups. Nicht ein bewusstloses, dösendes Schweben, sondern eher ähnlich einem Fliegen voller Klarheit und Kraft. „Campari", dachte er, „müsste man als Medizin deklarieren ... Er reinigt und macht mich mutig. Wie unendlich sehne ich mich, endlich diesen Menschen vor mir zu sehen! Ich will ihn zermalmen ... Seine Vernichtung bedeutet Ruhe und Erlösung. Ruhe und Befreiung. Ruhe und Erlösung ..." Mathes' tief greifendes Verlangen, sein Wille zu töten, hatte längst die Kraft eines rächenden Traumes erlangt. Sein Leben konnte nur noch Ziel und Sinn darin finden, ihn zu Ende zu leben. Er wusste es. Niemand würde jemals fähig sein zu verstehen, in welchen Tiefen er träumte. Keinesfalls eine Frau, denn die können zwar träumen – leben aber dennoch in der Wirklichkeit. Männer leben einzig allein dafür, ihre Träume in die Tat umzusetzen.

Gemächlich zog er sich an. Der Zeitungsmann würde jeden Moment an die Zimmertür klopfen, dachte Mathes und wartete verärgert noch beinahe eine volle Stunde. Endlich doch das erwartete Geräusch!

Als er öffnete, stand ihm ein Mann in Jeans und legerem Sakko gegenüber. Der Journalist atmete heftig und entschuldigte sich mit angenehm festem Händedruck für seine Verspätung. Mathes schätzte ihn auf etwa vierzig Jahre. „Sorry, bin aufgehalten worden, John Siebert von der Amsterdamer News." Mathes bat ihn herein. Zunächst tauschten sie belanglose Floskeln aus. Instinktiv versuchte er vorsichtig zu ergründen, wie weit diesem Reporter zu trauen war. Die Augen, die offene Art und vor allem die Referenz durch Klaus vertrieben schnell skeptische Gedanken. Der schnüffelnde Beigeschmack eines immer wachen Journalisten blieb. Siebert trank Campari und sein Gastgeber füllte voll bewusst stetig nach. Dieser Mann schien einen sehr guten Ruf in seinem Metier zu genießen, Mathes'

Bewunderung wuchs. Sie vereinbarten ein Geschäft, das ohne die beidseitige Freundschaft zu Klaus nie zustande gekommen wäre: Mathes durfte Sieberts Beziehungen, Orts- und Szenekenntnisse uneingeschränkt in Anspruch nehmen, dafür sollte er für diesen Anhaltspunkte für eine maßgebliche Rotlicht- oder Drogenverbindung nach Deutschland finden. Die Information, dass Catharina Dante als verdeckte Ermittlerin arbeitete, stammte von ihm. Von der CRI Den Haag hatte man sie nach Amsterdam abgestellt. Jene Behörde gliederte sich ähnlich dem deutschen LKA. Doch bestand ein entscheidender Unterschied zwischen beiden Ländern, wie Mathes nun von Siebert erfuhr: Die niederländische Gesetzgebung untersagte ausdrücklich jede Art von verdeckter Ermittlung! Siebert hatte vor einiger Zeit von ihrer Anwesenheit erfahren und seine Instinkte waren geweckt. Dann hörte er ihren Namen erneut von Klaus. Seitdem konnte er die Fährte einer großen Sache förmlich riechen. „Die Szene", sagte er, „steht mir relativ offen. Man erwartet eine ungewöhnlich große Kokainlieferung, vermutlich aus Kolumbien – dessen bin ich inzwischen völlig sicher. Das meiste Kokain kommt von dort, das Risiko ist verschwindend gering, die Gewinne sehr hoch." – „Warum?" – „Die Einfuhr kann beinahe durch jedes beliebige Schiff geschehen, ganz egal welcher Nationalität. Ein perfekt organisiertes System der Drogenmafia wechselt Zwischenhäfen und Frachtpapiere auf internationaler Ebene. Die Polizei ist völlig machtlos. Ist der Stoff mal da, vervielfacht sich der Wert ins Unermessliche. Man streckt und mischt und mit jeder Station bis hin zum kleinen Straßendealer und seinem Junkie wird das Zeug unberechenbarer." – „Wieso unberechenbar, wenn es doch fortwährend gestreckt wurde?" – „Nun, ihre Mittelchen sind nicht immer Traubenzucker oder Malotol …" – „Malotol?", unterbrach ihn Mathes. – „Milchpulver, wird für Babynahrung verwendet. Sie verpanschen meistens allerlei Gifte, die der User schwer nachweisen kann und die die Wirkung möglichst noch erhöhen. Amphetamine, Heroin, sogar Strichin – das ist Rattengift! –, Cocktail nennen sie das, keiner weiß, was tatsächlich drin ist." Sieberts Gesicht hatte sich in ernste Falten gezogen. Er rauchte kurze Zigarillos, die eine würzige Süße verbreiteten.

„Diese sogenannten Cocktails – und in meinen Augen ist jedes gedealte Koks ein potenzieller Todescocktail – können zur Sucht führen, zu Hirnschädigungen oder zur ungewollten Überdosis." – „Ungewollte Überdosis?", fragte Mathes. – „Ja, ungewollt, denn normalerweise schnupfen sie Koks, niemand kann es auf diese Weise so schnell oder intensiv einnehmen, dass der Körper es nicht verkraften könnte, außer es ist eben verpanscht. Abgesehen davon, dass der Straßenmarkt kaum höhere Qualitäten als dreißig Prozent hergibt. Maßgeblich ist das anteilige Gift." – „Verhält sich das anders mit Heroin oder anderen Drogen?" – „Nein, aber die Leute gehen vorsichtiger damit um, sie kennen die Gefahr. Beim Kokain bestehen sie darauf, dass es nicht zur Sucht werden oder gar töten kann, vorausgesetzt, sie gewähren ihrem Kreislauf irgendwann Ruhe. Eine psychische Abhängigkeit verleugnen sie geradewegs." – „Können Sie mir etwas über Heroinzigaretten erzählen?", fragte Mathes angeregt, während er den Rest der Flasche in die Gläser goss. Sie tranken längst ohne Eis. Verdutzt blickte ihn der Journalist an, aber dann nickte er: „In Amsterdam ist es nicht schwer, Heroin zu kaufen. Etwa dreißig Gulden kostet zurzeit das Gramm, der Marktpreis ändert sich ständig." – „Wo befindet sich diese Szene?" – „Vor allem im Bereich des Königsplatzes und Richtung Hauptbahnhof, dort ist der Red Light District. Heroinzigaretten sind die üblichste und einfachste Art, jemanden abhängig zu machen. Gibt es einen Grund für diese Frage?" – „Ja, dem Mädchen, das ich suche, ist es vermutlich genau so ergangen." Siebert nickte, seine Jagdlust fing mehr und mehr Feuer, der Campari beflügelte ihn zusätzlich. Mathes bestellte telefonisch eine neue Flasche und einen Kübel Eis. „Wie lange?", fragte er. „Nach wie vielen Zigaretten tritt eine Abhängigkeit ein?" – „Kann man nicht genau sagen, hängt von der Person ab, von der Qualität." – „Was schätzen Sie? Eine, zehn, zwanzig Zigaretten?" – „Vielleicht zehn, ich weiß es nicht. Nach zwei, drei Tagen Heroingebrauch treten jedenfalls erste Entzugserscheinungen auf. Die Gier nach dem Kick ist vom ersten Moment an da – vielleicht für immer."

Mathes öffnete dem Pagen die Zimmertür und drückte ihm geistesabwesend ein Trinkgeld in die Hand. Schließlich fuhr er fort: „Ich glaube nicht, dass der Mann, den ich suche, in diesem Sinne ein Dealer ist. Ich halte ihn für einen Zuhälter und Mädchenhändler wohl übelster Art." – „Ich ebenso", antwortete Siebert prompt. „Was erwarten Sie dann? Sprachen Sie nicht vom deutsch-holländischen Drogenhandel, den Sie aufzudecken versuchen?" – „Richtig", lachte Siebert ein wenig überheblich, „aber in der Verbindung, die mich interessiert, kann Ihr Mann nur ein unwesentliches Rädchen darstellen." – „Was veranlasst Sie zu dieser vorschnellen Annahme?" – „Ganz einfach: Sie wären bereits tot!" Diese offene Antwort irritierte Mathes, die Aussage schockierte ihn. Er ließ es sich nicht anmerken. „Sie trauen mir nicht viel zu." – „Ich kenne Sie noch nicht, sehe nur einen jungen, wenn auch sicherlich intelligenten und sehr konsequenten Mann vor mir, der voller Hass ein Ziel verfolgt, dessen Grund ich nicht ganz verstehe." Mathes ließ schweigend die Pause vergehen, insgeheim dankte er Klaus, dass dieser nur das Nötigste erzählt hatte. Siebert bohrte energisch weiter: „Es kann doch nicht allein das Mädchen sein, das irgendwo auf den Strich geht? Sie kennen sie nicht einmal!" – „Ist es wichtig für Sie, weshalb ich den Jugoslawen und das Mädchen suche? Sollte Sie das wirklich interessieren?" Wieder lachte der Reporter, offensichtlich vertrug er den Alkohol nicht. „Nein, nur persönlich. Was mich allerdings brennend interessiert, ist, welche Beziehung zwischen Ihrem Mann und Jan Van der Gracht besteht, welche zu Catharina Dante und wer der Niederländer ist, nach dem ich für Klaus überall vergeblich geforscht habe, der scheinbar gar nicht existiert?" – „Ich kann Ihnen noch keine Antwort geben", sagte Mathes bestimmt. „Erst muss ich Jan Van der Gracht sprechen. Helfen Sie mir dabei und ich werde es Ihnen sagen!"

„Gut, ich werde Ihnen helfen, aber wir erweitern unsere kleine Abmachung." Mathes blickte fragend auf. „Sie schreiben alles auf, jeden Namen, jede gottverdammte Einzelheit, von der Sie wissen, und hinterlegen das in einem Schließfach. Sollten Sie dann Ihre eigenmächtigen Recherchen nicht überleben, kann ich wenigstens Ihren Nachruf vorbereiten." – „Halten Sie den Käpten für so gefährlich? Er genießt einen vortrefflichen Ruf." – „Er ist äußerst gefährlich! Van der Gracht beherrscht das gesamte Rotlichtmilieu. Vor jedem Klub, jeder Diskothek hat er seine Türsteher, allein deren abendliche Einnahmen übersteigen in Holland jedes normale Monatsgehalt. Doch das füllt nur seine Portokasse. Seit Langem versuche ich ihn als Kopf der weit greifenden niederländischen Drogenmafia zu entlarven."

„Okay", stimmte Mathes in zynischem Tonfall zu, „ich werde die Details aufschreiben und den Schlüssel an jemanden schicken, der sich mit Ihnen in Verbindung setzt, wenn ich mich überschätze. Damit fällt es Ihnen eventuell etwas leichter, dies zu verhüten." – „Gut", sagte Siebert offenbar zufriedengestellt. Die ganze Wendung des Gespräches empfand Mathes als unangenehm. Die Berufskaltschnäuzigkeit des Journalisten überdeckte dessen äußere sympathische Art. Seine Einschätzung von Van der Gracht hinterließ eine übel gärende Wirkung. Welche Gefahr ging wirklich von diesem und von Harry aus? Wie sicher waren Anja, ihr Baby und Nick? Er musste ihn anrufen!

„Noch eine Frage", sagte Mathes, „woher nehmen Sie die Gewissheit, dass eine große Kokainlieferung zu erwarten ist? Ein Tipp aus der Szene?" – „Manches spricht dafür. Die Szene spürt so etwas regelrecht. Immer sinken vorher die Preise, denn die Nachfrage nach größeren Mengen verringert sich. Niemand bunkert mehr. Außerdem wurde einem meiner Informanten Kokain versprochen und der Dealer sagte, es habe eine Reinheit von mehr als sechzig Prozent." – „Was bedeutet das genau?" – „Das sind Qualitäten, wie sie ausschließlich die Mafia ins Land bringt!" – „Kann nicht, sagen wir mal: ein Urlauber etwas schmuggeln, das ebenso hochwertig ist?" – „Natürlich, schon, aber das wird niemals ungestreckt den Markt erreichen. Er wird sich jeden Krümel selbst in die Nase ziehen." Mathes begann zu verstehen. „Und zuallererst haben wir ja noch unsere

Miss Dante, die gegen die Verfassung ihre Ermittlungen führt", vervollständigte der Reporter seine Ausführungen. – „Dieser Informant, ist er ein …" – Siebert ließ Mathes nicht ausreden: „Man tötet nicht die Drohnen, wenn man den Bienenstock finden will, sondern gibt ihnen Honig und folgt ihnen."

Das weiße Hemd des Journalisten zeigte in den Achselhöhlen dunkle Schatten, die Stoffkrawatte hing schräg über seiner Brust. Er sah auf die Uhr. Die Zeit war verflogen. „Sie haben mich spät angerufen", sagte er nachdenklich. „Wie lange werden Sie in Amsterdam bleiben?" – „Drei Tage vielleicht." – „Gut, ich arrangiere für morgen ein Zusammentreffen mit den Leuten, die als Zubringer des Käptens infrage kommen. Sie sollten den Tag nützen, sich mit der Stadt vertraut zu machen, besonders im nördlichen Teil um den Sloter Kanaal, dort liegt seine Jacht. Prägen Sie sich alles genauestens ein, bis Sie sicher sind, sich auch in der Nacht mühelos orientieren zu können – Ihr Leben kann davon abhängen!" Mathes nickte stumm. Ein weiterer Zigarillo verbreitete dichten Qualm, John Siebert fuhr sachlich fort: „Wissen Sie, ob Ihr Jugoslawe in der Stadt ist?" – „Schon möglich, ich hoffe, es morgen herauszufinden." – „Wir werden einige Klubs und Coffeeshops besuchen. Was wird passieren, wenn Sie ihm tatsächlich irgendwo begegnen?" – „Wird sich finden", antwortete Mathes schroff und sofort darauf fragte er ahnungsvoll: „Gibt es einen Motorradklub in der Stadt?" – „Ja, die Hells Angels." – „Sagt Ihnen der Name Gremium etwas?" Siebert überlegte. „Nein." Die Enttäuschung ließ Mathes für einen Moment schweigen. „Was soll das Gremium sein?", hakte der Reporter neugierig nach. Mathes überhörte es. „Wo treffen sich die Hells Angels? Kennen Sie ihr Lokal, ihre Kneipe?" „Das Rockcafé auf dem Dam Rak, außerdem gehören ihnen im Zeedijek einige Läden – unter anderem Tattoo-Shops." – „Im Rockcafé fangen wir an", bestimmte Mathes kurz entschlossen. Wenige Minuten später verabschiedete sich Siebert.

Kurz darauf wählte Mathes die Nummer von Nicks Bistro. Als er ihn endlich am Hörer hatte, erzählte er ihm in kurzen Worten, wo er sich befand und dass er ihm einen Schließfachschlüssel schicken würde, den Nick an beiliegende Adresse schicken sollte, falls er sich nicht innerhalb sieben Tagen wieder gemeldet hätte. „Nick, inzwischen bin ich sicher, dass Harry weitaus gefährlicher ist, als wir dachten – ich habe Angst um Anja und dich!“ Beschwichtigend lachte Nick: „Brauchst du bestimmt nicht, ich habe Vorsorge getroffen.“ – „Vorsorge? Wie soll ich das verstehen?“ – „Seit vorgestern ist es mir erlaubt, eine Waffe zu besitzen. Es ist eine nette Magnum, die ich mir zugelegt habe. Außerdem werden in der nächsten Zeit immer ein paar meiner Leute hier sein.“ Mathes atmete erleichtert auf. „Mathes?“ – „Ja, Nick?“ – „Viel Glück und pass auf dich auf! – Warte einen Moment!“ Es krachte in der Leitung, dann hörte er Anjas weiche Stimme: „Hallo, Mathes!“ – „Anja? Du arbeitest wieder?“ – „Ja, es geht schon wieder …“ – „Wie geht es dir und … und unserem kleinen Mädchen?“ – „Ganz gut!“, rief sie in den Hörer, denn die Musik im Hintergrund spielte laut. „Der Arzt sagt, dass er sehr zuversichtlich sei. Die Blutung ist zwar noch nicht zurückgegangen, aber sie hat sich auch nicht mehr vergrößert.“ – „Das ist schön, Anja.“ – „Ja, sehr schön. Bist du noch dran, Mathes?“ – „Ja, ich kann nur gar nichts sagen, weil mich so glücklich macht, was du da sagst.“ – „Mein Bauch“, erzählte sie, „ist schon ein bisschen dick geworden und manchmal – spüre ich, wie sie sich bewegt. Sie boxt mich.“ – „Wann wird es so weit sein?“, fragte er gerührt. – „Mitte August, sagt der Arzt. Sarah wird eine Löwin“, verkündete sie voller Stolz. Jäh erschrak er. Genauso wie Susanne. Irgendwie empfand er die Parallele ihrer Sternzeichen als einen üblen Streich des Schicksals. Er wehrte sich gegen seine Gedanken. „Anja, ich möchte bei dir sein, wenn es so weit ist, darf ich das?“ – „Ja, Mathes, das wünsche ich mir sehr. Wo bist du gerade?“ – „In Amsterdam.“ Sie verstummte für eine Weile, auch er sagte nichts.

Als sie weitersprach, klang ihre Stimme beinahe flehend: „Mathes, vergiss ihn, suche ihn nicht mehr! Lass uns vergessen, was geschehen ist, bevor es zu spät ist, bitte, Mathes!“ Sie musste wiederum nachfragen, ob er nicht plötzlich aufgelegt hatte. Als er schließlich antwortete, klangen seine Worte fest und voller

Kälte: „Es ist zu spät, verstehst du das nicht? Ich melde mich wieder, bis dann, Anja!“ Er knallte den Hörer auf die Gabel und konnte nicht wissen, dass sie in diesem Moment weinte. Mädchentränen hätten ihn vielleicht noch einmal zurückhalten können, so war es immer gewesen.

Trotz gliederschwerer Müdigkeit, die ihn ergriffen hatte, lag er noch lange wach und blies den Rauch seiner Zigarette in das fahle Mondlicht, das das Zimmer erhellte. Ein ereignisreicher Tag war vergangen. Die beruhigenden Nachrichten von Nick und besonders Anja hatten ihn von den Anhängseln der Sorge, seinen Ängsten befreit. Endlich konnten seine Sinne nur noch dem alleinigen Ziel gelten. In wenigen Tagen wäre alles vorüber und sein Leben würde frei sein für die Frau, die er liebte. Irgendwie müsste er ihr erklären, was geschehen war, das mit Anja und mit Sarah, seinem Mädchen. *Sie wird sehr traurig sein. Ob sie mir jemals verzeihen kann?* Verstehen und verzeihen. Es verhielt sich wie die Achtung zur Liebe. Nur scheinbar gehörten die schönen Worte zueinander, scheinbar. Doch in Wirklichkeit standen Verstehen und die Achtung allein. Im Verzeihen erst trieben die Begriffe ihre Blüten. Die Liebe vereinigte alles auf wunderbare Weise. „Verzeih mir“, flüsterte er, „ich liebe dich …“ Seine Gedanken flimmerten. Harry ging nur ihn allein etwas an. Ein lebenslanges Schweigen sollte über dem liegen, was sich in Budel zugetragen hatte, über dem, was den quälenden Hass tilgen würde in kurzen Sekunden der Abrechnung. Niemand durfte nunmehr Näheres erfahren. Nicht Nick oder Anja, Gerd und Klaus, schon gar nicht dieser sensationsgierige Siebert. Alle wussten bereits zu viel. Dies war mehr als ein Einsatz. Ein Einzelkampf, sein Einzelkampf. Mit diesen Gedanken schlief er ein …

Gewohnheitsgemäß hatte er den Hoteldiener gebeten, ihn wecken zu lassen, trotzdem funktionierte seine innere Uhr. Kurz vor acht schrak er auf. Er beeilte sich. Von dem üppigen Frühstücksbuffet, das unter einer riesigen, gläsernen Kuppel serviert wurde – nicht unähnlich einem fantastischen Wintergarten –, nahm er sich nur eine Tasse Kaffee und einige Gläser Grapefruitsaft. Nebenbei studierte er den Stadtplan und lernte die Buslinien der Innenstadt auswendig. Die Sonne spähte nur zaghaft zwischen einer dünnen Wolkenschicht hervor, als er das Hotel verließ, aber die Luft fühlte sich angenehm lau an, beinahe föhnig, nur der leichte, salzige Seegeschmack war anders.

Vor dem Schaufenster eines Import-Export-Geschäftes blieb er eine Weile stehen, dann trat er kurz entschlossen ein. Der Inhaber saß zwischen unzähligen Kleingeräten, Uhren und Souvenirartikeln über eine Vitrine gebeugt. Als der helle Klang der Türglocken ertönte, stutzte er. Ein dunkelhäutiges, freundliches Gesicht blickte Mathes entgegen, eigentlich nur ein Auge, denn in dem anderen klemmte eine Lupe. Den Rest verdeckte ein üppig wallender Vollbart. Wäre nicht sein langer Kaftan leuchtend bunt gewesen, hätte Mathes ihn für einen jüdischen Straßenhändler gehalten. In schmeichelnder Demut begrüßte er seinen Kunden. Dabei wechselte er nach mehreren „Salams" ohne Übergang in kreischendes Niederländisch. Mathes schüttelte den Kopf. Nach einem französischen Versuch und erneuter heftiger Verneinung einigten sie sich auf ein schlechtes Englisch, wie sie es beide gewohnt waren. Seltsamerweise funktionierte ab da das Gespräch vorzüglich. Mathes fragte nach einem Fotoapparat. Bald stapelte sich ein umfangreiches Sammelsurium auf dem Glas des Ladentisches. Besonders interessierte Mathes eine automatische Konica mit integriertem Blitzlicht und achtzig Millimeter Zoomweite. Das kleine Preisschild forderte dreihundertachtzig Gulden. Es musste ein Irrtum sein, denn in München würde diese Kamera fast das Doppelte kosten und alle Geräte schienen neuwertig und in Originalverpackung. Mathes prüfte und fragte, aber es ließ sich kein Haken finden. Beinahe eine halbe Stunde dauerten ihre Verhandlungen, schließlich erstand Mathes drei unterschiedliche Kameras und zwei Filme. Insgesamt 500 Gulden hatte er bezahlt und der Händler versicherte jammernd, dass er das schlechteste Geschäft seines Lebens abgeschlossen hätte, denn sein unnachgiebiger Kunde habe ihm achtzig Gulden abgefeilscht. Mathes erhielt auf nachdrückliche Nachfrage hin ausführliche Garantiebestätigungen und drohte zum Abschluss noch, ihn an seinem Prophetenbart aufzuknüpfen, wenn die Geräte nicht in Ordnung wären. Ein einziger Zahn ließ sich sehen, als der Alte grinsend versicherte: „Don't worry, good instruments, never problems, very good!" Mathes verstaute die drei Apparate ohne Kartonagen in einer Umhängetasche. Auf seine Uhr blickend beschleunigte er seine Schritte.

Wenige Minuten später suchte er sich in einem Café einen freien Tisch an der Fensterseite. Etwa zwanzig Meter weiter, auf der anderen Straßenseite, richtete gerade der Kellner vom Vortag die eleganten, weißen Stühle. Noch fast eineinhalb Stunden blieben bis zu seiner Verabredung. Er bestellte ein Bier und fädelte einen Film in die aufwendigste seiner Kameras. Surrend zog sie das lichtempfindliche Band ein. Die digitale Anzeige eines LCD-Fensters tat ihre Bereitschaft kund. Auf sanften Knopfdruck fuhr das Zoomobjektiv seine Linse aus. Der Kellner schien jetzt zum Anfassen nahe. Mathes beobachtete die Straße und wartete. Allmählich füllte sich die Terrasse des Sliuzer.

Zwei ältere Damen, eine Gruppe Jugendlicher. Drei Japaner, ein leicht angegrauter Mann im hellen Anzug. Mathes drückte zweimal den Abzug. Beinahe 11.00 Uhr. Ein nachlässig rasierter Typ in dunklen Jeans und beigefarbener wildlederner Jacke schlenderte über das Kopfsteinpflaster. Er bewegte sich zielbewusst auf das Restaurant zu. Mathes fotografierte. Es entgingen ihm nicht die scheinbar harmlosen Blicke des Mannes. Ärgerlicherweise setzte er sich fast mit dem Rücken zur Straße an einen der Tische. Nach einer Weile brachte ihm der Kellner Kaffee. Er nippte nur einmal, dann stand er auf und verschwand in den Innenraum. Mathes wartete gespannt, bis er zurückkehrte, und die Kamera klickte mehrere Male. Diesmal würde der Fremde auf dem Film gut zu erkennen sein. 11.22 Uhr, las Mathes auf seiner Uhr, der Mann ebenfalls. Nirgends erschien eine Frau, die Catharina Dante sein konnte. 11.28 Uhr, am Ende der Straße hielt ein Taxi. Eine junge dunkle Blondine mühte sich auf Stöckelschuhen über das alte Pflaster. Sie trug Jeans und eine lockere, türkisfarbene Veloursjacke darüber. Das musste sie sein. Mathes fotografierte fortwährend. In der Schärfe des Objektives sah sie sehr hübsch aus. Ihr schulterlanges, glattes Haar wurde durch eine breite, ebenfalls türkisfarbene Spange zusammengehalten. An ihrer Schulter baumelte eine kunstvoll gefertigte, vielfarbige Stofftasche. Sie betrat die Terrasse und setzte sich, einige Tische entfernt von dem Mann mit der Lederjacke. Er trank genussvoll seinen Kaffee – völlig unberührt. Der ältere Herr blätterte sichtlich gelangweilt in einer Tageszeitung. Der Kellner sprach mit der Frau. Kopfschüttelnd beantwortete er ihre Frage, dann wartete er auf ihre Bestellung. Alles wirkte vollkommen normal, fast absurd. Eben wollte Mathes seinen Argwohn vergessen, als er es sah. Nur ein kurzes Zeichen. Ganz ohne Zweifel. Einen Augenblick lang hatte sie den jüngeren Mann angesehen und kaum merklich ihren Kopf geneigt. Mathes' Gefühl hatte ihn nicht getrogen. Sie war nicht allein gekommen. Zufrieden über diese wertvolle Beobachtung winkte er der Bedienung. Neben der Zeche schob er einen Geldschein hin und bat, seine Tasche bei ihr deponieren zu dürfen, denn, so erklärte er, sie wäre ihm bei seiner Stadtbesichtigung hinderlich. Verständnisvoll lächelte sie. Draußen nutzte er kurz entschlossen den Schutz einer Touristengruppe und zählte die Schritte, die er sich langsam vom Sluizer entfernte. Bei fünfzig hielt er an und drehte sich um. Auf der Terrasse des Cafés blickte er sich scheinbar suchend um. Schließlich steuerte er geradewegs auf ihren Tisch zu. „Entschuldigen Sie, Catharina Dante?" Sie reichte ihm über den Tisch hinweg die Hand. „Mathes Helmer, richtig?" – „Ganz richtig", lächelte er und setzte sich. „Ich habe nicht erwartet, einer so außergewöhnlich attraktiven Frau bei diesem Treffen zu begegnen", sagte er aufrichtig, denn ihre Erscheinung wirkte reizvoll auf ihn. Nur sparsam verwendetes Make-up hob zart die Konturen ihres Gesichtes hervor. Der orangefarbene Lippenstift harmonierte fantastisch mit ihren Augen, die in demselben Türkis schimmerten wie ihre Jacke. Sie war von zierlicher Gestalt und mochte kaum fünfunddreißig Jahre zählen. Unwillkürlich versuchte er sich Harry neben ihr vorzustellen, denn Siebert hatte die Vermutung geäußert, die beiden hätten ein Verhältnis, es gelang ihm nicht. Bevor sie etwas erwidern konnte, erschien der Ober. Wie besprochen, tat dieser so, als gäbe es keinerlei Heimlichkeiten zwischen ihnen, doch fühlte Mathes deutlich die Überheblichkeit des Verschwörers. Schnell wich er seinem Blick aus. „Darf ich Ihnen etwas bestellen?“, fragte Mathes sie. „Ich würde Sie gerne zum Essen einladen.“ Merklich verwundert über den jungen Mann, den sie schwer einzuordnen wusste, nickte sie. Mathes genoss ihre spürbare innere Verwirrung und auch den Charme, der diese Begegnung umgab. Er wählte die Fischplatte für zwei Personen, Toast, Salate, dabei fragten seine Augen mehrmals nach ihrer Zustimmung. Sie ließ ihn lächelnd gewähren. Die Wahl eines trockenen, adäquaten Weißweines überließ er dem Kellner. „Sie sind die Freundin von Harry?“, begann Mathes ohne Umschweife.

„Ich sagte schon, dass ich keinen Harry kenne, und bin mir nicht sicher, ob wir von derselben Person sprechen.“ – „Beschreiben Sie mir Mirco!“, bat Mathes. Sie öffnete ihre Handtasche und reichte ihm wortlos eine Fotografie. Ein Mann war darauf abgebildet. Er lehnte an einem Hafengeländer, damit beschäftigt, eine Zigarette zu drehen. Mit Sicherheit hatte jemand dieses Bild ohne sein Wissen erstellt. Mathes erkannte ihn sofort. Leise begannen seine Schläfen zu pochen. Das unkontrollierte Zucken seines Augenlides belebte das abgebildete graue Hafenbecken. Die Wellen schwappten und schlürften.

Der Anblick jener Kreatur breitete seinen Gestank in ihm aus. „Kann ich es behalten?“, fragte er gezwungen beiläufig und doch erstickten die Worte beinahe. Sie antwortete nicht, sondern betrachtete ihn nur. Seine plötzliche Erregung war ihr nicht entgangen. Der Kellner servierte die Waterzooi und Mathes nützte die Sekunden, bis die irdenen Schüsseln ihren umständlichen Platz gefunden hatten, um seine äußere Ruhe wiederzuerlangen. Er schob das Foto in seine Jackentasche.

Der sonnenerfüllte weiße Wein plätscherte in sein Glas. In der Demut gesellschaftlicher Etikette baten die Augen des Obers um Mathes' Zustimmung. Er löschte mit einem gewissenlosen Schluck sein inneres Feuer und nickte, weil es so üblich war. „Was hat Mirco Ihnen getan?", fragte sie, als sie wieder allein waren. Für einen Moment erschrak er, doch sofort fand er seine Fassung wieder. „Sie hassen ihn, habe ich recht?"

Er bot ihr von seinen Zigaretten an, nahm sich selbst auch eine. „Sieht man mir das wirklich an?", fragte er unter ironieverzerrtem Lachen. „Erzählen Sie mir, was geschehen ist!" Ihre deutschen Worte flirteten nicht unangenehm mit dem niederländischen Dialekt. „Wer sind Sie, Mathes, was hat er Ihnen angetan?" – „Es gibt nicht viel zu erzählen", antwortete er vorsichtig. Der gewaltige Drang, über alles zu reden, seinem tief glühenden Vulkan den Weg zu gewähren für seinen erlösenden Lavastrom, lockte. Irgendwie vertraute er dieser Frau. Vielleicht verstand sie ihn. Verstand, wie unvermeidlich der Tod des Holländers gewesen war, der ihn in diesen Einzelkampf getrieben hatte. Verstand, dass er den Jugoslawen suchte, weil dieser junge Mädchen auf grausamste Art in die Prostitution zwang, weil er mit Menschen handelte und sie behandelte, wie es keines Lebewesens würdig war. Verstand sie, was Harry ihm selbst angetan hatte, indem er Anja misshandelt und sein Kind, sein kleines Mädchen, beinahe ermordet hatte?

Sein Puls raste. Ein winziges, liebes, unschuldiges Wesen, das sein Leben erst beginnen durfte! Seine Mundwinkel vibrierten. Ja, vielleicht, vielleicht verstand sie wirklich alles, jedoch eines niemals: Er musste seinen Weg zu Ende gehen – ihn töten, wie dieser etwas in ihm getötet hatte, vorher würde es keine Ruhe für ihn geben. Ein Schwur, ein ewiger, heiliger Schwur mit nur einem einzigen Verlangen. Kein Leben. Keine Liebe.

Nein, Catharina Dante existierte als Teil dieser tristen Welt karierter Ordnung und voller zerredender Gerichtssäle. Justiz, Gesetz, Moral. Wie jämmerlich sind ihre scheinheiligen Versuche!

Sie wateten tatsächlich erhobenen Hauptes in ihren eigenen Abwässern, in ihren Fäkalien und verurteilten den Schmutz, ungeachtet dessen, dass sie ihn selbst produzierten …

„Nein, nein, nein!“, brüllte Mathes’ Innerstes und er sah in die Augen der jungen Polizistin. Wie könnten jemals die anderen Gesetze der unendlichen Formen, der felsigen Steilhänge, Gipfel und tiefen Täler in ihr konkretes Muster passen? Er verachtete das, was man gemeinhin als Moral bezeichnete. Er achtete, verachtete seine Moral. Seine Ethik. Er wollte für sie leben in den Strahlen seiner Sonne und sterben. Warum weinten diese Heuchler mit den Helden ihrer Kinos? Nach ihrer moralischen Ordnung müssten all diese als Verurteilte in den Gefängnissen einsitzen. Als Täter ihrer Gefühle, ihres ehrenvollen Hasses, ihrer geheiligten Rache! Moral? War sie eine Frage der Zeit? Mathes’ Moral kannte keine Zeit, er kannte nicht einmal das Wort. Insgeheim glaubte er an das kollektiv ererbte, archetypische Wissen. Für ihn bedeutete es die einzige, immerwährende Moral der Menschheit – ganz frei von Zeit, Politik und Gesellschaft. Fand man sie nicht wieder in den Philosophen aller denkenden Jahrhunderte?

Während seiner Schulzeit hatte er das meistverhasste Fach Latein geliebt, denn ehrfurchtsvoll hatte er den alten Worten gelauscht. Ein Gewisses würde sich niemals ändern in den Menschen, genau danach suchte er.

Der immer mehr einem Pinguin ähnelnde Kellner servierte die Fischplatte. Ihre Vielfalt bestach zusätzlich durch die unvergleichliche Garnierung mit exotischen Früchten, Limonensternchen und Sahnehäubchen. Gerösteter, dreieckiger Toast ragte Blütenblättern gleich zwischen niedrigen Töpfchen mit flüssiger Knoblauchbutter heraus.

„Harry – Mirco macht junge Mädchen drogenabhängig, um sie dann auf den Strich zu schicken“, sagte er, während er ungeschickt den Rückenpanzer einer Garnele bearbeitete. Sie zeigte ihm an der nächsten, wie es ging. „Und jetzt aussaugen!“ – „Eines dieser Mädchen ist eine Freundin von mir.“ – „Erzählen Sie mir alles, vertrauen Sie mir, Mathes!“, beschwor sie ihn. „Vertrauen? Gut, gut, vertrauen wir. Erzählen Sie über sich, Catharina! Wer sind Sie, welches Verhältnis besteht zwischen Ihnen und Mirco und, vor allem, wo finde ich ihn?“ –

„Wissen Sie", begann sie umständlich, „das schöne Bild dieser Stadt ist nur ein oberflächliches. Leider müssen wir den zweifelhaften Ruhm der höchsten Kriminalitätsrate aller mittel- und nordeuropäischen Städte in Anspruch nehmen. Der Grund liegt teilweise in unserer interkontinentalen Struktur, vor allem darin, dass in Amsterdam von geschätzten 1,2 Millionen Einwohnern beinahe vierhundertfünfzigtausend nicht gemeldet und damit illegal hier sind." Mathes' Gesicht verdüsterte sich zusehends. Irgendwie hatte er gehofft, dass sie mit offenen Karten spielen würde, doch jetzt erkannte er, wie trügerisch der Weg ihrer verführerischen türkisfarbenen Augen sein würde. Noch unterbrach er sie nicht. „Dazu zählen noch nicht einmal die fünfzigtausend Chinesen, die längst ein Teil von uns geworden sind, wie Sie in jeder Küche oder den Märkten und Geschäften sehen können. Marokkaner, Araber, Franzosen, Briten, Deutsche – die ganze Welt verkehrt in dieser Stadt! Die Behörde, für die ich tätig bin, arbeitet Hand in Hand mit dem Einwohnermeldeamt …" – „Halt!", fuhr Mathes schroff in ihren Wortfluss. „Ihre Ausführungen sind mir zu blumig. Erklären Sie mir, in welcher sonderbaren Weise das Drogendezernat von Den Haag Interesse an den Amsterdamer Einwohnerverhältnissen hat?" Beinahe hätte sie ihr Weinglas umgestoßen. Der Schreck seines völlig unerwarteten Abschusses durchfuhr sie blitzartig. Ihr hübsches Gesicht verfärbte sich zu dem Rot des Ertapptseins. Einige Sekunden herrschte gänzliche, knisternde Stille zwischen ihnen. Das Murmeln der Fußgänger und Brummen der Fahrzeuge beherrschte die Situation. Mathes nippte genüsslich an seinem Wein. „Woher können Sie das wissen?", fragte sie verschämt leise und diesmal vibrierte ihre Stimme. „Ich arbeite in verdeckten Ermittlungen." Fast tat sie ihm leid, denn sie hatte vollkommen ihre Fassung verloren. – „Ich weiß es von jemandem, der auf Ihrer Seite steht, machen Sie sich keine Sorgen!" – „Sie wissen nicht im Geringsten, worüber Sie reden", fuhr sie wütend auf. „Sie ahnen nicht einmal, in welcher Gefahr Sie sich wahrscheinlich selbst befinden." – „Ermitteln Sie gegen den Jugoslawen? Wohnt er bei Ihnen?", schoss Mathes sofort weiter. „Wenn er in Amsterdam war, wohnte er bei mir, verdammt, seit einigen Tagen ist er spurlos verschwunden." Sie schüttelte verzagt den Kopf: „Die ganzen Wochen umsonst, alles umsonst. Er weiß, für wen ich arbeite." – „Nein, bestimmt nicht", beschwichtigte Mathes sie. Sie tat ihm jetzt wirklich leid, warum nur musste sie so unverschämt hübsch sein? „Er ist aus einem anderen Grund untergetaucht, der Grund bin ich." „Nehmen Sie es mir nicht übel", erwiderte sie voller Sarkasmus, „dass ich ihn kaum für den Typ halte, der Ihretwegen alles hinschmeißt!" – „Ich nehme es Ihnen nicht übel. Catharina, was genau meinen Sie mit ‚alles hinschmeißen'?"

„Ich bin nicht befugt darüber zu reden." Er füllte wieder ihr Glas. In den Fenstern des Cafés spiegelte sich der andere Gast, der scheinbar in seine Zeitung vertieft war. „Vielleicht können Sie mir helfen, die Gefahren zu vermeiden, von denen Sie sprachen! Sagt Ihnen der Name Jan Van der Gracht etwas?" Erneut erschrak sie. Einige Sekunden versuchten ihre Augen ihn zu ergründen. „Van der Gracht ist ein gefährlicher Mann! Sie sind zu weit vorgedrungen." Ihre Stimme gewann allmählich wieder die Ruhe ihres charmanten Akzentes zurück. „Mathes, ich bitte Sie nochmals, erzählen Sie mir alles, was Sie wissen! Sie ahnen nicht, mit welchen Leuten Sie sich einlassen!" Sein Schweigen missdeutete sie als ersten kleinen Sieg: „Sie können mir ganz vertrauen. Ich kann Ihnen helfen!" – „Was würde Harry nicht einfach hinschmeißen?" Der Mann im Spiegel der Fenster starrte in Mathes' Rücken. Widerwillig lösten sich die Worte von ihren Lippen. Zigarettenrauch spielte mit ihrem Atem: „Mehrere Monate schon beschäftigt uns dieser Jan Van der Gracht. Wir sind sicher, dass er eine der Spitzen der niederländischen Mafia darstellt. In Amsterdam selbst dürfte er wohl der Pate sein. So sind beispielsweise die Türsteher aller Diskotheken und Klubs Leute von ihm. Diese Jobs allein bringen abendliche Einnahmen von weit über einhunderttausend Gulden! – Und sie werden mit Gewalt behauptet. Jeder Einzelne erwirbt seine zweifelhaften Fähigkeiten in Van der Grachts Kampfschule für Feefighter." – „Und die Besitzer der Diskotheken lassen sich das gefallen?", fragte Mathes. – „Entweder er hat selbst die Finger mit drin, oder der Laden geht in kürzester Zeit zugrunde." Mathes sah sie ungläubig an. – „Die Gäste bleiben aus, die Angestellten kündigen ohne ersichtlichen Grund, einige Male sind solche Geschäfte sogar in die Luft geflogen. Es ist nichts anderes als Schutzgelderpressung mit unermesslichen Gewinnspannen, was da passiert, und trotzdem dürfte das nur ein Zubrot für ihn bedeuten. Drogenhandel, Waffenhandel jeder Kategorie, Menschenhandel ist ihr Geschäft." In ihrer Stimme lag spürbare Verbitterung. Auch sie kämpfte ihren eigenen Kampf. Mathes begriff plötzlich, dass es auch für sie nie den gänzlich legalen Weg geben würde. Tragisch erschienen die Gratwanderungen mancher Leben. Wie wollte sie ihre vermeintlichen Erfolge verwerten, wenn sie bei ihren Ermittlungen ungesetzliche Methoden anwendete? Mathes nahm sich vor, sie nicht zu konfrontieren. „Ihre Fänge", fuhr Catharina Dante fort, „reichen über ganz Europa und weit darüber hinaus. Amsterdam beherrscht einen Knotenpunkt weltweiter Schwerkriminalität. Hier liegt der Hafen Europas." – „War das jemals anders?", warf Mathes ein. – „In gewissem Sinne ja, denn seit der Wiedervereinigung Deutschlands und der Öffnung des Ostens expandieren diese Leute wie niemals zuvor. Ein schier unermesslicher Markt eröffnete sich in Osteuropa. Die Auswirkungen sind unvorstellbar." – „Ich verstehe noch nicht ganz", bekannte Mathes voller Spannung, während sie ihre einschneidenden Worte in einer verzagenden Pause verklingen ließ. „Nun, diesen milliardenschweren Markt beanspruchen verschiedene Leute. Schon jetzt ist ein unerbittlicher Kampf entbrannt. – Der Drogenkrieg des 20. Jahrhunderts. Russen, Tschechen, Jugoslawen, Italiener, die Niederlande – jeder will ein Stückchen von dem Kuchen. Anfangs befürchteten wir eine nicht zu bändigende Terrorwelle über Europa, gleichzeitig eine Überschwemmung des deutschen und niederländischen Marktes mit harten Drogen. Beides ist glücklicherweise nur bedingt eingetreten, dafür aber eine Dreieckssituation, die langfristig weitaus schwerwiegendere Folgen haben wird." – „Dreieckssituation?", fragte Mathes. – „Ja, die Organisationen haben begonnen zu kooperieren. Der Osten liefert tonnenweise Heroin, vor allem über Afghanistan – aber auch Unmengen nicht versteuerter Zigaretten und Tausende junger Mädchen, um sie zu prostituieren. Gleichzeitig überschwemmen sie vor allem den Balkan, Jugoslawien und Albanien mit Waffen jeglicher Art. Der Preis ist Kokain, das in den Häfen von Amsterdam seinen Zugang findet, und sehr viel Geld, das die Machtverhältnisse in vielen Ländern der Welt verändern wird!"

Der Kellner kam an ihren Tisch und entfernte die Teller. Mathes bestellte ein Pils und für sie einen Kaffee. Alles, was sie ihm erzählt hatte, klang logisch und doch vollkommen unwirklich, wie in einem Agentenroman. Verdammt, damit hatte er doch nicht das Geringste zu tun, es ging ihn nichts an! „Wie weit", fragte er, „in welche Beziehung zu all dem bringen Sie diesen Mirco?" – „Er arbeitete zeitweise als Geschäftsführer im Bulldog – kennen Sie es?" – „Nein, eine Bar?", fragte er scheinbar beiläufig, während er unweigerlich innerlich bebte. – „Ja", nickte sie, „im Zeedijek gibt es zwei Etablissements mit diesem Namen. Der jeweilige Besitzer ist Jan Van der Gracht." – „Zeedijek?" Er hatte diesen Ausdruck schon einmal von Siebert gehört. „Der Red Light District von Dam." Sie fuhr fort: „Ich halte Mirco für seinen Handlanger, für das, was Sie auch schon bemerkten, einen kleinen skrupellosen Zuhälter und Mädchenhändler. Leider stellt er für mich momentan den einzigen offensichtlich schwarzen Fleck auf Jan Van der Grachts weißer Weste dar." „Der ist glatt wie ein Aal", sagte sie mehr zu sich selbst. – „Wer?", fragte Mathes. „Der Käpten?" – Abermals stutzte sie: „Ja, so nennt man ihn im Milieu. Sie erstaunen mich wirklich, Mathes." „So", schloss sie, „ich habe bei Weitem mehr erzählt, als ich eigentlich darf, jetzt sind Sie dran!" – „Sicher, Vertrauen gegen Vertrauen", lächelte er. „Aber zuerst müssen Sie mich für eine Minute entschuldigen." Sie nickte und lächelte ebenfalls. Ihre Augen berührten sein Glas. Beruhigt stellte sie fest, dass es noch fast voll war. Mathes überquerte die Terrasse, ohne seinen Blick schweifen zu lassen. Trotzdem nahm er wahr, wie der Mann in der hellen Lederjacke die Zeitung langsam sinken ließ. An der Kasse hinter dem Tresen stand ihr Kellner. Als er seinen spendierfreudigen Gast bemerkte, riss er übereifrig ein Blatt von seinem Schreibblock. Wie besprochen, hatte er die Summe nach jedem bestellten Pils sofort addiert. „Noch einen Amaretto für die Dame und mit freundlichen Grüßen einen Cognac für den Herrn mit der Zeitung", raunte Mathes seinem aufgeregten Komplizen zu, während er ihm einen Geldschein in die Hand drückte. Grinsend führte er Mathes durch die von Dämpfen und allerlei Gerüchen geschwängerte Küche zum Ausgang der Angestellten. Fleißige Köche der verschiedensten Nationen säumten ihnen mit verdutzten Gesichtern den Weg. Dem hilfreichen Kellner zwinkerte Mathes noch einmal dankend zu, dann sprang er von der Laderampe.

Kurz entschlossen rannte er zu der Tram, die gerade noch ein paar Fahrgäste in ihrem Bauch verschluckte. Erst als sein Atem wieder etwas Ruhe gefunden hatte, versuchte er sich anhand der Tafeln zu orientieren. Er befand sich in der 4er, die ihn zum südlich gelegenen Rai Congresgebouw befördern würde. Er gewann einen ersten Gesamteindruck von dem dicht besiedelten Stadtteil. Beinahe sämtliche Straßen durften nur in eine Richtung befahren werden. Das engmaschige Netz der Bus- und Straßenbahnlinien verbreiterte sich strahlenförmig weg von seinem Zentrum. Am Victorie Plain stieg er aus und wechselte in eines der unzähligen Taxis. Den Fahrer bat er, ihn zum Jachthafen am Sloter Kanal zu befördern. Aus seinem Stadtplan wusste er, dass ihre Fahrt in den äußersten Norden der Stadt führen würde. Dort wollte er seine nächsten Eindrücke gewinnen, eine gewisse Vertrautheit mit aller Struktur. Der rastagelockte Fahrer kommentierte seine Tour touristengewohnt. Tatsächlich stellte er selbst ein weiteres der vielfältig bunten Puzzleteile dieser faszinierenden, unendlich relaxten Stadt dar.

Mathes genoss es, sich in seinen Worten treiben zu lassen. Der Oosterpark ähnelte dem Münchner Englischen Garten. Das Tropenmuseum ragte stolz über die weiten, begrünten Flächen hinaus. Die nächste Attraktion folgte auf dem Fuße. Der Fahrer deutete zu der einzigartigen Architektur auf der linken

Seite, das gerühmte Natura Artis Magistrata – das Aquarium. Wenige Minuten später umschloss sie eine mehrspurige, erhellte Röhre. Sie führte unter dem ausladenden Hafenbecken, dem HetIJ, hindurch.

Als sie wieder an der sonnigen Oberfläche waren, versprach die Abfahrt, die der Fahrer wählte, ungeahnte Eindrücke. Die Grachten schienen breiter zu sein, sie öffneten sich sehnsüchtig hin zu ihrer Mutter, dem Meer. Als ihr Fahrzeug hielt, bewirkte der herrliche Anblick in Mathes ehrfürchtigen Stolz. Schweigenden Stolz auf von Menschen geschaffene, Jahrhunderte überdauernde Schönheit. Romantisch restaurierte Fischkutter, müde gewordene Segelschiffe und prunkvoll verzierte kleine Jachten lagen in sanfter Friedlichkeit an den Stegen der Nachmittagssonne. Anmutig knirschte und flüsterte ihr altes, gutes Holz im leisen Gang der Wellen. Wäschestücke hingen stellenweise zwischen ausgedienten Fischernetzen und Blumenampeln. Geborgenheit und Sinnlichkeit sprachen aus dem Bild der Vergangenheit. Mathes bezahlte seinen Chauffeur und schlug ihm vor, ihn in einer Stunde wieder abzuholen. Er wollte warten. Als Mathes nochmals zurückblickte, saß dieser auf der Motorhaube, trank Dosenbier und rauchte einen Joint. Wie Siebert es ihm geraten hatte, prägte Mathes sich jede Einzelheit genauestens ein. Oberhalb der dicht bevölkerten Grachten lag ein kleiner Friedhof. An ihm führte die einzige Hauptstraße vorbei, die südlich an der Fähre endete. Allein diese ermöglichte den Fußgängern, das breite Hafenbecken zu überqueren. Mathes versuchte, in seinem Gedächtnis jede individuelle Besonderheit der Schiffe und Boote abrufbereit festzuhalten, um sich gegebenenfalls mühelos an ihnen orientieren zu können. Ohne ihr Bild würde er sich in einem Dschungel der Stege und Kanäle befinden. „Müsste ich diesen Ort schnell verlassen“, dachte er, „gäbe es nur zwei Alternativen: entweder über die Fähre oder eben mit einem Auto durch den Tunnel.“ Welche der herrlichen Jachten mochte wohl die des Käptens sein? Die dritte Möglichkeit wäre, sich auf dieser labyrinthischen Insel zu verstecken.

Auf Mathes' Wunsch lenkte Rastalocke das Taxi bis zu den östlichen Docks des HetIL. Mehr und mehr bestimmten farblose Frachter und rostige Kranlader das Bild. Es stapelten sich Fässer, Eisenträger und großgliedrige Ketten. Matrosen und Hafenarbeiter schlichen herum wie streunende Köter. Riesige Werften und Lagerhäuser ertrugen geduldig das ölig schwappende Wasser unter ihren Pfählen. „Okay, let's return again!", sagte Mathes nach einiger Zeit. Er hatte genug gesehen. Nach fünf Uhr zeigte seine Uhr bereits an. Um acht erwartete er Siebert. Bevor ihre Rundfahrt endgültig zu Mathes' Hotel führte, hielten sie vor dem Café, um die Tasche mit den drei Kameras zu holen. Rasta-Man sah das alles ganz gelassen, so wie den ganzen vergangenen Nachmittag.

KAPITEL 10

Der „Käpten"

Jan Van der Gracht

Kurz nach sechs betrat Mathes endlich sein komfortables Zimmer. Das erste Amstel aus der Minibar trank er mit wenigen Zügen leer. Die zweite Flasche schenkte er in ein Tulpenglas und legte sich in die Badewanne. Triefend und erhebliche Schaumpfützen hinterlassend, entstieg er ihr gleich darauf wieder, um den Telefonapparat herbeizuschaffen. Dann telefonierte er lange mit Susanne. Sie fehlte ihm sehr in diesem Moment. Eine schmerzvolle Tiefe von melancholischem Verlangen schwelte in seinen Worten. Obwohl er es nicht wirklich wollte, wählte er kurz danach Anjas Nummer. Seltsamerweise schien auch sie seinen Anruf erwartet zu haben. Ohne besonderes Interesse fragte er, wie es ihr gehe. Es ging ihr gut. Sie erzählte glücklich von den neuen Ultraschalluntersuchungen und wie wunderbar sich ihr gemeinsames kleines Mädchen entwickelte. Das berührte ihn sehr. Seine Augen begannen zu brennen und sein Herz klopfte heftig.

Wenige Minuten später klang seine Stimme wieder sachlich und bestimmt. Er bat Klaus eindringlich, ihm ein Versprechen zu geben. Das Versprechen, Susanne alles zu erklären, falls er sich in einer Nacht und einem Tag nicht wieder bei ihm melden sollte. Würde er dieser Nacht nicht gewachsen sein, sollte sie alles von Klaus erfahren. Dieser müsste für Mathes bei ihr um Verzeihung bitten. Der letzte sehnende Gedanke seines Lebens würde immer ihr gelten. Klaus' eindringlicher Versuch, ihm irgendetwas auszureden, prallte kraftlos an Mathes ab. Er hatte keine Angst. Vielleicht nur ein bisschen vor dem Zurücksterben. Schreckliche, eingebrannte Sekunden der Erinnerung.

„Angst – was ist Angst?", fragte er sich beinahe höhnisch. Die Waben der schaumigen Wasseroberfläche zerplatzten zu einem duftenden Nichts. Er hörte ihr Geräusch, wie ein leises Knistern. Oh doch, oftmals in seinem Leben hatte er dieses zerstörend nagende Etwas gefühlt. Wie viele Male hatte er Strafe gefürchtet, die Schläge seines Vaters und vor allem das anklagende Schweigen, das stets gefolgt war – unüberhörbar, trotz der Worte des Vergessens! Aber war das Angst gewesen? Nein! Das hatte nichts anderes bedeutet als die verzweifelte Unfähigkeit, der qualvollen Demütigung zu entfliehen. „‚Nur'!" Er lachte sarkastisch, dass es an den gekachelten Wänden widerhallte. „Sie ist das Schlimmste, unbestreitbar das Allerschlimmste!", schrie er zornig über den Wannensee. Sein Atem blies Löcher in die seifigen Berge. Angst verlangte Zukunft, Ungewissheit, Gedanken tiefschwarzer Sonnenaufgänge. Es ist nicht möglich, sich vor dem Augenblick zu fürchten. Schon gar nicht vor der Vergangenheit, außer sie ist ohne Abrechnung geblieben und damit wäre sie Zukunft. Jener Abend, dachte er, die Todesangst hatte unentwegt der nächsten Sekunde gegolten, dem Danach. Doch als er schließlich gestorben war, hatte er auf wundersame Weise gefühlt, wie unsinnig und töricht diese Angst gewesen war. Sein Tod hatte ihm die glücklichsten Momente seines Lebens geschenkt. Es gibt weitere, erbärmliche Arten des Zurücksterbens, solcher schmerzzerrender Hölle. „Siechtum der Krankheit, Lähmung, Demütigung!", spie er in den Raum. Mit aller Gewalt würde er kämpfen gegen diese drei Schergen, ein Leben lang! Ein Kampf für die Herrlichkeit und Weite und Freiheit des Lebens oder für die Lieblichkeit und den nichtstofflichen Reichtum des sonnigen Todes. Vielleicht hatte er schon seit jeher so gelebt ohne ein Bewusstsein darüber. Er wusste es selbst nicht genau, er fühlte nur etwas mehr seit jener Nacht in Budel. Dazwischen konnte nichts existieren. „Nein", dachte er, „ich habe keine Angst vor dieser Nacht, komme, was wolle!" „Geh weiter, Mathes, dein Weg endet ohne Zweifel an deinem Ziel! Du musst es tun …", flüsterten unaufhörlich Stimmen aus den Dämpfen heraus. Sein Ziel. Das dünne Glas in seiner Hand begann in hohen Tönen zu vibrieren. Die ganze Zeit über hatte ein Finger ungeachtet über den Rand gekreist. Er verzog das Gesicht, als das lauwarme Pils bitter durch seine Kehle rann. Wenige Minuten nach acht Uhr läutete das Telefon. Kurz darauf traf Mathes den Journalisten im Foyer des Hotels. Sie nahmen den Mietwagen in den nahen Rotlichtbezirk. Es dauerte eine Weile, bis sie endlich etwas südlich des Hauptbahnhofes eine Parkmöglichkeit fanden. Mehrere Male wurden sie von geschminkten Mädchen in erbarmungswürdiger Jugendlichkeit angesprochen. Lolitas der Nacht schmeichelten um ihren Sold. Mathes suchte unwillkürlich nach dem Gesicht, das ihm Diana beschrieben hatte. Er fand keine Ähnlichkeiten. Seine Suche schien ihm plötzlich so unendlich hoffnungslos. An den Ecken gruppierten sich Jugendliche. Manchmal sangen sie zu einer Gitarre. Ein süßlicher Geruch schwebte über den Straßen, genährt von Marihuana und dem Unrat der Gosse. Völlig verschiedene Menschen, Vergessene der Hippiezeit oder Punks der Gegenwart, streunten zwischen den Ruinen ihrer Zeit. Eines verband sie alle: ihre Suche. Eine unentwegte Suche, von der sie ausnahmslos wussten und die sie weitertrieb in jeden neuen Tag hinein. Vielleicht, sinnierte Mathes, war ihre Prostitution oder Szeneangehörigkeit die ehrlichere Art der Suche. Die natürlichere Art der Unzufriedenheit. Sinnvoller konnte der materialistische Weg einer Machtgesellschaft auch nicht sein! Wo gab es den Weg zu sich selbst, zu Gott? In der Droge? Täuschung oder Illusion? Sie lagen in den Rinnsteinen, aber sie lächelten. Bestand der Lebensweg wirklich im Alltagsringen um Macht, Geld und Ansehen? Bedeutete das etwa Würde? Jene speisten in den Restaurants und fuhren teure Limousinen, dabei sahen sie noch nicht einmal traurig aus. Irgendwie leblos blickten ihre Augen mit den Säcken und ihre Stirnen grämten sich in zermürbten Falten. Den Glanz eines solchen Menschen beherrschte die Rolex Oyster an ihrem Handgelenk.

Siebert deutete zu einem der Coffeeshops, über dem in großen Leuchtbuchstaben „Rockcafé“ blinkte. „Hier verkehren die Biker, der Laden gehört den Hells Angels“, sagte Siebert.

Ihre Augen mussten sich erst an das Dämmerlicht im Inneren gewöhnen. Zu Mathes' Verwunderung fiedelte Hillbilly aus der Musikbox. Ein einzelner Billardtisch stand in der Raummitte. In der bauchigen Lampe darüber fingen sich schwere Rauchschwaden. Mehrere Rocker und Abenteurer der Neuzeit feuerten mit lauten Rufen und Flüchen die zwei Spieler an. Ein Haufen Geldscheine lag am Rande des Pools. „Hey, John!", begrüßte der Mann an den Zapfhähnen Siebert laut. „Dachte schon, dass du untergetaucht bist." Beide lachten. Andere Cowboys nickten ihm grinsend zu. Der Schankwirt trug eine dunkle Fransenlederjacke und einen breiten Schlapphut. Aus dem Inneren seines nachtschwarzen Vollbartes leuchteten blendend weiße Zähne. Ebenso glänzend schwarz kräuselten sich dichte Haarlocken bis über die Schultern. Gütige Augen ließen sein gegerbtes Gesicht erstrahlen. Mathes erfuhr, dass John Siebert hier ein gern gesehener Gast war. Die Leute vertrauten ihm, denn er schrieb für die Szene, nicht gegen sie. „Kor, das ist Mathes, ein Freund von mir." Mathes schüttelte eine kräftige Hand. Sie tranken mehrere Pils. „Du suchst also Harry", sagte Kor nachdenklich, während er weitere vorbereitete. „Der ist hier seit Wochen nicht mehr aufgetaucht – ist auch gut so!" – „Wieso?", fragte Mathes interessiert. – „Ist nicht sauber, der Typ, und wenn er getrunken hat, redet er zu laut über die falschen Dinge. Es gab ein paar Mal Ärger. Letztes Mal habe ich ihn rausgeschmissen." – „Worüber spricht er denn?" Kor schüttelte nur verschwiegen den Kopf. John befragte die Billardspieler nach dem Jugoslawen, aber jene, die ihn kannten, hatten ihn ebenfalls schon längere Zeit nicht mehr zu Gesicht bekommen. „Fragt im Bulldog nach ihm!", riet Kor und etwas Ähnliches hatten sie auch vor.

Neonbeleuchtete, prunkende Verruchtheit ließ die Nacht fremdartig vibrieren. Der Kopf einer Bulldogge zeichnete grimmige Schatten an eine Hauswand und manchmal kurzzeitig auf den Asphalt. Die gesamte Straßenzeile schimmerte von Lockungen erotischer Lebensaugenblicke. Animateure an den Eingängen beschworen Passanten und versprachen unvergessliche Erlebnisse, Peepshows ohne Tabus, Erfüllung der geheimsten sexuellen Sehnsüchte. Es schien einem Feilschen um Seelen gleich. Mathes fühlte Faszination, jene unangenehme Mischung von Reiz und Ekel. Als sie das Bulldog betraten, fletschte der Kopf über ihnen die Zähne, der Türsteher verzog diskret arrogant keine Miene. Mathes steuerte zu einem kleinen Tisch im dunklen Hinterteil der Bar. Einfache Tische mit Kerzen darauf und hochrückigen Stühlen schufen ein nostalgisch stilvolles Ambiente. Auf der Bühne tanzte eine dunkelhäutige Schönheit zu souligen Rhythmen. Ihre Haut glänzte, nur ein orangefarbener Body schmiegte sich an sie. Sie bewegte sich geschmeidig und streifte über ihre Brüste. Die Gäste schien sie kaum wahrzunehmen. Jede Berührung verschmolz mit der erotisierenden Musik. Mathes konnte nicht umhin, sie anzusehen. Noch niemals hatte er eine solche vollkommene Vereinigung, ein solch betörendes Ineinanderfließen von Klängen, Bewegung, Licht und Erotik erlebt. An den anderen Tischen saßen einzelne Männer jeden Alters oder auch Grüppchen. Hin und wieder hörte man das helle Lachen der vielen Mädchen, die sie umschwärmten. Ausnahmslos hübsche, junge Gespielinnen unterschiedlicher Rasse und Hautfarbe. Eine Einzige ließen Mathes' suchende Augen nicht mehr los. Sie trug ein pinkfarbenes Stretchkleid, das gerade mal ihre Oberschenkel bedeckte. Ihre jugendlichen, anziehenden Beine tänzelten reizvoll in weißen Pumps. Langes, fast schwarzes Haar fiel spielerisch über ihre grazilen Schultern. Ihre linke Hand berührte den Arm eines älteren Herrn. Sie lachte und drehte sich dabei etwas in Mathes' Richtung. In diesem Moment war er endgültig sicher, aber er wollte es nicht glauben. Wie war dieses offene, strahlende Lachen möglich? Mathes spürte unsägliche Wut in sich aufsteigen und zugleich Freude. Wieder blickte sie zu ihm, als spüre sie die eindringliche Beobachtung. Er sah direkt in ihre Augen. Gleichzeitig erhob sie sich und hakte sich bei dem Mann unter. Nach wenigen Sekunden verschwanden beide hinter der Maske eines glitzernden Vorhanges oberhalb einiger Stiegen. Weitere ahnungsvolle Räume mochten sich dort befinden. Furchtbare Zweifel wollten Mathes ergreifen. Nein, ein Irrtum schien völlig ausgeschlossen.

Er fühlte, dass er sie gefunden hatte. Trotzdem hatte sich die Freude darüber augenblicklich wieder verflüchtigt, da war dieses Lachen gewesen. Sie bestellten Pils. Das Mädchen, das sie bediente, fragte, ob sie Gesellschaft wünschten. Siebert blickte Mathes provozierend an, denn er hatte seine Blicke bemerkt und vollkommen falsch gedeutet. Eigentlich wusste er nicht genau, was sie hier eigentlich sollten. Als er Mathes zwei Stunden zuvor in dessen Hotel angerufen hatte, hatte er ihm mitteilen können, dass sein gewünschtes Treffen mit Van der Gracht arrangiert sei. Ein Telefonat mit dem jetzigen Geschäftsführer dieses Etablissements hatte genügt, die erhoffte Wirkung zu erzielen. Siebert erinnerte sich an die unerwartete sanft sonore Stimme. Der wachsbleiche Schnauzbart, der am hinteren Ende der Bar saß und das schummrige Treiben wachsam verfolgte, konnte es kaum sein, nein, wohl kaum. Siebert hatte sich als Journalist vorgestellt und sogar seinen Namen genannt. Höflich hatte er darauf bestanden, dass jemand Van der Gracht treffen müsste, dringlichst und in sehr delikater Angelegenheit. Absichtlich hatte er sich dieser milieukonformen Redeformel bedient, die den Gesetzen der Szene zufolge Türen öffnete, weil sie insgeheim einen Dienst, einen Gefallen besonderer Art ankündigte. Man missbrauchte Phrasen dieser Art niemals. In ihnen lag die Bedeutung achtungsvoller Verständigung der Guten und der Bösen, wer immer das auch sein mochte. Die eher angenehme Männerstimme hatte um Verständnis gebeten, dass er eines näheren Anhaltspunktes bedürfe. „Es betrifft Mirco alias Harry, frikative zu Mister Van der Gracht.“ Der Gesprächspartner hatte Sieberts erneute Verschlüsselung, die so viel wie „reibend“ oder „kratzend“ bedeutete, zweifellos verstanden und erbat einen erneuten Rückruf nach dreißig Minuten. Während Siebert die halbe Stunde gewartet hatte, hatte er sich alles vor Augen geführt, was er von Klaus und später von Mathes erfahren hatte. Nicht oft waren ihm Menschen begegnet, die mit derartiger Entschlossenheit – unübersehbar bis über die Grenzen der Selbstaufgabe hinaus – ein Ziel verfolgten. Gewiss, er achtete das, aber die aufgrund seiner Erfahrungen gewonnene Sensibilität warnte eindringlich vor der Gefahr, die von Mathes Held ausging. Er ahnte die tief greifende Motivation dieses jungen Männerherzens, die mit unermesslicher Kraft nichts an den Wegesrändern duldete. Unerbittliche Hitze, die Atemluft mit sich riss, um eine erbärmliche Eiswüste zurückzulassen. Eine emotionale Unaufhaltsamkeit, die ihm, dem wartenden Journalisten, wohl von Nutzen sein könnte. Vielleicht würde Mathes für ihn in das Netz schlüpfen, dessen Maschen kaum Licht hindurchließen. Schließlich hatte Siebert erneut die Nummer gewählt. In gleichermaßen freundlicher Teilnahmslosigkeit erläuterte Mister Geschäftsführer, dass des Journalisten Freund zwei Stunden nach Mitternacht von Van der Gracht erwartet würde. Er sollte sich an der Reede des alten Frachthafens einfinden – allein. Siebert stimmte zu. „Das Mädchen", sagte Mathes zur Bedienung, „das gerade mit dem Herrn nach oben gegangen ist, wird es wiederkommen?" Sie lächelte verheißungsvoll: „Ja, natürlich. Ich werde ihr sagen, dass sie nach ihr gefragt haben." Eine süßliche Parfümwolke umhüllte sie, als sie ihren Tisch verließ. „Ist was?", fragte er John, dessen Unterkiefer einem erstarrten Schaufellader in nichts nachstand. – „Brauchst du etwa noch eine Massage, bevor du unseren Jan besuchst? Ich glaub es nicht!", schloss er schließlich sichtlich verwirrt. – „Wahrscheinlich", erwiderte Mathes ungerührt. „Hör genau zu, John! Wenn sie kommt, werde ich zu ihr aufs Zimmer gehen. Du wirst im selben Moment für uns zahlen und verschwinden!" Mathes überlegte einen Augenblick, es entstand eine Pause. „Vertraust du mir, John?" Seine Stimme duldete keinen Widerspruch und seine Stirn zog sich in entschlossene Falten, als er den Reporter durchdringend ansah. „Ja, Mathes, aber ich verstehe nichts." – „Ich erkläre es dir später, es ist keine Zeit – sie wird jeden Moment hier sein. Du besorgst draußen sofort ein Taxi und lässt es am oberen Ende der Straße halten. Ich werde mit dem Mädchen kommen. Sie wird bei dir einsteigen und ihr fahrt sofort los. Ich selbst werde weiterrennen und eventuelle Verfolger auf mich lenken. Wenn ich sie abgehängt habe, nehme ich den Wagen."

Das Mädchen und der Herr mit der glänzenden Stirn kehrten zurück. Mathes bemerkte den beinahe unauffälligen Fingerzeig der Bedienung hin zu seinem Tisch. Das Mädchen antwortete mit einem verhaltenen Kopfnicken, während es den Herrn wieder zum Bartresen begleitete. Unverwandt sprach Mathes weiter zu dem Journalisten: „Dir bleiben genau zwanzig Minuten Zeit!“ – „Mathes, mach keine Dummheiten, du weißt nicht, wie gefährlich dieses Milieu ist!“ – „Ich bin in Amsterdam, um Dummheiten zu machen“, antwortete er. Das Mädchen strich noch einmal über die Hand des Freiers und bewegte sich dann aufreizend hüftschwingend in ihre Richtung. „Wir treffen uns in meinem Hotel, okay, John?“ – „Okay, pass auf dich auf!“ Unschlüssig charmant blieb sie direkt vor ihm stehen. „Darf ich mich zu Ihnen setzen?“, fragte sie in tadellosem Deutsch. Mathes lächelte jetzt auch freundlich. „Ich würde gerne etwas mit Ihnen trinken, jedoch nicht hier …“ – „An der Bar ist alles besetzt“, antwortete sie prompt, „aber oben haben wir ein sehr gemütliches Zimmer.“ – „Sie können meine Gedanken lesen“, sagte Mathes. – „Darf ich eine liebe Kollegin von mir an den Tisch von Ihrem Freund bitten?“ Die Frage richtete sich eher an Siebert. „Danke“, verneinte er und lachte gekünstelt dabei. „Leider habe ich noch etwas vor, ich möchte zahlen.“ – „Gut, ich werde es vorn sagen, wenn Ihnen das recht ist.“ – „Das wäre sehr nett.“ Nun hakte sie sich bei Mathes unter, der aufgestanden war und sie fast aufdringlich anstarrte, und winkte John. Mathes fühlte sich seltsam. Wie unbewusst erwartet, beinahe sehnlich herbeigewünscht, traten die ersten pochenden Schläge wieder gegen seine Schläfen. Innere Anspannung und äußere Wachsamkeit ließen seine Knie vibrieren. Es bestand kein Zweifel, er hatte sie gefunden. An ihrem Halskettchen zitterte eine kleine goldene Träne, wie Diana es ihm beschrieben hatte. Ja, er hatte sie endlich gefunden. Der Glitzervorhang rasselte, als sie durch seine unzähligen Perlen hindurchtauchten. Ein breiter Flur, gesäumt von ledergedämmten Zimmertüren, befand sich dahinter. Roter Teppichboden und zierliche Wandleuchten, die das Flimmern ihrer lebenden Vorbilder imitierten, verströmten eine erotisierende Atmosphäre. Man konnte leise Musik und kichernde Mädchenstimmen hören. Als sie vor ihm eines der Zimmer betrat, irritierte ihn wieder ihre ungezwungene, beinahe fröhliche Art. Es musste ein trügerischer Schein sein, dachte er Hilfe suchend. Sie bat ihn, sich zu setzen. Das breite, von schwarzer Seide überzogene Bett und die tigergemusterten Kissen beherrschten den Raum. Zwei Nachttischchen fast ganz aus Glas standen daneben. An einer Wand hingen wie Jagdtrophäen bizarre Kleidungsstücke, Riemen und eine mehrzüngige Lederpeitsche. „Champagner?", fragte sie. Er nickte und wartete, bis sie wiederkam. Schmale, hölzerne Sonnenjalousien ließen das Licht der nächtlichen Straße in zarten Streifen erscheinen. Ihr Anblick erinnerte Mathes an die streifenden Wellen eines spiegelnden Sees. Er dachte zurück an jenen Abend, als sie Diana gerettet hatten. Dieser schwärende Ort von schwarzer Seide und rötlichem Licht bedeutete ein erstes, endliches Ufer seiner stürmischen Reise. Er dachte auch an Gerd, seinen einzigen Freund. Er fehlte ihm. An Susanne dachte er nicht. Er befahl sich, nicht an sie zu denken. Sein Herz erhob sie zu sehr, als dass die Erinnerungen an sie etwas mit diesem traurigen Ort gemein haben könnten. So wie auch Rosen nicht blühen würden in Löchern von Schlamm und Getier. Ihr liebevolles Gesicht, ihr wunderbarer, erregender Körper, ihre ihm so nahe Seele tränten in seinen Gedankenwirbeln, während ihn der verlockende Duft des sündigen Rotlichtes zu ergreifen drohte. Ein versteckter, risikobereiter Teil in ihm verstand für einen Augenblick jene einsamen Orgien. Er fühlte, dass man rotes Licht niemals vergessen könnte, wenn man ein einziges Mal darin eingetaucht wäre. Erst als sie das Zimmer wieder betrat, hielt die Kugel seines Stimmungsroulettes in der Flugkraft der Wirklichkeit inne. Ihre dunklen Augen lächelten verführerisch, als sie die Champagnerflöten füllte. Ihre Haut glänzte karamellfarben. „Ich heiße Ajsa", sagte sie, „und du?" – „Ich heiße Mathes", erwiderte er langsam, „und ich bin nicht hier, um mit dir zu schlafen – Nena!" Sie fuhr heftig auf. Beinahe hätte sie ihr Glas umgestoßen. „Woher kennst du mich?", fragte sie flüsternd und Angst lag in ihrer

Stimme. Er trat auf sie zu, berührte ihre schmale Schulter. „Ich bin ein Freund von Diana …" – „Wie geht es ihr?", unterbrach sie ihn schnell. Ihre Augen glänzten erwartungsvoll, das beruhigte das Getöse seiner verunsicherten Gedanken. „Sie ist in Sicherheit, arbeitet in einem deutschen Hotel und wartet nur darauf, dass ich dich zu ihr bringe. Sie hat so viel geweint, weil sie nicht wusste, ob sie dich jemals wiedersehen würde …" Nena schwieg. „Wie geht es dir?" – „Geben sie dir … nimmst du Drogen?" – „Drogen, Drogen!", brauste sie auf und Mathes erschrak. „Ich rauche halt ein bisschen, schnupfe, wie alle hier!" Er begriff nicht den Trotz, die Gegenwehr ihrer Stimme und begann von vorn: „Nena, versteh doch, ich hole dich hier raus. Weg von all dem – du musst keine Angst haben … du kannst zu Diana oder zurück nach Kroatien." – „Wer sagt, dass ich das will?" Mathes musste sich setzen. Die Lamellen des Lichtes drehten sich horizontal um ihn, die Sektperlen vertikal. Die Worte vermochten seiner Kehle kaum zu entrinnen. Ihre unglaubliche Gegenfrage hatte ihm einen heftigen Schlag versetzt. Er schrie sie verzweifelt an: „Bin ich so viele Wochen durch die ganze Scheiße gegangen, dass du mir jetzt sagst, du willst nicht mehr weg?" Grob riss er an ihren Schultern. „Du willst eine Hure sein? Gefällt es dir, wenn dich jeder durchfickt, wie er es braucht? Ist vielleicht dieses Schwein Harry dein Zuhälter?" – „Hör auf!", rief sie wütend und wohl auch vor Schmerz. – „Ich habe ihn erpresst, um dich zu finden, und er hat meine schwangere Freundin dafür zusammengetreten. Wie kann das alles nur wahr sein?" Er schrie jetzt. „Hör auf, hör auf!", schrie sie zurück. „Ich habe immer im Schmutz gelebt, nichts zu essen gehabt. Zu Hause gab es Schläge statt Essen. Was weißt du schon davon? Nichts weißt du!" Voller Zorn stieß er die Champagnergläser vom Tablett. Schäumende Trauben bildeten sich auf den Seidenlaken. Nur zögernd sogen sie es auf. Er hasste die Tränen in Nenas Augen. Seine eigenen glänzten vor verzweifelter, unbändiger Wut. „Nena, komm mit mir!", begann er seinen letzten, verzweifelten Versuch. „Du wirst anders denken, wenn du von hier fort bist. Diana wird dir helfen. Ich habe ihr Geld gegeben. Und ich will dir helfen – und Anja …" Seine Worte bluteten unkontrollierbar hervor, bis hin zu einem bebenden Flüstern. „Nein, bitte geh", erwiderte sie kalt, „oder tu das, wofür du heraufgekommen bist!" Er sprang auf und alles entlud sich in diesem Moment. Ihre unverfrorene Antwort ergoss sich wie Öl in die Glut seines Hasses. In Sekundenbruchteilen erlebte er die Schrecken der vergangenen Monate wieder. Er starb in der Wohnung des Holländers, sah Anjas Tränen, während im Mannschaftsheim der Kaserne Gitarren spielten. Er sah Susannes liebe Blicke, unter denen seine eigenen Lügen ihn unaufhörlich zerfraßen. Aus den alten Gemälden des Krankenhauses lachten ihm höhnische Fratzen entgegen und er hörte das leise Schluchzen eines Kindes, seines Kindes. Er hörte sich selbst schreien. Seinen niemals verhallenden Schrei nach Erlösung, nach der Insel seiner Suche. Mit unbändiger Gewalt schlug sein Handrücken in Nenas Gesicht. Hilflos flog sie gegen die Wand. „Du bist keinen Gedanken wert, kleines Dreckstück!", schrie er in den Raum, ohne sie nochmals anzusehen. Im selben Moment wurde die Tür aufgerissen. Bevor der Eindringling sich ein Bild verschaffen konnte, hatte Mathes ihm bereits einen Tritt zwischen die Beine verpasst, dass er stöhnend zusammensackte. Der Koloss hatte nicht genügend Gewicht gegen die Kraft der Wut. Er segelte in die champagnergetränkten Seidentücher. Mathes vernahm nur noch ein paar Wortfetzen aus dem Liebeszimmer. „Lass ihn gehen!", sagte sie. Mathes riss beinahe den Vorhang aus den Angeln und rannte. Keines der verdutzten Gesichter wagte ihn aufzuhalten. Niemandem wäre das gelungen. Als er endlich wieder einigermaßen Besinnung fand, saß er bereits neben John in dem Taxi. Seine Hand blutete heftig. Ein tiefer Riss zog sich über den Knöchel. Er musste ihr einige Zähne ausgeschlagen haben. Es interessierte ihn nicht im Geringsten …

Siebert schwieg. Er spürte, dass Mathes etwas Zeit brauchte. Der Taxifahrer fuhr einen weiträumigen Kreis durch die nachtschwärmenden Straßen des Zeedijek. Mathes' Atem wurde ruhiger mit den Minuten, in denen die Lichter Amsterdams ihm ihr trauriges Lied über die Einsamkeit von Lust und Sucht erzählten. Schließlich ließ John das Fahrzeug wenige Meter hinter ihrem Leihwagen halten. Er wandte sich einfühlsam an Mathes: „Sie ist das Mädchen, das du suchst, nicht?“ Mathes nickte verbissen. Seine Stimme klang tonlos und kalt. „Sie wollte nicht mit mir kommen. Sie ist gefangen in ihrer Gier.“ Zwischen den Worten gähnten quälende Pausen. Mathes litt, weil sein aufgerissenes Herz den Zustand nicht begreifen konnte, dessen Wahrheit sein Verstand allmählich zu erfassen begann. Der Fahrer trommelte ungeduldig einen Fingerkuppenblues auf seinem ledrigen Lenkradkranz. „Sie hat nicht einmal versucht, mir richtig zuzuhören! Sie hat mich behandelt wie einen billigen Freier.“ Er sprach nur zu sich selbst und doch half es ihm, dass er nicht allein war. „Ich habe immer Angst um sie gehabt, jeden Tag und jede Nacht – ohne sie zu kennen ... denn ich wusste von Dianas Qualen.“ Er lachte zynisch auf. Ein dünner Film bedeckte seine Pupillen. Einzelne Autoscheinwerfer spiegelten sich in ihnen wie Sterne. „Stattdessen bot sie mir ihren Körper an! John, noch niemals zuvor habe ich mich so elend, so unendlich verletzt gefühlt.“ Der Journalist legte mit ehrlicher Anteilnahme seinen Arm um ihn. Erst in diesem Moment bemerkte Mathes, dass sie einander die ganze Zeit geduzt hatten, als ob rotes Licht verbinden würde. Vielleicht war es so. Der Taxifahrer meldete sich entnervt: „Mister, das ist ja alles sehr rührend, aber ich muss von was leben!“ Mathes nickte abwesend und stieg aus. Seine Hände vergruben sich in den Taschen seiner Jacke. Es blies ein kalter, salzhaltiger Wind. Als John ihm nacheilte, warf Mathes ihm die Autoschlüssel zu. Er wollte nicht fahren. Irgendwie lag ein stilles Einvernehmen zwischen ihnen. „Uns bleiben noch fast eineinhalb Stunden Zeit“, sagte John. – „Halt bei irgendeiner Kneipe, ich brauche etwas zu trinken!“, erwiderte Mathes. Nicht viel später glätteten ein paar Gin Tonics die aufgewühlte See seiner Seele. Ein wenig besorgt ließ ihn der Journalist gewähren. Der junge Deutsche musste in dieser Nacht unbedingt nüchtern sein, dachte er, möglicherweise hing sein Leben davon ab. Beruhigt stellte er jedoch fest, dass Mathes der bittere Alkohol eher guttat. Er fand seine eisige Entschlossenheit, jenen unermesslichen, spürbaren Mut wieder. Als wenn der Alkohol sein unerschöpflicher, wundervoller Motor wäre …

Die Fahrt zur alten Reede des Frachthafens verlief schweigsam. Mathes zwang sich, sich ihren Plan in allen Einzelheiten durch den Kopf gehen zu lassen. Er fühlte keine Angst vor dem ungewöhnlichen Treffen – an einem dunklen Ort, der gewiss schweigen würde. Er wusste genau, was er diesem Mann, dem König der Amsterdamer Unterwelt, erzählen würde, und er vertraute ohne den geringsten Zweifel auf sich selbst. Seine wohlgewählten Worte sollten zum Trumpf seiner Sicherheit werden. Allein ein einziger Gedanke beschäftigte ihn: Er durfte kein zweites Mal eine Leichtsinnigkeit begehen, sodass womöglich seine Identität aufgedeckt werden würde und er erneut die Menschen gefährdete, die er liebte. Er wusste nicht, ob er den Mann, der neben ihm am Steuer saß, für dessen Mut bewundern sollte. Oder sollte er ihn lieber verachten für seinen Ehrgeiz, der doch nur irgendeinem journalistischen Erfolgserlebnis galt? Wie sollte dieser Niederländer etwas von den Träumen ahnen, in denen Mathes' Herz sich quälte? Was in aller Welt konnte Befehlen des Herzens gleichkommen – egal ob es liebte oder hasste? Siebert fragte sich im Stillen, ob er den jungen Mathes Held dafür bewundern durfte, dass dieser zweifellos bereit sein würde, sein Leben zu opfern, um einen Stachel aus seinem Herzen zu ziehen, der es sichtlich langsam auffraß, oder ob er ihn vor sich selbst schützen musste. Er fragte sich, was es wohl sein konnte, das einen Menschen derart verschlang, dass nur noch unerbittliche Todfeindschaft in ihm zurückblieb. Die Geschichte mit dem Mädchen aus dem Bulldog schien ihm kaum der wirkliche Grund zu sein. Schaudernd erfasste nun auch Siebert zum ersten Mal bewusst, dass Mathes töten würde, was auch immer der Grund dafür sein mochte. Einhalt konnte ihm vielleicht nur sein eigener Tod gebieten. Mit jeder Stunde bis hin zum bedeutenden Tage starb er ein klein wenig mehr. Ein qualvolles leises Sterben, das der Hass mit sich bringt …

Der Wagen hielt in dem seltsamen Schatten des jüdischen Friedhofes. Der Motor brummte fast lautlos im Leerlauf. John legte noch einmal seine Hand auf Mathes' Schulter. „Pass gut auf dich auf, Junge!", sagte er. Verunsichert nickte Mathes. Verunsichert, weil er keinen neuen Freund brauchte und wollte. Sie verband nichts anderes als ein Geschäft, und ob beide ihre Bedingungen wirklich einhalten würden, hielt er selbst noch für ungewiss. Dann stieg John aus. Mathes rutschte auf den Fahrersitz. Nach einem letzten Blickkontakt wendete er das Fahrzeug in einem ausholenden Bogen. Mit geringer Geschwindigkeit begab er sich in das Labyrinth der Stege. Das festgehaltene Bild des Tages ruhte im Schein von Laternen, die aufgereiht wie Soldaten Spalier standen. Die meisten Jachten und Boote waren mit Lampenketten geschmückt. Hinter Vorhängen bewegten sich Schatten. Friedvoll strich das Beckenwasser über das alte Holz der bemoosten Pfähle, die aus schwarzem Grunde hervorwuchsen. Zungen leckten über Dreikantmuschelfelder, sie beherrschten seit Jahrhunderten das löchrige Steinfundament. So wie John ihn geheißen hatte, hielt Mathes weit hinter der letzten Jacht, direkt vor der einzigen Hütte, die tagsüber für die Hafenarbeiter chinesische Imbissgerichte anbot. Mathes schob ein prall gefülltes Briefkuvert unter seine Jacke. Er schaltete den Motor ab. Den Schlüssel legte er unter die Fußmatte. Dann stieg er aus. Das Zuschlagen der Autotür verhallte ungeachtet. Es war dunkel. Der Himmel hing in schweren Wolken über dem Meer. Aus der Ferne schimmerten noch die Laternen. Niemand war zu sehen. Er wartete. Die Zeiger seiner Uhr bewegten sich unaufhaltsam weiter. Fünf nach zwei – zehn nach zwei. Seine Stiefelabsätze zermalmten weitere Zigarettenstummel. Er zitterte ein wenig, denn der eisige Wind durchdrang seine Kleidung. Trotzdem fühlte er Feuchtigkeit in seinen Handflächen. Eine Holztür fiel dumpf in ihr Schloss. Mathes horchte angespannt. Sein Atem schien stillzustehen. Von irgendwoher näherten sich Schritte. Gequältes Holz ächzte. Urplötzlich standen zwei Männer vor ihm. Noch immer lehnte er scheinbar gleichgültig an seinem Wagen und rauchte. Unter seiner Maske jedoch spannten sich die Stränge seiner Nerven bis an ihre Grenzen. „Der Deutsche?", fragte einer. Beide trugen dunkle Anzüge, die beängstigende Muskelpakete verhüllten. Ihre Gesichter ließen keinerlei Regungsfähigkeit erahnen. Mathes nickte stumm und folgte ihnen. Einer der Robotermenschen gesellte sich freundlicherweise zu seiner linken Seite, der andere zur rechten. Mathes lächelte sarkastisch. Die Wirklichkeit konnte unrealistischer als jede Fantasie eines billigen Films sein. Er fühlte sich nicht besonders wohl. Sie marschierten zurück zu den Laternen. Verstohlen versuchte Mathes in ihre Gesichter zu sehen. Jedoch, außer dass beide glatt rasiert waren und einer sehr kurzes, blondes Haar trug, konnte er nichts erkennen. Sie geleiteten ihn zu einem Hausboot, das selbst in dem Dunkel der mondlosen Nacht reizvoll und edel wirkte. Er erinnerte sich an die beeindruckende Verflechtung der Taue und Seile und den festen cremefarbenen Segelstoff, die er an diesem Nachmittag bewundert hatte. In welcher Zeit mochte dieses nostalgische Juwel seine Jugend gehabt haben, allen Stürmen und Flüchen der Meere trotzend? Nur noch ein kurzer, schräger Anlegesteg trennte sie von dem Schiff, als der blonde Wächter sagte, sie müssten ihn durchsuchen. Sie baten nicht um sein Einverständnis. Langsam zog Mathes das Kuvert aus seiner Jacke und behielt es in der Hand, während er die Arme bereitwillig von sich streckte. Der Zweite tastete ihn ab. Wortlos fragend deutete er dann auf den braunen Umschlag. Mathes schlug ihn auf und blätterte flüchtig zwischen den Papieren. Zufrieden nickte Mister Schweigsam. Sie bestiegen das Boot hintereinander. Der Blonde klopfte an eine Tür, die nach drei Stufen zu den Unterdecks führte, und trat ein. Mathes musste einige lange Sekunden warten. Er vernahm den pfeifenden Atem des Mannes in seinem Rücken. Endlich wurde die Tür wieder geöffnet, und der Mann, der ihn angemeldet hatte, winkte ihm einzutreten. Er hatte blaue, stechend blaue Augen. Die tiefe Falte über seiner Nasenwurzel wirkte unnatürlich. Es blieb keine Zeit, ihn genauer zu betrachten, denn der Anblick der Räumlichkeiten übertraf alle Erwartungen. Mathes empfand das Spiel von unglaublichem Luxus und geschmackvoller

Eleganz als überwältigend schön. Vielleicht befand er sich in der Kapitänskajüte eines vergessenen Jahrhunderts, vielleicht hatte man aber auch mehrere Räume zusammengefasst, denn dieser wirkte einladend groß. Über drei weitere Stufen gelangte man hinunter und nun hing auch die holzvertäfelte Decke relativ hoch. Die Seiten waren in glänzendem, rötlichem Holz, einem wertvollen Tropenholz, das sich liebevoll Engelsholz nannte, eingefasst. Der Baum jenes wunderbaren Werkstoffes erzählte nicht nur anhand seiner Lebensringe von den Sommern und den Wintern, sondern ebenso durch jährliche Veränderungen seiner ungewöhnlichen Farbmuster. An den konvexen Wänden verbreiteten mehrere Kerzenleuchter ein warmes Licht, das in der Tiefe des Holzes versank. Ölporträts alter Seemänner und Kupferstiche erzählten von Schicksalen und Schlachten des Meeres. Ebenholzfiguren, Elfenbeingefäße, Bernsteinschmuckstücke, fremdländische Masken, sogar ein strähniger Schrumpfkopf und verschiedene alte Waffen erzählten von den Abenteuern großer Kolonialisten. Im Heckbereich erhob sich würdig ein Geheimnisse bergender Sekretär. In der Mitte befand sich eine breite, halbrunde Sitzgruppe aus weinrotem, glattem Leder. Sie umgab einen Tisch, der auf Löwentatzen aus Messing die Last einer zentnerschweren, weißen Marmorplatte trug. Kristalle und Erze in ihren Einschlüssen blitzten zeitweise wie kleine Diamanten.

Der Mann auf der Couch mochte etwa sechzig Jahre zählen. Mathes erinnerte sich sofort an die Fotografien der Zeitungsberichte. Jan Van der Gracht wirkte wie der vollendete Beherrscher dieses wundersamen Schiffes. Beinahe schien es undenkbar, dass jene zwei Eiweißroboter, die ihn hierhergebracht hatten, und ebenso das schwärende Umfeld des rot leuchtenden „Bulldog" in irgendeiner Verbindung zu diesem ungewöhnlichen Herrn stehen könnten. Sein schütter gewordenes, weißgraues Haar lag an den Schläfen. Es kontrastierte mit der gesunden Bräune seines strahlenden Gesichtes. Er trug einen cremefarbenen Leinenanzug, ein mohnfarbenes Hemd und ein zartgelbes Seidentuch statt der Krawatte. An seinem Handgelenk baumelte ein von Brillanten blitzendes Armband. An den Fingern trug er mehrere goldene Ringe. Trotz dieses Prunks wirkte seine Erscheinung stilvoll, hatte nichts mit der anwidernden Protzigkeit des Zuhältertums gemein. Er erhob sich und reichte Mathes die Hand: „Entschuldigen Sie die ungewöhnliche Uhrzeit und die Umstände, beides ist ein Teil dieser wundervollen Stadt! Sie kennen Amsterdam?“ Jede seiner Bewegungen wirkte stolz, seine Stimme klang angenehm und doch konnte sie nicht über den Politiker hinwegtäuschen, der keines seiner Worte vergeudete. „Ein wenig“, antwortete Mathes, „ich bin sehr beeindruckt, besonders von Ihrem Traumschiff.“ Es mochte etwas aggressiv klingen, doch das hatte Mathes nicht beabsichtigt. Van der Gracht lachte, seine Augen nicht. Mit einem befehlenden Blick schickte er seine Leibwächter hinaus. Sie waren allein. „Einen Whisky oder etwas anderes?“, fragte er und schenkte sich selbst aus einer Kristallkaraffe ein. „Bitte das Gleiche wie Sie“, antwortete Mathes. – „Aber setzen Sie sich doch!“, sagte Van der Gracht zu ihm, der sich ein wenig unbeholfen an sein Briefkuvert klammerte. Jan Van der Gracht nahm Mathes gegenüber Platz. Er bot ihm Zigaretten aus einem goldenen Etui an. Mathes lehnte dankend ab und zündete sich eine seiner eigenen an. „Wer möchte mich in einer Sache sprechen, die für mich von Wichtigkeit sein sollte?“, fragte der Mann in eiskalter, lächelnder Sachlichkeit. „Entschuldigen Sie, ich habe mich noch nicht vorgestellt! Mein Name ist Mathes – ich bitte Sie, es vorerst dabei zu belassen.“ Nach einer kurzen Pause fuhr er unter Van der Grachts forschenden Blicken fort: „Ich bin hier, weil ich Ihre Hilfe brauche und gleichzeitig dafür etwas für Sie tun kann – wie ich glaube.“ – „John Siebert ist ein angesehener Mann in seinem Beruf, ein Freund von Ihnen?“ – „Wir sind geschäftlich bekannt“, antwortete Mathes zögerlich. „Nun, dann lassen Sie mal hören, wie ich Ihnen helfen kann!“, sagte Van der Gracht mit nicht zu überhörender, spöttischer Arroganz, um sofort wieder zu seinem freundlichen Tonfall zurückzugleiten. „Übrigens, wenn Sie noch irgendetwas wünschen, lassen Sie es mich bitte ungeniert wissen, Sie sind heute mein Gast. Gastfreundschaft ist mir sehr wichtig.“ – „Nein danke! … Ich suche einen Mann, der für Sie arbeitet. Er heißt Mirco." Van der Gracht zeigte nicht die geringste Reaktion. „In Deutschland nennt er sich Harry. Ziemlich groß, blond, ein Kroate ..." Der Holländer unterbrach ihn: „Was veranlasst Sie zu der Annahme, dass er für mich arbeitet?" – „Er ist oder besser war der Geschäftsführer im ‚Bulldog', das Ihnen gehört – darin liegt nur einer der Gründe für meine Annahme." Das letzte Wort klang angriffslustig. „Weiter, Mathes, weshalb suchen Sie ihn?" – „Nur weil ich ihn töten will", antwortete Mathes prompt und wieder fühlte er jene unerbittliche Kraft seines hasserfüllten Entschlusses in sich. Van der Gracht ließ beinahe sein Glas fallen, das er die ganze Zeit über in seiner Hand gewärmt hatte. Ungläubig sah er Mathes an, dann brach er in schallendes Gelächter aus. Mathes hielt ihm unbeeindruckt stand. Als der Holländer sich wieder etwas gefangen hatte, glänzten Tränen in seinen Augenrändern. „Erzählen Sie mir, was Ihnen dieser Saukerl angetan hat, junger Mann, ich finde das köstlich!" – „Dir wird das Lachen gleich vergehen", dachte Mathes. „Ich möchte offen zu Ihnen sein, Herr Van der Gracht, und von allem Anfang an betonen, dass mein Interesse ausschließlich diesem Harry gilt. Jegliche Verbindungen, beispielsweise zu Ihnen, sind für mich ganz ohne Belang." Mathes' Stimme vibrierte vor Erregung. „Erzählen Sie, mein junger Freund!", forderte ihn sein nächtlicher Gastgeber in beinahe väterlichem Ton auf.

„Harry", begann Mathes, „bringt auf verschiedene Weise in Deutschland junge Mädchen dazu, für ihn auf den Strich zu gehen. Wenn sie ihm gefügig genug waren, brachte er sie zu einem Niederländer nach Budel, der sie schließlich weiterverschob. Diesen Niederländer – hat Harry umgebracht." Mathes' Herz bebte in diesem Moment vor Genugtuung, denn der Käpten verlor die Fassung. Voller Erregung sprang er aus seinem Sessel und Mathes wusste, dass er in dieser Nacht gewinnen würde. „Was sagen Sie da? Er hat Peterson umgebracht? Können Sie das beweisen?" – „Ich kann es!" Der Käpten blieb weiterhin stehen, seine Gesichtszüge hatten sich bedrohlich verhärtet. „Nun?", fragte er befehlend und nichts deutete mehr auf sein vorheriges Amüsement hin. „Es ist in Petersons Wohnung geschehen. Das Mädchen, das sie verschleppt hatten, kann alles bezeugen. Sie konnte fliehen. Sie kann beweisen, was dort passierte, auch womit Harry sein Geld verdient und dass er für Sie arbeitet. Nur ich habe sie bisher davon abgehalten, zur Polizei zu gehen." Die Worte trafen wie eine scharfe Waffe. „Seien Sie vorsichtig mit irgendwelchen Unterstellungen mir gegenüber, Mathes! Überlegen Sie sich gut, was Sie sagen!", zischte Van der Gracht. Seine Stimme hatte einen gefährlichen, höheren Klang angenommen, als habe er die Oktaven gewechselt. „Ich sagte doch, Herr Van der Gracht, dass ich Ihnen keinesfalls etwas vorwerfen will, ich bin hier, um Ihre Hilfe zu erbitten. Die ist vor einigen Stunden sogar geringer geworden." – „Ich verstehe kein Wort!" Er setzte sich endlich wieder und schenkte sich Whisky nach. Seine Contenance war zurückgekehrt. Mathes fuhr fort: „Der Niederländer hatte ein wohlbehütetes Versteck angelegt und darin Geld deponiert, außerdem zwei Waffen und mehrere Pässe. Letztere sind in meinen Besitz gelangt. Ich würde sie gerne an Sie zurückgeben, um eventuelle unangenehme Zusammenhänge zu vermeiden. Die Waffen und das Geld hat Harry! Das zweite Mädchen, das in der Mordnacht verschoben wurde, habe ich heute im ‚Bulldog' gefunden, aber sie geht mich nichts mehr an. Für mich völlig unverständlicherweise gefällt es ihr in Ihrem Club." Mathes vermied absichtlich das Wort, das ihm auf der Zunge brannte, um den Mann nicht zu sehr zu reizen. „Meine Angestellten arbeiten alle gerne bei mir", verteidigte sich Van der Gracht ungewollt.

„Der tatsächliche Grund, warum ich Harry will, ist, dass er meine Freundin brutal zusammengeschlagen hat. Sie ist schwanger … Es ist ungewiss, ob mein Kind, mein Mädchen, gesund zur Welt kommen wird." Längere, schweigsame Sekunden gähnten in den süßlich duftenden Raum. Man konnte nur noch das duldsame Schwappen der Wellen gegen die Bohlen vernehmen. „Das tut mir aufrichtig leid", sagte der Holländer. Mathes erwiderte nichts. „Sagen Sie mir", begann er endlich von Neuem, „sagen Sie mir, wo ich dieses Schwein finden kann, und Sie werden niemals wieder in irgendeiner Weise mit dieser Sache belästigt." – „Sind das die Pässe?", fragte Van der Gracht und deutete auf das Kuvert. – „Vorerst nur Kopien davon", bestätigte Mathes kopfnickend. Er reichte seinem Gegenüber den Umschlag. Van der Gracht sah sich die losen Blätter durch. Jedem einzelnen schenkte er genaue Beachtung. Mathes blickte verstohlen auf seine Armbanduhr. Es blieb ihm kaum noch eine halbe Stunde. Schließlich legte der Holländer die Unterlagen zurück. „Wenn das in Ihren Augen Beweise für irgendwas sein sollen, muss ich über Ihre Naivität lachen." – „Ich möchte nicht mit Ihnen darüber handeln, sehen Sie es als kleines Zeichen, dass ich nicht Ihr Feind bin!" Der stolze Holländer schmunzelte wieder amüsiert. „Ich gebe Ihnen die Originale und außerdem eine Information, die vielleicht von weitaus größerer Wichtigkeit für Sie sein wird. Es betrifft eine Lieferung, die Sie erwarten … ich spreche von Rauschgift." Das war eindeutig der erste wirkliche Schlag in die Magengrube des Mannes, der sich die ganze Zeit schon nicht sicher gewesen war, ob er belustigt war oder sich über die Kühnheiten seines jungen Gastes ärgern sollte. Er dachte nicht daran, irgendetwas abzustreiten. Bei diesem Gespräch unter vier Augen schien das völlig unnötig. Trotzdem begann er seine Taktik zu ändern: „Ist Ihnen klar, dass ich Sie vielleicht gar nicht mehr gehen lassen kann, nach dem, was Sie mir hier einfach so auftischen?" – „Ist mir klar", antwortete Mathes trocken. „Aber Sie sind klug und werden mich gehen lassen." – „Ja? Sie werden mir sicher auch gleich sagen, warum Sie da so sicher sind. Ich frage das rein interessehalber." – „Es existieren immer noch die Originalausweise", antwortete Mathes sachlich, „und auch das Mädchen, das von dem Mord weiß. Natürlich an einem sicheren Ort. Außerdem wird hier die Polizei auftauchen, wenn ich dieses Boot nicht bis 3.30 Uhr verlassen habe." Van der Gracht sah ihn zweifelnd an. „Wenn Sie einen Ihrer Leute hinausschicken, wird er Ihnen bestätigen, dass mein Auto nicht mehr dort steht, wo ich es abgestellt habe. Wollen Sie nachsehen?" – „Nein", lachte er, „ich glaube Ihnen auch so. Sie sind wirklich einmalig, Mathes." – „Nochmals, Herr Van der Gracht, bitte helfen Sie mir! Es ist ein kleines Mädchen. Harry muss für das bezahlen, was er getan hat – nur dafür lebe ich noch." Mathes blickte ihn eindringlich, beinahe flehentlich an. „Gut", sagte der Käpten nach einer Weile, „ich kann ihn ausfindig machen." Er zog einen goldenen Kugelschreiber aus seinem Jackett und kritzelte Zahlen auf ein Stück Papier. „Rufen Sie mich morgen Abend um zehn Uhr unter dieser Nummer an! Ich gehe davon aus, dass Sie bis dahin auch die Pässe parat haben?" Mathes nahm den Zettel und nickte. „Sie haben mein Wort", fuhr Van der Gracht fort, „dass ich für Sie tue, was in meiner Macht steht. Erfüllen Sie nun ebenfalls Ihren Teil unserer Abmachung und sagen Sie mir, was Sie angeblich über eine Lieferung wissen!" – „Das Drogendezernat von Den Haag hat in Amsterdam eine Soko eingerichtet. Sie sind sicher, dass eine größere Menge Rauschgift eintreffen wird, für deren Empfänger man Sie hält. Eine Frau ist direkt auf Sie angesetzt. Ihr Name ist Catharina Dante. Bis vor Kurzem war sie die Freundin von Harry alias Mirco." Mathes hatte erwartet, dass sein Gastgeber heftig erschrecken würde, doch der bewahrte seine Gelassenheit. „Ist das alles?", fragte er nur. – „Das ist alles." Der Mann erhob sich und reichte Mathes die Hand über den Tisch. „Dies war ein sehr interessantes Gespräch", konstatierte er. „Sie sind mutig, Mathes, und zielbewusst, das sind Eigenschaften, die ich sehr schätze. Nur wenige Menschen vereinigen beides in sich. Hätten Sie nicht Lust, in Amsterdam zu bleiben? Es ist eine wundervolle Stadt, in der man viel Geld verdienen kann!" – „Ist das ein Angebot?", fragte Mathes grinsend. „Vielleicht. Fragen Sie mich danach, wenn Sie bereit wären, einen Entschluss zu fassen!" Mathes zeigte keinerlei Reaktion. Zweifellos fühlte er sich etwas geschmeichelt. Er musste an Karl Lederer zurückdenken. Die Worte beider Männer ähnelten sich. Die Guten und die Bösen …

Mathes bemerkte nicht, dass sein außergewöhnlicher Geschäftspartner einen unter der marmornen Tischplatte befindlichen Knopf drückte. Plötzlich stand einer der Leibwächter in der Tür. „Mein Gast möchte gehen, bitte begleiten Sie ihn hinaus! Und schicken Sie Frans zu mir!" Bereits an dem hölzernen Treppenabsatz, drehte sich Mathes nochmals um: „Eine Kleinigkeit wäre da noch, Herr Van der Gracht", sagte er mit unschuldigem Grinsen, „wäre nett, wenn Sie diese kleine Auseinandersetzung, die ich heute Abend im ‚Bulldog' hatte, ohne polizeiliche Folgen regeln könnten. Ich würde gerne noch einige Tage in Ruhe Ihre Stadt genießen."

„Das waren Sie, ich hätte es mir denken können", lachte er offen. „Verschwinden Sie, Mathes, für heute habe ich genug von Ihnen!"

Mister Schweigsam begleitete Mathes bis zu den Anlegestegen. Dann hastete Mathes allein weiter durch das Geflecht der Wege, bis er den alten Friedhof erreichte. Die ganze Anspannung wich allmählich von ihm, es schien ihm so, als könnte er erst jetzt wieder richtig durchatmen. Schon aus einiger Entfernung sah er den Mietwagen. Niemand war ihm gefolgt.

Das Gesicht des Käptens hatte sein Lächeln augenblicklich verloren. Er gab dem, den er Frans nannte, einige eilige Anweisungen in niederländischer Sprache. Sein Tonfall hatte sich verändert. Die befehlende Stimme klang rau und duldete keinen Widerspruch. Darauf verließen kurz nach Mathes zwei Männer in dunklen Anzügen die Jacht. Sie bestiegen eine Limousine, an deren Kennzeichen man den diplomatischen Status ablesen konnte. Gerade als Mathes den Ort der Toten erreichte, parkte dieser Wagen am Rande der Straße, die durch den Tunnel in die Stadt zurückführen würde. Mathes klopfte gegen das Seitenfenster des Saab. „Alles in Ordnung, John", sagte er, „warte noch zwei Minuten!" John Siebert nickte gähnend und sah Mathes nach, der sofort wieder verschwand. Sein Atem passte sich schon nach den ersten Schritten dem gehetzten Tempo an. Ohne auch nur einen Moment zu zögern, bog er an jeder Ecke richtig ab. Nicht einmal sechs Minuten benötigte er bis zum Fährhafen. Weitere fünf Minuten später saß er auf der verwitterten Holzbank im Heck des riesigen, stählernen Schiffes und schlürfte ein kaltes Bier. Kühler Wind blies in sein Gesicht. Die Luft roch salzig. Zaghaft begann das morgendliche Treiben einer Hafenstadt. Mathes fühlte seit Langem erstmals wieder Erleichterung. Erleichterung und Erschöpfung. Diese Nacht hatte ihm sehr viel an Kraft und Mut zurückgegeben. Susanne würde noch schlafen. Er versuchte sich an ihren weiblichen Duft zu erinnern und an ihren warmen, geschmeidigen Körper. Sie fehlte ihm sehr. John bemerkte den Wagen augenblicklich. Es belustigte ihn, seine Verfolger einige Male im Kreis zu führen. Niemand konnte so lächerlich wirken wie ertappte Verfolger. An einer der roten Ampeln, fast in der Stadtmitte, schließlich stieg er aus. Zwei verdutzte Gesichter glotzten ihn an, als er sich zu dem Fenster des Fahrers hinunterbeugte und sagte, sie sollten zurückfahren, Jan Van der Gracht erwarte sie bereits sehnsüchtig. John Siebert grinste sie schadenfroh an. Wortlos gab der Fahrer Gas. Die Weiterfahrt würde nunmehr unbeobachtet verlaufen. Mathes erwartete John längst ungeduldig im Schatten der abbröckelnden Gebäude des Fährhafens. Gemächlich fuhren sie zu seinem Hotel. John begleitete Mathes durch das breite Portal. Als er gerade im Begriff war, die prunkvolle Halle zu betreten, hielt ihn Mathes erschrocken zurück. Ein Mann saß in einem der Sessel zwischen den Palmen. Er trug eine helle Wildlederjacke und war scheinbar in eine Tageszeitung vertieft. Obwohl sein Gesicht halb abgewandt war, erkannte Mathes zweifelsfrei Catharina Dantes heimlichen Begleiter. Der Portier bemerkte das Zögern der beiden Neuankömmlinge. „Der ist von der Drogenfahndung“, raunte er dem Journalisten zu, „du musst meine Sachen holen und das Zimmer bezahlen. Ich warte im Wagen.“ Er gab ihm hastig sein Portemonnaie und nickte dem Angestellten vielsagend zu. Mit den Jahren seiner Berufserfahrung hatte Siebert die Professionalität spontanen Handelns gewonnen. Ohne unnütze Fragen zu stellen, tat er, wie Mathes ihn geheißen hatte. Als er zwanzig Minuten später den Schlag ihres Wagens schloss, grübelte der Mann des verdeckten Drogendezernats noch immer über seiner Zeitung. Vor einem der unzähligen Stehausschanks, die um diese frühe Uhrzeit bereits öffneten, hielten sie. Beide tranken Kaffee. John schwieg. Mathes spürte, dass er wütend war, trotzdem sagte er nichts. Irgendwann begann John äußerlich täuschend gelassen: „Meinst du nicht, dass ich ein Recht darauf habe, endlich zu erfahren, was eigentlich los ist?“ Mathes nippte bedächtig an seinem Glas. Seine Gedanken überschlugen sich. Er wollte sich diesem Mann nicht anvertrauen. Aber diese letzte Nacht! Sie hatte etwas zwischen ihnen geschaffen. Etwas, das er wie Freundschaft empfand. Solche Freundschaft, wie sie sich unter Männern entwickelte, die Seite an Seite kämpften. Während eines Einsatzes für dasselbe Ziel. Füreinander, Rücken an Rücken. Aber da gab es auch noch den Journalisten, das Raubtier. Ihre Ziele konnten nicht eins sein. Einer kämpfte aus rationalem, der andere aus emotionellem Verlangen heraus. Mathes' weiteres sinnendes Schweigen verärgerte John, obwohl er beinahe nichts anderes von jenem erwartet hatte. Dieser junge Deutsche war fähig etwas tief in sich einzuschließen. Er schätzte diese Eigenschaft – jedoch nur dann, wenn sie ihn nicht gleichfalls ausgrenzte, verdammt! „Weißt du, was ich hasse, Mathes?“, fauchte er. „Wenn ich Risiken eingehe, die ich nicht kenne! Wenn mich jemand an der Nase herumführt, dem ich helfe!“ Mathes wartete ungerührt auf den nächsten Wortschwall. „Entweder“, drängte Siebert, „erfahre ich endlich von dir, warum dich dieser Drogenbulle sucht und was es mit dem Holländer auf sich hat, der scheinbar spurlos verschwunden ist, oder du kannst zum Teufel gehen!“ – „Ich will dein Ehrenwort, dass du nichts schreibst, was auch nur annähernd Harry betrifft, oder überhaupt irgendetwas, das irgendwie mit mir in Verbindung steht. Kannst du das?“, fragte Mathes kühl. – „Das habe ich dir schon versprochen, vertraust du mir vielleicht nicht?“ Siebert schien wirklich gekränkt. – „Doch“, sagte Mathes nach einer Weile, „weil ich inzwischen eher einen Freund in dir sehe als den abgebrühten Reporter, der du eigentlich bist.“ – „Du kannst mich gerne beleidigen, wenn du nur ehrlich bist“, grinste John. – „Also, von allem Anfang an …“, begann Mathes. Er erzählte ihm alles. Nur an einer schwerwiegenden Stelle veränderte er die Wahrheit. In seiner Geschichte hatten sie Diana befreit, während sie sich allein in der Wohnung in Budel befand. Erst nach ihrer Rückkehr, um die Pässe zu holen, hätte der Holländer mausetot in seinen vier Wänden gelegen. Auch über das Geld schwieg Mathes sich aus, weil er es nicht für nötig befand, es zu erwähnen. Von den Waffen wusste Siebert bereits.

Mathes hatte sich längst zu einem fabelhaften Lügner entwickelt. Zwecke mögen Mittel heiligen, Ziele die Lügen. Solche Nebensächlichkeiten empfand Mathes gar nicht mehr, im Vergleich zu den zerfressenden Qualen, wenn seine Augen regungslos ausharrten, während sie gleichzeitig voller Heimlichkeit, Lüge und doch Scham in die seines geliebten Mädchens blickten. Er erzählte weiter von seinem Treffen mit der Polizistin und detailliert von der entsetzlichen Szene bei Nena. Seinen nächtlichen Auftritt bei dem Käpten vermochte Mathes fast wortgetreu wiederzugeben.

Es war längst taghell, als sie die Gaststätte verließen. Siebert legte einen Arm um die Schultern seines jungen Freundes. Nun glaubte er den Hass und den unerbittlichen Weg ein bisschen zu verstehen, den Weg, auf dem es keine Rückkehr gab. Er würde nicht versuchen ihn aufzuhalten, denn dieses innere Feuer loderte auf gewisse Weise auch in ihm selbst.

Als sie den nordwestlichen Teil Amsterdams erreichten, veränderte sich das Stadtbild prägend. Dunkelhäutige Kinder spielten auf den verschmutzten Straßen. Wellblechfassaden trotzten dem Wind. Sie wucherten unter einer tabulosen Fantasiewelt des Graffiti. Männer in bunten Kaftanen ritten auf ihren verrosteten Fahrrädern. In diesem Getto schienen alle Araber Europas ihre Insel gefunden zu haben. Riad, Hongkong, Paris, New York – beinahe jeder Ort der Kontinente würde sich im süßen Atem Amsterdams widerspiegeln. Siebert hielt in einer der farblosen Seitenstraßen. Einen insgeheim charmanten Kontrast zu den grauen, verwitterten Fassaden bildeten verschiedenfarbige, meist dunkelgrüne Fensterläden. Ein alter Mann mit eingefallenen Wangen grüßte freundlich, als sie den Treppenaufgang benutzten. Er wirkte müde. Im vierten, obersten Stockwerk öffnete Siebert eine Tür. Die Wohnung unterschied sich nicht wesentlich von irgendeiner anderen, die ein Mann sein Heim nannte, obwohl sie doch eher sein Asyl darstellte. Ein stiller, sicherer Ort, der einen dennoch unentwegt nach draußen trieb …

Als Mathes Susanne kennengelernt hatte, waren sie beide noch sehr jung gewesen. Gerade siebzehn Jahre. Er hatte sie von der ersten Sekunde an geliebt. Unerträglich war ihm damals die Zeit erschienen ohne ihre Nähe… Freiheit hatte er herbeigesehnt, sie hatte ihn getrieben. Endliche, lebendige Freiheit aus der Gefangenschaft seines dominanten Elternhauses – wenigstens äußerliche Freiheit. Ja, diese unsichtbare Gefangenschaft, wie sie sich in seiner heißhungrigen Suche nach dem Leben, den Lüsten und allen wunderbaren Möglichkeiten vervielfältigt hatte, hatte er als tiefen Schmerz empfunden. Dann hatte er mit ihr zwei kleine Zimmer bezogen, in dem Hause ihrer Eltern. Wie ihr fünftes Kind hatten sie Mathes aufgenommen – liebevoll. Was war geschehen, dass er die Liebe und das Vertrauen von Vater und Mutter verloren hatte? Mit welch unbeschreiblicher Sehnsucht dürstete ihn danach! Wie tief greifend war der Irrtum, dass die Suche eines erwachsenen Mannes sich in die Lebensbilder eines fast verwachsenen, unerbittlichen Vaters zwingen ließe? Nur zweierlei konnte die Folge sein: der Sohn mit verwaschener Seele, dem immer die Kraft fehlte, jenes Bewusstsein zu entwickeln, das Lebenswege und Lebensziele erst erhellte. Licht für diese Chance, irgendwann greifendes Glück zu erlangen. Die einzige wirkliche Art des Glücks, die dies mit dem Sinn eines Lebens zu verschmelzen vermochte. Es bliebe ihm versagt … Oder aber er müsste kämpfen, weil er verstand, dass er so nie er selbst werden würde. Das dürfte er nicht zulassen. Um keinen Preis! Mathes hatte viel von seiner Kraft in diesen Kampf gelegt. Er kämpfte noch immer. Quälend würden diese Kämpfe fortdauern, denn man konnte sie selbst nicht wirklich erkennen als seinen Kampf. Manchmal sollte er beinahe verbittern daran, denn man kann nicht gegen das siegen, wovon man nichts weiß. Nichts in ihm durfte ein Ende finden, wenn Gitter ihre Schatten warfen. Wenn Tränen in lärmender Einsamkeit erstickten, ausgedörrt, klagend der Zeit …

Die Sonne spiegelte sich zaghaft in den kupfernen Dächern, die sich von Sieberts Zimmerfenster aus weit übersehen ließen. Verschachtelt wirkten die Häuser. An Leinen zwischen ihnen hingen Wäschestücke. Sie flatterten im Wind und die Tauben schraken auf. Unrat übersäte Klinker und Ziegel. Spatzen vollführten spielerisch akrobatische Sturzflüge. Mathes' Augenlider wurden schwerer. Die Ruhe des verträumten Stadtbildes schickte ihm die Müdigkeit. Als John mit einem Handtuch um die Hüften geschlungen pfeifend die Dusche verließ, schlief Mathes bereits zwischen den unordentlichen Laken des einzigen Bettes. Der Journalist lachte kopfschüttelnd. Er brühte Kaffee auf und führte mehrere Telefongespräche. Seine Story fand allmählich ihren Beginn. Dichter Zigarilloqualm war das Erste, was Mathes wieder wahrnahm, und das monotone Geratter einer alten Schreibmaschine. Draußen dämmerte es bereits. Eine heiße Dusche, mehrere Spiegeleier und zwei Bier trieben das Leben in seinen Körper zurück. John hatte gute Laune. „Du kannst ohne Sorge heute Nacht nach München fliegen“, sagte er. „Falls die Polizei hinter dir her sein sollte, so kennen sie zumindest nicht deinen Namen. Ebenso gibt es keine Beschreibung von dir am Flughafen oder einer der Grenzen.“ Mathes wunderte sich längst nicht mehr über John Sieberts unerschöpfliche Informationsquellen. „Um 23.40 Uhr geht dein Flug, ist alles reserviert.“ Sie warteten und tranken Bier.

Der alte, schmutzig graue Telefonapparat nötigte Mathes wie ein jammerndes Kind. Schließlich nahm er den Hörer des schweigenden Quälgeistes fest in die Hand. Für einen Moment schien er zu zögern, heißer Zigarettenrauch strömte aus seinen Lungen, dann begann er zu wählen. Es läutete nur zweimal. Sie meldete sich mit einem hastigen „Hallo!“, aber Mathes erkannte dennoch ihre Stimme. „Hallo, hier ist Mathes Helmer“, sagte er. Sein verfälschter Name ging ihm flüssig über die Lippen. Nur John, der ihn beobachtete, stutzte ein wenig. Sofort wechselte sie in ihr nicht ganz akzentfreies Deutsch. Allerdings klang sie diesmal weit ruppiger. In Gedanken erinnerte er sich an die kühle Schöne. „Was wollen Sie?“, fragte sie aggressiv. „Jan Van der Gracht kennt Sie. Er weiß, für wen Sie arbeiten!" – „Ach, tatsächlich?", spöttelte sie. Ihre Angriffslust erzeugte spürbare Vibration in der Hörmuschel. „Ist das die Ehrlichkeit und das Vertrauen, von dem Sie in dem Café sprachen, Mathes Helmer? Sie sind einfach abgehauen! Mir hätte klar sein müssen, dass ich Ihnen nicht trauen kann! Ich bin gerade dabei, Amsterdam zu verlassen." Sie ließ ihm keine Zeit für eine Antwort, ihre Wut peitschte weiter auf ihn ein: „Sie haben mich an eine Bande von Verbrechern verkauft. Was für ein Schwein Sie doch sind! Ein erbärmliches, kleines Schwein, keinen Deut besser als der Mann, den Sie suchen!" – „Halten Sie den Mund!", unterbrach er sie zornig. Sie reagierte nicht darauf: „Sie haben sich strafbar gemacht, Sie dummer Junge! Behinderung von Ermittlung ist noch der mildeste Ausdruck dafür. Und ich war so blöd zu glauben, dass Sie kapiert hätten, worum es hier geht!" – „Halten Sie endlich den Mund, verdammt noch mal!", brach er nun los. Er schrie beinahe, ohne es zu wollen: „Vertrauen? Vertrauen?! Dass ich nicht lache! Sie wollten mich für Ihre Sache benutzen, ich Sie für die meine! Das ist nur fair. Der dumme Junge stellt sich wohl zu schlau an. Im Café hängt er Ihren Hampelmann mit der kitschigen Lederjacke ab, heute übrigens wieder, aber das werden Sie nicht wissen, weil der Kerl wahrscheinlich immer noch in meinem Hotel seine Spesen vergeudet." Für einen kurzen Moment verstummten beide. Seine Stimme klang wieder ruhiger, als er fortfuhr: „Wenn Sie mir wirklich vertraut hätten, hätte ich es ebenfalls gekonnt … ich mag Sie trotz Ihrer hysterischen Seite." – „Was spielt das jetzt noch für eine Rolle?", fragte sie etwas pikiert. – „Der Grund, weshalb ich Sie anrufe, ist, um Sie zu warnen. Wie gesagt, kennt Sie Van der Gracht, aber nicht, weil ich Sie verraten hätte." Ungeniert belog er sie, aber das konnte nur er selbst wissen. „Es ist gut, dass Sie Amsterdam verlassen." – „Haben Sie ihn getroffen?" – „Ja, heute Nacht, und wie Sie hören, lebe ich noch." – „Und? Haben Sie Mirco gefunden?" – „Noch nicht, aber es wird nicht mehr lange dauern." Er ahnte nicht, wie sehr er sich irrte. – „Was haben Sie vor?" Sekunden verrannen, bis er antwortete. „Sie wissen es, Catharina. Für mich gibt es nur einen einzigen Weg, unumstößlich!" – „Sie haben mir nicht viel von Ihrem Hass erzählt. Seltsamerweise verstehe ich jedoch, dass man Mirco hassen kann. Ich wünsche Ihnen, dass Sie sich nicht ins Unglück stürzen." – „Ihre Leute, Catharina, suchen sie mich?" – „Ja, bisher allerdings eher beiläufig und relativ erfolglos. Sie haben in Ihrem Hotel einen falschen Namen angegeben, sonst hätten wir Sie in ein paar Stunden gefunden." – „Da bin ich mir sicher, ist eine schlechte Angewohnheit von mir." Sie schien ein wenig zu schmunzeln. „Sie sollten bald verschwinden!" – „Danke, werd ich tun. Tschüss, Catharina!" – „Bye, Mathes!" Gleichzeitig legten sie auf. Dann zündeten sich beide eine Zigarette an und ihre Gedanken verglühten zu grauer Asche. Sie öffnete langsam den schon fast leeren Kühlschrank. Die Bierdose fühlte sich glatt und kalt an. Sie lehnte sich gegen die Anrichte. Ihr Nachfolger würde mit dem kleinen Apartment zufrieden sein. Zur selben Zeit schnappte ihr und Mathes' Blechverschluss. Unbeachtet verhallte für sie beide dieses Geräusch zum letzten Mal im geheimnisvollen nächtlichen Amsterdam. Sie würden beide zur selben Stunde die Stadt verlassen, vielleicht für immer. Keiner konnte es wissen.

Acht Minuten vor Mitternacht fühlte Mathes die Schwerelosigkeit, die das Flugzeug in den schwarzen Himmel hob. Er glitt sanft über das Meer von Lichtern hinweg. Sie tuschelten und blitzten. Erhabene, friedvolle, glitzernde Vielfalt. Ein Fremder, der sie sehen könnte, würde nichts von der Grausamkeit und Gewalt dieser wundersamen, menschenberührten Mutter Erde ahnen. Mathes schloss die Augen und versuchte an nichts zu denken. Doch fortwährend drängte sich die falsch väterliche Stimme des Mannes in seinen wehrlosen Kopf, jenes Mannes, den er nach dem Gespräch mit Catharina Dante angerufen hatte. Er fühlte die Müdigkeit des Jägers, den Treibsand unter seinen Füßen. „Guten Abend, Herr Van der Gracht!", hatte Mathes gesagt. „Warum haben Sie mich verfolgen lassen?" – „Verzeihen Sie mir, Mathes, dass mir immer daran liegt zu wissen, mit wem ich Geschäfte mache. Nur eine dumme Eigenart. Wissen Sie, ich empfinde Hochachtung für intelligente und mutige Männer, Sie habe ich wohl noch unterschätzt, wie ich nun sehe …" *Schmeicheleien eines Politikers nach seiner Niederlage*, dachte Mathes. *Die Fahnen im Wind.* „Nun, junger Mann, leider habe ich Sie betreffend feststellen müssen, dass ich von unfähigen Leuten umgeben bin …"

Warum nur traf ihn dieses „junger Mann" immer wie ein schmerzhafter Pfeil? Eine Phrase allein vermochte es, alles zu verniedlichen, was für ihn von Bedeutung war. Was bildete sich diese Generation ein? Innerlich flehte Mathes so sehr nach Achtung, nach Gleichwert. Warum mussten sie es ihm versagen? Sein eigener Vater stand unantastbar an oberster Stelle dieses unerbittlichen Kampfes, der nichts duldete als ein starres Muster, das nie seines sein konnte. Mathes fühlte deutlich jenen Fluch, der ihn forttrieb in eine Welt, die fähig wäre ihn gänzlich zuzulassen. Die Hände seines Vaters lasteten prankenschwer auf seinen Schultern. Die Grausamkeit dieses Fluches nistete in seinem Herzen wie ein Schwarm Hornissen. In dem Kampf, von dem er nichts wusste, stritt die suchende Liebe zu seinem eigenen Weg ihre Schlacht mit der Liebe des Sohnes zu seinem Vater. Beides konnte nicht nebeneinander bestehen. Mathes' Gedanken kreisten um diese Zusammenhänge, ohne irgendeinen Zugang zu finden. Ohne Bewusstsein, denn man kann kaum von Gedanken sprechen, wenn sich derartige Geschwülste innerhalb von Sekundenbruchteilen rasend in einem Kopf um sich selbst drehen. In Mathes geschahen solche Dinge.

„Würden Sie mir bitte erklären, was das heißt?", fragte Mathes. Die Stimme des Niederländers drückte Glaubwürdigkeit aus, als er antwortete: „Meine Leute haben ihn gestern Nacht noch aufgespürt. Er ist ihnen entkommen. Genau genommen hat er einen erschossen, den anderen schwer verletzt. Es geschieht ihnen recht, diesen unfähigen Dummköpfen!" – „Wo ist er?", fragte Mathes ungeduldig. – „In Rijeka. Das liegt in Jugoslawien, aber mit Sicherheit finden Sie ihn dort nicht mehr. Er wäre lebensmüde." – „Wohin könnte er gehen?" – „Ich weiß es nicht, Mathes, Italien,

Albanien, Deutschland, halb Europa kommt infrage … fragen Sie mich nicht!" Mancher hätte in diesem Moment vielleicht Erlösung gefunden oder Schrecken, Mathes empfand nichts anderes als Verzweiflung. Sie trieb ihm Tränen in die Augen.

„Hören Sie", fuhr Van der Gracht fort, „überlassen Sie mir die Suche nach ihm, das übersteigt Ihre Grenzen! Ich werde mit ihm abrechnen, seien Sie sicher! Könnte Ihnen das genügen?" Mathes schwieg nur sehr kurz, er hatte kaum etwas anderes erwartet als diese Aufforderung. „Vielleicht – nein, es würde mir nicht genügen. Darf ich Sie wieder anrufen, wenn ich es für nötig halte?" – „Aber natürlich, Mathes, ich möchte, dass Sie zuerst zu mir kommen, wenn Sie Hilfe brauchen oder sonst irgendetwas ist. Egal was – verstehen Sie?" – „Ich danke Ihnen, kann sein, dass ich darauf zurückkomme. Hören Sie …" – „Ja?" – „Die Pässe liegen morgen ab zwölf Uhr mittags in einem Schließfach am Schiphol. Der Schlüssel ist für Sie am Haupttor der Amsterdamer Morgenpost hinterlegt. Sie haben von mir oder dem Mädchen keine Schwierigkeiten mehr zu befürchten." – „Was ist mit dem Journalisten?" – „Er weiß nichts von all dem." Van der Gracht konnte nicht ahnen, dass John Siebert direkt neben dem Telefonapparat saß und stinkende Zigarillos paffte. „Wiederhören!" Mathes hatte aufgelegt.

KAPITEL 11

Märtyrer des Herzens

Sarah

Von einem Tag auf den anderen hatte sich der zögernde Frühling den warmen Sonnenstrahlen ergeben. Der Mai verabschiedete sich bereits. Noch immer blühten in den Gärten vereinzelt Tulpen und Narzissen. Sie quälten seine Gedanken. Ihre Köpfe hingen schwer in der Hitze des plötzlichen Sommers. Ein trauriges, klagendes Schweigen herrschte in ihren Reihen. Er fühlte, wie sein Innerstes nach dem Land flehte, in dem bald sein Kind geboren würde. Im Flimmern des Mittags, wenn er die Augen schloss und nur das Zirpen der Grillen hörte, schien es ihm, als riefen sie ihn. Immer wenn er selbst ein Geräusch verursachte, verstummten sie schlagartig. Er begann mit den Grillen zu reden. Es dauerte jedes Mal mehrere Sekunden, bis ihre Antwort erklang. Zuerst eine einzige, doch dann schwatzten sie alle durcheinander: „Psshi … psshi … psshi … psshi …“ Sehnend klangen ihre Stimmen, fröhlich und doch ein bisschen traurig. Sie riefen ihn zurück nach Holland. Zum ersten Mal glaubte er zu ahnen, was Heimat in sich bedeutete. Nein, sie kannte kaum die Pflicht eines Ortes, die Tradition von Familien, Sprachen und Dialekten. All das missverstanden die Menschen nur in ihrem ständigen Verlangen nach Sesshaftigkeit und Sicherheit. Sie befriedigten sich daran, ohne wirklich Frieden und Ruhe zu finden. Mathes war anders als sie. Er suchte und suchte – und er versuchte vor dem Beständigen, dem Festen die Flucht zu ergreifen. Er fühlte die Ketten darum. Heimat bedeutete auch ihm Sicherheit und Frieden und Ruhe, aber auf weniger ersichtliche Weise. Nicht so leicht rationalisierbar. Das Herz der Heimat und seines müssten eins sein, ineinanderfließend wie zwei Eidotter.

Er begann seine Liebe auf das Land auszudehnen, in dem Sarah das Licht der Welt erblicken sollte. Mehrmals die Woche während seiner Schichten telefonierte er mit Anja. Immer noch berührten ihn diese Anrufe sehr. Es gab kein Entrinnen aus dem Strudel seines Herzens, nicht über den Verstand.

Seit einigen Tagen leistete er seinen Dienst in der Hauptkaserne. Als Ordonnanz im Unteroffiziersheim blieb ihm viel Zeit für seine einsamen Gedanken. Sein Schichttag dauerte volle sechzehn Stunden, jedoch mit längeren Pausen. Jede vierte Woche des Monats erhielt er sieben Tage Urlaub. Den ersten Urlaub hatte er mit Susanne verbracht. Ihre Nähe und Liebe vertrieb wundersam all seine trüben, verzweifelten Gedanken und die verirrten Gefühle. Als wäre die äußere Welt weggeblasen. Neben ihr fühlten sich die Sonnenstrahlen wärmer an. Die Sonne, seine Geliebte, deren strahlendes Geheimnis ihn in der Einsamkeit seines Schweigens streichelte. Ein wenig hatte er sich von Harry befreit, vielleicht hatte sein Verstand für einige Momente einen ultimativen Riegel vorgeschoben. Fast hatte dieser Verstand die Suche aufgegeben, und trotzdem bestand nicht eine einzige Sekunde ein Zweifel, ob er ihn jemals finden könnte. Die Wunde bildete eine Kruste, doch sie würde nicht heilen – niemals. Wann sollte er Susanne von dem Kind erzählen? Wie sollte er es ihr beichten? Er fühlte Angst, quälende Angst, sie zu verlieren – für immer. Kaum noch vermochte er seinem gärenden Gewissen Widerstand zu leisten. In den Nächten kämpfte er dagegen an, wenn sein Herz raste und ihn zur folternden Schlaflosigkeit verdammte. Die entsetzlichste Marter bedeutete das verfluchte Wachsein. Wann sollte er ihr von Anja und Sarah erzählen? Er musste es bald tun, da gab es keinen Zweifel mehr. Würde sie ihm verzeihen? Er fühlte Liebe für sie und Verlangen, wie es stärker nicht sein konnte. Sein innerlicher Tod würde ihn in unzählige Splitter zerschlagen! Zum ersten Mal wusste er, dass seine Affäre mit Anja niemals hätte geschehen dürfen …

Manchmal an den Abenden in Freising suchte er die Menschen. Er zog durch die Diskotheken und Bars der kleinen Stadt. Sie kannten ihn überall. Die meisten Nächte jedoch, wenn die letzten Soldaten das Uffz-Heim verlassen hatten, saß er bis in den Morgen allein am Tresen und trank. Der Schlaf in den nachmittäglichen Pausen schien ihm zu genügen.

Es war der neunte Juni, um genau 16.30 Uhr.

Gerade begann sich der Raum mit den abendlichen Gästen zu füllen, als das Diensttelefon läutete. Wie samtenes Olivenöl floss der feste Strahl aus dem Bierhahn in den Krug. Es bildete sich anfangs kaum Schaum. Winzige Bläschen perlten von dem goldgelb getränkten Glasboden zur Oberfläche. Wie aus einem Nebel heraus vernahm er die tiefe Stimme des Stabsunteroffiziers: „Ja, ich sag es ihm. Die Nummer ist bei Ihnen hinterlegt, wenn er sie nicht hat? … Danke!"

Mathes fühlte ein seltsames, übles Gefühl. Es durchströmte seinen Körper wie ein kalter, wirbelnder Wind. Die entsetzliche Ahnung von etwas Unbestimmtem, von dem er nicht wissen konnte, ergriff ihn. „Du sollst im Krankenhaus Eindhoven anrufen, dringend – die Nummer hat der Wachhabende!", sagte der Stabsunteroffizier beiläufig … Das Glas lief schäumend über. Der gelbe Saft ergoss sich weiter über den blanken Stahl. Zwischen den umgestülpten Krügen bildete sich langsam ein weißer See. Mathes' Bewegungen wirkten mechanisch, als er den Hahn zurückkippte. „Ich habe die Nummer", flüsterte er. Wortlos verließ er die Schenke. Seine Beine bewegten sich automatisch, ohne sein Zutun. Die Soldaten blickten ihm nach, als fragten sie sich, ob er plötzlich durchgedreht sei, aber keiner sagte etwas. Niemand lachte. Eine seltsame Stimmung hatte sich mit einem Mal breitgemacht. Der Stabsunteroffizier schüttelte verwundert den Kopf, aber auch er sagte nichts und übernahm wie selbstverständlich die Tätigkeit seines Untergebenen.

Die Stiegen in das Erdgeschoss hinunter schienen Mathes' Beine betäuben zu wollen. Er fühlte, dass sein Blut nicht den Schritten zu folgen vermochte. Es zog sich zäh, der Schwerkraft entgegengesetzt, allmählich in seine Schläfen. Eigentlich fühlte er es nicht wirklich, auch das dumpfe wiederkehrende Pochen nicht. Der Nachhall rauschte in seinen Gehörgängen. *Sie ist im*

Krankenhaus! Es ist zu früh für die Geburt. Zu früh, viel zu früh! Krampfhaft versuchte er zu rechnen. Welcher Monat? Am Nachmittag hatte er es noch gewusst. Gerade erst Anfang des siebten. Vielleicht hatte er sich verrechnet. Seine Hände zitterten, als er die Münzen in den Schlitz des Apparates fummelte. Eine fiel immer wieder durch. Er kannte die Nummer auswendig, aber es gelang ihm kaum, sich zu konzentrieren. Unendliche Mühe kostete es ihn, bis endlich weit entfernt das Tuten zu hören war. „Herr Held?", näselte die Schwester. „Einen Moment, ich verbinde Sie sofort mit dem Professor." Leise, rieselnde Musik erklang für einige Sekunden – unendlich lange Sekunden. Die Zelle roch muffig. Es knackte in der Leitung. Kontinuierlich verringerte sich der angezeigte Geldbetrag. Mathes fütterte unaufhörlich Markstücke in den Kasten, bis seine Taschen sich leer anfühlten. Mehrere fielen unverdaut in die blecherne Schublade durch. Der Arzt verlor keine unnötigen Worte. Es klang sehr ernst, beinahe verzweifelt: „Sie müssen so schnell wie möglich kommen. Anja hatte einen Nervenzusammenbruch, sie liegt im Koma. Mathes, können Sie hier sein, wenn sie aufwacht?" – „Was, was ist …" Die Laute erstickten in seiner Kehle. „Das Kind, Doktor … was ist …?" Der Arzt wich seinen Fragen aus: „Ich habe ernsthafte Sorgen um Anja, sie hat immer nur nach Ihnen verlangt." – „Was … passiert … wann … bitte …" Soldaten grölten angetrunken im Hausaufgang. „Sie hat beinahe ihren Lebenswillen verloren", flüsterte der Arzt. „Kommen Sie, so schnell Sie können, sonst kann ich nicht mehr viel tun …" – „Sagen Sie mir endlich, was mit dem Kind ist!", schrie Mathes hysterisch. „Was ist mit meinem Kind?" – „Es ist tot." Drei einzelne Worte, die völlig tonlos und fast nicht hörbar, dennoch aber schneidend in seine Ohren drangen. „Es geht jetzt allein um Ihre Freundin, wir müssen schnellstmöglich operieren – sobald ihr Körper das zulässt." Mathes konnte nichts mehr sagen. Tränen schossen ihm in die Augen. Sie liefen über sein Gesicht. Nach Halt suchend umklammerte seine Hand flehentlich den Hörer. Er bekam keine Luft mehr. Sein Hemd klebte schweißnass an seinem Rücken, gleichzeitig fror ihn entsetzlich. „Es tut mir leid, Mathes. Es tut mir so unendlich leid." – „Ich komme", flüsterte Mathes erstickt, dann glitt der Hörer lautlos in die Gabel. „Toc, toc, toc …", ratterte der Zähler. Die elektronischen Ziffern rasten vor seinen Augen. Seine Stirn lehnte müde gegen den kalten Kasten. Mehrere Minuten musste er so verharrt haben. Nur sein heftiger Atem ließ sich vernehmen. Die Scheiben beschlugen. Seine Tränen bildeten dunkle Schatten auf dem verstaubten Boden. Plötzlich brach ein erschütterter Schrei aus seiner Kehle. Sein ganzer Körper erzitterte und alles um ihn herum vibrierte in diesem Schrei. Das lang anhaltende, betäubende „Neeeiin!" erstarb in einem erlösenden Schluchzen.

Er wusste nicht, was er tat. Später würde er sich erinnern, dass er mit dem Stabsunteroffizier gesprochen hatte. Dann auch mit dem Stabsfeldwebel. Zweiterer hatte eine Flasche Himbeergeist vor ihn gestellt und mehrmals telefoniert. Dann hatte er ihn mit seinem eigenen Wagen zum Bahnhof gebracht. In Mathes' Tasche steckte ein Urlaubsschein für vorerst sieben Tage. Wahrscheinlich war er allein im Abteil gewesen. Als er erstmals wieder etwas registrierte, verließ der Zug bereits Mannheim. In einer Hand hielt er noch immer die Flasche mit dem Himbeergeist. Sie war fast leer und seine Lippen brannten. Sie schienen völlig ausgetrocknet zu sein. Die Finger der anderen Hand kratzten Papierbrösel von der Fahrkarte. Er suchte nach Zigaretten. Zwei aufgebrauchte Schachteln lagen am Boden des Abteils und auch das Genehmigungsschreiben seiner Dienststelle, in dem geschrieben stand, dass er aus Deutschland ausreisen durfte. Alles musste seine Ordnung haben. Erschrocken fühlte er nach seinem Portemonnaie. Beruhigt stellte er fest, dass sich über zweitausend Mark darin befanden. Das letzte Geld aus ihrem Fund. Eigentlich bereits darüber hinaus, denn er hatte mehrere Male die Kontokarte benutzt. Scheiß drauf! Scheiß auf alles, auf die ganze Welt. Scheißt sie endlich zu! Die Stunden quälten sich dahin, niemand schien von ihm Notiz zu nehmen. Irgendwann stand er wieder zwischen den Ruinen seiner Kindheit. Breit auseinander stellten sich seine Füße, als müssten sie schweren Wellen Widerstand leisten. Mechanisch hatte er den Mittelpunkt gesucht in der Halle des gewölbeartigen Gemäuers, fast wie ein Demutszeugnis vor der Mächtigkeit. Seine Arme hingen schlaff herab. Über seiner Schulter baumelte die Stofftasche, aber er nahm sie nicht wahr. Es war eine sehr nette Schwester gewesen mit einem weißen Häubchen, aber er hatte gesagt, er wolle nicht sitzen. Aufgeregte Stimmen schrien durcheinander. Sanitäter hoben eine schmale Trage auf ein Metallgestell mit Rollen. Einen Menschen, aus dem Schläuche und Infusionsflaschen hervorwuchsen, legten sie darauf. Etwas zu fachmännisch, fast grob, befand Mathes irrational. Es roch nach Kaffee und frischen Brötchen. Das große Gemälde an der düsteren Mauer, welches er unentwegt anstarrte, wirkte traurig. Man konnte in der Weite von Getreidefeldern einige Mühlen erkennen und rote Backsteinhäuser mit strohgedeckten Dächern. Unter dem Schirm mächtiger Mühlenräder tanzten Männer in Trachten mit ihren jungen, rotbackigen Frauen. Diese trugen weite Röcke, und trichterförmige Hauben schmückten ihr geflochtenes Haar. Ihre Füße steckten in Holzpantoffeln. Sie hielten sich alle an den Händen. Überall staken Bündel goldgelben Korns aus der Erde. Es musste wohl ein Fest sein und doch lachten die Gesichter nicht. Als wenn sie eine gemeinsame tragische Erinnerung mit sich führten. Mathes sah gebannt in ihre Augen. Sie klagten. Jemand ergriff sanft seinen Arm. „Bitte kommen Sie jetzt!", sagte die Schwester und ging voran. Sie schlich vor ihm her, lautlos wie eine Nonne. Wieder bewegten seine Füße sich folgsam wie die des kleinen Jungen, der allein ist. Ganz ohne Widerstand gegen den Schmerz, der ihn erwartete. Er würde sie nichts von seiner einsamen Angst wissen lassen. Sie hatte kein Recht, in seine Gedanken zu blicken, in sein Kinderherz, das oftmals ganz leicht verstand, was er nicht verstehen konnte. Eben auf seine eigene einfache Weise.

Der Professor sah ihn mitfühlend an: „Es tut mir wirklich sehr leid, Herr Held", sagte er, „Ihr Kind ist vor vier Tagen gestorben, exakter lässt sich das noch nicht bestimmen. Die Ultraschalluntersuchung brachte die traurige Erkenntnis … ich konnte nichts mehr tun." Mathes sackte kraftlos in den Sessel des Arztzimmers, den ihm die Schwester hinschob. Seine Kehle war wie zugeschnürt. Aufgelöst begann er zu schluchzen. Sein Körper wollte zerreißen. Qualvolle, heiße Wogen strömten durch die Adern seines Herzens. „Warum, warum?", flehte er verzweifelt nach Begründungen. Er richtete seine Frage an Gott. Unsäglich empfand er in diesem Moment seine eigene Erbärmlichkeit. Ohne einen Augenblick des Zweifels wusste er von der grausamen Strafe, die nur ihm allein galt. Er wusste von der Schwere der Schuld, die auf ihm lasten müsste für sein Leben ... Denn er selbst war es gewesen, der den Mörder zu seinem Kind geführt hatte. Er allein hatte die tödlichen Schläge in den Mädchenkörper verschuldet, den er geliebt hatte. Unverzeihliche Gewalt an ihrer Seele ...

Die Schwester versuchte eine liebevolle, tröstende Bewegung, aber der Arzt bedeutete ihr mit einer abwinkenden Geste, Mathes nicht durch eine Berührung zu verletzen. Eine fremde Hand würde in seine Wunde dringen. Der erfahrene Mann spürte, dass Hände zwar verbinden konnten, jedoch nicht heilen. Heilen in der Tiefe bedurfte immer das Zulassen und das Erleben des Schmerzes, nicht jedoch des Trostes. Dieser ließ Wunden nur verschorfen. Allein ist der Mensch an seinen Kreuzwegen des Lebens.

Allein. Mathes fasste sich nach einer Weile wieder. Der Arzt hatte ihm Zeit gelassen. Er sah den Professor eindringlich an. Seine Augen baten, ihn nicht zu belügen. Mathes' Stimme klang einigermaßen gefasst: „Anja liegt ... liegt noch im Koma?" – „Ja, wir mussten sie in eine medizinisch herbeigeführte Bewusstlosigkeit versetzen, denn wie ich Ihnen schon am Telefon gesagt habe, ist ihr Zustand sehr labil." – „Heißt das, sie wird vielleicht nicht überleben?" Mathes flüsterte seine angstvolle Frage. „Nein, machen Sie sich keine unnötigen Sorgen! Wenn sie wieder erwacht, wird es ihr schon viel besser gehen. Ihre Gegenwart wird ihr sehr helfen, da bin ich ganz sicher. Ich bin froh, Mathes, dass Sie gleich gekommen sind. Geben Sie ihr Kraft, dann wird es aus medizinischer Sicht keine weiteren Komplikationen geben, das kann ich Ihnen versprechen!" – „Warum ist unser Mädchen gestorben? War nicht alles in Ordnung?" Mathes quälte sich. – „Ich kann es nicht genau sagen, Herr Held", bedauerte der Professor. „Noch nicht. Sie und auch Anja wussten, dass zu jeder Zeit nur eine bedingte Chance für eine gesunde Geburt bestand. Leider ist es nun so traurig gekommen." – „Glauben Sie, dass neue Gehirnblutungen entstanden sind?" – „Ja, es sieht so aus. Ein ungeborenes Kind, Herr Held, wählt manchmal selbst den Tod, wenn es verletzt oder nicht gesund ist. Wir können das bis heute nicht wissenschaftlich erklären. Unsere Bücher sprechen in solchen Fällen von ‚embryonaler Lebensentscheidung'. Im Mutterbauch sieht das Kind den Tod noch nicht als Feind, vielleicht eher das Leben außerhalb." – „Ich verstehe Sie", sagte Mathes. Der Arzt wirkte beinahe verwundert über diese Worte. Etwas verwirrt fuhr er fort: „Das Tragische ist, dass Anja ihr lebloses Kind mehrere Tage getragen hat. Ich kann keinen Abgang mehr einleiten." – „Ich verstehe nicht …" – „Die Fruchtblase würde zwangsläufig beschädigt werden und Giftstoffe in ihrem Körper freisetzen." Mathes beschäftigte erstmals ein aufkeimender vorwurfsvoller Gedanke, er fragte mit leisem, aggressivem Unterton: „Konnten Sie nicht eher erkennen, dass es nicht mehr lebt?" – „Ich habe diese Frage längst erwartet …" Mehrere angespannte Sekunden verstrichen. „Anja befand sich in hausärztlicher Versorgung, wie es sonst üblich ist, ich habe ihr davon abgeraten. Heute mache ich mir selbst zum Vorwurf, dass ich nicht unnachgiebiger gewesen bin. Mit großer Wahrscheinlichkeit hätte ich selbst auch nichts mehr für Ihr Baby tun können, und ich werde mich hüten, vorschnelle Unterstellungen gegen ihren Arzt zu äußern, der übrigens, wie ich weiß, sehr sorgfältig arbeitet. Mehr wissen wir erst nach dem operativen Eingriff. Seien Sie sicher, dass ich nichts auf sich beruhen lassen werde!" – „Seit wann weiß sie denn", fragte Mathes mit Tränen in den Augen, „dass sie etwas, etwas Lebloses in sich trägt?" – „Seit vorgestern Nacht. Sie wusste es bereits, bevor ich sie untersucht habe." Seine Stirn legte sich in nachdenkliche Falten. „Sie spürte es." Der Schattenriss des Fensters verschwamm vor Mathes' Augen, als lösten sich jegliche Konturen ineinander auf. „Hatte … hatte sie Schmerzen?" – „Kaum, abgesehen von den Abstoßungsreaktionen ihres Körpers." – „Kann ich zu ihr? Bitte, Herr Professor!" – „Natürlich, Schwester Sandra wird Sie zu ihr bringen. Und ich bin zu jeder Zeit für Sie da, wenn Sie mich brauchen, ja?" – „Danke, Herr Professor, noch eine Frage …" – „Ja?" – „Wann wird sie aufwachen?" – „Wir leiten ihre Rückführung aus dem Koma um 10.30 Uhr ein, sie wird dann bis in den späten Nachmittag schlafen." – „Ich möchte bei ihr bleiben", sagte Mathes. – „Ja, gerne", erwiderte der Arzt. Die Schwester nahm Mathes mütterlich in den Arm. In der Tür blickte er noch einmal zurück: „Herr Professor?" – „Ja?" – „Sie sind ein guter Mensch!" Der sympathische Mann in dem weißen Kittel lächelte. Erst als er wieder allein hinter dem breiten Mahagonischreibtisch saß, richtete sich sein Blick auf. Der Stift in seiner Hand hielt in der Bewegung inne. Sein würdevolles Gesicht wirkte müde, lebensgegerbt von den Leiden und Schicksalen seiner Jahre. Seine Augen hielten an einem imaginären Punkt der Tapetenwand fest, doch niemand konnte etwas über seine Gedanken in diesem Moment wissen …

Der Anblick eines im Koma liegenden Menschen verleiht anderen Menschen seltsame Andächtigkeit. Die Laken sind so sauber und ohne Falten. Das Gesicht ist ganz ohne Regung. Schweigend, hilflos, in unsichtbare Tränen gehüllt, so mag es scheinen. Wie sind die Träume oder Gedanken? Stille Hilflosigkeit und Andächtigkeit sind sich sehr ähnlich. Mathes saß die ganze Zeit neben Anjas Bett. Das leise pfeifende Geräusch des Sauerstoffgerätes hypnotisierte seine Gedanken. Gleichmäßig schrill erklang der immer wiederkehrende hohe Ton des Herzwächters in seinen Ohren. Er fühlte die Geländer der Brücke zwischen Leben und Tod. Er sah den Fluss, die Menschen, die Bäume. Während er Anjas schönes und doch so blasses Gesicht betrachtete, vermischte sich seine Trauer mit Freude und Sehnsucht. Die Wellen seiner Oberfläche wehrten sich gegen diese seltsamen Gefühle. Sie kannten nicht die lichterfüllte Tiefe, die sein Unterbewusstsein gesehen und lieben gelernt hatte. Sein Innerstes hatte den

Tod als ein Sich-Öffnen erfahren in eine weite, wundervolle, herrliche Welt. Er hielt ihre Hand. Sie fühlte sich leicht und trocken an. Nicht kalt und doch ohne Hitze. Es war, als schliefe sie. Eine dünne Nadel führte farblose Nahrung pulsierend über die Venen ihres Handrückens in ihren Körper. Unter ihren Augen, die von ihren langen kastanienroten Wimpern bedeckt waren, zogen Äderchen ihre Verästelungen, und Schatten verrieten die Qualen ihrer letzten Tage. Ein leiser Luftstrom strich durch das Zimmer. So sanft wie ein Sonnenstrahl, winzige Staubkörnchen tanzten darin. Die dünnen Gardinen bewegten sich nicht. Beinahe hätte man annehmen können, Mathes' streichelnde Fingerspitzen, die zart Anjas Bauch berührten, verursachten jene säuselnden Luftströme. In Wirklichkeit vibrierte der Kondensator seiner Seele, dessen unerklärliche Kraft ihm als Einziges half, nicht völlig zusammenzubrechen, während seine Augen zu der lebendig erscheinenden Wölbung ihres Bauches glitten. Dorthin, wo nun sein kleines Mädchen mit dem Tod verschmolzen war. Welch unermessliche Wunder geschahen, wenn Leben aus einem Ei in einem Körper erwuchs! Der Verstand vermochte dies niemals zu erfassen. Wie entsetzlich dagegen, wenn der Tod wie ein Geschwür das Innere eines lebenden Körpers beherrschte! Auch dies vermochte der Verstand schwerlich zu begreifen …

Irgendwann bat ihn die Schwester hinaus. Er sollte in einem der Ärztezimmer warten, aber er zog die Cafeteria vor. Mathes fühlte sich einsam zwischen den nach Kuchen gierenden Menschen. Er trank mehrere Biere und rauchte unentwegt. Nicht einmal mehr für Hassgefühle fand sich Platz in ihm, nur die Sehnsucht nach Susanne und den Abschied von Sarah ließ seine Einsamkeit noch zu. Er sehnte sich nach Susannes zärtlichen Umarmungen, ihrem Duft, ihren Küssen …

Als ihn eine weiblich singende Kaufhausstimme ausrief, sich bitte umgehend auf der Station einzufinden, war es kurz nach vier Uhr. Die Zimmertür stand offen. Der Professor und eine ganze Gruppe seines Personals standen um Anjas Bett. Die medizinischen Geräte blieben stumm. Es roch steril und ein bisschen metallisch. Ein zartes Parfüm vermischte sich mit dem Geruch von antiseptischem Alkohol. „Sie können hier warten, bis sie aufwacht“, sagte der Professor lächelnd. Ihre leicht geröteten Wangen verliehen Anja nun wieder den Anschein eines lieblichen Schlafes. Mathes nickte. Er fühlte sich mit einem Mal sehr stark. Wenn sie erwachte, würde er die Schmerzen ihrer Verzweiflung und ihre Ängste lindern. Dann nahm er wieder ihre zierliche Hand. Sie fühlte sich jetzt wärmer und irgendwie weicher an. Er war allein mit ihr in dem dämmrigen Zimmer. Die Blätter einer mächtigen Linde zeichneten Schatten an die Wände. Nur zaghaft streichelte die Nachmittagssonne ihr ausladendes Geäst. Ein tiefer, erlösender Atemzug entrann Anjas Lippen und weckte sie. Vorsichtig öffnete sie die Augen. Ihre Zungenspitze leckte über ihre ausgetrockneten Lippen. Mathes hielt ihre Hand fester, als habe er Angst, sie wieder zu verlieren. Mit der anderen streichelte er ihr Gesicht. Er lächelte. Anja lächelte auch, plötzlich jedoch erstarrten ihre Züge. Ihr Blick wanderte ihren Körper hinab und verhielt auf der schönen Wölbung ihres Bauches. Täuschend schön, als würde bald junges Leben aus ihm hervorgehen. Tränen füllten ihre Augen. Hilflos und unendlich leidvoll sah sie Mathes an. Wie entsetzlich empfand er diesen Blick! Er könnte ihn niemals vergessen. Eine Zeit lang sprachen sie nur mit den Augen. Auch er weinte ganz leise. Sie trösteten sich gegenseitig. „Wann“, fragte sie, als die Schatten an den Wänden schon verschwunden waren, „wann werden sie mich operieren?“ – „Morgen, mein Schatz“, sagte er, „morgen Vormittag. Ich werde bei dir sein, dass du ganz stark sein kannst, hab keine Angst!“ Sie nickte fast unmerklich und schloss wieder die Augen. „Wir müssen Sarah taufen, bitte! Ich liebe dich“, flüsterte sie, dann glitt sie zurück in den Schlaf.

Mathes blieb bewegungslos an ihrem Bett sitzen, bis sich leise die Tür öffnete. Er bemerkte den Professor erst, als dieser das Nachtlicht anknipste. Er trug bereits seine Privatkleidung. Seine Hand legte sich mitfühlend auf Mathes' Schulter. „Sie sollten etwas schlafen.“ – „Ich kann nicht schlafen, ich möchte bei ihr bleiben", sagte Mathes. „Professor?" – „Ja, Mathes?" – „Wir möchten unser Mädchen morgen taufen lassen. Sie soll Sarah heißen." Er sah nicht zu dem Chirurgen auf. – „Ich kümmere mich darum. Der Pastor wird hier sein, Mathes", versprach er nach einigen Sekunden, und seine Stimme klang belegt. Mathes nickte sehr erleichtert. Es war doch ihr Wunsch. Die Hand löste sich. „Wenn Sie irgendetwas brauchen, sagen Sie es der Nachtschwester, sie weiß, dass Sie hier sind!" Er zwinkerte Mathes aufmunternd zu, dann kehrte wieder stille Zweisamkeit in das Krankenzimmer ein. Dreimal während der Nacht verließ Mathes Anjas Bett. Jedes Mal rauchte er in dem Aufenthaltsraum eine oder zwei Zigaretten und zog Bierdosen aus dem Getränkeautomaten. Sie reihten sich neben Anjas Bett auf. Ab und zu nickte er während seiner Nachtwache ein, doch nach wenigen Minuten schrak er immer wieder auf. Anja schlief tief und fest. Der Schlaf kräftigte sie. Um neun Uhr erhielt sie ihre Beruhigungsspritze. Dreißig Minuten später die Narkose. Mathes wartete nun unruhig im Flur der Intensivstation. Die Holzbänke vermochten ihn nicht lange zu halten. Er hatte Magenschmerzen und sein Kopf dröhnte. Ätherhaltiger, übler Geschmack klebte ekelerregend an seinem Gaumen. Irgendwann setzte sich ein Mann neben ihn. Er trug einen schwarzen Anzug und einen weißen Kragen. Es war der Pfarrer. Er fragte Mathes, ob er mit ihm beten wolle. Mathes bejahte und faltete etwas unbeholfen die Hände, während der Geistliche leise die Lippen bewegte. Mathes gewöhnte sich an ihn und vergaß beinahe dessen Gegenwart. Seine Art des Gebets war eine andere. Um 11.20 Uhr trat ihm der Professor mit ernstem, jedoch sichtlich entspanntem Gesicht entgegen: „Es ist alles gut gegangen", sagte er, „in einer Stunde wird sie aus der Narkose erwachen und mit aller Wahrscheinlichkeit wird sie auch wieder Kinder bekommen können." *Mit aller Wahrscheinlichkeit – verdammtes, wertloses Ärztedeutsch*, dachte Mathes, aber große Erleichterung erfüllte ihn. Dann saß er wieder neben Anja und hielt ihre Hand. Als sie endlich erwachte, zehrten Schmerzen an ihrer Kraft, doch ihr fester Wille, Sarahs Taufe mitzuerleben, besiegte eine erneute

Bewusstlosigkeit, und unter einer seltsamen Stimmung wurde die Zeremonie vollzogen. Es gab für solch traurige Taufen eine besondere Wiege, einen kleinen ovalen Korb, mit weißem, gefaltetem Leinen ausgebettet. In diesem lag die winzige, leblose Sarah. Von ihrem Köpfchen sah man nur einen Flecken ihrer Stirn. Das Lakentuch bedeckte gänzlich ihr Gesicht und den kleinen Körper. Die Schwester legte den Korb in Mathes' Arme. *Wie wenig sie wiegt*, dachte er. Sein Herz klopfte so sehr, dass es beinahe schmerzte. Ein breites rosa Band, in dessen Mitte sich ein weißes Kruzifix abzeichnete, hing über die Ränder des Korbes und über seinen Arm. Mathes setzte sich, damit Anja in das Bettchen blicken konnte, und auch, weil seine Knie zitterten. Anders als bei einer Taufe für das Erdenleben sprach der Priester eine bewegende Totenmesse. Er träufelte geweihtes Wasser über den Leib und berührte Sarahs Stirn, dann brach er eine Hostie. Von dieser legte er ein Stückchen auf Anjas Zungenspitze, ebenso tat er es bei Mathes. Noch zweimal brach er das geheiligte Brot und gab es in die Hände der Schwester und des Professors, die beide voller Ehrfurcht neben ihnen standen. „Amen", sagten sie leise. Mathes spürte die Frömmigkeit, die Glaubensstärke dieser Menschen. Sein eigenes Empfinden hatte sich der Wirklichkeit entfremdet, ähnlich einem Traum. Anja weinte lautlos und trotzdem glänzte aus der Tiefe ihrer Augen ein sanftes Lächeln. Der Priester hatte seine Worte in niederländischer Sprache gesprochen, doch das war nicht von Belang. An diesem Tag erstrahlte der Himmel über der einzigartigen Linde in ungetrübtem, wundervollem Blau. Anja hatte noch nicht die Kraft, das Körbchen in die Arme zu nehmen. Ihre Finger berührten liebevoll den mumifizierten Kinderleichnam, sie nahm Abschied. Kurz nach der traurigen Taufe schlief sie erschöpft ein. Die Krankenschwester lächelte Mathes mitfühlend an, als sie das Kinderbettchen aus dem Zimmer trug. Mathes saß noch einige Zeit bei Anja. Erst nach dem Mittagsschlag der Kirchturmglocken stand er auf, um mit Nick zu telefonieren.

Am dritten Tag wurde Sarah in Eindhoven beerdigt. Auf Mathes' Wunsch hin sprach der Pastor nur ein kurzes Gebet.

Anja konnte der Beisetzung nicht beiwohnen, sie war noch zu geschwächt. Außer dem Priester standen einzig Mathes und Nick vor dem kleinen Grab und eine gebückte alte Frau, die aus einiger Entfernung ihre Anteilnahme schenkte, indem sie betete.

Bis auf wenige Stunden hatte Mathes die Tage und Nächte an Anjas Bett verbracht. Als wäre es selbstverständlich, hatten die Schwestern zu den Essenszeiten immer zwei Gedecke gebracht. Mathes hatte Anja gewaschen und auf dem Stuhl neben ihr geschlafen. Am vierten Tag küsste er Anja zum letzten Mal. Er versprach ihr, dass er immer für sie da sein wolle, wenn sie ihn brauchte, und doch sollte er sie nicht wiedersehen.

KAPITEL 12

Hass

Der Bruder

Mit jedem Kilometer, den der ratternde Zug hinter sich ließ, verlor Mathes von der Sanftheit, die Anja in ihm bewirkt hatte. Das Licht seines Herzens verfinsterte sich zunehmend in die blutroten Tropfen seines Hasses. Plötzlich empfand er die Abreise aus Holland wie eine Befreiung, wie eine Entledigung von allem, was ihn von seiner vergeltenden Suche abgehalten hatte. Selbst das ersehnte, doch nun so nah erscheinende Glück mit Susanne schien nur noch nebensächliche Berechtigung zu haben. Lediglich ein einziges Ziel würde es geben, welches ihn mehr und stärker denn je beherrschen würde: den Mann zu töten, der sein Kind ermordet hatte! Töten. Töten. Töten. Nicht eine winzige Sekunde widersprach seine innere Ethik diesem Sinnen. Zu lange, zu fest, zu tief saß der Stachel in ihm. Kein Mensch konnte ihn mehr aufhalten, denn er schwieg. Schweigende sieht kaum jemand … Welcher Teil seines Doppellebens wirklich war, welcher zu einer Lüge Entwicklung gefunden hatte, konnte niemand sagen. Er selbst stellte sich diese Frage nicht. An diesem Tag, dem 14. Juni 1990, hätte sein Leben vielleicht zum letzten Mal eine andere Richtung gewählt, wenn …, aber die, die etwas wussten, hatte er nun endgültig verlassen. Er empfand ihr Eingeweihtsein als Bedrohung für sein Ziel. Die Menschen seines Zuhauses ahnten nichts. Wer sollte den aufhalten können, dessen Wille unermesslich stärker ist als sein Lebenstrieb? Den, der die Pfeiler seiner Tragik wie Stempel des Schicksals empfand – nicht fähig, die Farbe von sich zu wischen, nicht fähig, die göttlichen Kanäle von Vergessen, von Verzeihung zuzulassen? Welche wirkliche Chance hätte jener Charakter, sein

Schicksal zu lenken, wenn dieses ihn doch unerbittlich trieb? Stärke? Schwäche? Beides prallte unerbittlich aufeinander.

Der Spätsommer quälte mit zehrender Hitze das Land. Die Blätter der Bäume verfärbten sich in alterndes Grün. Die Ähren auf den Feldern standen in goldgelber, berstender Reife. Bis spät abends konnte man das Singen der Grillen hören und es duftete nach Heu. Von einem Tag auf den anderen veränderte sich das gesamte Kasernenleben. Die Wehrpflicht wurde von fünfzehn auf zwölf Monate herabgesetzt. Der Schichtdienst forderte keine zwanzig Tage mehr. Die wenigsten fanden genügend Zeit, sich um eine Arbeitsstelle im Zivilleben zu bemühen. Alle freuten sich darauf, endlich entlassen zu werden, und jeder sorgte sich irgendwie, aber niemand sprach darüber. Mathes und Gerd feierten ihr Ausscheiden gebührend auf dem Oktoberfest. Erst drei Tage später fanden beide nach Hause. Sie hatten sich geschworen, für alle Zeit in freundschaftlichem Kontakt zu bleiben. Aber beide wussten, dass etwas Entscheidendes zwischen ihnen stand. Gerd hatte sich verändert. Er war aggressiver geworden, vielleicht wegen der Albträume, die ihn quälten. Er verkraftete die Geschehnisse von Budel nicht. Mathes schien ihm nicht mehr der Freund zu sein, den er in jeder Angelegenheit ansprechen konnte, denn er hörte kaum noch zu. Sein racheerfüllter Weg hatte ihn ganz und gar aufgezehrt und entfremdet. Auch er verkraftete die Vergangenheit nicht. Dasselbe schwerwiegende Erlebnis, das sie auf eine Weise für immer verbinden würde, hatte sie schließlich doch entzweit.

Anfang Oktober erhielt Mathes eine Arbeitsstelle bei Bosch-Siemens als Service-Techniker im Hausgerätebereich. Es war nicht das, was er für sich erhofft hatte, aber die Zeit drängte – oder eher die Bank. Was sollte es, wenn er für einige Monate Waschmaschinen und dergleichen reparierte, seine Ziele beherrschten andere Ebenen, so dachte er nur für die ersten Tage.

Zunehmend faszinierte ihn diese Tätigkeit. Er empfand es als beinahe orgiastisch, die Kranken und Krüppel wieder zum Leben zu erwecken. Bald übertrug man ihm eigene Verantwortung und er lernte technische, breit gefächerte Flexibilität zu üben. Mit Genugtuung erkannte er mehr und mehr, wie abhängig die Menschen von ihren Maschinen waren. Die angesehene Firma schulte ihn großzügig und vortrefflich. Bereits sechs Monate später erhielt er sogar einen eigenen Montagewagen, mit dem er täglich eine Anzahl von Kunden anfuhr. Eigentlich hätte man sagen können, Mathes glitt auf vielversprechenden Wegen in sein Berufsleben, denn er verdiente von Anfang an gut, außerdem erfüllte die Arbeit sicherlich alle seine Ansprüche und er konnte sich ganz frei bewegen. Zu Hause wartete jeden Abend ein Mädchen auf ihn, um das ihn andere beneideten. Was sollte ein Mann sich noch wünschen? Mathes hätte allen Grund gehabt glücklich zu sein, doch all diese Geschenke, die in die Tiefe dringen sollten, bestanden nur an der Oberfläche. Er wehrte sich an den Abenden zu ihr nach Hause zu gehen, denn die Qualen seiner unentwegten Gedanken suchten nach anderen Orten für ihr verzweifeltes, einsames Schweigen. Sie trieben ihn fort. Meistens verschwendete er die späten Stunden in den rauchigen Höhlen der Stehschenken. Entweder betrank er sich oder er spielte, nicht selten beides. Ersteres verhärtete seine Gedanken, Zweiteres linderte ihren Schmerz. Er fand Genossen aus allen Schichten der Gesellschaft. Jeder Einzelne lebte das Martyrium seines Herzens. In ihrem leidlichen Asyl täuschte der Alkohol über ihre unglücklichen Ehen hinweg, über Resignation und Aufgabe in ihren Jobs oder ein nur noch wartendes Dasein, bis der Tod sie erlösen würde. Nein, nicht eine Täuschung, sondern eine tatsächliche Erlösung für einige wenige Stunden. Schwerlich ließen sich die Erfolgreichen von den Aufschneidern unterscheiden, manchmal erledigte das die Leberzirrhose oder der Infarkt auf ihre ordentliche Weise. Sie mochten Mathes, denn er gehörte längst zu ihnen. Er fütterte ihre zurückblickende Sehnsucht nach Jugend und den Möglichkeiten aller Wege. Irgendwie gelang es ihm immer geschickter, seine beiden Leben vollständig auszuschöpfen. Als er mit Susanne in die Stadtmitte umzog, beherrschte er das doppelte Sein schon annähernd perfekt.

Seine Eltern und er pflegten – ja, sie pflegten ein unheilbeschwörend wohlwollendes Verhältnis. Wöchentlich hielten sie neuerdings ihre gegenseitigen Besuche ab. Herzlich weitsichtig vermittelte Heinrich Held seinem Sohn, wie sehr er dessen unwürdige Tätigkeit verachtete. Allzu leicht ließ sie sich auf ein stinkendes Auspulen von Waschmaschinenpumpen reduzieren. Vater Held bastelte auch weiterhin selbst an seinen eigenen Geräten herum, man musste nicht Fachmann sein für solche Dinge und sogar Neugeräte würden sich ohne die Beziehungen seines Sohnes weitaus günstiger beschaffen lassen. Der Vater hatte nicht gewusst, wie sehr Mathes seine Achtung und sein Vertrauen gebraucht hätte, oder doch? Vielleicht wäre es nicht wichtig gewesen, ob eine Reparatur oder ein Neukauf Geld verbraucht hätte. Ein bisschen Geld für ein Gefühl. Mathes hatte ihn wirklich gehasst damals, nicht so wie den Kindsmörder, eher aus einer Eifersucht auf etwas Nicht-zu-Greifendes, die einem jegliches Selbstwertgefühl rauben will.

Heinrich Held äußerte seine Missachtung in der Regel nicht direkt, denn Mathes' Jähzorn war gefürchtet. Die ängstlichen Tränen seiner Mutter glänzten manchmal schon vor seinem dritten Bier, nach Genuss desselben prallten zwei völlig verschiedene männliche Charaktere unausweichlich und brutal aufeinander. Der Vater bestand auf seiner Familie. Sie mussten seine Werte leben. Ehrliche, gute, befohlene Werte. Er kannte sich damit aus, denn er arbeitete seit vielen Jahren in einer vielleicht repräsentativen Staatsstellung. Genau wusste das nur er selbst. Dort lernte man zu sortieren, mathematisch, nach Vernunft und Wert oder Dummheit und Übel. Sein Vater – sein Staat! Als Kind war Mathes stolz auf seinen Vater gewesen, weil dieser anders als andere Väter einen geheimnisumwitterten Beruf mit einem zweiten Ausweis ausübte. Mathes wusste vom Kalten Krieg. Später hatte er jenen Kalten Krieg selbst empfindlich zu spüren bekommen, als er begriff, dass er nichts über seinen Vater wusste – absolut nichts. Warum konnte er ihm nicht vertrauen? Die Sehnsucht danach würde das nicht verstehen. Zum Teufel mit Sicherheit, Verantwortung oder Angst! „Was", schrie Mathes, „was um Gottes willen kann zwingender sein als Vertrauen zu den eigenen Kindern?" Der Sohn liebte verzweifelt einen Mann, der ihm doch seine Gegenliebe ein Leben lang versagte, weil er ihn unentwegt betrog. Mathes verachtete diesen Staat, der ihm den Vater genommen hatte, abgrundtief. Längst sah er ihn eingeschmolzen in dem klardeutschen, systemen Glas, aber er wehrte sich unaufhörlich gegen ein Verstehen. Mutter hatte nichts damit zu tun. So schwach schien sie. Schwäche schützte er, gegen Stärke musste er kämpfen.

Mit den Veränderungen in der neu bezogenen Wohnung vermischten sich mehr und mehr die dunklen Ströme seines Inneren mit den klaren, lichtgetränkten Wassern seines Lebens. Susanne spürte, dass irgendetwas bedrohlich zwischen ihnen stand. Ihr weiblicher Instinkt warnte vor Heirat und der Familie, die sie sich doch beide miteinander wünschten. Verzweifelt versuchte sie ihn ganz zu erkennen, wie fremd konnte er sein! Die gemeinsamen Stunden und Tage waren wunderbar. Mathes schenkte sich ihr ganz und gar. Niemals schwankte seine unermessliche Liebe zu ihr, seine Sehnsucht und verlangende Leidenschaft. Über sechs Jahre waren sie bereits zusammen, und jeder hätte meinen können, ihre Liebe stände erst in den jungen, unersättlichen Knospen. Wenn er sie ansah, wenn er ihre Stimme hörte oder auch nur den Luftstrom einatmete, der sie begleitete, wusste er, dass er sie unvergleichlich vergötterte. Oft in solchen Momenten aber verspürte er zur gleichen Zeit eine ahnungsvolle Angst. Er wäre nicht mehr fähig, ohne sie zu leben, das fühlte er deutlich. Langsam, leise und grausam würde sein Sterben sein. Mit einem Mal verstand er das große Gebot: „Du sollst keine anderen Götter neben mir haben!" Er durchschaute, dass Gottglaube innere Sinnesbewusstheit bedeutete. Nicht das Gebet zu Göttern aller Wesensarten, nicht das Gebet zur Sonne oder dem Mond bedeutete Versündigung, denn in allem verkündigte sich das Eine, das Kosmische und Allmächtige. Jeder Mensch durfte auf seine Weise und in seiner ehrwürdigen Religion das gleiche, einzigartige, ewige Ziel finden. Erst dort, wo der eigene, freie Weg Einschränkungen von selbst herbeigesehnten Hindernissen erfährt, dort beginnt der Aberglaube. Vielleicht hatte Mathes seinen Gott längst für sie getötet. Das Nachdenken darüber würde ihn Jahre später beinahe in den Wahnsinn treiben. Menschen bemühten sich unentwegt in ihren materiellen und gierenden Süchten ihren Gott zu vernichten. Materialismus konnte Mathes kaum erfassen, dafür steckte die Spiellust zu tief in ihm. Spieler sind keine Materialisten, ihr Gewinn, ihr wirklicher Einsatz ist nicht das Geld. Susanne liebte ihn, er fühlte ihre Liebe und für diese musste er leben. In ihr entdeckte er die nicht fassbaren Dinge einer Welt, die wundersamen scheinbaren Nebensächlichkeiten, die sie erst eins werden ließen. Er tat es jede Sekunde, erfüllt von ihrer Nähe. Sein zweites Selbst jedoch kämpfte oft unnachgiebig dagegen an. Manchmal verfinsterte sich alles in ihm. Seine Gedanken gärten. Die Nachmittagsstunden der Sonntage brachten jedes Mal diese unerklärlichen Veränderungen mit sich, die Susanne in ihm verspüren konnte. Jene fremde, bedrohliche Starrheit. Ihr Vertrauen begann zu schwinden, denn seine Lügen hatten nicht immer Boden gefunden … Zu viele Nächte kam er sehr spät nach Hause. Er stank nach Alkohol. Meistens hatte er sich in irgendeiner Kneipe betrunken, immer und immer wieder die kleine Sarah vor seinen Augen. Sein Kind ohne Gesicht! Die schlimmste Qual für ihn bestand darin, dass er niemals das Gesichtchen gesehen hatte. Nur ein lebloses Leinenbündel vor seinen Augen. In den Träumen seiner Nächte sah er Ungeziefer an den Rändern des Körbchens. Harry wiegte es und er lachte höhnisch dabei. Wenn nicht dieser wiederkehrende Traum ihn peinigte, so erlebte er die Bilder seiner Kindheit. Klare Bilder voller Einzelheiten. Er war dann kein Kind mehr, doch die Umrisse – alles so wie früher. Er redete mit seinem Vater. Dann schrien sie. Mathes würde nicht nachgeben. Er schlug zurück. Dann fühlte er die schmetternden Hiebe auf seinem Rücken. Keiner dieser Träume hatte ein gutes Ende. Nie vermochte er sich ernsthaft zu wehren, kaum schützen konnte er sich und seine eigenen Fäuste schlugen ins Leere. Oftmals schrak er schweißgebadet auf. Sein Puls raste. Susanne streichelte ihn dann liebevoll, sie schliefen sehr eng beieinander. Sie kannte einen Teil seiner Träume. Gewiss kehrten sie unaufhörlich wieder. Auch sein Umfeld hatte sich verändert. Man kannte ihn an den Orten des Münchner Milieus und nicht nur in seiner Stadt. Einige Freundschaften hatte er geknüpft am konturlosen Rande der Unterwelt. Er trank mit Bikern und Truckern, Kleinganoven und Dealern, Luden und ihren Mädchen. Die Nutten mochten ihn, denn es schien ihm völlig egal zu sein, wie sie ihren Unterhalt bestritten, er war einfach nur nett und offen. Er hörte ihnen zu – ohne Tricks. Nur selten gewährte ihnen jemand ein wenig Charme und Achtung. Sie sehnten sich heimlich danach, denn ihre Orgien waren einsam. Vielleicht wussten sie, dass auch sie ihm etwas gaben. Sie, die Prostituierten – eingeweihter und fähiger zu fühlen als die meisten der braven Bürger. Ihre Freundschaft und ihr Verständnis für menschliche Nöte und Lüste – vielleicht dasselbe – konnten unermesslich sein. Huren lachen nicht über Menschen außerhalb des Normalen. Wahrscheinlich wissen sie mehr von den Seelen als die strengen Priester. Mathes' ergiebigster Reparaturschwarzmarkt befand sich in den Bordellen und Klubs von München. Sie zahlten gut und prompt, so wie sie es selbst von ihren Kunden erwarteten. Aber all dies berührte Mathes nur am Rande. Er nutzte seine ständig wachsenden Beziehungen zielgerichtet für die Informationen, die ihn irgendwann zu Harry führen würden. Ohne Zweifel konnte es schwerlich noch eine Rotlichtszene in Deutschland geben, in der der Jugoslawe existierte, ohne dass Mathes dies in Erfahrung gebracht hätte. Viele hatten das Foto gesehen, das ihm Catharina Dante in Amsterdam ungewollt überlassen hatte. Man konnte kaum noch etwas darauf erkennen, so abgegriffen war es von unzähligen Händen. Zweimal war Mathes zu Rolf nach Hagen gefahren, dann zu einem Klubtreffen des Gremiums nach Mannheim. Ein Tipp hatte ihn nach Stuttgart geschickt, ein anderer zum Kiez von St. Pauli. Doch jedes Mal hatte es sich um Verwechslungen oder Irrtümer gehandelt. Und jedes Mal hatte er alles aufs Spiel gesetzt. Susanne glaubte, er befände sich auf Montage oder irgendwelchen Schulungsseminaren, in der Firma galt er als plötzlich erkrankt. Die eingenommenen Gelder von seinen abgeschlossenen Kundenaufträgen verbrauchte er in den Hotels. Irgendwie würde er nach seiner Rückkehr die Summen wieder auftreiben. Es gelang ihm immer. Seine Verschuldung wuchs unaufhaltsam, und längst verschlangen Zahlungsraten und Zinsen an zweifelhafte Geldinstitute einen beträchtlichen Teil seines Gehalts.

Den ersten wirklichen Hinweis erhielt Mathes ausgerechnet im „Adams", einem der Münchner Szenelokale, die er öfter besuchte. Der junge Jugoslawe neben ihm am Tresen trug einen eleganten Anzug, wie ihn sich nicht jeder leisten würde. Belanglos hatte das Gespräch begonnen. Es war bereits nach zwölf Uhr in einer der Nächte, die Mathes in ihren Bann zwangen. Sie trieben ihn. Mathes musste am folgenden Tag eigentlich Kundenaufträge erledigen, aber eine unerklärliche Kraft hielt ihn zurück. Er fürchtete sich vor seinem Schmerz, wenn in seinem friedlichen Zuhause alle Gefühle aufeinanderprallten. Der Mann begann von seiner Heimat zu schwärmen. Plötzlich fiel der Name dieser Stadt. Mathes musste nachfragen, denn sein gut aussehender Gesprächspartner sprach kein fließendes Deutsch. „Porto Rosz – kleine Stadt am Meer mit einem schönen Fischerhafen", sagte er. Mathes sog seine Worte auf wie ein Süchtiger. Er zitterte vor Erregung. Der Jugoslawe merkte nicht, dass er gerade intensiv ausgehorcht wurde. Milan hieß er, der nun auf Mathes' Kosten trank. Er kannte Mirco gut, sie waren Cousins und befreundet. Mathes behauptete dasselbe und zeigte ihm die Fotografie. Den ganzen Sommer über sei Mirco alias Harry in Slowenien gewesen, glaubte Milan zu wissen. Überall herrschten Unruhen. Jugoslawien zerbrach.

Slowenien schrie nach Unabhängigkeit, ebenso Kroatien. Sie hassten die Serben und noch mehr die bosnischen Muslime.

„Ist Mirco noch in Porto Rosz?", fragte Mathes emotionsloser als notwendig. – „Ich nicht wissen", sagte Milan, „geht nach Kroatien. Wenn Krieg, kämpfen für Familie in Kroatien. Jetzt schon Krieg – bald Krieg mit Waffe." Mathes trank mit Milan, bis der Morgen dämmerte. Als er schließlich das „Adams" verließ, fühlte er sich vollkommen nüchtern und er wusste um einiges mehr.

Die Suche in Deutschland war eine Irrfahrt gewesen, vielleicht aufgrund der mächtigen Fänge des Niederländers Jan Van der Gracht. Harrys Familie lebte im südlichen Dubrovnik. Ein Onkel in Porto Rosz. Die ausführliche, wertvolle Adresse stand auf dem Zettel in seiner Jackentasche. Von einer Telefonzelle aus rief er bei seiner Kundenzentrale an und beteuerte, dass er todkrank und auf dem Weg zum Arzt wäre. Sie wünschten ihm beste Genesung, wenn auch mit unverschämt zweifelndem Unterton. Als er auflegte, fühlte er sich prächtig.

Gegen sieben Uhr erreichte Mathes ihre Wohnung. Susanne hatte voller Sorge kaum geschlafen, das tat ihm sehr leid. Seine Lippen formulierten mühelos eine Lüge. Dann küsste er sie. Wenige Minuten später schlief er ein, das Bett roch noch nach ihr. Sein Gesicht vergrub sich in ihrem Nachthemd. Er war seinem Ziel so nahe. Und dann wäre er nur noch für sie da. Er würde sie verwöhnen und lieben, sodass sie alle Stunden des Wartens wie einen schlechten Traum vergessen könnte. Wie schön sie aussah in seinen Gedanken – zärtlich und sexy! Und irgendwann würde sie die Mutter ihrer gemeinsamen Kinder sein, vielleicht schon bald. Er wünschte sich ein Mädchen. Zuallererst ein Mädchen. Lisa würde sie heißen.

Zwanzig Tage später brach in Jugoslawien der Bürgerkrieg aus. Anfang September 1992. Ein unerbittlicher Bruderkrieg, der seine Schrecken schon in dem ersten Winter offenbarte. Die Welt zögerte, denn sie wusste nicht, wie sie reagieren sollte, und wieder wartete Mathes. Er wartete gleich einer Spinne in ihrem Netz, die bewegungslos ausharrt. Die Berichte der Nachrichtensendungen bemächtigten sich seiner an jedem Tag auf sonderbare Weise. Die Meldungen berührten die Wunde in seinem Herzen. Sie legten eine Kruste darüber. In Dubrovnik wüteten die Granaten ohne Unterlass. Mathes prägte sich die vernichtenden Bilder ein, den Fluss, der die Stadt teilte, und zerschlagene Brücken. Er suchte Gesichter. Viele kroatische Männer, die er aus den Wirtshäusern in München kannte, entschlossen sich nach Hause zu fahren, um für ihre Familien und Häuser zu kämpfen. Andere holten ihre Frauen und Kinder auf gefahrvollen Wegen nach Deutschland. Manchmal dachte Mathes daran hinunterzufahren, doch es blieb bei dem Gedanken. Das Leben seiner Gegenwart lähmte ihn. Das Schicksal der Menschen dort berührte ihn. Regelmäßig telefonierte er mit Diana, sie stand kurz vor dem Ende ihrer Lehrzeit. Karl Lederer hatte sie lieb gewonnen, sie würde wenigstens in seinem Hotel bleiben, bis in ihrem Lande wieder Frieden herrschte. In Pula war noch immer alles ruhig. Von Anja hörte er kaum noch etwas. Sie lebte nun in Amsterdam, zusammen mit einem Studenten des Schiffsbaus. Er war ein Gaststudent aus Neuseeland. Nick sagte, sie sei stiller geworden, aber es gehe ihr gut. Zum Ende des Jahres würde sie mit ihrem Freund weggehen. Jedes Mal sprachen sie über Harry. Nick forderte von Mathes das Versprechen, es ihm mitzuteilen, falls er ihn wirklich gefunden hätte. Wie er sagte, bohrten auch in ihm die Rachegedanken. Er verschwieg seinem Freund jedoch die Angst, dass sich dieser durch eine Tat ins Unglück stürzen würde, von der es kein Zurück mehr geben konnte.

Klaus befand sich nun längere Zeit in München. Sie sahen sich oft. Es gab keine Lügen mehr wegen heimlicher Reisen in irgendeine Stadt. Die Lügen veränderten sich. Er fand keinen Willen und keinen Weg aus seiner inneren Ruhelosigkeit. Unzählige Nächte verschwendete er in den Kneipen und einschlägigen Lokalitäten. Zur Marionette seines Doppellebens war er geworden. Lügen jonglierten mit dem Geld, das er verdiente und vielfach verbrauchte. Irgendwann begann sogar die Suche in ihm einzuschlummern. Er hatte sich an den Zustand des Wartens gewöhnt und bemitleidete sich selbst. Müde, voller Gleichgültigkeit ersäufte er die Bilder seiner Träume. Zwei ganze Jahre waren so vergangen. Wieder bezog er mit Susanne eine andere Wohnung, diesmal im Osten von München. Es schien gerade noch zur rechten Zeit zu sein, denn längst schwebten die Schatten der vergangenen Jahre über ihrer einst glücklichen Beziehung. Bewusst versuchte sich Mathes aus seiner paralysierten Lebensweise herauszureißen. Beide glaubten an einen gemeinsamen Neubeginn. Ein letzter verzweifelter Versuch. Ein verzweifelter Kampf. Mathes vermochte nicht mehr in einigen Wochen das zu verändern, was tiefe Furchen in ihn gegraben hatte. Wirkliche Festigkeit für einen geordneten Lebensweg hatte nie in ihm bestanden. Mathes wusste das. Auf der Flucht vor der zermalmenden Vaterhand hatte sein Mädchen ihn gehalten, ihm Nahrung gegeben für seinen Stolz durch ihre Liebe. So viel Liebe hatte ihn stark gemacht und abhängig. Seinem verunsicherten, jungen Selbstwertgefühl hatte sie Lebendigkeit und Kraft geschenkt. Jene Art des Stolzes, die Männer ungebückt gehen lässt. Vielleicht hatte Harry gerade in dieses Selbstwertgefühl seine Messer gestoßen. Mathes fühlte sich dazu verdammt, ein Leben lang den gleichen Kampf zu kämpfen. Er ahnte nicht, dass die Lösung seiner Konflikte nicht mehr durch Handlungen stattfinden konnte, sondern nur noch in ihm selbst. Der wundersamen Tiefe, die ihn befreit hätte, entfloh er ständig, denn er fürchtete die Schmerzen – die Einsamkeit. Sein unbewusstes Verlangen nach ihr und der Stille erfüllte sich nur in geringem Maße, wenn er einzelne Tage für sich allein an den Amperwassern verbrachte. Dort fühlte er Traurigkeit und seinen Herzschlag. Doch niemals genügte sein Vordringen. Die verworrene Gegenwart rief ihn immer wieder zurück. Sein Leben schien keinen anderen Sinn zu haben als ein immerwährendes Überwintern. Im Juli des Jahres 1994 kündigte er seine Arbeitsstelle. Sie hatten ihn gemocht und eine Zeit lang war er eine fähige Kraft für sie gewesen, doch dann war er unzuverlässig geworden. Seine Wechselhaftigkeit bedrohte die Menschen um ihn, ihre feste Welt. Sie sagten, er müsse über seine unschwer zu erkennenden Probleme reden. Wie nur sollte er das? Ihre zunehmend offeneren Anklagen wollten ihn in eine Falle locken. Sie bedrängten ihn einzugestehen, dass er ein Trinker sei. Dabei wusste er es selbst nicht, außer dass seine Empfindungen durch den Alkohol klarer wurden. Allmählich drückten ihn die Schläge zu Boden. Die Menschen seiner Umwelt fürchteten sich ahnungsvoll vor der Zeitbombe, die in ihm schlummerte. Sein soziales

Haus schien endgültig einzubrechen. Seltsamerweise verstand er sie alle. Sie mussten sich selbst schützen. Indem er sie verachtete, musste er nicht zornig auf sie sein. Irgendwie waren die letzten Stunden in der Firma traurig gewesen, obwohl sich Mathes nun ein Stückchen freier fühlte. Am selben Tag verließ ihn Susanne. Ohne weiteren Streit, quälend leicht verlief die Trennung. Bis er ein Zimmer gefunden hätte, würde er noch in der gemeinsamen Wohnung bleiben. Von jenem Tag an sah, fühlte, atmete er die Geliebte in fassbarer und dennoch unerreichbarer Nähe. Er glaubte innerlich verbrennen zu müssen. Harry verlachte ihn höhnisch in jeder Nacht der Träume. Deutlich sah er das verhasste Gesicht. Harry hatte ihm nun auch die Frau genommen. Erst sein Kind, jetzt sie!

Zitternd füllte Mathes wieder und wieder das Glas. Die Zeit war gekommen. Noch in dieser Woche würde er nach Kroatien fahren. Kein Krieg vermochte einen Mann aufzuhalten, der sich nicht mehr um sein Leben scherte. Der sich um nichts mehr scherte. Was konnte er noch zu verlieren haben, was? Es kündigte sich wieder ein schöner, warmer Sommertag an und wieder saß Mathes schon zur frühen Mittagszeit zwischen den Fleischern und Händlern in der verrauchten Schwemme des Schlachthofviertels. Es herrschte eine lautstarke, grobe Atmosphäre. In den vergangenen Wochen hatte ihn dieser Ort öfter angezogen. Wissentlich befand er sich hier unter denen, die ihr Leben aufgegeben hatten, in ihrem heimlichen Zuhause. Er sah in ihre Gesichter und fragte sich, ob sie in ihrer Gesellschaft wirklich jemals eine Chance gehabt hätten. Eines nämlich stand ohne Zweifel fest: Sie hatten versagt, irgendwann waren sie für immer stehen geblieben. Jeder weitere neue Tag würde ihnen dieselben Gespräche bringen. Sie würden ihre Trinkkumpane beleidigen und selbst beleidigt werden, ohne es eigentlich zu registrieren. Am Abend schließlich würden sie wieder ihren täglichen Vollrausch in irgendeine der verkommenen Altbauwohnungen des Viertels tragen, in jenes Zuhause, das nichts als eine Lüge war. Sie sahen in den Gesichtern der jeweils anderen ihr eigenes, verabscheuungswürdiges Spiegelbild und doch konnte es sich keiner eingestehen, denn das wäre ein Fortschritt gewesen. Alles würde so weiterlaufen, bis zu dem Tag, an dem man nicht mehr käme und ihre Gespräche sich für einige Stunden an eine Todesanzeige klammern würden. Hier starb man keine natürlichen Tode. Vereinzelt fanden sich in der Bierschwemme auch hartgesottene, sichtlich vom Leben mehr begünstigte Gäste ein. Ihr Voyeurismus war unerträglich. Niemand fühlte sich wirklich wohl. Die spartanischen Stühle und Bänke ließen selten einen freien Platz.

Mathes' Kartenspiel wirkte an diesem Tag unkonzentriert. Immer wieder schielte er zu dem Tisch in der hinteren Ecke. Dort ruhte wie gewohnt der Wirt, müde seiner trägen, zapfenden Bewegungen. Er unterhielt sich laut mit seiner übergewichtigen Frau und der nicht weniger umfangreichen Bedienung. Zwei weitere ältere Männer kannte Mathes nur von dem flüchtigen grüßenden Kopfnicken an jedem Morgen und Abend. Sie redeten angeregt über ihre bevorstehende Reise. Franz war gebürtiger Kroate. Nach bald fünfundzwanzig Jahren Gastwirtsarbeit in München beabsichtigte er nun seinen Lebensabend in der Heimat zu verbringen. Er hatte dort ein Haus gebaut, das über den Hügeln von Pula stand, dem Geburtsort Dianas. Einige Zeit schon hatte Mathes einen Plan gefasst, heute würde er seinen ersten Schritt tun. Franz musste ihn einladen mit ihnen zu kommen, selbst wenn er sonst nie Fremde und noch weniger Gäste zu sich einlud. Ein nicht funktionierender Elektroherd und verschiedene anstehende Kleinreparaturen, von denen Franz ihm erzählt hatte, mochten ausreichenden Grund bieten. Im Laufe des Nachmittags setzte Mathes sich mit an den Tisch des Wirtes. Sie tranken mehrere Runden scharfen jugoslawischen Walnussschnaps, den Mathes freigiebig spendiert hatte. Beinahe beiläufig erwähnte er, dass er ein Sortiment der gebräuchlichsten Heizplatten und Schalter für Herde zusammengestellt habe. Dabei betonte er scheinbar ratlos, dass die Fehldiagnose und Reparatur wohl leider einiges Fachwissen abverlangte. Es dauerte nicht besonders lange, bis Franz ihn zu überreden versuchte, sie doch zu begleiten, vor allem auch, weil ihr Fahrer für den Kleinbus diesmal ausgefallen sei. Mathes schien ihm mit einem Mal wie die Lösung für alle bestehenden Probleme. Die zwei dickbackigen Weiber schwatzten schwärmerisch auf Mathes ein, bis er schließlich scheinbar großzügig nachgab und beteuerte, ihnen gerne diesen Freundschaftsdienst erweisen zu wollen. Die Wirtsfrau zügelte für einen Moment ihren Geiz und gestattete ihrem Franz murrend, die nächsten Runden zu spendieren. Sie feierten gegenseitig ihre vermeintliche Schlauheit.

Zwanzig Minuten vor der Sperrstunde betrat ein neuer Gast die Kneipe. Ein Gast, der eine entscheidende Rolle in Mathes' Leben spielen sollte. Ein Mann, der ihn vom allerersten Augenblick an ungewöhnlich faszinierte. Es gibt sie, diese Strahlen, die in einer einzigen Sekunde zwischen Menschen überspringen, völlig willenlos – um Schicksale von da an unweigerlich zu vereinigen. Er mochte etwas über vierzig Jahre zählen. Das glänzende, schwarze Haar durchsetzten bereits vereinzelt graue Strähnen und er trug es modisch kurz geschnitten. Trotz seines glatt rasierten, tief gebräunten Gesichts musste man einen äußerst starken Bartwuchs vermuten. Seine gesamte Erscheinung wirkte rassig, jedoch keineswegs fremdländisch. Franz begrüßte ihn überschwänglich wie einen lange vermissten, sehr nahen Freund. Mathes betrachtete ihn interessiert. Über der Brust seines leuchtend roten Overalls stand die Firmenaufschrift „*POGI – KOMPRESSORENTECHNIK*“. Die Hände des Fremden schimmerten von mattem Arbeitsschmutz, wirkten gleichzeitig aber nicht ungepflegt. Es mochte an der gossenbehafteten Umgebung jener Gaststätte gelegen haben, dass Peter nicht einfach nur eingetreten war, sondern eher erschienen. So wirkte das eindeutig auf Mathes. Die Atmosphäre des Raumes hatte sich plötzlich seltsam, auf sehr angenehme Weise verändert. Seit einigen Wochen befand sich Mathes an dem verlorensten Tiefpunkt seines Lebens, er fühlte empfindlich und ohne Unterlass seine ständige Begleiterin, die Verzweiflung. Dieser unbekannte Mann mit der ungewöhnlichen Aura strahlte auf ihn geballt all das aus, wonach er sich selbst sehnte. Peter lachte voller Leichtigkeit das attraktive Lachen des puren Erfolges. Optimismus versprühende Lebensfreude, die jeden Schatten verbleichen ließ. Es schien vom ersten Augenblick an, als habe dieser Mann die Wege des Lebens begangen, denen Mathes' Suche galt. – Völlig frei von den normalisierenden Zwängen eines Alltagsgeschehens und dennoch erfolgreich und glücklich. Wie gut es tat, ihn genau zu beobachten! Insgeheim ahnte Mathes sein, Schauspiel – fast als wäre alles eine einzigartige, schöne Lüge, die Licht in die eigenen Schatten bringen wollte, aber irritiert sah er eben diese Auswirkungen auf all die anderen. Zudem hätte er sich solch ein Eingeständnis niemals gemacht. Dieser Mann verbreitete voller Leichtigkeit eine unbeschreibliche, erhebende, positive Kraft. Es dauerte kaum einige Minuten, bis Mathes und Peter in ein gewitztes, zwangloses Gespräch verwickelt waren. Ein Gespräch, das niemanden im Raum ausgrenzte. Peter arbeitete freiberuflich für die Kompressorenfirma. Sein Tätigkeitsfeld umfasste ausschließlich die Errichtung und Wartung komplizierter, technischer Anlagen in Krankenhäusern. Seit mehreren Jahren hatte er sich vorwiegend auf den nördlichen Teil Italiens eingestellt und dort bereits einen beachtlichen, fast monopolistischen Kundenkreis erwirkt. Keines seiner offenen, vertrauensvollen Worte ließ in Mathes irgendeine Art von Zweifel zu. Wundersam schienen seine unzähligen inneren Puzzles in Peter verkörpert worden zu sein, es hatte Sinn zu suchen, zu warten. Irgendwann müsste alles wieder aufwärtsgehen, das hatte er immer gefühlt, und diese tiefe Gewissheit würde ihm noch manches Mal die Kraft geben, gegen die Gedanken der Selbstmörder. Nein, zu keiner Zeit war Mathes ein Selbstmörder gewesen, auch kein insgeheimer. Eher glaubte er an die höheren Ziele in seiner Lebensbestimmung. Der Himmel hatte ihn an diesem Tag mit Peter zusammengeführt. Was für ein wundervoller Tag! Es schien fast so, als würde sich Mathes für die eindeutige Ahnung seines beginnenden Glücks bewerben. Auch Peter schien jemanden gesucht und gefunden zu haben. Die anderen Gäste mussten den Anfang ihrer Freundschaft gespürt haben, sie verhielten sich irgendwie anders als sonst. Mathes verkörperte in Peters Augen seine eigene Jugend, Triebe, Willen und Kraft. Jene Eigenschaften, die das Leben öffneten, Risiken hervorriefen – und Macht erzeugten. Er würde ihn zu einer eigenen, starken Persönlichkeit führen, würdig seiner selbst und fähig, ihn im Kreise der Gesellschaft zu reflektieren, in der er seine Rolle spielte. Sie tranken bis nach Mitternacht und beide fühlten stolz die erwachende Abhängigkeit voneinander. Etwas Seltsames war in den wenigen Stunden geschehen, das man als Beginn einer anhaltenden Freundschaft bezeichnen könnte. Vielleicht eine Art der Liebe oder eher ein symbiotisches Verhältnis? Oft konnten die Menschen beides nicht unterscheiden. Franz hatte diese Dinge weniger kompliziert und recht wohlwollend betrachtet, damit gehörte Mathes endgültig zu ihnen und ihrer Reise stand nichts mehr im Wege.

Später verlagerten sie ihr Gespräch in Peters Wohnmobil, das er an der Straße geparkt hatte. Mathes fühlte keine Müdigkeit, sondern sich dem Leben wieder so nahe wie schon seit langer Zeit nicht mehr. Sie tranken Rotwein und aus der kostspieligen Musikanlage ertönte Gianna Nannini. Mathes erzählte eine ganze Menge von sich und sprach über seine technischen Fähigkeiten. Peter wirkte nicht wie ein Fremder, er fand zunehmend begeisterten Gefallen an dem Gedanken, mit Mathes im Team zusammenzuarbeiten. Er könnte viel verdienen bei ihm und alles hinter sich lassen. Mathes brauchte dringend das Geld – und Abstand. Er erzählte Peter von Susanne. Dabei erwähnte er nicht seine noch immer quälende Liebe zu ihr. Peter verstand trotzdem. Er hörte ihm zu und setzte einen süßen Keim in ihn, nämlich die wundersame Gewissheit, dass er unweigerlich in einem Jahr die Gipfel erreichen könnte, die alles veränderten. Dann würde er als neuer Mann des Erfolges und der unendlichen Möglichkeiten vor der Geliebten erscheinen. Wie sanft und voller Güte die Wege des Schicksals doch ihre Wendungen nahmen! Mathes durfte reden, ohne ein Gefühl von Angst oder Misstrauen. Der traumatische Schorf über seinen Wunden riss endlich einmal auf. Wie erlösend floss der Eiter heraus. Das war bisher nur ein einziges Mal passiert – fast. An einem Lagerfeuer spät in der Nacht, als nur noch Alexandra neben ihm saß. Er kannte sie seit seiner Schulzeit und hatte sie vom ersten Augenblick an wie eine kleine Schwester geliebt, daran hatte sich nie etwas geändert. Ihr hätte er beinahe alles erzählt. Das lag nun über ein Jahr zurück. Er wollte damals sein gegenwärtiges Leben gänzlich zurücklassen und in den Süden Italiens gehen, um dort von vorn zu beginnen. Nur das hatte er ihr gesagt, nicht viel mehr. Sie hatte nicht versucht, es ihm auszureden, trotzdem fehlte ihm wohl schließlich doch das letzte Quäntchen Mut für einen Neuanfang, weil ein solcher gleichzeitig auch immer ein Ende bedeutete. Dann hatte er geschwiegen, gerade noch einmal der Romantik des Lagerfeuers entronnen. Er durfte nicht mit den Menschen reden, die er liebte, denn zu tief saß die Angst in ihm. Angst, sie zu verlieren. Susanne, ihre Familie und die Kinder … Alexandra. Um andere ging es nicht. Ungebändigt durfte er in dieser Nacht seine Gefühle in kurzzeitig befreiende Worte fassen. Seine Augen glänzten im Licht der Kerze manchmal voller Hass, dann wieder erfüllt von tiefer Traurigkeit. Der neu gewonnene Freund schenkte ihm in diesen entscheidenden Momenten wirkliche und mannhafte Teilnahme. Nicht Mitleid und nicht Bewunderung, sondern offene und gebende Wertschätzung verspürte Mathes durch Peter. Er versuchte nicht zu erwägen oder Richtig von Falsch zu unterscheiden, er achtete einfach die Motive – ganz einfach, ohne Wenn und Aber. Mathes' äußere Ohren erfuhren erstmals die Bestätigung, dass dieser gnadenlose Weg der Rache Sinn und Berechtigung hatte. Wie unendlich gut das tat!

Wenige Tage später chauffierte Mathes den Wirt und seine zentnerschwere Gesellschaft in deren überladenem Kleinbus nach Kroatien. Gegen Mitternacht fuhren sie von München los. Eine mühsame, jedoch faszinierende Nacht für Mathes. Erst im österreichischen Hinterland ließ der starke Regen etwas nach, bis irgendwann schließlich der aufklarende Himmel seine Sterne zeigte. Die Luft fühlte sich merklich wärmer an. Ljubljana lag bereits hinter ihnen. Schier endlos schlängelte sich die schmale

Straße durch urwüchsiges, sonnenverbranntes Gelände. Franz und sein Fahrer schliefen als Einzige nicht in ihrem Wagen, aber sie schwiegen. Manchmal verringerte sich ihre Geschwindigkeit so sehr, dass man die Grillen ihr südliches Lied zirpen hören konnte. Oberhalb Rijekas erreichten sie endlich die neue Küstenstraße, die bis zur albanischen Grenze führen würde. Mathes ahnte nicht, dass gerade diese Straßenkreuzung bald Bedeutung für ihn erlangen sollte. Linkerseits, Richtung Zagreb, erhoben sich hügelige Landschaften. Dann wurden diese von mächtigen Felsen abgelöst. Auf der rechten Seite ging es steil bergab. Franz bemerkte, dass sich unterhalb die alte Küstenstraße entlangwinde, aber die Nacht schluckte ihr Gesicht. Das Meer glitzerte im Licht der Sterne. Mathes verspürte ein seltsam sehnliches Herzklopfen, wie jedes Mal, wenn er sich dem Ozean nähern durfte. Ein riesiger Schornstein ragte weit aus den scheinbar erstarrten Wellen. Er spie meterhohe Feuerzungen in den Himmel. Welch ein Schauspiel menschenerschaffener Technik! Eine Raffinerie hatte sich durch ihr ewiges heißes Licht zu einer Sehenswürdigkeit hervorgetan.

In den frühen Morgenstunden schließlich erreichten sie Pula. Alle Gedanken, die Mathes begleiteten, flüsterten nur noch, denn die anstrengende Fahrt hatte ihn ermüdet. Die Gelegenheit zu schlafen jedoch sollte ausbleiben, bis kaum noch ein Bedürfnis bestand. Niemand hätte versucht, sich der Begrüßung einer kroatischen Großfamilie zu entziehen, die sie auf hochprozentige Weise bis in den Morgen feierte. In Pula galt Franz als reicher Mann. Sein Besitz ließ sich kaum mit den anderen Häusern des ruhigen Ortes vergleichen. Er glich eher einem Gästehaus mit vielen Zimmern und mehreren Bädern. Die Einrichtung wirkte einfach, aber nicht ungemütlich. Eine ausladende Terrasse begrenzte das Grundstück. In deren Mitte befand sich ein Schwimmbecken und am Rande hatte man einen prächtigen Brotofen aufgemauert. Der Zweck dieser Feuerstelle schien verschiedener Art zu sein, denn über rot glühenden Holzscheiten brutzelte ein ganzes Lamm. Das würzig duftende Walnussholz ächzte, wenn der triefende Saft des

Fleisches in der Hitze verdampfte. Die Luft schien Schlieren zu ziehen, als wüchsen durchsichtige Fäden aus den Mauern des Ofens empor. Mathes erlebte diesen Tag fast wie einen Traum. Neidlos und doch sehnsüchtig fühlte er das Glück dieser einfachen Menschen. Sie lachten und sangen. Ein alter Mann tanzte und die Kinder ergriffen seine Hände und sie drehten sich mit ihm. Nicht für einen Moment fühlte sich Mathes wie ein Fremder. Sie hatten offene Herzen. Eigentlich hatte er beabsichtigt, noch am selben Tag mit Peter nach Porto Rosz aufzubrechen, welcher nach einer nächtlichen Zwischenrast erst zu Mittag zu ihnen gestoßen war, aber ungeachtet aller Pläne verrannen die Stunden. Irgendwann deutete Peter auf seine Uhr. Die Sonne war bereits untergegangen. „Wir müssen los“, sagte er, während er wieder die Gläser füllte. Es klang eher wie eine Frage. Mathes zögerte. Peter lachte: „Das Leben hier bedeutet Intensität, niemand hält einen auf und doch ist es unmöglich zu gehen, wenn sie Feste feiern. Der Wein ist schneller als die Gedanken.“ Er hatte recht. Was drängte ihn? Es gab niemanden, der noch irgendwo auf ihn wartete, absolut niemanden. „Morgen, Peter, oder übermorgen. Wir sind frei, wirklich frei!“ – „So ist's richtig, Junge! Du wirst mit jeder Minute freier und damit ein Stückchen mehr du selbst. In ein paar Wochen wirst du alle auslachen, weil du dann erkannt haben wirst, wie leicht es ist zu leben. Den Harry musst du zerdrücken, wann du es willst, und nicht, wann er dich dazu drängt. – Er ist so gut wie erledigt!“ Das sagte er mit einem Lächeln. Sie stießen die Gläser klirrend zusammen. Mathes sah ihn an, liebevoll wie einen Bruder. Dieser Mann kannte seine Gefühle und Ziele, bevor er selbst davon wusste. Und nicht ein einziges Mal hatte er versucht ihm irgendetwas einzureden, etwas zu verwerfen, zu verändern. Peter ließ ihn so, wie er war, er ließ ihn ganz zu. Als könne er das Entstehen, die Entwicklung in allen Einzelheiten achten und nicht erst die Frucht. Trotz ihres Altersunterschieds von fünfzehn Jahren verspritzte er nicht den geringsten Hauch ständiger pädagogischer Gifte, um diese Früchte nach eigener Vorstellung zu klonen. Nicht die Früchte sind der Baum. Jeder noch so verkrümmte Ast hat seine Berechtigung. Sie sind es, die dem Baum seine Standhaftigkeit geben, kaum die geraden, schönen Zweige! Fünfzehn Jahre, vielleicht eine Generation. Dieser ungewöhnliche Mann stand im totalen Widerspruch zu Heinrich Held, er verschmolz mit Mathes. Wirkliche Bestätigung, Stolz und unendliche Lebenskraft erlebte Mathes in sich an diesem Abend. Vielleicht trug auch der Wein seinen Teil dazu bei. Er fühlte die Sentimentalität der Neugeburt. Keine Erwartungen engten ihn weiter ein. Es spielte keine Rolle, dass die Nacht erneut den Schlaf vergaß.

Am frühen Morgen verließen beide das Haus. Die anderen schliefen längst und die Alten frühstückten bereits wieder. Die Uferpromenade der Küste lag in vollkommener Stille. Peter bereitete eine kräftige Mahlzeit, an nichts schien es zu fehlen. Über dem Gasherd des Wohnmobils duftete schwarzer Bohnenkaffee. In der Pfanne brieten Eier und Speck. Paprika, Knoblauch und frisches Weißbrot gab es als Beilage. Die Zeit hatte nichts Feindliches mehr an sich, Mathes musste sich nicht in die Lebensart des Freundes zwingen, er versuchte nicht einmal zu erkennen, ob er vielleicht nur träumte. Als er irgendwann seine Angeltasche packte, um etwas für ihr Abendessen zu tun, schien ihn Peter gar nicht zu bemerken. Leise vor sich hin pfeifend war er mit einigen kleineren Inspektionsarbeiten beschäftigt.

Es spielte keine Rolle, dass nur kleinere Fische anbissen, die er wieder als Köder anhängte. Die Spitze der Gerte vibrierte leicht. Die feine Schnur spannte sich unter dem Zug des Meeres. Niemand registrierte es, denn Mathes war eingeschlafen. Die Sonne berührte heiß seinen nackten Oberkörper. Von Weitem trug der Wind leise melodiösen Männergesang zu ihm hin. Die schöne, fremde Sprache schlich sich in seine Träume. Unendliche Träume …

Ein weiterer wundervoller Tag verstrich. Mathes genoss die Zigeunermentalität, die ihn in der Gesellschaft des Mannes erfasst hatte, mit dem ihn die kurze Zeit so sehr verbrüdert hatte. Im Hintergrund lief Countrymusik. Sie tranken eisgekühltes Bier und rauchten gedrehte Zigaretten. Dieses wohnliche Gefährt vermittelte ihm ein Lebensgefühl wie nie zuvor. So nahe war der Traum von der Freiheit. Und zu keiner Zeit hatte er solche Kraft in sich gefühlt, solchen Mut, alles zu erreichen, was er wollte und verlangte. Peter hatte ihm neues Licht gezeigt. In seiner intensiven Lebensweise blühte der höchste Charme des Nichtmateriellen, die intelligenteste Art des Nichtrationalen. Peter verdiente in den Monaten seiner Service-Touren quer durch Italien verhältnismäßig viel Geld, doch indem diese Arbeit für ihn ein erfüllendes Lebenselixier bedeutete, erlangte jede Lira den Wert eines Geschenks. Mit Geschenken konnte man wieder großzügig sein. Sie lächelnd verschwenden, ohne dass es wirklich Verschwendung wäre. In jedem Moment lächelnd, aus aller Tiefe leben! Verachtend jeden den nächsten Tag berechnenden Gedanken. Zu leben, nicht um morgen versorgt zu sein, sondern so, als wäre es dein letzter Tag. Mathes begann, die Türen alter Sehnsüchte zu durchschreiten. Die sonnige Aura seines Freundes hatte eine fessellose Macht von Licht, Musik, Lachen und Wein in ihm entfacht. Jeder Mann sucht irgendwie nach seinem eigenen Kalifornien. Das können nur die Träumer verstehen. Träumer leben wirklich, denn die fantasievollen Reisen sind wie ein göttlicher Sonnenuntergang. Er bringt das Licht des Mondes. Manche sehen es nicht, denn ihre Augen vermögen es nicht, die Wolken zu durchdringen. Nebel hängen über ihren Lidern, Nebel, die der Himmel verschmäht.

Am späten Nachmittag lag die Bucht von Porto Rosz vor ihnen, der liebreizende Anblick wollte einem den Atem nehmen. Die von Früchte- und Korbwarenhändlern gesäumte Straße hatte sich eine weite Strecke durch das Land geschlängelt. Das Städtchen übertraf alle vorherigen Eindrücke. Im Schritttempo fuhren sie das befestigte Ufer entlang. Palmen und duftende Oleanderbüsche standen Spalier. Zu ihren Füßen blühten prächtige Gladiolen. Kleine, liebevoll verzierte Boote schaukelten brüderlich neben stolzen Segeljachten und blendend weißen Katamaranen. Die mit Bestimmtheit Luxus versprechenden Hotels an der linken Straßenseite schienen kaum noch bewohnt. Die Saison war bereits vorüber und ein Krieg, der hier wohl nie stattgefunden hatte, mochte sein Übriges getan haben. Nur sehr vereinzelt flanierten Gäste, Italiener, die dieses Paradies seit jeher hoch schätzten. Der Himmel bewölkte sich allmählich, eine nicht unangenehme Schwüle strich über das Land. Sie vermengte sich lau mit der Kühle des Meerwindes. Das künstliche Hafenbecken erstreckte sich formschön wie der Busen einer Frau. Man konnte nicht sagen, ob sich das Meer den Menschen angeschmiegt oder diese es sich gefügig gemacht hatten. Hier verschmolzen Handwerk und Natur auf göttliche Weise miteinander.

Peter parkte. Beide waren so sehr von dem traumhaften Anblick erfüllt, dass sie unentwegt darüber sprachen. Gleichzeitig jedoch schwiegen sie, denn sie benutzten keine Worte. Ihre Empfindungen waren eins geworden. Mathes fühlte sich glücklich. Sein eigentliches Ziel hatte sich zu einem einzigen nötigen Handgriff reduziert. So als bereite er sich darauf vor, ein lästiges Insekt mit einer Klatsche zu zerquetschen ohne irgendeinen weiteren Gedanken. Eine gewohnte Bewegung, die nichts bedurfte und nichts hinterließ. Das Glück würde nicht beeinträchtigt durch die Tat, das Jucken wäre sofort vergessen, als hätte es nie bestanden! Gemächlich schritten sie an den Kaimauern entlang, bis über den Berg hinaus, an dessen tiefster Stelle eine Kaktee, gleich einer surrealen Brustwarze keimte. Gepflasterte Gassen und Granittreppen führten in den inneren Ort. Er strahlte Ruhe und Friedlichkeit aus. Zwischen den Bäckereien und Fleischereien boten kleine Geschäfte Fischereibedarf an. Netze zierten die Fenster, und Raubfischtrophäen thronten neben allerlei Schätzen des Meeres.

Bald schon führte der Weg wieder bergab. Sie gelangten zu dem eigentlichen Fischerhafen. Es war, als würden sie in eine ferne, geheimnisvolle Vergangenheit eindringen. Dicht aneinander schmiegten sich zahllose einfache Boote und Kutter. Verwittert ließen sie die Jahre ihrer stürmenden See erahnen. Altes Holz, rostende Planken und vergilbtes Leinen bedeckten ihre ächzenden Körper. Ein mystischer Schleier voller Stolz und Würde lag darüber, wie das ehrwürdige Schweigen eines bejahrten, weißbärtigen Mannes. Die Öffnung hinaus auf das Meer war eng wie ein Flaschenhals. Dieser Hafen hatte zu allen Zeiten Schutz vor den Stürmen und wohl auch Piraten geboten. Einige wenige Männer mit nackten Oberkörpern richteten ihre Netze. Auch hier sah Mathes nicht viele Menschen. Sie betraten eines der Fischrestaurants, denn beide verspürten Hunger und vor allem Durst und Appetit. Außer ihnen saßen nur zwei einheimische Gäste im Lokal. Die niedrige, gewölbte Decke erstrahlte orangerot im Schein eines offenen Kaminfeuers. An den rau gekalkten Wänden warfen Petroleumlampen ihre Schatten. Der Wirt bediente sie fürstlich und setzte sich schließlich an ihren Tisch. Sie tranken mehrere Kannen köstlichen Landwein und aßen frischen Fisch. Die meisten Bewohner von Porto Rosz sprachen neben ihrer slowenischen Heimatsprache Italienisch. Peter übersetzte für Mathes. Sie hatten verabredet, den Wirt über Harry auszuhorchen. Peter beherrschte das auf geniale Weise. Nach kurzer Zeit flossen die vom Wein belebten Worte aus dem Alten nur so heraus. Mathes erfuhr eine ganze Menge und es war eine seltsame Geschichte.

Ungefähr so muss das Gespräch sich zugetragen haben: „Und Mirco, sagst du, ist immer wieder mal in Porto Rosz gewesen?" – „Ja, die letzten Monate seit seiner Rückkehr aus dem Krieg." – „Er war im Krieg?" – „Hat sich freiwillig gemeldet, das ist jetzt etwa zwei Jahre her." Der Alte lachte verächtlich und sie durften seine wenigen gelben Zahnstummel bewundern. „Seitdem ist er ein Held, sogar einen Orden haben sie ihm umgehängt." – „Einen Orden?" – „Tapferkeit! Muss man schon sagen, tapfer ist er." – „Wirt, du redest so, als würdest du ihn trotzdem nicht besonders mögen." – „Mögen? Habe ihn nie gemocht, ist ein Dummkopf, einer, der immer Ärger macht." – „Ärger?", fragte Peter auffordernd. – „Wir sind ein Ort, der von den Urlaubern lebt, vor dem verdammten Krieg war es wenigstens so. Dieser Lump zettelte dauernd Schlägereien an, randalierte mit seinen Kumpanen. Mal saß er wegen einer Messerstecherei, dann wegen Hehlerei oder irgendwas anderem. Solche Leute schaden uns!" – „Kann ich gut verstehen. Und dann ist er in den Krieg, sagst du? Wohin?" – „Dubrovnik, glaube ich. Ein paar Monate nur, dann tauchte er wieder in Rijeka auf. War die Zeit im Frühjahr 93, als noch überall Durcheinander herrschte. Eine serbische Truppe zog durch die Stadt und zwei nahmen ihn mit." – „Verhaftet?" – „Eher verschleppt, denn dort hatten die Serben nichts zu suchen", nickte der Mann ernst. „Ja, jeder war sicher, dass das sein Todesurteil sei. Er hatte eben immer die größte Schnauze von allen." – „Aber er kam wieder?", hakte Peter interessiert nach. – „Er kam wieder!" Genussvoll ließ der Wirt einige brennende Sekunden vergehen. „Unter jeden Arm trug er einen blutverschmierten Schopf. Es waren die Köpfe der zwei Tschetniks." Peter grinste seltsam, als er Mathes die Geschichte übersetzte. Mathes wusste nicht, warum er es als seltsam empfand. Vollkommen fremd, beinahe finster. Für einen vagen Moment wollte es ihn verunsichern. „Nun", fuhr der Wirt fort, „wird er als einer der vielen zweifelhaften Kriegshelden gefeiert. Ein Vorbild für die Jungen." Verbitterung lag in seiner Stimme. „Je brutaler jemand die Keule schlägt, je mehr Bruderblut an seinen Händen klebt, desto mehr verehren sie ihn!"

Neue Gäste hatten in der Zwischenzeit an den Tischen Platz genommen. Die Tochter des Wirtes brachte ihnen Wein oder Slibowitz. Sie rauchten und hörten gleichfalls zu. Draußen war es fast schlagartig dunkel geworden. Das Kaminfeuer knisterte. Manchmal sprangen Gluttropfen hervor. Sie verglommen lautlos auf dem gekalkten Sims. Der Gastraum und die Männer wirkten fremdländisch schön auf Mathes. Einige Minuten schon beobachtete er einen von ihnen, der den Worten angespannter zu lauschen schien als die anderen, und seine Züge verfinsterten sich zusehends. Mathes spürte förmlich, dass seine Zunge von den Silben brannte, die seinen Lippen entfliehen wollten. „Der ganze Krieg ist ein Verbrechen. Die, die ihn führen und Helden auszeichnen, sind schlimme Verbrecher", grämte sich der Alte bedrückt. „Sie haben die Gewalt in die Hände unserer Jugend gelegt wie eine tickende Bombe, das kann nicht gut sein. Und Mirco, der schändliche, kleine Kriminelle, ist gesegnet worden in ihrer Dummheit, genauso wie viele andere!" In diesem Moment mischte sich der Finstere zornig ein: „Was für einen Unsinn erzählst du da, alter Mann? Wie kommst du dazu, die in den Schmutz zu ziehen, die für dein Volk gekämpft haben wie Mirco, während du in deinem warmen Nest gehockt bist gleich einem Weib?“ Die Augen des Wirtes blitzten. „Dragan, sei vorsichtig!“, zischte er furchtlos, obwohl sein erzürnter Gast gut dreißig Jahre jünger sein mochte und von sehr kräftiger Statur. „Du Auswurf von Dummheit und Blindheit willst nicht den Wahnsinn sehen, der geschehen ist, indem sich unsere Familien gegenseitig mordeten!“ Dragan bebte vor Zorn und Mathes fürchtete, er würde den alten Mann angreifen, als er aufsprang, sodass der Stuhl rücklings zu Boden krachte. Dieser aber blieb gelassen sitzen. Sein befehlender Blick ließ kein weiteres Vordringen zu. Mathes begriff, dass die Achtung vor dem Alter es nie geschehen ließe, dass er zuschlüge. Dragan lenkte von sich ab. Kleinlauter ließ er vernehmen: „Mirco hat für seine Familie und für sein eigenes Leben getötet und er hat es den serbischen Schweinen gezeigt! Er ist ein Held, hörst du?“ – „Ein Held? Ja“, resümierte der Wirt spöttisch, „ein Held, ein Zuhälter, ein Schläger, ein Krimineller! Früher unter Tito hätten sie ihn ins Gefängnis gesperrt, heute trägt er einen Orden als Freibrief für alle seine dunklen Machenschaften.“ – „Ist er denn hier in Porto Rosz?“, fragte Peter dazwischen. Mathes lauschte in gespannter Erregung der Antwort, denn diese Frage hatte er verstanden. Dragan sah abfällig an ihnen herab. „Nein, er ist nicht hier“, sagte er. Das fast unmerkliche Zögern, bevor er weitersprach, wäre Mathes in seiner eigenen Sprache sofort verdächtig aufgefallen, so jedoch blieb es ihm verborgen. „Er ist im Mondarosa in Rijeka.“ Peter blickte den Wirt fragend an. „Eine Diskothek. Er ist der Besitzer“, fügte der Alte Dragans Worten hinzu. Mathes' Puls raste. Seine schweißnassen Hände schlossen sich so fest, dass das Blut aus ihnen wich. Seine Augen glänzten. In ihnen spiegelten sich die rastlosen Gefühle der vergangenen Jahre wider. Er versuchte sich zu zwingen, seine Erregung zu verbergen. Vieles hatte er seit jener Nacht in Budel verloren, vielleicht alles, doch das Ziel lag greifbar nah vor ihm. Peter lachte und nahm ihn bei der Schulter. „Mathes", sagte er befreiend, „in ein paar Tagen sind alle Wolken fortgeblasen, dann beginnt die Sonne in deinem Leben zu scheinen! Wenn wir erst mal in Italien sind, wirst du sogar deine Susanne schnell vergessen haben, wirst schon sehen." Mathes lächelte, er sagte nichts. „He, Wirt, bring uns eine Flasche Slibowitz!", entschied Peter fröhlich. „Dragan und den anderen gibst du, was sie wollen, geht auf uns!" Der geschäftstüchtige Mann nickte sichtlich erfreut. Es würde ein einträglicher Abend sein, und er war froh darüber, denn die vergangene Saison war wieder sehr schlecht gewesen.

„Morgen bringen wir die Sache hinter uns, Mathes", sagte Peter, als sie allein waren. „Und dann fahren wir nach Triest weiter. Ein Freund von mir ist dort Autohändler. Du brauchst ein Wohnmobil, wenn du für mich Kundendienst fährst, vielleicht finden wir eines, wie es dir gefällt. Außerdem möchte ich dir die Firma in Verona zeigen. Habe ich dir schon von Roberta erzählt?" – „Roberta?" – „Sie kümmert sich um alles, wenn ich nicht da bin." Er grinste vielversprechend. „Wenn du die siehst, wirst du deine Susanne wirklich vergessen haben. Hab ihr schon gesagt, dass ich dich mitbringe."

Das spärliche Plätschern der Dusche weckte Mathes. Die Tür an der hinteren Seite des Hymers stand offen. Sonnenlicht trat in den abgedunkelten Raum ein. Mathes öffnete die Augen. Er verschränkte behaglich die Arme unter seinem Kopf. Liebevoll wanderten seine Blicke durch den anheimelnden Wohnbereich des Fahrzeugs. Die bequeme Couch, auf der er geschlafen hatte, stand längst hinter dem Fahrersitz. Obwohl sich die Fahrerkabine und auch das heruntergezogene, breite Bett in den Raum integrierten, störte dies keineswegs den harmonischen Gesamteindruck. Rechtsseitig befanden sich ein Klapptisch und ebenfalls zur Schlafstätte umfunktionierbare Sitzpolster. Dieselben und auch der Teppichboden waren in dunklen Brauntönen gehalten. Rötlich dagegen schimmerte das gemaserte Kirschholz der Schränkchen darüber. Das abgetrennte Spiegelbad im Heckbereich erinnerte fast an Fernzüge mit gehobenem Komfort. An der Decke hing eine Brause. Benutzte man sie, wurde das ganze Bad zur Duschkabine. Die Spiegelleuchten blinzelten einem dabei keck entgegen. In der unteren Ecke befand sich ein niedriges Chemieklosett. Alles in allem völlig ausreichend und nicht ohne einen gewissen Charme. Das übrige Hinterteil des Fahrzeugs nahm eine kleine Küchenzeile ein. Das breite Heckfenster über der Nirostaspüle schenkte am Tag reichlich Licht, sodass man die Jalousien der Seitenfenster heruntergezogen lassen konnte. Zur Ausstattung gehörte auch ein Miniaturkühlschrank und sogar ein Gefrierschränkchen für die Eiswürfel der Drinks. Er wurde über Solarzellen auf dem Dach betrieben oder über Nacht von einer der drei starken Batterien. Ebenso jegliche Belüftungs- und Beleuchtungsmittel des Luxusgefährts. Allein die Kochstelle und die thermostatgeregelte Heizung benötigten Gas. Verschiedene mehr oder weniger sinnvolle Einrichtungsgegenstände vermittelten den reizvollen Eindruck eines Saloons auf Rädern. Mathes empfand in dieser von Zigeunerleben kündenden Umgebung unbeschreibliche Wohnlichkeit. Er wusste in diesem Moment, dass nichts Fassbares für ihn jemals den Wert erreichen konnte, den solch ein Besitz bedeutete. Der knebelnde Zustand „Besitz" musste sich vom Haben entfernen und dem „Leben" nähern, um Mathes befriedigen zu können. Er glaubte plötzlich ein Stückchen seiner Seele zu begreifen. Nichts vermochten die Büros und Computer in ihrem einvernehmenden Wesen zu bewirken, was von Bedeutung wäre. Ihre gestreiften Diener mit detaillierten Gehältern, er sah sie angewidert vor sich. Gehälter für den Unsinn ihrer berechenbaren Abende und einen Jahresurlaub in Bermudashorts. Sollten sie zufrieden sein, wenn sie irgendwann voller Stolz behaupteten, sie hätten etwas erreicht! Wahrscheinlich logen sie nicht einmal in ihrer Zufriedenheit, jene Pensionisten. Ihr Lebensabend ließe zwar keine Hochsprünge zu, aber er war doch gesichert. Die Eigentumswohnung schon abbezahlt. Ihre Kinder erwachsen und voller Fleiß auf dem gleichen geraden Weg wie sie selbst all die Jahre. Lediglich die Zähne müssten erneuert werden, um wieder richtig auf den Tengelmannkoteletts herumbeißen zu können.

Aber irgendwie würde das schon gehen. Vielleicht wäre sogar noch ein Zweiwochenurlaub auf Mallorca drin. In solcher Leblosigkeit wollte Mathes niemals veröden. Möglicherweise fühlten die anderen ja tatsächlich so etwas wie Glück oder täuschten es wenigstens geschickt vor. Mathes fürchtete nichts mehr als das Grab des Abgesichertseins, die unerbittliche Gewissheit über den nächsten Alltagsmorgen. Es konnte nicht der Sinn des Lebens sein, von allem Anfang an grundlegend zu verplanen. Das musste zwangsläufig zu einem Unglück führen! Anderenfalls wären die Menschen von göttlicher Genialität. Sie könnten Gott wirklich in den Arsch treten!

Peter verließ das Bad. Er hatte ein Handtuch um die Hüften geschlungen. „Morgen, Mathes!“, sagte er fröhlich lachend. „Gut geschlafen?“ – „Sehr gut“, antwortete Mathes gähnend. – „Kaffee?“ fragte Peter, während er schon das leise rauschende Gas entzündete. Mathes nickte. *Sein Rücken ist sehr stark behaart*, dachte er. *Pechschwarzes Haar, manche Frauen fliegen wohl drauf.* Er sah an sich selbst hinunter. Spärlich spross sein Brusthaar, nicht zu wenig, nicht zu üppig, wie er fand. Sehr attraktiv. Susanne hatte seinen Körper geliebt. Sie fehlte ihm. Ein Jahr müsste genügen, bis er sein Leben geordnet hätte – für sie, höchstens ein Jahr. Ohne Sorgen, ohne Suche, ohne Schulden. Wie ein Prinz würde er zu ihr gehen mit genug Geld in den Taschen. Feierlich würde er sie bitten seine Frau zu werden. Er stellte sich das sehr schön vor. Keine andere könnte ihm jemals mehr bedeuten als sie, er wusste das sehr genau.

Er stieg die zwei Stufen hinunter und ging nach draußen. Die Sonne schien ihm herrlich ins Gesicht. In einiger Entfernung strich beinahe lautlos eine kleine Motorjacht vorüber. An ihrem Sonnendach lehnten Wasserskier und Tauchergerät. Ein Mann trat aus der Kajüte. Mathes musste mit der Hand seine blinzelnden Augen beschatten. Der Mann stützte sich nun auf das Geländer der Reling und sah ebenfalls zu ihm herüber. Dann rief er nach jemandem, der sich wohl unter Deck befand. Er wirkte plötzlich sehr erregt. Ein zweiter Mann erschien. Allmählich glitt das Schiffchen aus dem blendenden Sonnenkegel. Ein Gefühl sagte Mathes, dass er diese Männer kannte, die noch immer nur schattenhafte Gestalten vor seinen geblendeten Augen darstellten. Beinahe schlagartig wurde das Bild klar und ein heftiger Schreck durchfuhr ihn. Instinktiv stemmte er die Beine auseinander, um nicht dem Zittern seiner Knie nachzugeben. Kaum fünfzig Meter mochten sie entfernt sein. „Mathes? Mathes?“, hörte er hinter sich die Stimme von Peter. „Was hast du?“ Peter berührte seinen Arm, der erstarrt war wie sein ganzer Körper. – „Das ist er“, pressten seine bebenden Lippen hervor. – „Wer denn?“ Peters Räuspern klang unbehaglich. „Wer ist da?“ – „Harry! Harry, das elende Schwein, bist du blind?“, schrie er in ungebändigter Wut. Peter stand nun neben ihm und blickte zu dem Boot, das langsam dahinschwebte. Er sagte nichts. Harry hatte wohl Zweifel gehegt, doch der Wind trug ihre Worte deutlich hinaus. Höhnisch begann er zu lachen und streckte seinen Mittelfinger in die Höhe. Irgendetwas schrie er in seiner Landessprache. Mathes fühlte den Hohn. Peters Hand legte sich auf seine Schulter. Sie sahen dem Motorsegler nach, bis sich nur noch eine schmale Silhouette gegen den dunstigen Horizont abhob. „Von wegen, er wäre nicht hier“, zischte Mathes wutverzerrt. „Sie haben uns angelogen! Dragan, der schleimige Kaschemmenwirt, alle haben sie gelogen!“ – „Meinst du wirklich?“, zweifelte Peter. Er zündete sich eine Zigarette an, die er nach ein paar Zügen an Mathes weiterreichte. – „Ja, ich bin sicher. Aber warum? Warum, verdammt?“ – „Es ist ziemlich unwahrscheinlich, dass Harry hier von dir erzählt hat.“ Für Mathes lüftete sich der Schleier schlagartig. Verbissen nickte er. „Bestimmt nicht die Wahrheit, aber irgendeine Geschichte doch! Den Zweiten auf dem Boot kenne ich auch.“ Peter blickte ihn fragend an. – „Sein Cousin. Ich traf ihn einmal im Adams und habe ihn ausgehorcht. Davon hat er Harry wohl erzählt.“ Beide schwiegen für einige Momente. Erst jetzt bemerkte Mathes die dampfende Kaffeetasse in seiner Hand. „Heute Abend fahren wir nach Rijeka“, flüsterte er entschlossen. „Heute wird endlich abgerechnet!“ – „Sie werden uns erwarten“, sagte Peter und deutlich konnte man das Unbehagen in seiner Stimme hören. „Kaum, ich glaube nicht, dass er von unserem Gespräch in der letzten Nacht weiß." – „Was hast du vor, Mathes?" Mathes sah seinem älteren Freund prüfend in die Augen, während er seine Worte langsam formulierte: „Ich habe dir immer gesagt, dass ich ihn umbringen werde, wenn ich ihn finde – und genau das werde ich tun! Du hast mir nicht geglaubt." Bedauern, beinahe eine gewisse Traurigkeit lag im Tonfall seiner abschließenden Worte. Peter ließ das unbeachtet. „Du hast doch nicht etwa die Python dabei?" Mathes gab keine Antwort. Nichtssagend schweifte sein Blick in die Ferne. Peter begann zu begreifen. „Das gibt's doch nicht! Du schmuggelst das Ding eiskalt über drei oder vier Grenzen. Was meinst du, was passiert wäre, wenn man euren Bus gefilzt hätte? Bist du total übergeschnappt?" Er war jetzt wirklich zornig. – „Ich hätte gesagt, die anderen wüssten nichts davon, es wäre zu ihrem Schutz – und wäre ein paar Tage in den Knast gegangen", antwortete Mathes trocken. Er wandte sich zu ihrem Wohnmobil um. Auf den Stufen schaute er nochmals zurück. Peter blickte ihn mit gerunzelter Stirn an, doch sein Gesichtsausdruck wirkte nicht böse, eher belustigt, vielleicht sogar ein bisschen stolz. Tatsächlich kam er nicht umhin, die Unverfrorenheit von Mathes zu bewundern. Gerade dessen Arroganz gegenüber den Gesetzen, wenn sie irgendeiner eigenen Moral widersprachen, erinnerte ihn stark an seine eigene Vergangenheit. Mehrere Male war er damals ins Gefängnis eingewandert. Allerdings lag das lange zurück. Wiederholte Fahnenflucht hatten sie ihm angelastet, außerdem Diebstahl, Körperverletzung und Widerstand gegen die Staatsgewalt. Er war in den späten Sechzigern einer der vielen Kämpfer gegen das unerbittliche Spießbürgertum der schönen BRD gewesen. Einige seiner damaligen Freunde hatten ihren Weg in die linksradikale Richtung gewählt und mehr oder weniger die äußeren Pfeiler der jungen RAF gebildet. Er selbst war immer bestens zurechtgekommen, auch die zwei Jahre hinter Gittern. Mathes erinnerte ihn an all das.

Bis in den späten Nachmittag hielten sie sich in ihrem wohnlichen Gefährt auf. Das Boot tauchte nicht wieder auf. Sie tranken kaltes Bier aus Dosen. Mathes hatte die Waffe aus seiner Angeltasche hervorgeholt und lange an ihr herumhantiert. Irgendwie versuchte er sich mit ihr in Einklang zu bringen. Ganz und gar, damit er nicht versagen würde, wenn er töten müsste. Eine grausame Meditation. Dann fuhren sie in den Ort. Nicht ohne Grund speisten sie ein zweites Mal ausgiebig bei dem Wirt. Es lag unvermeidlicherweise eine seltsame, einseitige Spannung in ihrem Gespräch mit dem Alten. Sie trauten ihm nicht mehr. Wenn er wirklich von Harry wusste, verstand er sich fabelhaft auf das Täuschen und Lügen. Bei ihrem Abschied schenkte er ihnen großzügig eine Flasche Slibowitz und schien zu Tränen gerührt. Peter lächelte verkrampft. Mathes blieb völlig kalt. Es interessierte ihn nicht im Mindesten, ob er dem Alten unrecht tat, seine Gedanken waren längst woanders. In dieser Nacht zirpten die Grillen.

Die Uhr zeigte etwas nach neun Uhr an, sie hatten keine Eile. Der Adrenalinstoß des zu lange sehnlich erwarteten, endgültigen Ereignisses ließ sich bereits fühlen. Mathes drehte an der Musikanlage und beide wippten in dem Discorhythmus mit. Peter hatte ihm auffordernd das Steuer überlassen. Mathes genoss dieses Gefühl von Freiheit und Gelassenheit hinter der großen Scheibe, das ähnlich nur die Trucker kannten. Besonders die integrierte Ausführung dieses Hymer hatte ihn eingenommen, eben weil das geräumige Cockpit in kaum etwas dem eines Lkws nachstand. Eine breite, teppichbezogene Ablagefläche trennte sie von der riesigen Windschutzscheibe. Die Seitenfenster bewegte man wie Schiebetüren. An ihren äußeren Enden hielt gekordelter Samt Gardinen zusammen. Die Sessel federten bei jeder Unebenheit wie bei den dieselbetriebenen großen Brüdern. Der Zöllner winkte sie gelangweilt über die Grenze. Ein wenig verspürte Mathes die alkoholische Wirkung des jugoslawischen Rotweins in ihren Gläsern. Angenehm, ermutigend, Entschlossenheit gewährend. Als die schimmernden Lichter Rijekas in einiger Ferne vor ihnen leuchteten, schwiegen sie beide. In Peter nagte ein wenig die Beklommenheit.

Mathes' Gedanken kreisten immer finsterer um die Geschehnisse, die ihn in den vergangenen vier Jahren nie losgelassen hatten. Das Leinenbündel in dem niederländischen Krankenhaus hatte die traumatisierten Tränen nie in ihm versiegen lassen. Schreckliche Träume in unzähligen Nächten hatten ihn beschworen. Eine einzige unscheinbare Revolverkugel konnte ihn von der inneren Qual befreien, über die er nie mit irgendjemandem gesprochen hatte all die Zeit. Besser eine ganze Trommel, besser eine ganze Trommel …

Noch in der Nacht vermochte man die Schönheit Rijekas zu erahnen. Die Stadt bettete sich liebreizend in einen Trichter von lichtem Laubwald. Wie Lebensadern wanden sich Sträßchen von den bewohnten Randbezirken auf den Hügeln hinab bis zum Meer. Es dauerte eine ganze Weile, bis sie sich zu der Diskothek Mondarosa durchgefragt hatten. Die Eingangstür war geschlossen, das konnten sie erkennen, als sie das erste Mal vorbeifuhren. Es befanden sich auch keine Gäste davor, aber die verschwenderische Beleuchtung ließ keinen Zweifel daran, dass sich der Betrieb noch einstellen würde. Nach einer erneuten Runde parkte Mathes etwa fünfzig Meter vom Eingang entfernt. Peter verdunkelte die hinteren Fenster. Mathes wickelte den Revolver aus dem Tuch. Seine Augen glänzten. Sie verrieten jedoch nicht irgendeine Regung oder einen Gedanken. Er dachte nichts. Sein Puls raste unhörbar. Ein wenig fahrig öffneten seine Finger die schmale, schwere Schachtel mit der Munition. Fünfmal berührte er den Kranz der kalten Revolvertrommel, jedes Mal hatte er der Schachtel ein weiteres Geschoss entnommen. Eine einzige Kugel fehlte noch. Mathes griff in seine Hemdtasche und drehte den todbringenden Metallkegel aus Messing in seiner Hand. Den ganzen Tag über hatte er ihn bei sich getragen, in der Tasche über seinem Herzen. Er sollte ihn von der Vergangenheit befreien. Wirklich liebevoll und von anbetender Bewunderung erfüllt, waren seine Finger heute oft über die glatten Rundungen gefahren. Geheiligt sei die Tat bei vollem Bewusstsein. Die letzten verbleibenden Minuten, bevor die so lang ersehnte Rache ihren Verlauf nehmen sollte, empfand er als wundersam und aus voller Tiefe. Seine Augen flirteten mit dem Geschoss in seiner Hand, als betrachteten sie eine schöne Frucht. Rache und ihre berechtigte Befriedigung sind etwas Wundervolles. Erhaben und feurig erscheint sie im Magma des farbenprächtigen Abendhimmels, wenn dunkle, unheilbringende Wolken in all ihren Tönungen bewegungslos verharren. Jedes Gefühl und alle Qual der Menschen spiegelten sich an den Himmeln wider. Die Rache ist ein besonderes Weib. Immer schimmert auch eine sanfte Träne in ihren Augen – wie in den Balladen harter Rockmusik. Und sie verkündet ein Ende, nicht anders als ein Wespenstich. Qualvoll starb das gelb gestreifte Insekt. Verblutet an seiner eigenen Henkerstat. Der Stachel würde samt dem ausgefransten Hinterteil herausgedreht. Eine Weile noch würde die Schwellung verbleiben und der pochende Schmerz des Nervengiftes. Manchmal nicht einmal dieser. Das sechste Geschoss rastete endgültig ein. Mit einem Ruck trieb Mathes die Trommel in ihr Bett. „Du hast doch nicht vor, ihn da drin zu erschießen?", fragte Peter noch immer etwas ungläubig. – „Wenn er da ist, stirbt er", lautete die eiskalte Antwort. Mehrere Sekunden, unangenehme Sekunden, verrannen. „Ich habe gefleht und gebetet für diesen Augenblick!" Peter sah ihn hilflos an. „Hey", grinste Mathes, „es wird so zu machen sein, dass niemand ahnen wird, dass wir es waren. Ein Hinterzimmer, das Klo, die Küche … ich bin nicht wahnsinnig." Was sagte er da eigentlich? *Dass wir es waren* … Selbst in seinen eigenen Ohren klangen diese Worte paradox. „Du hast gesagt, dass du verstehst, was ich tun muss, oder?" – „Ist auch so, bestimmt. Ich verstehe dich vollkommen. Bin sogar stolz auf dich, trotzdem können wir uns beide gleich die nächste Kugel geben, wenn du da drin durchdrehst." Zum zweiten Mal fiel Mathes sein seltsames Lächeln auf. Er konnte es sich nicht erklären, was ihn daran störte, aber ihm fehlte auch die Zeit darüber nachzudenken. „Ich dreh nicht durch, Peter, wir wollen doch nach Italien, oder?" Ein letztes bisschen schien der Freund noch immer zu zweifeln. Ängstlichkeit oder plötzliche moralische Bedenken konnten nach Mathes' Gefühl kaum die Ursache sein, dafür bewunderte er Peter in dieser klaren Situation sehr. Peter würde bereitwillig zum Mittäter werden für den Bruder, ohne den geringsten eigenen Vorteil. Welcher andere Mann wäre zu solcher bedingungsloser Freundschaft fähig, wer? Er machte nicht einmal den Versuch, ihm die Sache auszureden. Männer können einander nicht wirklich etwas ausreden. Sie können miteinander gehen, voneinander oder gegeneinander – nichts anderes. Diese Nacht der Tat musste sie für alle Ewigkeit verbrüdern. Mathes verstand das als ein wunderbares Geschenk, so viel Vertrauen hatte ihm niemals zuvor ein Mensch gegeben. Gewohnheitsmäßig stiegen sie durch die Hintertür des Wohnmobils ins Freie. Die Python 38 steckte in Mathes' hinterem Hosenbund. Obwohl seine Lederjacke die Stelle gut bedeckt hielt, trug er vorsichtshalber einen weiten Pullover darüber. Ihre Hände waren in den Hosentaschen vergraben. Der Nacht entströmte noch immer die Wärme des Tages. Einem aufmerksamen Beobachter wäre die gefährliche Anspannung in den freundlichen Gesichtern der Fremden nicht verborgen geblieben. Ein wenig roch die Luft nach den chemischen Anteilen der nicht allzu fernen Industrieanlagen. Als sie nur noch wenige Meter von der Diskothek trennten, öffnete sich die Tür. Anhaltend dumpfer Rhythmus dröhnte heraus. Der Türsteher hielt die Klinke. Zwei Mädchen lachten ihn an. Sie schlenderten in die entgegengesetzte Richtung. Kurz darauf betraten Mathes und Peter die Diskothek. Sie befanden sich in einem langen, von Neonleuchten erhellten Gang. Am hinteren Ende stand ein Tisch. Ein Mann lehnte daran. Er blickte sie kurz an, dann sagte er irgendetwas zu dem Zweiten, der ihnen den Rücken zukehrte. Er drehte sich langsam um. Für einen Moment erschrak er heftig. Mathes stand ihm zwei Schritte gegenüber. Auch er stockte überrascht. „Ihr habt hier nichts verloren, raus!", übertönten die deutschen Worte in Mathes' Ohren den unnachgiebigen Lautstärkepegel der Musik. Peter wusste sofort, dass der Türsteher der Cousin von dem Boot war. Mathes bewegte sich nicht. Breitbeinig verharrte er auf derselben Stelle. „Ich sag's nicht zweimal", raunte der zu schmächtige Wachhund zwischen gelben Zähnen hervor. Bevor

Mathes irgendwie zu reagieren vermochte, sah er in den Lauf einer Pistole. Nur wenige Zentimeter vor seinen Augen. *Interessantes Gefühl*, ging es ihm absurderweise durch den Kopf. Vielleicht hätte er sich gar nicht mehr bewegt, hätte ihn Peter nicht vorsichtig am Ärmel zurückgezogen. Aus den Augenwinkeln heraus sah Mathes wieder dieses seltsame Lächeln. „Verdammtes Arschloch!“, pressten Mathes' Lippen hervor, doch da hatte sich die Tür hinter ihnen schon wieder geschlossen. Nicht einmal drei Minuten waren vergangen. Er verspürte unbeschreibliche Wut, die üble Frucht seiner Enttäuschung. Nichts in ihm wollte es zulassen, wieder unverrichteter Dinge gehen zu müssen. Das Verlangen war zu groß. Zu lange hatte es reißende Nahrung gefunden. Eine viel zu lange Zeit! „Komm, Junge!“, drängte Peter, der noch immer seinen Ärmel hielt, „uns wird etwas anderes einfallen.“ Mathes setzte sich wortlos hinter das Steuer. Er fand kaum genug Geduld abzuwarten, bis die Vorglühanzeige des Wagens erlosch. Ziellos kreuzte er mehrere Straßen. Schließlich hielt er. Peter hatte wortlos zu einer abgelegenen Stelle gedeutet. Beide brauchten dringend einen beruhigenden, kräftigen Schluck. Sie tranken und redeten. Die depressive Stimmung herrschte nicht lange an. Peters perfektionierter Optimismus verbreitete sich immer sehr schnell um ihn herum, fast so wie warme Wellen. Man konnte diesen Vorgang nicht wirklich erklären. Etwa gegen Mitternacht und nach zwei Flaschen Wein entschlossen sie sich nach Pula zurückzufahren. Eine unvergessliche Höllenfahrt sollte ihnen bevorstehen!

Der Himmel schien sternenlos. Die stinkenden Nebel der Stadt verflossen in einer dünnen Wolkendecke. Ihre Straße schlängelte sich durch die hügelige Landschaft. Die letzten bewohnten Häuser lagen längst hinter ihnen. Nur noch vereinzelt sahen sie die Schatten der Gehöfte und ihre Umzäunungen, ohne ihnen tatsächlich Aufmerksamkeit zu schenken. Der CD-Player dudelte eine der vielen Countryscheiben, die Peter so liebte. Eine ganze Weile schon waren Mathes die gelben Scheinwerfer in dem ausladenden Seitenspiegel aufgefallen. Er ärgerte sich über das blendende Licht. *Irgendein lästiger Kleinwagen*, dachte er und sah auf den Tacho. Die Nadel berührte fast die neunzig. Verdammte Schmeißfliege! Kurz zuvor hatte er ihre Geschwindigkeit bis unter 60 km/h heruntergedrosselt. Der einsame Fahrer hinter ihm hatte keinerlei Anstalten gemacht zu überholen. Peter bemerkte nichts. Er fragte nie nach dem Warum, wenn jemand etwas Ungewöhnliches tat. Die Fähigkeit, andere einfach gewähren zu lassen, war tief in ihm verwurzelt. Vielleicht beruhte das Rezept seiner ungewöhnlichen Ausstrahlung in absolutem, völlig verinnerlichtem Toleranzvermögen, wer konnte das wirklich wissen? Mathes jedenfalls dachte darüber nach und er bewunderte ihn mit einer Art von Liebe. Der weit greifende Lichtkegel brach sich an den Felsen, die in nicht einmal hundert Metern Entfernung vor ihnen aus dem Erdreich stiegen. Skurrile Schatten huschten über den rauen Stein wie fiebrige Gespenster. Noch immer trieb die Straße sanft ansteigend dahin. Mathes erinnerte sich an diese Stelle, die sie bei ihrer Anreise ebenfalls passiert hatten. Der leichte Buckel oberhalb würde weite Einsicht in die breite Bundesstraße gewähren. Er müsste kaum die Geschwindigkeit verringern. Allein eine dürftige Beschilderung wies überhaupt auf diese T-Kreuzung hin, die links Richtung Süden führte. Nur noch vierzig Meter. Der Wagen mit den gelben Scheinwerfern fuhr immer näher auf. Mathes wollte es nicht glauben. Gerade an dieser Stelle beschleunigte der Fahrer, als beabsichtige er zu überholen. Instinktiv nahm Mathes den Druck vom Gaspedal, denn die zu erahnende Aktion dieses Verrückten konnte jene harmlose Kreuzung zur tödlichen Gefahr werden lassen. Es bestand kein Zweifel mehr an der wahnsinnigen Handlungsabsicht des Fahrers und für Mathes längst keine Möglichkeit mehr sich dem unglücklichen Strudel zu entziehen, dafür war er zu schnell. Er konnte die Rostblumen erkennen, die sich in das helle Blech des slawischen Fahrzeugtyps gefressen hatten. Wenige Meter vor der Kreuzung schoss er an ihnen vorbei, dabei wohl völlig blindlings, denn wegen der Höhe ihres Hymers konnte der Fahrer kaum andere Fahrzeuge sehen. Die Schattenrisse mehrerer Personen zeichneten sich für einen kurzen Moment ab. Mathes hatte noch nicht einmal genügend Zeit für einen Fluch. Peter verstand nicht, was gerade geschah. Er konnte nichts tun. Seltsamerweise wirkte sein Entsetzen trotz der Sekundenbruchteile auf Mathes wie ein gemeinsam empfundenes, unheilvolles Wissen. Während der irre Fahrer quietschend nach links steuerte, reckte sich der Oberkörper eines Mannes aus dem Schiebedach heraus. Das nahm Mathes noch wahr, gleichzeitig jedoch richtete sich sein Augenmerk auf möglicherweise von rechts heranrasende Fahrzeuge und gleichzeitig begriff er, dass dieses gesamte erschreckende Manöver einen konkreten Angriff auf sie bedeutete. Das unaufhaltsame Unglück geschah in den Stößen eines einzigen Atemzuges. Mathes atmete nicht. Der Sturz aus einem Flugzeug konnte nicht anders sein. Eine Sekunde erwuchs zu Ewigkeit. Für einen Blick auf die Tachonadel genügte sie nicht. Doch musste sie in diesem Augenblick noch immer über der siebzig geschwebt haben. Ein berstender Knall hallte in Mathes' Ohren, trotzdem schien dessen Ursprung aus weiter Ferne zu erwachsen. Die Explosion quälte sich in Zeitlupentempo durch seine Gehörgänge. Sie verebbte durchdringend, als versuche Glas zu zersplittern. Ein greller Blitz war ihr vorausgegangen, der sich tausendfach in dem Netz der gerissenen Windschutzscheibe widerspiegelte. Mathes bremste jäh und von jeder Geistesgegenwart verlassen. Er reagierte ohne jedes reale Bewusstsein. Die Bewegungen vollführten sich wie von selbst und er würde später nichts mehr von ihnen wissen. Das tonnenschwere Wohnmobil befand sich unmittelbar in der rechtwinkligen Kurve und es schwankte wie ein Schiff. Die Stoßdämpfer pumpten und hämmerten gegen das plötzlich vervielfältigte Gewicht an. Instinktiv wollte Mathes das wegen des tiefen Schwerpunkts doch völlig unmögliche Kippen des Fahrzeuges verhindern. Das faustgroße Loch in der Scheibe gewährte nur wenig Orientierung. Mathes hatte jegliche Gewalt über Masse und Geschwindigkeit verloren. Ein nächster gewaltiger Schlag riss seinen Oberkörper nach vorn. Seine Ellbogen knickten unter den unsäglichen Kräften ein, aber er ließ das massive Lenkrad nicht los. Ohne ein wirkliches Zutun spreizten sich seine Beine gegen die Bodenwölbung. Seine Augen waren weit aufgerissen. Mit einem Mal umgab ihn völlige Stille.

Ob er das Bewusstsein verloren hatte, konnte er nicht sagen. Für einen Moment wusste er nicht einmal, ob er noch lebte. Dort, wo zuvor die Windschutzscheibe gewesen war, bestand nur noch ein großes Loch. Schräg hatte er einen vorstehenden Felsen gerammt. Ein Scheinwerfer leuchtete in die Büsche dahinter. Sie bildeten die letzte Pflanzengruppe vor der abbrechenden Geröllwand. Apathisch sah Mathes zu Peter hinüber. Es durchfuhr ihn ein entsetzlicher Schreck. Peters Platz war leer, er war fort! Noch immer umklammerten Mathes' Hände verkrampft das Lenkrad. Seine Augen durchkämmten angstvoll den Lichtstrahl.

Wie aus dem Nichts kam die Gestalt aus dem Dunkel. Der Freund wankte ihm langsam entgegen. Das Hemd hing in Fetzen an seinem Körper. Blut lief über sein Gesicht. Direkt vor Mathes blieb er stehen, die Arme unnatürlich von sich gestreckt. Er lächelte, ja, tatsächlich, er lächelte. Er lächelte noch vielfach verzerrter dieses grimassenhafte Lächeln, das Mathes schon die ganze Zeit abgestoßen hatte, ohne dass er wusste, warum. Diesmal versagte ihm sein Schock jegliche vollständigen Gedankengänge und trotzdem erkannte er gerade in jenem Moment, dass in diesem Gesicht nur der Mund lachte. Nur der Mund, die Harmonie mit den Augen fehlte, so wie bei einer Maske. Die Türverriegelung hatte dem gewaltsamen Aufprall nachgegeben, die Tür stand weit offen. Mathes stieg mit zitternden Knien aus. Er berührte Peter. „Bist du in Ordnung?", fragte er und seine eigene Stimme klang brüchig und fremd. Sein Freund nickte. Er hatte sich bei dem Aufprall durch das Fenster überschlagen. „Mensch, bin ich froh, dass dir nichts passiert ist!", gestand Mathes reuig. Er sah an Peter hinab. Außer mehreren Schürfwunden am Kinn, den Händen und einem aufgeschlagenen Knie schien diesem nichts zu fehlen. „Kann lebenswichtig sein zu wissen, wie man sich abrollen muss", grinste er frotzelnd wie immer. „Hatte nur etwas Angst, dass du über mich drüberführst." Mathes erschauderte. Ihm wurde bewusst, dass genau dieser entsetzliche Gedanke in den ersten Sekunden sein eigener gewesen war. Nun erschien ihm die Gegenwart erst einmal als glückliches Wunder, nicht als ein schreckensvoller Mordversuch, dem sie gerade noch entronnen waren. Das Wohnmobil ragte mit dem rechten Hinterteil schräg in die unbeleuchtete Straße. Peter bestieg die Fahrerkabine. Seine Bewegungen wirkten überentschlossen, fast hektisch. Die Haare klebten strähnig in seiner schwitzenden Stirn. Er betätigte das Zündschloss. Die Vorglühanzeige erlosch. Der Anlasser raste, aber der Motor schwieg. Plötzlich heulte er kraftstrotzend an, um sofort wieder in einem Stottern zu ersticken. Peter öffnete zielsicher eine Bodenklappe zwischen den Sitzen. Im mageren Innenlicht des Hymer hantierte er an zwei großen Batterien und blanken Motorteilen. Vielsagend hielt er einen dünnen Schlauch in die Höhe. „Ist wohl nur der Benzinschlauch heruntergerutscht", brummte er. Nachdem er den geringen Schaden behoben hatte, versuchte er erneut zu starten. Widerstandslos sprang der Motor an und Mathes atmete erleichtert auf, als er den gewohnt gleichmäßigen Lauf desselben wieder vernehmen durfte. Welch unvergleichlich angenehmes Geräusch in diesem Augenblick! Noch einmal stieg Peter aus und leuchtete mit seiner Stablampe den Bereich der beschädigten Karosserie aus. Die massive Stoßstange und das äußerst starke Blech hatten einen wesentlichen Teil der tödlichen Kräfte abgedämpft und das Schlimmste verhindert, vielleicht sogar zwei Leben gerettet. Deutlich konnte man die Blessuren in dem Lichterstrahl der Lampe erkennen. Einzig der eingedrückte Radlauf erregte Peters Besorgnis. Das stumpfe Metall drückte gegen die Reifen. Beide suchten sie fieberhaft nach einem geeigneten Hebelwerkzeug. Der Verzweiflung nahe sahen sie einander an, als sie sich eingestehen mussten, dass nichts ihren Ansprüchen genügen würde. Wie lange noch würde es dauern, bis irgendein anderes Fahrzeug in sie hineinrasen würde? Peter nahm kurz entschlossen hinter dem Steuer Platz. Vorsichtig setzte er das kreischende Gefährt zurück. Wie ein quälend schmerzvolles Schreien schallten die hellen Geräusche in Mathes' Ohren, es tat ihm weh. Nach fast dreißig mühselig überwundenen Metern fiel linkerseits ein schmaler Schotterweg ab. Vielleicht führte er zu einem der Gehöfte, denn hölzerner Weidezaun begrenzte die verwilderten Ränder. Sie stoppten. Jetzt fühlten sie sich etwas sicherer – weg von der Straße. Peter riss einen der Pfähle aus seiner Verankerung. Die Querlatten splitterten krachend. Mit vereinten Kräften begannen sie das Blech um den Radkasten nach außen zu hebeln. Der Pflock hielt ihren entkräfteten Anstrengungen stand. Sie schwitzten beide trotz der Kühle der Nacht. Mathes fühlte, wie die Adern in seinen Schläfen anschwollen. Sie schafften es. All das hatte sich in einer ungewissen Zeitspanne zugetragen. Ihre Erinnerungen würden später einer Traumatisierung gleichkommen, fern von jeder Realität oder Physik.

Endlich bestiegen sie wieder ihr verletztes Fahrzeug. Ihre Gefühle waren ähnlich denen eines Hausbesitzers, in dessen Dach eine Bombe eingeschlagen hat, aber sie sprachen nicht darüber. Peter rückte auf den Beifahrersitz. „Fahr du, Mathes, ich bin müde!", sagte er beiläufig, als ginge es um den Nachmittagstee. Mathes fuhr rückwärts in die Straße und dank den Mächten, die sie beschützt hatten, durften sie ihre verunglückte Fahrt fortsetzen. „Sterne funkeln am schwarzen Himmel dieser verfluchten Neumondnacht", flüsterte er in makaberer Poesie zu sich selbst. Die Tachonadel pendelte wieder über der siebzig, sie zitterte. Die unangenehme Kälte des Fahrtwindes trieb ihm Tränen in die Augen. Sie brannten. Sogar das Atmen fiel ihm schwer. Noch keine fünf Kilometer hatten sie hinter sich gelassen, als abermals Scheinwerfer in ihrem Rückspiegel näher kamen. Immer näher. Bedrohlich nah. Sie überholten nicht. „Ob sie das wieder sind?", fragte Peter eher wütend als verängstigt. „Es ist ein anderes Auto", antwortete Mathes tonlos. „hoffentlich nicht die Bullen!" Kurz entschlossen riss Peter die Klappe des Handschuhfachs herunter und zog den Revolver heraus. „Wenn es Polizei ist … ich bring sie um! Unmöglich, dass wir hier in den Knast gehen. Das hier ist nicht Deutschland!" Es klickte vertraut, als er die Waffe entsicherte. Mathes zweifelte nicht einen Augenblick an dem Wahrheitsgehalt in den Worten seines Freundes und auch die Absicht berührte ihn nicht. Ganz im Gegenteil, Peters Entschlossenheit erleichterte ihn, sie gab ihm etwas Wärme zurück. So fühlte er sich nicht allein in jener endlosen Schreckensnacht. „Welche andere Chance würde uns bleiben, wenn sie uns anhalten ohne Windschutzscheibe und mit der Waffe – und ich habe etwas getrunken …“, dachte er, aber eigentlich dachte er gar nichts. Die Gedanken glitten an ihm vorbei. Die vermeintlichen Verfolger schlossen noch näher auf. Dann durchschnitt der linke Scheinwerferstrahl den grauen Asphalt. Die unendlich lange, kerzengerade Straße erhellte sich dunstig. Die Quelle ihrer Nebel schien die Hölle zu sein, das direkte Ziel dieser Fahrt. Der zweite Lichtkegel blitzte unheilvoll im Seitenspiegel auf. Ein Sprung verlief quer über das Glas, Mathes hatte ihn zuvor nicht bemerkt. Der Riss glänzte auf wie eine phosphoreszierende, hässliche Narbe in einem gespensterhaften Gesicht. Das andere Auto überholte verdächtig vorsichtig. Mathes sah auf das Dach eines dunklen Wagens. Er konnte nicht erkennen, ob weiße Streifen an den Flanken klebten. Nun fuhren sie auf gleicher Höhe. Die Zeit schien stillzustehen. Mathes verringerte das Tempo. Er wollte nicht wagen hinunterzublicken, aber er tat es doch. Ein bärtiger Mann sah ihm direkt in die Augen. Dann beschleunigte der Fahrer und zog endlich vorüber. Sekunden darauf verschwanden die Rücklichter in der Ferne.

Völlig erschöpft lehnten sich die Freunde zurück. Mathes fror, seine Zähne schlugen unentwegt aufeinander – er hatte keinen Einfluss auf sie. Um irgendetwas zu tun, schaltete er das Radio ein. Die Stimme des fremdländischen Nachrichtensprechers klang melodiös. Nach einiger Zeit sah er zu Peter. Er versuchte sich mit den Armen vor der Kälte zu schützen. Reglos, ohne sichtbaren Atem und mit geschlossenen Augen lehnte er in seinem Sessel. Irgendwann schüttelte er sich, brummte ein paar Worte und ging nach hinten. Mit zwei Decken kam er wieder. Eine legte er Mathes auf die Knie, er zog sie dankbar bis zum Kinn. Dann schlief Peter ein. Mathes zitterte. *Was für ein Mann*, dachte er. *Ich habe ihm das Wertvollste genommen, was er besitzt! Nicht irgendein Auto und nicht eine Wohnung – nein, um vieles mehr.* Ja, er gestand sie sich längst ein, die Liebe, die er selbst zu diesem Wohnmobil fühlte. Was für ein belangloses, kaltes Wort! Ein solcher Ort auf vier Rädern bedeutete Annäherung zu einem inneren Ruhepol, zu Heimat und Geborgenheit. Zugleich enthüllte sich der Mantel vollkommener Freiheit von Raum und von Zeit. Der Weg summte seine eigene wundersame Melodie, flügellos und ohne Grenzen. Diese Empfindungen mussten es sein, die einen Seefahrer für immer zu seinem Meer zurückriefen. Empfindungen ließen sich kaum erklären, sie bestanden ganz einfach! *Das alles habe ich ihm in dieser Nacht genommen!* Er sah zu Peter hinüber. Hilflos und seelenverletzt wirkte er in Mathes' Augen. Peter hatte ihm nicht den geringsten Vorwurf gemacht – nicht einen einzigen. Und jetzt saß Mathes wieder hinter diesem Lenkrad. Das Fahrzeug hatte sich unter seinen Armen aufgebogen wie ein verdorrtes Blatt. Wer würde einen Unfallfahrer sofort und ohne Zögern erneut hinter das Steuer setzen? Unvergleichliche Größe oder vollkommene Dummheit und Wahnsinn mussten das Motiv sein. Peter unterschied sich sehr von all den Menschen, die Mathes jemals getroffen hatte. Der Wind trieb Tränen über Mathes' Gesicht. „Wie ist alles gekommen?", haderte er in aufkeimender depressiver Traurigkeit. *Ich habe total versagt!* Der geständige Gedanke erschütterte ihn zutiefst. Es existierte kein entlastendes Argument mehr. Sein Kind getötet, weil er leichtsinnig gewesen war! Seine Liebe hatte ihn verlassen – er verstand Susanne sogar, ja, das tat er, verdammt! Er liebte sie so sehr in diesem Moment, tausendmal mehr als dieses versaute Leben. Die Arbeit verloren und dafür einen Berg Schulden! Wo würde er nächsten Monat hingehen? Er hatte ihr versprochen, dass er bis dahin ausziehen würde, und dieses Versprechen musste er halten, denn er besaß nichts mehr außer seinem Stolz. Er wollte nichts mit sich nehmen. Nichts könnte irgendeinen Wert besitzen ohne sie – absolut nichts! Der schwarze Mantel der Nacht schmiegte sich wie ein Leinentuch um ihn. Darin fühlte er sich so wie ein Riesenloch, das nur noch versuchte, sich in einem Käse zu verstecken …

Als sie Pula erreichten, lag das Haus von Franz auf seiner lieblichen Anhöhe in friedvoller Stille. Alle schliefen noch. Zaghaft schimmerte das erste Tageslicht am Horizont, dort, wo Nebel aus dem Meere aufstiegen. Sie hatten keinen Haustürschlüssel, doch ihre Erschöpfung verlangte sehnlich nach erlösendem Schlaf. Vielleicht wäre alles nur ein böser Traum? Er sah, wie Peter kleine Kiesel gegen eines der Fenster im Obergeschoss warf. Dann lugte die verschlafene Bedienung hervor. Sie ähnelte einem zerrupften Ungeheuer. Nicht viel später schliefen beide. Jeder bewohnte ein Gästezimmer für sich, gesprochen hatten sie über nichts mehr.

Mathes erwachte, als Stimmen auf der Terrasse ihn weckten. Das Sonnenlicht drängte hell durch die Jalousien. Er wollte aufstehen. Seine erste, ahnungslose Bewegung entrang ihm ein schmerzvolles Stöhnen. Jeder Muskel bis in die Zehenspitzen tat ihm entsetzlich weh. Sein Schädel brummte wie ein eigensinniges Kraftwerk. Er stand auf. Im Bad ließ er sich mehr Zeit, als er wirklich brauchte, denn er fürchtete sich zunehmend vor dem Gang nach unten. Seine verkrampften Bewegungen mussten unsinnig erscheinen. Auf der Terrasse saßen und standen sie alle herum. Wie eine gierige Meute, vorwurfsvoll, wirklich bösartig sahen sie ihn an. Seine Augen suchten nach Peter. Wortlos stieg Mathes die Steintreppen hinab, denn er vermutete ihn bei seinem Hymer. Die keifende Stimme der Wirtin verfolgte hin. „Dummer Junge!“, schimpfte sie. „Weiß nie, wann er genug hat! Im Suff das schöne Wohnmobil zu Schrott fahren, aber hier hereinspazieren, als wäre nichts geschehen. Ja, das schöne Automobil und der arme Peter! Verfluchter Scheißkerl!“, kreischte sie. „Der wird uns alle an den Baum fahren! Mit dem keinen Meter mehr!“, vernahmen seine gequälten Ohren zuletzt noch das Gebell der Bedienung. Franz stand neben Peter bei dem lädierten Fahrzeug. Er weinte. Mathes legte mitfühlend den Arm um ihn. Er fühlte sich entsetzlich. Seine Augen brannten trocken. Es hätte ihm Erleichterung gebracht zu weinen, aber er vermochte es nicht. „Ist, ist es schlimm?“, fragte er kleinlaut und deutete auf die vordere eingedrückte Ecke. Peter nickte traurig: „Der gesamte Rahmen ist verzogen. Es ist ein Totalschaden …“ – „Mensch, Mathes“, begann Franz, „wie konnte dir das nur passieren?“ – „Lass ihn in Ruhe!“, unterbrach Peter ihn mit gebrochener, kaum wiederzuerkennender Stimme. – „Die Weiberleut sind gar nicht gut auf dich zu sprechen, hättest du nur mal den Peter fahren lassen!“ Mathes schwieg benommen. „Hätte, hätte“, fiel Peter erneut dazwischen, „es ist geschehen, ich mache ihm keine Vorwürfe. Wir müssen es hierlassen. Geht das, Franz?“ Er sah ihn fragend an. – „Natürlich! Willst du nicht einmal versuchen es zu reparieren?“ Peter schüttelte verneinend den Kopf: „Ist sinnlos, nur noch ein Haufen Schrott. Wir werden mit dem Zug nach Hause fahren.“ Franz nickte nachdenklich. Als Einziger war er nicht ganz ohne Mitleid für Mathes, das spürte dieser. „Braucht ihr Geld?“ Niemand sagte etwas. Der Wirt griff kurzerhand in seinen Geldsack und zog fünf Hundertmarkscheine hervor. „Hier, Peter, nimm das, nun nimm es schon!“

Zu dritt gingen sie zurück zur Terrasse. Ihre runzeligen Gesichter wechselten finster und mitleidsvoll zwischen Mathes und Peter hin und her. Es war unerträglich. Stillschweigend stieg Mathes die Stufen zu seinem Zimmer hinauf und ließ sich auf das Bett fallen. Lange Zeit mochte er so dagelegen haben, dann erhob er sich plötzlich und packte seine wenigen Sachen zusammen. Sie saßen noch immer auf der Terrasse. Er umarmte Peter. Alle sahen ihnen zu. „Ich muss allein sein. Hol mich unten im Ort in der Pilsbar ab, wenn wir fahren!“ Peter erwiderte die Umarmung und nickte. Dann reichte Mathes dem Wirt die Hand: „Danke, Franz“, sagte er. „Wir sehen uns in München, abgemacht, Mathes?“, fragte dieser und es klang wie: „Kopf hoch und achte nicht auf unsere hysterischen Weiber!“

Mathes wählte nicht den Weg, sondern wanderte quer durch die wild verwachsene Felslandschaft. Die Leinentasche hing über seiner Schulter. Als die Küstenstraße endlich unter seinen Füßen lag, war der Mittag schon vorangeschritten. Ein paar Mal versuchte er einen Wagen anzuhalten, dann gab er es auf. Die Kilometer zogen sich unendlich, doch es war ihm egal. Erst am späten Nachmittag erreichte er das Städtchen Pula. Seine Reise nach Kroatien hatte ein katastrophales Ende genommen. Der, den er suchte, hielt sich nicht sehr weit entfernt von diesem Ort auf und war doch wieder unfassbar. Was für eine Rolle spielte das alles noch? Zum ersten Mal fühlte er die Erschöpfung seiner Suche, die Müdigkeit und Einsamkeit des Langstreckenläufers …

Am Abend, als Peter ihn in der Bar fand, war Mathes betrunken. Am Bahnhof kauften sie nochmals zwei Flaschen Wein. Er betäubte sich für die gesamte Fahrt. Später würden sie beide nichts mehr wissen von der Dauer der Passkontrollen oder irgendetwas anderem während ihrer Rückreise. Mathes' Erinnerungsvermögen würde später nur Umrisse von den Geschehnissen erfassen – bis zu dem Morgen, an dem sie im Zenettistüberl am Tresen lehnten.

Dieser Ausschank, den er früher immer unbeachtet gelassen hatte, wirkte höhlenartig auf ihn an dem Morgen nach ihrer Zugfahrt. Nein, es lag kaum an der Einrichtung. Diese unterschied sich nicht wesentlich von anderen. Es lag an den Menschen. Hier verkehrten ausnahmslos Obdachlose, Bettler und Streuner miteinander. Wie Fledermäuse, die das Tageslicht scheuten. Ihre misstrauischen, wettergegerbten und alkoholverzerrten Gesichter hellten sich auf, als sie Peter in der Tür erblickten. Sie begrüßten ihn überschwänglich gleich einem Gönner. Sofort ergriff eine in bunte Tücher gehüllte Frau von unverkennbar ehemals schönen Gesichtszügen seine Hände und sie tanzten durch den Raum. Der Ausschenk warf Münzen in die Musikbox. Zahnlose Fratzen lachten und grölten. Hinkende Körper langten mit ausgemergelten Armen nach ihnen. Ein sonderbares Fest begann. Mathes sah, wie Peter tanzte und lachte, als wären die schrecklichen Dinge nie geschehen. Seine Verunsicherung entschied sich wieder für die Bewunderung entgegen dem Hauch von Abscheu. *Er ist der Gebieter dieses ungeheuren, makabren Maskenfestes*, dachte Mathes. Was wohl verdankten ihm diese armseligen Geschöpfe? Der König der Bettler! Es verging längere Zeit, bis die zwei Freunde ungestört miteinander reden konnten und die unsichtbaren Schwänze der lauschenden nur noch verhalten wedelten. Der seltsam glitzernde Schimmer hatte seinen Mantel mit um Mathes geschlungen. Peter verwarf die Worte von Mathes, mit denen dieser den unglückseligen Unfall bedauern wollte, großzügig. Erst jetzt und völlig überrascht erkannte Mathes, dass Peter nichts von dem Schuss in die Windschutzscheibe wusste. Dabei musste er doch den Blitz gesehen haben wie er selbst. Noch immer fühlte Mathes diesen schmerzvollen Muskelkater an jeder Stelle seines Körpers. Er dachte an die vermeintlichen Polizisten zurück, die sie zweifellos, ohne zu zögern, erschossen hätten. Er begriff, welchen gewaltigen Schock sie erlitten hatten. Warum sollte er Peters Gedächtnis auffrischen? Ohne den geringsten Vorwurf hatte Peter das geliebte Wohnmobil beerdigt. Von Plänen und Terminen sprach er an diesem Morgen, die ihn schnell nach Italien bringen sollten, um Geld aus der Firma zu beschaffen für zwei neue Wohnmobile, ein neues Leben. Ganz so, wie sie schon die ganze Zeit davon geträumt hatten. Scheinbar hatte sich nichts verändert. Zu Mittag machte sich Mathes auf den Weg nach Hause. Zum allerletzten Mal. Nur eine Tasche würde er mit sich nehmen, mit dem Nötigsten. Mit jedem seiner Schritte flirtete er mit dem Gedanken, sie irgendwann wieder in den Armen zu halten, als Geliebte und seine angebetete, süße Frau. Nur dafür wollte er noch leben, für nichts anderes. Ganz sicher würde er dieses Ziel erreichen, ja, es bestand nicht der geringste Zweifel! Es konnte nicht sein, sich etwas in den Kopf zu setzen, vor allem etwas, was gleichermaßen das Herz erfasst hatte, ohne es irgendwie zu erlangen. Unmöglich, das wäre nicht er selbst gewesen!

Vor ihrer Haustür erstarrte er. Im Treppenaufgang lag ein üppiger Blumenstrauß. Mathes las die Karte. Die Worte rissen an seinen Eingeweiden. Seine Hände zitterten, als er langsam den Schlüssel drehte. Nebel stand vor seinen Augen. Es duftete wie immer nach ihr. Ferngelenkt öffnete er den Wasserhahn im Badezimmer. Ihre Parfümfläschchen standen in willkürlicher

Ordnung auf dem Schränkchen. Aus dem Becher streckte sich ihm der Kopf ihrer Zahnbürste entgegen. Einsam, wie er fand. Wie gerne hätte er in seine Tasche gelangt und seine danebengesteckt! Er tat es nicht. Stattdessen beträufelte er das Blumenpapier mit Wasser. „Ein zärtlicher Gruß, Dein Christian“, stand auf der geschundenen Faltkarte. Es drängte Mathes, seine Faust in den Wandspiegel zu hämmern. Nur dunkel geräderte, müde Augen starrten ihm entgegen. Seine Hände stützten sich auf den Beckenrand. „Sein Aftershave klebt in der Luft, warum hat er nicht gleich meins benutzt?“, sang er sarkastisch. „Verdammte Scheiße!“, brüllte er, dass es durch das ganze Haus hallen musste. Ein sadistischer Teufel in ihm lachte hämisch: „Er hat es für dich geschrieben, du Vollidiot!“ – „Lass mich in Ruhe, in Ruhe …“, flehte Mathes, „ich bin am Ende – endgültig.“ Dieser Zustand dauerte zweiundzwanzig Sekunden an, dann raffte er sich auf. Er widerstand der erneuten Versuchung, das Blumenbüschel als Kehrbesen zu verwenden, so wie er es eigentlich tun sollte. Dieser Scheißkerl konnte nicht wissen, dass sie keine Nelken mochte. Er gab sich Mühe, völlig unberührt zu wirken, als er ein paar Kleidungsstücke aus dem Schlafzimmerschrank nahm. Seine Tasche begann sich aufzublähen wie ein Baumwollpansen. Über dem Messing-Kleiderständer hing eine ihrer schwarzen Nylons. Sein Blick verharrte darauf. Dann griff er danach und betastete das seidige Gewebe. Er drückte seine Lippen darauf. Im selben Moment hasste er sich deswegen. Kurze Zeit danach schlug die Haustür hinter sich zu. Ihr quälender Geruch ließ sich nicht mehr abschütteln. Ab diesem Abend würde er bei Klaus wohnen. Dieser hatte ihm ein Zimmer angeboten. Das Leben musste endlich wieder aufklaren!

KAPITEL 13

Die Nacht

Der Versager

Mehrere Wochen vergingen. Mathes hatte sich intensiv um irgendeine einträgliche Arbeit bemüht, dabei beherrschte ihn nur noch der Gedanke von Selbstständigkeit. Er hatte einfach die Schnauze voll. Schließlich unterschrieb er nach zähen Verhandlungen mit einer Baufirma einen Sub-Unternehmervertrag, der ihn verpflichtete, in einem Regensburger Neubaugebiet 450 Fensterelemente zu setzen. Zwei Stunden zuvor hatte er ein Gewerbe für Altbausanierung und Hausgerätevertrieb angemeldet. Eine vielversprechende Mischung! Sein brüchiger Finanzhaushalt schien tatsächlich der nötigen Spritze nahe, doch die Hürden wuchsen unentwegt. Aus den vielzähligen Kneipen, in denen er verkehrte, heuerte er Arbeiter an. In einem geliehenen, eher untüchtigen Kleinbus fuhr er täglich schon sehr früh zu seiner Baustelle und erst am Abend kehrten sie wieder nach München zurück. Er bezahlte diese Helfer prompt. Die wöchentlichen Anzahlungsschecks brachte er zu seiner Hausbank, um sich dann dort den Mund fusselig zu reden, dass er den Gesamtbetrag ausbezahlt bekam. Mathes erhielt sein Geld, gleichzeitig aber sperrte ihm der Banker jeden weiteren Kreditspielraum. Das Risiko mit dem jungen Unternehmer wäre zu groß, sagte er, vor allem, da ja bereits über zwölftausend Mark Privatschulden bestanden. Auch einen Vorvertrag seines Auftraggebers über 3 500 weitere Fenster in Berlin konnte der fixe Finanzmann nicht akzeptieren.

Mathes kämpfte wirklich und er hatte gut gearbeitet, nun wollte er fast verzweifeln. Jeden Pfennig verschlangen die Unkosten für den doch aussichtsvollen Start. Nichts blieb für die

Kreditbanken übrig, deren großzügiger Gelder er sich in den vergangenen Jahren bedient hatte, und die drohten unentwegt und gnadenlos mit ihren Inkassobüros. Mathes wurde unausstehlich. In einer Nacht stritt er mit Klaus. Es ging um irgendeine Belanglosigkeit. Er knallte ihm den Schlüssel auf den Tisch und verließ sein Haus. Nun wusste er nicht mehr, wo er schlafen sollte. Die Temperaturen sanken weit unter den Nullpunkt. Einen Moment lang dachte er an seine Eltern. Nein, er wäre eher bereit unter den Isarbrücken zu verrotten, bevor er nochmals Vaters Hilfe erbitten würde. Demütigend war der Versuch im vergangenen Sommer gewesen, dieser Mann glich einer eiskalten Rechenmaschine. Mathes hatte ihm offen von allen Schulden erzählt und es war ihm unsäglich schwergefallen. Lächerliche zweitausend Mark hätten ihn vor dem teuflischen Kreislauf der Mahnungsspiralen gerettet. Ganze zweitausend Mark. Susanne hatte neben ihm gesessen, als Vater Held sezierend fragte: „Hast du noch irgendwelche Fixkosten? Musst du vielleicht irgendwo Alimente bezahlen? … Du musst jetzt über alles offen reden, auch für Susanne. Ihr hast du mit deinem überzogenen Lebenswandel so viel angetan!“ Mit seiner Frage hatte er ahnungslos Mathes einen unverzeihlichen, groben Hieb versetzt. Von diesem Moment an schien ihm sein Vater sehr fremd. Er konnte nichts über Anja und die kleine Sarah wissen, nichts über all die schmerzvollen Gefühle. Woher sollte er es wissen? Menschen, die andere Menschen achten und lieben, stellen nicht solche Fragen. Sie setzen immer einen Spross des Vertrauens in ihre gemeinsame Erde und glauben an das Gedeihen. *Welche Unverfrorenheit, in Susannes Gegenwart derartige Gedanken auszusprechen*, dachte Mathes zutiefst verletzt. Keine Summe und nichts in dieser Welt konnte solchen Wert für Mathes haben, dass er solche Würdelosigkeit ertragen wollte. Es hätte ihn für immer und endgültig zerstört. Und wie hätte ihn sein Mädchen noch achten sollen, wenn er nach den Scheinen geleckt hätte, deren Preis aller Stolz gewesen wäre? Waren doch schon die vergangenen Jahre von schleichender Grausamkeit geprägt gewesen, wenn seine Eltern die übliche abgestumpfte Argumentation herausquakten: „Das wirst du verstehen, wenn du mal selbst Kinder hast …“ Sein Kind war tot! Tot! Sie wussten nicht, wie weh ihm diese arglosen Worte taten. Niemand konnte das nachfühlen …

Mathes fand keine andere Wohnung. Firmenchef, aber obdachlos! Beinahe jeden Abend betrank er sich. Dies ließ sich kaum noch vermeiden, denn er suchte nach einer Schlafstätte. Eigentlich suchte er nicht wirklich, er wusste, dass sich immer irgendetwas ergeben würde. Es spielte kaum noch eine Rolle, welchen Eindruck die Frauen, die ihn irgendwann in der Nacht mit zu sich nahmen, auf einen Nüchternen hinterließen. Er vögelte sie, manchmal vögelten sie wohl ihn. Und auf ihre Art liebten sie ihn vielleicht sogar, denn niemand sah ihm sein erbärmliches Dasein an. Wahrscheinlich witterten sie wie lüsterne Raubkatzen seine Bedrängnis und befriedigten sich ganz einfach ausgiebig an ihm. Er dankte seinem Gott für jede Stunde, die er in einem warmen Bett schlafen durfte. Mit ein bisschen Glück hielten solche Beziehungen einige Tage. Irgendwie hatte alles ein Ausmaß angenommen, dass er die Verruchtheit manches Weiberhirnes mehr und mehr zu genießen begann, wenn ihre Fantasien erwachten. Nur selten zum Ende dieses Jahres 1994 sah Mathes seinen besonderen Freund, Peter erzählte von erheblichen Problemen in Verona. Die italienischen Finanzbehörden hatten veranlasst, dass alle seine Konten gesperrt wurden. Jeder einzelne weitere Tag bedeutete mehrere Millionen Lire Unkosten. Hielt er sich kurzzeitig in München auf, wohnte Mathes bei ihm, doch auch das war mit Schwierigkeiten verbunden, da die Wohnung Peters vergangener Freundin gehörte. Obwohl auch in Deutschland der Gerichtsvollzieher drohte, verlor Peter seine optimistische Laune nie. Jede Stunde mit ihm baute Mathes ungeheuer auf, seltsamerweise verflüchtigten sich dann alle Sorgen in ein Nichts. Mathes hatte aufgegeben dieses Phänomen dem Versuch der logischen Analyse zu unterziehen. Etwas in ihm fürchtete sich unentwegt davor, dass die hoffnungsvollen Träume zerplatzen könnten wie bunte Seifenblasen. Woran sonst sollte er sich noch halten? Längst gestand er sich seine Angst ein, aber gewaltsam verdrängte er ihre Nadeln.

Zu sehr klammerte er sich an die süße Zuversicht. Welch angenehme Kraft strömte von seinem ungewöhnlichen Freund aus! Und er verbreitete sie großzügig.

Mathes hatte endlich wieder eine Wohnung gefunden und der Vormieter hatte ihm günstig die Möbel hinterlassen. Das kleine Appartement sollte für ihn und Peter ihr verbleibendes Nest werden, wenn erst mal in Italien alles anliefe. Mathes hätte ein bisschen Ruhe herbeigesehnt, doch das ließen die ständig einlaufenden Mahnschreiben nicht mehr zu. Kaum ein Tag verging, ohne dass er einen dieser scheinheiligen Schlaftöter in seinem Briefkasten fand. Er verdrängte derartige Altlasten, so gut er konnte.

Diana war nach Pula zurückgekehrt. Er hatte es von Karl Lederer erfahren und dann lange mit ihr telefoniert. Sie nahm ihm übel, dass er ihre Familie auf seiner Reise nach Kroatien nicht besucht hatte. Von den schrecklichen Erlebnissen dort erzählte er nichts. Am selben Abend erhielt er einen entscheidenden Anruf. Einen jener Anrufe, wie er sie in den Jahren seiner Suche oft erhalten hatte. Toni war Zuhälter in Passau gewesen. Er hatte zu jenen gehört, die Mathes in keiner Weise verachten wollte oder gar mit Harry verglich. Es bestanden erhebliche Unterschiede. Immer tieferen Einblick hatte er in das Gefüge des roten Milieus gewonnen. Regeln, Gesetze, Verpflichtungen und Verantwortung erhoben sich wie in einer eigenen Gesellschaft. Angeprangert und doch heimlich aufgesucht und gefördert. „Der einzige Unterschied zum Geschäftsleben der zugeknöpften Gesellschaft liegt in der Ergiebigkeit, in der Schnelle des Geldes und dem nicht zu sättigenden Markt." Dies hatte einmal eine Hure zu Mathes gesagt. „Immer dort, wo Geld und Macht gebündelt ineinanderfließen, finden sich die Soziopathen, die Gewissenlosen. Es ist, als würde man Ratten füttern. Ihr helles Fell mag täuschen, und doch sind es immer noch Ratten. Wirtschaftsbosse oder Politiker solcher nagenden Art sind nicht anders als diejenigen Zuhälter, unter denen manche von uns grausam ausgebeutet werden. Man sieht es ihnen nicht an, aber es sind Zuhälter. Es muss immer Männer geben, die uns vor den Ratten schützen. Glücklicherweise gibt es sie." Diese erschütternde, faszinierende Philosophie stammte von Sylvia, einer Straßenhure in hohen Schaftstiefeln und silbrig glänzenden Satinhosen. Falscher rosa Pelz hatte ihre Schultern bedeckt. Ihre gebleichten, langen Haare und die tiefe Stimme trugen zu dem abstoßenden oder umso anziehenderen Eindruck bei. Sie stellte genau das dar, was man schlichtweg als ordinäre Erscheinung betitelte. Allem zum Trotze aber hatte Mathes die vergangenen Jahre über manchmal seltsame Wärme in ihrer Nähe empfunden. Sie hatte ein hübsches, irgendwie sehr interessantes Gesicht. Winzige Fältchen in den Winkeln ihrer Augen lächelten immer, aber gleichzeitig wirkten sie traurig. Diese sanfte Mischung erzählte auf geheimnisvolle Weise von den tieferen Erfahrungen des Lebens, dem Schein und der Wirklichkeit. Mathes ließ sich nicht von ihrem Äußeren oder ihrem nächtlichen Wandel täuschen. Für ihn war sie eine edle Frau. Sie hatte ihm immer geduldig zugehört, wenn er von Susanne gesprochen hatte und von den Dingen, die Nebel über sein Herz zogen. Oft hatte sie mehr über seine Geheimnisse und Suche gewusst als alle anderen, sie, die Straßenhure. Eine Woche nach der endgültigen Trennung war er mitsamt seiner Verzweiflung und dem Schmerz bei ihr gewesen. Der verfluchte Blumenstrauß peitschte auf seine Gefühle ein. Diesmal hatte sie ihn zu dem Motel mitgenommen, das sie privat bewohnte. Sie hatten Champagner getrunken, geredet und zum ersten Mal miteinander geschlafen. Sie nicht aus Liebe, er nicht aus Liebe. Auch alleiniger lustvoller Sex mochte es nicht gewesen sein. Ihre Lippen erwiderten seine Küsse nur zaghaft, beinahe unwillig. Er verstand das. Nichts an einer Hure ist tabu, außer ihren Lippen. Aber sie war keine Hure in diesem Moment. Er war kein Freier. Stilles, tröstendes Einverständnis bestand zwischen ihnen. Süßlich roch es im Zimmer, als sie in seinen Armen einschlief, und seine Finger streichelten über ihre Brustwarzen.

Der Anruf hatte ihn aufgeschreckt aus seinen Gedanken an jene Nacht mit Sylvia. „Der Toni ist's", brummte es aus dem

Hörer. „Wenn du immer noch den Jugo suchst, kann ich dir vielleicht helfen …" – „Was weißt du?", fragte Mathes kühl, während sich schlagartig die Sehnen in seinem Körper anspannten. Die Adern seiner Schläfen traten bedrohlich hervor und seine Pupillen verengten sich. Unkontrolliert stieß er mit dem Fuß gegen das Tischbein. Das Bierglas schwappte über. Sofort verbreitete sich die aufgeregte Flüssigkeit über die glatte Fläche. Verständnislos sah Mathes zu, wie der dunkle Teppich das schäumende Rinnsal einzusaugen begann. „Er ist in Leipzig. Sucht Anschluss zum Milieu. Viel mehr weiß ich nicht." – „Bist du sicher, dass er es ist?" – „Völlig sicher! Wende dich dort an den Wirt vom Runden Eck – Jürgen heißt er, ein Freund von mir!" – „Der weiß mehr?" Mathes musste sich räuspern, denn seine Kehle war wie zugeschnürt. Dann atmete er hastig den heißen Rauch seiner Zigarette ein. Der Filter verströmte bereits einen giftigen, teerigen Geschmack. „Zumindest ist er sehr vertraut mit der Szene. Muss jetzt aufhören, mein Laden ist voll. Schau mal wieder vorbei!" – „Ja, bald – bestimmt", sagte Mathes eine der höflichen Floskeln, die man sofort wieder vergisst, falls man sie überhaupt bewusst ausgesprochen hat. Toni mochte ihn und Peter. Ihre stimmungsgeladenen Auftritte hielten die zahlungswilligen Gäste bei Laune. Vielleicht mochte er sie sogar ohne opportunistische Hintergedanken. Für Mathes spielte das keine Rolle. Er kannte viele Menschen – Bekannte und Freunde. Doch wen würde er als wertvoll in seinem Leben bezeichnen? Seine sanfte Sehnsucht endete stets in den Gedanken an Susanne, seine gewaltsame Sehnsucht bohrte ihre scharfen Krallen in den erlösenden Tag, an dem er ihn finden und zerschmettern würde. Die dritte Schwester seiner Sehnsucht, die der unterdrückten Zukunftsträume, geleitete ihn zu Peter.

Mathes' Überschuldung entpuppte sich mehr und mehr als ernsthafte Bedrohung. Im Januar, so hatte Peter versprochen, könnten sie endlich ihre Reise nach Italien antreten und zweifellos würde dann alles besser werden. Die gierigen Banken müssten bis dahin und noch wenige Wochen länger stillhalten. Ein kleines

Problem, wie Mathes fand. Nach Tonis verheißungsvoller Nachricht jedoch zermarterte er sich die ganze Nacht sein Hirn. Wie nur sollte er zum letzten Mal eine Reise finanzieren, für die es keinen Ausweg gab? Er trank beinahe eine Flasche Wodka, so als läge in ihrem Grunde die Antwort. Irgendwann war ihm der Orangensaft ausgegangen, von da an kippte er den warmen Alkohol pur in sich hinein. Dicke Rauchschwaden hingen in dem kleinen Zimmer, sie vibrierten elektrisiert im Hall der dröhnenden Musik. Zu der Scheibe von Grönemeyer war eine Hassliebe entstanden, der keiner von beiden wirklich entrinnen konnte. Er starrte in die vorüberziehenden Bilder des kleinen Fernsehers, ohne auch nur für einen Moment zu registrieren, was seine Augen sehen sollten. Grau und von schweren Tropfen behangen drückte das dichte Laub seines Gedankenwaldes auf ihn nieder. Dazwischen ragten immer wieder vereinzelte Riesenlampen hervor. Mathes verlor sie nie aus den Augen. Was konnte einem willensstarken Mann das schlammige Gestrüpp anhaben? Er lachte laut und voller Zynismus. Sehr genau war er sich in solchen Momenten der Manie bewusst, die sein Leben während der Jahre seiner Zweigeteiltheit beherrscht hatte, mit dem Laufe seiner Lügen. Weiter, immer weiter … Mathes schüttelte heftig verwerfend den Kopf. Derartige Ideen würde er erst zulassen, wenn das Blut des Kindsmörders seine Schicksalswiesen getränkt hätte.

Drei Tage und Nächte rasten seine Gedanken im Kreise. Strudelartig und immer schneller um ein Glas Bier oder Wodka. Seine Augen beachteten nicht die lallenden Genossen in irgendeinem der Stehausschanks. Wie nur sollte er die Möglichkeit für die zwingende Fahrt und den Aufenthalt in der Stadt finden? Die Uhr lief. Später würde er ein unerwartetes Ereignis als glücklichen Wink des Schicksals betrachten.

Zufällig hatte er Angelika wiedergetroffen. Sie zählte schon seit einiger Zeit zu seinen Stammkundinnen, wenn es um irgendeine Reparatur ging. Sie lud ihn für den Abend zu sich nach Hause ein, denn ihr Trockner funktionierte nicht. Dann lernte er ihren Mann kennen. Mathes und John empfanden Sympathie füreinander. Der etwa vierzigjährige Schwabe betätigte sich als Geschäftsführer einer Immobilien GmbH, die im östlichen Deutschland sanierungsbedürftige Häuser erwarb, um sie später renoviert und in mehrere Eigentumswohnungen unterteilt mit hohen Gewinnspannen weiterzuveräußern. Verschiedene Kleinunternehmen, meist Ansässige der jeweiligen Stadt, erledigten die anfallenden Arbeiten. Beinahe instinktiv erzählte Mathes von seinem eigenen jungen Gewerbe. John hörte ihm sehr gespannt zu und von Zeit zu Zeit stellte er fachliche Fragen, als wolle er ihn testen. In leiser, Erfolg witternder Ahnung ging Mathes ganz darauf ein. Selbstbewusst sprach er von seinen Branchenkontakten, die es tatsächlich nur in minderem Ausmaße gab, und zielstrebig begann er sich als Idealbesetzung für Altbausanierung zu verkaufen. „Ich kann nicht ständig auf den Baustellen sein“, sagte John, „ich brauche jemanden, der dort selbstständig alles managt. Für die Handwerke, die du selbst nicht kannst, sagst du, hättest du Fachleute, die bereit wären kurzfristig nach Dresden oder Leipzig zu fahren?“ – „Überhaupt kein Problem“, versicherte Mathes entschlossen. – „Mathes, ich stecke da drüben wirklich in der Klemme!“ Er wirkte ein wenig mitleiderregend und es war nicht ganz klar, wer eigentlich an wessen Köder angebissen hatte. „In Leipzig ist das, sagst du?“ Mathes klopfte das Herz, dass er Angst hatte, man könnte es hören. Er würde alles zusagen und alles tun, um einen Auftrag in der Stadt zu erhalten, in die er unbedingt musste. „Ja, wärst du denn interessiert?“ Mathes ließ mehrere quälende Sekunden verstreichen, dann klang seine Stimme bedauernd: „Ja, sehr sogar, Leute hätte ich genug, auch sofort abkömmlich, und einen neuen Auftrag brauche ich auch. Trotzdem gibt es ein Problem …“ – „Was für ein Problem?“, fragte John in nicht überhörbarer Anspannung. Mathes genoss den Anblick, wie er nervös eine Zigarette aus der Packung fingerte. „Ich bin nicht flüssig genug für irgendwelche Vorleistungen … ehrlich gesagt kann ich mir nicht einmal die Unterkunft dort leisten. Meine Anfänge und all die notwendigen Anschaffungen haben mich ziemlich gebeutelt“, log er, ohne mit einer Wimper zu zucken. Sichtlich erleichtert atmete

John auf. Jetzt lächelte er. „Das soll nun wirklich kein Problem sein! Das Material für zwei Baustellen ist teilweise bereits da. Den Rest müsstest du zwar dort selbst heranschaffen, aber dabei wird dir ein Mann helfen, den ich in Leipzig habe. Auch eine Wohnung ist keine Schwierigkeit.

Einige unserer Häuser stehen leer. Außerdem gebe ich dir einen Vorschuss, schließlich musst du ja deine Leute bezahlen. Vielleicht fährst du sogar besser, wenn du sie dir in Leipzig suchst. Also, was hältst du davon?" – „Ich bin dein Mann", antwortete Mathes grinsend und sie stießen wohlklingende, hohe Römerkelche aneinander, in denen hervorragender französischer Rotwein seine Schlieren zog. Sie erörterten noch bis spät in die Nacht alle Einzelheiten und Mathes sah wirklich keine Schwierigkeiten mehr, deren Bewältigung er sich nicht zugetraut hätte. Er freute sich auf die neuen Aufgaben. Wie es schien, begann wieder ein hoffnungsvoller Anfang von völlig unerwarteter Seite. Am übernächsten Tag, so vereinbarten sie, wollten sie gemeinsam nach Leipzig fahren, um die Baustellen zu besichtigen und um sich über alles Weitere einig zu werden. Er vertraute John, denn für diesen bürgte das freundschaftliche Verhältnis zu dessen Frau Angelika. Endlich ein Volltreffer!

In der folgenden Woche entwickelte sich alles bestens. Insgeheim flirtete Mathes schon vom ersten Augenblick an mit der schönen Stadt Leipzig. Längst trieb es ihn von München fort. Er wollte vor den Orten flüchten, die immer wieder schmerzvoll die dünnen Krusten über seinem Herzen aufreißen ließen. Irgendwie musste er die Menschen aus seiner Gegenwart verbannen, die ihn glücklich gemacht hatten, denn er konnte nicht die Kraft finden, in der spürbaren Nähe seiner Erinnerungen zu leben. Mathes war nicht der Mann, dessen Gefühle für Veränderungen und Neuanfänge bereit waren. Er liebte vollkommen kompromisslos, hart gegen sich selbst. Kein Verstand könnte dieser Eigenständigkeit seines Herzens Gewalt antun. Schizophrene Kämpfe fanden in ihm statt. Vielleicht hatte er in den siebenundzwanzig Jahren seines Lebens nie gelernt, die Waage zwischen Gefühlen und Verstand zu finden. Sein gesamtes Tun, sein Bestehen zu jedem Zeitpunkt hatte nur auf den emotionalen Pfeilern geruht. Der geistige Anarchismus in ihm, erwachsen aus der manischen Gesetzmäßigkeit eines Herzens, würde ihn lebenslang auf einen eigenen Weg voller Disteln zwingen. Sollte die geordnete Gesellschaft seiner Zeit irgendwann die Gefahr erkennen, die er für sie darstellte, müsste sie ihn konsequent zu vernichten suchen wie einen bösen Virus. – Und das würde sie tun! Ohne einen Gedanken daran zu verschwenden, wusste er, dass diese Waage zwischen Herz und Verstand ihr Gleichgewicht verlangte, anders konnte kein soziales Gefüge bestehen. Das Herz als Träger menschlicher und individueller Schätze und Werte, der Verstand als leitende, handlungsfähige Kraft – er eine Leihgabe von Gesellschaft, Staat und Gegenwart. Von allem Anfang an manipuliert, denn vorgegeben wurden die Werte und die damit verbundenen Regeln. Mathes konnte nicht anders. Gefühle beherrschten sein Leben rasant und willkürlich. Nichts, was er tat, bewegte sich auf den Wellen eines ruhigen Meeres weiter. Sein Meer schwappte ständig über. Stürme bemächtigten sich seiner Welt und des Himmels darüber. Wenn er atmete, gierte er nach jeder einzelnen Essenz der Düfte. Der Sonne gab er sich hin, bis sie ihn ganz verbrannt hatte. Wenn er trank, trank er im Übermaß, beim Spiel reizte er die äußersten Grenzen aus. Arbeit oder Sport bis zur völligen Erschöpfung, Sex ohne Tabus und in totaler Ekstase. Tötungswille, bis das Blut seiner Gedanken dunkelrot über das Pflaster fließen würde. Hass und Liebe in Tiefen, die niemand vernünftigerweise nachempfinden konnte – unauslöschlich wie ein Fluch. Glück der Menschen seiner Umgebung konnte er distanziert und neidlos betrachten, ja mit einer Freude sogar. Er spürte die warmen Strahlen daraus. Eigenes bestehendes Glück zu erkennen schien ihm absolut unmöglich. Immer musste er weitergehen, weitersuchen – er kämpfte fortwährend gegen nicht fassbare Schatten an. Vielleicht in einem Grade, dass er nicht mehr deutlich sehen konnte. Welcher Liebesschmerz! Das Mädchen, dessen Tränen über seinem kristallisierten Herzen Perlen gebildet hatten wie unzählige schimmernde Diamanten, erfüllte ihn fast mit spiritueller Sehnsucht, einer Göttin gleich. Wenn dies geschieht und ein Mann gleichzeitig voller Stolz und Selbstbewusstsein, voller Eitelkeit ist, kann er nicht mehr bestehen. Das ständige Zittern schafft unaufhörlich irgendeine Art des Wahnsinns. Wie der beschwörende, monotone Glockenschlag in der Nacht auf dem Weg zum Schafott …

In den späten Stunden des 26. Novembers peitschten große, schwere Schneeflocken über die Autobahn. Erst nördlich von Hof ließ der Wind etwas nach. Mathes steuerte einen scheppernden alten Opel Caravan. Kurzfristig hatte er ihn für die nächsten Wochen von einem zweifelhaften Autohändler mieten können. Bis unter die graue Decke hatten sie ihn mit dem notwendigsten Hausrat und Werkzeugen beladen, John hatte als Vorschuss einen großzügigen Scheck ausgestellt. Mathes hielt sich mit Flying Horse und Dosenbier wach, jeweils in aufputschendem Wechsel – sein besonderes Rezept. Walter Taube neben ihm auf dem Beifahrersitz starrte in das Dunkel der nassen Straße. Die meiste Zeit qualmte eine stinkende Reval zwischen den gelblichen Fingern seiner plumpen Hände. Mathes kannte ihn seit etwa drei Jahren. Auch in Neutraubling hatten sie zusammengearbeitet. Gut, Walter mochte ein Choleriker sein, vor allem wenn er trank. Auch richtig, dass alle ihn vor Walter gewarnt hatten. „Mit dem wird das nie was", hatten sie gesagt, „der ist wie ein Tier, vollkommen unberechenbar. Hat den Verstand, den er nie hatte, versoffen!" Walter bewohnte mit Christine in ärmlichsten Verhältnissen eine Sendlinger Wohnung. Ihren kleinen Jungen durften sie nur an den Wochenenden aus dem Heim abholen, Walter liebte ihn sehr. Man konnte Christines Alter schwer schätzen. Sie hatte pechschwarzes, strähniges Haar bis fast an den Po. Ungeschminkt wirkte sie wie eine ausgemergelte Vierzigjährige. Wenn ihr knalliger Lippenstift und Lidschatten ablenkten, sah sie beinahe hübsch aus. Nuttig und zigeunerhaft, egal ob abstoßend oder anziehend, so zog sie doch die Männeraugen auf sich. Geheimnisse umgaben ihre Vergangenheit. Sie soff haltloser als Walter und in den Stehausschanks wusste jeder, dass sie zur Hysterie neigte. Einmal hatte Mathes ihn abgehalten sie zu ohrfeigen, er konnte so etwas nicht ertragen. Fast wäre es daraufhin zu einer ungleichen Prügelei gekommen. Viele wunderten sich, dass Mathes diesen grobschlächtigen Walter gut im Griff zu haben schien. Walter führte seit jeher einen verzweifelten Kampf aus dem Sozialhilfesumpf heraus, Mathes empfand eine Art mitleidvoller Achtung ihm gegenüber. Außerdem schätzte er dessen Erfahrungen und Können, das ihm selbst auf den Baustellen noch fehlte. Vor allem aber hatte er keine Angst vor ihm, Lautstärke beeindruckte ihn nicht. Werner achtete Mathes, weil er ihm insgeheim bis zu einem gewissen Grade zugestand klüger zu sein, Mathes konnte beinahe reden wie ein Verkäufer, wenn es um Aufträge oder dergleichen ging. Und eben dass der Jüngere und Schmächtigere keine Angst vor ihm zeigte, beeindruckte ihn.

In den frühen Morgenstunden fanden sie sich in der neuen Stadt ein. Anhaltender Regen und planloser Berufsverkehr prägten den ersten Eindruck. Mathes erfuhr Leipzig von Anfang an eher wie ein Einwanderer, nicht als Besucher, als Fremder, der kommen und wieder fortgehen würde. Sie fuhren direkt zu ihrer Baustelle. Der Altbau in der Meißnerstraße hob sich äußerlich bereits von den farblosen und verrußten Klinkerfassaden der angrenzenden Häuser ab. Wie schon am vergangenen Wochenende mit John begrüßte sie Ronny, dessen Schwiegervater. Er bot die ungewöhnliche Erscheinung eines in die Jahre gekommenen Aussteigers. Der Regen hatte an diesem Morgen dunkle Flecken auf dem Stoff seines Trenchcoats hinterlassen und den Humphrey-Bogart-Hut hatte er tief in die Stirn gezogen. Schulterlanges, weißgraues Haar lugte unter der Hutkrempe hervor. Der beinahe finstere Ausdruck seines lebensgegerbten Gesichtes konnte nicht den Schalk verbergen, der dahinter lag. Mager sah der Zweiundsiebzigjährige aus, und umso fetter wirkte eine würzige Zigarre zwischen seinen Zähnen. Dreimal während ihrer Baubesprechung ertönte aus Ronnys Manteltasche das nervöse Piepen eines Handys und jedes Mal beendete der ruppige kleine Kerl das Gespräch mit einem Fluch. Walter vermochte es nicht zu verheimlichen, dass er ihn nicht ernst nahm, er lachte fast die ganze Zeit, und obwohl Mathes selbst Mühe hatte ein Lachen zu unterdrücken, nahm er es ihm übel. „Kennst du das ‚Runde Eck', Ronny? Habe gehört, dass wir dort vielleicht Arbeiter auftreiben können." – „Die kriegst du überall, aber seid vorsichtig, denn wenn ihr einen Fliesenleger sucht, ist das plötzlich jeder! Am nächsten Tag sind sie Maurer oder Tapezierer." Mathes sah ihn fragend an. „Probier ein paar aus und tritt ihnen ordentlich in den Arsch, dann wirst du schnell sehen, wer zu gebrauchen ist!" – „War das ‚Runde Eck' der richtige Tipp?" – „Ist 'ne gute alte Kneipe, können wir zu Fuß hingehen von hier, habe sowieso noch nicht gefrühstückt."

Tatsächlich schafften sie es, bis zum Mittag vier Männer anzuwerben, die für die zu verlegenden Estrichböden und Rigipsarbeiten geeignet schienen. Fliesen legen würde Mathes selbst. Er hatte nicht gewusst, dass Ronnys ausgiebiges Frühstück vorwiegend aus Cognac bestehen würde. Am Nachmittag besichtigten sie eine Wohnung, die bisher Ronnys junge Freundin bewohnt hatte. Mathes zögerte nicht, als ihm angeboten wurde, einen Teil des Mobiliars mit zu übernehmen und auch die bestehenden Verträge mit den Stadtwerken. Für eine geringe Miete würden sie von nun an 120 Quadratmeter DDR-Standard beziehen und die uringelbe, alte Badewanne mit dem Zonenboiler und dem Gasherd benutzen. Selbst der achteckige, blaugrün gekachelte Meißener Ofen konnte noch angefeuert werden. Durch die schmutzigen Fensterscheiben hindurch fiel der Blick auf den „Adler", wie die Alteingesessenen die belebte Straßenkreuzung nannten. Schon nach dieser kurzen Zeit hatten sie die schwierigsten Schritte in ihre neue Existenz getan. Es passte wirklich alles.

Mathes lag noch einige Minuten lang wach, während aus dem anderen Zimmer Walters lautes Schnarchen zu vernehmen war. Er fühlte ganz neue Kraft und Zuversicht. Bewusst hatte er an diesem Tag noch nicht mit dem Wirt über seine Suche gesprochen. Morgen würden sie mit ihrer einträglichen Arbeit beginnen. Nur sein allerletzter Gedanke erinnerte ihn kurz daran, dass ihn auch hierher allein ein einziges Ziel geführt hatte. Nicht die Arbeit und auch nicht Walter würden irgendetwas zählen, wenn es so weit sein würde. Bald, bald, schon sehr bald …

Auf ihren Baustellen stellten sich schnell Fortschritte ein. Mathes entwickelte an Pedanterie grenzende Professionalität als Fliesenleger. Seine Hände und der mathematische Teil seines Gehirns handelten in ständiger Konzentration, ähnlich einer rasenden Maschinerie. Seltsamerweise konnten parallel dazu völlig andere Gedankengänge bestehen. Er war ein Meister der Zweiteiligkeit geworden. Die beiden Existenzen behinderten sich nicht gegenseitig. Sie förderten einander. Eine Symbiose, die irgendwann ihre Entscheidung treffen würde, für die eine die zweite Lebensform totaler Vernichtung preiszugeben. Der Skorpion befand sich bereits auf seiner Reise über den Fluss. Getragen auf dem Rücken des Fisches, der nichts von Charakteren und Zwängen tieferer Wesensart begriff.

Einer ihrer Leute arbeitete noch immer mit Mathes in der Meißnerstraße. Walter und die anderen hatten schon in der Eilenburgstraße begonnen. Über Funktelefon hielten sie ständig Kontakt, denn verbrauchtes Material musste umgehend ersetzt, verschlissenes Werkzeug erneuert werden. Die Hälfte der Tage verbrachte Mathes in Baustofflagern und Einkaufsmärkten. Er organisierte einen Förderkran oder verhandelte mit Lieferanten über Termine und Preise. Jeden Freitag ließ sich John sehen, der die Barschecks über ihre jeweils erledigten Abschlagsleistungen ausstellte. Mathes führte exakt Buch über alle Kosten und Umsätze. Längst erkannte er, wie dünn das Eis war, das ihren Untergrund bildete. Nicht der geringste Fehler durfte passieren. Eine unüberlegte Vorplanung oder gar fachliche Leichtfertigkeit konnte erhebliche Auswirkungen nach sich ziehen. Die knapp bemessene Zeitrechnung, die dringend benötigten Schecks, die Lohnzahlungen an die Arbeiter – alles stand in gefährlicher Abhängigkeit voneinander. Es gab keine Rücklagen, die ihren Boden hätten festigen können. Und da waren zudem noch die ständigen Kosten. Hohe Summen in Leipzig, vor allem aber in München. An den Abenden rechneten und rätselten Mathes und Werner verzweifelt, wie sie über die Runden kommen könnten. Sie kämpften regelrecht für den nächsten Tag. Christine in München musste leidlich mitversorgt sein, sonst würde Walter den Belastungen nicht standhalten, das spürte Mathes sehr genau. Die Ossis erhielten pünktlich an jedem Tag ihren Tritt in den Hintern, eine Spezialität von Walter.

Um den Jahreswechsel fuhren sie mehrmals für wenige Stunden zurück nach München. Mathes hatte Angst vor seinem Monsterbriefkasten, dieser hielt weiter gnadenlos seine Horrormeldungen bereit. Die meiste Zeit vergeudete Mathes in den Banken. Danach fühlte er immer ein klein wenig Luft, und verdientermaßen betrank er sich dann, bis all die Sorgen von ihm abfielen wie satte Blutegel. Der Alkohol konnte wirklich ein guter Freund sein. Jeder Schluck brachte etwas mehr Nüchternheit. Fort von dem grässlichen Rausch der Gegenwart, die sich Wirklichkeit schimpfte. Wie oft versuchte er verzweifelt ihr zu entfliehen! Peter hatte sich telefonisch mit ihm verabredet, doch niemand wusste, wo er sich aufhielt. Walter ahnte nichts von ihren Plänen.

Diesmal nahmen sie Christine mit, sie wollte mit ihnen Walters achtundvierzigsten Geburtstag feiern, sagte sie. Mathes verdrängte, dass sie ebenso vor Mietschuld und Pleite flüchteten. In diesen Baustellen lag vielleicht für sie alle drei der letzte Jeton. Mathes wenigstens teilte nicht ihre Angst vor dem endgültigen Sumpf, er fühlte die Stärke und Kraft seiner Jugend und er lebte für seine Träume. „Keine Macht der Welt könnte mein Leben jemals in ein Abseits drücken – ich würde es nicht zulassen!“ Er kämpfte ausschließlich für die Genugtuung seines inneren Verlangens … Er musste endlich die Blutungen stillen.

„Morgen“, so schwor er sich, während Walter im Wagen neben ihm schlief und Christine schweigend über seine Schultern in die winterliche Dunkelheit blickte, „morgen beginne ich wieder meine Suche – morgen, kleine Sarah, wärst du vier Jahre und sechs Monate alt. Ich hätte dir eine Puppe gekauft mit bunten Kleidern. Ich hätte dir gerne zugesehen, wie du sie anziehst mit deinen kleinen Händchen. Immer wieder ein anderes Röckchen oder Kleid. Dein Gesicht wäre ganz versunken in Gedanken und lieb und glücklich. Genauso glücklich wie Sabrina und Karola, die kleinen Zwillinge von Susannes Bruder – sie sind so alt wie du. Meine süßen Mädchen …“ Er lächelte erinnerungsvoll. „Ob sie noch manchmal an mich denken? Sieben Monate sind vergangen – oder acht? Wie schnell vergessen Kinder? Niemals? Wie sehr fehlen mir die beiden! Oh, Sannerl … meine Familie – meine liebe Familie … Ich habe sie nicht mehr. Ich bin gestorben, wie unendlich traurig bin ich …“ Er weinte.

Sofort nach ihrer erneuten Ankunft fuhren die beiden Männer zu ihren Baustellen. Mathes fühlte keinerlei Müdigkeit. Irgendwie freute er sich über Christines Gegenwart. Endlich nahm sich eine weibliche Hand ihres verwahrlosten Haushalts an und sie würde abends kochen und sich um alles ein bisschen kümmern. An diesem Abend nutzte Mathes erstmals die Gelegenheit, mit dem Wirt Jürgen zu sprechen, ohne dass es ungewollte Zuhörer gab. Das hauptsächliche Motiv seiner Anwesenheit in dieser Stadt durfte niemandem nur ahnungsweise bekannt werden – schon gar nicht Walter, seinem groben und doch lieb gewonnenen Kompagnon. Gerade zu diesem Zeitpunkt, in Anbetracht einer beruflichen und finanziellen Renaissance, auf gar keinen Fall. Jürgen wirkte sichtlich überrascht, als sich ihr Gespräch plötzlich in eine völlig unerwartete Richtung änderte. „Mich wundert, dass der Toni dich zu mir geschickt hat. Versteh das nicht falsch, aber er muss dir einen großen Gefallen schulden!“ Mathes sah ihn fragend an. „Ich möchte nur eine Auskunft, ist das ungewöhnlich?“ Jürgen brach in ein fast unverschämtes Gelächter aus: „Auskunft! Ha, ha, ha … Du verlangst nichts anderes als Zugang zum Milieu. Wie stellst du dir das vor, hmm? Das hier ist nicht München, es läuft anders als bei euch drüben … und woher soll ich wissen, dass ich dir trauen kann?“ – „Hätte mich sonst der Toni an dich verwiesen?“ Mathes nickte, als Jürgen fragend mit der Schnapsflasche vor seinem Glas einhielt. „Anders?“ – „Anders! Hier mischen alle möglichen Leute mit … Russen, Tschechen, Polen, Wessis und ein bisschen wir. Jeder Scheißer versucht der König zu sein, denn nur darum geht es – und das mit allen Mitteln … ich bin kein Auskunftsbüro“, schloss er ablehnend seine lispelnde Rede. Die Wirkung des Alkohols trug ihren Teil zu Mathes' gereizter und damit kränkungsfähiger Stimmung bei. „Wo ist dein Problem?“, fragte er aggressiv. „Bist du ein Feigling, wenn dich ein Freund um einen kleinen Gefallen bittet? Angst vor etwas, das halt die Besoffenen hier übersteigt? Vergiss es, Jürgen!“ Mathes hatte endgültig die Nase voll, bis an den Rand. Er brauchte niemanden. Mit einer Hand schüttete er den scharfen Alkohol in seine Kehle. Die andere klatschte einen Geldschein auf die Theke. „Ich zahle.“ Er lallte ein wenig. Ohne den Betrag der Rechnung abzuwarten, drehte er sich von seinem Hocker. Er ging auf die Tür zu. „He, Wessi!“, schrie ihm der Wirt nach. Mathes blickte zurück. „Frage eins: Postkutsche. Frage zwei: Du bist ein ziemliches Arschloch!“ Verschiedene Gäste riefen sofort und ohne die geringste Ahnung von ihrer Unterhaltung zu haben: „Scheißwessi – dumme Sau!“ – „Bis morgen, Mathes!“, brüllte Jürgen ihm nach. „Bis morgen, Ossi!“, antwortete Mathes und zwinkerte ihm grinsend zu. *Die hätten gerne eine Schlägerei angefangen*, dachte er, als der Zündschlüssel klickte. Ihm wäre es egal gewesen. Irgendwie verlangte es ihn mehr und mehr danach, seine Gefühle in die Fäuste zu verlagern. Wie gut täten doch aufgeplatzte Lippen und zugeschwollene Augen! Er blickte auf das Zifferblatt seiner Uhr. Erst kurz vor zehn. An einem Taxistand fragte er nach besagter „Postkutsche“. Der Mann gab ihm eine prompte, spürbar herablassende Auskunft, so wie wenn man einen Münchner nach dem Hofbräuhaus fragt. Die „Postkutsche“ entpuppte sich als Sexklub unterster Klasse. Eine aufgeschwemmte Althure ließ ihre sommersprossigen Brüste über die Theke hängen, wohl zur großen Freude der Boas, die sich in dem Riesenterrarium darunter sonnten. Mathes hielt ihr die abgegriffene Fotografie, auf der undeutlich Harry abgebildet war, unter die Nase. Es kostete ihn all seinen Charme und nebenbei einhundert Mark, dass sie ihm den Weg zu einer anderen Adresse beschrieb. Dort würde er Harry mit aller Wahrscheinlichkeit finden können. Ein wenig wunderte es Mathes schon, dass sie ihn zu einer Diskothek schickte. Eher hätte er ein ebenso umstrittenes Etablissement wie die stickige Kutsche erwartet. Eigentlich aber kannte er die Strukturen der Szene bereits zu gut, um nicht zu wissen, welche milieuumrahmende Rolle in den Städten einfache Gastronomie und Diskotheken spielten. Allein die Ahnung von Ausschweifung, Rausch, Lust und Prostitution verbreitete in ihm seit jeher einen seltsamen Reiz, das aber gestand er sich kaum ein.

Als er seinen Wagen einparkte, sah er in ausladende Schaufenster, in denen Theateraufführungen und Ballettschulen für sich warben. In großen Lettern stand „*Schauspielhaus*" darüber. Nicht zu Unrecht vermutete Mathes eine lange Tradition dieses Hauses schon zu DDR-Zeiten. Den gleichen Namen hatten sie jener Diskothek gegeben, aus der dumpfe Techno-Rhythmen heraustönten. Die Türsteher passten vortrefflich in das neue Erscheinungsbild ostdeutscher Städte. Drei eindrucksvolle Glatzen hielten gleich Bullterriern Wache. Uniformiert in olivgrünen Bomberjacken, Jeans und Springerstiefeln. Mathes fühlte sich nicht besonders wohl, als er sie passierte. Einer hatte ihm wortlos einen Getränkegutschein in die offene Hand geklatscht und den Zehnmarkschein in die Geldkassette geschoben. Überall standen kleinere Gruppen von Gästen beieinander. Vorwiegend Männer der neuen, befreiten Generation. Bedächtig betrat Mathes die von bunten, blinkenden Lämpchen übersäte Treppe. Er musste sich zwischen den herunterkommenden Menschen hindurchzwängen. Die Musikanlage polterte den aktuellsten Hip-Hop. Eine dicht gedrängte Menge vorwiegend junger Leute tanzte. Mathes setzte sich an die lange Theke. Neben ihm reihten sich ausschließlich männliche Gäste mittleren Alters. Ihr eindeutig westdeutscher Geschäftserfolg schwebte protzend über ihren Köpfen. C&A-Ärmel schmierten lässig über die Marmorplatte. Zittrige Hände führten halb volle Pilsgläser an die ausgetrockneten Lippen. Leicht ergraute Schläfen glänzten vor Lüsternheit ihrer Besitzer, beim Anblick der vielen jungen Leipziger Mädchen. Diese Sorte der Wessis verachtete Mathes. Er lümmelte auf seinem Hocker und benahm sich nicht anders als sie. Er sah herum, als ob er nach jemandem Ausschau halte. Keine einzige Person in der großen Diskothek entging seinen taxierenden Blicken. Das Mädchen, das ihm mehrmals sein Pilsglas füllte, hob nichtssagend die Schultern, als er ihr die aufgewölbte Fotografie zeigte. Eine leise Stimme in ihm drängte mal wieder verlockend, für diesen Abend aufzugeben und sich einfach nur zu betrinken. Nach einer missmutigen Stunde beschloss er, einen Blick in die unteren Räume zu werfen. Die Diskothek im Erdgeschoss war bei Weitem größer als die obere und die Musik eher nach seinem Geschmack. Obwohl es bereits auf Mitternacht zuging, begann sich der hohe, funkelnde Tanzsaal erst allmählich zu füllen. Zielstrebig wählte Mathes wieder einen Platz an der Bar. Diesmal im hintersten Bereich, sehr einladend, wie er fand. Erneut derselbe Vorgang mit der Fotografie. Er erwartete ein verneinendes Kopfschütteln wie gewohnt. „Doch, den kenne ich", sagte die hübsche Blondine bestimmt, „der ist oft hier." – „Hast du ihn heute schon gesehen?", fragte Mathes in wachsender Erregung. Er musste fast schreien, damit sie ihn verstand. Sie schüttelte lächelnd den Kopf, dabei fiel verschämt eine niedliche Locke in ihre Stirn. „Ich kann den Chef fragen, Mirco ist ein Freund von ihm, glaube ich." – „Nein", sagte er, „ist nicht wichtig …" Beinahe hoffte Mathes, dass er Harry in dieser Nacht nicht finden würde, denn zum ersten Mal nach langer Zeit zog ihn ein Mädchen wieder gänzlich in ihren unerklärlichen Bann. Es kribbelte erregend in seinem Bauch und er hatte keinen Einfluss darauf. Er bestellte Gin Tonic und für sie einen Piccolo. Fast schien es ihm, als wanderten ihre leuchtenden Augen sehr oft zu ihm herüber, während sie den Fassade-Wessis um ihn herum freundlich ihre oberflächlichen Wünsche erfüllte. „Ich bin ein Bedienungsfetischist", dachte er selbstkritisch. „Irgendwie ähnelt sie Anja in ihrem roten Mini und den weißen Pumps." Eine unangenehme innere Stimme widersprach trotzig: „Ganz und gar nicht, für Anja fühlst du nichts mehr!" Er versuchte sich nicht zu wehren. Sarahs Tod hatte sie völlig voneinander gelöst. Er stand nicht auf Blondinen. Trotzdem, sie wirkte verführerisch wie eine neue, nie gehörte, wunderschöne Melodie. Diese innere Stimme rief Susanne in seine Gedanken. Diesmal jedoch keineswegs auf verbietende Art, nein, im Gegenteil. Sie forderte ihn in süßen Tönen auf, sich neu zu verlieben – vollkommen verschieden von Susanne. „Die einzige Chance, von ihr freizukommen! Es tut dann nicht mehr so weh …" „Verschieden – verschieden …", brummelten seine Lippen höhnisch. „Sieh genau hin! Wie sie ihren Mund bewegt und etwas heftig einatmet, bevor sie spricht – und wie sie lacht. Nicht verschieden, genauso wie Susanne!" Es machte ihn verrückt vor Verlangen. „Bist du völlig übergeschnappt?", meldete sich die Stimme zurück. „Du bist gerade dabei, dich in das zu verlieben, was du kennst und was du verloren hast. Nicht für die Liebe entscheidest du dich, sondern nur für die Sehnsucht nach ihr!" – „Schweig endlich!", rief er – und man hätte es hören können, wenn die Musik leiser gewesen wäre. „Das ist blanker Unsinn! Totaler Unsinn!" Es bebte in ihm. Gierig sog er fortwährend Zigarettenrauch in sich hinein. Der blaue Dunst transzendierte seine Gefühle. Sie brodelten in ihm wie heißer Dampf. Irrsinnig griffen die farbigen Lichtstrahlen in sein behütetes Gewölbe, wie kraulende Hände mit langen Fingernägeln. Heike hieß sie und selbst ihr zarter sächsischer Dialekt erotisierte ihn, wie er es vorher nicht für möglich gehalten hätte. Er musste die Getränke nicht mehr sofort bezahlen, sondern sie schrieb vertrauensvoll mit. Dann gab er ihr eine seiner Visitenkarten. Sie möge doch ihre Telefonnummer daraufschreiben, forderte er ein wenig frech. Aber sie tat es. Dann ging alles sehr schnell. Vielleicht wäre es anders gekommen, wenn seine Augen nicht solch süße Ablenkung gefunden hätten. Es wäre bestimmt anders gekommen, wenn nicht dieser idiotische Vollbart mit dem Hawaiihemd, der zwei Hocker weiter gesessen hatte, plötzlich ausgeflippt wäre. Ein leichter Sambarhythmus hatte es bewirkt, dass er seinen Wanst in die Höhe schwang und schließlich wagemutig auf dem ungeeigneten Stuhl zu tanzen begann. Niemand vermochte das unvermeidliche Unglück noch zu verhindern, vorausgesehen hätte es gewiss jeder halbwegs Nüchterne. Es dauerte keine fünf Sekunden, bis sich der Barhocker wie ein geschundener Kreisel ausdrehte. Für einen kurzen Moment fuchtelten die Arme des entsetzten Artisten hilflos in der Luft, dann krachte er mitten unter das verdutzte Publikum. Gläser klirrten und lautes Getöse entstand. Mathes hielt sein Glas in beiden Händen. Ohne irgendeinen Grund blickte er über die quadratische Bar hinweg zu der Tür, die wohl zur Küche führen mochte. Harry sah ihm starr in die Augen. Einige versteinerte Augenblicke lang waren beide bewegungslos. Etwa zwanzig Meter lagen zwischen ihnen. Wie zwei Raubtiere vor dem tödlichen Absprung. Andere Gäste halfen dem Verunglückten wieder auf die Füße. Mathes nahm keine Notiz davon. Nur das verhasste Gesicht des riesigen Mannes mit den gekräuselten, dunkelblonden Haaren sah er noch. Eine aufgeschwollene, rötliche Wulst durchschnitt seine rechte Augenbraue. Sie ließ Mathes beinahe zweifeln, ob er der Richtige sei. Verwachsenes, totes Fleisch ohne Haarwuchs. Woher sollte er wissen, dass ihm Anja damals diese verbleibende Wunde zugefügt hatte? Harry erwachte als Erster aus der Erstarrung. Er pfiff schrill nach einem der Glatzköpfe im Hintergrund der Tanzfläche, der gelangweilt das Geschehen beobachtete. Harry deutete über die Gäste hinweg zu Mathes. Für ihn und auch für Mathes bestand kein Zweifel mehr. Harry versuchte sich zu ihm durchzudrängen. Gleichzeitig näherte sich von der anderen Seite unaufhaltsam der glänzende, nackte Stierschädel. Hinter ihm setzte sich eine nächste Glatze in Bewegung. Die Bedrohung schien bereits alle Fluchtmöglichkeiten einzuschnüren. Unsinnigerweise langte Mathes an seinen Gürtel. Er war unbewaffnet und was hätte ihm der Revolver hier auch genutzt? Seine Nerven waren dem Zerreißen nahe. Unsägliche Wut durchflutete ihn. Hitze stieg in seinen Kopf und schlagartig hatten sich seine Augen gefährlich verändert. Noch immer verdeckte nichts die Fratze des Kindsmörders. Er hätte in diesem Moment geschossen. Niemand hätte mehr existiert zwischen ihm und dem Jugo. Er musste fort.

Raus hier, bevor es zu spät war! Er erwog nicht, ob der Kerl bessere Absichten mit ihm hegen würde, als umgekehrt. Nein, ein selbstmörderisches Unterfangen. Raus hier! Nur noch drei Armlängen trennten sie. Die Mundwinkel des Riesen verschoben sich zu einem höhnischen Grinsen und legten seine zwei hässlichen Zahnlücken frei. Mathes wandte sich um und stürmte durch den Pulk der Herumstehenden. Der Abstand vergrößerte sich. Die vordere Glatze würde seinen Fluchtweg kreuzen, doch vorteilhafterweise schien diese nicht genau zu wissen, wer ihr Gegner war. Im nächsten Moment rempelte ihm Mathes mit aller Gewalt die Schulter in die Seite. Der Glatzkopf stürzte. Mathes hetzte quer über die Tanzfläche. Mehrere Fäuste versuchten den Störenfried zu treffen, aber sie hieben ins Leere. Der Discjockey schrie durch das Mikrofon eindringlich nach dem Sicherheitsdienst. Er konnte nicht wissen, dass Mathes eben vor diesem flüchtete. Nur Sekunden waren vergangen, als Mathes seinen Wagen erreichte. Ein Türsteher hatte ihm verwundert nachgesehen. Die anderen waren dem Hilferuf gefolgt und an ihm vorbeigerannt. Mit zittrigen Händen schloss er die Tür auf. Keuchend ließ er sich auf den Sitz fallen. Schweißnass klebte das Hemd an seinem Rücken. Der verfluchte Motor wollte nicht sofort starten. Gefühllos presste sein Fuß fortwährend Benzin durch die Pumpe. Die riesenhafte Gestalt des Jugos verdunkelte bereits das flimmernde Licht der Eingangstür. Die beiden Skins standen breitbeinig neben diesem. Einer hielt einen Baseballschläger in der geballten Rechten. Blubbernd heulte der Motor auf. Er hüstelte und endlich spie er kraftvoll den Saft heraus, der ihn fast ersäuft hätte. Die Scheinwerfer leuchteten auf. Alle suchenden Blicke schnellten zu ihm hinüber. Mit quietschenden Reifen wendete Mathes. Es stank nach verbranntem Gummi und Benzindämpfen. Als der alte Opel in die Straße schoss, die in Richtung Adler führen würde, rammte er beinahe ein geparktes Fahrzeug. Gerade noch hatte Mathes registriert, dass die drei ebenfalls in einen Wagen stiegen. Augenscheinlich einen BMW. Sie wollten ihn verfolgen. Den ersten zwei blinkenden Ampeln schenkte er keine Beachtung, der Tacho stand bei achtzig. Trotzdem näherten sich seine Jäger unaufhaltsam. Dann erreichte er die Hauptkreuzung. Die Ampel zeigte Rot. Er wagte nicht sie einfach zu durchfahren, denn es herrschte relativ reger Verkehr. Sein Blick verharrte im Rückspiegel. Die Scheinwerfer gewannen fortwährend an Form und Größe. Schon begann er den lebensmüden Entschluss zu fassen durchzubrechen, egal was geschehen sollte. Unerwarteterweise jedoch verlangsamte der BMW sein Tempo. „Ja", dachte Mathes laut, „die werden langsamer." Der Wagen schlich sich an die Kreuzung, als würde er nur das grüne Licht abwarten. Dann begriff Mathes, was das nur bedeuten konnte. „Sie ahnen nicht, dass ich ihre Scheißaktion mitbekommen habe – ha!" Er lachte befreit auf. „Aber was nun?" Sofort wurden seine Gesichtszüge wieder ernst. Zur Wohnung durfte er sie keinesfalls führen. Dieses Spiel war ein tödliches Spiel. Zuletzt hatte er das in Kroatien erfahren. Leipzig würde zu einer Falle werden, niemand wusste, wo er sich befand. Wer sollte ihn vermissen? Wirklich vermissen? Ihm blieben nur noch Sekunden für eine Entscheidung. Wohin nur? Derselbe Gedanke wie eine Nacht zuvor brachte schlagartig die Antworten. Sarah! Vier Jahre und sechs Monate auf den Tag genau. Ihr toter Leib geboren auf einem See voller Tränen. Der Zeitpunkt war jetzt gekommen. Diese Nacht war ihre Nacht. Die Ampeln gegenüber blinkten gelb auf. Gleich würde seine Richtung freigegeben. Der BMW befand sich nicht mehr weiter als zwanzig Meter hinter ihm. Mathes langte unter seinen Sitz. Der geriffelte Griff der Pistole fühlte sich warm an. Eilig suchten seine Finger das Magazin. Kühles Metall legte sich in seine Handfläche. Die Schatten des Gebläses hatten es unbehelligt gelassen. Grünes Licht. Die anderen Autos standen. Er bog links ab. Das Schild deutete zum nordöstlichen Stadtteil und nach Torgau. Die Verfolger waren kurzzeitig nah aufgefahren, jetzt behielten sie wieder ihren scheinbar harmlosen Abstand. Er schob das Magazin ein. Sein Daumen glitt selbstständig über den Sicherungshebel, längst eine gewohnheitsmäßige Bewegung. Die Fahrt dauerte von da an etwa zwanzig Minuten. Nicht einen Augenblick überkamen Mathes Zweifel, ethische

Bedenken oder gar Angst. Er fühlte nichts außer der Überlegenheit des Hasses, der nun endgültig Befriedigung erlangen durfte. Überlegen den zwei dümmlichen Neos, die er irgendwie loswerden würde. Zutiefst entschlossen, des Schicksals Rache Genüge zu tun! Er verabscheute die Glatzen – jene neu auferstandenen Jünger von Adolf Hitler. Überall predigten sie heuchlerisch ihren edelmütigen Nationalstolz, blinden und kaltblütigen Patriotismus. Wie oft hatte Mathes versucht, diese Begriffe zu ergründen! Irgendwann hatte die These in ihm Reifung gefunden, dass es zwischen Nationalismus und Patriotismus keinerlei Unterschied gab. Zwei Worte für dasselbe. Zwei große Worte für eine Krankheit, die die Menschheit zeitlebens fluchartig in sich trug. Niemals würde sie eine friedfertige Welt zulassen. Vollkommen abwegig! Wo war seine Heimat? Wofür würde er in den Tod gehen – stolz und ohne mit der Wimper zu zucken? Nicht für einen Staat – für kein Volk. Und doch für jeden Einzelnen. Für jedes dieser armen Schweine, die diese Nationalisten zusammenprügelten oder aus fahrenden Zügen warfen. „In den Tod gehen" – wie ausgebrannt! Es bedeutete doch nichts weiter, als frei von Realismus zu handeln. Ganz ohne Abwägungen instinktiv und ausschließlich seinen ethischen Werten Folge zu leisten. Erfüllt von aller Spontanität. Der Same, den man Mut nennt, mag darin verwurzelt sein. Mathes fühlte diese uneingeschränkte Kraft in sich, deren Grenzen nicht der Tod bestimmte. So hatte er das Vorhaben seiner Tat geheiligt. Die kleine Sarah lachte, spielte und hüpfte auf Kinderbeinchen über die blühenden Wiesen seiner erträumten Heimat. Susannes Lieblichkeit, ihr Geruch streichelte darüber wie die Sonne und ihr lauer, duftender Wind. Wie schön du bist! Er lächelte sehnsuchtsvoll. Wieder begann seine innere Stimme lauthals zu klagen, dass Harry ihm alles genommen hatte. In Trümmern lag seine Heimat, zerstört durch den Schergen. Was, ja, was spielte überhaupt noch eine Rolle? Nur noch diese einzige Nacht. Sarahs Nacht. Die Räder der zwei Fahrzeuge hinterließen kurz hintereinander dumpfe Klopfgeräusche, als sie das Gleisbett der lang gestreckten Eisenbahnstraße durchschnitten. „Tatumm, tatumm", tat es wieder. Die Außenbeleuchtungen am „Runden Eck" waren längst erloschen. Schräg gegenüber sah man noch die Mädchen in ihren roten Uniformen hantieren. Sie servierten den Frühbeitern, den Bummlern und den Behütern der Stadt im Grill-Masters warmes Essen und Getränke. Eine einzige Stunde nur würden sie schließen, bis wieder der Tagesbetrieb begann. Dann huschten die Scheinwerfer an finsteren Hauseingängen und an brüchigen Fassaden vorbei. Fast wäre Mathes abgebogen, um zur Meißnerstraße zu gelangen. Spontan jedoch entschied er, dass die Chancen für sein vages Vorhaben am Orte seiner zweiten Baustelle weitaus günstiger lägen. Die Lichter seines Fahrzeugs stachen in den sternenlosen Himmel, als sie über die Brücke fuhren. Das gelb erleuchtete Reklameschild der Tankstelle strahlte wie ein stiller, heller Stern. Nur sehr vereinzelt fanden sich noch Laternen, und das nervöse Ticken seines Blinkers schien das einzige Geräusch zu sein. Er schielte in den Rückspiegel. Sein Herz klopfte erregt, aber er beachtete es nicht. Der andere Wagen hatte sein Tempo ebenfalls verlangsamt, nun beschleunigte er wieder etwas. Ob sie wussten, dass ihre vermeintliche Beute sie zu ködern versuchte? Die Glut einer Zigarette legte ihren rötlichen Schimmer über das Gesicht des Fahrers. Harry bog fünf Sekunden nach ihm in die nachtschlafende Straße ein. Nun musste alles sehr schnell gehen. Mathes musste die alte, schwere Tür des Treppenhauses zu Fuß erreicht haben, ohne dass sie ihn vorher erwischten. Sonst wäre er verloren. Gleichzeitig jedoch sollten sie sehen können, wie er scheinbar nichts ahnend verschwand. Er lenkte im Schritttempo in die Eilenburgstraße. Die Ecke schützte ihn nur einen kurzen Moment vor ihren Blicken und er trat das Gaspedal durch. Im schüchternen Mondlicht schimmerte das hohe Baugerüst, auf dem am Tage die Arbeiter stehen würden, um Brezenlauge in die Ritzen der verrußten Klinkerziegel zu pinseln. Mathes hielt den müden Opel einige Meter nach der Haustür des Gebäudes, das sich nur aufgrund des Gerüstes von seinen Geschwistern unterschied. Er parkte in entgegengesetzter Fahrtrichtung nahe dem Schuttcontainer. Die Autotür schlug hinter ihm zu. Die Strahler näherten sich unaufhaltsam. Schon erfassten sie seine ganze Statur. Schatten schlichen über die raue Wand. Mathes blickte arglos, völlig unbeeindruckt auf das Straßenpflaster. Acht Meter. Noch sechs Meter. Die alte Pforte war so nah, so einladend und rettend schön. Der Wagen befand sich nun beinahe auf gleicher Höhe. In jeder Sekunde konnten die Autotüren aufgerissen werden. Vier Meter. Zwei Meter. Seine Hand berührte den kalten Messinggriff. Knarrend und ohne Widerstand gab die Tür den Eingang frei. Nur eine schwache Glühbirne beleuchtete düster den Treppenaufgang. In großen Schritten hastete Mathes hinauf. Mit jedem Schritt nahm er gleich drei der abgewetzten Stufen. Sie ächzten und stöhnten. Fast hatte er den dritten Absatz erreicht. Der Mond drang zaghaft durch eines der ausgebrochenen Fensterchen, die im Sonnenlicht wundervoll wirken würden, wie geschwungene, schmale Kirchenfenster. Die Eingangstür quietschte. Das Geräusch vibrierte gequält in Mathes' Ohren. Er hörte die Schritte. Fast glaubte er bereits den Charakter der einzelnen Stufen wiederzuerkennen. So, als wollten sie ihn vor der drohenden Gefahr warnen, kreischten und jammerten sie. Unzählige ihrer inneren Späne rieben gegeneinander. Endlich gelangte er zum vierten, obersten Treppenabsatz. Hier herrschte fast völlige Dunkelheit, doch die Erregung in ihm hatte alle Sinne verstärkt. Die Tür war wie gewohnt angelehnt. Hastig blickte er noch einmal hinunter. Einer der Glatzköpfe befand sich vor dem Fenster der ersten Etage. Der Baseballschläger ruhte quer über seiner Schulter. Nur knapp hinter ihm war der Zweite. Sie schritten etwas zögerlich voran. Dieser Ort schien ihnen sichtlich nicht ganz geheuer. „Nur die Neos“, dachte Mathes verwundert. Harry wartete vermutlich im Wagen. Vielleicht sollten sie ihn hinunterschaffen, vielleicht totschlagen wie einen räudigen Hund. „Verdammte Mörderbande!“ Fieberhaft rangen seine Gedanken nach dem richtigen Einfall. Dass sie sich getrennt hatten, konnte ein großer Vorteil sein. Er sah seine Chance. Absichtlich trat er geräuschvoll gegen die Tür ohne Schloss und Schnapper. Sie sollten hören, wo er sich befand. Dann stieg er durch den Schüttungskies, den seine

Leute am selben Tag geebnet hatten, um am Morgen den Boden zu verlegen. Die winzigen Steinchen zerbarsten unter seinem Gewicht. Er hievte sich durch das Fenster. Seine Füße berührten das Baugerüst. Instinktiv versicherte er sich, dass die Tokarev in seinem Gürtel steckte. Ohne noch einen Blick zurück zu vergeuden, kletterte er die schmalen Eisenleitern hinab. Über ihm verhielt sich noch immer alles ruhig. Er konnte seinen Wagen erkennen. Harry hatte dicht hinter ihm geparkt. Wo war er? Mathes konnte das Auto zwischen den Schalenplatten hindurch nur undeutlich sehen. Dann der Schein eines Feuerzeugs. Schließlich glomm eine Zigarette auf. Er saß im Wagen! Mathes nahm die letzten der Sprossen. Geduckt tastete er sich an den fremden Fahrzeugen entlang. Seine rechte Hand berührte den Pistolengriff. Der Kroate wandte ihm den Rücken zu, ungeduldig blickte er in den Außenspiegel. Die Beifahrerseite beachtete er nicht. Mathes befühlte das Heck des Wagens. Vorsichtig hob er ein wenig den Kopf. Alle Türen waren unverriegelt. Harry vertraute seinen beiden Dummköpfen. Nichts anderes hatte Mathes erwartet. Nur Frauen schlossen sich in ihrem Fahrzeug ein – aber nicht Schläger, keine Mörder. Er zog seine Waffe. Der Sicherungsbügel glitt zurück. Der Schiebemechanismus beförderte das Geschoss in die Kammer. Ein leises, metallisches Klicken hallte wider. Die gespannte, unsichtbare Stahlfeder wartete nur noch auf den Finger, der sanft den Abzugsbügel berührte. Er würde den Hahn in Bewegung setzen für die erlösende Befreiung einer kleinen Kugel. Kaum dreißig Sekunden waren verstrichen, seit sein Fuß die letzte Sprosse der Leiter verlassen hatte, bis zu dem Moment, in dem Mathes die hintere Autotür aufriss und sich hineinschwang. Der Jugo fand keine Zeit, die Situation zu erfassen. Erschrocken starrte er seinen Feind an. Mit der linken Hand griff Mathes zwischen den Stangen der Kopflehne hindurch und packte ihn so gewaltsam an seinem Haarzopf, dass sein Kopf hart zurückschlug. Der Pistolenlauf drückte bohrend gegen Harrys Schläfe. „Fahr sofort los, du Arschloch – oder ich drücke auf der Stelle ab!“, pressten seine hasserfüllten Lippen hervor. Mathes' Stimme klang völlig fremd, er hätte keinen Widerspruch zugelassen. „Zieh das Ding raus!“, schrie er einer Panik nahe, denn die Zeit rannte weiter. Vor allem aber der entsetzliche Anblick, der sich ihm bot, hatte seine Reaktion verursacht. Im Unterarm des Kroaten steckte die Nadel einer Spritze. Bluttrauben vermengten sich fortwährend mit der dunklen Flüssigkeit in dem Gefäß. Harry hob sacht den Arm, denn Mathes' Griff hinderte ihn daran, den Kopf zu bewegen. Er tat, als würde er gehorchen, doch bevor er die Spritze mit einem Ruck herauszog, presste sein Daumen den Rest der Droge unter schmerzvollem Stöhnen in seine Vene. Mathes konnte ihn nicht daran hindern. Seine Fassung strauchelte über gefährlich dünnes Eis. Ekel, aufstoßende Übelkeit und die Angst, dass jeden Augenblick die Glatzen auftauchen würden, zerrten gnadenlos an Nerven und Gedärmen. „Wirf sie aus dem Fenster!“, zischte Mathes. Wie in Zeitlupe rutschte das abscheulich schlanke Ding durch den Fensterschlitz. Wie ferngelenkt drehte Harry dann den Zündschlüssel. Das Standlicht blendete hell auf. Mit dem Fuß zog Mathes die Tür zu. Seine Augen hetzten zwischen dem Hauseingang und der Windschutzscheibe hin und her. Zu langsam schlängelte sich der BMW um den Container herum. „Fahr endlich – du sollst fahren!“, kreischte er hysterisch. Ein bisschen erleichtert registrierte er, dass sie tatsächlich bereits fuhren. Die Häuserfassaden bewegten sich an ihnen vorbei. Als Mathes zurückblickte, erschienen gerade die zwei Glatzen. Sie stutzten. Einer wollte dem Wagen hinterherrennen. Der andere hielt ihn fest. Sie redeten hektisch aufeinander ein und tappten auf und ab wie zwei rasende Tanzbären. „Da vorne rechts abbiegen!“, befahl Mathes, noch immer den Zopf in seinem brutalen Griff. Schließlich entschwanden sie dem Blickfeld der Glatzen.

Endlich wurde Mathes ein wenig ruhiger, aber immer noch fühlte er dieselbe Entschlossenheit, die tiefe Falten in seine Stirn trieb. Er legte die Pistole in den Sitz und öffnete seinen Gürtel. Mit einem Ruck zog er ihn aus den Schlaufen. Dann hielt er die Schnalle und den strähnigen Zopf in der linken Hand fest und wand das schmale Leder um den breiten Hals. Mathes zog die

Schlinge zu, sodass der Jugo, heftig nach Luft schnappend, seinen Kopf in die Lehne presste. Der Nagel rastete in einer der Ösen ein. Harry war festgekettet wie ein Tier. Der Wagen geriet aufgrund der verkrampften Bewegungen seiner zwangsweise ausgestreckten Arme ins Schleudern. „Fahr langsamer, oder du bekommst sofort eine Kugel!", herrschte Mathes ihn an. Der Pistolenlauf drückte wieder gegen Harrys Schläfe. „Du gehst mit drauf, wenn du das tust", röchelte dieser. „Was meinst du, wie egal mir das ist", antwortete Mathes kalt – und es war ihm egal. „Dort biegst du links ab!" Er hatte längst ein Ziel. Die Straße führte zu dem abgelegenen Gewerbegebiet hinter der Grünauer Siedlung. Nur einen wirklichen Plan hatte er noch nicht. Alles spielte sich beinahe automatisch ab, eigendynamisch, wie der Ausbruch eines Vulkanes, der die Magma zu lange ertragener Qualen ausspeien wollte. Über jedes Ende würde sich eine Decke legen, erkaltete, starre Lava. Schmutz, Staub, Erde – nehmt das Blut in euch auf! Blut des Augenblickes. Behüter der Vergessenen! „Du bist ein Idiot!", japste Harry. „Alles wegen der beiden kleinen Kurvice – du bist wirklich ein Idiot, der …" – „Halt endlich deine dreckige Schnauze! Ja, ja, ich war ein Idiot, ein Riesenidiot, denn ich war nie so kaltblütig wie du, nie so menschenverachtend!", schrie Mathes aus nächster Nähe in sein Ohr. Tränen unbändiger Wut, die Schmerzen jahrelanger, aufgewirbelter Verzweiflung, stiegen glänzend in seine Augen. Nur noch eine unbeleuchtete Straße öffnete ihren ungewissen Weg. Zu beiden Seiten ragten riesige Lagerhallen in den schwarzen Himmel. Wieder verdeckten Wolken die dünne Sichel des Mondes. Es war, als bewegten sie sich durch eine grell beleuchtete, tunnelartige Röhre. Die Scheinwerfer zerrissen die aufsteigenden Nebelschwaden. Mathes lachte zynisch: „Nena, Diana … ich habe Dianas entsetzlichen Entzug miterlebt. Gott, wie menschenunwürdig war das! Weinend und völlig zerstört erzählte sie, wie du sie gequält hast. Grausam und gnadenlos, trotzdem hätte ich damals meine Verachtung für dich gegen Nena eingetauscht. Ihr Leben war es wert – dachte ich … Doch das war nur der Anfang. Du hast nicht aufgehört! Du und deine Bande, ihr habt meine Freunde feige zusammengeschlagen – beide fast umgebracht … Sie hatten nichts mit all dem zu tun – nichts – nichts – nichts! Es hat dich nicht im Geringsten interessiert, was?" Mehr und mehr steigerte sich Mathes' Zorn. Unverwandt starrte er das verabscheuungswürdige Profil seines Gefangenen an. Der Hals schwoll bereits dunkelrot an und es zeichneten sich Striemen ab. Die Gesichtszüge des Jugoslawen wirkten verkrampft und phlegmatisch zugleich. Seine Augen glotzten stumpf durch die Scheibe. Diese Passivität reizte Mathes noch mehr. „Das Mädchen in Budel – meine Freundin war schwanger!", zischte er. Zwei Sekunden verstrichen, die keine Zeit für eine Erwiderung ließen. „Hörst du, du Scheißkerl, sie bekam ein Kind von mir! Ein kleines Mädchen mit neugierigen Augen und einem lachenden Kindermund." Auf beinahe schizophrene Weise hatte sich seine Stimmung verändert – schlagartig. Wie wenn ein Wahnsinniger zu träumen beginnt. Voller Melodien, Erinnerungen und Sehnsüchte. Ebenso plötzlich löste sich diese Melancholie wieder völlig auf. In einem einzigen Moment hatte er alles Geschehene wieder erlitten, und er schrie seinen Schmerz hinaus: „Mein Kind ist tot! Du hast es getötet, als du Anja so feige verprügelt hast … Du Mörder, du erbärmlicher Kindermörder!" Es stank nach Schweiß, und Kondenswasser begann die Seitenscheiben zu vernebeln. „Ich will, dass du qualvoll stirbst – so wie meine kleine Tochter. Wie groß ist all die Jahre mein Verlangen nach dieser Stunde gewesen! Ich werde dich töten, so wie du Sarah getötet hast, so wie du mich getötet hast!" Längst hatte er eher zu sich selbst gesprochen als zu dem verhassten Mann mit dem Riemen um den Hals. Mathes' emotionaler Gewaltausbruch hatte ihm jede Achtsamkeit genommen. Er begriff nicht sofort, was geschah. Plötzlich riss Harry hart das Lenkrad herum. Mathes' Kopf schlug schmerzhaft gegen die Nackenstütze. Der Wagen rumpelte lautstark. Kurzzeitig schienen die Räder den Bodenkontakt zu verlieren. Dann hämmerte das gesamte Gewicht zurück in die ächzenden Stoßdämpfer. Mathes knallte unsanft gegen die Tür. Er fühlte einen heißen Stich in seinem Knöchel, als sich das Gelenk unter dem

Fahrersitz verdrehte. Krampfhaft versuchte er seine Waffe nicht zu verlieren. Es löste sich ein Schuss. Die Kugel schlug durch das Dach des Wagens. Der erschütternde Widerhall dröhnte in seinen Ohren, als hätte eine Granate eingeschlagen. Die Wucht des Rückschlags traf ihn wie eine stählerne Faust. Sein letzter Blick erfasste die erstarrte Silhouette des Todesfahrers. Instinktiv suchte Mathes' Hand nach der Pistole, als ein weiterer, weitaus heftigerer Ruck seinen Kopf brutal in die Rückenseite des Fahrersitzes schlug. Er wusste nicht, wie lange er sein Bewusstsein verloren hatte. Mehrere Sekunden benötigte er, um seine Beine aus ihrer verkrümmten Lage im Fußraum zu befreien. Er stöhnte schmerzvoll auf, als sein Knie gegen einen harten Gegenstand stieß. Dann hielt er die Pistole wieder in der Hand und gleichzeitig erfasste er die Situation. Harry hing noch immer hilflos in der mörderischen Schlinge um seinen Hals. Mathes sah, wie er mit zitternden Armen etwas aus der Seitentasche an der Fahrertüre heraushantierte. „Überlege genau, was du tust!", drohte er. Der Lauf richtete sich wieder gegen Harrys Schläfe. Es ließ ihn unbeeindruckt. Mathes fuhr sich mit dem Handrücken über die Nase. Warmes Blut klebte daran. Erschöpft lehnte er sich zurück und seine erschlaffende Hand legte sich mit der Waffe in seinen Schoß. Er sah, wie Harry aus einem Tütchen hellbraunes Pulver auf einen Löffel häufte. Zwischen seinen Zähnen hielt er eine Spritze. Dann träufelte er aus einem Plastikfläschchen Zitronensäure darüber. Es flammte ein Feuerzeug auf. An den Rändern des Gürtels hatten sich in allen Richtungen dünne Rinnsale von Blut gebildet. Unberührt erinnerte sich Mathes an ein Bild mit der Jesuskrone. Das Heroin löste sich augenblicklich. Es begann zu dampfen und dann kochte die dunkle Flüssigkeit. Sachte legte Harry den Löffel auf seinem Hosenbein ab. Mühselig angelte er eine Kippe aus dem überquellenden Aschenbecher. Die Wunde an seinem Hals presste dabei weiter Blut hervor, es kümmerte ihn nicht. Er riss ein Stück aus dem Zigarettenfilter und ließ es vorsichtig in seinen Teelöffel gleiten. Mathes beobachtete, wie es sich verfärbte. Dann nahm Harry die Spritze und stieß ihre dünne Nadel in die vollgesogene Teerwolle. Behutsam zog er den Kolben. Allmählich füllte sich die Kanüle mit der Droge. „Dass sie schwanger war, habe ich nicht gewusst." Er sagte das tonlos, ohne einen Versuch, sich dabei umzudrehen, und für Mathes völlig unerwartet. Mathes erwiderte nichts. Wieder steckte Harry die Spritze zwischen seine Zähne. Dann klatschte er mit der flachen Hand mehrmals auf seine rechte Armbeuge. Seine Faust schloss und öffnete sich, bis endlich die Venen etwas hervortraten. Angewidert entdeckte Mathes die dunklen Punkte und Verhärtungen alter Einstichstellen. Schließlich bohrte Harry die Nadel in seinen Arm. Blut vermengte sich mit der Droge. Er drückte das Heroin langsam in seinen Körper. Es entfuhr ihm ein Seufzer der Erlösung, als er das entleerte Gerät herauszog. Der Arm schwebte zurück in seinen Schoß. Sein Kopf fiel sanft in den Nacken. Er schien seine Fesseln nicht mehr zu fühlen. Mathes saß lange und unbeweglich da. Seine Stirn lehnte müde an der kalten Fensterscheibe. Das einsame Licht des noch glühenden Scheinwerfers wurde wie ein kleiner Halbmond an der Ecke der Gebäudemauer reflektiert. Die andere Hälfte verlor sich in der Finsternis der weiten asphaltierten Fläche. Apathie ergriff von ihm Besitz. Eine stille, verbitterte Leere. Nur eine Armlänge entfernt saß Harry. Ausgeliefert, ihm gänzlich ausgeliefert. Der Mann, der sein Leben zerstört hatte. Der diesem Leben einen tödlichen Sinn gegeben, jeglichen Sinn genommen hatte. Erdenschwer und sehr langsam hob sich Mathes' Arm. Er bildete eine verlängerte Linie mit dem glänzenden Lauf der Pistole. Der Schädel würde zerplatzen wie eine Tomate. Mit einem Mal fehlte alles in ihm. Nichts mehr bestand. Keine Kraft, keine Entschlossenheit – kein Hass, welche unsägliche, ausgeblutete Leere! Nur diese einzige, letzte Bewegung, dann wäre es geschafft. Er brauchte nur noch seinen Finger zu krümmen – mechanisch. Stille umgab diesen Ort. Durch das Loch in der Decke konnte man das Mondlicht sehen. An den Rändern zeichneten sich Schmauchspuren ab. Wieder blickte er zu dem Mörder seines Kindes. Er versuchte sich zu konzentrieren. Nur wenige Millimeter trennten das Metall von dem Schädel. Er konnte es nicht tun. Er versagte!

Nichts vermag in einem Mann tiefere Zerstörung zu verursachen als die Erkenntnis des Versagens. Vater hatte ihn in all den Jahren fühlen lassen, wie bedrohlich, wie unwürdig es ist zu versagen. Alle Wege würden verschlossen sein von inneren Riegeln und Ketten. Zuversicht bedeutete, gewaltsam über die Ziellinie durchzubrechen. Sein Arm sank zurück. Harrys Kopf fiel nach vorn. Er röchelte dem Ersticken nahe, seltsamerweise klang es trotzdem eher befriedigt und nicht gequält. Mathes löste die Schlinge. Der leblose Körper sackte zur Seite. Die Finger des Betäubten fuhren genussvoll kratzend über seinen Oberkörper. Dann verharrte die Hand zwischen seinen Beinen. Dort führte er die sichtlich erhebende, kraulende Bewegung fort. Mathes entriegelte die Tür. Sie klemmte. Er trat gewaltsam dagegen. Es würgte ihn. Seine Bewegungen wirkten monoton, beinahe unbewusst. Die frische Luft traf ihn wie ein Hammer und er musste sich übergeben. Der gelbe Gallensaft rann an seinem Kinn herab über sein Hemd, er bemerkte es nicht. Mit langsamen Schritten taumelte er den Weg zurück. Der Knöchel brannte entsetzlich. Die Waffe hielt er immer noch in der herunterhängenden Hand. Ein Fuß setzte sich automatisch vor den anderen. Immer wieder. Unter seinen Augen zeichneten sich dunkle, aufgeblähte Säcke ab, und das Blutrinnsal über seiner Oberlippe hatte eine Kruste gebildet. Erst als in der Ferne die Wohnhäuser der Hauptstraße zu sehen waren, begann er allmählich zu erwachen. Er zog das Magazin aus der Waffe und nacheinander tropften die einzelnen Geschosse in seine offene Hand. Schmatzend schluckte ein kleiner Fischweiher neben dem Weg die Kugeln, und leise Schlieren glitten über ihn hinweg. Gleichmäßig bildeten sich die Strudel an der einst spiegelglatten Oberfläche. Sie weiteten sich in die Unendlichkeit, während der Himmel morgendlich zu dämmern begann. Die Tokarev schien ihm dankbar leicht zu sein, als er sie unter seine Jacke schob. Mathes wusste nicht mehr, was er fühlte. Er flehte so sehr nach Ruhe. Ruhe, die dieser Tag gewiss nicht bringen würde. Ein verfluchter Tag nahm erst seinen Anfang und schickte die Sonne gegen den Himmel …

Und auch das scheinbare Glück, dass er ein frühes Taxi aufhalten konnte, das ihn zu der Wohnung am Adler beförderte, täuschte nur kurz darüber hinweg.

Walter erwartete ihn bereits verärgert. Er vermutete, dass Mathes die Nacht bei einer schönen Leipzigerin verbracht hatte. Mathes beließ es dabei, denn gleichzeitig wünschte Walter sich für ihn nichts anderes, damit er hier bald sesshaft werden würde. Wer anders als eine Frau hätte dazu die Macht? Walter konnte nichts von der vergangenen Nacht des Entsetzens ahnen. Sie ließen sich von einem ihrer Arbeiter abholen. Er habe ihr Auto stehen lassen, weil er getrunken hätte, so log er. Gegen acht Uhr erreichten sie die Baustelle seines nächtlichen Schauplatzes. Nur die Spuren auf der Schüttung erinnerten an das Geschehen, die anderen aber ignorierten das. Mathes empfand fast eine gewisse Erleichterung und begann schweigend seine Arbeit. Niemand beobachtete, wie er die Pistole für immer in den Steinchen unter den Bodenplatten begrub. Zu Mittag eröffnete sich die Katastrophe. John erschien unerwartet und gemeinsam entschieden sie über ihre Baufortschritte. Erst jetzt erkannte Mathes voller Entsetzen, dass der gesamte Estrichboden zu schwimmen begann. Die Schüttung verdichtete nicht, sondern suchte ihre Fluchtwege in den Ritzen. Um zu sparen und nach Walters größter Fachkenntnis hatten sie minderwertiges Material verarbeitet. Die ganzen kostenintensiven Arbeiten der vergangenen Wochen waren vergebens gewesen. Unmengen an Kubikmetern der Streuung und eine nicht unwesentliche Anzahl der Platten waren verloren. John tobte. Nur mühsam ließ er sich bewegen, ihnen einen weiteren Vorschuss zu gewähren. Diesen jedoch erst nach Beendigung eines nächsten Bauabschnittes. Mathes und Walter verschwiegen, dass sie einen nicht geringen Teil für ihre privaten, erdrückenden Unkosten abgezweigt hatten. Sie waren pleite. Noch beinahe fünftausend Mark schuldeten sie ihren Arbeitern. John, der Unglücksengel, verschwand schnell wieder. Sie wussten keinen Ausweg mehr und Mathes stiegen Tränen der Verzweiflung in die Augen bei dem Gedanken, dass aller verbissene Aufwand, die Arbeit bis spät in die Abende nichts als einen weiteren totalen Reinfall gebracht hatten. Sie beschimpften sich gegenseitig und begannen heftig zu streiten. Es hätte nicht viel gefehlt, dass Walters Jähzorn gewalttätig gegen Mathes ausgebrochen wäre. Ihre verunsicherten Arbeiter schufteten scheinbar verbissen weiter. Endlich trafen sie für den Augenblick die einzige richtige Entscheidung und verließen die Baustelle, um in Ruhe unter vier Augen ihre problematische Lage zu erörtern. In Jürgens „Rundem Eck“ schließlich und bei mehreren Bieren fassten sie neue Entschlüsse. Walter würde mit zwei Leuten den Boden von vorn beginnen. Das verbleibende, verwertbare Restmaterial musste zu einem sichtbaren Bauabschnitt genügen. Der dritte Mann sollte die Fliesenarbeiten vollenden. Mathes wollte noch an diesem Abend nach München zurückkehren, um einen Bürokomplex zu renovieren. Diese Arbeit hatte ihm ein Freund wenige Tage zuvor angeboten. So konnten sie vielleicht vorerst ihren Lebensunterhalt einigermaßen decken und vor allem ihre Handwerker finanziell bei der Stange halten.

Es regnete verbissen. Die Wischblätter des alten Opels quälten sich mitleiderregend. Risse der Zeit und Witterung hatten sichtbare Spuren hinterlassen. Mathes fummelte eine Bierdose aus der Tasche auf dem Beifahrersitz. Bedächtig hatte er das Sortiment für die lange Fahrt zusammengestellt. Nach jedem Bier musste jeweils eine Dose des scheußlich süßen, koffeinhaltigen Getränks White Horse folgen. Aber er fühlte sich nicht müde. Unzählige Bilder der letzten vierundzwanzig Stunden flogen an ihm vorüber. Zur gleichen Zeit und mit ungeheurer Geschwindigkeit. So verflossen sie ineinander. Er fragte sich, ob er Erleichterung empfand, weil seine Hand nicht getötet hatte. Er war nicht sicher, denn Schatten verhüllten sein Gewissen. Kalte Nebel der Unbefriedigtheit. Ein verbrannter Fleck war in ihm zurückgeblieben wie immer dann, wenn ein langer Weg vor einem tiefen Abgrund endete und das Ziel der Jahre, die Erlösung, letztlich versagt blieb. Ausgehöhlt fühlte er sich, denn vergebens suchte er nach irgendeinem Gedanken, der nun noch seine nähere Zukunft erhellen könnte.

Jeder einzelne stürzte unwiederbringlich in das Labyrinth seiner existenziellen Bedrohung. Keine Frage, Harry hatte ihn zerstört. Er hatte gewonnen. Die Krallen des Schergen hatten tiefe Wunden in sein Herz, seine Seele gerissen und ihm die Fähigkeit zu leben genommen. Zum ersten Mal glaubte er wirklich zu verstehen, warum Susanne ihn verlassen hatte – verlassen musste. Weshalb die Nähe zu den Menschen, die er liebte, sich fortwährend verringert hatte. Sie alle mussten doch sich selbst schützen. Schutz suchen vor ihm. Welch traurige Erkenntnis! In diesem Augenblick bedauerte er zutiefst sein Versagen, als das Ende in seinen Händen gelegen hatte. Wie leidvoll fühlte er diese Einsamkeit, kalt und deutlich! Eine Zigarette zwischen seinen Fingern schüttelte unbeachtet ihre Asche ab. Gleichmütiger Soul floss aus dem eingestaubten Lautsprecher. Trübselig streckten schlanke Bäume ihre Köpfe in den Himmel. Nur selten erschienen in weiter Ferne zwei kleine, blinzelnde Augen. Sie wuchsen schnell zu grellgelben Lichtern heran, drückten sich in den Schatten der Leitplanken und rauschten an ihm vorbei. Der Scheibenwischer rutschte eintönig dahin, als habe er sich in sein Schicksal gefügt. Die einzelnen, grauweißen Streifen auf der Fahrbahn zwinkerten wie in einem minderwertigen Film, wenn die Pausen zwischen den Tausenden Bildern sichtbar wurden. Er bemerkte nicht, als sie mit einem Mal erloschen. Die Dunkelheit sank nieder in tiefe Schwärze. Voller Leichtigkeit lockte nur noch der Wind …

Es kreischte entsetzlich. Der Untergrund bebte. Mathes riss die Augen auf. Der puffernde Abstand zu der Leitplanke hatte sich verloren. Die verdammte Fahrerseite schliff grässlich an dem glatten nassen Stahl entlang. Funken stoben. Geistesgegenwärtig versuchte er den Wagen nicht zu ruckartig von den Planken zu lösen. Der gefährliche Kontakt blieb unendliche Meter bestehen. Die Tachonadel senkte sich langsam. Mathes' erster entsetzter Blick hatte sie bei der Marke 140 km/h ertappt. In dem Augenblick, als er seine Befreiung zu versuchen wagte, geriet der Wagen in schlingernde Bewegungen. Mathes lenkte panisch dagegen. Er hatte die Kontrolle bereits verloren. Die abgegriffenen Reifen schmierten nur noch über den regennassen Straßenbelag. Der Wagen drehte sich über beide Fahrspuren um sich selbst. Einmal, zweimal und nochmals, es ließ sich nicht genau bestimmen. Vielleicht lag darin Mathes' größtes Glück. Das Fahrzeug verlor so an tödlicher Geschwindigkeit. Dann krachte es. Der Wagen stand still. Die Fahrerseite presste sich erneut gegen eine Leitplanke. Diesmal allerdings an der rechten Straßenbegrenzung. Die Räder ruhten erschöpft in dem schmalen Grasstreifen.

Mathes fühlte eher Gleichgültigkeit als einen Schock und er vergeudete kaum einige Sekunden an Zeit. Nirgends auf seiner Strecke ließ sich ein nachkommendes Fahrzeug sehen. Das Radio spielte, als wäre nichts geschehen. Nur der rechte Scheinwerfer brannte noch. Mathes startete kurz entschlossen. Der Motor sprang widerstandslos an. Er wendete und begann wieder zu beschleunigen. Niemand ahnte, dass er gerade um ein Haar sein Leben verloren hätte. Es hätte kaum jemanden gekümmert. „Das hat ja so kommen müssen!", wären die Worte gewesen. Bestimmt hätten sie einige Tränen vergossen, wie es sich eben so gehört, aber nicht so richtig. Am allerwenigsten aber berührten ihn selbst die gerade glücklich verlaufenen Sekunden, die bestimmt an ein Wunder grenzten. Er hatte es nicht einmal für nötig befunden auszusteigen und fuhr einfach weiter. Nur sein innerer Dialog hatte ein abruptes Ende gefunden.

Die verbleibende Fahrt schwieg er gegen sich selbst. Sehr stur kann das Schweigen der Einsamkeit sein. Verbittert und voller Eigensinn. Erst nach Mitternacht erreichte er München. Am mittleren Ring an der Donnersbergerbrücke endete seine gehetzte Fahrt jäh. Eine Zivilstreife stoppte ihn. Der verängstigte Polizist behandelte ihn wie einen Terroristen. Alle Anzeichen mochten darauf hindeuten. Geduldig erwarteten beide den Einsatzwagen. Die Waffe des Polizisten war auf Mathes Brust gerichtet. Den Rest der Nacht verschwendete Mathes mit Dingen wie Blutabnahme und Verhören. Er verschwieg seinen Unfall nicht, doch den Tatort verschob er um etwa hundert Kilometer.

Sie hätten ihn gerne wegen Fahrerflucht drangekriegt, aber das würde sich bald erübrigt haben. Den rosa Führerschein begannen von nun an die Herren in Grün zu verwahren, alles musste seine Ordnung haben – er verstand das. Mathes fühlte sich viel zu erschöpft, als dass noch irgendetwas wirklich bis zu ihm hindurchdringen konnte. Seit über sechzig Stunden befand er sich bereits auf den Beinen. Irgendwann vermag nichts mehr die geringste Erschütterung zu bewirken während eines Albtraumes. Irgendwann nicht mehr …

Endlich gestattete man ihm zu schlafen. Ein ganzer Tag und eine Nacht verstrichen, als hätten sie nie existiert. Eher ein Erschrecken als ein Erwachen riss ihn zurück in die jämmerliche Wirklichkeit. Mochten es Stunden oder auch nur Sekunden gewesen sein, da ihn schreckliche Traumbilder gequält und seinen kalten Schweiß gefordert hatten. In den nahezu unerträglichen Machtkämpfen gegen den Vater fand er sich stets in dem Haus der Kindheit wieder. Fast jedes Mal endeten sie gewaltsam. Als suche Mathes bewusst nach Auswegen, verliefen diese Träume immer etwas anders. Doch nur die Handlungen veränderten sich, niemals die innere Verzweiflung – denn Mathes kämpfte verbissen um seiner selbst. Ohne irgendeine Aussicht verteidigte er das Fundament seiner Erde. Er wusste von der Bedrohung, die ihm Werte und Persönlichkeit rauben wollte. Erfüllungen, die allein dem Leben die Bedeutung schenkten. Für sie – in den Träumen – litt er grausam. Seine tiefsten Bedürfnisse endeten ebenfalls in einer Notlandung. Manchmal wehrten sich seine Fäuste, doch sie stießen in die Leere oder prallten stumpf ab. Dann versuchte er nur noch sich zu schützen. Die Prügel hämmerten auf seinen Rücken ein. Sie nahmen ihm die Atemluft. Sie steinigten seinen Körper. Fesseln unbezwingbarer Kräfte festigten sich über ihm. Er fühlte den Schmerz jener Schläge vollkommen real, aber er musste ihn erdulden, immer erleiden. Es gab keinen Ausweg …

Wie konnte er Befreiung finden von diesen Nächten? Der selige Rückzug in die Wüste hätte ihm so viel Erleichterung, so wundervolle Ruhe gewährt, wenn die Tage es zugelassen hätten. Im Orbit der Zeit rasen die Räder von Minute zu Minute schneller, im Strudel eines Teufelskreises – anfangs merkt man das gar nicht.

Seine ersten Schritte an diesem Morgen führten ihn direkt zur Kloschüssel. Er spie gelbe, zähe Gallenflüssigkeit. Der ätzende Schmerz trieb ihm Tränen in die Augen.

KAPITEL 14

Das Verbrechen

Lügner

Mathes begann mit den Renovierungsarbeiten besagter Geschäftsräume und einer Wohnung. Fortwährend beförderte er seine Materialien und Werkzeuge in geliehenen Fahrzeugen. Niemand wusste von dem Verlust des unentbehrlichen Führerscheines. Manche ahnten es, aber es interessierte niemanden wirklich. Der zweifelhafte Autohändler suchte nach Möglichkeiten finanziellen Ersatzes für seinen Schrott-Opel. Doch aus den Papieren ließen sich leicht Unregelmäßigkeiten ersehen bezüglich der strengen Bestimmungen für Mietautos, und so versagte sich eine Anzeige von selbst. Mathes fühlte eher Befriedigung als ein schlechtes Gewissen, denn die bereits verfütterten Raten überstiegen längst den Wert des Fahrzeuges und angefallene Reparaturkosten hatte ihm der Händler strikt verweigert. Sie waren quitt!

Bald zeigte sich, dass die Arbeiten kaum maßgebliche Veränderungen brachten. Sie vermochten gerade Mathes etwas über Wasser zu halten – und nun gleichfalls Peter, der seit wenigen Tagen bei ihm wohnte. Von außen mochte es scheinen, dass es dem älteren Freund vortrefflich ginge, denn er hatte sich ein neues Wohnmobil angeschafft. Wieder seinen unvergleichlichen Hymer. Nur Mathes wusste, dass sein einziger Erfolg darin bestanden hatte, einen privaten Geldgeber zu finden. Nach wie vor herrschte die italienische Steuerbehörde über alle seine Konten und das konnte sich bis in den Juni hinziehen – so beschwichtigte er Mathes' eindringliche Fragen weiterhin. Selbst diese dauernden Vertröstungen vermochten es noch, unermesslichen Optimismus und verträumte Schwärmereien zu versprühen. Mathes glaubte ihm nicht mehr. Was war Wahrheit, was Lüge? Etwas weitaus Gefährlicheres existierte zwischen der Wahrheit und der Lüge, etwas Zerstörerisches: Mathes lernte das Glaubenwollen. Er verschwendete seine Zeit blind mit der Hoffnung, zu schön erschienen die Bilder seiner lange genährten Zukunftsträume – wie gelähmt übte er das Hoffen aus. Sollten letztendlich auch diese Träume noch in Trümmer zerfallen? Dann wäre ein junges Leben verloren …

Die späten Nächte schenkten großzügigerweise von ihrer Nährlösung, denn in den Kneipen erstrahlten Peter und Mathes weiterhin Schauspielern gleich in dem Lichte ihres Erfolges, den sie längst nicht mehr hatten. Im Rausche eines dieser Abende wurde Mathes ans Telefon gerufen. Es war im „Truck Stop", ihrem Stammlokal. „Eines deiner Mädchen", sagte die Wirtin schmunzelnd. Mathes erwartete keinen Anruf. Schlagartig veränderten sich seine Gesichtszüge, als die unbekannte weibliche Stimme ihm ankündigte, sie werde ihn weiterverbinden. Dann meldete sich ein Mann. „Du hast drei Tage Zeit, deine Schulden zu begleichen", klang es tonlos aus der Muschel. – „Wer spricht da? Und welche Schulden?", fragte Mathes schroff, obwohl er ein aufkeimendes, ungutes Gefühl nicht zu unterdrücken vermochte. „Bis jetzt sind es sechstausend Mark für die Arbeiter, die du nicht bezahlt hast, und …", er stockte für einen Moment. Der Mann sprach sächsischen Dialekt. Mathes versuchte sich krampfhaft zu erinnern, ob er diese Stimme schon einmal gehört hatte. „Und achttausend Mark für den BMW, der Schrott ist!" Ein Hitzeschwall schoss in seinen Kopf. Seine Augen hetzten Hilfe suchend herum und verharrten schließlich bei Peter, dessen Gesichtsausdruck sich mehr und mehr verzerrte. Mathes' gesamte Ausstrahlung ließ eine Schreckensnachricht erahnen. Die Identität des Anrufers schien kaum noch von Wichtigkeit. Gleich einem heftigen Hammerschlag erschütterte Mathes die Erkenntnis, dass sich die Schwierigkeiten, die Sorgen und Konflikte gefährlich zu verbünden begonnen hatten. Doch es kam schlimmer: „Wir wissen, wer deine Freundin ist", drohte die

Telefonstimme weiter. „Freundin? Welche Freundin?", fragte Mathes beängstigt. Wie gelähmt musste er ihren Namen vernehmen, Susannes Straße und Hausnummer. „Sie … ist schon lange nicht mehr meine Freundin – hörst du?" Der Mann ließ sich von der Wahrheit nicht bluffen, unbeirrt fuhr er fort: „Drei Tage hast du Zeit, das Geld aufzutreiben und dich mit deinen Leuten in Verbindung zu setzen, sonst – besuchen wir die Kleine!" Es klickte. Dann tutete es nur noch. Die Verbindung war unterbrochen. „Schlechte Nachricht, was?", fragte die Wirtin eher feststellend als interessiert, während sie ihm ein frisches waldmeistergrünes Wodka-Lemon-Rüscherl hinschob. Er nickte geschlagen. Mit zittrigen Händen zündete er sich eine Zigarette an. Wie entsetzlich machtlos und entkräftet fühlte er sich mit einem Mal! Es nahm kein Ende! Wieder hatten sie seine empfindlichste Stelle getroffen. Der schreckliche Film lief in allen Einzelheiten vor ihm ab. Dann verharrten die Bilder zunehmend. Wie in Zeitlupe sah er das Bistro von Nick vor Augen. Das grausige Verbrechen an ihm und Anja existierte in seinen Erinnerungen, als wäre er zugegen gewesen. Geschehen durch seine Unvorsichtigkeit, seine leichtfertige Schuld. Niemals durfte sich so etwas wiederholen. „Meine Susanne, dir wird nichts und niemand etwas antun – ich lasse es nicht zu!" Er würde es nicht ertragen können. In diesen Sekunden kämpfte er mit aller Gewalt gegen den blinden Zorn, der ihn zu erfassen drohte. Seine Feinde hatten ihn immer richtig eingeschätzt. Wenn sie nicht die gewünschte Angst in dir bewirken können, versuchen sie das zu zerstören, dir das zu nehmen, was dir am wertvollsten ist – wofür du lebst. Ein trauriger Gedanke durchbohrte sein Gehirn: Hatte ihn Walter Taube verraten? Wie weit steckte er in dieser Sache drin? Nochmals ließ er sich das Telefon geben und wählte die Nummer seines Leipziger Fliesenlegers, dem er als Einzigem vertraute. Walter sollte zurückrufen, tatsächlich aber befand er sich bei ihm. Das konnte alles bedeuten oder rein gar nichts. Walter klang betrunken. Christines kreischende Stimme beherrschte den Hintergrund. Mathes erfuhr etwas Unglaubliches. Walter hatte den Arbeitern erzählt, er wäre mit der Firmenkasse nach München durchgebrannt. Plausibel und ohne Skrupel erklärte er Mathes, dass sie einen Grund für die Pleite gebraucht hätten, um nicht ihre letzte Motivation zu verlieren. Der scheinbar geflohene Kompagnon war naheliegenderweise erst einmal zur Ursache aufgestiegen und die waren dumm genug, Walter jedes Wort zu glauben. Welche Verachtung empfand Mathes in diesem Moment, aus einer Tiefe, die Hilflosigkeit und Verzweiflung berührte! Wie groß mochte Walters Angst, dessen Feigheit gewesen sein? Entsetzlich groß. Nichts antwortete er auf Mathes' eindringliche Fragen, ob er von Susanne erzählt habe. Konnte er ihre Adresse überhaupt kennen? Mathes glaubte fast mit Sicherheit zu wissen, dass er nie von ihr erzählt hatte. Woher also sollten die bedrohlich konkreten Informationen stammen? Hatte Harry sie längst in Erfahrung gebracht, ohne sie jemals gegen ihn benutzt zu haben? Völlig unwahrscheinlich, dennoch hinterließ jene Erwägung einen üblen Beigeschmack. Immer sind es die bis zuletzt gehüteten Trümpfe, die ein Spiel entscheiden – ein vernichtendes Spiel …

Eigentlich hatte sich Mathes stets auf gewisse Weise unverwundbar gefühlt, denn wirkliche Angst um sich selbst hatte sich in den entscheidenden Momenten immer verflüchtigt. Aber jeder Mensch hatte seine wunden Punkte. Umso ausgeprägter fühlte er nun intensive Angst – fröstelnde Angst. Angst um sie, die Liebe seines Lebens. Er musste einen Weg finden, um sie zu beschützen! Nur zu gut wusste er, was es bedeutete, wenn sie „die Kleine besuchen" würden. Ein halbes Dutzend Skins oder noch mehr in einen Bus gepfercht. Ausgestattet mit einigen Trägern Bier und ihren beliebten Baseballkeulen wären sie für jedes Ziel bereit. Einige Stunden bis München zur Ausführung ihres gewaltsamen Auftrags und ebenso schnell würden sie wieder zurückkehren – entlohnt durch einen lächerlichen Geldschein und ihren mörderischen Kick. Selbst wenn der unwahrscheinliche Fall eintreten sollte, dass man sie später jemals ausfindig machen könnte, hätten sie ohne Zweifel ihre felsenfesten Alibis. Der Wirt ihrer Kneipe würde dafür sorgen oder andere Leute, die solche Individuen aushielten, um sie hin und wieder für ähnliche Zwecke zu benutzen. Die ganze grausige Methode fand regelmäßige und wohlorganisierte Anwendung. Mathes durfte die schwerlich zu erfassende Bedrohung nicht unterschätzen. Er begriff, dass von nun an in seiner Stadt für sie und für ihn selbst dauernde Gefahr bestand. Sie lauerte vielleicht an einem grünen Fußgängerübergang, an dem plötzlich ein Fahrzeug beschleunigte. Oder in der Untergrundbahn oder in seiner Wohnung. Es ist schwierig, sich vor nicht zu konkretisierender Bedrohung zu schützen, sie bewusst zu durchleuchten, ohne wahnartiger Angst zu erliegen. Von dem Augenblick an, da ihn der Unbekannte in seiner Stammkneipe angerufen hatte, sollte Mathes lange Zeit diesem Zustand ausgeliefert sein. Das in einer Stadt, einer Zeit, die gütige Schleier über alle Abgründe legte. Wie wundervoll und schön ist es doch, wenn man ohne Bedenken und innerlich wie äußerlich frei den Tagen entgegenzulachen vermag! Mathes träumte nur noch davon. Seine Sehnsüchte näherten sich einer Art von Todessehnsucht. Unsichtbare Schmetterlinge umschwärmten ihn. Erleichterung, Freiheit, Licht, Liebe … hießen sie.

Walter hielt er hin – beteuernd, dass ein guter Auftrag in Aussicht stehe. Trotz allem gingen die Arbeiten in Leipzig allmählich voran. Innerlich hatte Mathes diese Baustellen für immer verlassen, denn für den ehemaligen Kompagnon hatte er nur noch ähnliche Empfindungen wie für ein Ungeziefer. Eigentlich aber reifte diese endgültige Entscheidung leise in ihm.

Einen Teil der Nacht verbrachten Peter und Mathes in ihrem Wohnmobil. Sie tranken Wein und spazierten dann bis in die Morgendämmerung an den Floßlenden der Isar entlang. Irgendetwas in Mathes sträubte sich selbst noch in dieser Nacht tiefer Niedergeschlagenheit und Kummers gegen ein gänzliches Vertrauen zu dem älteren Freund. Er verschwieg die Geschehnisse nach dem Discobesuch in Leipzig und das erneute Zusammentreffen mit dem Jugoslawen. Warum schwieg er weiter? Ihn quälte doch seine zweigleisige Wahrheit so unermesslich – warum hütete er die Geheimnisse vor seinem Bruderfreund? Mathes konnte es sich selbst nicht glaubhaft erklären, er verweigerte den erörternden inneren Dialogen seine Gedanken. Peter erzählte er nur von den betrogenen Arbeitern, bis er schließlich selbst daran zweifelte, dass die eigentliche Gefahr wieder von Harry ausströmte. „Mach dir um Gottes willen nicht zu viele Sorgen, Mathes!“, beschwichtigte Peter ihn aufmunternd. „Ich lasse Susanne beschützen. Ihr wird nichts passieren – das verspreche ich dir!“ Mathes blickte ihn beinahe spöttisch an. Ihre Augen trafen sich. „Wenn du in Italien ein Geschäft betreibst, ein Restaurant, ein Kaufhaus, eine Firma – ganz egal, was auch immer – und du klug bist, stellst du dich den Gesprächen, die immer irgendwann irgendjemand mit dir führen wird. Man schließt Verträge ab, sogenannte Unfall-, Brand- oder sogar Lebensversicherungen …“ Grinsend ließ er einige Augenblicke vergehen. „Ganz sauber läuft das ab, nur halt nicht so kariert und offiziell wie in Deutschland. Hier zahlen sie dir danach Versicherungssummen, in Italien brennt es erst gar nicht!“ Langsam begann Mathes zu begreifen: „Schutzgeld?“ – „Richtig“, lachte Peter, „eine bestens organisierte, nicht unsinnige Einrichtung, wie ich finde.“ – „Erpressung findest du gut und sinnvoll?“, stutzte Mathes. – „Sie existiert und man muss sie einfach positiver sehen, als es manche Dummköpfe tun! Diese italienische Mafia ist so mächtig, dass jeder Kleinkriminelle sich hüten wird, gegen irgendjemanden tätig zu werden, der unter ihrem Schutz steht. Du musst für ihren eigenartigen Schutz bezahlen, doch gleichermaßen deckt das auch so manche andere Bedrohung ab.“ – „Gut und schön“, erwiderte Mathes skeptisch, „aber München ist nicht Italien – was genau meinst du?“ – „Ich löhne seit dreizehn Jahren, und wenn ich ein Problem habe, genügt ein einziger Anruf. Unwichtig, wo auf dieser Welt das ist. Allerdings kann das ziemlich teuer werden.“ – „Mach's nicht so spannend, Peter!“, knurrte Mathes ungeduldig. „Du kannst Susanne beschützen lassen? Wir sind pleite. Meine verdammten Schulden und das Wohnmobil, wofür das Geld auch nur geliehen ist! Wie also soll das zu ermöglichen sein?“ – „Ein, zwei Wochen wird ihre Hilfe nichts kosten, bis dahin finden wir einen anderen Weg.“ Ungewöhnlich klang das alles in Mathes' Ohren, vieles aber, was ungewöhnlich erschien, hatte er bereits erlebt im Verborgenen seiner sauberen Gesellschaft. „Mensch, das wäre wirklich eine große Hilfe, habe kaum noch eine Möglichkeit gesehen, die mich weiterbringt."

Die aufgehende Sonne streichelte orangerot die Flussufer an den Floßlenden. Ihr Atem hinterließ dünne Nebelwölkchen in der Kühle des Morgens. „Wie wird das vor sich gehen, Peter?" – „Sie wird es gar nicht merken, aber es wird immer in ihrer Nähe sein." – „Ich muss es ihr sagen, sie warnen", resümierte Mathes. „Sie wird mir nicht glauben, nur eins – nämlich dass ich in der Scheiße sitze!" – „Ruf sie später an, ich rede mit ihr!", sagte Peter. Mathes fühlte nur eine schwammige Erleichterung, aber irgendetwas musste getan werden. Sein Stolz und sein zwanghaft eroberter Scheinerfolg durften nicht für sie zum Unglück werden.

Zu Mittag erreichte er sie in der Firma. Anfangs sprach sie sehr gefühlvoll mit ihm. Er spürte, dass sie sich Glück für ihn wünschte, das tat ihm gut. Vielleicht ahnte sie die Leiden seines Herzens. Dann erwähnte er fast beiläufig den tatsächlichen Grund seines Anrufs. Sofort wirkte sie verärgert und kühl. Zumindest schien sie seinen Worten etwas Glauben zu schenken. Auch sie wunderte sich wohl über nicht mehr sehr viel, was ihn umgab – wie es sich auch anhören mochte. Peter redete einige Zeit überzeugend mit ihr. Sie wollte das alles mit ihrem neuen Freund besprechen, dem Mann, der sie an den Abenden befingerte, der ihren Duft einatmen durfte, bevor er in seinen verdammten Vertreterschlaf fiel! Mathes musste sich sehr zusammennehmen, um nicht durchzudrehen. Sieben Stunden später hörte er wieder ihre süße Stimme. Es lag kein Zucker mehr darin. Ihr fabelhafter, neu gewonnener Lebensgefährte hatte beschlossen sie selbst zu beschützen. Mathes hätte ihn nur zu gerne erwürgt und zuvor mit den eigenen Eiern erstickt! Weitere zwanzig Stunden später fand sich ein Mann in der Nähe ihrer Wohnung ein. Er saß in einem schwarzen Fiat Uno und schien müde zu sein. Es handelte sich wohl um einen Südländer, trotz des Münchner Nummernschildes und eines deutschsprachigen Sportjournals neben ihm auf dem Sitz. Sein freundliches Gesicht und das gesamte gepflegte Äußere wirkten einnehmend. Niemandes Argwohn wurde auf irgendeine Weise geweckt. Wenigstens konnte Mathes wieder ohne allzu große weitere Belastungen nach neuen finanziellen Überlebensmöglichkeiten suchen. Vollkommen erfolglos.

Die Tage verstrichen zunehmend ungenutzter. Allein die promillegenährten Stunden gewährten ein wenig Ruhe, gar Ernüchterung vor den quälenden Rauschzuständen der Angst und Hoffnungslosigkeit. Sein Freund Wodka glättete die Wellen, auch wenn er in den Morgenstunden vermehrt seinen galligen Preis forderte. Selbst diese Zustände ertrug Mathes mannhaft belustigt. Er taufte den inneren bärenhaften Folterer zynisch seinen Grizzly. Sie konnten sich gegenseitig gut abschätzen und auf gewisse Art leiden. Sie wurden gute Freunde. Keiner forderte zu viel von dem anderen. An einem der Abende, als der Grizzly noch schlummerte, um seine scharfen Krallen weiter zu schärfen, saßen sie wieder in ihrem Wohnmobil – dem einzig verbliebenen sicheren Ort. Sie stritten über die unentwegt eingegangenen Absagen von Banken und weniger feinen Kreditinstituten, durch deren Hilfe sie vielleicht bis in den Frühsommer Überbrückung gefunden hätten. „Mathes, das ist alles völlig aussichtslos. Wir müssen uns etwas anderes ausdenken, bevor es wirklich zu spät ist – wir müssen uns irgendwie anders Geld beschaffen." – „Du hast recht, was haben wir noch zu verlieren? Es muss unbedingt und schnell etwas geschehen!" Sie stießen miteinander an. Keiner musste irgendeine Kunst der Verständigung anwenden. Sie verstanden sich ohnedies. Hedonistische Einigkeit hatte längst moralische Ebenen verschwimmen lassen. Später würde keiner der beiden mit Gewissheit sagen können, welchem Munde das erste auffordernde Wort entronnen war. Ihre emotionalen Sehnsüchte, ihre Ziele und Gedankenströme hatten absolut zeitgleich denselben Motor in Gang gesetzt. Zweifellos zwang sie gleichfalls das beidseitige irrationale Verlangen, den Schein für ihre Gesellschaft zu erhalten, hinein in die Abgründe ihrer Charaktere. Oder bestand die Kausalität umgekehrt? Hatten die vergangenen Jahre den jungen Mathes Held nicht unentwegt gedrängt, eigene Gesetzmäßigkeiten, eigene moralische Grenzen festzusetzen? Nahm der Untergang allmählich seinen Verlauf oder plötzlich? Hatte der endgültige Untergang bereits begonnen oder durfte man ihn zu jeder Zeit verwerfen? Würde nur der Preis für den Aufstieg aus den dunklen Kratern immer höher?

In jener Nacht, da der Holländer in seiner Stadt, in seiner eigenen Wohnung gestorben war durch die Hand fremder Soldaten und diese sich gefürchtet hatten vor den Schritten zu einem Polizeirevier, in jener Nacht hatte das endlose Würgen begonnen. Eine einzige erschreckende Heimlichkeit hatte eine Lawine ausgelöst. Von da an war er ganz auf sich allein gestellt gewesen im Sog von Emotionen. Endgültig hatte ihn nun die gleichschrittige Gesellschaft aus sich herausgewürgt und ausgespuckt. Zu häufig hatte er bewusst, überlegen und vielleicht unfrei von Alternativen ihre Gesetze getreten. Mathes empfand keinerlei Gefühle mehr in sich für eine Balance zur allgegenwärtigen Moral. Allein die Ethik hatte ihn nicht ganz verlassen. Jene, die seit Menschengedenken in uns verwachsen ist. Die, deren Verlust die Menschen zu Monstern mutieren ließ. Ethik jedoch genügte nicht, um junge suchende Männer in ihrer Not fernzuhalten von den Methoden, Verbrechen zu begehen!

Vier Tage verstrichen ohne einen konkreten Plan und doch war die Entscheidung unausweichlich getroffen. Am fünften Tag, der Kalender schrieb den 03. April 1995, fuhren sie am späten Nachmittag nach Pullach. Sie parkten das Hymer-Wohnmobil unweit des Edeka-Centers in einer Seitenstraße. Über eine Stunde verbrachten sie in dem riesigen Großmarkt für Gewerbeträger, trotzdem befanden sich nur zwei Flaschen Wein und Zigaretten in ihrer Plastiktüte, als sie das Geschäft wieder verließen. Ohne dass sie ein einziges Wort miteinander wechselten, rollte das große Fahrzeug über die Straßen. Der wundervolle Abendhimmel erfüllte ihre Gedanken. Beide Freunde hatten anfänglich Mutlosigkeit gefühlt, zitternde Knie und pochenden Pulsschlag.

Doch ungleich stärker kehrte die Entschlossenheit zurück. Gerade noch eine winzige Dosis Selbstzwang mochte vonnöten sein. Ein kaum wahrnehmbarer, letzter Impuls. „Fürstenfeldbruck 15 Kilometer", hieß es auf einem Straßenschild. „Ich kenne in Pfaffing einen Wohnmobilhändler", sagte Peter. „Wollen wir hinfahren und sie uns ansehen?" – „Um diese Zeit? Er wird bereits zuhaben", sagte Mathes. Seine Stimme klang fröhlich. „Mal sehen, sie stehen auf dem Gelände eines Bauernhofes zum Verkauf. Auf jeden Fall könnten wir die Nacht dort draußen bleiben." – „Klingt gut", antwortete Mathes lächelnd und öffnete eine Bierdose. Er trank ein paar Schlucke und reichte sie dann an Peter weiter. Nichts drängte sie, niemand erwartete sie. Jede Menge Freiheit und Frieden lag in dieser träumerischen Abendstimmung. Bald erreichten sie das kleine Gehöft. Ein naturbelassener Zaun begrenzte das saftig grüne Gelände der Wiesen. Einladend weit stand das Gatter offen. Innerhalb der Einfriedung erhob sich würdig zwischen einigen wenigen kunstvollen Grabsteinen und blühenden Gräbern eine kleine Kapelle. An ihrem Fuße plätscherte ein kleiner Bach. Efeugeflecht berankte eine niedrige Mauer und legte seine schönen, weiß gefleckten Blätter in das kristallklare Nass. Märchenhaft verwandelte der rötliche Sonnenschimmer den Ort in ein ländlich liebreizendes Paradies. Nach der letzten Kurve des schmalen Kiesweges erreichten sie ihr Ziel. Zwischen betagten Linden und Feldahornbäumchen lag ein reizendes, keineswegs ärmliches Bauernhäuschen. Hufeisenförmig angeordnet grenzten riesige Scheunen daran. Helle Holzsparren und leuchtend rote Ziegeldächer verrieten, dass die Anbauten noch in ihrer Jugend glänzten. Einfühlsame, architektonische Vielseitigkeit verband die Moderne übergangslos mit vergangenen Generationen. Eine schwanzwedelnde Colliehündin schien das einzige vierbeinige Lebewesen zu sein. In einem der Fenster brannte Licht. „Warte einen Moment!", sagte Peter. Nach einer Weile kehrte er zurück. „Der Händler selbst wohnt nicht hier, aber die Leute haben nichts dagegen, wenn wir uns ein bisschen umsehen und auch hier übernachten – die Scheunen sind nicht verschlossen."

Acht neue Wohnmobile deutscher Mittelklasse und zwei Italiener standen in hallenartigen Gebäuden. Der vierzehnjährige Sohn des Landwirtes begleitete sie und ließ sie alle Fahrzeuge betreten. Eines hatte es Peter von der ersten Minute an besonders angetan. Ein Ford mit Alkoven, der Bettnische, unter dem Dach. Zart gemusterte Polstermöbel und rötliches Kirschholz erhellten den Wohnbereich geschmackvoll. Die raffiniert angeordnete Küchenzeile und ein mintfarbenes, relativ großes Bad versprachen dem glücklichen Besitzer Erfüllung aller Bedürfnisse und darüber hinaus Campingluxus. Das Cockpit glich der Fahrerkabine eines Großtransporters des gleichen Fahrzeugtyps. 51 000 DM stand als Verkaufspreis auf dem Schild in der Windschutzscheibe.

Als sie in dieser Nacht ihren Wein tranken, eine Kerze ihr warmes Licht verbreitete und leise Musik spielte, verriet Peter seinen Traum, der gerade in einem solchen besonderen Wohngefährt seine Erfüllung finden könnte. Seine Augen glänzten vor Erregung. „Morgen früh werde ich mit dem Spanes einen Vorvertrag abschließen", sagte er entschlussfreudig, „und dann fahren wir noch einmal zu dem Edekamarkt." Mathes lachte: „Du willst erst das Wohnmobil kaufen und dann?" – „Warum nicht? Du hast doch gesagt, dass es nicht schwierig sein wird." Sie fühlten sich in bester Stimmung, das Leben schien wieder unendlich sonnig, wunderbar – voller Möglichkeiten. Nur etwas Mut wäre nötig und denselben verspürten beide so stark, als wären sie nicht mehr verletzbar. „Von nun an gehört der Hymer dir, Mathes, wenn du ihn willst?" – „Ob ich will, fragst du? Keiner von denen hier könnte mir besser gefallen. Ich hab mich regelrecht verknallt in das Teil, wie in eine Frau." – „Der Vergleich ist gar nicht so übel", lachte Peter. Euphorisch prosteten sie sich gegenseitig zu. So außergewöhnlich tief und herzlich wie in diesem Moment war ihre Freundschaft, ihre unerklärliche Verbundenheit nie zuvor gewesen. Wie leicht doch alles sein konnte! Tatsächlich unterschrieb Peter am nächsten Tag diesen Vertrag. Ohne Zweifel würden sie innerhalb von achtundvierzig Stunden bezahlen. Üblich wäre eine Anzahlung gewesen, doch

Peters aurarische Ausstrahlung vermochte gewohnheitsgemäß jegliche Schranken von Argwohn zu heben. Noch am selben Tag wollte der freundliche Verkäufer sich um Zulassung und andere nötige Dinge bemühen. Er tat seine Arbeit gewissenhaft, während die beiden an die Amper fuhren. Mathes wollte den herrlichen Tag mit Angeln verbringen. Peter ließ es sich nicht nehmen, den Innenbereich des verschenkten Hymers auf Hochglanz zu bringen. Mathes' Stimmung war nicht ganz frei von Wolken. Die Wirkung des Alkohols hatte nicht mehr solche Kraft wie in der Nacht zuvor. Er empfand nicht mehr dieses Hochgefühl, aber wenigstens war der Grizzly in seiner Höhle geblieben. Irgendwie schien ihr Vorhaben nicht mehr ganz so einfach. Zweifel und Ängste beschlichen ihn. Er schlug die Angel einen Moment zu spät an. Der Fisch entkam. Dem heftigen Biss nach hätte es eine Barbe sein können, vielleicht auch eine Forelle – die jedoch hätte er zurückgesetzt. Ihre Fischereibestimmung erlaubte Forellenfänge nicht vor dem 1. Mai. Mathes hielt sich streng an solche Gesetze. Das war ihm wichtig! „Nicht so einfach? Vielleicht absoluter Irrsinn! – Reiß dich zusammen!", beschwor er sich in seinen Gedanken. „Es gibt keinen Ausweg mehr und auch keinen Rückzug! Denk doch mal an den Kaufvertrag! Peter hat so glücklich ausgesehen, richtig gerührt – damit wird endlich die ganze Last von mir abfallen seit dem Unfall, und er wird nicht mehr traurig sein. Es tut weh, mit jemandem zusammen zu sein, der traurig ist. Darüber muss man nicht sprechen, man fühlt es … Und der Hymer – er bedeutet mir mehr als jedes Ding, das ich je besessen habe. Er ist ein Stück Freiheit und ein Stück Heimat – tatsächlich gibt es diese Art von Liebe des Kapitäns zu seinem Schiff, mit dem er das Meer erobert hat. Liebe, eine unauslöschliche Tätowierung im Herzen, zeitlebens gibt es keine Ruhe. Der Mensch dem Ding unterlegen und das Ding dem Menschen. Sie ist weit entfernt von Materialismus und Berechnung. Wer kann das verstehen?"

„Wie herrlich wäre es doch, wenn endlich Ruhe und ein bisschen Glück einkehrten!", flüsterte er weiter zu sich selbst. „Ich kann nicht mehr – wirklich, ich kann nicht mehr … Nur ein paar Minuten Entschlossenheit und Mut, dann hättest du es geschafft. Es wird sich ein Weg finden, die Gefahren in den Griff zu bekommen. Er hat Angst vor mir. Ich gebe meine Rache für Susanne auf, das ist ein Geschäft! Meine süße, liebe Susanne …" Er senkte den Kopf. Die Gedanken an sie schmerzten. Keine der Frauen nach ihr hatte ihn wirklich interessiert. Jede Einzelheit an ihr, ihr Lachen, ihre Art sich zu bewegen … Egal ob in dickeren Winterjacken oder in einem Tennisdress, ob in Bergstiefeln oder Pumps – sie sah unbeschreiblich schön aus in den Bildern seiner Erinnerungen. „Ich brauche dich mehr als jeder andere Mensch. Das wird mein Leben lang so sein – ich weiß es. Ich fühle es mit solcher Gewissheit. Ich bin so unsäglich traurig, so leer. Du bist die Göttin meiner Leiden. Daran habe ich nie gedacht, nein, ich bin nur fortwährend meinem verfluchten Weg gefolgt für Sarah. Ich Idiot habe meinem toten Mädchen tiefste Liebe geschworen und meine lebendige Liebe so mehr und mehr sterben lassen. Sie wird mich für immer verfolgen. Meine Süße, was habe ich dir angetan?" Er fühlte sich elend. „Harry, was hast du aus mir gemacht? Wo gibt es die Ruhe, nach der ich mich sehne? Sonne und Freiheit? – Wir werden unsere Tat ausführen!"

In dieser Stunde begab sich Mathes unwiderruflich auf den inneren Weg, seine Art des Selbstmordes zu begehen, er wusste es nicht wirklich. Nicht ausschließlich Tabletten, Rauschgift oder eine Waffe benutzten die Menschen, um sich auszuschalten. Sie fügten sich mehr oder weniger bewusst der höheren Intelligenz ihres eigenen Charakters, es sind logische Schritte. Oft sieht man es nicht, dass sie gestorben sind, und doch sind sie es längst. Nur wer sich wirklich dafür interessiert, wer unbeirrbar hinterfragt und tieferen Einblick zu nehmen versucht, als Augen es vermögen, wird die Selbstgetöteten erkennen. Liebe oder Angst wird ihre Reaktion sein. Verfluchte verwandeln sich in die Träger ihrer Schicksale. Vielleicht wird man ihnen Mitleid gewähren, doch gerade dieses wollen sie nicht. Nicht einmal ein Verstehen verlangen sie, nur den Versuch dazu – den einfachen Versuch. Manchmal genügt ein Zuhören. – Selbstmörder werden intensiver leben …

Gegen 18 Uhr desselben Tages hielten sie ihr Fahrzeug erneut in der Straße nahe bei dem Edekamarkt. Sie hatten während der Fahrt viel miteinander geredet. Meist belanglose, heiterwolkige Worte, die eine beidseitige gewisse Beklemmung nicht zu verheimlichen vermochten. Nur einzelne Momente hatten ihre Gesichter kurzzeitig verfinstert, wie der Himmel es ihnen allmählich gleichtat. Sie fühlten, dass sie einander nun gänzlich vertrauen durften, die Tat würde sie unweigerlich verbünden. Sie verdunkelten die Scheiben. Das Wohnmobil legte gewiss die Vermutung nahe, dass sie Gäste bei irgendeinem der Nachbarn wären. Beide zogen dunkle Jeans und unauffällig gemusterte Pullover über. Peter öffnete eine Schublade. Mit dem Daumen fuhr er sanft über die scharfe Klinge eines langen Küchenmessers. Er wiederholte den Vorgang bei einem zweiten Messer. „Welches willst du?" – „Ist egal", antwortete Mathes trocken. Er nahm das Messer und schob es hinter seinen Hosenbund. Der Pullover verdeckte den Griff gänzlich. Fast gleichzeitig hielt er Peter den letzten der Flachmänner hin, der von der Fahrt übrig geblieben war. Sie tranken ihn gemeinsam. Die leere Flasche klirrte, als ihr hohler Bauch gegen die Körper ihrer Brüder in dem Abfalleimer schlug. Voller Genugtuung fühlte Mathes, dass die aufputschende Wirkung jedem abschreckenden Gedanken standhielt. Keine inneren Hindernisse konnten den Schub finsterer Entschlossenheit mehr beeinträchtigen. Mathes langte nach einer der Sturmhauben, die er wenige Stunden zuvor in der Motorradbekleidungsabteilung eines Kaufhauses erstanden hatte. Er stopfte sie in seine Hosentasche. In die andere drückte er vorsichtig die verspiegelte Sonnenbrille. Ihre in den Bügeln auslaufenden, schillernden Kunststoffgläser erinnerten an Science-Fiction-Visionen. Peter nahm die zweite Maske und die Ray-Ban-Sonnenbrille mit dunklen, jedoch nicht völlig reflektierenden Gläsern. Sie umarmten sich ein letztes Mal, dann verließ der ältere Freund das Fahrzeug durch die Hintertür. Sie hatten alles besprochen.

Mathes verfolgte ungeduldig den Zeiger der Uhr. Sein Herz klopfte. Sein Kopf rechnete klar. Die Luft roch nach Gewitter. Ein schwüler Wind strich rauschend durch die Wipfel der Bäume. In der Ferne hörte man bereits Donnerschläge, Mathes nahm es nicht ganz bewusst wahr. Darauf konzentriert, unauffällig zu erscheinen, verließ nun auch er das Wohnmobil und schritt weiter. Nur noch vereinzelte Autos auf dem riesigen Parkplatz erwarteten ihre einkaufshungrigen Besitzer. Ein Junge mit einer Schirmmütze suchte die stählernen Lastkarren zusammen und schob sie geordnet ineinander. Er arbeitete schnell und seine Blicke wanderten immer wieder kritisch zu den schweren Gewitterwolken über ihm. Mathes ergriff einen der herrenlosen Wagen. Die breite Eingangstür aus Glas öffnete sich automatisch. Ebenso die Schranke neben dem Empfangshäuschen innerhalb des Geschäfts.

Das weiß bekittelte Mädchen dahinter beachtete ihn nicht, sie schien längst müde. Mathes hatte gehofft, dass sein spontanes Vordringen ihre Sorgfaltspflicht, nach der Einkaufsberechtigungskarte zu fragen, leicht untergraben würde. Peter hatte es vermutlich etwas schwerer gehabt. Der erste Teil war geschafft. Voller Harmlosigkeit schlich Mathes an den Regalen entlang durch die Gänge. Die geringe Anzahl später Kunden verlief sich fast gänzlich. Hin und wieder legte er einen Gegenstand auf seine Ladefläche. Am hinteren Ende bei den Spirituosen entdeckte er Peter. Er ahmte geschickt einen suchenden, potenziellen Kunden nach. Sie nickten sich unbemerkt zu. Mathes ergriff eine Gewerbepackung Sechsämter. Aus den Augenwinkeln heraus beobachtete er, wie sein Komplize über die hintere Treppe in den oberen Einkaufsbereich gelangte. Ohne eilig zu wirken, schob er den Wagen weiter. In der Abteilung für handwerklich interessierte Hausfrauen fand er, wonach er suchte. Mit der Wahl zweier Paar Handschuhe ließ er sich Zeit. Er entschied sich schließlich für eine froschgrüne Leinenstoffausführung, in deren Innenflächen Gummi eingenäht worden war. Eine kurze Weile lagen die Handschuhe nun ebenfalls in seinem quietschenden Gefährt. Erst nachdem er die inzwischen völlig menschenleeren Waschmittelgänge verlassen hatte, hatte der dürftig beladene Wagen keinen Besitzer mehr. Keine grünen Handschuhe konnte man noch darauf ausmachen. Die Schachtel mit den Alkoholfläschchen war eingerissen. Mehrere von ihnen fehlten. Ungeordnet lagen andere Dinge daneben. Zuletzt hatte der Ärmel eines Wollpullovers mehrmals sorgsam über den runden Griff gestreift, doch wer sollte das wissen?

Mathes folgte Peters Fährte. Der Pullover verdeckte die dazukommenden Innereien. Jegliche Kundschaft hatte die erste Etage bereits verlassen. Leise Musik säuselte aus den Lautsprechern. Eine zuckersüße, beinahe klebrige Frauenstimme beschwor ihre unbewussten Zuhörer, keinesfalls zu versäumen, Magermilchpulver für ihre Kleinen zu kaufen. Bevor Mathes die Abgrenzung zu der vermeintlichen Innenbaustelle überstieg, hatte er sich nochmals achtsam umgesehen. Jetzt tastete er sich hastig zwischen Kleiderständern und Stellagen hindurch. Erregt schlug er den Vorhang zurück, der allerlei Dekorationsgerümpel verdeckte. Hatte Peter verdammt noch mal in letzter Sekunde den Schwanz eingezogen? Aber wären sie dann zusammen bis zu diesem Ort gegangen – mit den Masken in den Hosentaschen? Alles in Mathes hätte sich schreiend dagegen gewehrt. Er vertraute uneingeschränkt auf sein Gefühl und seine Menschenkenntnis. Aber konnte beides nicht nur bestehen durch die Achtung, Hochschätzung und Liebe zu den Menschen, zur Würde der Menschen? Wie viel davon hatte er verloren in den vergangenen Jahren? Wie groß waren diese Gefühle jemals gewesen? Wann und wo begann die Unzurechnungsfähigkeit? Gab es sie? Wie lange würden Charakterkräfte ihre eigenen Grenzen einhalten und befolgen? Was vermochten sie zu zerreißen? Bestand Hoffnung auf Gottes Gnade, wenn ein Mensch seine Art des Selbstmordes beging? – Unzählige Fragen, die er sich glücklicherweise nicht stellte, denn dann hätte er zu berechnen begonnen und alles wäre eine Lüge gewesen. Die Antworten hätten ihn zum Soziopathen gemacht, hart und kalt! Das Bewusstsein der Bewusstlosigkeit kann dir später unsägliche Kraft schenken – aber hüte dich ein Spiel zu beginnen, dich selbst kannst du nicht täuschen!

„Los, zieh dir die Maske über, falls doch noch jemand kommt!“, flüsterte Mathes. – „Und dann?“ – „Dann müssen wir ihn festhalten, bis wir runterkönnen." Beide sahen erschreckend aus in ihrer Verkleidung, aber dadurch hofften sie eine entwaffnende Wirkung zu erzielen. Sie tranken die Schnapsfläschchen und schwiegen. Durch die Skibrille erhielt die Umgebung ein dämmrig violettes Licht. Fast wie in einem Traum. Die adrenalinhaltige Kraft eines Traumes fühlte Mathes auch in sich. „In wenigen Minuten schließen wir. Wir danken unseren Kunden für ihren Einkauf und wünschen Ihnen einen schönen Abend", näselte die Zuckerstimme aus den grau verstaubten Quälschüsseln. Mathes hatte die Uhr und sein Halskettchen zurückgelassen. Nichts durfte ihn verraten. „Es ist jetzt kurz vor sieben", wisperte er, „noch eine Viertelstunde." Die Zeit schlich dahin. Sie versteckten die geleerten Fläschchen. Peter lugte zwischen den Vorhängen hervor. Keine Menschenseele zu sehen. Mehrere Lichter wurden abgeschaltet. Sie warteten noch einmal fünf erahnte Minuten. Mathes nickte seinem vermummten Komplizen zu. Völlig lautlos berührten die Gummisohlen den borstigen Flor. Gebückt hasteten sie durch das Gewirr der Auslagen und Wühltische. Unbemerkt erreichten sie die Treppe. Wohltuende Dunkelheit breitete an den unteren Stufen bereits ihre Schatten aus. Nur Sekunden der Bedenklichkeit ließ Mathes verstreichen, bis er sich im Erdgeschoss zwischen die angrenzenden Türme der Bierträger zu ducken vermochte. Das kurzzeitige Versteck ermöglichte ihm, den tiefen Gang entlang zu spähen bis in das gläserne Abrechnungsbüro. Keine der Kassen ratterte mehr. Auch über ihnen flimmerte nur noch eine schwache Notbeleuchtung. Mathes drehte vorsichtig den Kopf. Er sah, wie sich Peter gerade bei einem Stapel Holzpaletten versteckte. Mathes bedeutete ihm mit der Hand, noch einen Augenblick abzuwarten. Er bemerkte den Fotoverkäufer, der das Büro verließ. Eine Kassiererin kicherte. Unweit von ihnen trottete der Mann vorüber. Seine Schritte schlurften über die Treppenstufen. Kurz darauf schlug die einzige Tür, durch die das Personal nach außen gelangte. Sie ließ sich nur von innen öffnen, Mathes wusste das. Noch ein abwägender Blick. Er zählte drei Personen. Den Mann kannte er nicht, wohl ein neuer Mitgeschäftsführer, denn er verhielt sich wie ein Vorgesetzter. Er wirkte untersetzt, aber kräftig. Was würden sie von ihm zu erwarten haben? Es würde sich zeigen – ein Zurück war nunmehr unmöglich! Zwei Kassiererinnen plänkelten mit ihm. Die Ältere kannte Mathes gut, sie hatten fast ein freundschaftliches Verhältnis zueinander gehabt damals, als er selbst noch in diesem Markt gejobbt hatte. Genug – die Zeit drängte. Möglicherweise erwartete der Kassenwart in der nächsten halben Stunde den Geldtransportdienst. Mathes wusste, dass die zwei bewaffneten Männer sich vorher telefonisch melden würden und keinen Schlüssel zur Eingangstür besaßen, trotzdem bestand darin ein nicht einzuschätzendes Risiko. Er versuchte diesen Gedanken ganz zu verdrängen, denn sie kamen nicht an jedem Tag und es war ein ganz gewöhnlicher Mittwoch. Kurz entschlossen schlich er dicht an der keksbeladenen Aluminiumwand entlang. Ohne sich durch einen Blick zu vergewissern, spürte er, dass Peter seinem auffordernden Wink, ihm zu folgen, nachkam. Der Abstand mochte sechs Meter betragen. Mathes erreichte die breite Querstraße, an deren anderer Seite sich acht Kassen aneinanderreihten. Kurze Schranken mit einem aufgemalten roten Balken darauf und abgrenzende, geländerartige Gestänge bewirkten den Eindruck von verriegelten Schleusen. Gittergestelle vor jeder einzelnen Anlage, prall gefüllte Zigaretten- und Tabakdepots, zwangen sonst zu geordneten Einfahrten wie an einer Grenzstation. Eine schlafende Grenzstation in tiefer Dämmerung, denn der schwarze Gewitterhimmel in ihrem Rücken schickte kein Licht mehr durch die Kippfenster und Eingangstüren. Den gesamten Eindruck erfasste Mathes eher unbewusst, fast so wie in einem Traum, in dem einem alle Mächte zu eigen sind. Der rötliche Filter vor seinen Augen katapultierte ihn weiter und weiter in jenem Traum, den er und Peter lenkten. Es blieb kaum ein Moment Zeit zu verharren für irgendein Gefühl. Wie aus dem Nichts stand plötzlich drei, vier Meter vor Mathes eine Gestalt. Auch diese trug einen weißen Ladenkittel. „He, was soll das?“, rief der völlig überraschte Verkäufer spontaner, als er es selbst jemals für möglich gehalten hätte in solch einer Situation. Mathes erreichte ihn mit zwei schnellen Schritten. Mut und Widerstand beherrschten für Bruchteile einer Sekunde die Augen des Mannes, doch beides zerbrach sofort wieder gänzlich. Mathes konnte an den Augen des Verkäufers ablesen, dass Peter hinter ihm erschienen war. Jede Bewegung mechanisierte sich. Sein Körper setzte in diesem Augenblick Unmengen von Adrenalin frei in einer Mischung aus sichtbar gewordener Verzweiflung, Entschlossenheit und Enthemmtheit. Leicht und ungerechterweise könnte man solche Art der Kaltblütigkeit anhaltender Alkoholisierung zuschreiben. Vielleicht hatte der Alkohol gerade das Gefährlichste in den Tätern abgetötet: die Angst. Ohne deren Krallen verlief das Geschehen mit scheinbar professioneller Selbstsicherheit. Mathes ergriff den Arm des Verkäufers. Das bedrohliche lange Messer lag fest in seiner rechten Hand. „Mitkommen!", befahl er bestimmt. Bei der Berührung spürte er deutlich die Unterwürfigkeit seines Opfers. Zwingende Macht und fügsame Passivität fanden ihr seltsames Gleichgewicht, denn von Mathes breiteten sich keinerlei Wellen von Angst aus. Die Waage durfte nicht ins Kippen geraten. Dann stand er mit seiner Geisel im Eingang des gläsernen Abrechnungsbüros. Erschrockene Gesichter blickten sie an. Niemand wagte sich zu bewegen. Die jüngere Kassiererin betrat aus einer Nebentür den Raum. Ihre Gesichtsfarbe veränderte sich schlagartig. Sie wich entsetzt zurück. Beinahe wollte Mathes sie trösten, er konnte ihre Angst fühlen. Er unterließ es, niemandem würde etwas geschehen. Schrecken und kurzzeitige Angst waren der Preis für das Geld!

„Alle da rein!", sagte er mit schneidender Stimme. Das Grauen verbreitende Messer zeigte zu dem Nebenraum. Sie beeilten sich, dem Befehl Folge zu leisten. „Wir machen alles, was Sie wollen", beteuerte die Ältere verzweifelt. „Wer ist Chef?", fragte Mathes. Wie in ihrem Versteck besprochen, versuchten sie spätere Identifizierungsversuche zu erschweren, indem sie gebrochenes Ausländerdeutsch benutzten. Der Kassenwart mit dem rotbraunen Jackett und Krawatte hob die Hand. „Das bin ich", sagte er. „Du mitkommen, andere hinlegen!" Er gehorchte. Seine Bewegungen erfolgten ruhig und nicht provokativ. Gewiss einschlägig geschult, versuchte er die Situation so weit wie möglich zu entschärfen. „Ihr hinlegen!", vernahm er Peters Stimme. „Wenn ruhig, euch nix passieren. Wollen nur Geld. Geld für Revolution!" Fast musste Mathes unter seiner Maske grinsen. „Geld für Revolution" – nun, auf gewisse Weise stimmte das ja, nur in etwas weitgreifenderem Sinne. „Tresor aufmachen!" Der Chef zog die mannshohe, unverriegelte Stahltür zurück. Ohne weitere Aufforderung legte er sich sofort danach auf den Boden. Mathes ergriff die schwarzen Ledertaschen von der Oberseite des Schrankes. Er wusste, dass sich darin die einzelnen Kasseneinnahmen befanden und damit der wesentliche Teil ihrer erhofften Beute. Er stapelte sie vorerst auf der Theke hinter sich. Sein nun hinderliches Messer legte er kurzerhand daneben. Eher nachlässig durchsuchte er den Tresor und häufte Umschläge, Geldscheine und Münzrollen zu den Taschen. Die Zeit drängte. Würden vielleicht tatsächlich noch die Geldboten kommen? Sie hätten kaum eine Chance zur Flucht. Besaßen jene möglicherweise doch die Schlüssel für die Tür des Personalaufgangs? Er wusste es nicht. Allein ihre Anwesenheit außerhalb des Marktes bedeutete das Ende. Die Messer wären ein Spielzeug gegen deren Schusswaffen. Was sollte es? Nein, auch Pistolen konnten sie nicht aufhalten. Er fürchtete sich nicht vor einer Bleikugel. Einen Moment lang fühlte er genussvoll ihre imaginäre Kälte in seinem Herzen. Zweifellos würde er sie einer Ergreifung vorziehen. Eine Verhaftung konnte nichts anderes bedeuten als totale Enttäuschung der Menschen, denen er so lange sein Schauspiel geboten hatte. Wie ein Hammerschlag müsste ihn Vaters bewährte Überheblichkeit der Lebenserfahrungen treffen. „Welcher Triumph für ihn, wenn sich mein Leben als einziges Fiasko, als totaler Irrsinn entpuppen würde! Wie könnte ich mich jemals noch vor ihm verteidigen – vor ihm schützen? Nicht vor seiner Verachtung, er würde sie mich kaum spüren lassen, vielleicht würde sie nicht einmal existieren. Schützen vor seiner jämmerlichen Großmut, seiner heimlichen Entmündigung, jener gottkomplexen Moraltreue. Gebaren väterlicher Hilfe stets nach der Tat, doch niemals im siedenden Vorfelde! Wohltuend zukunftsbefreiend musste die kleine Kugel sein. Sie bedurfte kaum der Kraft, nur eines Schnaufens. Alles andere war unendlich anstrengender. Er fühlte auch, dass ihn ein paar Menschen in lieber Erinnerung behalten würden, ja, das fühlte er auch …

Solche Gedanken schossen durch seinen Kopf, während er gleichzeitig voller Wachheit in den Verkaufsraum zurückhetzte und eine Plastiktüte beschaffte. Als er sie ruckartig öffnete verhallte die eingesogene Luft in einem Knall. Er ahnte nicht, dass dieses Geräusch die verängstigten Gefangenen erzittern ließ. Sie konnten nicht wissen, dass ihr Kassenaufseher weiterhin unbehelligt liegend vor seinem Tresor ausharrte. Mathes beeilte sich ihre Beute einzupacken. Eine Stange Zigaretten legte er obenauf, fast in einem Anflug von Humor. Dieser war nie gänzlich erloschen, wenn er auch immer mehr Zynismus ähnelte. „Aufstehen!“, befahl Mathes dem Mann in dem roten Jackett. „Du nehmen Schlüssel für Ausgang!“ Er nickte seinem maskierten Freund zu. „Ihr ruhig bleiben, dann eure Chef nix passieren!“, verabschiedete sich Peter. Sie rührten sich nicht, ihre Gesichter starrten auf den Boden. Die ganze Zeit über hatten sie es vermieden, ihre Peiniger direkt anzusehen. Mathes stellte sich sehr wohl die Frage nach den Gedanken in ihrer Lage, wenn auch eher unterschwellig. Aus ihr heraus keimte eine Art der Traurigkeit. Er kannte diesen Markt und die eine Kassiererin so gut. Irgendwie tat ihm das Ganze leid, aber damit musste er fertigwerden. Gleich wären aufreibende zwanzig Minuten überstanden – für alle Beteiligten. Sie würden es verkraften und niemals mit ihm in Verbindung bringen.

Peter drehte den Schlüssel. Der Nebenraum war verschlossen. Der Geschäftsleiter schritt ihnen selbstbewusst voran. Er hetzte nicht und ebenso wenig verzögerte er ihren Abgang. Nicht ein einziges Mal hatte er sie irgendwie zu täuschen versucht, auch jetzt nicht. Mathes hätte ihn durchschaut. Der Mann entriegelte das elektronische, in Kopfhöhe angebrachte Schloss und legte den Hebel um. Die Glastüren schoben ihre Scheiben aufatmend ineinander. Kühle Gewitterluft strömte herein. Sie hatten nicht bemerkt, dass es inzwischen gussartig schüttete. „Du hier warten!", sagte Mathes gewohnheitsgemäß zu Peter. Eilig führte er den Mann zurück und sperrte ihn zu den anderen, das Messer befand sich in seinem Hosenbund. Den Schlüssel ließ er stecken. Zuletzt ergriff er die Tüte und rannte zum Ausgang. Er riss die Maskierung herab. Peter hatte dies bereits erledigt. Der Parkplatz gähnte in völliger Leere. Wie ein undurchdringlicher Vorhang grauer Streifen prasselte der Regen herunter. Sie gingen schnell und doch nicht zu schnell. So wie zwei anständige Männer, die dem Unwetter zu entkommen suchten. Eine Minute später befanden sie sich in ihrem Wohnmobil. Peter startete den Motor. Hastig hatte er sich sofort des Pullovers entledigt. Nun trug er das bunte Urlauber-T-Shirt eines Campingfreundes. Mathes empfand die völlig unauffällige, allen Umständen angepasste Geschwindigkeit als äußerst quälend. Diese Flucht ließ sich als solche nicht erkennen. Mathes zog sich ebenfalls um. „Fahr zu!", sagte er und seine Stimme klang heiser. „Ich bleibe lieber eine Zeit lang hinten!" Peter nickte nur. Sein Gesicht begann sich zu entspannen. Bedachtsam vergrub Mathes die Kleidungsstücke und Masken in der Gerätekiste. Die Messer legte er zurück an ihren gewohnten Platz. Er öffnete eine Dose Bier und tat einen kräftigen, wunderbaren Schluck, dann reichte er sie Peter über die Schulter. Im selben Moment sah er die blau blinkenden Lichter, die auf der Gegenfahrbahn schnell näher kamen. Sein Herz pochte heftig. Er vermochte den Kloß in seinem Hals nicht hinunterzuschlucken. Die beiden zivilen Wagen hatten fast ihre Höhe erreicht und – fuhren achtlos vorüber. Hörbar atmeten Mathes und Peter auf. „Wir haben es geschafft, tatsächlich geschafft!", jubelte Mathes. Erschöpft ließ er sich in den Beifahrersitz seines nun endgültig eigenen Wohnmobils fallen. Die Tüte ruhte zwischen seinen Beinen. „Wir waren super, findest du nicht, Junge?", fragte Peter lachend. Regennasse, pechschwarze Haarsträhnen klebten in seiner Stirn. „Und ob", erwiderte Mathes, „‚Geld für Revolution', ich hätte losbrüllen können vor Lachen!" Sie lachten beide voller Erleichterung und Überschwänglichkeit. Mathes fühlte sich unbeschreiblich gut. So gut wie schon seit langer Zeit nicht mehr. Jegliche Anspannung löste sich mit einem Mal auf. Wie viel hatten sie erbeutet? Eine knappe Stunde später wussten sie es. 96 000 Mark in unterschiedlichen Scheinen und Münzen, außerdem sieben lästige Geldtaschen samt Belegen. Erhofft hätten sie mehr, trotzdem erfasste sie ein herrlich ungewohntes Gefühl endlicher Befreiung aus allen Ketten. Wie ein wundervoller, verträumter Rausch! Ihr Weg hatte sie geradewegs in die Stadtmitte geführt. Die Flucht stadtauswärts hatten sie beide am Vortag als bedenkenwürdiger erachtet. Sie hatten ihre Tat in allem vortrefflich, beinahe in professioneller Perfektion ausgeführt und ähnlich sollten dies auch die polizeilichen Ermittler beurteilen.

Diese Nacht bis in den nächsten Morgen feierten sie ausgiebig. Fünf Mädchen eines Klubs im Münchner Westen verliehen jenem Fest in eine glücklichere Zeit ihre ganz besonderen Reize. Geld spielte absolut keine Rolle mehr nach all den entbehrlichen Wochen.

Am Donnerstag, dem 06. April 1995, hieß es folgendermaßen in einer Tageszeitung:

100 000 Mark Beute
dp. Pullach
Mit Metzgermessern bewaffnete Räuber erbeuteten gestern Abend 100 000 Mark. Die beiden Männer überfielen einen Großmarkt in Pullach nach Geschäftsschluss. Mit den großen Messern bedrohten sie die Angestellten.
Die Täter konnten flüchten. Eine Großfahndung wurde eingeleitet.

Sie hatten es tatsächlich getan. Sie waren zu Verbrechern geworden. Mathes war ein Räuber!

Nichtssagende, verschwindende Medienberichte folgten, denn die Ermittler tappten bedauernswert im Dunkeln. Der Tätertyp ließ kaum etwas anderes zu als Spekulationen. Nach ausführlichen Verhören aller Zeugen und eines guten Dutzends von Wichtigtuern gewannen sie die Erkenntnis, es handele sich um zwei selbstbewusst auftretende, durchwegs professionelle Männer zwischen dreißig und vierzig, vermutlich aus dem osteuropäischen Raum. Das größte Rätsel bestand darin, wie sie wohl nach Ladenschluss in das Geschäft gelangt waren. Am meisten Angst bereitete die Frage, ob dieser Überfall ein Einzelfall bleiben würde …

Peter bezahlte den Händler von Pfaffing bar mit unterschiedlichen gebrauchten Scheinen. Beide Fahrzeuge statteten sie in den nächsten Tagen mit kostspieligen Musikanlagen und einigen anderen nötigen Gebrauchsgegenständen aus. Mathes empfand sehr viel Stolz für seinen neuen Besitz. Jegliche inneren und äußeren Mauern der Gefangenschaft ließen über sich hinwegtäuschen, wenn ihn das Gefühl der Freiheit berührte – und noch etwas anderes: die Macht von Unverwundbarkeit, welch unerklärlicher Empfindungszustand!

Ihre schließlich ausgeführte Tat plagte nicht im Geringsten sein Gewissen. Irgendwie erloschen die realen Erinnerungen an jenen Abend wie von selbst, zurück blieb das erhebende Machtgefühl. Es zählte allein die Atemluft, die er nun vielfach leichter und frischer einzuatmen vermochte, als wären unsichtbare Nebelfilter zerplatzt. Die Verbrüderung mit Peter hatte außergewöhnliche Tiefe gewonnen – besiegelt durch ein gemeinsam begangenes Verbrechen. Verzweifeltes, geblendetes Heldentum …

Mathes schickte einige Tausend Mark nach Leipzig. Dies hatte er mit Walter in einer Münchner Kaschemme ausgehandelt. Das Treffen hatte unter den wachsamen und doch für jeden Nichteingeweihten unsichtbaren Augen von Mathes' Freunden stattgefunden, denn er traute seinem ehemaligen Kompagnon nicht mehr. Eine weitere Summe verschlang Susannes Schutz, der weiterhin bestehen sollte. Die Männer arbeiteten im ständigen Wechsel, italienisch zuverlässig. Es gab wohl kaum noch eine Minute, in der sich sein Mädchen allein in der Öffentlichkeit bewegte, sie merkte nichts von all dem. Die Wachsamkeit um seiner selbst willen bestand für Mathes nach wie vor. Zu Harrys schwebender Bedrohung hatte sich ein neuer Feind hinzugesellt. Die, deren Hilfe er sich nie hatte bedienen können. Uniformen, deren Späher ihnen vielleicht schon an den Fersen hafteten. Keine konkrete Angst und doch beim Anblick eines jeden Streifenwagens ein Erzittern.

Fast jede Nacht schliefen sie in den Wohnmobilen irgendwo an einem abgelegenen, frühlingshaften Platz der lieblichen Stadt. Jedes Mal, bevor sie das Apartment benutzten, beobachteten sie den Eingang und das Fenster im fünften Stockwerk einige Zeit aus einem ihrer fahrenden Asyle heraus. Sie machte ihnen nichts aus, diese Lebensweise, die stets verschleierte, ob die Jäger irgendwann Spuren zu ihrer Beute finden würden – zumindest schien es so. Mathes gewöhnte sich scheinbar an den abgründigen Grat seiner Gegenwartswanderung. Die Schritte wurden fester. Geflissentlich übersah er die alarmierenden Anzeichen seines Innersten, die vor allem in den quälenden Träumen Ausdruck suchten. Ihr Geld war bereits nach einer Woche restlos aufgebraucht.

Sie hatten versäumt, ihre Ferne, die ersehnte Freiheit zu finden. Auf magische Weise übte sein Umfeld verstärkten Druck auf Mathes aus, denn Peter lobte ihn überall mit vortrefflichen Lügen für angeblich hervorragende Leistungen als Mitarbeiter in seiner italienischen Firma. So fand der plötzliche scheinbare Reichtum schmeichelnde Bewunderung. Mathes genoss den Erfolg wie ein Süchtiger, war er auch noch so trügerisch. Er musste mehr davon haben, mehr! Wer konnte ihn und Peter überhaupt noch übertreffen? Niemand! Jeder Einzelne ließ sich „übernehmen", hatte Peter ihm lachend versichert. Ja, tatsächlich übernehmen wie ein willenloses Werkzeug, wie ein sanftgläubiges Kind. Ihre Schlauheit übertraf bewiesenermaßen alle dummdreiste Intelligenz der Polizei. Mathes begriff nicht die tiefe Verzweiflung, die aus ihm herausschrie. Schon längst hatte seine Art des Selbstmordes ihren Lauf genommen.

Sie saßen an der Theke im „Truck Stop". Ganz hinten, dort, wo niemand sie störte. Eigentlich aber interessierte sich an diesem Tag sowieso keiner der wenigen anderen Gäste für sie. Den ganzen Tag über hatte es geregnet, der Himmel war grau gewesen und dementsprechend war die Stimmung der Menschen. Ihr Gespräch verlief in flüsternder Aggressivität. Mathes' Fuß wippte gereizt auf der Quersprosse des Barhockers. Er rauchte unentwegt. Das Bier schmeckte schal, trotzdem nickte er, als der Wirt ihn fragte, ob er nochmals nachschenken solle. Die tausend Mark für die Renovierungsarbeiten der Wohnung hätten ihre geplante Fahrt über Ostern nach Kroatien leicht finanziert. Der befreundete Auftraggeber hätte sie gewiss vorgestreckt, doch schien dieser unerreichbar zu sein. „Ruf ihn noch mal an!", sagte Peter. „Hab ich dauernd probiert, es hat keinen Sinn", antwortete Mathes resigniert. „Wir müssen eine andere Möglichkeit finden", drängte Peter nach einer Weile, „Franz erwartet uns bis spätestens morgen Mittag." Es stimmte. Beide Wohnmobile hatten sie voll beladen mit verschiedenen sperrigen Gegenständen und Geräten, Dingen, die Franz Kaufmann in sein Haus zu schaffen gedachte. Vor allem aber befanden sich die Geschenke für eine Verlobungsfeier am Ostersonntag darunter. Es quälte sie der Gedanke, dass sie ihr weltmännisches Versprechen nicht einhalten konnten. Einer der Gäste traf zum dritten Mal mit seinem strahlenförmigen, gefächerten Darts-Pfeil die 60er-Marke der beleuchteten Scheibe. Der Apparat spielte eine hochjubelnde Melodie. Die anderen Spieler klatschten lauthals Beifall. „Hast du eine Idee?" Mathes blickte seinen Freund Hilfe suchend an. Peter nickte. Seine ausführenden Worte wirkten eindringlich. „Bist du verrückt?", unterbrach Mathes ihn erregt. „Da ist nichts zu holen!" „Zweitausend bestimmt", bekräftigte Peter flüsternd. „Würde mehr als genügen – und bei Weitem schneller und leichter als der Großmarkt." „Da ist nichts zu holen", hatten Mathes' erste erwidernde Worte gelautet. Nicht der grundsätzliche Gedanke, die Erwägung ließ ihn zurückschrecken, sondern allein der Umstand, dass er die mögliche Beute als gering einschätzte. Etwas Gefährliches verbreitete bereits seine Disteln in ihm – Enthemmung. Kaum jemand kann sich ihren Krallen entziehen, wenn eine waghalsige Tat ein einziges Mal bewältigt wird. Welch bedrohlicher Erfolg! Wie ein abgründiger Sog …

Kurz entschlossen, buchstäblich planlos verließen sie gegen 21 Uhr das Bierlokal. Mathes hielt sein Wohnmobil dicht hinter Peters. Nach über einer Stunde achtsamer Spazierfahrt und zwei minutenlangen, beratschlagenden Zwischenaufenthalten lenkte Peter in eine Seitenstraße. Mathes parkte direkt hinter ihm. Ein letztes Mal flüsterten sie in aufgeputschtem Zustand miteinander, dann stieg Mathes bei Peter ein. Gemeinsam fuhren sie zurück zur Hauptstraße. Mathes stieg wortlos aus. Seine Schritte und Bewegungen wirkten hastig. Einige Minuten später schlenderte Peter den Gehweg der Wasserburger Landstraße entlang. Gegenüber. Abgetrennt durch zwei Fahrspuren, einen schmalen Grasstreifen und wieder zwei Fahrspuren, war sein Wohnmobil geparkt. Mathes wartete im Schatten der Containertonnen eines Gasthauses auf das verabredete Zeichen. Ein Mann schritt wenige Meter entfernt an ihm vorüber. Er bemerkte nicht die vermummte Gestalt mit dem dunklen Pullover und den zerrissenen Jeans, die sich versteckt hielt. Mathes' Knie begannen leise zu zittern, er beachtete es nicht. Jede Faser seines Körpers war angespannt. Peter nickte auffordernd in die Dunkelheit, in der er den entschlossenen Freund wusste. Als fügte sich der Himmel entkräftet dem Geschehen, hatte es aufgehört zu regnen. Die Sterne jedoch hielt er verdeckt und auch den Mond. Ein völlig teilnahmsloser Himmel.

Mit wenigen schnellen Schritten erreichte Mathes den Gehweg. Die Schaufenster der Videothek waren hell erleuchtet. Der dürftige Einblick zwischen Kinofilmplakaten hatte Peter genügt, um zu erkennen, wenn sich keine Kunden mehr im Geschäft aufhalten würden, nur noch der Angestellte. Mathes musste schnell reagieren, verspätete, kurz vor Ladenschluss erscheinende Klub-Mitglieder durften ihn keinesfalls überraschen. Peter würde sie außerhalb irgendwie aufhalten – irgendwie. Mathes nahm die drei Stufen mit einem Schritt. Seine linke Hand stieß die verglaste Tür auf. Die rechte drehte das Metzgermesser aus seiner Armbeuge. Bevor der Verkäufer hinter der Theke eine Chance zur Abschätzung seiner Lage hatte, schrie Mathes ihn an: „Wo ist Geld? Los, los, los!“ Der Mann überragte Mathes fast um einen Kopf und er wirkte kräftig, doch der Schrecken schien ihn zu lähmen. Diesmal trug der Räuber keine verspiegelte Brille vor den Augen. Sie mochten in diesem Moment gefährlich zwischen den dunklen Sehschlitzen hervorfunkeln. Die Faust, um die sich eine hellgrüne Stoffhaut mit winzigen Gumminoppen spannte, umfasste fest den Griff der bedrohlichen Waffe. Der blanke Stahl blitzte kurzzeitig auf. Ähnlich der Zungenspitze einer angreifenden Giftschlange verlängerte das Messer den Arm des Räubers. Der paralysierte Riese deutete verängstigt auf die geöffnete Kassenschublade. „Hinlegen!" Ohne zu zögern, gehorchte er dem scharfen Befehl – demütig. Er wagte nicht den Eindruck geringster Wehrhaftigkeit zu erwecken, kreuzte die Arme ohne Aufforderung in seinem Nacken und blickte zu Boden. Eilig raffte Mathes die wenigen Geldscheine zusammen. Auch die Silbermünzen stopfte er in seine Hosentasche. Nicht länger als sechzig Sekunden hatte der Raubüberfall gedauert. Er riss die Tür auf. Die Stoffmaske hielt er bereits in der Gummihand, sie verbarg die verräterische Messerklinge. Er sprang auf den Gehsteig. Etwa zehn Meter entfernt von ihm verweilte scheinbar arglos Peter. Mathes hielt sich nicht auf. Ungeachtet des Verkehrs rannte er über die mehrspurige Fahrbahn. Die niedrige Hecke im grünen Mittelstreifen und die Leitplanke behinderten seine Flucht nicht. Scheinwerfer strahlten ihn kurzzeitig an. Der Fahrer hupte. Mathes rannte in die nächste Seitenstraße. Sein letzter Blick zurück versicherte ihm, dass ihn niemand verfolgte und dass der Freund nun ebenfalls die Fahrbahn überquert hatte, im Begriff, sein eigenes Wohnmobil zu besteigen. Mathes' Stirn glänzte voller winziger Schweißperlen. Sein Atem keuchte, aber all das registrierte er gar nicht. Hochprozentiges Adrenalin hetzte ihn beinahe eineinhalb Kilometer weit. Dann erreichte er endlich die Straße, in der er sein Wohnmobil zurückgelassen hatte. Friedvolle Stille umgab die Häuser. Von Weitem sah er Peter. Seine Scheinwerfer erloschen. Nur noch fünfzig Meter, um das sichere Ziel zu erreichen. Ein zweites Mal öffnete sich die hintere Tür. Erleichtert drückten sie sich in den Schatten der Jalousien. Die

Verkrampfung von Mathes' Händen, die sich um die klimpernden Münzen in seinen Taschen gekrallt hatten, löste sich. „Hast du es geschafft?", fragte Peter gespannt. Mathes blickte unaufhörlich durch das verdunkelte Glas der Windschutzscheibe. Er nickte und leerte seine Taschen. Peter hielt ihm eine Dose Bier hin. Noch bevor Mathes das Blechgefäß an die Lippen setzen konnte, hörten sie das bedrohliche Summen. Es wurde immer lauter. „Rouw-rouw-rouw", dröhnte der schreckliche Himmel. Mathes rührte sich nicht mehr. Verzweifelt versuchte er die epilepsieartigen Zuckungen seines überanstrengten Körpers zu kontrollieren. Erstarrt sahen sie den gleißenden Suchstrahl des Helikopters. Einem Raubvogel gleich stachen seine Augen in die Finsternis. Kurz darauf schlich ein Streifenwagen über den Asphalt ihrer Straße. Er stoppte. Zwei Polizisten leuchteten mit starken Taschenlampen in die Hecken und Gärten, ein dritter sicherte sie mit einer Schusswaffe, deren Lauf in den Himmel gerichtet war. Beide Räuber hielten den Atem an, als der Lichtstrahl für einen Moment die Armaturen ihres Wohnmobils berührte. Der Geruch kalten Schweißes vermengte sich mit dem Dunst des Bieres. Die Härchen an Mathes' Unterarm richteten sich auf. Mehrere Anwohner standen in ihren Gärten und sahen zum Himmel. So verstrichen unendlich langsam die Minuten.

Allmählich kehrte die Ruhe zurück. Endlich, nach weit über einer Stunde mussten sie das unerträgliche Rotorengeräusch auch aus der Ferne nicht mehr ertragen. Mathes' Armbanduhr zeigte Mitternacht an. Sie hatten die psychische Folter, als Gejagte im Netz einer Ringfahndung verharren zu müssen, überstanden. „Lass uns noch etwas warten!", bat er Peter und berührte dessen Arm. Erleichtert tranken sie ihr Bier und zählten die Beute. Jämmerliche sechshundertvierzig Mark und fünfzig Pfennig – genug für ihre geplante Reise. Was für ein Wahnsinn! Mathes fühlte sich erschöpft und war doch noch immer vom Adrenalin berauscht. Erleichtert, gleichzeitig aber voller Enttäuschung. Glücklich und trotzdem eingehüllt in einen Mantel von Tränen. Irgendetwas hatte diese Nacht ihm genommen, etwas Wertvolles hatte sie ihm geraubt – er spürte das, doch zu erklären vermochte er es nicht.

Gegen ein Uhr am frühen Morgen des Karfreitags fuhren zwei Wohnmobile gemächlich durch die schlafende Siedlung von Haar, in der Mathes viele Jahre seiner Kindheit verbracht hatte. Sie nahmen die alte Straße ohne Namen. An der St.-Konrad-Kirche, dort wo er die Kommunion gefeiert hatte und gefirmt worden war, dort wo noch immer der alte Bäckerladen stand und die Blumen die Straßeninsel verzierten, kreuzte ein letzter Streifenwagen ihren Weg. Er verdächtigte die vermeintlichen Urlauber nicht im Mindesten für irgendetwas. Einen Moment lang verfluchte der Fahrer sogar seinen eigenen, viel zu schlecht bezahlten Job. Der Kollege neben ihm hegte ähnliche Gedanken, aber sie sprachen nicht darüber.

Zwei Tage später feierten Mathes und Peter in Pula unbekümmert die Verlobung von Franz Kaufmanns junger Putzfrau mit einem der Gäste seiner Kneipe.

Über München hing eine farblose Wolkendecke. Die meiste Zeit regnete es in dünnen Fäden. Nach ihrem Fest in Kroatien waren sie nach Triest weitergefahren. Während Mathes an einem einsamen Steg beim Fischen die herrlich warmen Sonnenstrahlen genoss, nahm Peter die Gelegenheit für einige geschäftliche Treffen wahr. Später berichtete er begeistert, dass es sich nunmehr nur um wenige Wochen handeln könnte, bis jegliche Liquiditätsprobleme ausgeräumt wären. Mathes nickte erfreut, doch diese Freude bestand nicht wirklich. Die Worte und Versprechungen berührten nur noch die Oberfläche seiner Vertrauensseligkeit. Träume ohne Nahrung verblassen nach gewisser Zeit …

Die wenigen Tage in der Sonne hatten nur für einen kurzen Moment etwas innere Hoffnung gebracht, sein trüber Alltag in München schluckte Mathes augenblicklich wieder. Zu sehr hatte ihn sein Weg bereits in die Irre geführt. Beinahe lethargisch arbeitete er vor sich hin. Seine Gedanken schweiften fortwährend in die Vergangenheit, als würde für ihn nur noch dort Sanftheit existieren. Unendliche Sehnsucht nach ihr erfasste ihn, doch gleichzeitig vermengte sie sich mit schmerzvoller Eifersucht. Weniger Wut und Aggressivität, vielmehr Traurigkeit und Verbitterung umhüllten ihn. Tiefe Verbitterung. Sich selbst betrachtete er wie in einem verfluchten Spiegel. Eine abgemagerte Person, dunkle Schatten unter den Augen. Sogar eine chronische Verkrampfung des Mundes, der einstmals so oft gelacht hatte, glaubte er zu entdecken. In diesen Tagen fühlte er die Zerstörung seines gesamten Wesens wie nie zuvor. So einsam konnte niemand sein …

Der Verdienst durch seine Arbeit beglich gerade die nötigsten Kosten. An allererster Stelle musste das Wohnmobil stehen, denn nur noch in ihm vermochte er etwas Ruhe zu finden. Jede Mark teilte er brüderlich mit Peter. Sie gehörten zusammen. Aber manchmal konnte auch das nicht darüber hinwegtäuschen, dass viele von Peters Versprechungen und auch gegenwärtige Dinge sich als schmähliche Lügen erwiesen. Spielte es noch eine Rolle? Mathes beließ es immer dabei. Ihm genügte die vermeintliche Gewissheit, schlauer zu sein, er musste nicht darüber reden – und diese Schlauheit hatte er meisterhaft erlernt. Seltsam, dass der Lügner die Lüge leichter zu durchschauen vermag als der Ehrbare. Beruhigend die Taten, die sie aneinandergeschweißt hatten? Betrachtete Mathes die nächsten Menschen um Peter, erkannte er, wie sie benutzt worden waren, verbraucht und dann liegen gelassen. Dies konnte niemals für ihn selbst zutreffen. Gemeinsame Verbrechen als Ringe einer tiefen Männerfreundschaft.

Es war der 26. April. Der Wein hatte sie in angeheiterte Stimmung versetzt. Spielerisch und völlig ungehemmt ließ sich an diesem Tag das Leben betrachten – ohne besonderen Anlass hatten sie sich gegenseitig in euphorisierte Zuversicht geredet. Absurd war der Gedanke, den verspäteten Abend ausklingen zu lassen, nur weil die Trinkvorräte zur Neige gingen. Aus der blinkenden Musikanlage erklang aufreizende Tanzmusik. Sie zündeten sich die letzten ihrer Zigaretten an und lachten ausgelassen. Süße Kraft, manisches Auf und Nieder innerhalb weniger Stunden. Während beide Wohnmobile ziellos durch die Innenstadt rauschten, mochte der Anblick manchen heimlichen Betrachter in träumerische Stimmung versetzen. Fast schien es so, als hätte das Ziel nach ihnen gesucht und nicht umgekehrt. Nach 22.30 Uhr parkten sie schließlich wieder in einer Seitenstraße. Die Kreilerstraße würde nach mehreren Kilometern ihren Namen ändern, dann hieße sie wieder Wasserburger Landstraße. Die angrenzende Innenstadt hatte eine Vielzahl größerer und kleinerer Geschäfte entstehen lassen. Hell erleuchtete Schaufenster warben für die unterschiedlichsten Produkte. Peter bewegte sich wie ein interessierter Spaziergänger einige Meter vor Mathes. Von Zeit zu Zeit verdeckten ihn für einige Sekunden die Betonpfeiler der Überdachungen. Dann vermochte man Mathes nicht mehr zu sehen, als hätten ihn die Gemäuer verschluckt. Während er die dunkelblaue Stoffmaske überzog, schmiegte er sich an die kalte Steinsäule. Nervös schloss sich seine Hand zur Faust. Er konnte den Gummi fühlen, der die Poren zwischen der Baumwolle verschloss. Hin und wieder wischte ein Wagen über den regennassen Straßenbelag. Der Asphalt glänzte. In einiger Entfernung flanierte Arm in Arm ein Liebespaar. An der Ampel blieben die beiden stehen und warteten auf die Gelegenheit, die Straße zu überqueren. Mathes rollte die Maske über das Gesicht wie eine Mütze. Noch einmal vergewisserte er sich, dass niemand sie heimlich beobachtete. Der grüne Handschuh drückte den Stoff tiefer in seine Augenhöhlen, durch ihn hindurch fühlten sich die Wangen erstarrt und hart an. Dann nickte Peter zweimal kurz. Der zweite Handschuh fasste entschlossen in die Fingerwölbungen des Messergriffes. Mathes beachtete Peter nicht mehr, trotzdem registrierten seine Augen, dass dieser blendend arglos in eines der Schaufenster blickte. Er bewachte die Eingangstür. Niemandem würde es in den nächsten Sekunden gelingen, die Videothek zu betreten, Peter würde es verhindern – egal wie! Eigentlich hatten sie dieses „Egal-wie" nie konkret erörtert. Für Mathes war es nicht von Bedeutung. Dieses Gefühl von Unverwundbarkeit, von psychopathischer Macht war zurückgekehrt. Währenddessen konnte er

Peter vollkommen vertrauen – zweifellos! Wer sollte diese Tat verhindern? Wer konnte Einhalt fordern?

Eine Klingel ertönte, als er kraftvoll die Tür aufstieß. Das Scharniergelenk dämpfte ihren Rückschlag. Selbsttätig würde es sie wieder schließen. Die Verkaufstheke befand sich auf der rechten Seite. Mathes benötigte nur Sekundenbruchteile, um sich zu orientieren. Der junge Mann dahinter riss erschrocken die Augen auf. Gerade war er dabei, die Einnahmen zu zählen. „Los, hinlegen!“, erklang wieder der erhabene Befehl. Der Ausdruck des eindringlichen Vermummten mit der reflektierenden Klinge in seiner Froschhand musste äußerst bedrohlich wirken. Mathes selbst fehlte hierfür längst jegliches Einschätzungsvermögen. Sofort streckte der Mann sich flach auf dem Boden aus, presste sein Gesicht nach unten. Verängstigt versuchte er den Räuber in keiner Weise zu reizen. Er sagte kein einziges Wort. Mathes gewährte sich nicht den Luxus eines bewertenden Gedankens, trotzdem würde dieser Moment zutiefst in seinem Unterbewusstsein bestehen bleiben. Das konnte er nicht wissen! Welche Angst, welches Entsetzen hatte der Junge in den entsetzlichen Sekunden mit der Maske in seinem Rücken gefühlt? Wehrlos. Wie unermesslich demütigend musste es sein, sich mit geschlossenen Augen der Ungewissheit einer Lebensbedrohung hinzugeben! Irgendwann sollten Mathes derartige Nachempfindungen qualvoll einholen. Es würde kein Entrinnen geben. Karma, wie er es schmerzvoll erleiden müsste …

Hastig griff er nach den Scheinen und den Silbermünzen, die fein säuberlich in der Kasse aufgereiht lagen. Er stopfte alles in seine Taschen. Diesmal schnitt er die Telefonschnur durch. Dann schob er das Messer unter seinen Gürtel und den Pullover darüber. „Liegen bleiben!“, schrie er heiser, bevor er die Tür wieder öffnete. Die Stoffhaube hielt er bereits zusammengeknüllt in der Hand. Kaum sechzig Sekunden hatte er für den Überfall benötigt, fast exakt wie in der ersten Videothek. Mit großen Schritten eilte er den Gehweg entlang. Seine Beine drängten ihn loszurennen, doch er bezwang sich. Peter folgte dicht hinter ihm. Vier Sekunden, sechs, acht – dann bogen sie in ihre Seitenstraße ein.

Kein Geschrei, keine Alarmsirenen erschallten. Jeden Augenblick musste sich das ändern. Schwer atmend bestieg Mathes sein Wohnmobil und startete sofort den Motor. Voller Harmlosigkeit bog er in die Hauptstraße ein. Noch immer Zeit gewährende Stille. Erleichtert bemerkte er im Rückspiegel Peters näher kommende Lichtkegel. Mit leicht überhöhter Geschwindigkeit verschlangen sie gierig die Kilometer. Weiter und weiter zog sich die gerade Strecke, ohne dass etwas geschah. Unzählige Gebäudefassaden. Einen kurzen Moment hafteten Mathes' Augen auf der Videothek, die sie dreizehn Tage zuvor überfallen hatten. Endlich wurden die Häuser weniger und schließlich verloren sie sich gänzlich. Nur noch die Baumstämme finsteren Nadelwaldes begleiteten ihre Flucht. Der Radiosender unterbrach aus aktuellem Anlass sein Programm:

„Heute Abend wurde gegen 22.45 Uhr eine Videothek in der Kreilerstraße überfallen. Der maskierte Räuber trug dunkle Kleidung und war mit einem Messer bewaffnet. Mögliche Zeugen mögen sich bitte bei der nächsten Polizeiwache melden. Es wurde eine Großfahndung eingeleitet.“

Hysterisch lachte Mathes los. Er schob eine CD in das Abspielgerät und drehte die Lautstärke bis an den Anschlag auf. Er fühlte sich gut. Erst in Zorneding entschloss er sich anzuhalten. Bei der 24-Stunden-Tankstelle kauften sie Zigaretten und Bier. Sie ließen sich Zeit und zählten ihre Beute. Ganze dreihundertundvierzig Mark hatten sie geraubt. „Besser als nichts“, grinste Peter. „Mensch, du warst wirklich spitze! Ich habe diesmal alles beobachten können.“ – „Hast du die Durchsage im Radio gehört?“, fragte Mathes. – „Ja“, spöttelte Peter, „sollen sie ruhig die ganze Nacht weiter großfahnden – uns kriegen die nie!“ – „Wohnmobilfahrer begehen ja normalerweise auch keine Überfälle“, lachte Mathes überlegen. Sie lachten beide, erlöst und voller Einigkeit. „Scheiße, viel ist es ja gerade nicht, Peter.“ – „Junge, das haben wir bald bestimmt nicht mehr nötig“, er ließ eine kurze Pause, bis er beinahe erregt fortfuhr, „der Kick aber wird es immer wert sein!" – „Spinnst du? Der Nervenstress ist mir bei Weitem zu groß", lehnte Mathes ernüchtert ab, während sein Lachen allmählich erstarrte.

Ihre Fahrt ging weiter, doch dieser Satz verfolgte Mathes. Zum ersten Mal fühlte er Angst. Angst vor Peter. Mit einem Mal begann er das Ausmaß seiner Abhängigkeit von ihm zu begreifen, von dem Mann, der nie wirklich zu fassen war. Nicht mehr spielerisch ersehnter Wahnsinn der Lichter, Spiralen und Träume bestand um Mathes herum, sondern der bittere Ernst gefährlicher Unberechenbarkeit. Für einen Moment beschlich ihn sogar die Erwägung, wozu Peter bereit wäre, wenn er nicht mehr mitmachen wollte. Ohne einen Mittäter, einen Zeugen würden sie Peter niemals überführen können, niemals, da war Mathes völlig sicher. Er kannte den älteren Freund wie kein anderer. Und wenn sie ihn bei einem Alleingang doch irgendwann erwischten – in flagranti durch einen blöden Zufall – würde er ihn verschonen? Bestand ihre verschworene Einheit wirklich grenzenlos, oder durfte er ihm nicht länger vertrauen in Italien, wo Mathes niemand kannte oder vermissen würde? Wie einfach und schnell wäre ein Keulenschlag in einer der vielen Nächte, die sie allein miteinander in einem ihrer Wohnmobile verbrachten! Von einem Kick hatte Peter gesprochen – Mathes' Machtgefühl hatte sich immer auf den Moment reduziert. Er machte sich seine eigenen Gesetze, trotzdem hatte er das alles als nötige, qualvolle Arbeit empfunden, nicht als Lust. Jeder einzelne Überfall hatte ihn an die Grenzen seiner Belastbarkeit gebracht, selbst wenn die Erfolge ihn zunehmend einzusaugen drohten. Er wusste, dass er es wieder tun würde, wenn es keinen Ausweg mehr gab, aber Kick und Lust? Ihm wurde übel. „Ach was", versuchte er sich selbst zu beruhigen, „es ist vorbei. Italien, Sonne, Freiheit – das ist die Zukunft!" Und er würde vorsichtig sein. Sobald sie mit ihrer beruflichen Tätigkeit finanziell erfolgreich wären, müssten die Wellen ihrer beider Leben sich glätten, und da wären nur noch ihre gemeinsamen Erinnerungen an ihre Einsätze – konsequente Klimmzüge aus dem Fäkaliensumpf.

Sie verbrachten den Rest der Nacht in einer Tullinger Diskothek. Ihr Erscheinen hatte dort betörende Auswirkungen, obwohl es sich nicht erklären ließ, warum das so war. Vielleicht besteht das Wunder körpereigener Morphine und Endorphine darin, dass sie fessellos sind, wie eine leuchtende Wolke um den Menschen. Wahrscheinlich existieren unsichtbare Synapsen, sanfte Brücken zwischen den Menschen. Sie tanzten und lachten und irgendwie kam es, dass Mathes am frühen Morgen auf der Tanzfläche einen erotischen Männerstrip vollführte. Tatsächlich schoben ihm die anheizenden weiblichen Zuschauer Geldscheine in den Slip. Zwei von ihnen zogen später mit Mathes und Peter weiter. Zu viert feierten sie in Peters Wohnmobil eine hemmungslose Party, bis es hell wurde, und dann entschlossen sie sich spontan zu einem Frühstück am Gardasee …

Endlich zeigte sich der Himmel gnädig und schickte erste sommerlich warme Sonnenstrahlen. Wie Nadeln trafen sie in Mathes' Herz. Ohne es sich einzugestehen, hatte er endgültig aufgegeben. Er war zermürbt von seinen mühseligen Arbeitstätigkeiten, deren Ertrag sich kaum mehr auswirkte als kleine Wasserwirbel in einem reißenden Strom. Stille lähmende Verzweiflung herrschte in seinem Leben. An den Tagen suchte er die Einsamkeit, die Gedanken jedoch sogen ihn immer wieder in denselben dunklen Trichter. Seltsamerweise trieb es ihn beinahe magisch zurück zu den Orten seiner Kindheit, seiner Erinnerungen – seiner Liebe. Als drängte etwas in ihm Abschied zu nehmen. Die Abende verbrachte er mit Peter, der irgendwoher etwas Geld aufgetrieben hatte. Aggression beherrschte manchmal ihre Gespräche. Mathes verhehlte kaum noch sein Misstrauen und auch die Wut über den Freund. Er fühlte sich betrogen. Viele Monate der Versprechungen und Beteuerungen hatten Hoffnungen genährt, aber noch immer deutete nichts auf ihren Neuanfang in Italien hin. Mathes musste sich seine eigene Tatenlosigkeit über all die Zeit eingestehen. An schillernde Seifenblasen hatte er sich geklammert, die nun nach und nach zu platzen drohten. Wie lange hatte er sich selbst gezwungen, Peters Worten Glauben zu schenken! Die Träume waren so angenehm gewesen, so schön. Dieser verkrampfte Wille, an ein bisschen Glück zu glauben, hatte die Wahrheit verdunkelt und auch die Lüge. Wie viel Zeit hatte ihn das alles gekostet! Wertvolle – unwiederbringliche Zeit. Zu spät. Starke Mauern begrenzten längst den Weg, den sie miteinander eingeschlagen hatten. Es gab keine Möglichkeit mehr ihn zu verlassen – keine Umkehr. Mathes hoffte auf das winzige Licht am Ende des Tunnels. Freiheit oder Täuschung?

Es bedurfte nicht eines kurzen Augenblickes der Erwägung oder Begründung. Keiner von beiden verlangte von dem anderen überzeugt oder gar gedrängt zu werden. Gemeinsam fassten sie ihren Entschluss. Noch einmal mussten sie einen Coup landen, wie es ihr erster Überfall gewesen war. Ein letztes Mal. Mit diesem unumstößlichen Entschluss geschah etwas, was sie sich nicht eingestanden – eine entscheidende Veränderung, ein Riesenschritt hinein in den finsteren Tunnel. Sie hatten ihre anfängliche Spontaneität der Verzweiflung gegen planvolles Denken und Ausführen eingetauscht. Die irrsinnigen Überfälle auf die zwei Videotheken hatten ihre Selbstherrlichkeit noch um ein Vielfaches verstärkt. Verbrechen begehen und Verbrecher sein bedeutet nicht dasselbe. Die Motive unterscheiden sich manchmal nicht, doch entscheidend sind der Bewusstseinszustand des Täters sowie aktives Planen und Handeln. Das erschütternde Verhältnis vom Tun und Sein – logarithmisch die Kurve – entsprechend dem Totschläger zum Mörder. Der Totschläger unterliegt vielleicht der eigenen Passivität des Affekts, der Mörder jedoch erhebt sich grausam über Mensch und Gott. Ein schwarzer Richter über Leben und Tod.

Drei volle Tage fuhren sie mit Peters Wohnmobil durch die Münchner Innenstadt, die Vororte, bis in das oberbayerische Hinterland und hielten Ausschau. Gut ein Dutzend Mal parkten sie bei irgendwelchen Großmärkten, vor Möbelhäusern oder Einkaufszentren. Ihre Freundlichkeit mochte mancher Verkäuferin in Erinnerung geblieben sein, nicht aber ihre professionalisierte Inaugenscheinnahme der verschiedenen Objekte. Sie registrierten die Überwachungskameras und deren Blickfeld, Fluchtmöglichkeiten und Notausgänge gleichermaßen wie ihre Chancen auf eine große Beute. Beinahe in jedem Geschäft schlich sich einer von ihnen in die Personalräume, Garderoben oder Büros und sie blieben immer unentdeckt. Ihre Selbstsicherheit gewann zunehmend an Überheblichkeit und die Skrupel schwanden. Vor allem einem geeigneten Versteck galt ihre Suche und der Gewissheit, nach Ladenschluss Zugang zu den Abrechnungsbüros zu haben.

Ein Nahrungsmittelgroßhandel in Wasserburg schied aus, da sie die mögliche Beute als zu gering einschätzten. Der Baustoffgroßhandel in Rosenheim schien vielversprechend zu sein, aber das Straßensystem würde bei einer Ringfahndung zu einer gefährlichen Falle werden. Das Möbelhaus bei Wolfratshausen wirkte zu unübersichtlich und das Sicherheitssystem ließ eine Direktschaltung zur Polizei vermuten. Zudem, bemerkte Peter grinsend, bezahlten die Leute heutzutage leider zu gerne mit Schecks. Nur einige Hundert Meter entfernt von diesem Geschäft entschlossen sie sich an jenem Nachmittag des 02. Mai 1995, einem sommerlichen Dienstag, einen letzten Überfall zu starten.

Auf dem weiträumigen Parkplatz des Baumarktes standen mehrere Fahrzeuge. Als Mathes und Peter ausstiegen, bellte ein Hund. Der Kunde, dem er gehörte, beruhigte ihn und er lud mehrere Werkzeuge und eine Kreissäge in seinen Kombi ein. Nur drei Kassen grenzten die Regale und Stellagen vom Ausgang ab, an jeder warteten ein paar Zahlungswillige auf ihre Abfertigung. Vergleichsweise klein wirkte diese Filiale für Werkzeuge und Handwerksmaterial, doch das umfangreiche Warensortiment stand ihren größeren Schwestern in nichts nach. Mathes schlenderte allein durch die Gänge. Scheinbar interessiert betrachtete er die Holztüren, die zum Verkauf in beweglichen Aluminiumscharnieren hingen. Niemand ahnte, dass er die Möglichkeiten für ein Versteck in Erwägung zog. Peter stand gerade vor den Tapetenrollen, unauffällig konnte er von dort die Deckenleisten überblicken, um sie nach Videokameras abzusuchen. Zufrieden nickte er. „Schöne Muster, was?" – „Bitte was?", fragte er, aus seinen Gedanken herausgerissen, und drehte sich in die Richtung, aus der ihn die Stimme angesprochen hatte. „Schöne Muster, nicht wahr?" Ein junger Verkäufer blickte ihn erwartungsvoll an. Als Peter nicht sofort reagierte, deutete er an die Wand mit den Gestängen: „Die Tapeten." – „Ja", lächelte Peter, „sehr schön."

Mathes ließ seinen Blick noch einmal durch die Gänge schweifen, dann drückte er entschlossen die Klinke der Feuerschutztür hinunter und im nächsten Moment war er verschwunden. Hätte ihn in den unbekannten Räumlichkeiten plötzlich jemand überrascht, wäre er dummdreist auf der Suche nach den Toiletten gewesen, aber der halb dunkle Flur wirkte verlassen. Am linken hinteren Ende befand sich eine Eisentür mit vergitterten Sichtfenstern. Sie führte wohl zu den Parkplätzen, er müsste das überprüfen. Vorsichtig bewegte er sich an der Wand zu seiner Rechten weiter. Nach wenigen Schritten fiel sie steil hinab und zwischen den armdicken Stäben des parallelen Holzgeländers hindurch konnte Mathes die gefliesten Treppenstufen erkennen. Vor den unteren Absätzen grenzte die gegenüberliegende Wand des kaum zweieinhalb Meter breiten Flurs an eine integrierte Fensterfront bis unter die abgehängte Decke, dann folgten eine ebenso durchsichtige Zimmertür und erneut Fensterglas. Im Büro befanden sich zwei riesige Schreibtische, die man in der Mitte zusammengeschoben hatte. Dürre Metallgestelle, die den Gliedmaßen eines Insekts glichen, stemmten zwei Telefonapparate in die Höhe. Die Tische wirkten überladen. Das Licht, das von außen durch die Fenster drang, genügte trotz der späten Tageszeit noch immer zu irgendwelchen Schreibtätigkeiten. Mathes konnte durch die Fenster nach draußen sehen. Das etwas entlegene nächste Grundstück versteckte sich hinter Bäumen und dichtem Gebüsch. Der unbesetzte, schwarze Ledersessel rechts mit seinen breiten Armlehnen erinnerte an ein fettes, protzendes Nilpferd. Seinen nicht erheblichen kleineren Bruder an dem gegenüberliegenden Schreibtischende bemerkte Mathes nicht, denn ihn verdeckte der Körper einer Frau. Durch die Glasscheibe getrennt, saß sie kaum vier Meter von der Türe entfernt. Fast ein wenig müde bearbeitete sie die Tastatur eines Computers. Dunkles, mittellanges Haar hatte sie – sie trug es offen und sie mochte zwischen dreißig und vierzig Jahre alt sein …

Das alles registrierte Mathes innerhalb weniger Sekunden, und die Eindrücke zu sortieren würde ihm erst später gelingen. Als wäre dies nämlich sein täglicher, redlicher Weg, so war er selbstsicher an den Scheiben vorbeigeschritten, hatte eine Hand auf das Geländer gelegt, sich um hundertachtzig Grad gewendet und war die Treppen hinaufgestiegen. Immer wieder zwei Stufen auf einmal. Die Sekretärin bemerkte ihn nicht. Wieder ein Flur, dieser allerdings bei Weitem mehr von Tageslicht durchflutet als der untere. Vielleicht befanden sich dort, wo im Erdgeschoss die Ausgangstür gewesen war, mehrere Fenster. Selbstständig selektierte sein Unterbewusstsein unwichtige Dinge aus seinem Blickfeld. Ähnlich dem Tunnelblick eines Rennfahrers bewirkte jene seltsame Mischung von höchster Erregung und kaltblütiger Ruhe in ihm nur noch eine stark verengte und dementsprechend fokussierte Wahrnehmungsfähigkeit.

Eine Tür stand weit offen. Schmale, orangefarbene Stahlspinde drängten sich wie verängstigte Soldaten dicht aneinander. Vereinzelt hingen Schlösser davor. Ein paar Holzpantoffeln. Eckige Putzmittelkanister und mehrere leere Eimer. Es roch wie damals an den Nachmittagen in der Schule, wenn sich nur noch die Putzfrauen mit ihren surrenden Bürstenpanzern in dem Gebäude befunden hatten. Ein süßlicher Cocktail von Desinfektionsmitteln, aufgewirbeltem Staub und den Dämpfen aus den verschmutzten Teppichböden in den Klassenzimmern hatte immer wie eine giftige Schwüle über den Gängen gehangen. Von dem Umkleideraum führte eine nächste Tür zu den weiß gekachelten Toilettenräumen, die man nochmals abgetrennt hatte nach den Bedürfnissen männlicher und weiblicher Benutzer.

Mathes hatte genug gesehen, alles schien ideal zu sein. Die einbruchsicheren Gitter an den Fenstern beunruhigten ihn nicht. Ihr Fluchtweg würde durch die untere Tür führen oder durch den Hauptausgang, so wie damals in dem Edekamarkt. Auch während seines Rückzuges behinderte ihn niemand. Von weit her vernahm er das Geräusch einer zuschlagenden Autotür und Hundegebell. Im Nachhinein würde er nicht einmal sagen können, ob er ein Zittern in seinem Körper gespürt hatte, einen erhöhten Pulsschlag oder irgendeine innere Erregung. Er fühlte tiefste Entschlossenheit und eine besondere Art der Konzentrationsfähigkeit, wie sie am ehesten noch ein Freistoßschütze kannte, der sich schon vor seinem Schuss des Treffers sicher wähnte. Jegliche fremden Gedanken oder Empfindungen erloschen in solchen Momenten, selbst natürliche Körperreaktionen wie Schmerz oder Berauschung. Selbst die verschiedenen Mäuler in ihm hatten ausgeschalten. Ohne Zweifel bedeutete wirkliche Konzentration, sich in die Tore hypnotischer Gegenwart hineinzubegeben. Die Richtung des Schusses lenkte nicht ein berechnender Gedanke. Höhere, instinktive Sinne bemächtigten sich behutsam aller Nervenstränge. Diese Sinne ließen sich niemals täuschen, allenfalls überhören – eine Frage der Konzentration. Ohne ihre glückselige Lenkung bedeutete Konzentration die größte Gefahr für den Menschen. Sie beschützte ihn während seiner Reisen in relative Ebenen, wie beispielweise die Hypnose eine ist. Denn dem Hypnotiseur stellte sie unüberwindliche Grenzen entgegen, vielleicht auch dem Selbsthypnotiseur …

Als Mathes wieder die untersten Treppenabsätze erreichte, blickte die Sekretärin einen kurzen Moment durch die Scheiben zu ihm herüber. Er spürte es, aber sah sie selbst nicht an. Mit der Selbstsicherheit eines Berechtigten, eines Mitarbeiters, der sich in Eile befand, schritt er den Flur entlang bis zur Feuerschutztür. Gerade dreißig Minuten waren bei seinem bedeutungsschweren Einsatz verstrichen.

Peter stand nur unweit entfernt bei den Malereiartikeln und Pinseln. Eindeutig hatte er Mathes' kleinen Ausflug registriert. Er wirkte nervös. „Wir treffen uns beim Auto“, flüsterte ihm Mathes zu, während er eine Tube mit Sekundenkleber aus dem

Regal nahm und dann erleichtert lächelnd, fast wie ein zufriedengestellter, fröhlicher Kunde die Kassen aufsuchte. Die junge Kassiererin lächelte auch.

Er musste nicht lange auf Peter warten. „Hat dich jemand gesehen da drin?", fragte dieser grinsend. – „Niemand, gut, dass es schon so spät war – meinst du nicht?", antwortete Mathes euphorisch. Er fühlte fast ein bisschen Bewunderung von seinem älteren Freund – es tat ihm gut. – „Natürlich. Hast du eine Ahnung, was die umsetzen?" Er beantwortete sich die Frage selbst: „Bestimmt nicht weniger als der Großmarkt." – „Bestimmt nicht." – „Kann man sich da hinten verstecken? Erzähl schon!" – „Besser, als ich es gehofft hatte … in den Toiletten im Obergeschoss – vorausgesetzt, uns erwischt keiner, bis wir oben sind." Erregt berichtete er in allen Einzelheiten von seinem wagemutigen Erkundungsausflug.

Sie befanden sich bereits auf der Wolfratshauserstraße Richtung München. Die leuchtend rote Abendsonne strahlte ihnen erhebend entgegen. Peter hörte Mathes gespannt zu. Als dieser seine Ausführungen beendet hatte, nickte Peter zufrieden: „Also, wie sich das anhört, fahren wir da morgen noch mal vorbei, wieder so um die Uhrzeit. Was meinst du?" – „Seh es genauso", lachte Mathes, „und dann haben wir die Scheiße endgültig hinter uns!" – „Morgen ist Mittwoch, am Samstag sind wir in Italien, Junge!" Mathes lächelte wie ein glückliches Kind, es würde doch noch alles gut werden. Er hatte Peter mit seinen Zweifeln und seinem Misstrauen unrecht getan, das tat ihm nun leid. Eigentlich wollte er in fünfzehn Jahren nicht anders sein als er. Wie viel Kunst und Spiel lag doch in dem Leben – ein einziges wunderbares Abenteuer! Als ahnte Peter Mathes' Gedanken, räumte er den letzten kleinen Zweifel aus: „Wenn uns jemand aufhält, sagen wir einfach, wir hätten die Schreinerei gesucht, und brechen das Ganze ab. Dann suchen wir uns eben etwas anderes." Sie lachten beide. „Übrigens habe ich heute früh mit den Italienern gesprochen", fügte Peter fast beiläufig hinzu, „es sind tatsächlich drei Glatzen bei Susannes Wohnung herumgestreunt, aber die kommen nicht wieder." Erschrocken starrte ihn Mathes an. Peter lachte belustigt: „Eine kurze italienische Ansprache hat wohl genügt, dass die den Schwanz eingezogen haben und mit schönen Grüßen nach Hause gefahren sind.“ Mathes atmete erleichtert auf. „Meinst du wirklich, die kommen nicht wieder?“ – „Bis Ende nächster Woche hat sie noch ihre Leibwächter – sicherheitshalber, aber ich habe keine Zweifel, dass Harry nicht so dumm ist, sich wegen ein paar Tausendern mit der italienischen Mafia anzulegen. Du kannst die Sache als abgeschlossen betrachten, schon zweimal, da ja ihr Möchtegernpopeye sie selbst beschützen wollte.“ – „Der Arsch interessiert mich nicht!“, brauste Mathes aggressiv auf. Peter spürte sofort, dass er etwas zu weit gegangen war, und schloss beschwichtigend: „Du musst dir bestimmt keine Sorgen mehr um sie machen. Schau, wieder eine weniger, bald gibt es gar keine mehr – auf uns warten das Meer, die Sonne und die schönsten Mädchen der Welt …“ Mathes schwelgte in den Worten seines Bruders wie in den herrlichsten Träumen. Nur noch vierundzwanzig Stunden trennten sie vielleicht von ihrer Sehnsucht. Was bedeuteten schon fünfzehn Minuten hinter einer Maske, was bedeutete schon der Schmerz, wenn man in Augen sah, aus denen die Angst des Ungewissen strahlte, und was zählte die eigene innere Erschütterung, die sich nicht gänzlich bewältigen ließe – für ein Leben ohne Fesseln, für die Berührung aller Sehnsüchte? Mathes blickte noch einmal in die Abendsonne, bevor sie hinter den Häusern verschwand und einen sanft violetten Schleier über die Dächer zog. Wie von einer Geliebten nahm er Abschied …

Sie aßen und tranken im Truck Stop, es gab nichts mehr zu besprechen – alles für den nächsten Tag war klar. Nach zehn Uhr fuhr Peter ihn zu ihrem Apartment, er selbst wollte die Nacht bei einem der Mädchen verbringen, die sie in der Tullinger Diskothek kennengelernt hatten.

Leise vor sich hin pfeifend wartete Mathes auf den winzigen Fahrstuhl. Als er seine Haustür aufschloss, wäre ihm fast das Sixpack Bier aus den Fingern gerutscht, doch das beeinträchtigte nicht seine gute Stimmung. Er knipste nur das Licht über dem

Küchenherd an und ließ sich dann Zeit bei seiner Auswahl einer Musik-CD. Es roch nach kaltem Rauch in dem kleinen Zimmer und ein bisschen faulig. Die Spüle quoll von schmutzigem Geschirr über. Während Mathes gebannt in die wachsenden Schaumkronen starrte, die sich in dem dampfenden Wasser um die Teller türmten, dachte er an Susanne. In den Momenten seiner Einsamkeit fehlte sie ihm besonders. Plötzlich drang irgendein Geräusch störend in seine versunkenen Gedanken ein. Und wieder. Er erschrak heftig. „Wer um Himmels willen ist das?", flüsterten seine Lippen. Sofort war alle Farbe aus seinem Gesicht gewichen. Es klingelte zum dritten Mal – diesmal noch eindringlicher. Der Zeiger seiner Uhr stand auf Viertel vor elf. Seine Finger zitterten, als er den Schlüssel herumdrehte, und es kostete ihn erhebliche Anstrengung, die Klinke hinunterzudrücken. Er sah in die ernsten, jedoch nicht unfreundlichen Gesichter zweier Männer. „Guten Abend, Polizei", sagte der eine und gleichzeitig hielten sie ihm zwei Ausweise unter die Nase – fast wären seine Knie eingeknickt und augenblicklich bildeten sich winzige Schweißperlen auf seiner Stirn. „Entschuldigen Sie die späte Störung, aber wir haben schon öfter versucht Sie anzutreffen!" Es klang wie ein Vorwurf. Aus, alles aus!

„Seit vorgestern sind in diesem Haus mehrere Einbrüche verübt worden …" Sie mussten seine Angst spüren, der Kloß in seinem Hals würde ihn beim ersten Wort verraten. „An allen betreffenden Wohnungen haben wir Kennzeichnungen feststellen können, so auch an Ihrer – sehen Sie!" Er deutete auf drei kaum erkennbare rote Kreuze über dem Türstock. Mathes' Nerven entspannten sich ein wenig. „Ist bei Ihnen ebenfalls eingebrochen worden?" – „Ich bin gerade erst nach Hause gekommen", entschuldigte sich Mathes, „nein." – „Wie es aussieht, handelt es sich um eine Personengruppe, die gezielt Wohnungen ausspäht, deren Mieter tagsüber in der Arbeit sind." Mathes musste ziemlich dämlich dreinschauen. „Ist Ihnen vielleicht irgendetwas aufgefallen, was uns weiterhelfen könnte?" – „Nein, nichts." Es beruhigte ihn, dass seine Stimme einigermaßen funktionierte. – „Dann bitten wir Sie die späte Störung zu entschuldigen, gute

Nacht!" – „Gute Nacht!" – „Ach ja", begann der zivile Beamte von Neuem, während er sich nochmals umwandte, „ich rate Ihnen die Kreuzchen zu entfernen und Sie sollten sich einen Sicherheitszylinder einbauen lassen." – „Ja, sollte ich", nickte Mathes, „vielen Dank! Wiederschaun!" Als er die Tür wieder geschlossen hatte, sackte er zu Boden. Erst jetzt bemerkte er, wie heftig sein Herz pochte. Fahrig nestelte er eine Zigarette aus der zerbeulten Schachtel in seiner Hosentasche und zündete sie an. Gierig zog er an ihr, bis die Hitze den Filter erwärmte. „Verdammt, das war knapp!" Das Spülwasser hatte sich abgekühlt und Grönemeyer raunte nur noch leise: „Ich finde keinen Parkplatz und komm zu spät zu dir, mein Schatz …" Mathes traute sich nicht mehr die Anlage lauter zu stellen. Nach seinem Abwasch legte er sich erschöpft auf die Schlafcouch und die Beine auf den Tisch. Er trank das Bier und seine Gedanken versanken in der Musik. Die geleerten Flaschen fielen einfach auf den Teppichboden, jede wählte selbst ihre Himmelsrichtung für die Nacht. Irgendwann döste er ein, aber festen Schlaf fand er nicht. Wirre Melodien, rasende Gitarrensolos und monotone Paukenschläge begleiteten ihn durch seine Traumbilder. Rhythmisch führten sie die Fäuste seines Vaters. Mathes versuchte zu laufen, zu fliehen, doch bei jedem Schritt sanken seine Füße tiefer in den morastigen Untergrund. Der Schlamm stand ihm bereits bis zur Brust. Er konnte sie alle am Ufer sehen, Susanne, ihre Eltern und Geschwister, seine eigenen Geschwister, auch alle seine Freunde und Peter und Walter Taube. Sie tuschelten aufgeregt durcheinander, aber keiner wollte ihn sehen. Niemand hörte seine verzweifelten Hilferufe. Zwischen ihnen tanzten die Kinder Ringelreihen. Wo waren Vater und Mutter? Mühsam versuchte er den Kopf zu drehen, seine Arme konnte er nicht mehr bewegen. Sie standen beide hinter ihm, nur eine Körperlänge brodelnden Moores trennte sie von ihm. Sie standen da und schauten ihn mitleidig an – sie sahen ihn nur mitleidig an. Ein heftiger Hustenanfall befreite ihn aus diesem Traum.

Bereits am frühen Morgen hielt Mathes nichts mehr in der engen Wohnung. Er hatte noch einige Dinge und Kleidungsstücke zusammengepackt, die er mit nach Italien nehmen wollte, und sich dann zu seinem Wohnmobil aufgemacht, das in einer Nebenstraße geparkt war. Er fuhr ohne Ziel herum, solche Ziellosigkeit führte ihn immer an irgendein Gewässer. Die Bäume und das Gesträuch an den Floßlenden der Isar hüllten sich schon fast gänzlich in ihren üppigen, saftig grünen Blätterrock und ein kecker Schwarm Blesshühner ärgerte zwei turtelnde Schwäne. Wie er so dasaß im feuchten Gras, über ihm die Morgensonne, stieg dieses seltsame Gefühl wieder in ihm auf. Er versuchte sich dagegen zu wehren, doch sein Wille hatte nicht die Stärke dazu, beinahe ergeben fügte er sich den inneren Strömen. Nein, keine Gedanken, Zweifel oder gar Kehrtwendungen– nur ein Gefühl. In immer engeren Abständen hatte es ihn in den vergangenen Tagen eingeholt. Melancholie und einsame Trauer – eine schwerwiegende Art des Abschieds. Mathes liefen Tränen über die Wangen, aber er bemerkte es gar nicht und es war auch niemand da, der es hätte bemerken können …

Kurz nach Mittag erschien Peter im Truck Stop und gerade schenkte die Wirtin Mathes ein drittes Weißbier ein. Die beiden Freunde wirkten ausgelassen, fast ein bisschen überdreht. Niemand ahnte etwas von ihrem schwerwiegenden Vorhaben und sie verloren auch zueinander kein einziges Wort darüber. Erst gegen vierzehn Uhr löste Peter den verborgenen Knoten. „Mathes, zahlst du? Wir haben noch einen wichtigen Termin!“, rief er über den Tresen, sodass es jeder hören musste. – „Muss noch tanken“, antwortete dieser eher der Wirtin als ihm, „wir zahlen heute Abend, okay, Gabi?“ – „Ist schon in Ordnung, bis heute Abend dann!“, nickte sie verabschiedend. – „Bis heute Abend!“

Zwanzig Minuten später hielten beide Wohnmobile bei den Zapfsäulen an der Wolfratshauserstraße. Mathes tankte, Peter beglich die Rechnung und kaufte neben zwei Päckchen Zigaretten wieder von den Schnapsfläschchen, die vor jedem ihrer Einsätze wie eine beruhigende Medizin gewirkt hatten. Allein ihr Anblick kräftigte Mathes' Nerven. Täter pflegten ihre Rituale.

Ohne besondere Eile fuhren sie über das Land. Es herrschte reger Verkehr. Unzählige blütenweiße Wattewölkchen wurden vom warmen Föhnwind über den Himmel getrieben. Es fehlte ihnen an Disziplin, um die Muttersonne einzuspinnen. Im Schritttempo schlängelten sich die zwei riesenhaften Fahrzeuge den Wolfratshausnerberg hinunter. Idyllisch lag Mathes' Geburtsstädtchen in dem Tal. Er weigerte sich irgendetwas Assoziatives zuzulassen. Rein zufällig hatten sie diesen Ort und diesen OBI ausgewählt, rein zufällig. Es hatte einfach alles gepasst, warum also sollte er sich nun plötzlich anders geartete moralische Gedanken machen, verdammt? Peter bog vor ihm nach rechts ab, als endlich die Ampel umgeschaltet hatte, und nach kaum einhundertfünfzig Metern hielt er bei den Parkplätzen einer Wohnsiedlung. Mathes parkte neben ihm und wartete, bis sein Freund die hintere Tür öffnete: „Hier bleiben wir erst mal, ist ideal – meinst du nicht?" – „Ist perfekt, aber natürlich viel zu weit von dem Laden entfernt." – „Nicht zu weit, nicht zu nah – es ist besser, wir steigen für das letzte Stück in ein Wohnmobil um. Willst du fahren?" Mathes nickte, es war ihm lieber so. „Wein?", grinste Peter auffordernd und zog eine Flasche aus seiner Einkaufstüte. „Zeit haben wir noch genügend." – „Ich hol Gläser, aber zuerst brauche ich einen Schnaps", grinste Mathes vielsagend zurück, während er ihm den Korkenzieher reichte. – „Ihr Wunsch ist mir Befehl!" Mathes reihte die Fläschchen vor sich auf. Kurz darauf stießen sie ihre Gläser gegeneinander und der CD-Player spielte UB 40: „… but I can't help falling in love with you …" Mathes mochte dieses Lied ganz besonders. Es klang traurig, es klang irgendwie einsam. Die sanfte Wirkung des Alkohols erhellte wieder die verträumten Stimmen des Südens, der verheißungsvollen Zukunft in ihnen. Der Rausch, den sie beide zunehmend spürten, hatte nicht im Mindesten seine Ursache in ihrem Trunk. Er wuchs aus ihren bebilderten Worten über fantastische Ziele. Sie schaukelten sich gegenseitig aus den nebligen Sphären der Hemmnis heraus in ein herrliches blendendes Licht. Um 16.51 Uhr verließ eines der Wohnmobile den Parkplatz. Zwei Männer saßen darin. Um 16.57 Uhr hielten sie in der Einfahrt eines Getränkemarktes, an den sich ein Trinkstüberl angliederte. Es fiel niemandem auf, dass ihre Blicke aufmerksam die Umgebung in Augenschein nahmen. Eine mannshohe, lichte Hecke trennte das Grundstück von der breiten Asphaltfläche vor dem Aldi-Markt ab. Ihm direkt gegenüber, durchschnitten von der Königsdorferstraße, ragte ein orangefarbenes Flachdachgebäude des OBI-Heimwerkermarktes in die Höhe. Die Sonnenstrahlen wurden von den oberen Fenstern reflektiert. Die Männer betraten die kleine Bierschwemme und es dauerte nur wenige Sekunden, bis ein anderer Gast den Älteren mit den schwarzen Haaren überschwänglich begrüßte. Es stellte sich heraus, dass sie vor einigen Jahren zusammen in einer Firma für Krankenhaustechnik gearbeitet hatten. Die Freude darüber war so groß, dass sie Mathes kaum noch beachteten, und er nützte die günstige Gelegenheit, um ein bisschen mit der Bedienung zu flirten. Sie brachte ihm eine Curry-Wurst und ein Helles und natürlich den Obstler, den Peters Exkollege ihnen beiden spendiert hatte. Um 17.10 Uhr erinnerte Mathes Peter an ihren wichtigen Termin. Sie verabschiedeten sich herzlich und versprachen, sich bald wieder sehen zu lassen.

Mathes musste eine Lücke in dem starken Berufsverkehr abwarten, bis er nach links einbiegen konnte, um gleich darauf erneut den Blinker zu setzen. Er parkte hinter den Altglascontainern des Aldi-Marktes, von der Straße konnte man das Wohnmobil nicht mehr sehen. Jeder wusste, dass Camper ihre eigenen Angewohnheiten hatten, und niemand fand etwas Ungewöhnliches daran. Man bemerkte nicht einmal, dass der jüngere Fahrer und sein etwas südländisch aussehender Beifahrer gar nicht einzukaufen gedachten, sondern schnurstracks die Straße überquerten.

Um exakt 17.32 Uhr betraten sie beide den OBI-Markt. Mathes hatte vor dem Geschäft vierzehn Fahrzeuge gezählt. Die Spitze des Messers unter seinem Pullover drückte bei jedem Schritt unangenehm gegen seinen Oberschenkel. Peter schritt einige Meter vor ihm – so, als würden sie nicht zusammengehören –, und betrachtete oberflächlich die Auslagen. Bei den

Tapeten hielt dieser an. Mathes strich an ihm vorbei. Der Kunde in der Mitte des Ganges links von ihm versuchte seinem halbwüchsigen Sprössling fachmännisch zu erklären, warum das Gerät Bohrhammer hieß und nicht Bohrbohrer, und beachtete sie nicht. Die Frau auf der anderen Seite schob ihren mit Farbeimern beladenen Wagen endlich weg. Mathes' Hand legte sich auf die kalte Klinke. Für einen Moment hielt er den Atem an, dann drückte er sie hinunter. Einladend leicht ließ sich die Eisentür öffnen, und durch ihren Spalt spähte Mathes in den düsteren Flur. Dieser war unverändert still wie am Tag zuvor. Er zögerte nicht mehr, sondern drängte sich augenblicklich hindurch. Peter war seinem Wink sofort gefolgt. Sie konnten sich aufeinander verlassen. Sie schlichen an der zweiten Tür vorbei bis zu dem Treppenabsatz, von dem man das Büro einsehen konnte. Wieder befand sich die Frau in dem Zimmer. Sie hätte in diesem Moment auch wegen irgendeiner dummen Kleinigkeit den Flur betreten können, stattdessen drehte sie ihnen den Rücken zu und beugte sich über den Tisch. Mathes konnte dieses Glück kaum fassen, auch wenn er es immer fest miteinrechnete. Wagnis und Glück hatten sich in seiner Vergangenheit oft die Hand gereicht.

Mit vier Schritten nahmen sie die Treppenstufen. Auch oben herrschte völlige Ruhe. Zwei Kabinen mit Toilettenschüsseln gab es für die Damen. Sie entschieden sich für die hintere und schlossen sie von innen ab. Das milchige Glas des kleinen Fensters ließ nur noch einen schmalen orangefarbenen Sonnenstrahl hindurch. „Hast du deine Maske und die Handschuhe?", fragte Mathes im Flüsterton. Peter zog sie hervor und nickte. „Und wenn nun jemand kommt?" Mathes' Antwort bedurfte etwas Zeit: „Dann müssen wir ihn festhalten, bis wir runterkönnen – verdammt, ich hab meine Brille vergessen! Verdammte Scheiße!" – „Mit der Maske geht das schon", versicherte Peter. „Du musst sie eben an den Augen enger zusammenziehen. Los, wir setzen die Dinger besser gleich auf!" Sie maskierten sich und Peter half seinem jungen Komplizen, alle Haare unter die Stoffhaube zu schieben, die ihm bis in den Nacken reichten und etwas hervordrängten. Dann zogen sie auch ihre grünen Handschuhe über und bewaffneten sich mit den Messern. „Pst, da kommt jemand …" Stimmen näherten sich. Zwei unbeschwerte weibliche Stimmen. Sie redeten über ihren bevorstehenden Feierabend und sie lachten. Aus einem Wasserhahn plätscherte das Wasser. Die beiden Männer standen in der Hocke auf dem Rand der geöffneten Klosettschüssel. Einer der grünen Handschuhe drehte behutsam den Riegel der Tür. An ihrer Außenseite wuchs der kleine rote Vollmond, der Menschen immer zurückschrecken ließ. Fast eine heilige Unberührtheit gewährte man solchen Orten, aber der rote Mond hatte in jedem Bedürftigen schon einmal die Zweifel geweckt für einen unbeobachteten raschen Blick unter den breiten Türspalt. Sah man dort nicht wie erwartet zwei Füße, ärgerte man sich, doch an der Sache änderte es nichts. Die Frauen hantierten an den orangefarbenen Spinden. Schlüsselgeklimper und das Rascheln, als sie ihre Jacken überzogen, dann wurde es still.

Mathes empfand den heißen Atem unter seiner Maske als unangenehmen Dampf. Ein grüner Handschuh wischte über die weißen Bodenfliesen, auf deren Feuchtigkeit sich ihre Fußabdrücke schattenhaft abzeichneten. Es vergingen noch einmal einige Minuten und der Sonnenstrahl an der Wand hatte sich aufgelöst. Dreimal hatte sich die untere Tür geöffnet und wieder geschlossen. Sie hatten mitgezählt. Jetzt!", entschied Mathes um 18.41 Uhr. Peter nickte stumm. Nur eine knappe Sekunde verharrten sie im Flur des oberen Stockwerks, dann hetzten sie die Treppe hinunter. Der Mann in dem breiten Sessel sah Mathes direkt in die Augen. Noch bevor er irgendeine Reaktion zeigen oder eine Warnung ausrufen konnte, stürmten die zwei vermummten Gestalten in den gläsernen Raum. Auch in dem anderen Sessel saß ein Mann. Sie zeigten kein Erschrecken. Mathes fühlte förmlich die Blicke, die gedankenschnell über ihn und die Messer in ihren Händen glitten. „Hinlegen! – Wo ist Geld?", rief er laut. Niemand reagierte. Mit einer solch destruktiven Haltung hatte Mathes nicht gerechnet. Tatsächlich stutzte er für einen Moment. Vielleicht registrierte der Ältere auf der linken Seite gleichfalls die Strahlen eines seltsamen, blitzartigen Machtkampfes zwischen ihm und dem Mann hinter der Maske. Arroganz – der Anzug und die Krawatte – fast ein spöttisches Grinsen. „Das hat doch keinen Sinn! Wir werden erwartet“, sagte er väterlich ruhig. Mathes fühlte, wie die bedrohliche Ausstrahlung des Messers in seiner Hand in sich zu zerfließen begann. Ihr bewährtes Konzept des ersten Schreckens schien gefährlich ins Wanken zu geraten. Er klammerte sich noch an seine Waffe – unsinnig, ja lächerlich wollte sie ihm plötzlich erscheinen. Diese Gedankengänge existierten nicht wirklich, all das spielte sich ungeheuer schnell in einer einzigen Empfindung ab. Den Mann auf der rechten Seite beachtete Mathes gar nicht. Ihn umgab eher ein Strahl der Angst. Aus einer Entfernung von drei Metern bedrohte ihn Peter mit dem Messer. Der andere lehnte in seinem Sessel, als würde er gemütlich eine Zigarre rauchen. Mathes trat einen Schritt näher und das kaum merkliche Zucken in den Augen des vermeintlich Unerschrockenen verriet diesen. Der Mann konnte ihn nicht täuschen. Mathes wusste, dass er seinen Kampf gewonnen hatte. „Los, los, los – wo ist Geld?“, drängte er scharf. Der Mann begriff es ebenso, er lenkte in diesem Moment seinen passiven Widerstand in eine andere Richtung: „Sie können ruhig hochdeutsch mit uns reden – die ausländischen Wortfetzen sind nicht nötig“, stichelte er, als er langsam aufstand. „Tresor aufmachen!“ Hinter der Fensterfront zum Flur befand sich ein schwerer silberner Sicherheitsschrank, den Mathes sofort nach ihrem Eindringen bemerkt hatte. Sträflicherweise stand die Tür wie in dem Edekamarkt halb offen. Der Geschäftsinhaber stellte bedächtig eine Kassette auf die Oberseite des Schrankes. „Das alles? Wo noch mehr? Los, los!“ – „In dem Briefumschlag da hinten.“ Mathes nahm ihn heraus. Der Mann stand nur eine Armlänge von ihm entfernt, er hatte Mathes’ Größe und mochte annähernd sechzig Jahre zählen. „Zurück auf Stuhl!“, befahl Mathes. „Ihr ruhig bleiben – euch nichts passieren“, hörte er Peters Stimme. Den zweiten Mann hatte er in der Zwischenzeit mit Kabelbindern, die er aus seinem Gürtel gezogen hatte, gefesselt. Um jedes der

Handgelenke spannte sich eines der hellen Kunststoffbänder und presste sie an das Gestänge der Armlehnen. Am Abend zuvor hatten sie beschlossen, diesmal solche Hilfsmittel zu verwenden, um Zeit für ihre Flucht zu gewinnen. „Hier, nimm!“, sagte Peter und reichte Mathes einige hinüber. Mathes legte sein Messer auf den Schreibtisch, er hatte all seine Stärke zurückgewonnen. Der Mann schwieg, als Mathes ihm gleichermaßen die Hände fesselte und zudem die Fußgelenke an jeweils eine Rolle des Sessels. Es roch nach Schweiß in dem Raum, trotz der schützenden Stoffmasken. Peter durchsuchte den Tresor und stopfte ihre Beute in irgendeine Tüte. Er hatte übersehen, seinem Opfer ebenfalls die Füße festzubinden, und Mathes wollte das nachholen, als dieses zu jammern begann: „Ich habe dem anderen schon gesagt, dass ich am Fuß operiert worden bin. Bitte nicht, mir tut mein Bein sehr weh.“ – „Es ist operiert worden. Das stimmt“, bekräftigte sein Kollege ungefragt. – „Ich will Sie bestimmt nicht reinlegen, bitte lassen Sie meine Beine frei!“ – „Welches Bein?“ – „Das rechte ist es.“ Mathes hob argwöhnisch den Stoff der Hose. Auch dieser Wortwechsel vollzog sich in sehr kurzer Zeit. Blaue Flecken zeichneten sich um das Schienbein ab, der Mann hatte nicht gelogen. Mathes band nur seinen linken Fuß fest. Diese Flachbänder musste man nicht besonders festziehen. Sie hakten ineinander, ließen sich nicht mehr aufziehen und kaum ohne Werkzeug zerreißen. Peter hatte zudem die Telefonschnüre durchgeschnitten. „Ist Tür offen?“, fragte er und deutete nach draußen. Daran hatte Mathes gar nicht mehr gedacht. Der Linke nickte. Nach wie vor lagen Hohn und Abscheu in seinen Gesichtszügen. Mathes ergriff sein Messer und versteckte es unter seinem Pullover.

In dem düsteren Flur rissen sie sich die Masken vom Kopf und stopften sie samt der Handschuhe in die Plastiktüte. Exakt um 18.59 Uhr eilten ein dunkelhaariger Mann um die vierzig und ein etwa fünfzehn Jahre Jüngerer mit mittelblondem, nackenlangem Haar über den Parkplatz, auf dem nur noch ein einziges Fahrzeug stand. Sie rannten nicht, aber sie spazierten auch nicht. Noch vor 19.00 Uhr erreichten sie die Königsdorferstraße, mussten dann allerdings einige wenige Sekunden warten, bis sie diese überqueren konnten. Eineinhalb Meter fehlten ihnen noch bis zu dem gegenüberliegenden Gehweg, als ein mittelgroßer, dritter Mann auf dem Parkplatz des Heimwerkermarktes erschien. Dieser Mann rannte und er fuchtelte mit den Händen. Es schien, als ziehe er einen Fuß etwas hinterher. Im selben Moment hielt ein Wagen. Der Humpelnde rief dem Fahrer etwas zu und deutete auf die zwei anderen Männer, deren Haarfarbe man wegen der untergehenden Sonne nicht mehr genau bestimmen konnte – sie verschwanden gerade hinter den Sträuchern des Aldi-Parkplatzes. Um 19.02 Uhr startete der Motor des Hymer-Wohnmobils und dann bog es in die Königsdorferstraße ein. Mathes sah den erregten Mann. Er erkannte den Angestellten mit dem operierten Fuß. „Sie haben uns – das ist das Ende", sagte Mathes tonlos zu seinem Freund. Diese Worte aus seinem Munde klangen nicht erschüttert, auch nicht erleichtert. Es war nur eine nüchterne Feststellung. Und der Ausdruck ihrer Gesichter wirkte starr. „Ich lass dich bei deinem Wohnmobil raus", sagte Mathes. Peter antwortete nicht, stattdessen zog er seinen Pullover aus. „Nimm das Geld mit und die Messer … und meinen Pullover auch. Die Handschuhe sind in der Tüte?" An der Kurve vor der Wohnsiedlung, dort, wo sie am Nachmittag noch von ihrer Zukunft geträumt hatten, streifte Mathes seinen Pullover ab. Peter nahm ihn und die Tüte. Ein letztes Mal sah Mathes im Rückspiegel sein Gesicht. „Vielleicht kriegen sie dich ja nicht, Junge", versuchte Peter ihn zu ermutigen, seine Stimme jedoch klang nicht mehr so optimistisch und mitreißend wie sonst immer. „Ja, vielleicht." Mathes hielt am Straßenrand. Hinter dem niedrigen Gestrüpp stand das andere Wohnmobil. „Mathes, wir treffen uns heute Abend in Tulling. Wenn einer von uns beiden nicht auftaucht, probieren wir es morgen Abend noch mal. Wenn du dann nicht da bist, weiß ich, dass sie dich geschnappt haben – oder umgekehrt …" – „Okay, Peter. Viel Glück!" – „Viel Glück, Mathes!"

Das waren seine letzten Worte. Mathes fuhr nicht einmal ungewöhnlich schnell. Er fühlte keine Angst, eigentlich fühlte er gar nichts. Traumatisiert, nicht fähig zu irgendeiner Regung, als hätte sich sein Bewusstsein völlig zurückgezogen. Dabei nahm er doch alles wahr. Ein roter Pkw überholte ihn. Er sah auch den Polizeiwagen vor der Autobahneinfahrt in Richtung Starnberg, aber er bog erst bei der nächsten ab. Auf dem großen blauen Schild stand „München".

Wie in einem wirklichen Traum ohne Zeit, wenn alles an einem vorüberzieht und keine Erinnerung existiert und kein Ziel. Auch die Gegenwart hatte nichts mit ihm zu tun, sie lief auf einer ferngesteuerten Leinwand vor ihm ab. Hätte sich nicht auf der entgegengesetzten Fahrbahn ein dichter Stau gebildet, wäre ihm kaum aufgefallen, dass sich kein einziges Fahrzeug vor oder hinter ihm befand. Seine Autobahn war völlig vereinsamt. Wie lange diese Geisterfahrt andauerte, würde er niemals sagen können. Wie aus dem Nichts tauchten plötzlich vor und hinter ihm helle Scheinwerfer auf. „But I can't help falling in love with you …", klang es so wunderschön aus dem Radio – er erinnerte sich nicht, dass er den CD-Spieler eingeschaltet hatte. Winzige Schweißperlen rannen über sein Gesicht und das schmutzig weiße T-Shirt klebte an seinem Rücken. Polizeisirenen mischten sich unter die traurige Melodie. „Halt!", blinkte die Leuchtschrift nachdrücklich auf dem Dach des Autos, das vor ihm einscherte. Wie blutgierige Raubkatzen, die bei der geringsten Bewegung verängstigt zurückschrecken würden, um dann sofort von Neuem anzugreifen …

Sie mussten ihn nicht zwingen seine Geschwindigkeit zu drosseln und endlich anzuhalten. Schließlich stand er – auf der Mittelspur der verlassenen Autobahn. Von der Gegenseite her reckten sich neugierige Köpfe aus den Fenstern. „But I can't help falling in love with you …" Er knipste das Radio aus wie seine Vergangenheit, wie alles – wie sein Leben.

Für einen Moment Stille, nur die herumwirbelnden Strahlen der Blaulichter. Dann zielten von allen Seiten ihre Pistolen auf ihn. Mathes nahm die einzelnen Gesichter nicht wahr, nur die Anspannung in ihnen. Er konnte das schwarze kleine Loch erkennen, aus dem die erste Kugel hervorschießen würde. Die

Cowboys, breitbeinig und mit von sich gestreckten Armen, hatten Angst – er nicht. Die Kugeln wären eine Erlösung gewesen und vielleicht hätte er sie in sich aufgesogen wie warme Sonnenstrahlen, wenn sie ihm Zeit gelassen hätten darüber nachzudenken. „Aussteigen! Hände über den Kopf! Beine auseinander!“ Mehrere Hände tasteten seinen Körper ab. Einer drückte seinen Kopf gegen die Seitenscheibe des Wohnmobils. „Hände auf den Rücken!“ Er musste es nicht selbst tun, sie rissen seine Arme zurück und dann schlossen sich die Handschellen. Sie hatten tatsächlich immer noch Angst und drückten die Stahlfesseln eng zusammen, sodass sich augenblicklich das Blut staute. Was machte es aus? Welchen Schmerz konnte es geben, der den inneren Schmerz übertraf? Jene Krallen, die unaufhaltsam grausam und nur stückweise das Herz zerrissen. Funken der Liebe, die den Hass entzündeten – unbändigen Hass. Zwillinge wie das Glück und das Leid.

Oh, ihr Menschen, wie sehr wünsche ich euch die ewig sanfte Liebe in all ihren wunderbaren Tiefen! Irgendwann hatte ich die Stimmen am Wege des Herzens überhört und ihn verlassen. Den Zeitpunkt wirklich zu bestimmen bedeutete den Versuch, Gefühle analytisch zu ergründen. Heute weiß ich, dass es töricht wäre. Die Liebe hatte mich nicht in die Abgründe gehen lassen und auch nicht die Sehnsüchte in mir. Welche Schätze sind mir in beiden gegeben und doch vermochte ich sie nicht zu leben.

Vier Jahre habe ich an diesem Buch geschrieben in den Nächten der Gefangenschaft. Tränen und Schmerz, die Schleier des Wahnsinns und der Einsamkeit begleiteten meine Zeit, und ohne dieses Buch hätte ich niemals Befreiung, Klarheit und Licht in mir schaffen können, wie ich sie heute empfinde. Nicht einen einzigen Tag meines Lebens habe ich verloren durch die Jahre hinter Gittern und Mauern, nein, deutlich erkenne ich heute die zeitlosen Werte in und über uns. Oh, ihr Menschen, wie oft seid ihr betrübt und voller Sorge und gesteht euch die Winzigkeit des Grundes nicht ein! Als ich alles verloren und losgelassen hatte – nur noch einen Becher Wasser und die Einsamkeit besaß, da kam ein Brief, einige wenige gefühlvolle Worte – da war ich glücklich und traurig zugleich …

Liebe deine Vergangenheit,
stelle dich ihr
und versöhne dich mit ihr,
sonst bist du verurteilt
sie zu verdrängen
und nicht bereit
für – die Zukunft.

ENDE

NACHWORT

Mathes wurde am 04. 05. 1995 in München dem Haftrichter vorgeführt. Nach einjähriger Untersuchungshaft in Stadelheim befand ihn das Landgericht München II des schweren Raubes in vier Fällen für schuldig und verurteilte ihn zu einer Gesamtfreiheitsstrafe von acht Jahren. Man verbrachte ihn in das Hochsicherheitsgefängnis Straubing und später in die JVA Landsberg am Lech. Nach insgesamt fünf Jahren und vier Monaten Haft wurde er vorzeitig auf Bewährung entlassen. Zum Ende des Jahres 2000 schließlich verließ er seine Heimat, die es nie wirklich gewesen war, um dem inneren Ruf seiner Suche zu folgen. So wie er es Jahre zuvor geträumt hatte, führten ihn seine ersten Schritte tatsächlich in den Süden Italiens. Wenn an den Abenden das Meer unter ihm leise rauschte und die schaumgekrönten Wellen in ein wundersames rötliches Licht getaucht waren, versanken seine Gedanken manchmal in ein Gebet. Sanft und leise streiften die Bilder seiner Vergangenheit vorüber und er wehrte sich nicht gegen die Gefühle in seinem Herzen. Tiefe Liebe würde sich niemals auslöschen lassen und es wäre sehr töricht, verzweifelt zu versuchen, fortwährend eine Steigerung von dieser Liebe zu verlangen. Nein, er wusste nicht, ob er an diesem schönen Ort bleiben würde. Aber endlich fehlte ihm nicht mehr der Mut weiterzugehen, vielleicht ein ganzes Leben lang. Das Ziel seiner Suche musste er nicht kennen und auch nicht die Zeit und den Ort. Das wirkliche, einzige Ziel würde sich zweifellos hinter den goldenen Schleiern des Todes befinden. Die Suche des Lebens musste dem Tor gelten …

Der Autor

Der Autor Jürgen Claus Horst wurde 1967 in Wolfratshausen in der Nähe von München geboren. Nach erfolgreichem Abschluss seiner Lehre zum Informationselektroniker wurde er zum Ableisten der Wehrpflicht nach Budel in den Niederlanden eingezogen und nach der Grundausbildung nach Freising bei München versetzt.
Bereits in Budel beginnt seine Geschichte, die in dem authentischen Roman „Märtyrer des Herzens" beschrieben wird.
Im Mai 1995 wurde er wegen schweren Raubes verhaftet und verbüßte fünf Jahre und vier Monate Haftstrafe in verschiedenen deutschen Haftanstalten. Ein Jahr nach seiner Entlassung heiratete er und war in seinem Beruf selbstständig tätig.

novum VERLAG FÜR NEUAUTOREN

Der Verlag

„Semper Reformandum", der unaufhörliche Zwang sich zu erneuern begleitet die novum publishing gmbh seit Gründung im Jahr 1997. Der Name steht für etwas Einzigartiges, bisher noch nie da Gewesenes.
Im abwechslungsreichen Verlagsprogramm finden sich Bücher, die alle Mitarbeiter des Verlages sowie den Verleger persönlich begeistern, ein breites Spektrum der aktuellen Literaturszene abbilden und in den Ländern Deutschland, Österreich und der Schweiz publiziert werden.
Dabei konzentriert sich der mehrfach prämierte Verlag speziell auf die Gruppe der Erstautoren und gilt als Entdecker und Förderer literarischer Neulinge.

Neue Manuskripte sind jederzeit herzlich willkommen!

novum publishing gmbh
Rathausgasse 73 · A-7311 Neckenmarkt
Tel: +43 2610 431 11 · Fax: +43 2610 431 11 28
Internet: office@novumpro.com · www.novumpro.com

AUSTRIA · GERMANY · HUNGARY · SPAIN · SWITZERLAND